亂蟠桃大聖偷丹

破顽空 上

西游知识学

赵毓龙 著

图书在版编目（CIP）数据

破顽空：西游知识学：上下／赵毓龙著． -- 北京：人民文学出版社，2025． -- ISBN 978-7-02-019294-6

Ⅰ．I207.414

中国国家版本馆 CIP 数据核字第 20256S1D93 号

责任编辑　董　虹
装帧设计　刘　远
责任印制　张　娜

出版发行　人民文学出版社
社　　址　北京市朝内大街166号
邮政编码　100705

印　　刷　侨友印刷（河北）有限公司
经　　销　全国新华书店等

字　　数　688千字
开　　本　880毫米×1230毫米　1/32
印　　张　32.375　插页4
印　　数　1—6000
版　　次　2025年8月北京第1版
印　　次　2025年8月第1次印刷

书　　号　978-7-02-019294-6
定　　价　108.00元（全二册）

如有印装质量问题，请与本社图书销售中心调换。电话：010-59905336

序

《西游记》第一回,猴王得须菩提祖师赐名,从此唤作"孙悟空"。有了大号,就算正式为人了,悟空当然喜不自胜,连叫了三声"好!"书中随即接入两句诗:"鸿濛初辟原无姓,打破顽空须悟空。"特别强调一番:这个法名,不是随便起的,而是与故事主旨密切相关的。

悟空的成长,以"打破顽空"为第一道关。

整部小说,是以猴王为第一主人公的——贯穿"大闹天宫"与"西天取经"两大段落的主线人物,正是悟空。而故事的线索,也是悟空由"抗争"走向"归顺"的过程。悟空又称作"心猿",无论从宗教哲学的逻辑,还是从世俗哲学的逻辑来理解,悟空都是"心"的象征。如此一来,悟空的成长经历,也可以看成一个人修"心"的过程。

既然要"修心",就需要修行主体有"悟性"。悟空是天产的灵明石猴,他汲天地精华而生,"通变化,识天时,知地利",当然有悟性,但即便是具有超出常人的悟性,也总要迈过第一道关——顽空。

这里的"顽空",本是佛教术语,指一种无知无觉的状态。道教将其吸收进自己的炼养观念,用来指称一种缺乏生机的修炼状态。

今天,我们是把《西游记》当作一部纯粹的文学作品来看的,书中的佛道观念、逻辑、术语,不会引起绝大部分人的好奇。阅读过程中,我们甚至反感这些内容——它们不仅缺乏趣味性,又妨害了故事的流畅性,更诱导现代读者走回传统"证道派"的老路——遇到相关表述,便直接略过了。对于"顽空"的深刻意涵,也就不去寻根究底。

不过,就算是从世俗立场、文学立场来理解故事,"顽空"也是重要的。

拜到须菩提祖师门下以前,悟空固然有灵性,但说到底,还是一只懵懵懂懂的小野猴子。与其他猴子——那些每日除了满足生理需求,对于周围世界缺乏足够的好奇心与探索力,对自身命运也缺乏思考意愿的"小畜生"——相比,悟空固然表现出了一种"成长的自觉",毕竟还是"矬子里拔大个儿",他仍旧是一只原始蒙昧的猴子。

他渴望长生,希望能够"跳出三界外,不在五行中",但这并不是意识到自己处于一种原始蒙昧的状态,渴求实现精神飞跃,而是希望通过技术手段,无限期地延长目前的状态——令人满意的状态——原来修成不死之体,也只是为了长长久久地傻吃、傻喝、傻玩、傻乐!

这就是悟空当时的认知——从石卵风化成形,到水帘洞中称王称霸,再到出海寻仙访道,直至找到斜月三星洞的山门,悟空始终处于这种认知状态。书中特地描写悟空在山门外等候的情形:"跳上松枝梢头,摘松子吃了顽耍。"这固然是其天性使然,但也生动地表现出:悟空此时还是一只小野猴子。

有了"悟空"之名后，猴王才进入精神飞跃的实质进程。可以说，悟空在须菩提祖师门下，并不仅仅学到了长生不死之术，以及配套的地煞数变化（另外白饶了一个筋斗云），他实际上完成了精神上的"受洗"仪式——须菩提祖师赐名的情节，我们可以看成是对悟空的洗礼。

当然，并不是说自此以后，悟空就彻底摆脱"顽空"状态了。既然是天然的原始蒙昧状态，不可能在一朝一夕间发生质变。

我们的思维，总是不由自主地陷入"二极管陷阱"：认识问题，往往习惯性地聚焦于"原点"与"终点"，忽略其间的"过程"。

读到"打破顽空须悟空"，大部分人会首先捕捉到"顽空"与"悟空"这两个关键词，进而构建二者的矛盾关系——这是我们自幼学习辩证法的一种"条件反射"。但它还不是彻底的辩证法。进一步的辩证认识，不只应当看到两头端点之间的矛盾，还应当发现线段与端点之间存在更为深刻的矛盾。

也就是说，"打破"与"顽空/悟空"之间存在矛盾。

现代汉语里，"打破"是一个完整的双音节词，但如果进一步分析，"打"是动作，"破"则可以看成"打"的结果。做出了"打"的动作，未必得到"破"的结果。悟空成长的目的，不是为了"打"，而是为了"破"。所以，这部书的主标题隐去了"打"字，直接用"破顽空"三字——听起来，也铿锵有力。

当然，这并不是说要把本书读者导向"唯结果论"，笔者的一贯主张，是既重结果，也重过程的。我们其实也要从过程的维度去理解"破"。

既然"罗马不是一天建成的"，那么"顽空"也不是发挥一次能动性，就可以被彻底突破的。需要一次又一次地"破"，才能进入不同的精神境界。

相应地，不止一次地"破"，就需要持续地"悟"。这也符合《西游记》中悟空的成长历程。从小野猴子到悟空，是一次"破"；从闹天宫的"大圣"到奔西天的"行者"，又是一次"破"；从魔性未褪的猴王，到自觉蠲除魔性的猴王，又是一次"破"；直到过了凌云渡，灵山正果，才真正完成了"破"的历程。如果在第一回就彻底完成了"破"的工作，故事岂不是可以就此结束了？后来的九十九回，难道都是结尾的"彩蛋"吗？！

不断地"悟"与"破"，也符合我们自己的人生。

我们都曾经历原始蒙昧的状态，但谁敢说走出"童稚时代"，自己就不再是一个"顽空"之人了？敢于说这样话的人，大概也是无知无畏的，这倒是真应了"顽空"本来的意涵。

我们不是文学作品里的灵明石猴，而是现实生活中的平凡人，既没有"主角光环"，也没有预设的成长路径；悟空的成长是有脚本的，我们的成长则充满了各种可能性。相同之处，是持续地"悟"与不断地"破"。

当然，悟空的"悟"，是基于宗教哲学的；我们的"悟"，则是基于世俗哲学的。更多时候，它其实也上升不到哲学范畴，只不过是日常思维——对于自己的理解，对于周遭的理解，缺乏具有哲学品位的思辨性，但也足以指导生活。

如此看来，我们的"悟"，说到底是认识的提升。随着认识提升，我们的生活会进入不同境界，"破"的结果也继之而来。

认识提高的基础，是知识的累积。这里所说的知识，不只包括系统性、专门性的学问，也包括日常生活中累积的经验。对于大部分人来说，后者其实更为重要——毕竟，它对于生活的指导性更强。

基于此，本书借用了刘勇强教授提出的"小说知识学"这一概念。

这个概念，是从中国古典小说研究的专业立场提出的，聚焦于小说作者所掌握的知识，及其在小说文本中的叙事性体现。小说作者总是基于自己的知识结构来讲故事的，选择什么题材，服务于何种意图，采取哪一种叙事策略，都是知识的体现。同时，小说里不仅有"成块"的知识，在人物塑造、情节组织、场面呈现等方面，也无不体现出知识。可以说，"小说知识学"是近年来中国古典小说研究的一个新维度。

跳出专业语境，回归大众阅读的立场来看，这个概念也是有意义的。

读者也总是基于自己的知识结构去接受、理解、传播故事的。对什么题材感兴趣，是否能够理解作者的隐含意图，如何评价书中的人物与事件，通过什么途径与方式将小说里的故事传播给其他人？这也都受到读者知识的制约。比如《破顽空》的读者，十之八九，应该是相对熟悉《西游记》的，或是对这部神魔小说具有格外的兴趣，否则也不会成为本书的受众。这其实就是一种知识。

所以，本书以"西游知识学"为副标题，希望能够帮助读者发现与《西游记》直接或间接相关的各种知识，建立读者知识与文本知识、作者知识之间的链接。

知识的链接点，当然是笔者本人的知识结构，但在这《破顽空》

里，笔者绝不是在"传授"知识，而是尝试"分享"知识。

笔者不是在扮演"权威"的角色，或是摆出一副"家长"面孔，居高临下地传播（甚至灌输）知识，而是与大众读者一样，从阅读经验的立场出发，将自己在阅读过程中的发现，以"叙述"的形式呈现出来。是否接受这些叙述，选择权在于读者；如何理解并"二次传播"这些叙述，也是读者的自由。

为了尽可能保证读者的选择权与自由度，本书不得不弱化、消解自己的"结构"——不设置主旨议题，也不交代核心逻辑，更不讲究布局——转而回归百回本《西游记》的结构，逐回讲读，聚焦重点。知识的串联线索，不是笔者的学术研究思路，而是故事本身的发展进程。

换句话说，笔者与本书的读者一道，跟着猴王一起成长，追随他"关关难过关关过"，陪伴他经历神魔世界里的"城头变幻大王旗"。猴王最终抵达灵山，实现了终极愿望；我们最终走向何处，却未可知。沿着《破顽空》的知识路径，不同的读者，可能会走进别样洞天。即便处于同一洞天里，知识结构有异，看到的景观也千差万别——我眼中的日升，可能是你眼中的月落；他看到花上露，你却听到林间风；起初，你品到杏儿酸，停一停，再咂摸一番，又尝出枣子甜。

不管是杏儿酸，还是枣子甜，尝出滋味，或许就已经到了灵山。

目 录

序 　　　　　　　　　　　　　　　　　　　　001

第一回　灵根育孕源流出　心性修持大道生　　001
　001　这一切，要从一块石头说起？　　　　　001
　002　花果山究竟在哪里？　　　　　　　　　005
　003　东胜神洲，到底应该怎么读？　　　　　007
　004　猴王是从石头里蹦出来的吗？　　　　　010
　005　孙悟空是反抗型英雄吗？　　　　　　　013

第二回　悟彻菩提真妙理　断魔归本合元神　　017
　006　孙悟空读的是职业技术学校？　　　　　017
　007　混世魔王是猪腰子脸？　　　　　　　　020

第三回　四海千山皆拱伏　九幽十类尽除名　　024
　008　没了金箍棒，悟空还玩得转吗？　　　　024
　009　金箍棒有什么寓意？　　　　　　　　　027
　010　悟空为什么要到龙宫借兵器？　　　　　029
　011　龙王到底长什么样？　　　　　　　　　032
　012　地狱里的"老大"，是不是阎罗王？　　　035

第四回　官封弼马心何足　名注齐天意未宁　　039
　013　大闹天宫是因为猴王良心丧失？　　　　039

014	神魔世界的人情，是冷还是热？	042
015	"弼马温"本来是个"肥缺"？	046
016	是"五人组"，还是"七兄弟"？	050
017	"齐天"难为兄，"通天"难为弟？	053

第五回　乱蟠桃大圣偷丹　反天宫诸神捉怪　057

018	王母娘娘是什么咖位？	057
019	为什么吃蟠桃能成仙？	061

第六回　观音赴会问原因　小圣施威降大圣　065

020	是战斗，还是游戏？	065
021	到底有几位二郎神？	069

第七回　八卦炉中逃大圣　五行山下定心猿　073

022	火眼金睛是烧出来的，还是熏出来的？	073
023	为什么是雷神围攻悟空？	076

第八回　我佛造经传极乐　观音奉旨上长安　081

024	取经为何从盂兰盆会说起？	081
025	释迦牟尼佛是极乐世界的教主吗？	084
026	观音是释迦牟尼的弟子吗？	088

附　录　陈光蕊赴任逢灾　江流僧复仇报本　092

027	第九回从哪里来的？	092
028	爸爸去哪儿了？	095

第九回　袁守诚妙算无私曲　老龙王拙计犯天条　099

029	渔樵为啥扯闲篇？	099
030	泾河龙王无辜吗？	103

第十回　二将军宫门镇鬼　唐太宗地府还魂　107
　　031　门神里有哪些大咖？　107
　　032　唐太宗去地府做什么？　110

第十一回　还受生唐王遵善果　度孤魂萧瑀正空门　113
　　033　刘全去地府做什么？　113

第十二回　玄奘秉诚建大会　观音显像化金蝉　117
　　034　唐三藏就是玄奘吗？　117
　　035　吃唐僧肉能长生不老吗？　120
　　036　唐僧到底是谁的御弟？　123

第十三回　陷虎穴金星解厄　双叉岭伯钦留僧　127
　　037　野怪如何起名号？　127
　　038　太白金星为什么忙？　130

第十四回　心猿归正　六贼无踪　134
　　039　观音菩萨有啥小算盘？　134
　　040　龙王也读史书？　137

第十五回　蛇盘山诸神暗佑　鹰愁涧意马收缰　141
　　041　为什么先收白龙马？　141
　　042　龙马原来就是白皮的吗？　144
　　043　还有一套安保团队？　147

第十六回　观音院僧谋宝贝　黑风山怪窃袈裟　151
　　044　金池长老应该得到同情吗？　151
　　045　唐僧有哪些法宝？　154

第十七回　孙行者大闹黑风山　观世音收伏熊黑怪　159
　　046　黑熊精有多可爱？　159

047　孙悟空的"坏习惯"是跟谁学的？　　162

第十八回　观音院唐僧脱难　高老庄大圣除魔　166
　　048　天蓬元帅是什么咖位？　　166
　　049　猪八戒的本土DNA来自哪里？　　169
　　050　猪八戒的进口DNA来自哪里？　　172

第十九回　云栈洞悟空收八戒　浮屠山玄奘受心经　176
　　051　猪八戒为什么又叫木母？　　176
　　052　我们为什么喜欢猪八戒？　　179
　　053　我们为什么同情猪八戒？　　182
　　054　背《心经》有用吗？　　186

第二十回　黄风岭唐僧有难　半山中八戒争先　190
　　055　神魔小说就不写日常生活吗？　　190
　　056　虎先锋"虎"在何处？　　193

第二十一回　护法设庄留大圣　须弥灵吉定风魔　197
　　057　黄风怪的杀手锏为什么是风？　　197
　　058　黄风怪到底长什么样？　　199
　　059　是老虎，还是老鼠？　　203

第二十二回　八戒大战流沙河　木叉奉法收悟净　207
　　060　流沙河是一条河吗？　　207
　　061　到底是谁带酒思凡？　　210

第二十三回　三藏不忘本　四圣试禅心　215
　　062　是闭卷考试，还是开卷考试？　　215
　　063　孙悟空到底好不好色？　　219
　　064　谁挑着担，谁牵着马？　　223

第二十四回　万寿山大仙留故友　五庄观行者窃人参　227

- 065　悟空为什么喜欢托大？　227
- 066　悟空托大的另一原因是什么？　230

第二十五回　镇元仙赶捉取经僧　孙行者大闹五庄观　234

- 067　镇元大仙在江湖上是什么地位？　234
- 068　人参果与蟠桃是什么关系？　237

第二十六回　孙悟空三岛求方　观世音甘泉活树　241

- 069　为什么悟空不直接找观音帮忙？　241
- 070　悟空说话为啥那么絮叨？　244

第二十七回　尸魔三戏唐三藏　圣僧恨逐美猴王　248

- 071　是白虎精，还是白骨精？　248
- 072　一棒子打死，感到过瘾吗？　251
- 073　为什么要三打白骨夫人？　255
- 074　尸解原来是成仙途径？　259

第二十八回　花果山群妖聚义　黑松林三藏逢魔　263

- 075　怎样表现主人公的"黑化"？　263
- 076　黄袍怪是什么来头？　267

第二十九回　脱难江流来国土　承恩八戒转山林　271

- 077　黄袍怪一生何求？　271
- 078　《西游记》的作者究竟是谁？　274
- 079　《西游记》的作者为什么不署名？　278

第三十回　邪魔侵正法　意马忆心猿　282

- 080　没了主力球员，取经小队算几流队伍？　282
- 081　媳妇娶进房，老虎扔过墙？　285

005

082	为什么叫唐僧蒙冤受屈?	289

第三十一回　猪八戒义释猴王　孙行者智降妖怪　293

083	是"义激"美猴王,还是"义释"美猴王?	293
084	悟空的语言艺术如何?	296

第三十二回　平顶山功曹传信　莲花洞木母逢灾　301

085	金角、银角是插队进来的?	301
086	面对八戒,我们的优越感从何而来?	304
087	谣言从哪里来?	307
088	毗卢帽是五佛冠吗?	311
089	猴王到底美不美?	315
090	两个黑壮汉子,怎么区分?	318

第三十三回　外道迷真性　元神助本心　323

091	是得便宜,还是失便宜?	323
092	《西游记》是童话吗?	327

第三十四回　魔头巧算困心猿　大圣腾那骗宝贝　331

093	两拨小妖有什么区别?	331
094	是情义当先,还是利益当先?	334
095	九尾狐是如何"黑化"的?	337
096	孙悟空也有"哈姆雷特时间"?	341

第三十五回　外道施威欺正性　心猿获宝伏邪魔　345

097	老子是如何变成老君的?	345
098	老君与女娲有什么关系?	349
099	观音菩萨是男是女?	352

第三十六回　心猿正处诸缘伏　劈破傍门见月明　356
100　唐长老的诗兴是如何来的？　356
101　到底谁是导师，谁是学生？　359

第三十七回　鬼王夜谒唐三藏　悟空神化引婴儿　364
102　鬼魂诉冤有什么套路？　364
103　乌鸡国也有一个哈姆雷特？　368

第三十八回　婴儿问母知邪正　金木参玄见假真　372
104　八角井里有什么秘密？　372
105　乌鸡国怎么也有个正阳门？　375

第三十九回　一粒金丹天上得　三年故主世间生　379
106　文殊菩萨是什么来头？　379
107　文殊的狮子为什么是青毛的？　382

第四十回　婴儿戏化禅心乱　猿马刀归木母空　386
108　悟空与红孩儿，谁的个头高？　386
109　红孩儿的亲妈是谁？　390
110　鬼子母也会黯然销魂掌？　394

第四十一回　心猿遭火败　木母被魔擒　398
111　三昧神火为什么浇不灭？　398
112　红孩儿为什么长得像哪吒？　401

第四十二回　大圣殷勤拜南海　观音慈善缚红孩　405
113　菩萨也有嗔心？　405
114　观音菩萨也讲排场？　409
115　善财童子是谁的弟子？　412

第四十三回　黑河妖孽擒僧去　西洋龙子捉鼍回　417
　　116　黑水河到底有多"黑"？　417
　　117　龙生九子，都有谁？　421
　　118　鼍龙是什么龙？　425

第四十四回　法身元运逢车力　心正妖邪度脊关　429
　　119　车迟国在哪里？　429
　　120　食肉动物怎么和食草动物玩到一起了？　433

第四十五回　三清观大圣留名　车迟国猴王显法　436
　　121　为什么《西游记》里的反派大多是道士？　436
　　122　唐僧到底会不会求雨？　440

第四十六回　外道弄强欺正法　心猿显圣灭诸邪　445
　　123　领盒饭的顺序可以颠倒吗？　445
　　124　"一口钟"到底是什么？　448

第四十七回　圣僧夜阻通天水　金木垂慈救小童　453
　　125　通天河在哪里？　453
　　126　灵感大王的菜单上有什么？　457
　　127　陈家兄弟为什么不能作弊？　461

第四十八回　魔弄寒风飘大雪　僧思拜佛履层冰　467
　　128　八戒也擅长冰嬉？　467
　　129　文人小说家如何给故事"兑水"？　471

第四十九回　三藏有灾沉水宅　观音救难现鱼篮　476
　　130　观音菩萨改脾气了？　476
　　131　佛典里有"鱼篮观音"吗？　479
　　132　"鱼篮观音"到底是谁？　483

第五十回　情乱性从因爱欲　神昏心动遇魔头　488

- 133　唐僧为什么走出"舒适圈"？　488
- 134　兕大王到底是什么牛？　491
- 135　老子出函谷关，骑的是犀牛？　496

第五十一回　心猿空用千般计　水火无功难炼魔　501

- 136　金钢琢是见物就套的吗？　501
- 137　雷神有什么难处？　504
- 138　火德星君与拜火教有什么关系？　508
- 139　河伯是善神，还是恶神？　512

第五十二回　悟空大闹金𫝇洞　如来暗示主人公　517

- 140　降龙、伏虎为何走在最后面？　517
- 141　降龙罗汉有什么秘密？　522
- 142　伏虎罗汉有什么秘密？　524

第五十三回　禅主吞餐怀鬼孕　黄婆运水解邪胎　529

- 143　唐僧的肚子里有"小鬼"吗？　529
- 144　沙和尚为什么喜欢和稀泥？　533

第五十四回　法性西来逢女国　心猿定计脱烟花　537

- 145　御弟哥哥到底动没动情？　537
- 146　女人国在哪里？　542
- 147　女人国里当真没有男子？　545

第五十五回　色邪淫戏唐三藏　性正修持不坏身　550

- 148　蝎子精是女人国国王的孪生姐妹？　550
- 149　《西游记》的神魔人物为何吸引人？　554

第五十六回　神狂诛草寇　道昧放心猿　559
　　150　悟空为何一再被贬？　559
　　151　题目犯了，如何写出趣味？　563

第五十七回　真行者落伽山诉苦　假猴王水帘洞誊文　566
　　152　假猴王也是真猴王？　566
　　153　假猴王为什么要"誊文"？　570

第五十八回　二心搅乱大乾坤　一体难修真寂灭　574
　　154　被打死的是真悟空，还是假悟空？　574
　　155　三只眼的马王爷有何来头？　577
　　156　骑黑虎的赵元帅有何来头？　581
　　157　是温元帅，还是瘟元帅？　584
　　158　关元帅到底是什么地位？　588
　　159　关羽是如何成为关圣帝君的？　592
　　160　谛听长得像一条狗？　597

第五十九回　唐三藏路阻火焰山　孙行者一调芭蕉扇　602
　　161　火焰山在哪里？　602
　　162　火焰山的火为何难灭？　606
　　163　悟空为何不把话一次问清楚？　610
　　164　铁扇公主本是单身老姐姐？　613

第六十回　牛魔王罢战赴华筵　孙行者二调芭蕉扇　618
　　165　是结发夫妻，还是半路夫妻？　618
　　166　玉面公主是小三吗？　622
　　167　倒插门，丢人吗？　626
　　168　明代的赘婿，还遭人白眼吗？　630

第六十一回	猪八戒助力破魔王　孙行者三调芭蕉扇	635
169	牛魔王到底是什么牛？	635
170	巨灵神有何来历？	639

第六十二回	涤垢洗心惟扫塔　缚魔归正乃修身	644
171	万圣公主是美猴王的继承者？	644
172	祭赛国在哪里？	648

第六十三回	二僧荡怪闹龙宫　群圣除邪获宝贝	653
173	九头虫到底是什么妖怪？	653
174	制伏九头鸟，为何劳动二郎神？	657
175	哮天犬也吃月亮吗？	661
176	梅山六将为何与悟空称兄道弟？	665

第六十四回	荆棘岭悟能努力　木仙庵三藏谈诗	669
177	又有一拨"插队"的妖怪？	669
178	木仙庵为何被"摘牌"？	674

第六十五回	妖邪假设小雷音　四众皆遭大厄难	678
179	亢金龙凭什么站C位？	678
180	龟蛇二将凭什么挑大梁？	681

第六十六回	诸神遭毒手　弥勒缚妖魔	687
181	悟空何时犯在泗州大圣手里？	687
182	弥勒佛是什么地位？	692
183	弥勒佛原本就是大腹便便的吗？	696

第六十七回	拯救驼罗禅性稳　脱离秽污道心清	701
184	大蟒精为何不会说话？	701
185	如何写出故事的味道？	706

第六十八回　朱紫国唐僧论前世　孙行者施为三折肱　711
　　186　会同馆是什么衙门？　711
　　187　心魔已除，猴性为何不改？　715

第六十九回　心主夜间修药物　君王筵上论妖邪　719
　　188　悟空懂脉理吗？　719
　　189　乌金丹是什么药？　723
　　190　朱紫国王到底得了什么病？　728

第七十回　妖魔宝放烟沙火　悟空计盗紫金铃　734
　　191　古今多少痴男女？　734
　　192　悟空应当与刽子手共情吗？　737

第七十一回　行者假名降怪犼　观音现像伏妖王　743
　　193　又是一段换汤不换药的故事？　743
　　194　犼到底是什么动物？　747

第七十二回　盘丝洞七情迷本　濯垢泉八戒忘形　752
　　195　蜘蛛精因何傍上蜈蚣精？　752
　　196　濯垢泉里有"天鹅"？　755

第七十三回　情因旧恨生灾毒　心主遭魔幸破光　760
　　197　蜈蚣精称得上"绝命毒师"？　760
　　198　黎山老母到底站在哪一头？　763

第七十四回　长庚传报魔头狠　行者施为变化能　769
　　199　"耳报神"的模板，该是什么样？　769
　　200　谁才是历代驰名第一"小"妖？　773

第七十五回　心猿钻透阴阳窍　魔王还归大道真　777
　　201　《西游记》里也有一支猎枪？　777

| 202　青毛狮子有健忘症吗？ | 781 |

第七十六回　心神居舍魔归性　木母同降怪体真 785

| 203　唐僧也需要一个针灸婆子？ | 785 |
| 204　白象因何甘当"绿叶"？ | 789 |

第七十七回　群魔欺本性　一体拜真如 793

| 205　瞌睡虫是什么虫？ | 793 |
| 206　三魔头到底是不是大鹏？ | 797 |

第七十八回　比丘怜子遣阴神　金殿识魔谈道德 802

| 207　悟空动嘴，谁来跑腿？ | 802 |
| 208　唐僧为何念诵药师佛？ | 805 |

第七十九回　寻洞擒妖逢老寿　当朝正主救婴儿 810

| 209　比丘国王到底得了什么病？ | 810 |
| 210　比丘国王影射的是谁？ | 814 |

第八十回　姹女育阳求配偶　心猿护主识妖邪 819

| 211　为何总有一片黑松林？ | 819 |
| 212　地涌夫人为何叫"半截观音"？ | 823 |

第八十一回　镇海寺心猿知怪　黑松林三众寻师 828

| 213　山下的女人是老虎？ | 828 |
| 214　地涌夫人为何睡在天王殿？ | 833 |

第八十二回　姹女求阳　元神护道 838

| 215　睡唐僧，还讲究"仪式感"？ | 838 |
| 216　是"地下城"，还是"福地洞天"？ | 842 |

第八十三回　心猿识得丹头　姹女还归本性 847

| 217　到底是谁"识得丹头"？ | 847 |

013

218　托塔天王为何姓李？　　851

　　219　金鼻白毛鼠是李靖的干闺女吗？　　855

　　220　李天王为何手托宝塔？　　860

第八十四回　难灭伽持圆大觉　法王成正体天然　864

　　221　作者钦敬佛法吗？　　864

　　222　西天路上只有一个灭法国？　　868

第八十五回　心猿妒木母　魔主计吞禅　872

　　223　八戒是"老饕"吗？　　872

　　224　都是小妖惹的祸？　　876

第八十六回　木母助威征怪物　金公施法灭妖邪　881

　　225　南山大王是黑豹，还是花豹？　　881

　　226　花豹为何住在隐雾山？　　884

第八十七回　凤仙郡冒天止雨　孙大圣劝善施霖　889

　　227　四大天师有何职责？　　889

　　228　四部众神长什么样？　　892

　　229　风伯也玩"狗头表情"？　　896

第八十八回　禅到玉华施法会　心猿木母授门人　900

　　230　是一窝师，还是一窝狮？　　900

　　231　九齿钉耙长什么样？　　903

第八十九回　黄狮精虚设钉耙宴　金木土计闹豹头山　907

　　232　二十两的采买费，到底够不够？　　907

　　233　西天路上为何多狮子？　　911

第九十回　师狮授受同归一　盗道缠禅静九灵　916

　　234　狮子"男团"的成员都有谁？　　916

235　九头狮子有何来历？　919

第九十一回　金平府元夜观灯　玄英洞唐僧供状　924

236　古印度也有元宵灯会？　924

237　元宵灯会，旁人观得，唐僧观不得？　927

第九十二回　三僧大战青龙山　四星挟捉犀牛怪　932

238　犀牛怪也"盘串"吗？　932

239　犀牛怪为何犯"辟"字？　936

240　犀牛怪为何见了四木禽星就"麻爪儿"？　939

第九十三回　给孤园问古谈因　天竺国朝王遇偶　943

241　布金禅寺里真有黄金吗？　943

242　唐僧为何招"烂桃花"？　947

第九十四回　四僧宴乐御花园　一怪空怀情欲喜　952

243　玉兔精是"女装大佬"？　952

244　素酒是什么酒？　956

第九十五回　假合真形擒玉兔　真阴归正会灵元　961

245　捣乱的是玉兔，还是蟾蜍？　961

246　玉兔的主人到底是谁？　964

第九十六回　寇员外喜待高僧　唐长老不贪富贵　968

247　铜台府在哪里？　968

248　福兮，祸兮？　971

第九十七回　金酬外护遭魔毒　圣显幽魂救本原　975

249　不怕"黑"，怕"粉转黑"？　975

250　是"审"案，还是"断"案？　978

第九十八回　猿熟马驯方脱壳　功成行满见真如　983
　　251　唐僧死在了凌云渡?　983
　　252　阿难、迦叶索贿是个案吗?　987

第九十九回　九九数完魔划尽　三三行满道归根　991
　　253　"灾难簿子"里有什么密码?　991
　　254　第八十一难还有另一种版本?　995

第一百回　径回东土　五圣成真　999
　　255　取经到底用了多少年?　999
　　256　英雄的愿望达成了吗?　1003

后　记　1009

第一回

灵根育孕源流出　心性修持大道生

001　这一切，要从一块石头说起？

这一回的回目是"灵根育孕源流出，心性修持大道生"。

从讲故事的角度看，所谓"灵根育孕"，指孙悟空原本是一只天产石猴。注意，悟空是石猴，是石头孕育出来的灵胎。所以，第五十八回里佛祖说他是一只"灵明石猴"。

为什么猴子要从石头里来呢？这和中国人讲故事的一种习惯有关系。

中国人讲故事，经常带有一种"石头情结"。笔者小时候看过一部电视剧，叫《木鱼石的传说》。剧中主题曲第一句唱的是："有一个美丽的传说，精美的石头会唱歌。"当然，在中国的故事里，不是每一块石头都会唱歌的，但关于石头的美丽传说确实不少。我们在上古的神话、传说里，后来的民间故事里，以及文人写的小说、戏文里，总能看到大大小小、形形色色、奇奇怪怪的石头——它们往往不是故事背景里可有可无的，或者简单呆板的装饰，而是与人物、情节、主题，都有着密切的关系。

像上古神话里，女娲补天用的就是石头。当然，这不是普通的石头，而是五色神石。《淮南子·览冥训》就说："女娲炼五色石以补苍天。"可以看到，在古人的浪漫幻想里，来自大自然的原材料，经过了富有创造力的上古女神之手，就能被锻炼成五色神石，用来修补宇宙。

石头为什么是五色的呢？因为五色对应着五行（五色，指青黄赤白黑；五行，指金木水火土），它们具体的对应关系，我们以后再讲。总之，女娲炼石补天，是母系氏族社会就产生的神话，但炼制五色石的说法，应该是"阴阳五行"理论流行起来以后才有的，这其实象征着利用五行相生相克的原理，重新构建宇宙的空间秩序，使天地及其涵盖的万事万物，恢复和谐统一的状态。

再如，在鲧禹治水的神话里，大禹三过家门而不入。他的妻子涂山氏，因为守望丈夫，化作望夫石，他的儿子启，就是从石头里诞生的（启，就是"开"的意思）。所以，许多学者认为，孙悟空的一个重要的原型就是夏启。这也是有一定说服力的。

又比如，民间广为流传的"泰山石敢当"的故事，石头被赋予了镇压妖邪的作用。这种观念，一直延续到今天——在许多人家的玄关、写字台、飘窗上，还可以看到泰山石。那石头到底是不是从泰山请来的，摆放的位置究竟对不对，姑且不论，单有一块泰山石镇在那里，主人家感到心里踏实，这其实也反映着一种民间信仰和民俗心理。

至于民间故事里，会说话、会唱歌的石头就更多了。

总之，在人们的想象里，石头是具有灵性的，具有神力的，它们既能够镇压邪魔，又能够孕育新生命。它们一方面代表着禁锢、压制和约束，象征着空间的区隔——比如许多故事里，在现实世界与幻想世界的分界点，经常有一块（或一排）石头立在那里。另一方面，石头又富有包蕴性，内含玄机。打破石头，或者改造其形态，象征着获得自由、获得新的生命形态，或者标志着新的生命历程的开始，石头裂开，往往意味着新的冒险，新的传奇。

这种认识迁移到小说里，尤其落实到富有想象力的小说家的笔头上，那些大大小小、形形色色的石头，就显得更灵动了，它们跟人物、情节、主题的关系也更密切了。

我们熟悉的许多古典名著的故事里，都可以看到显眼的石头。

像《水浒传》第一回"洪太尉误走妖魔"，就利用了石头镇压妖邪的认识。那三十六天罡、七十二地煞，本来被锁在伏魔殿的地穴里，怎么会被放出来呢？就是因为洪太尉"好奇害死猫"嘛！他不顾阻拦，叫人放倒了石碑，移开了石龟，掘开了石板，把这些石质的镇物都破坏了，才放走了各路魔星。

再比如《红楼梦》，本名《石头记》。为什么叫"石头记"呢？想一想，这故事到底是谁讲述出来的？就是那块"无材可去补苍天"的五色神石嘛！这里，作者直接利用了女娲补天的神话，说女娲总共炼制了三万六千五百零一块石头，补天用去三万六千五百块，偏偏剩下这个零头，就丢弃在大荒山无稽崖青埂峰，但它毕竟通灵了——有了性灵的石头，怎么会乖乖立在那里呢？这才引出后面一系列委曲动人的故事。

与《红楼梦》仿佛，《西游记》的开篇也有一块特别显眼的石头。就是立在东胜神洲傲来国花果山顶的仙石。

这也不是一块普通的石头。它足有三丈六尺五寸高，二丈四尺围圆。为什么是三丈六尺五寸高？这是按周天三百六十五度来设计的；为什么是二丈四尺围圆？这是合着二十四节气的数目；那石头上又有九窍八孔，这是合着九宫八卦的分布。难能可贵的是，这石头是天然的，自打开天辟地之时，就立在那里，每天吸收日精月华，最后就通灵了，孕育灵胎了。你可以说，《西游记》里的这块石头，也是通灵的石头。

只不过，《红楼梦》里的那块灵石，在故事里的地位更突出。它是故事的讲述者，也是故事的亲历者。它与贾宝玉一起经历了"花柳繁华地，温柔富贵乡"里的辛酸苦乐，最后回到大荒山无稽崖青埂峰，把那"千红一哭，万艳同悲"的人生悲剧，讲给后人。

至于《西游记》第一回的灵石，就没有如此重要的文学功能了。悟空诞生以后，这块石头就没什么用了——充其量，算个"名人遗迹"，但它还是很重要的，它是这一切奇幻故事的开始。没有石头里的"灵根育孕"，哪有后来孙悟空"上穷碧落下黄泉"的传奇呢？

而且，《红楼梦》和《西游记》里的两块石头，一开始都是被人称作"顽石"的，但它们同时也是有"灵根"的，这种"顽石—灵石"的双重设定，为故事的核心主人公——贾宝玉和孙悟空——的精神世界，留下了广阔的阐释空间。

总之，后来所有故事，是从一块神奇的石头开始的，这符合中国人讲故事的习惯。尽管有套路化的嫌疑，但讲故事的高手，是不怕用套路的，同样的套路，也能玩出花样儿。都是以石头开篇，《水浒》有英雄传奇的花样儿，《红楼》有人情小说的花样儿，《西游》当然也有它本色当行——神魔小说——的花样儿。

002　花果山究竟在哪里？

之前交代过,《西游记》第一回里的仙石,与《红楼梦》里的五色石一样,都有"顽石 — 灵石"的双重设定,而其所处地点,也都是虚构出来的。这一讲,就来说一说仙石所在的花果山。

说到底,与大荒山无稽崖青埂峰一样,这花果山也是一个杜撰出来的地名。

它位于东胜神洲傲来国。书中交代:花果山是"十洲之祖脉,三岛之来龙",自打天地开辟的时候就有了。

这"十洲"的概念,上古时候就有了,是道教徒们想象出来的海外仙境。比如地理博物类小说《海内十洲记》(此书署名东方朔。实际上是六朝人假托东方朔之名写的,作者应该是道教徒)中记载,汉武帝听西王母说过,"八方巨海"中有十洲,分别是祖洲、瀛洲、炎洲、玄洲、长洲、元洲、流洲、生洲、凤麟洲、聚窟洲。汉武帝很好奇,就向东方朔打听这十洲的具体情况。东方朔是著名的博物之士,就为皇帝一一作了说明。

道教徒们关于"十洲"的想象,明显受到《山海经》一类地理博物书籍的影响。这些书里记载的内容,不能说没有现实根据,但也充满了幻想成分,听起来都是很奇妙的。

至于"三岛",大家就比较熟悉了,即蓬莱、瀛洲、方丈三岛。这主要是道教徒的想象,《海内十洲记》里也提到了。

《西游记》后面的情节里还写到了这"十洲三岛"。第二十六回"孙悟空三岛求方",说悟空推倒了镇元大仙的人参果树,答应找到医活果树的仙方，三藏就问他："你往何处去求方？"悟空回答："古人云：'方从海上来。'我今要上东洋大海，遍游三岛十洲，访问仙翁圣老，求一个起死回生之法。"可见，三岛十洲上，仙人多、仙方多、能人多、办法多，这个说法是很久远的，影响也很大。说不定，悟空还看过《海内十洲记》呢！

这当然是玩笑话。回到书中这句"十洲之祖脉，三岛之来龙"上。其实，这句话意在标榜花果山是《西游记》所构造的神话空间的一个中心（可以说是它的CBD），这是各处神仙境界的源头，位于神话历史的起点。

这句话里的"祖脉"与"来龙"，都是传统的风水学术语。风水师们习惯将山脉比喻成龙。祖脉与来龙，说的就是山脉的发源处。这样的地方，当然就是风水宝地了。

直到今天，一些地产开发商或房屋中介商，还拿这种话当作噱头，说某某小区是坐落在龙脉之上的。对于一部分消费者来说，这个"龙脉"说，可能比靠近地铁、学校、医院更有吸引力吧！

小说里，还用一段韵语来描述花果山的景致，说它"势镇汪洋，威宁瑶海"，后面"哇啦哇啦"说了一堆话，最后总结道："正是百川会处擎天柱，万劫无移大地根。"其实，这段文字，也见于《封神演义》，第四十三回，闻太师来到东海之上的金鳌岛——巧了，也在东海——闻太师观看海岛景观，作者用的就是这段文字，几乎没什么差异。

同一段文字，《西游记》和《封神演义》到底是谁抄袭谁呢？目前还不好说。但这可以提示我们，花果山是一个想象出来的仙山，在小说家们的想象里，这些仙山差不多都长一个样！文字上，也就互有借鉴了。好比都是新开楼盘的广告，说这里地段好，绿化好，容积率小，楼间距大，金牌物业，全天候服务，不说出楼盘的名字来，你知道是哪一个吗？千部一腔，千人一面，还不都是那一套话术嘛！

总之，花果山是一个杜撰出来的空间，《西游记》把它想象成了神话空间的一个重要的中心，位于神话历史的源头。今天，一些地方极力主张花果山是实有的，就位于当地。从争夺旅游资源的立场来看，这样做倒也无可厚非。但仔细想一想，"花果山"这个名字实在太普通了，山上有花有果，这样的山，大江南北，各市各县，哪里找不出几座来？但谁又敢说自家的花果山是"十洲之祖脉，三岛之来龙"呢？

003　东胜神洲，到底应该怎么读？

上一讲说到，花果山是一处杜撰的空间。我们不必将它坐实，就让它留在《西游记》所构造的神话时空里吧！它是"十洲之祖脉，三岛之来龙"，是作者想象出来的奇幻世界的一个中心。只有这样的仙山，才能孕育出悟空这样的灵胎。毕竟，不是什么有花有果的山上的石头，都能汲取日精月华，孕育出来仙胎的——现在小区绿化都挺好，大一点的小区，保不齐就有个花果山，垒个土包，有花有果嘛！如果都是仙山，都能孕育仙胎，那还不满小区闹猴子？

同时，请大家注意，《西游记》的作者在构造神话世界的时候，不仅吸收了道教的观念和知识，也吸收了佛教与儒家的观念和知识。

比如书中的"四大部洲"就借鉴了佛教"四大洲"的说法。

四大洲，又叫四天下，这是古印度教的世界观，后来被佛教吸收了。它认为世界的中心是须弥山，山被咸海围绕，海中四方各有一块大陆，就是四大洲。不过，这个知识在向世俗社会传播的过程中，逐渐走样，甚至以讹传讹了。比如说，傲来国所处的东胜神洲，这个名字听起来就有一些"中华"味道。

大家平时提到这个概念，一般习惯这样断句：东胜/神洲。好像把"神洲"当成一个独立的概念，"东胜"是洲名。这其实是错误的。应该这样断句：东/胜神洲。东，只是在标识方位；胜神，才是洲名。为什么叫"胜神"呢？这也是人们的误传。

我们应该知道，四大洲的名称，都是从古印度传过来的，原来都是梵语。这就涉及翻译的问题了。翻译，无非两种：一是音译，一是意译。

东部这座大洲，梵语音译是弗于逮，也可以译成弗婆提，或者毗提诃，意译是胜身。就是说生活在这个大洲上的人，身量、寿命、能力都更强。但也有人说，这个胜身，是"人身殊胜"的意思。

什么叫"人身殊胜"呢？它是佛教的一种理念。佛教徒们认为，能够生在人间，也就是修成人道，是极为难得的。

佛经中经常如此比喻获得人道，说它如"盲龟值浮孔"。就是说，在茫茫大海中，有一只瞎眼海龟，正好碰上一根有洞的树干，就钻进去。这样一来，它就能顺利渡过大海了。这就像你不会游泳，又掉在海里，周围没有船，也没有人，连个活物都没有！你正瞎扑腾，咕噜咕噜，往肚里灌海水。突然，漂来一只救生圈。这个概率——那怎么能说是低呢，那是相当低了！所以特别难得。

另外，人身殊胜也指人道的特殊优势，跟六道中的三"恶道"

（地狱道、饿鬼道、畜生道）和二"善道"（阿修罗道、天道）比起来，人道有特殊优势：人间是苦乐参半的，所以人更有能力、有条件、有可能觉悟佛法。

不过，东胜神洲里的"胜身"，主要还是说这里的居民的身量、寿命、能力都更强。毕竟，四大洲上的居民，都是人身，要是人身殊胜，应该都殊胜。

总之，"胜身"有自己的意思，但在世俗社会流传的过程中，逐渐音转为"胜神"，又与前面的地理方位标识黏合起来，"东胜"就成了一个独立的概念，"神"和"洲"又紧密地结合在一起。"神"本来是记音的，现在看来，倒像是用来表意的了。反正大众也不知道"胜身"到底是什么意思，倒是对"神洲"（其实，正字应该是神州，但州、洲同音，也就逐渐混淆了）这个概念很熟悉，以讹传讹，就形成这样一个似通非通的名目。

至于儒家的知识，其实也参与了神话时空的构建。比如，书中"盖闻天地之数"一直到"人生于寅"的一大段文字，就参考了北宋理学家邵雍在《皇极经世书》里提到的宇宙观，尤其"譬于大数"后面一段话，基本是从宋末元初理学家吴澄的《答田副使第三书》里抄来的。

儒家的宇宙观，经常用易经的理念和概念（比如阴阳、太极、两仪、四象、八卦）来解释宇宙的起源，也用来解释自然界和人类社会的发展规律，强调事物发展的周期性。这在今天的人看来，比较陌生，但对当时的读书人来说，算是一种常识。就像你今天在街上随便找一个中学生，问他"宇宙起源"的问题，他十有八九要回答"大爆炸"。你要是再追问他，他不一定能说出什么门道儿来，但这个基本理念,他是知道的,起码是应该知道的。

总之,《西游记》在构造"神话时空"的时候,充分吸收了儒释道的观念和知识,而"三教混融"也是整个故事的文化底色。这一点很重要,我们在以后还会多次举例说明。

004 猴王是从石头里蹦出来的吗?

之前交代了第一回的相关背景知识,这里再把故事梗概捋一捋。

这一回的情节说的是:孙悟空出世,在花果山水帘洞称王。后来道心开发,要去求仙访道,学长生不老的方法。他先到了南赡部洲,在中华混了八九年,没找到神仙,又来到西牛贺洲,听到一个樵夫唱山歌,歌里提到《黄庭经》。这《黄庭经》是道教文献,悟空就以为樵夫是神仙,要拜他为师。樵夫告诉悟空,此山名叫灵台方寸山,山里有个斜月三星洞,洞里有位须菩提祖师,那才是神仙,这歌谣就是祖师教的。悟空按樵夫指引,来到洞前,又不敢冒昧进去。不一会,洞门打开,走出一个仙童,把悟空领进去。悟空见到须菩提祖师,祖师将悟空收在门下,赐他姓孙,法名悟空。

书里用一句诗来收束这段情节,说道,"鸿濛初辟原无姓,打破顽空须悟空"。

所谓"顽空",指的是一种缺乏生机的、无知无觉的修炼状态。悟空虽然是灵根孕育而成的石猴,此前的状态其实还是"顽空"。之前说过了,孕育悟空的仙石,虽然通灵,也是被人称作"顽石"的。悟空需要打破这个"顽空"的原始状态,才有机会超凡入圣,这就需要"悟"空。所以说,悟空的名字是有说道的。

从讲故事的角度看，这一回收束了悟空的学龄前成长阶段。

这里有一点提示大家注意：就是悟空出世的具体情形。在大家的刻板印象里，孙悟空是从石头里蹦出来的。

这样说，不能算错，但有瑕疵。原著交代得很清楚，说花果山上那块仙石，长年汲取日精月华，一天忽然迸裂，生出一颗石卵，像圆球一样大。这石卵见风后，化作一个石猴。所以说，悟空是石卵"风化"形成的，不是从石头里直接蹦出来的。

也就是说，花果山上那块高达三丈六尺五寸、围长二丈四尺的仙石，本身不是仙胎，其中孕育的石卵才是仙胎。

今天很多人认为孙悟空是从石头里蹦出来的，可能是受了影视剧的影响，比如86版电视剧《西游记》就是这样呈现的。那个画面是经典的，更是片头主题曲《云宫迅音》的开场画面，这肯定比石卵风化成石猴更有视觉冲击力。

同时，"从石头里蹦出来"也不是今天的人才这样讲的。古时候，人们就这样说。当时没有影视剧，但旧时读过《西游记》原著的人并不多。尤其市民阶层，看过《西游记》原著的人是很少的。

因为在当时，要阅读《西游记》这样的大部头通俗文学作品，起码要过两个门槛：一个是经济的门槛，一个是文化的门槛。

经济的门槛，就是买得起小说。在今天，一部长篇小说的价钱，可能还不如"秋天的第一杯奶茶"贵，谁买不起？但在当时，小说的刊刻成本比较高，售价也比较贵。

万历年间，一部精装本的《封神演义》要卖二两银子，还得是足量的纹银。二两银子什么概念？折合成当时的物价，可以买五十只鸡，相当于一个知县（正七品）差不多三分之一的月工资了。普通市民,谁会花这冤枉钱呢?

文化的门槛,就是识字量得够,起码能够把一部白话小说看下来。可是古代的中国,识字率是很低的,直到光绪三十年(1904),中国的识字率也就百分之一。① 这还是在基础教育已经相对普及的晚清,再往前推,识字率只会更低 —— 既然不识字,又怎么通过"阅读"的方式消费《西游记》呢?

所以,对于当时的大部分市民来说,他们对《西游记》的了解,不是通过"阅读"原著获得的。他们了解的故事情节,经常是从戏曲、说唱、图像中得来的。而这些媒介,也不习惯(或者不方便)呈现石卵风化的场景。

比如戏曲舞台上,演石头道具裂开,扮演孙悟空的演员一个跟头翻出来,这个效果就很好。风化场景呈现起来就比较麻烦,观众看着也不过瘾,场面就容易温吞。再比如图像,用莱辛的话说,图画凝缩着"最富于孕育性的那一顷刻"②,悟空从石头里蹦出来,就是"最富于孕育性的那一顷刻",至于石卵风化的动态画面,图画是很难呈现的。

所以说,这里是无所谓优劣的,小说有小说的表现方法和规则,戏曲、图像也有自己的表现方法和规则。也就是说,各有各的叙述策略。这种策略,是基于特定媒介的艺术传统和表现成规而生成的。

况且,"从石头里蹦出来"已经成了俗语,有了格外的意思,成

---

① 参见潘建国:《明清时期通俗小说的读者与传播方式》,《复旦学报》(社会科学版)2001年第1期。

② (德)莱辛:《拉奥孔》,北京:商务印书馆2013年版,第91页。

为一种常用比喻。一般说来，有"凭空产生"的意思，说的是某个人、某件事没有根据，没有来由。只不过，大家习惯把这事按在孙悟空头上（当然也可以这样比喻：你是从石头里蹦出来的夏启啊？！话倒是没错，但对方可能听不懂），咱们今天也不必去纠正。

这里要说的是，不同的艺术媒介有自己的艺术传统和表现成规，对同一个故事、同一处细节的艺术处理，会有自己的习惯和策略。像影视剧或图像，它们是具象化的艺术形式，很直接，能够让我们快速生成视觉印象，但它们与文字所提供的联想，是不一样的。文字落实在纸面上，看着单薄，联想起来，生发开来，是变化无穷、滋味无限的。看影视剧，当然很过瘾，但阅读原著，通过文字的接受所获得的快乐，是其他媒介达不到的。所以，今天的人还是要阅读文学原著的。毕竟，今天买一本《西游记》，只要不是精装本，应该是没有"秋天的第一杯奶茶"贵的。

005　孙悟空是反抗型英雄吗？

从讲故事的角度说，这一回推进的速度，是比较快的，而主人公的行动，是连续的，有持续的动力来支持的——孙悟空求仙访道的行动，可以说是"目标明确、路径清晰、方法科学"——作者也是很会讲故事的。

我们知道，叙事就是讲故事，要讲故事，就得让人物行动起来。那么，人物为什么会行动起来，而且持续地行动？这就需要强大的动力：得有一个力量推着他（她）走。

动力是什么？是环境的压力。不管什么故事，故事的主人公，得自觉地或不自觉地感知到来自环境的压力，为了克服这种环境压力，他（她）要做出一系列调整，这就会发生状态的变化，有了状态的变化，就产生了行动——有了行动，就有了情节。

请注意，这里说的环境，不纯粹是自然环境，也可以是社会环境。而且，社会环境造成的压力往往是更大的。像孔乙己和祥林嫂，他们感知到的就是社会环境的压力。总之，古今中外的故事里，主人公之所以会"动"起来，就是感知到了环境的压力。

那么，孙悟空感知到的压力是什么呢？也许有的朋友会说，是来自天庭的压迫，所以要反抗，反抗就是他的行动！

的确，"哪里有压迫，哪里就有反抗"，压迫是一种最强大的（在讲故事的时候，也是最有操作性的）环境压力。我们常说，孙悟空大闹天宫，就是反抗天庭，他也被我们理解成了古代文学作品里一个最典型的反抗式的英雄。

不过，我们得注意一点："反抗"的前提是"压迫"。上文的话，可以换一个说法：哪里有压迫，哪里才有反抗。

我们看一看，孙悟空一开始就遭到来自天庭的压迫吗？显然不是的。

书中交代得很清楚。悟空出世以后，目运两道金光，射冲斗府，惊动了玉皇大帝。千里眼、顺风耳奉命到南天门察看，回报是下界诞生了一只石猴。玉帝说道："下方之物，乃天地精华所生，不足为异。"说白了，这时候，天庭压根儿没拿孙悟空当回事儿！这时候的悟空，又没有修成长生不老之体，也没有七十二般变化，更没获得金箍棒这个暴力资本。天庭要想压迫他，跟"踩死一只臭虫"有什么区别？人家压迫他干什么？

那么，让孙悟空"动"起来的动力是什么呢？

笔者认为，不是反抗，而是挑战。反抗的是压迫，挑战的是规则。"大闹天宫"部分的孙悟空，他之所以持续地行动，就是因为他有挑战规则的强烈愿望。我们总是说孙悟空身上有一股追求自由的精神，而追求自由，往往就落实在对规则的挑战上，而不是对压迫的反抗上。

都说上古神话中的刑天（这个人物，本来应该叫刑夭。天和夭，看起来很像，后来就误传成刑天）是孙悟空的一个原型。笔者同意这个观点。而刑天正是一位挑战型英雄，不是反抗型英雄。

据《山海经·海外西经》记载，刑天因为与天帝争神，被枭去首级。断了头不要紧，他就以双乳为眼睛，以肚脐为嘴巴，一手拿着斧子，一手拿着盾牌，坚持斗争。可以看到，刑天并不是受到了天帝的压迫，而是挑战天帝的权威。进一步说，是挑战天帝所代表的权力制度的规则。

孙悟空也是挑战规则。只不过，他最开始挑战的不是权力制度的规则，而是天地造化的规则。正如曹操《短歌行》里所说的，"对酒当歌，人生几何"。孙悟空在花果山享受自由自在的生活，但"对酒当歌"的时候，也会生出"人生几何"的焦虑——虽然眼下"不伏麒麟辖，不伏凤凰管，又不伏人间王位所拘束"，但人终有一死，死后"有阎王老子管着"。再拔高一点说，孙悟空自觉地感知到来自天地造化规则的压力——世间万物，无论披毛带尾，还是湿生卵化，从时间范畴中来，终归要回到时间范畴中去。这个规则是很强大的，他要挑战这个规则，这才是孙悟空的动力。

当然，小说的主旨在于"修心"，孙悟空又叫"心猿"，他成长的过程，就是"修心"的过程。之前提到灵台方寸山、斜月三星洞，都是有象征意义的。灵台也好，方寸也罢，都是"心"的代称。灵台，本来就是心，至于斜月三星，也是文字游戏：一弯斜月三点星。心字怎么写？一笔斜画，再三个点。可见，灵台方寸山和斜月三星洞，都是"心之所在"。所以，这一回也开宗明义地点出"心性修持"。

不过，从讲故事的角度说，孙悟空行动的真正动力不是修心——这种自主学习型人格太理想化了，也是很难打动我们的。

你想，学霸自主学习的故事，当然具有榜样意义，但谁愿意听这样的故事呢？你在主题班会上讲一讲，我们礼貌性地鼓一鼓掌，就得了！打动我们的是主人公对规则的挑战。好比教室里突然冒出一个所谓的"坏孩子"，质问："凭什么上自习的时候不可以说话？"在现实生活中，这当然是坏榜样，是一种不良示范，但在文学作品里，还是挺吸引人的。

第二回

悟彻菩提真妙理　断魔归本合元神

006　孙悟空读的是职业技术学校？

这一讲，开始说第二回。这一回的回目是"悟彻菩提真妙理，断魔归本合元神"。

这里用了佛教和道教的术语，指"心猿"的觉悟，他返本还源，复归先天意识，也就是元神。这里的元神，又叫元性，或者先天之性，就是我们在武侠小说或者玄幻小说里经常听到的"先天一点灵光"。道教内丹派的人认为：元神是人们出生时就有的，是先天意识，但在成长过程中，逐渐被后天意识给蒙蔽了，需要把它还原出来，才能修炼成内丹。

落实在故事情节上，正好是前后两个大段落："悟彻菩提"就是悟空跟须菩提祖师学得长生不老之术；"断魔归本"就是悟空回到花果山，初出茅庐，杀了混世魔王来练手。

先讲"悟彻菩提"。

这段情节说的是：悟空在须菩提祖师门下做了七年低级学徒。一天，祖师升坛说法，悟空听到妙处，眉开眼笑，抓耳挠腮，引起祖师注意。祖师要传悟空道术，说了几门，悟空都不学，只要学长生之术。祖师假装发怒，跟悟空打了个哑谜。悟空参透谜底，夜半三更，从后门进入祖师密室。祖师传授了悟空口诀。三年之后，祖师又教会悟空七十二般变化（就是天罡数变化）。后来又传授给悟空筋斗云。一天，悟空在同学面前卖弄本事，祖师赶悟空下山，并告诫他：日后惹出祸来，"却不许说是我的徒弟"。悟空谨遵师命，驾起筋斗云，直奔花果山。

这段情节里，须菩提祖师的形象塑造是很有趣的。

我们看86版《西游记》电视剧，须菩提祖师是道教打扮，印象中他应该是一个道教的仙人。他传授给悟空的长生不老口诀，也是道教内丹炼养功夫的基本原理。比如"月藏玉兔日藏乌，自有龟蛇相盘结。相盘结，性命坚，却能火里种金莲"。这里的玉兔和龟，指的是元气；金乌和蛇，指的是元神。元气与元神结合，就能结成内丹。这个内丹，就像金莲的莲子一样。

但是，这位祖师名叫"须菩提"，他又是佛教人物。

须菩提，是梵语的音译，也可以翻译成须浮帝、苏部底、须扶提，他是释迦牟尼十大弟子之一。网上有一些《西游记》的解读者，就根据这一点，说须菩提祖师收悟空做弟子，是如来事先安排好的，先期为唐僧培养金牌保镖，最后再把悟空收在自己的麾下，这是在"下一盘大棋"。须菩提当了个"露水"导师，最后只好隐退，深藏功与名。我们可以把这话当段子听，但不能用"阴谋论"来解读文学作品。用"阴谋论"来理解世界，并不高级，恰恰说明当事人缺乏多维度、深层次理解世界的能力。今天看，这个人物之所以叫须菩提，还是我们之前讲过的，基于一种"三教混融"的理念。

书中交代，须菩提的讲座，是"说一会道，讲一会禅，三家配合本如然"。哪三家？就是儒家、释家、道家。大家看，儒家的明心见性，他也讲；佛家的禅门心法，他也讲；道家的金丹妙诀，他更是讲得不亦乐乎。不止如此，须菩提祖师的知识还很杂。他给悟空推荐的各种道术，还有阴阳家的、墨家的、医家的，这又是把诸子略、数术略和方技略的东西给"杂烩"在一起了。

弟子们学得也很杂，而且带着一种实用主义的功利色彩。悟空学会筋斗云，一去十万八千里，师兄弟们都很羡慕他，说："悟空造化！若会这个法儿，与人家当铺兵，送文书，递报单，不管那里都寻了饭吃！"这话要搁在今天说，就是：自从有了筋斗云，妈妈再也不用担心我送快递慢了——你以为的斜月三星洞，是一个高级干部培训基地，实际上的斜月三星洞，是一个职业技术学院。倒是可以打个广告："职业技术哪家行，西牛贺洲找三星！"这广告词，是不是挺硬的？

这当然还是开玩笑。但我们应该明确一点：作者在塑造须菩提祖师形象的时候，并没有要把他专门塑造成某一家俨然庄重的祖师，他的知识是很杂的，主张"三教混融"。我们可以把他当成一个典型看，他代表着《西游记》里各路神佛的一般知识、信仰和思想，"三教混融"也是《西游记》所构造的奇幻世界的底色。

同时，作者在塑造这个人物的时候，还带一点戏谑的味道。原著里，须菩提祖师的嘴是很"碎"的，絮絮叨叨，磨磨唧唧，有话不直说，总是打谜语，要人家去猜。别说悟空生来猴急，连我们听着都烦了。

所以说，86版电视剧里的须菩提祖师，有点理想化了，道教味儿又重，倒是周星驰主演的电影《月光宝盒》里的"菩提老祖"，打扮不伦不类，说话絮絮叨叨，还多少贴近点原著的意思。有朋友可能会说，这电影是无厘头，是纯粹为了搞笑。但《西游记》的作者，他的态度也不严肃，他也是玩世不恭的，总带着调侃、戏谑的。

007　混世魔王是猪腰子脸？

第二回后半部分是"断魔归本合元神"，落实为具体的情节，就是悟空修成仙道后，首战告捷，刀劈了混世魔王。

刀劈混世魔王，当然是"断魔"，但这怎么就叫"归本"了呢？

这里，有道教内丹修炼的一般认识。书中交代：混世魔王住在坎源山水脏洞，在水帘洞直北下。这个位置就是坎宫肾脏 —— 坎（☵），在八卦里面，就代表水。

再看混世魔王的打扮，他穿一身黑：头戴乌金盔，身穿皂罗袍，披着黑铁甲。

我们知道，五色与五行是对应的，又与五脏相对应。五色是青黄赤白黑，五行是金木水火土，五脏是心肝脾肺肾。具体的关系是：青对应木，又对应肝；黄对应土，又对应脾，赤对应火，又对应心；白对应金，又对应肺；黑对应水，又对应肾。

这已经明白地告诉我们，穿着一身黑的混世魔王，连带着他居住的坎源山水脏洞，就象征着肾脏。书中是没有刻画混世魔王的相貌，追究起来，他很可能长了一张"正宗的猪腰子脸"。这是玩笑话。但混世魔王象征肾，是很明白的。

而悟空象征心 —— 他是心猿。在道教炼养的一般知识里，这段情节其实是在用文学的语言来图解"心肾相交"的道理。

其实，今天中医理论也是讲究心肾相交的，就是心肾之间的协调、均衡。上文说了，心对应火，肾对应水。心火下行，来暖肾水，肾水就不寒；肾水化气，上行到心，心火就不亢。如此一来，阴阳、虚实、寒热就均衡了。这就是许多老中医经常挂在嘴里的，"心肾相交，水火既济"。

当然，道教的炼养也分很多说法。比如这一段，有人认为是讲心肾相交的，有人认为是讲还精补脑的，还有人认为是讲守护阴精的，而在《西游原旨》的作者刘一明（他是清代乾嘉年间一位名气很大的道士，学生多，交游广，他评点的《西游原旨》影响也很大）看来，这些都是"野狐禅"，悟空刀劈混世魔王，是因为只有先天真心一体，没有心肾相交二体。

今天看，这就是各家有各家的说法了。好比都是肩颈酸痛，张大夫说热敷好得快，李大夫说冷敷好得快，各有各的师承，各有各的主张，还都有自己的一整套话术。听他们讲，感觉都挺有道理的，但忽略了本质问题：《西游记》是一部小说，是一部文学作品，不是用来图解某家炼养学说的。道士们鼓吹《西游记》是一部"神仙书"，也没见谁照着这部书，最终修炼成仙，普通读者更不能被他们的话术给带跑了。

但话又说回来，《西游记》里确实有内丹炼养的一般认识，它们又与特定的人物和情节结合在一起。不阅读原著，就没办法发现这些内容，因为它们是不适合（也不方便）呈现在影视剧里的。你只看影视剧，就不知道混世魔王形象的象征性，你就只把他看成一个"活不过一集"的普通黑脸汉子了。殊不知，他象征着肾脏，应该长着一张腰子脸，平时挂在嘴边的口头禅，可能是"感觉身体被掏空"。

从篇幅上看，作者在这段情节上用的笔墨很少，篇幅只占到这一回的大概四分之一。单从文字比例上看，显得头重脚轻。但我们看长篇小说，总要有一个全局观、整体观，因为作者谋篇布局，也是讲究全局观、整体观的。

说一个最简单的道理：叙述，讲究有张有弛、有急有缓。故事家要懂得安排"热闹处"和"冷淡处"的关系。不能一直是"热闹处"，这样讲的人也累，听的人也累。

这一回的"热闹处"是什么？是悟空学成仙道，学得长生不老之术，又学会七十二变的神通，更学得了筋斗云，其中穿插了须菩提祖师与悟空的"师生日常"，读者很喜欢。在这段"热闹处"之后，需要一个短暂休息。所以，刀劈混世魔王的情节就写得干净利落。

再把这一回放到全书的结构里看。从第一回到第七回，是"大闹天宫"的单元，我们可以把它说成"齐天大圣传"。

"齐天大圣传"里最精彩的部分是什么？当然就是"闹天宫"。一面是悟空在花果山搞自己的"地方势力"，拉帮结伙，厉兵秣马，不断做大做强；一面是天庭两番招安，两番镇压，最终如来出手，将悟空收监。这是最精彩的部分，也是最吸引人的部分，是更大的"热闹处"，与它比起来，悟空诞生、修道就是"冷淡处"了。现在，讲述"冷淡处"已经用去两回篇幅，不能再磨叽了，得尽快收尾。所以，作者写最后这一部分，是手起刀落的；悟空劈杀混世魔王，也是手起刀落的。

当然，收束不是与后文断开，叙述是要保持"黏性"的，得流畅、连贯。有时候，就要借助一些关键的道具。这一回最关键的道具是什么？就是混世魔王的那口大刀。悟空夺了大刀，但用着不趁手，所以去龙宫借兵器，这才引出悟空得以驰骋天地的暴力资本——如意金箍棒，以及之后"大杀四方"的英雄事迹。

第三回

四海千山皆拱伏　九幽十类尽除名

008　没了金箍棒，悟空还玩得转吗？

这一讲，开始说第三回。这一回的回目是"四海千山皆拱伏，九幽十类尽除名"。

落实为具体的情节，有两段精彩部分：一是闹龙宫，获得金箍棒；一是闹冥府，勾销生死簿。从此，悟空闹出了大动静，被天庭注意到，天庭开始想办法收伏这只在下界野蛮生长的妖仙。

先讲第一段——闹龙宫。

这段情节说的是：悟空打杀混世魔王后，在花果山经营自己的山场，组织武装势力。开始，猴子猴孙用的只是些竹剑木刀，小打小闹。后来，悟空从傲来国偷来大量真家伙，刀枪剑戟，斧钺钩叉，镋棍槊棒，鞭铜锤挝……样样具备，花果山的战斗力就直线上升了。但悟空从混世魔王手里夺来的大刀，用着不趁手，他就到东海龙宫去借兵器。龙王倒不吝啬，抬出几样重兵器，让悟空试一试，但悟空都嫌轻。最后，龙王告诉他，海藏之中，有大禹治水时留下的一个定子，也能当兵器用，就怕悟空拿不动。这本来是搪塞悟空的借口，让他知难而退。谁承想，物有其主，该着悟空得到这根如意金箍棒。悟空得了棒，又耍无赖，要龙王白送他一套披挂。你瞧，夺了人家的装备，还让人家送皮肤！这不就是小孩子耍无赖嘛！四海龙王凑在一起商量，"好汉不吃眼前亏"，那金箍棒太重了，书中交代：挽着些儿就死，磕着些儿就亡——简直就是当时的杀伤性武器。没办法，兄弟们只好先凑出一套披挂给他，事后再向天庭打报告。

这段情节写得很有意思，也巧妙地利用了古代神话传说的素材，又结合了一种文人精神在里面。

这个金箍棒，不是普通兵器——其实，它本来也不是兵器，但不是只有"管制刀具"才能伤人的，"生产资料"也可以用来行凶，金箍棒也就成为猴王驰骋天地的暴力资本。

在一些朋友的刻板印象里，孙悟空是"打遍天下无敌手"的。说实话，这多少是抬高悟空了，是一种"移情"的评价。从全书的形象塑造看，悟空的战斗力也就排个中上，不用说"灌口二郎真君"等大名鼎鼎的道教神祇，就是许多下界妖魔，也是可以和悟空打平手的，比如牛魔王、黑熊精，都是跟悟空打平手的。青牛怪有太上老君的金钢琢，悟空斗不过他，单论拳脚功夫，青牛怪也是跟悟空打平手的。

那么，悟空为什么会给人一种"笑傲江湖"的感觉呢？除了他身上那种大无畏和百折不挠的斗争精神，最重要的就是金箍棒这个暴力资本。没了金箍棒，悟空也是玩不转的。

金箍棒最具有威慑力的地方，就是它的重量——重达一万三千五百斤。用东海龙王的话说——挨着皮破，擦着筋伤。再加上如意变化，可长可短，可大可小，破坏力就更大了。比如第七十四回，悟空听说狮驼岭上的妖魔人多势众，足有四万七八千人（这跟花果山最强盛时候的人数，是差不多的）。悟空又不是没见过这种阵仗，根本不放在心上，他说："我把这棍子两头一扯，叫'长！'就有四十丈长短；幌一幌，叫'粗！'就有八丈围圆粗细。往山南一滚，滚杀五千；山北一滚，滚杀五千；从东往西一滚，只怕四五万砑做肉泥烂酱！"这就是今天说的"碾压"，也就是猪八戒说的"赶面打"。换句话说，把金箍棒当擀面杖用了。

所以，悟空平时打斗，都不用打套路的——扯出棒子，"抡"就完了！

也就是说，大家怕的不是老孙，而是老孙手里的棒子。

这一点，孙悟空自己也清楚。你他看平时很高傲，那是有恃无恐，因为棒子在手，即便在灵霄殿上见玉帝，也就是唱个喏——跟您老客气客气罢了。但是第五十一回，金箍棒被金钢琢套去，悟空只好去天庭搬救兵。你再看他，老老实实打报告，态度是毕恭毕敬的，跟刚进职场的应届毕业生似的。葛仙翁拿他打趣："猴子是何前倨后恭？"悟空也坦白："不敢！不敢！……老孙于今是没棒弄了。"你瞧，棒子在手，前程无忧；棒子离手，也可以低头。

这段情节，很容易让人联想到《战国策》里的"苏秦始将连横"。当年苏秦游说秦惠王不成，穷困潦倒，他嫂子连饭也懒得给他做，后来苏秦六国拜相，衣锦还乡，他嫂子"蛇行匍伏，四拜自跪而谢"，苏秦就问道："嫂何前倨而后卑也？"嫂子回答："以季子之位尊而多金。"说白了，还不是看您老现在阔了嘛！苏秦的嫂子是个市侩，前倨后恭是因为势利眼；孙悟空是个大英雄，但也可以前倨后恭，那是因为没了可以依仗的暴力资本。笔者个人觉得，这两个人物的回答都很坦白。够坦白，人物就足够真实生动，也显得更可爱。

009　金箍棒有什么寓意？

上一讲说过，金箍棒威力大，主要在于它分量足，能如意变化。没了这个暴力资本，悟空也是玩不转的。明确这一点，问题就来了：金箍棒既然如此厉害，那就得有一个特殊的来历。书中交代了：这是当年大禹治水的时候留下的一个定子。

大禹治水，这是一个非常著名的洪水神话。

这个神话，准确地说，应该叫"鲧禹治水"，因为大禹的父亲——鲧——也是一位治水英雄。他为了解除人间的水患，主动去偷天帝的息壤，这跟普罗米修斯盗天火是一样的，都是具有牺牲精神的。只不过，他的方法不对，用息壤去堵水，越堵水位越高，水的势能就越大，造成的破坏也更大。

从结果来看，鲧肯定是失败了，但还是要看他的动机——我们不能鼓吹唯结果论。有些家长，给孩子讲这个神话故事的时候，习惯性地歌颂大禹，这是没问题的，但反过来一个劲儿批评鲧，这就有一定的风险了。因为孩子总听父母这样讲，他将来很可能变成一个急功近利的唯结果论者。总之，客观上看，鲧也是一位具有牺牲精神的英雄。

与他的父亲不同，大禹治水用的是疏导的方法。既然要治水，尤其观测疏导的效果，就要测量水位，于是投下定子，也就是测量杆。投下的定子，应该不止这一根——各个观测点都有，治水之后，一齐收走，但忙中出错，漏下一根，在东海海藏之中。

这就有点《红楼梦》里那块"无材可去补苍天"的五色神石的意思了。一个是神铁，一个是神石，却都是被遗弃下来的，都有遗憾，都有失落。再拔高一点讲，都有几分"卞和泣玉"的意思。

卞和泣玉，许多朋友是熟悉的。说楚国人卞和在荆山砍柴，偶然间发现一块璞玉。卞和把这块璞玉献给楚厉王，厉王认为这只是一块石头，卞和是在欺骗他，就下令砍去卞和的左脚。武王上位后，卞和又去献玉，武王也认为受到了欺骗，又把卞和的右脚砍去了。等到文王上位，卞和在荆山脚下，抱着璞玉，痛哭三天，连血都哭出来了。文王问他为什么哭。卞和说，一块美玉，被当作石头，一个忠诚的人，被当作骗子，怎么能不悲伤？文王让人去雕琢这块璞玉，果然得到一块美玉，这就是大名鼎鼎的和氏璧。

再后来，这块璞玉就有了象征意义，指有价值却被埋没的人或物。而在中国古代知识分子心里，都有一点"卞和泣玉"的情结。说白了，都觉得自己是一块宝玉，只不过没有被人发现，没有得到机会，没有受到重视，由此感觉失落惆怅，甚至愤懑。

《西游记》里也有这个意思。悟空向猴子猴孙介绍金箍棒的时候就说，龙王只把它认作一块黑铁。说白了，一块璞玉，搁在一群庸人眼里，看不出来妙处。这话说的是金箍棒，联系后来的情节，也可以说，这是在说悟空自己。你想，一个盖世英雄，玉帝只派他养马，这不是和把定海神针认作黑铁一样嘛！定海神针失落于海藏，过了几千百年，只等悟空出世才放光，固然是物各有主，但也有物与人处境相似、心意相通的意思在里面。

所以说，金箍棒的来历，以及它被悟空所用，都有文人的心理寄托在。说白了，写的是别人的故事，抒发的是自己的牢骚怨曲。

当然，对于这样一个宝物，人们还好奇它的原型。现在网络上有各种各样的说法，有的是有说服力的，有的则是胡说八道。笔者没有什么新说法提供给大家，只是提示一点：猴王不是到了百回本《西游记》里才用棒子的。

此前的猴王原型，用的虽然不叫金箍棒，但也是棍棒形制的兵器。宋元平话里的孙行者就用铁棒了；元明杂剧《二郎神锁齐天大圣》里的通天大圣，用的也是铁棒；杨景贤《西游记杂剧》里的孙行者，用的是"生金棍"；《新编目连救母劝善戏文》里的白猿精，用的是"乌龙钢椽"，也是棒子。这些猴王，都是孙悟空的原型。

所以说，猴王使棒，这个形象很早就定型了。至于这个棒子是什么，各家说法，只要有理有据，能够自圆其说，都是有启发性的。

010　悟空为什么要到龙宫借兵器？

这一讲，继续说第三回，还是说悟空闹龙宫的情节。

一个简单的问题：悟空为什么要到龙宫里去借兵器？

按书中交代，这是四个老猴的建议。四个老猴，是两个赤尻马猴，两个通背猿猴。

马猴，其实就是猕猴。"马"与"猕"都是用来记音的。有个成语——沐猴而冠——这里的"沐"也是记音的，沐猴就是猕猴（不是给猴子洗了澡，再戴帽子的意思）。赤尻马猴就是红屁股的猕猴。

为什么要凑够四只，还得是老猴子？这里面多少有点"商山四皓"的影子。

商山四皓，是秦末汉初的四个博士。他们当年因为秦始皇焚书坑儒，到商山隐居，刘邦多次征召，他们都不肯出山。后来，刘邦动了废掉太子刘盈的念头，打算改立赵王如意做太子。吕后很着急，张良给她出主意，让太子想办法请商山四皓出山。刘邦看到刘盈居然能够请动商山四皓，觉得他的威望已经相当高了，也就打消了另立太子的主意。后来，商山四皓就成为一种文化意象，代表着经验与智慧。

当然，说四只老猴子身上有商山四皓的影子，有些朋友可能觉得，这是不是有点唐突商山四皓了？但之前已经说过了，《西游记》的作者就是爱开玩笑的，他写小说，就是一副玩世不恭的嘴脸。别说商山四皓了，诸天神佛，他也随便开玩笑。《西游记》的趣味性也就在这里。

那么，四只老猴子为何建议悟空去东海龙宫里借兵器呢？因为在古人的一般认识里，龙宫里的珍宝多。

《红楼梦》的"护官符"里有一句："东海缺少白玉床，龙王来请金陵王。"第六回，贾蓉领了贾珍之命，来王熙凤家里借一面玻璃炕屏，请客的时候摆一摆，充一充门面。王熙凤故意难为一句："也没见我们王家的东西都是好的？"读到这里，我们忍不住犯嘀咕：好家伙！你们王家的东西，当然都是好的！别说宁国府了，连龙王爷都瞧上了！但"护官符"里这句话有个前提——龙宫富藏珍宝，连龙王都寻不着的好东西，这才能显出他们金陵王家的豪富来。

由于龙宫富藏珍宝是一种一般认识，古代的"龙宫得宝"的故事也就很多了。

龙宫得宝，许多国家和民族都有类似故事。在这类故事里，一般都是主人公以和平或暴力的方式获得龙宫里的宝贝。

和平的方式，要么是互惠互利的，主人公给龙王好处，龙王回报，送给他宝贝；要么就是主人公以智慧或力量帮助了龙王，龙王报恩，送给他宝贝；要么是主人公证明了自己具有某种美好品质，龙王奖赏给他宝贝。

比如，段成式的《酉阳杂俎》里记载了一个唐代传说：昆明池里有一位老龙王。有个西域来的胡僧，贪图老龙王的龙脑，作法加害他。老龙王找到药王孙思邈，向他求救。孙思邈要昆明池龙宫里秘藏的药方作为回报。老龙王没办法，只好献出来。这个故事里，孙思邈的做法，有点趁火打劫的味道。是将互惠互利与报恩两种故事糅合在一起了。

暴力的手段，就是"夺"宝。这又与古代神话传说中"屠龙"故事相结合。

比如"张生煮海"的故事。张生煮海，不是掠夺宝贝，而是争取爱情，但爱情不也是一种宝贝吗？况且，煮海也不是张生的专利，不少民间故事里，主人公都是用煮海的方式，来逼迫龙王，获得宝贝的。《西游记》里这段情节，虽然洗去了"屠龙"的文化印痕，但是以暴力手段获取宝贝，这是很明显的；虽然不是"煮海"，但悟空抡起金箍棒"闹海"，跟暴力强拆似的，龙王爷能不害怕吗？

那么，问题又来了：为何要以各种方式获得龙宫里的宝贝，尤其是到海龙王的宫殿里去获得宝贝？这其实有更深层的文化心理，就是人们的渴望。

渴望什么？渴望对海洋资源的开发与占有。

华夏民族以农耕民族为主体，所以有人说我们是"黄土文明"，但中国毕竟是沿海的国家，我们有漫长的海岸线。"黄土文明"对深海蔚蓝，同样怀有期待与向往。最大的期待与向往，就是对这片未知领域——或者说欠开发领域——丰富资源的占有。

在古人的想象里——我们今天也证实了——广阔的海洋中富藏着无穷的资源，但水域是危险的，难以开发的。所以，就形成了各种各样的传说。丰富的资源，具象化为各种材质奇异、巧夺天工的珍宝，或者是各种奇书秘籍，或者是各种神兵利器，龙王则成为深海力量的一种具象化形象，我们需要向他们证明自己的智慧和勇气，更多的时候，需要以智慧和勇气去战胜他们。

所以说，悟空闹龙宫，不是简单的"打戏"，咱们不能光看热闹，还得看门道，就是看故事背后的文化意涵。

011　龙王到底长什么样？

这一讲，继续说龙王形象。

这种民间故事里常见的形象，其实是佛教传入中国之后才逐渐形成的。要知道，我们中国本土的神话传说里，原来没有"人格化"的龙神形象。

当然，我们有龙的形象，但它不是一种人格神，而是鳞虫之长，是一种灵兽、神兽，是图腾崇拜的产物。

按《说文解字》解释"龙"字："鳞虫之长，能幽能明，能细能巨，能短能长，春分而登天，秋分而潜渊。"就是说它善于变化，能够上天，能够下水。

鳞虫，是古代动物学知识结构所谓的"五虫"之一。请注意，这里的"虫"不是昆虫的意思，它泛指动物。

另外四虫，是羽虫、毛虫、甲虫、倮虫。

羽虫，就是鸟类，这一类的领袖是凤凰；毛虫就是兽类（今天说的哺乳类动物），这一类的领袖是麒麟。甲虫，也叫介虫，就是甲壳类动物——不仅昆虫，"带壳的"都算，像甲鱼、螃蟹、蛤蜊、皮皮虾，这都包括在甲虫里，这一类的领袖是灵龟。倮就是裸体，指身上没毛、没鳞、没甲的生物，人类就属于倮虫，这一类的领袖是圣人。当然，不要觉得倮虫这一类有多高级，这一类里，既有我们这样的万物之灵长、宇宙之精华，也有青蛙、蚯蚓一类生物——人家也是没毛、没鳞、没甲的。今天看，这种分类方式当然不够科学，但这是古代流行的一般知识，古人主要是根据生物的体表特征来分类的。至于鳞虫，就是体表有鳞甲的生物，主要指鱼类和爬行类动物。龙就是它们的领袖，由于它能下水，能上天，可以神通变化，所以古人认为龙跟降雨有关。这是我们华夏民族的本土图腾形象，古代印度的神话传说里是没有这种形象的。

但古印度神话传说里有一种形象，叫"那伽"（这是梵语音译），它的一般形象是人首蛇身，原型应该就是蟒蛇一类的生物。佛教兴起以后，吸收了这种古老的神话形象，它们虽然有神通，能兴风作浪，但低人一等，形貌丑陋，宿业未尽，终身受苦。能够皈依佛法的，可以作为护法神，但地位跟其他被佛教收编的"外道神"比，还是有差距的。

到了魏晋南北朝，人们在翻译佛经时，习惯将这类形象翻译成龙王、龙女，用了"龙"字，这就逐渐与中国本土的龙形象融合在一起了。

唐五代时期，这种人格化的龙神形象，在文学作品里就已经很突出了。比如唐传奇《洞庭灵姻传》，它的另一个名字，大家可能更熟悉——《柳毅传》，就是柳毅传书的故事。这个故事里的龙神，像洞庭君、钱塘君的形象，就是很生动、很立体的，尤其钱塘君的"小暴脾气"，给人的印象是很深刻的。

当然，龙王信仰真正在民间产生广泛的影响，还是在宋代。我们知道，宋代的统治者特别注意官方对民间信仰的管理，其中一个重要的表现，就是朝廷经常册封民间的神。一般流程，简单概括，就是地方官向朝廷请封，当地有某位灵验的神明，造福一方百姓，请求朝廷予以册封。朝廷走审批流程，最后下诏，进行册封。通过这种方式，朝廷可以加强中央王权对于地方信仰的统摄力。

比如宋徽宗就下诏册封五方龙神：东方青龙神封为广仁王，南方赤龙神封为嘉泽王，中央黄龙神封为孚应王，西方白龙神封为义济王，北方黑龙神封为灵泽王。

这也提示我们，"龙王"这个词不纯粹是从佛经里来的。这里的"王"是一种爵位。其实，被册封的龙神，有封侯爵的，也有封公爵的，封王是最高级别。随着越来越多的民间龙神被朝廷封王，百姓们也就习惯称其为"龙王"了——不管什么爵位，都笼统称王。可见龙王这种形象，也是三教混融的产物。

那么，在民间信仰里，这些龙王一般都是什么形象呢？总结起来，他们既可以龙的原型存在，也可幻化成人形，但主要还是半人半龙的形象。他们虽然站立着，但往往保持鳞虫的生理特征。比如《封神演义》第十三回写哪吒殴打东海龙王敖广，有一处细节，说哪吒将敖广的朝服"一把拉去了半边"，左肋露出鳞甲。哪吒下手狠，一口气薅下四五十片龙鳞，薅得敖广鲜血直流。可见，在民间的想象里，龙王虽然像人一样站立着，又穿着朝服，却是龙的身子，有角，有鳞，有鬣须子。你看，一般龙王庙里塑的龙王像，都是这样的，影视剧里的龙王，也都是这副打扮。大家可以回想一下86版电视剧《西游记》，或者上海美术制片厂的《哪吒闹海》，脑海里就应该有画面了。

那么，问题又来了：这些受封的龙王，主要负责什么呢？主要就是管理降雨。他们之所以受封，也是因为保障地方上风调雨顺，迎合了民众的期待。中国的民间信仰一直是很务实的，地方的神明，只有迎合了地方民众的期待，才会受到供奉。如果风不调、雨不顺，打倒龙王像、砸毁龙王庙的情况也不少。你看，《西游记》里的四海龙王，看上去就是基层干部，他们分管海域，主要负责配合风部、雷部、雨部的神祇来执行降雨的指令。

注意，这是个"执行"的活，不是个"运营"的活，更不是"管理"的活，龙王司雨时的自主性是很差的，这在后面魏徵斩龙王的情节里体现得是很明显的，我们到时候再说。

012 地狱里的"老大"，是不是阎罗王？

这一讲，谈一谈第三回后半部分的内容，就是"九幽十类尽除名"的情节。

这段情节说的是：悟空自从得了金箍棒，战斗力直线上升，花果山场也被经营得越来越大。悟空整天遨游四海，结交朋友，与牛魔王、蛟魔王、鹏魔王、狮驼王、猕猴王、狨狨王结成七兄弟，形成一个更庞大的地方武装势力。一天，悟空与兄弟们欢宴，喝得酩酊大醉，就倚在铁板桥边的松荫下，沉沉地睡过去了。有两个勾魂的鬼（勾司人）来拘押悟空，说他阳寿已尽。悟空一路打进地府，见了十殿冥王，质问他们：自己已经修成仙道，跳出三界外，不在五行中，怎么还有阳寿尽了这一说？判官查阅生死簿——猿猴一类是单独造册的。生死簿上写得明白：悟空"该寿三百四十二岁，善终"。悟空就耍起无赖，用笔勾抹了名字，连带其他猿猴之类的名字，也一起勾抹了。冥王不敢招惹悟空，跑到翠云宫，向地藏王菩萨告状。地藏王菩萨就写了表文，派秦广王到天庭递状子。此前，东海龙王敖广的状子也已经递到天庭。玉帝看了两份状子，下旨选将调兵，去镇压悟空，太白金星提出招安的法子，玉帝觉得可行，就派太白金星办这个差事。

这段情节写得很真实、很生动。同时，它也是一个过渡性的段落，标志着主人公行动的动力发生了变化，因为猴王感知到的环境压力发生了变化：原来是造化规则的压力，现在转化成制度规则的压力。

先来说两个小知识点。

第一个，是回目里"九幽十类"的概念。"九幽"好理解，指的是地下极深、极幽暗的地方，引申为阴间。这里的"九"不是数量，而是"极"的意思，因为它是最大的单数。"十类"是"五仙"和"五虫"和合称。五虫，之前已讲过，就是羽虫、毛虫、甲虫、鳞虫、倮虫。五仙，是道教的分类，指的是天仙、神仙、地仙、人仙、鬼仙。所谓"九幽十类"，就是泛指世间一切生命。

第二个，是地藏王菩萨与十殿冥王。在中国本土信仰里，地府主宰是泰山府君，佛教传入中国后，才有了"地狱"的观念，地狱的主宰是阎罗王。早期传说里，地狱里只有一位阎罗王，大概到了中唐以后，出现"十殿冥王"的说法，民间也普遍接受了这种观念。也就是说，地狱里分设十殿，每殿各有一位冥王。这反映的是地狱审判观念的强化。后来，地藏王信仰又与十王信仰相结合，形成一个地藏王统领十殿冥王的体系。

地藏王菩萨，大家比较熟悉。"地狱不空誓不成佛"，很多朋友知道这句话 —— 地藏王菩萨不能成就佛道，因为地狱总是空不了嘛！当然，地藏王统领十殿冥王的观念也是逐渐形成的，关键时期应该在晚唐。朋友们旅游的时候可以留意一些石窟壁画，晚唐时期的石窟壁画里，有地藏王与十殿冥王并坐的，也有地藏王位置明显上升的。

《西游记》里的冥府的官僚体系，就是由地藏王统领十殿冥王。冥府里有十殿，每殿各设一位冥王，分别是：秦广王、初江王、宋帝王、仵官王、阎罗王、平等王、泰山王、都市王、卞城王、转轮王（民间传说里，十殿冥王的排序和命名，也是存在差异的，不一定以此为准）。但十殿冥王不是冥府最高主宰，最高主宰是地藏王菩萨。所以，真要出了大事，十殿冥王还得去翠云宫拜见地藏王菩萨，向他老人家讨一个示下，冥府向天庭打报告，也得由地藏王菩萨牵头、署名。

这里，其实就已经透露出一点制度压力的意思了。

与人间一样，神佛世界也是"衙门世界"，有从上至下的一整套垂直的行政体系，各种各样的分支，具体到大大小小的衙门口子，衙门里有级别不同的行政长官，还有从事实际业务的办事人。这是一个虚幻的神奇世界，但也是一个实实在在的官僚世界。

请注意，这里说的"官僚世界"，不是贬义词。官僚机构化，是行政成熟的一个重要表现。在高度成熟的官僚体系里，行政事务可以保证高效、连续、平稳地运作，因为官僚体系的运作，是基于惯例或常规的。而绝大多数行政事务，其实都可以通过对惯例或常规的参考来完成。但官僚机构化也有一个明显的弱点，就是容易形成惯性，甚至惰性，与之紧密相连的责任人，对任何改革都抱有强烈的抵制情绪，因为改革就是在打破惯例或常规。同时，基于惯性的官僚机构，灵活性要差一点，应对突发事件的能力可能就要差一点。

这在《西游记》里就有体现。本来，孙悟空修成仙道，超升三界外，不在五行中，但冥府的数据更新是滞后的，无法做到"点对点"实时更新。按照冥府的流程，就是派勾司人把悟空的魂魄给勾来，是该轮回，是该转世，都是按部就班的。但悟空是个"意外事件"，他不仅不配合执法，还使用暴力，直接打死勾司人，闯进冥府大院，打得门卫、保安抱头鼠窜的，又直奔行政长官的办公室，拍冥王的办公桌，摔茶碗，撕文件袋，推档案柜，最后把人家系统主机都给砸了。破马张飞，简直闹翻天了。但冥府对这个突发事件的处理，就差点意思。最后还是走流程，逐级上报，先请示地藏王菩萨，再按流程向天庭打报告。至于天庭怎么处理，是招安，还是征剿，那跟基层就没关系了。反正报告打了，情况也说明了，符合"程序正义"，出了事也挑不出基层的毛病。

这就是悟空接下来要更多面对的世界。他自觉地感知到了来自造化规则的压力，通过修习长生术，挑战规则，缓解该压力，但之后还有一个（更令个体感到压抑的）来自制度规则的压力，需要更大的力量去挑战。

第四回
官封弼马心何足　名注齐天意未宁

013　大闹天宫是因为猴王良心丧失？

这一回的回目是"官封弼马心何足，名注齐天意未宁"，正好概括了悟空两次接受天庭招安的情节，第一次是做弼马温，第二次是做齐天大圣。中间，又穿插了第一次反下天宫的情节。

请注意回目里两个表示状态的关键词：一是"心何足"，一是"意未宁"。这讲的是悟空的状态，也是人心的状态。因为孙悟空就是"心猿"。之前说过，悟空代表"心"，他是"心猿"。这一讲就说一说这个"心猿"，到底是怎么一回事。

首先要明确一点。"心猿"这个概念，是佛教影响下的产物。

在佛教传入之前，中国是没有"心猿"这个概念的。佛教徒习惯把人心比作躁动不安的猿猴。比如鸠摩罗什翻译的《维摩诘所说经》就说，"以难化之人，心如猿猴，故以若干种法，制御其心，乃可调伏"。就是说人心像猴子一样，躁动不安，要制伏它、统御它，使身口意三业调顺，合乎正道。这样一来，就能够制伏诸恶了。什么叫身口意三业？就是人们的行动、言语、意识的行为造作。再比如《大日经》分了六十种心相，最后一种就叫"猿猴心"，经文里说这种心就像躁动的猿猴。①

那么，佛经为何用猿猴来比喻人心？这跟古印度的自然环境有关系。不管哪个国家和民族，在进行比喻的时候，人们经常从自己的生存环境里寻找喻体。这样更生动，也更容易被理解。恒河流域，密林丛生，本来就生存着大量猴子。古印度人天天跟它们打交道，进一步观察它们的情态，在进行思考与联想的时候，就自然而然地想到它们了。佛经也就经常拿猿猴来比喻人心。

后来，中国人逐渐接受了这个概念。许多文人写诗的时候，如果涉及佛教题材，都喜欢使用"心猿"这个意象。比如，晚唐许浑的《题杜居士》里就有一句："机尽心猿伏，神闲意马行。"②这里又提到了"意马"，也就是白龙马，之后还会讲到。

不过，更喜欢使用"心猿"这个概念的，还是道教徒，特别是全真教。

全真教是特别讲究"三教混融"的。从历史上看，这个教派的辉煌期很短。本来，它只是一个民间教派，丘处机率领众弟子到大雪山觐见成吉思汗之后，它才成为合法教派，但到了元代中期，全真教的地位就又下降了，回到民间了。

尽管辉煌期短，但全真教的理念和主张，对后世影响很大。对《西游记》的成书，也有重要影响。今天看，书中大量丹道术语，应该与全真教有密切关系。甚至有学者认为，在今天看到的百回本《西游记》之前，很可能存在着一个"全真本"的《西游记》。③

---

① 参见陈洪：《〈西游记〉"心猿"考论》，《南开学报》（哲学社会科学版）2009年第1期。
② 彭定求等编：《全唐诗》第16册，北京：中华书局1960年版，第6042页。
③ 参见陈洪、陈宏：《论〈西游记〉与全真教之缘》，《文学遗产》2003年第6期。

何谓"全真本"的《西游记》？它的作者，应该是全真教道士，起码是全真教信徒。他写这部小说，不是为了好玩，而是为了用取经故事来解释全真教的理念。这部"全真本"可能产生过不小的影响，但今天看不到了。如果这个"全真本"的《西游记》确实存在过。那孙悟空的"心猿"名号，主要就是从全真教的理念来的了。

同时，这个"心猿"也与儒家有关系。

儒家讲究"求放心"。这里的"放心"，不是安心的意思，可以理解成"放纵的心"，引申为"丧失的心"。比如《孟子·告子》就说："有放心而不知求。学问之道无他，求其放心而已矣。"[1] 这里的"放心"，可以译成"丧失的善良之心"，这是人的本性 —— 孟子主张"性善论" —— 善良的本性丧失了，就要找回来，所以叫"求放心"。

到了明代中后期，阳明心学流行起来，而心学也讲"求放心"，这里的"心"，指的是良知，"放心"就是丧失的良知。心学讲的"致良知"，也就是"求放心"。

尽管阳明心学未像佛教和道教那样，影响《西游记》的成书，但心学流行的时期，正好是百回本《西游记》写定与传播的时期，都是明代中后期。受心学影响，当时的人们就更喜欢从这个角度理解《西游记》，认为孙悟空是"心猿"：他大闹天宫，代表着"放心"，也就是良知丧失；护持唐僧西天取经，代表着"求放心"，也就是找回良知。具体到这一回，所谓"心何足""意未宁"，说的就是放纵心神，恣意妄为。

总之，不管是佛教的，还是道教的，又或者是儒家的，都把悟

---

[1] 杨伯峻：《孟子译注》，北京：中华书局2010年版，第247页。

空看成"心猿",制伏悟空的过程,就是制御"心"的过程。但问题的关键,不是这个理念,而是作者如何用生动的情节来演绎这种理念,如何将一种空洞的理念,敷演成妙趣横生的故事。

试看这一回情节:悟空第一次跟随太白金星到天庭,玉帝封他为御马监的弼马温,悟空尽职尽责,把天马养得膘肥体壮。一天,同事间小聚,悟空兴致来了,问大家:我这个弼马温,到底是什么品级?同事告诉他:没品级,也就是不入流。悟空一听就来了气:敢情我这个弼马温,连个芝麻官儿都不是!于是反下天宫。他恨天庭不知道抬举人,就听从独角鬼王的建议,自封为齐天大圣。托塔李天王率领天兵天将来擒拿他,败阵而归。玉帝听从太白金星的建议,二次招安悟空,就授予他一个"齐天大圣"的职衔,其实有官无禄,是个虚衔。悟空倒挺乐意,在天庭自在逍遥。

这段情节,写得委曲波折、妙趣横生。不只如此,还写出了神魔世界的人情世故。这些复杂的人情世故,是很值得咀嚼、咂摸的。

014 神魔世界的人情,是冷还是热?

上一讲提到,第四回不仅写得委曲波折,还写出了神魔世界的人情世故。那么,这些人情世故表现在哪里呢?

可以看到,围绕招安与镇压的问题,天庭分成了两派:一是以太白金星为代表的"主和派"(就是"鸽派"),一是以李天王为代表的"主战派"(就是"鹰派")。

从话语权的角度来看,主和派势力明显是占上风的。联系上一回,悟空闹龙宫、搅地府的时候,玉帝就想派兵镇压他,还没等托塔李天王发言，太白金星抢占先机，先说出招安的计划，玉帝转怒为喜，第一次招安项目，就算敲定了。后来悟空第一次反下天宫，证明招安项目失败，李天王又主动请缨，太白金星本来就担着责任，这时候更不方便发言了 —— 你得等。等什么？等待李天王败阵回来，挫了士气，太白金星又说出第二次招安计划，这就又把活儿给揽回来了。

两次招安，当然可以说是天庭的保守势力占上风，"鸽派"意见受追捧 —— 神魔世界的官僚集团，总是习惯采取绥靖政策的，但具体来看，还是在政治角力的过程中，主和派更注意方式方法。

你看，"鹰派"主战，目的明确，路径也算清晰，但方法不科学。就是一个字：打！

打不赢呢？就增兵再打！这是个简单的直线思维。

"鸽派"主张采取绥靖政策，但太白金星不仅给出政策，还有具体的目的和方法。他说得很明白：第一次招安，不代表向悟空妥协，而是用"软套子"拘住他。表现得好，就给他加官，表现不好，就地擒拿！这样的好处，用太白金星的原话："一则不动众劳师，二则收仙有道也。"这些话，都说到玉帝心坎上了 —— 低成本，高声誉，谁能不赞成呢？第二次招安，因为李天王出师不利，天庭已经伤了面子，天王还打报告，要求增兵，这个思维，就直得不能再直了！太白金星能够及时站出来，说明他比李天王有"政治觉悟"。关键，这一次还是有具体思路的：就封猴子一个"齐天大圣"，哄着他玩，又不给他差事，又不发他俸禄，就是一个名头罢了，没什么成本，还能挽回面子，玉帝当然也就同意了。你看，天庭"鸽派"不仅目的明确，而且路径清晰，方法科学。

所以，不在于主战，还是主和，而是有没有觉悟，讲不讲方法。这多少有点庸俗社会学的味道，但古代小说所写的人情物理，总是在生动地呈现这些内容。

比如《红楼梦》第五回就写到，宁国府上房的内屋墙上，有一副对联："世事洞明皆学问，人情练达即文章。"贾宝玉见了就头疼，直喊"快出去，快出去"！但宝玉是天生的富贵闲人，有主角光环，他可以对仕途经济抱有天然的抵触，我们不是贾宝玉，不得不卷入仕途经济的旋涡，要想挣扎着，不沉下去，就得讲究"世事洞明"，琢磨"人情练达"，即便做不到"洞明"与"练达"，起码也得达到及格线。既然我们讲，文学作品里的人物也得讲。比较起来，太白金星在这方面，就要比李天王"洞明"得多，也"练达"得多。

这其实也是一种隐性的压力，它是潜藏在显性的制度规则之下的，另一种对于社会个体的强大规约。一个是显性的制度条约，一个是隐性的人情物理，这都比造化规则，更让我们的主人公感到不适，承受更大压力。

而比较起来，隐性的人情物理，又是很难被挑战的，它不属于特定的机构或组织，而是一般的世情，主人公只能一次又一次去经验，经验这世态炎凉，却没办法真正挑战它。只能在人情冷暖、世态炎凉里去感受，去承受。

像崇祯本《金瓶梅》第一回"西门庆热结十兄弟，武二郎冷遇亲哥嫂"，一冷一热，就是题眼。作为世情小说的开山之作，《金瓶梅》真是一针见血地指出了人情物理的本质——我们经验的，可不就是这一冷一热嘛！

孙悟空也是要经验的。试看这一回，悟空反下天宫，自封齐天大圣，气焰滔天，那花果山场也是"鲜花着锦，烈火烹油"的。这时候，便有两个独角鬼王来投靠，说大王"肯不弃鄙贱，收纳小人，亦得效犬马之劳"。每每读到这一段，笔者都会不自觉地想起《儒林外史》里范进中举后的那段话："自此以后，果然有许多人来奉承他：有送田产的，有人送店房的，还有那些破落户，两口子来投身为仆图荫庇的。"悟空当然不是范进，两段情节也没有关系，但无论是敢于挑战造化规则与制度规则的英雄，还是为造化所捉弄，又被科举制度所戕害的可怜虫，说到底都逃不出人情的"热"。

再看悟空战败李天王后，牛魔王、鹏魔王等前来庆贺，一个个自封为"大圣"，欢乐无比，一派热闹，这跟"西门庆热结十兄弟"没什么两样儿！但人情物理就是这样的，热极便冷。甭管悟空被压五行山，还是西门庆呜呼哀哉，那些原来"热结"的弟兄又在哪里？那些送东送西的"热心肠儿"呢？那些卖身投靠图荫庇的呢？说好听的，是"树倒猢狲散"，其实不过是关起门来自在取乐，或是赶紧找下家儿去了。

就像原来围拢在西门庆身边的帮闲、篾片们。对他们来说，没了西门大官人，那还有张二官人，即便没了张二官人，还有赵、钱、孙、李官人，周、吴、郑、王官人，谁说卖身只许卖一次的？这天底下的歪脖树多了，哪棵树上不挂着几只猴儿？

可见，这一冷一热，就是世间的人情物理，甭管英雄，还是可怜虫，是做不到"超出三界外，不在五行中"的。悟空可以挑战造化规则，挑战制度规则，却挑战不了人情物理，这是主人公的无奈，也是作者的无奈。

015 "弼马温"本来是个"肥缺"？

谈一谈悟空最重要的两个名号："弼马温"和"齐天大圣"。这两个名号，也是作为关键词，出现在第四回的回目里的

我们知道，孙悟空在书中有很多的名号：心猿、美猴王、行者、大力金刚王菩萨、斗战胜佛，等等。一张名片都写不下，但影响最大的，还是"弼马温"和"齐天大圣"。这也是悟空个人的"最痛"与"最爱"。

悟空最忌讳别人叫他"弼马温"——要想惹毛这只本来脾气就不太好的猴子，就叫他"弼马温"。他听了，肯定要三尸神暴跳，恨不能撕了你的嘴。

而悟空最喜欢的名号，就是"齐天大圣"，这是他自己封的，后来又经官方"盖章"，虽然是个虚衔，却是悟空在正果斗战胜佛之前，拥有的最高级名头。

这两个名号都是有讲究的。

先说一说"弼马温"。弼马温，其实是一个杜撰出来的官衔，在中国古代职官里是找不到的。但它也不是凭空捏造的。这是一个"谐音梗"。"弼马温"就是"避马瘟"，也就是避免马生瘟疫，这是中国古代的一种民俗观念。古人认为，在马厩旁边豢养猴子，或者在马厩里画上猴子的图像，或者摆上猴子的雕塑，就可以使马不生疫病。

比如贾思勰的《齐民要术》就说："常系猕猴于马坊，令马不畏避恶，消百病也。"陶弘景《名医别录》也说："系猕猴于厩，避马瘟。"这里已经直接使用"避马瘟"一词了。李时珍《本草纲目》也引

述《马经》上的话，"马厩畜母猴，避马瘟疫"①。这里的"母猴"，其实是音转所造成的误会，"母猴"和"沐猴而冠"里的"沐猴"，是一个道理，都是猕猴，这里的"母""沐""猕"，都是用来记音的，并不表示意义。所以，在马厩旁边豢养的猴子，是不用分公母的。

这种用猴子来避马瘟的观念，很早就有了。汉代的许多画像石上，就有猴子骑在马上的形象。当然，这种形象主要是"马上封侯"的寓意，与"避马瘟"没什么关系，但汉代也有一些画像石上，有马槽或马厩旁边拴猴子的形象，这就跟"避马瘟"有一定关系了。

其实，这种观念也不是中国人独有的，比如古印度有一部《舍利护多罗》（这是一部兽医学著作），其中有一句，季羡林先生是这样翻译的："马身受火烧，痛得受不了；涂上猴油痛就止，正如太阳东升黑暗消。"② 你看，这疗效非常明显，跟我们冻伤之后擦蛤蜊油是一样的，可见古印度人也认为猴子可以医治马病。

魏晋南北朝的时候，这种观念就更流行了，上文引述的《齐民要术》，就是这一时期的作品。志怪小说《搜神记》里还记载了一个逸闻，说赵固的一匹爱马死了，郭璞利用猿猴一类的生物，让这匹马复活。到了唐宋时期，这种观念就很普遍了，等到明代，就已经是一种一般性的知识了。直到今天，我们当然不相信猴子和马之间，会有什么生物医药学方面的直接关系，但这种民俗观念还是保留下来——许多高档酒店门口或停车场里还装饰拴马石，你再细看拴马石上头的装饰，十有八九是一只可爱的猴子。

---

① 参见姜荣刚：《"弼马温"渊源新辨——兼论中国古代猴马民俗与〈西游记〉小说的创作》，《文化遗产》2019年第5期。

② 季羡林译：《五卷书》，北京：人民文学出版社1959年版，第387页。

《西游记》的作者就利用了这种民俗观念，给悟空封了个"弼马温"，这也成了他一生最大的痛。

　　其实，悟空对养马本身，是没什么意见的。他干这差事，是任劳任怨的，也是尽心尽责的，做出了很大成绩。他主要是嫌官儿小。书中交代，御马监正堂管事，是不入流的官。

　　然而，回归历史真实来看，御马监并不是个小衙门。

　　明代有御马监，但它是个宦官衙门，这是"内官二十四衙门"之一。它的前身，是御马司，正五品，地位虽然低于当时的内使监和御用监（这两个衙门都是正三品），但御马司是明代最早设立的宦官衙门之一。洪武十七年（1384），改御马司为御马监，正七品。洪武二十八年（1395），内官二十四衙门的规模已经基本形成，御马监也在其中，主官是正四品，下边设有左右少监、左右监丞，还有典簿、长随、奉御，等等。

　　《西游记》里写道：天庭的御马监里有监丞、监副，还有典簿等，这是符合明代历史真实的，但说御马监正堂是个没品级的官、不入流的官，这就不符合历史实际了。

　　况且，御马监不是只管养马的，它的权力是很大的。

　　明代的御马监兼有军事和财政两项重要职能。它统领一支禁军，名义上是养马，实际上是有警备职责的。它又负责提督京营和西厂，更可以扈从出征，掌管兵符、火牌，还可以出外镇守各边、各省。

　　大家可以注意小说里的一个细节：选授悟空官职的时候，是武曲星君上前启奏，说"御马监缺个正堂管事"。武曲星君，是北斗九星的第六位，全称是北极武曲星君。民间一般认为他负责管理与军事、武功有关的事务。可见，这御马监正堂也算武职。

同时，御马监负责管理御马草场、皇庄、皇店，还参与采办土物贡品，这些都是实打实的"肥缺"——你"剜门盗洞"找关系，都不一定钻营得上的。常听一句俗语："手掌天下权，无非兵与钱"，这个御马监，就是个掌兵掌钱的衙门口子。不是皇帝倚重的人，恐怕还当不了御马监正堂呢！

然而，如果真按照这样的历史真实来写，玉帝就是重用悟空了，制度规则的压力就被消解掉了，悟空也没有反天宫的理由了。所以，作者写得虚虚实实的，有历史的影子，但又不是那么一回事儿。御马监正堂只负责给玉帝养马，是个不入流的官。做得好，没有什么实际的好处；做得不好，还有可能受处分，被通报批评。悟空当然不可能受这窝囊气。

况且，真按历史真实来写，悟空受的委屈就更大了。别忘了，御马监是宦官衙门，正堂管事——得是一个太监！即便是四品官，即便掌兵又掌钱，悟空也受不了，还是要反下天宫的。只不过，书里的原话就得改一下了——猴王闻此，不觉心头火起，咬牙大怒道："这般折辱老孙！老孙在那花果山，称王称祖，怎么哄我来做这没根儿的官！"

这当然是玩笑话。但从"弼马温"这一个小角度也可以看到，《西游记》的作者在编织故事的时候，是讲究虚实相生的，有符合历史真实的成分，也充分尊重了大众的民俗观念和一般知识，又结合叙述的需要，进行虚构生发，使故事显得摇曳多姿，一般的讲述者还真没这两把刷子。

016 是"五人组",还是"七兄弟"?

这一讲,专门说一说"齐天大圣"。

孙悟空为什么叫"齐天大圣"呢?这跟古代中国东南地区流行的"大圣"信仰,是有密切关系的,但从故事的演化历史来看,孙悟空不是一开始就叫"齐天大圣"的。

请注意原著的一个细节:悟空击退李天王的兵马之后,牛魔王、蛟魔王等六个弟兄都赶来祝贺。悟空就建议,兄弟们皆以"大圣"自居。于是,牛魔王自称平天大圣,蛟魔王自称覆海大圣,鹏魔王自称混天大圣,狮驼王自称移山大圣,猕猴王自称通风大圣,猢狲王自称驱神大圣。

这当然是作者的讽刺笔墨:一帮黑社会组织成员,刚取得一点小小的"胜利",就弹冠相庆,用东北话说,嘚了吧瑟,咋咋呼呼的。跟今天许多"社会人儿"差不多。只不过今天江湖上不称"大圣"了,一般就叫"哥"。起名字的思路,基本上都是按"斗兽棋"的套路来的:既然你叫"北街龙哥",那我就叫"南街虎哥",还有"熊哥""彪哥""豹哥",好赖不济,也能混个"狗哥"。这在广大人民群众看来,挺可笑的。但从江湖结盟的角度看,其实挺严肃的。与口号、徽章、制服、仪式一样,同质化的称呼,也具有增强集团内部凝聚力的重要功能。

先不提那些龙哥、虎哥了,回来说这七个大圣。

这"七兄弟"的组织,有两个突出的特征:一是猴子多。猿猴一类的魔王有三个,除了美猴王,还有猕猴王、猢狲王,这都属于猴子一类，这就已经占了"七兄弟"的小半壁江山；二是"天"字辈多。这七兄弟的名号里，大多带个"天"字。

其实，还有一个隐藏 Boss。这里，作者回避了一个更响亮的名头——通天大圣。为什么要回避这个名号？可能是怕造成误会，因为孙悟空原来也叫通天大圣。

从故事的演化来看，这个带"天"字的，又以猿猴类妖魔为主力的江湖组织，其实不是作者原创的，而是在前期故事演化的过程中早就形成的，原来不只有齐天大圣，还有通天大圣，他们都是孙悟空的原型。

比如，元末明初杨景贤《西游记杂剧》中的孙行者，首次登场的时候，他说自己一共是兄妹五人，自家叫通天大圣，哥哥叫齐天大圣，弟弟叫耍耍三郎。另外，还有一个姐姐叫骊山老母，一个妹妹叫巫枝祇圣母。但在无名氏的杂剧《二郎神锁齐天大圣》中，兄弟称呼又颠倒过来了。猴王的大哥是通天大圣，他自己是齐天大圣，姐姐是龟山水母，妹子是铁色猕猴，弟弟是耍耍三郎。

虽然具体的名字有差别，长幼顺序也不同，但总体上看，这是一个三男两女的五人"天团"。说明在元明时期，民间存在一个猴精家族的故事系统。这个家族的势力很大，本领很强，在通俗文学里的出镜率很高。故事里，一般提到地方上妖魔作怪，"屎盆子"都会扣在这个家族身上。《西游记》里说的"七兄弟"，就是从这个"五人组"来的。只不过，没有女性成员了，清一色的男生。

在原来的"五人组"里，"通天大圣""齐天大圣""耍耍三郎"，弟兄三人的称号是相对固定的。这三个雄性猴精，应该都是百回本《西游记》中孙悟空的原型之一。只不过，作者最后将他们统一为

"齐天大圣"。

那么，这个猴精家族的故事主要流传在什么地区呢？从现有文献资料看，应该是我国的东南地区，主要在福建一带。

早在20世纪80年代，中野美代子等日本学者就曾经从社会学、民俗学、地理学等角度入手，提出"孙悟空祖籍福建"的观点。后来，陆续出现的一些考古证据，也在一定程度上支持这种观点。比如顺昌、宝山等地，就发现了不少与齐天大圣或通天大圣相关的庙宇、墓碑。这些文物的时间，可能在元明时期。当然，国内学界对这个观点还是持保守态度的，主要因为"证据链不足"——我们还没有在福建地区发现一个绝对可靠的、流传于百回本《西游记》之前的"西游"故事，这就很难把过去福建多地崇拜的"通天大圣"或"齐天大圣"，与孙悟空直接联系起来。但可以确定的是，这些民间神祇形象与"西游"故事是有关系的。

其实，早在宋代，"西游"故事就已经在福建地区流传开来了。南宋诗人刘克庄（"江湖诗派"的代表人物）写过一组诗《释老六言十首》，其中有一句："取经烦猴行者，吟诗输鹤阿师。"[1] 这里提到"猴行者"，又说是"取经"，所用典故，应该就是"西游"故事，而刘克庄正是福建莆田人。同时代的张世南，在他的《游宦纪闻》中又记录了当时福建永福地区有一位号称"张圣"的僧人，也写过一首诗，其中一句："苦海波中猴行复，沈毛江上马驰前。"[2] 这里的"猴行"，说的应该也是猴行者，也是明确用"西游"故事典故的。另外，

---

[1] 刘荫柏：《西游记研究资料》，上海：上海古籍出版社1990年版，第255页。
[2] 同上，第256页。

福建泉州的开元寺中，现存东西两座木塔（始建于唐代，宋代改建为石塔），西塔上有一尊猴形人物浮雕，右上角刻有"猴行者"三字。这都说明，最晚到南宋时期，福建地区已经有比较成熟的"西游"故事传播了。

这个"猴行者"，当然就是孙悟空的重要原型了，但它还不是"大圣"。"行者"和"大圣"完全是两回事。这个"大圣"跟当时福建地区流行的瑜伽教有关系。

017 "齐天"难为兄，"通天"难为弟？

上一讲说过，《西游记》里的"七兄弟"，来源于早期故事里的"五人组"，这是一个猴精家族。在这个家族里，本来有两个大圣，一个是"通天大圣"，一个是"齐天大圣"，他们是兄弟，但排名比较乱，也叫不准到底谁是哥哥、谁是弟弟，正好应了那个成语——难兄难弟。姑且就说："通天"难为兄，"齐天"难为弟。这两位"大圣"都是后来《西游记》里孙悟空的重要原型。只不过，后来统一叫"齐天大圣"了。

那么，这个"大圣"的称号是怎么来的呢？

这个"大圣"，应该跟当时福建流行的大圣信仰有关系。

我们知道，福建地区的地理环境是很有特点的，这里山脉围绕，密林深广。古时候，当地就有大量的猴类生存繁衍。而伴随着人类的开发活动，人与自然的矛盾逐渐加剧。人类要生存，猴类也要生存。如此一来，人与猴之间，为了争夺生存空间而引发的冲突，也就越来越多。据宋人梁克家的《三山志》记载，早在唐代大历年间，古田地区就经常发生猴群骚扰人类、破坏庄稼的事件，给当地居民造成很大麻烦。今天的我们当然知道，这是人与动物在争夺生存空间，但当时的人们对猴类的生物学认识，还是相对有限的，加上担忧、焦虑，大量带有浪漫色彩的想象成分，就伴随着一些谣言流行起来。普通的猴子，被想象成一种生活在深山里的人形神秘生物——"山都木客"。既然是谣言，当然是越传越夸张的，在口耳相传的传播过程中，这类神秘生物的"破坏性"越来越大，"邪恶感"也越来越强，它们不仅干扰人类的正常生活，甚至劫掠妇女、散播瘟疫，直接威胁到民众的人身安全。到最后，生物学意义上的猴子，不仅被神秘化，更被赋予神格，演化为一种恶神。宋代洪迈《夷坚志》卷六就生动记录了福建地区猴形恶神的传说。出于敬畏心理，民众纷纷为其设祠立庙，敬献祭拜，祈求平安。

特别值得注意的，是劫掠妇女的猴王。当时最突出的形象，就是"丹霞大圣"，这在《三山志》《福州府志》《闽都别记》中都有记载。"丹霞大圣"后来被陈靖姑收服，成为其手下一员干将。这个传说与唐传奇《补江总白猿传》中的白猿精，显然存在基因联系，这自然也会影响到"好色版"的孙悟空原型。请注意：《西游记》里的孙悟空固然不好色，但他的原型其实是好色的，后文还会讲到。

先不扯太远，把话题拉回来。到了元明时期，福建地区的"大圣崇拜"就更流行了。特别是顺昌地区，当地形成了以"通天大圣""齐天大圣"为中心的民间信仰。有学者通过广泛的田野调查发现，在顺昌地区的"大圣信仰"中，"通天""齐天"两位"大圣"信仰曾经有过一个"争雄"的阶段——就是两个人的名头都很大，谁也压不倒谁。这个阶段，主要就在元明时期。[①] 而元明时期，正是"西游"故事定型的时期。这段时间里，"猴行者"向"孙行者"过渡，最终定型为"孙悟空"。

本来，这就是一个从"行者"过渡到"悟空"的过程。但福建地区的"大圣"形象又参与进来，问题就复杂起来了。况且，福建地区叫"大圣"的猴王，还不止一个，既有通天大圣，又有齐天大圣。这哥俩谁也不服谁，系统就有点紊乱。等到系统重新稳定下来，猴王的称号就如此处理了：他大名孙悟空，但也叫行者，又叫大圣。至于是哪个大圣？以齐天大圣为主，通天大圣则被隐去了。即使是江湖兄弟，也不提这个名号，就是怕搞乱了。

那么，通天大圣、齐天大圣等令人敬畏的猴王，为什么会被冠上"大圣"称号呢？这应该与当时福建地区流行的瑜伽教有关。

瑜伽教的前身是印度教的一个学派——瑜伽行派。进入中国以后，它逐渐与民间的巫术和佛道信仰杂糅在一起，成为一种亦道亦佛的宗教形态。瑜伽行派在唐初传入中国，大约在晚唐的时候，该教派就已经流传到福建地区。到了宋代，它已经与道教和当地民间宗教融合在一起。这个教派带有很强的世俗功利色彩，当地民众信奉瑜伽教，也是出于一种实用主义目的。因为这个教派，主打的是治病禳灾。遇到头疼脑热，可以找他们；想要趋吉避凶，也可以找他们；需要请一个"捉鬼敢死队"，还可以请他们。如此一来，瑜伽教与当地民众的日常生活就结合得愈发紧密，信奉者也就很多了。

[①] 参见齐裕焜：《〈西游记〉成书过程探讨——从福建顺昌宝山的"双圣神位"谈起》，《福州大学学报》（哲学社会科学版）2006年第3期。

瑜伽教所敬奉的一众神祇里，许多都以"大圣"为号，比如雪山大圣、象鼻大圣、雄威大圣，等等。瑜伽教的师父们在治病禳灾的时候，这些神祇的名号频繁出现，民众自然对他们耳熟能详，进而出于同样的敬畏、崇拜的心理，将"大圣"名号用于当地的猿猴崇拜，也就不足为奇了。

　　可以看到，孙悟空"齐天大圣"的名号不是随便冒出来的，而是有着复杂的历史文化背景，它是瑜伽教信仰与当地猿猴崇拜相结合的产物。原来既有"通天大圣"，也有"齐天大圣"，最后才统一为"齐天大圣"。

第五回

乱蟠桃大圣偷丹　反天宫诸神捉怪

018　王母娘娘是什么咖位？

这一讲，开始说第五回。

这回的回目是"乱蟠桃大圣偷丹，反天宫诸神捉怪"，已经明确点出"反天宫"，而其直接的导火索，就是王母娘娘的蟠桃盛会。

这一回情节说的是：悟空在天庭，整天无所事事，四处溜达，结交朋友，天庭怕他闲中生事，就给他安排了一个差事——看管蟠桃园。悟空监守自盗，把园中上品的桃子，吃得没剩下多少。一天，王母娘娘办蟠桃会，天上地下，各路神仙都请到了，却没有邀请悟空。悟空气不过，假变成赤脚大仙，提前混进会场，用瞌睡虫放倒正在布置会场的仙童、力士，尽情享用仙果、仙酒。酒醉后，悟空误入兜率宫，把太上老君给玉帝炼的九转金丹，吃了个干干净净。等到醒过酒来，悟空知道闯下大祸，逃回花果山。玉帝派李天王率天兵，再去镇压悟空，虽然捉拿了不少山精野怪，但花果山上的猴子猴孙，一个也没伤到。所以，这一回的回目叫"诸神捉怪"，而不是"诸神剿猴"。

既然后面一堆罗乱，都是由蟠桃会引起的，就要掰扯一番。

首先，就是这场大 Party 的举办者 —— 王母娘娘。

王母娘娘，大家很熟悉，小时候就听"牛郎织女"的故事。在我们幼小的心灵里，这个封建家长的典型形象，很早就扎下根了。今天，许多青年男女的自由恋爱，一旦受到家长干涉，他（她）们脑海里就可能浮现出王母娘娘那张麻木无情的"扑克牌面孔"。

那么，王母娘娘在天庭到底是什么"咖位"呢？

有的通俗文学作品，把她塑造成玉帝的夫人，今天一些影视剧，也是如此处理的。这其实是不对的。

论起来，王母娘娘在神仙系统里的资历 —— 是相当老了。

我们平时习惯称她为"王母娘娘"，实际上应该叫她"西王母"。

目前所见，最早记载"西王母"的文献，是《山海经》。但书中的西王母形象，可能会让当代读者大跌眼镜。比如《大荒西经》描述她的形象："戴胜，虎齿，有豹尾，穴处。"[1] 再比如《西山经》说："西王母其状如人，豹尾虎齿而善啸，蓬发戴胜。"[2]

这两段文字，总结起来，西王母大致是这样一副形象：头发乱蓬蓬，戴着方胜（一种发饰），长着老虎的牙齿、豹的尾巴，住在洞穴里，像野兽一样咆哮。

这是一个"半兽人"似的形象，看上去比较凶恶。不过，抛开幻想的成分，这样一副形象，看上去更像头上戴着玉石首饰、身上披着兽皮的穴居原始人。

有学者就曾经指出："西王母"可能就是"西王貘"。[3] 这应该是

---

[1] 袁珂：《山海经校注》，北京：北京联合出版公司2014年版，第344页。
[2] 同上，第45页。
[3] 参见王家祐：《西王母昆仑山与西域古族的文化》，《中华文化论坛》1996年第2期。

一个母系社会的原始部族。"貘"是他们的图腾。朋友们可能见过貘这种动物。这是一种大型的奇蹄类动物，身体比较大，短毛，头小，脖子粗，鼻子突出，能自由屈伸。

今天的人形容貘，习惯说它长得像驴子或犀牛，古人更习惯把它跟熊或豹子等大型肉食动物放在一起比较，比如《说文解字》解释"貘"，就说："似熊而黄黑色。"①《尔雅》称貘为"白豹"，《山海经》称貘为"猛豹"，都觉得它是一种大型肉食动物。比较起来，我们今天对这种动物的认识，比古人进步了不少，但古人的想象力看上去比我们丰富。

不管怎样，"貘"应该是这个部落的图腾。我们知道，许多原始部落都是以某一种动物作为其图腾的，在原始人的观念里，图腾动物是这个部族的祖先，该部落的人死后，灵魂会转移到图腾动物身上，或干脆就变成这种图腾动物——而"貘"和"母"的发音相近。至于"王"，就是部落首领。这种解释是比较合理的。

不过，古人不太在乎这种历史真实，他们更喜欢想象。于是，西王母就逐渐从一个半兽人，变成了一个女神。在大约成书于战国时期的《穆天子传》里，西王母就是一位尊贵的女神了，她在瑶池会见周穆王，两人酬唱应和。这种浪漫的想象又给后人提供了无限的遐想空间，比如李商隐的《瑶池》诗里就说："瑶池阿母绮窗开，黄竹歌声动地哀。八骏日行三万里，穆王何事不重来。"② 这本来是讽刺帝王追求长生不老之术的，但对王母形象的刻画，还是很生动

---

① 许慎撰，徐铉校订：《说文解字》，北京：中华书局1963年版，第198页。
② 彭定求等编：《全唐诗》第16册，北京：中华书局1960年版，第6182页。

的，隐约还流露出一股子脉脉温情。

不过，西王母长什么样，《穆天子传》里没有描写。汉代人大多认为，西王母是一位老婆婆。比如司马相如的《大人赋》就说她"皤然白首"，扬雄的《甘泉赋》也说她高寿。到了汉魏六朝时期，西王母的形象才年轻化、美貌化，像《汉武帝内传》《汉武故事》等杂传小说，都记载了西王母见汉武帝的事，这些小说里的西王母就是比较年轻的，看上去也就三十来岁，形象好，气质佳。

同时，这个时期，西王母形象不仅年轻化了，也仙人化了——之前是女神，现在则变成女仙。这和道教的兴起有密切关系。在道教神谱中，西王母很早就占据重要位置了。比如东晋的一部道书《老子中经》里，列了五十五位神仙，西王母排在第四位，也是位置最靠前的女仙。按照道教徒的理解，西王母是女仙之宗，凡是得道成仙的女子，都由她管辖。换句话说，女人如果成仙了，飞升了，到了天宫里，得先到西王母那里报到。这才是西王母真正的身份——天庭组织部门的重要领导，手里有人事权的。

当然，民间思维就是喜欢"配对儿"，有一个土地公公，就得有一个土地奶奶，这样看上去才对称，才齐全。只不过，最早与西王母配在一起的是东王公（也叫东王父），早期道教徒认为他们是兄妹，后来又说成夫妻。等到玉帝在神谱中的地位提升了，最终成为天庭的行政首脑。民间就习惯将他跟作为女仙之宗的西王母配成夫妻。这是民间理解"神仙世界"的一种习惯方式，也是一种民间叙事的传统。只要我们不把小说、戏曲、说唱本子里的"王母娘娘"与道书中的"西王母"混为一谈就好。

《西游记》的作者虽然也称这位女仙为"王母娘娘"，但他没有明确说王母娘娘是玉帝的配偶。从形象塑造上来看，小说里的王母娘娘基本上还是组织部门的领导。

今天一些改编《西游记》的影视剧，把王母娘娘塑造成玉帝的配偶，当然是一种艺术创作的权利，咱们也要尊重，但别扯上原著，原著作者肯定是不背这个锅的。

019　为什么吃蟠桃能成仙？

说完了王母，再讲一讲蟠桃。

论起来，蟠桃这种仙果，不是到了《西游记》才有的，但普通读者熟悉它，确实还是受到了《西游记》的影响。

这是一种想象中的水果。尽管今天市面上也能买到蟠桃，但那只是普通水果，补充维生素可以，没有长生的功效。《西游记》里的蟠桃，按照当坊土地的介绍，一共是三千六百棵桃树，每一千二百棵是一个品级。下品的是三千年一结果，吃了成仙了道，体健身轻；中品的是六千年一结果，吃了举霞飞升，长生不老；上品的是九千年一结果，吃了与天地齐寿，就进入永恒的时间范畴了！

你看，人家安排得明明白白的，都是蟠桃，分堆儿，9块9一斤的，39块9一斤的，79块9一斤的，大小成色都不一样，养生功能也不一样。我们今天也这么分堆儿买，但很多时候，其实是消费主义的陷阱，人家那可是按照道教服饵派的观念来的。

我们知道，道教养生术有服饵一派，所谓服金饵丹，就是通过服食丹药、奇果一类的东西，获得长生。

其实，在道教兴起之前，原始宗教里就有这种观念了。可以说，这本来就是一种原始巫术。英国人类学家弗雷泽在《金枝》里，概括了原始巫术的两个基本的作用逻辑：一个是相似律，一个是接触律（又叫触染律）。服饵的观念，主要就是跟这个相似律有关系的。就像葛洪在《抱朴子》中援引《玉经》里的话："服金者寿如金，服玉者寿如玉也。"①朋友，你想获得生命的永恒吗？就吃那些代表或象征着永恒的东西。就是这样的广告词。

屈原的《九章》里有一句话："登昆仑兮食玉英，与天地兮比寿，与日月兮齐光。"②就带有这个意思。可见，这也不是神仙方术流行之后才有的观念，原始巫术里早就有了。

道教追求长生，当然更看重服饵，比如丹砂、石钟乳、石胆、石英……各种"大自然的馈赠"，古代那些抱着长生幻想的人，都是敢往嘴里送的。

况且，道教徒讲究辟谷，也就是不食五谷。

为什么不食五谷？道教徒们认为，人的体内有三虫，也叫三尸。上尸居于脑宫，喜好宝物；中尸居于明堂，喜好五味；下尸居于腹胃，喜好色欲。这三尸就是人体内的邪魔，是欲望产生的根源，想要实现长生，就要先断绝它们。

怎么断绝？因为三尸是靠谷气生存的，如果人能做到不食五谷，断绝谷气，也就断了它们的口粮，三尸就被消灭掉了。

当然，辟谷理论是复杂的，里面有大量道教徒的幻想，特别是"自神其术"的东西，今人不必去追究，更没必要去实践。但辟谷的

---

① 葛洪：《抱朴子》，上海：上海古籍出版社1990年版，第81—82页。
② 萧统编，李善注：《文选》第4册，上海：上海古籍出版社1986年版，第1528页。

观念，在追求长生者看来，是一个要达到的基础水平——所以许多剑侠小说、玄幻小说，讲凡人修仙，就是要逐渐减食，最终不食五谷。

既然不食五谷了，靠啥挺着呢？正好有服饵理论来补充——服金饵丹，服食各种大自然的馈赠，补充矿物质！

这当然是玩笑话，但蟠桃的作用，就是基于这种服饵观念的。

那么，蟠桃怎么又和西王母联系在一起了？

这应该是与西王母赐不死药的神话传说有关系的。

西王母赐不死药的神话传说，起源是很早的，后来又和后羿射日的神话联系起来。古人追求长生，要吃各种"奇奇怪怪的东西"。试问，这些"奇奇怪怪的东西"，是自己发现的靠谱，还是神仙赐赠的靠谱？显然，后者更靠谱——它们来自权威，又是经过实践验证的。所以，好长生的人，整天幻想神仙来赐药。这样的情节，在中国古代民间故事里俯拾即是，好像神仙们整天没正经事儿干，揣着一兜子丹药、奇果，满世界地寻找有仙缘的人，开口一般是：少年，我看你骨骼清奇……你要是中了他们的话术，那兜子里掏出来的，即便是一枚毒苹果，你也是敢吃的！

而在故事流传的过程中，有长生奇效的丹药，变成了奇果。这个叙述的逻辑，倒也好理解：许多人仙缘浅薄，修为还不到，不够资格服用丹药，吃几颗奇果，简单地"食补"一下就行。像《西游记》第七十九回结尾，比丘国王向寿星老求丹药，寿星老说自己是来寻找坐骑的，走得匆忙，没带丹药；打算传国王炼养的方法，但他筋衰神败，也没有办法修炼，就从袖子里掏出三个枣儿来，给国王泡茶喝。其实，寿星老压根儿不想赐国王丹药，但总得有点表示。一来，是自己理亏；二来，国王设宴招待，总得回礼。三个枣儿，食补一下，足够长生了。

这个情节，也是来自西王母传说的。像《汉武故事》和《汉武帝内传》都讲武帝向西王母求不死药，西王母不给他，只赐了几枚桃子——这就是蟠桃的原型了。

按书中交代，这桃子是三千年一结果的。你看，人家神仙可不是随便提拔人的，道不轻传嘛！首先，你不够资格吃人家炼制的丹药。其次，就算食补，人家送给你的，其实也只是9块9一斤的。想吃79块9一斤的？门儿也没有！咱们就别整天做"白日梦"了！

《西游记》里的奇果，除了蟠桃，当然就是人参果了。那也是吃了就可以成仙得道，与天地齐寿的。其实，从"西游"故事演化的角度看，这两种奇果，本来是一个原型。在晚唐五代的俗讲底本《大唐三藏取经诗话》里，已经有唐僧师徒"入王母池"的故事，其中就有偷蟠桃的情节。猴行者说自己八百岁的时候，曾在王母瑶池偷了十个蟠桃，吃一个就能活三千岁。唐僧听了，心痒难耐，就教唆猴行者再去偷。猴行者当年被西王母体罚过，留下了心理阴影，但拗不过唐僧，只好再去偷——你看，在早期故事里，猴行者是被教唆犯罪。

有趣的是，这里的蟠桃，可以变成小孩子的模样，唐僧见了就害怕。这又是后来吃人参果的情节。只不过，《西游记》里的唐僧，是纯粹"没胆儿"，没有坏心思，《取经诗话》里的唐僧，是"有贼心没贼胆儿"。之后还会再讲到。

第六回
观音赴会问原因　小圣施威降大圣

020　是战斗，还是游戏？

这一讲，开始说第六回。这一回的回目是"观音赴会问原因，小圣施威降大圣"。

回目上是对仗关系，但从情节上来看，重点就是"小圣施威降大圣"，也就是二郎神与悟空赌斗变化，最后制伏悟空的情节。

这段情节说的是，观音菩萨也受王母邀请，来参加蟠桃会，看到会场一片狼藉，各位神仙也不就座，在那里议论纷纷。观音菩萨就带领大家去通明殿见玉帝，问一个究竟。玉帝把事情原委告知菩萨。菩萨先派徒弟惠岸到花果山去打探消息，顺带送个人情——叫他见一见父亲和兄弟，叙一叙父慈子孝、兄友弟恭的人伦温情。惠岸与李靖和哪吒见面后，就到水帘洞前叫阵。惠岸与悟空斗了五六十回合，渐渐体力不支，败下阵来。李天王一看，连惠岸也奈何不了悟空，只好再写奏表，让惠岸带回天庭，请玉帝派兵增援。玉帝见了奏表，脸上有些挂不住，但这话是笑着说出来："叵耐这个猴精，能有多大手段，就敢敌过十万天兵！李天王又来求助，却将那路神兵助之？"

这里的"叵耐",有可恨、可恼的意思,但所谓"听话听音,锣鼓听声",得揣摩领导说话的深意。这是单纯抱怨悟空作妖吗?当然不是,起码还有两层意思:一是批评李天王剿贼不力,一再挫伤天庭锐气,天庭很没面子;二是顺带把这个皮球踢给观音菩萨。你听,"李天王又来求助,却将那路神兵助之?"按说,李天王是天庭剿贼统帅的最佳人选,这一点,连悟空都是承认的。但李天王也出师不利,天庭将帅之中,已再无可用之人。

这话是说给谁听的?明显是说给观音菩萨听的!别忘了,菩萨是主动到通明殿来找玉帝的,说明菩萨有揽差事的意图——《西游记》里的观音确实挺爱揽差事,以后还会讲。既然人都来了,总得给点意见。菩萨若是不亲自出手,就得举荐一员神将。

菩萨倒也不客气,立马举荐了二郎神。这里也是有讲究的,揽差事归揽差事,不客气归不客气,但做事不能出格。目前为止,这还是道教系统内部的事,得道教系统内部的人来解决,派惠岸去助战,只是顺水人情,现阶段就举荐佛教神祇出手,甚至菩萨亲自动手,不是帮忙,而是打人家脸——总得懂点"江湖规矩"。鲁迅先生评价《西游记》,说它是"神魔皆有人情,精魅亦通世故"[1]。的确如此,在《西游记》的奇幻世界里,无论天上地下,不管仙境魔域,流荡漫溢的都是这些人情世故的细节。

但二郎神是很有性格的,听调不听宣,玉帝只好下一道调兵旨意。二郎神接了旨意,就点齐本部神兵,来到花果山。经过一番赌斗,二郎神制伏了悟空,但有点胜之不武——因为最后活捉悟空,

---

[1] 鲁迅:《中国小说史略》,北京:商务印书馆2017年版,第154页。

是太上老君用金钢琢偷袭，悟空被砸中天灵盖，跌了一跤，又被哮天犬咬住小腿肚子，才被神将们捉住的。

这段情节里最精彩，也是最吸引眼球的部分，当然是悟空与二郎神赌斗变化。这是悟空学成"七十二变"的神通后，第一次集中展示。第六十一回，写悟空大战牛魔王，也写到七十二变，就不如这一回写得好，也显得重复了。像"李评本"的评点者（应该是托名李贽的评点，不是李贽本人的意见）就认为：这样的情节，不能没有，但不能写两次；重复了，就让人觉得厌烦。其实，读者未必会觉得厌烦，但第六十一回的七十二变，确实没有这一回写得精彩，因为这一回写得更有层次，节奏感也更好，同时又塑造出了悟空在战斗中的一股游戏精神。

我们知道，悟空后来正果斗战胜佛，说明"好战""善战"，是这个形象的主要标签，但我们之所以觉得悟空可爱，不是因为他好战、善战，而是他在战斗中，总是带着一种游戏精神的，拔高一点说，就是"革命乐观主义"，但归根到底，还是他有一颗童心，无论面对多么复杂的环境、多么厉害的对手，悟空总是抱着一个做游戏的心态。

这段情节，可以拆分成三个段落。

第一个段落，是悟空和二郎神变化各种动物。从攻防关系上看，悟空是防御型的，二郎神是进攻型的。这与前文情节是相适应的：悟空之所以使出七十二变的神通，是他看到猴子猴孙被梅山六兄弟打得落花流水，心里着慌，要变化逃走。二郎神是来捉他的。所以，不管悟空变成什么生物，二郎神就变成这个生物的天敌，专门对付他。等到六十一回，悟空就是进攻的一方了，牛魔王才是防御的一方。

然而，这样变来变去，没办法收场。悟空最后就变成一只花鸨。在当时人们的一般认识里，花鸨这种鸟，是"至贱至淫之物"，不管是什么鸟类，都可以与它交配——所以有"老鸨子"的说法。悟空这么一变，把二郎神给"整不会了"——你变一个老鸨子，我不管变什么，都是吃亏啊！只好收了神通，用弹弓来打他。

第二个阶段，悟空变庙门。有趣的是，悟空的尾巴收不起来，只好变作一根旗杆，竖在后面。二郎神一看，又"绷不住"了——哪有庙门后面竖旗杆的？这不是胡闹嘛！

第三个阶段，悟空干脆变成二郎神的模样，跑到灌江口去胡闹，等到二郎神赶到，悟空还故意气他，说二郎神的庙宇，如今已经改姓孙了。

整段情节看下来，叫人觉得又好气又好笑：二郎神是一本正经地打，是技术流；至于悟空，虽然也有技术，但主要就是跟你玩，跟你闹，不按比赛规则来。走步，翻腕，打手，推人……都赶上犯规集锦了。你吹他犯规，他还跟你嬉皮笑脸的，还跟你来一句："你就说俺进没进球吧！"拿这样的选手，你是一点招儿都没有。打比赛的时候，你看这种人，是真来气，恨不能把他按在地上，痛扁一顿。但等到气也消了，汗也散了，大家伙嘻嘻哈哈，勾肩搭背往更衣室去，你又觉得这种人其实挺可爱的，因为他不是在打球，而是在陪你打球，对于他来说，球不重要，游戏本身才重要。悟空就是这种人。

021　到底有几位二郎神？

既然说到与悟空棋逢对手的二郎神，就专门讲一讲这个形象。

我们会发现，在《西游记》的神仙群体里，二郎神的形象是十分突出的。作者似乎对他情有独钟。你看，他塑造二郎神，都是正面的笔墨，没有讽刺和挖苦他。

二郎神是什么来历呢？书中交代：他叫杨戬，是玉帝的外甥；他不在天庭，镇守在灌江口（就是今天的都江堰），享受人间香火；他跟舅舅的关系比较紧张，不听舅舅宣召，舅舅只能下调兵旨意，他才肯来。

那么，杨戬和玉帝的关系，为什么这么紧张呢？书中也交代了，悟空和杨戬一打照面儿，就揭后者的老底。原来，当年玉帝的妹妹思凡下界，与杨生婚配，生下杨戬。玉帝惩罚妹妹，把她镇压在桃山之下，杨戬劈开桃山，救出母亲。因为有这样一段过节，所以杨戬跟玉帝的关系就不好，显得很紧张。

有的朋友可能要质疑：劈山救母的，不是沉香吗？不错，沉香也劈山救母，但劈开的是华山，杨戬劈开的是桃山。这其实是两个故事系统，但人物是有交集的，因为二郎神又是沉香的舅舅，这对甥舅的关系也很紧张。

有趣的是，在这两个故事系统各自独立又相互勾连的演化过程中，二郎神的形象逐渐被拉扯成"两套皮子"：一个曾经勇于挑战权威的叛逆青年，最终变成权威，又打压新晋的叛逆青年。网上流行过一句话："我们终将活成自己曾经讨厌的样子。"这句时髦话，用在这个有趣的民间文学案例中，倒也是合适的。

这里要提醒大家，民间传说里的二郎神，其实不止杨戬一个。也就是说，不只有"杨二郎"，还有别的"二郎"。比较著名的，有李二郎、赵二郎。

李二郎的产生时间最早。李二郎，就是李冰的二儿子。

李冰，是战国时期秦国蜀郡的太守，主持修建了著名的都江堰水利工程。正因为这一事迹，李冰很早就被当地民众神化了，人们传说他能够入水斩杀蛟龙。《成都记》里就叙述了李冰是如何化作神牛，与蛟龙打斗，最后打败蛟龙，解除水患的。这其实就是将李冰治水的历史事件给浪漫化、传奇化、神秘化了。

李冰成了神，他的二儿子也跟着成了神。宋代的时候，李二郎作为一位地方神明，就已经很著名了。《成都古今集记》就记载了李二郎的传说。

之前说过，宋代统治者特别重视官方对民间信仰的管制。一个突出的表现，就是官方册封地方神祇。李二郎也是因此受到朝廷册封的。本来，蜀地百姓习惯称李二郎为"护国显应王"，虽然称王，毕竟是民间封号，没有得到官方认证。宋仁宗的时候，封李二郎为"灵惠侯"，尽管得到朝廷"盖章"，爵位却不高。到了宋徽宗这位著名的道君皇帝手里，又给李二郎加上"真人"头衔，尊为"昭惠灵显真人"。民间就习惯称他为"灌口二郎真君"。

你看，《西游记》里杨二郎的名号，本来是李二郎的。书中有一个细节，二郎神和悟空打照面儿的时候，就说他是"敕封昭惠灵显王"，这个头衔，本来也是李二郎的。

还有一个有趣的传闻，记载于《朱子语类》：南宋初年，灌口二郎庙不太灵验了，地方上妖怪作祟，没人来镇压。二郎神给张浚（张浚是南宋名臣）托梦，说自己原来是被百姓们封了王号的，有血食供奉——就是天天能吃上荤食，现在被皇帝封了"真君"，地位倒是挺尊贵，却天天吃素，感到不痛快，所以不灵验了。可见，神明也是看重头衔和福利的，尤其是口头福。

总之，如果是在北宋到南宋初年，随便"采访"一位普通百姓：灌口二郎真君，到底是哪个二郎？十有八九，他要回答是李二郎。

不过，也正是在南宋的时候，"赵二郎"异军突起，逐渐把李二郎取代了。

赵二郎，就是赵昱。他是隋唐时候的人，早年做过道士，隐居在青城山，后来做过嘉州太守。嘉州，就是今天的四川乐山。据《龙城录》记载，赵昱也有斩杀蛟龙的事迹，人们也在灌口为其立庙。你看，李二郎与赵二郎，两个传说，在时间和空间上，本来就有交集，是有重叠的传说。只不过，赵二郎受到朝廷册封的时间，要更早一些，发生在唐代。唐太宗的时候，他就被封为"神勇大将军"。唐玄宗入蜀的时候，又封他为"赤城王"。到了宋真宗的时候，他就被封为"清源妙道真君"了。都是"灌口二郎真君"，民间不加甄别，在口口相传的过程里，李二郎与赵二郎，也就逐渐融合了。

论起来，赵二郎跟"西游"故事的关系更近。元明时期的戏曲舞台上，与"西游"相关的作品里，提到的二郎神，基本是赵二郎。比如杂剧《灌口二郎斩健蛟》《二郎神醉射锁魔镜》《二郎神锁齐天大圣》，这些作品都与《西游记》的成书有关系，剧中都明确说"二郎神"是赵昱。

只不过，不管李二郎，还是赵二郎，到了明代，基本被杨二郎取代了。《封神演义》《西游记》里提到的二郎神,都是杨二郎。但杨二郎的来历,其实没有那么正面。

杨二郎的历史原型,可能是宋代的宦官杨戬。

据说杨戬是一个擅长"刮地皮"的狠角色,而二郎神"血食"一方,也多少带有"刮地皮"的色彩,也是个狠角色。细心的读者还会发现,《西游记》等小说里说杨戬戴的是"三山飞凤帽",这种帽子与太监帽是很像的,而在民间图像里,杨戬也大都是不留胡子的。戴着太监帽,又没有胡子,就很容易让人联想到他的原型。①

这样讲,是有一定根据的。但我们也要看到,在民间信仰里,杨二郎是作为民众的守护神存在的,受到人们的崇拜。他英俊潇洒,本领高强,又嫉恶如仇,还记得《聊斋志异》里的《席方平》吗?在黑暗的地狱衙门里,席方平饱受凌辱,无处申冤,如果没有二郎神的干预,这场"屈官司"是打不赢的。同时,我们也要看到,在《西游记》的形象塑造里,杨戬是一个正面人物。而且,他是一个理想化的人物,他长得很帅,气质很酷。所以,悟空也特别欣赏他、敬佩他。这在第六十三回里就有体现,到时候还要细讲。

---

① 参见李天飞:《少年读西游》,济南:山东文艺出版社2023年版,第189页。

第七回
八卦炉中逃大圣　五行山下定心猿

022　火眼金睛是烧出来的，还是熏出来的？

这一讲，来说第七回。这是"大闹天宫"的真正高潮。如果说悟空跟二郎神赌斗变化是小高潮，这一回就是大高潮。

这一回情节说的是：悟空被押上斩妖台。刀砍斧剁，雷打火烧，都不能伤他。原来，悟空吃了蟠桃，喝了仙酒，又吃了金丹，这金丹在悟空体内，被三昧真火锻炼成一块，使悟空成了金刚不坏之身。太上老君建议把悟空送进八卦炉里，把悟空体内的金丹重新炼出来，这样一来，悟空自然就灰飞烟灭了。炼了七七四十九日，开炉一看，悟空没死，还多了一项技能——火眼金睛。悟空又跳出来，打进通明殿。玉帝请来西天佛祖，佛祖和悟空打赌，悟空逃不出佛祖的手掌心，想耍赖逃跑。佛祖把悟空压在五行山下，天庭里开"安天会"，答谢如来佛祖。

这里，有一点需要朋友们注意：都说悟空的火眼金睛是在八卦炉里"炼"出来的，这个说法其实不准确。别忘了，这一回的回目是"八卦炉中逃大圣"。为什么用"逃"字？因为悟空是怕炉火来烧的，他真能被八卦炉炼成灰烬。

也就是说，太上老君的提议，本来是可行的。当然，这里有太上老君的小算盘——他炼制的五壶金丹，本来是要献给玉帝，做"丹元大会"用的，现在倒便宜了悟空，他想把金丹从悟空体内炼回来，重新献给玉帝。说到底，还是盘算着拍一把手的马屁。

那么，这些金丹为什么如此重要呢？书中交代了，这是五壶的"九转金丹"。

什么叫"九转金丹"？

先要明确，所谓"金丹"，不是真金，而是假金，我们可以叫它"药金"。它是一种冶炼而成的金属化合物，原材料是丹砂、硫黄、铅等物质。由于成品看起来泛着金色，所以叫"假金"。当然，古时候有不少被江湖术士所蒙骗、蛊惑的人，真把这些金属化合物当作金子看的。炼金，不是为了养生，更不是为了修仙，只是图财。总之，金丹是一种药金。

这里的"转"，又是什么意思呢？

转，又可说成还。九转丹，也叫九还丹。转和还，都可以理解成次数。九转丹，就是经过九次提炼的金丹。

道教徒认为，提炼的次数越多，金丹的功效越大。如《抱朴子·金丹》所说："一转之丹，服之三年得仙。二转之丹，服之二年得仙。三转之丹，服之一年得仙。四转之丹，服之半年得仙。五转之丹，服之百日得仙。六转之丹，服之四十日得仙。七转之丹，服之三十日得仙。八转之丹，服之十日得仙。九转之丹，服之三日得仙……其转数多，药力盛。故服之用日少，而得仙速也。"[①] 说得十

[①] 葛洪：《抱朴子》，上海：上海古籍出版社1990年版，第27至28页。

分明白，金丹提炼的次数越多，功效越大。如果吃的是九转丹——恭喜您，三个工作日以后，您就可以升仙了。

今天，一些保养品做广告的时候，还用这种话术吸引消费者，比如经过多少次提纯，多少次萃取，反正大家也没有看到实验室和生产线，一听是精加工，就会动心。但你反过来想一想，只要49块9，就买五盒送五盒，附带一堆零碎赠品，还"全国包邮"，这样的保养品，里面什么成分，姑且不论，谁会相信它经过多次提纯、多次萃取呢？"九转之丹"，难道不需要成本的？

太上老君炼的金丹，就花费了大量成本，耗费了大量人力、物力。别的不说，只说八卦炉全天候运行，这燃料费得多高？煤气表不得"嗷嗷转"啊？！

这当然是玩笑话，但炼制九转金丹不容易，这是可以想象的，而悟空把这五壶丹，吃了个干净。太上老君能不恨得牙根儿痒痒吗？所以，就算教悟空化成灰烬，老君也要把自己的金丹给炼回来——不对，是把玉帝的金丹给炼回来！

只可惜，老君忽略了一点，就是八卦炉自身的"系统BUG"。

八卦，大家应该还是比较熟悉的，这是《周易》中八个基本图式，它们是由阳爻和阴爻以不同的排列组合方式构成的。爻是八卦的最基本符号。形象地说，中间不断开的横线是阳爻，中间断开的横线是阴爻。阳爻又叫奇爻，所以也叫"九"（九是奇数的代表）；阴爻又叫偶爻，所以也叫"六"（六就是偶数的代表）。三爻可以构成一卦。

构成了哪八卦呢？就是乾、坎、艮、震、巽、离、坤、兑。它们有各自的象征意义，代表不同的事象，也位于不同的方位。按顺时针方向说：乾代表天，位于西北；坎代表水，位于正北；艮代表山，位于东北；震代表雷，位于正东；巽代表风，位于东南；离代表火，位于正南；坤代表地，位于西南；兑代表泽，位于正西。

八卦炉的方位也是按这个来的。但大家也许注意到了，这里有一卦——巽（☴）——它代表风。所以《西游记》里说孙悟空要使风，便向巽位上吹一口气，就会狂风大作。但在炼丹炉里，巽位就成了一个系统BUG——巽位，就是炉子的风口，而风口是没有火的。

悟空就是躲在东南方向的这个风口上，所以炉火烧不到他。不过，风口没火，有烟。所以《西游记》原文交代："只是风搅得烟来，把一双眼熰红了，弄做个老害病眼，故唤作'火眼金睛'。"这里的"熰"就是熏的意思。

可见，悟空的"火眼金睛"，并不是火烧出来的，而是烟熏出来的。

今天的影视剧表现"火眼金睛"，都要加上特效，搞得悟空的眼睛，像一对灯泡，这没问题，毕竟视觉效果很好。但可能要再给悟空的眼圈上化上烟熏妆，毕竟这"镭射眼"是烟熏出来的。

023　为什么是雷神围攻悟空？

接着说"大闹天宫"的高潮部分。

说悟空从八卦炉里跳出来，抡起金箍棒，大闹天宫。书中有一句话，"打得那九曜星闭门闭户，四天王无影无踪形"。

这里的"九曜星"是星宿的名字，分别是太阳星、太阴星、荧惑星、辰星、岁星、太白星、镇星。这是"七曜"。太阳星，就是太阳；太阴星，就是月亮；荧惑星，就是火星；辰星，就是水星；岁星，就是木星；太白星，就是金星；镇星，就是土星。另外还有两颗星，罗睺星和计都星，这两颗是想象中的星宿，人们认为他们是凶星。加上这两颗星，就凑成了"九曜"。这里是用他们代指满天星宿。

至于"四大天王"，大家就比较熟悉了，他们是佛教护法四大天王，分别是：北方多闻天王、东方持国天王、南方增长天王、西方广目天王。这里用他们代指各路护法大神。朋友们可能要问：佛教的护法天王，为啥在天庭担任守卫工作？之前说过了，《西游记》不是纯粹的道教小说或佛教小说，它讲究的是"三教混融"，道教和佛教的神明是有交叉的。

总之，这句话是说悟空大闹天宫的时候，满天星宿、各路护法都躲开了。

尴尬的是，等到佛祖收服悟空，各路神明又现身了，书中交代：此时，三清、四御、五老、六司、七元、八极、九曜、十都、千真万圣，所谓"对对旌旗，双双幡盖"，都来参加安天会，向佛祖致谢，向玉帝致贺。你看，风险不愿共担，胜利的喜悦却是可以分享的。作者在这里，明显用了讽刺的笔墨。

但是，也不能一竿子打翻一船人，不能说满天神明，没有一个人站出来。这也不符合原著。一些影视作品，为了突出悟空所向披靡，不交代这段，或者只找来几个龙套演员，简单比画两下，充作背景。

实际上，原著交代得还是挺清楚的。说悟空一直打到通明殿，当时正有佑圣真君的佐使——王灵官值殿。说白了，赶上王灵官值班，负责通明殿的保卫工作，他就必须跟悟空正面较量一下。

这里的佑圣真君，就是北方真武大帝。

我们知道，道教的神谱是比较复杂的，有核心的部分，比如三清四御，这是各派的道教徒们共同崇拜的神真。

三清是玉清元始天尊、上清灵宝天尊、太清道德天尊（就是太上老君）。四御是玉皇大帝、紫微大帝、勾陈大帝、后土皇地祇。

但是，各教派又有自己的神谱体系。

比如神霄派，这是形成于两宋之际的一个教派，与天师道和上清派有密切关系，后来又吸收了东南沿海地区流行的雷神信仰（请注意，这里有雷神，下文还要说）。这个教派的创始人之一林灵素曾经得到宋徽宗的宠信，这一派也就迅速壮大起来。

到了明代中期，主要是嘉靖时期，这个教派的势力更大了。当时最受宠的道士，就是陶仲文，嘉靖十八年（1539），皇帝封他为"神霄保国弘烈宣教振法通真忠孝秉一真人"，总领全国的道教事务，享受正二品的俸禄，连父母和妻子都有封诰。第二年，嘉靖皇帝又给陶仲文加官少保、礼部尚书，又加少傅，这已经是正一品了。二十三年，又加陶仲文为少师，还兼任少傅、少保。要知道，少师、少傅、少保，就是所谓"三孤"。整个明代，一人兼任三孤的，只有陶仲文这一位。可见当时神霄派的势力之大。

在神霄派的神谱中，三清仍然是地位最高的神真，其下是三帝，就是紫微大帝、玉皇大帝、后土皇地祇——勾陈大帝不在这里面。三清、三帝，都是上圣，下面有九宸大帝、北极四圣，还有雷部诸帅。

在这个神谱体系之下，神霄派的道士们又构造出九司、三省等衙门机构，负责神霄派神明的日常政务——跟人间的衙门口子是一样的。

另外，又有四府，负责调兵遣将，扫荡群魔，这就是掌管兵务的衙门了。四府之中，有四大元帅，分别是：天蓬元帅、天猷元帅、翊圣真君、佑圣真君。

佑圣真君，就是北方真武大帝。按神霄派的设计，他是"北极四圣"之一，但真武信仰在民间是很流行的，佑圣真君后来成为玄武大帝、玄天上帝，这就是与紫微大帝同等地位的神君了。

这里的王灵官，本是一位地方神祇，主要流行在淮阴地区。根据《玄天上帝启圣录》记载，有五百人跟随真武大帝修道，最后都成了仙，称作五百灵官。其中，第一位就是"执法无私王元帅"，也就是王灵官。所以，书中说他是佑圣真君的佐使。

总之，神霄派神明在这场阻击战里，发挥了至关重要的作用。正在王灵官与悟空对战的时候，佑圣真君发文给雷府，调遣三十六名雷神来助阵。为什么调动雷神？因为神霄派本身就是融合了东南地区的雷神信仰。又为什么是三十六名雷神？因为雷部分为天雷、地雷、人雷三部。每部十二名，合为三十六名雷公。

你看，拦住悟空的是真武大帝座下的王灵官，又是真武大帝发文给雷府，派三十六员雷神前来助阵。可以说，正是王灵官与三十六名雷神的努力，才为翊圣真君等人争取了宝贵的时间，从西天请来佛祖。这里，主要就是神霄派的神明在发挥作用，作者又充分照顾到了民间的情绪，让真武大帝发挥了更大的作用。

当然，这里也还是有讽刺笔墨的。

作者对当时皇帝崇道（甚至说佞道）的社会现实，是极为反感的，是持批判态度的。当时，各路道士们蛊惑皇帝，靠着献丹药、做法事，平步青云，得财得势，欺压良民，飞扬跋扈，民间对此是怨声载道的。

反映在小说的文学想象里，就成了一段耐人寻味的戏谑笔墨：为什么满天星宿、各路护法都躲开了，只有神霄派的神明出来应付？大家可能是这么盘算的：噢！你神霄派的道士在人间那么得势，受到皇帝宠信。别人不说，那陶仲文，一人兼领三孤，多么荣耀！简直是一人得道鸡犬升天。别说鸡犬了，估计连家里的水缸、脸盆、皮掀子……都一道成仙了！如今出事了，当然也是你们来顶嘛！不是有一句话吗："能力越大，责任越大。"这里可以换一下说法："福利越大，责任越大。"反正，我们又没有享受到这么多人间香火的！

第八回
我佛造经传极乐　观音奉旨上长安

024　取经为何从盂兰盆会说起？

直到上一讲，讲完了前七回。这七回是悟空"大闹天宫"的段落。之前说过，前七回故事，是悟空的早年成长、早期经历，我们可以将其称作"齐天大圣传"。从"心学"的角度来说，这七回讲的是悟空这只"心猿"，是如何"放心"的。

从第八回开始，就逐渐过渡到"西天取经"的段落，进入"求放心"的阶段。

具体地说，从第八回到第十二回，讲的是唐僧西天取经的起因，从第十三回开始，唐僧的冒险经历才正式开始。

先讲第八回。这一回的回目是"我佛造经传极乐，观音奉旨上长安"。

这一回的情节说的是：悟空被压在五行山下，大约过了五百年，佛祖举办盂兰盆会，说南赡部洲"贪淫乐祸，多杀多争"，要从那里找一个取经人来，取回真经，劝化众生。观音菩萨自告奋勇，去东土寻找取经人。佛祖嘱咐菩萨，要祂一路勘察道路，顺带帮取经人收几个徒弟。观音带着惠岸一路向东，预先替唐僧收了沙僧、八戒、小白龙、悟空做徒弟。

有的朋友可能会说：整个取经项目，其实是预先计划好的；项目负责人是内定的，项目梯队里的核心成员，也都是事先安排好的。三藏真经就在大雷音寺里放着，也丢不了，剩下的就是"取"的问题了。唐僧只是带着悟空等人走一个过场。

这么说，虽然有点"阴谋论"的味道，却也不能算错。只是，为什么这项计划，要从"盂兰盆会"说起呢？

这就是领导语言的艺术了——凡事得有个"话头"，就是说话的头绪。正经事，不能上来就讲。一来显得突兀，二来大家还没有心理准备，对这件事的重要性，可能理解得不够深刻，甚至产生逆反心理。凡事先找个话头，有了这个头绪，接着娓娓道来，铺平垫稳，大家伙心里有了准备，甚至有了期待，就可以提正事了。

取经是正经事，但直接说，就太突兀了，得找个话头，这个话头就是盂兰盆会。

那么，盂兰盆会到底是什么呢？

首先，不要望文生义，不能按"盂兰"的字面意思，理解成"插在钵盂里的兰花"。其实，"盂兰"是梵语的音译，意思是救倒悬，或者说解倒悬。倒悬，就是头向下、脚向上地吊着。之前讲过，六道中有"饿鬼道"，佛教徒认为饿鬼肚子大，喉咙细，看上去像漏斗倒吊着，所以"倒悬"可以专指饿鬼道所受的苦厄，当然，也可以泛指饿鬼、地狱、畜生三恶道所受的苦厄。盆，则是汉语，指的是用在这个仪式里的关键法器。当然，目前学术界还在争论，有的学者就认为"盂兰"也是汉语，盂和兰盆，都是法器。

那么，盂兰盆会是什么性质的仪式呢？

其实，盂兰盆会不是一个纯粹的佛教仪式。起码，在民间流传的过程中，它不是一个纯粹的佛教仪式。之前讲过，古时的中国人讲究"三教融合"，这也体现在盂兰盆会上。

中国本土，先秦的时候就有在七月举行秋祭的习俗了。如《礼记·月令》所言："立秋之日，天子亲帅三公、九卿、诸侯、大夫以迎秋于西郊。"[1] 对于贵族来说，秋祭是典礼。对于大众来说，秋祭是习俗，主要是祭祀祖先。只不过，当时的时间还不固定，有在七月初举行的，也有在七月中旬举行的。

后来佛教的盂兰盆会、道教的中元节（就是地官赦罪日），都在七月中旬举行仪式。七月祭祖的习俗，就逐渐与之合流了，形成七月十五日祭祖的习俗。这个习俗，隋唐的时候就已经形成了。

佛教的盂兰盆会，最初主要是斋僧仪式，后来加入"目连救母"故事作为背景，仪式有了更生动的依据，活动也更热闹了，更受大众欢迎，斋僧的仪式也就变成了祭鬼的仪式。

目连救母的故事，在民间流行很广，也很久。目连是佛祖弟子，证阿罗汉果，他的母亲毁僧谤道，死后堕入地狱道。目连向佛祖求助，佛祖率菩萨、罗汉降临地府，超度鬼魂，使其脱离地狱。目连母亲脱离地狱道，又入饿鬼道，饥不能餐，渴不能饮，饱受倒悬之苦。目连再向佛祖求助。佛祖告诉他，七月十五是解夏日，僧人在当日检点、忏悔过失。可以在这一天设盂兰盆会，供养十方僧人，有这样一番功德，便可以超度自己的七世父母。盂兰盆会之后，目连母亲脱离饿鬼道，又变成黑狗。目连诵经七天七夜，才最终

---

[1] 王文锦：《礼记译解》，北京：中华书局2001年版，第218页。

解救她。

这个故事,也是宣扬佛法的,但故事的核心,其实含有儒家的理念,就是孝道。支持目连行动的根本动力,是对母亲的孝。所以,这个故事很受中国民众欢迎。一到七月,民间各地就搬演目连戏,连演半个月,高潮就在七月十五这一天。

而目连救母故事,本来就跟唐僧西天取经故事有密切关系——所谓"西游",不只有唐僧"西游",目连挑着担子,去西天拜佛祖,也是"西游"。在民间传播的实际情形里,两个故事经常纠结在一起,比如《目连救母劝善戏文》——这部戏文早于今日所见百回本《西游记》——里就有白猿精、朱百戒、沙和尚、铁扇公主等人物,还有火焰山、烂沙河(也就是流沙河)等故事。直到今天,一些地方演目连戏,也是跟西游戏穿插着演的。

如此看来,如来佛祖拿盂兰盆会当话头,引出取经的正事,也就不奇怪了。

025 释迦牟尼佛是极乐世界的教主吗?

再看第八回的回目,上半句是"我佛造经传极乐"。这个题目,如果给佛教徒看,会感觉怪怪的。因为这里说的佛祖,是释迦牟尼佛,但祂并不是西方极乐世界的教主。

首先,要说明一点,我们平时说释迦牟尼佛,习惯称祂为如来佛,这没有问题。但如来佛,不是专指释迦牟尼佛的。"如来"一词,就是对佛陀的一种尊称,不管哪一尊佛,都可以被称作"如来佛"。但民间更熟悉释迦牟尼佛,也更习惯把释迦牟尼佛尊称为如来佛,

《西游记》的写定者也是这样认知的。但释迦牟尼佛，并不是西方极乐世界的教主，极乐世界的教主，另有其人。

回看第七回，如来登场的时候，自报家门："我是西方极乐世界释迦牟尼尊者，南无阿弥陀佛。"这个表述，就很奇怪。因为释迦牟尼佛和阿弥陀佛，不是一位佛祖。

难道是作者的笔误？并不是，他就是这样认为的。比如第七十七回，悟空说："我佛如来坐在那极乐之境"，再比如第八十三回，讲述哪吒出身事迹，也说他割肉还母、剔骨还父之后，灵魂到西方极乐世界找如来佛。又如第八十七回，悟空又说："如来处虽称极乐，却没有城池，乃是一座大山"，类似的描写，书中还有很多，说明第七回这里不是笔误，作者确实认为释迦牟尼佛是西方极乐世界的教主。

这个认知，其实是错误的。

在佛教徒的宇宙观里，从地域空间上来看，有无数个世界，与我们因缘联系最深的，有三个最具代表性的世界，分别是东方净琉璃世界、娑婆世界、西方极乐世界。三个世界有三位教主：东方净琉璃世界的教主是药师佛，娑婆世界（也就是我们居住的世界）的教主是释迦牟尼佛，西方极乐世界的教主是阿弥陀佛。

娑婆，是梵语音译，意译是堪忍，就是说这个世界里的众生能够忍受各种烦恼苦难。这里容易产生种种罪孽，有种种苦，所以也叫五浊世界。五浊，就是劫浊、见浊、烦恼浊、众生浊、命浊。

极乐世界，正好与娑婆世界形成鲜明对比。相传，西方有一个国家，叫极乐。这是佛教最盛的一片净土。极乐，是意译，指这里的民众没有任何痛苦，享受诸般快乐。音译是苏诃缚帝，也可以译作须摩提、须阿提，也就是阿弥陀佛的净土。

阿弥陀佛，有很多佛号：无量寿佛、无量光佛、无边光佛、无碍光佛、无对光佛、焰王光佛、清净光佛、欢喜光佛、智慧光佛、不断光佛、难思光佛、无称光佛、超日月光佛。

但中国的普通百姓，最熟悉的佛号，还是阿弥陀佛，也经常把这个佛号挂在嘴上。当时的人们都想脱离苦难，大多抱着往生极乐世界的幻想。

那么，怎样前往极乐世界呢？佛经上说，只要时时刻刻念诵佛号，阿弥陀佛就会在念诵者临终的时候，接引他（她）去西方极乐世界。所以，阿弥陀佛，也叫接引佛。大家去寺院随喜的时候，可以观察一下，阿弥陀佛的塑像，就是接引众生的姿态。一般来说，佛像的右手是垂下的，左手当胸，手掌里有一个金莲台。这莲台，就是众生去极乐世界的座位。

所以，古代的老百姓经常把"阿弥陀佛"挂在嘴边（这里要插一句，"南无"，应当读成 nā mó，这是梵语的音译，是皈依、皈命的意思）。当然，还有更省事的方式——直接念诵佛号就行。念着念着，人们也就习惯了。

在日常生活中，念诵"阿弥陀佛"，甚至可能跟佛教没有半点关系，只是纯粹为了表示感叹。比如《红楼梦》里的人物，就经常把这个佛号挂在嘴边的。第六回，刘姥姥一进荣国府，周瑞家的答应把她引荐给王熙凤——好歹跟这位当家奶奶见一面，刘姥姥就说："阿弥陀佛！全仗嫂子方便了。"[①] 再如第十九回，宝钗取笑宝玉，

[①] 曹雪芹著，无名氏续：《红楼梦》，北京：人民文学出版社2008年版，第95页。

黛玉就说："阿弥陀佛！到底是我的好姐姐。你一般也遇见对子了，可知一还一报，不爽不错的。"①这里，都与往生极乐的幻想没有关系，就是表示感叹，完全可以翻译成"谢天谢地"。

有趣的是，尽管人们常把"阿弥陀佛"挂在嘴边，却分不清祂与释迦牟尼佛的关系。还是《红楼梦》里的例子，第二十五回，宝玉和凤姐被马道婆作法魇住，害了失心疯，一家人搞得人仰马翻。后来，一僧一道救回宝玉和凤姐。黛玉忍不住念了一声"阿弥陀佛"。宝钗一听，就忍不住笑了一声。惜春问她为什么笑，宝钗说："我笑如来佛，比人还忙：又要讲经说法，又要普渡众生；这如今宝玉、凤姐姐病了，又烧香还愿，赐福消灾；今才好些，又管林姑娘的姻缘了。你说忙的可笑不可笑。"②一句话，把黛玉说得脸上红彤彤的。这里不去讨论此时宝钗和黛玉各自的心事。单看宝钗的说法，她也是把阿弥陀佛跟释迦牟尼佛混为一谈的。宝钗也算大观园里最有学问的少女了——宝玉就尊称她"一字师"，连宝钗都不知道这其实是两位佛祖，可知当时人们大都是这样误会的。

之前说过，《西游记》的作者不是大学问家，这里还要补充一句：他也不是纯粹的佛教徒，他的佛教知识是很有限的。鲁迅先生评价《西游记》的作者"尤未学佛"，就是说他并没有潜心研究过专门的佛教知识。

当然，作者也没必要潜心研究佛学，他写《西游记》，是以玩世不恭的态度来讲述"神魔"故事，借此影射现实，反思人生，无

---

① 曹雪芹著，无名氏续：《红楼梦》，北京：人民文学出版社2008年版，第268页。
② 同上，第347—348页。

论佛教的知识，还是道教的知识，以及各种民间信仰的知识，他都是信手拈来、随意生发的，我们是不必去较真儿的。

026　观音是释迦牟尼的弟子吗？

仍然看第八回的回目，后半句是"观音奉旨上长安"。这里奉的谁的旨意？当然是释迦牟尼佛的旨意。那么，问题就来了：观音菩萨和释迦牟尼佛是什么关系？

按书中交代，观音是释迦牟尼佛的弟子。这一回，释迦牟尼佛提到取经人，观音菩萨就上前说道："弟子不才，愿上东土寻一个取经人来也。"佛祖听了，心中大喜，说道："别个是也去不得，须是观音尊者，神通广大，方可去得。"

你看，佛祖本来就想安排观音办这个差事，但不明说，非要搞一个"毛遂自荐"，这样才显得民主，也好服众！观音菩萨心领神会，所以佛祖一说，就主动申请了。

第九十八回，唐僧等人取到真经，观音又赶忙向释迦牟尼佛打报告，申请结项："弟子当年领金旨向东土寻取经之人，今已成功。"你看，一头一尾，一唱一和，有始有终，收放自如，师徒俩配合得天衣无缝。

由于《西游记》的故事在民间流传很广，这个师徒关系，就成了一种一般认识；又因为唐僧号称"如来的第二个徒弟"，所以有人说，观音是释迦牟尼佛的大弟子。在一些影视剧里，观音菩萨甚至经常站在释迦牟尼佛的身边，乍看过去，简直像佛祖的胁侍菩萨。

这其实是错误的。观音不是释迦牟尼佛的弟子，祂的"编制"也不在娑婆世界。

上一讲说了，释迦牟尼佛是娑婆世界的教主。每个世界的教主，身边有两位胁侍菩萨。胁侍菩萨，就是分列在教主佛陀左右的修行层次最高的菩萨。

释迦牟尼佛座下的两位胁侍菩萨是谁？是文殊菩萨与普贤菩萨。朋友们去寺院随喜的时候，进了大雄宝殿，可以观察一下，正中是释迦牟尼佛，两旁随侍的就是文殊菩萨与普贤菩萨，一位的坐骑是青狮，一位的坐骑是白象。

那么，观音菩萨在哪里？祂在上一讲说过的极乐世界里，祂是阿弥陀佛的胁侍菩萨。

传说，阿弥陀佛的前世，有上千个儿子，长子叫不眴，次子叫尼摩。二人都修成了菩萨道，成为阿弥陀佛的胁侍菩萨，不眴就是观世音菩萨，尼摩就是大势至菩萨。

比较起来，观世音菩萨信仰在中国民间更流行。

观世音，是意译。梵语音译是阿缚卢枳底湿伐罗，或者阿婆罗枳底湿伐罗。

这里，阿缚卢枳可以翻译成"观"，底湿伐罗可以翻译成"自在"。所以，我们习惯称这位菩萨为"观自在"。而鸠摩罗什又将其翻译成"观世音"，就是普察世间善恶，善听众生苦声的意思。到了唐代，人们为了避唐太宗李世民的讳，隐去"世"字，民间就习惯简称这位菩萨为"观音"了。

虽然观音的"编制"不在娑婆世界，但祂与娑婆世界宿缘深厚，在民间的影响又实在是太大——文艺作品里，有太多观音济世度人的故事了，古代的人熟悉祂，礼敬祂，反正《西游记》的作者没有潜心研究过佛教知识，搞不清极乐世界与娑婆世界的关系，大众也不在这些方面较真儿，小说索性就把祂移到娑婆世界的系统里了。

在《西游记》里，观音菩萨的出镜率，也是最高的。金圣叹曾说："《西游记》每到弄不来时，便是南海观音救了。"① 就是说，《西游记》的模式化情节里，最后帮助悟空解决矛盾的，十有八九是观音菩萨。金圣叹这样讲，带有一种批评的口气，批评《西游记》的叙事有点模式化，这是在踩《西游》、捧《水浒》。金圣叹认为《水浒传》写得更好，《西游记》比不上它。

我们也承认，《西游记》在这方面，确实存在模式化的倾向，但这是有原因的。

书中的一个又一个故事，原本也不是连缀在一起的，它们在很长的时间里，都是独立发育和传播的，本来是一个又一个有头有尾的神魔故事。这些故事的模式，无非就是：神魔冲突产生了——神魔冲突维持着——神魔冲突最后化解了。如果主人公自己不能解决问题，化解冲突，就要找一个帮手。

找哪个帮手来呢？神佛世界里，可以提供帮助的"大咖"当然很多，但普通读者熟悉的也就是那么几个。比如，某个故事里，唐僧被抓走了，悟空又斗不过妖魔，作者说道教神谱里的翊圣真君出手相助，可以吗？当然可以了，翊圣真君是"北极四圣"之一，上

---

① 金圣叹：《读第五才子书法》，见丁锡根：《中国历代小说序跋集》，北京：人民文学出版社1996年版，第1489页。

清派、神霄派的道士，都是特别推崇他的。北宋的时候，这位真君甚至被尊崇为宋室的守护大神。如此高的地位，这样大的本事，帮悟空解决个把的妖魔，还不是跟玩儿一样？可大众对他不是很熟悉。请翊圣真君出场，作者还得跟读者解释：翊圣真君是谁？他有什么履历啊？这就要消耗掉更多叙事的成本。

"南海观音救了"，就很容易被理解，也不用解释什么。观音菩萨救苦救难，既然解救大众的苦难，当然也可以解救唐僧和悟空的苦难了。

况且，取经项目，本来就是释迦牟尼佛安排的，悟空遇到危难，也得是释迦牟尼佛派人来给他收拾烂摊子。但释迦牟尼佛，主要是负责项目的顶层设计，推动项目上马，具体的工作，一般都是不插手的。除非取经团队遇到需要攻关的大磨难（比如青牛精、六耳猕猴）或者妖魔与自己有些亲属关系（比如金翅大鹏鸟），否则，佛祖都是不现身的。具体的人事和组织工作，都由观音菩萨来负责。既然观音菩萨已经被作家纳入娑婆世界的系统了，又设计成了释迦牟尼佛的弟子——所谓"有事，弟子服其劳"——观音看起来，就很像取经项目的常务副组长，起码是个救火队长。

这当然是玩笑话。回到《西游记》叙事的根本，就是作者并没有严格按照佛教的神谱关系来讲故事，他考虑的是游戏笔墨的需要，同时要照顾到大众的情绪。当时的读者，是乐于看到观音菩萨出场搭救悟空的。救苦救难的菩萨一出场，观其声音，皆得解脱，大众觉得心里踏实。再跟他们掰扯观音菩萨是不是释迦牟尼佛的弟子，就伤害大家的感情了。

附录　陈光蕊赴任逢灾　江流僧复仇报本

027　第九回从哪里来的？

这一回的回目是"陈光蕊赴任逢灾，江流僧复仇报本"。在一些版本里，这一回是第九回。其实，这不是真正的第九回，明代的《西游记》刊本里，没有这一回文字。

我们知道，古代小说经常有复杂的版本系统。普通读者可能对此不感兴趣，也摸不着脉门，但有的版本差异确实可能影响到阅读体验。《西游记》的版本系统，也是很复杂的。这里简单地给大家讲一下。

先说明刊本。明代的《西游记》刊本，分为三个大系统：繁本、简本和删本。

最重要的是繁本。这种本子，文字繁富，情节完备，人物形象也丰满。

目前所见最早的《西游记》的繁本，是万历二十年（1592）金陵世德堂刊刻的《新刻出像官板大字西游记》，简称为"世德堂本"。这也是目前来看，最接近作品原貌的版本，所以今天各大出版社，都是根据这个本子来点校排印的。

另外一部重要的明刊本，是崇祯年间刊刻的《李卓吾先生批评西游记》，简称为"李评本"。"李评本"跟"世德堂本"应该是从同一个母本演化而来的，也就是说，尽管文字上有差异，但它们应该是一个"大系统"的本子。李卓吾，就是李贽。但这里的批评者，肯定不是李贽，而是别人假托李贽的名字——李贽的名头很大，许多通俗小说的评点者，都冒用他的名字。比如《李卓吾先生批评忠义水浒传》，批评者也不是李贽（很可能是叶昼）。但这些评点文字也是有一定价值的。所以，今天也有一些出版社，专门以"李评本"为底本来点校排印的。"李评本"的评点，主要是从心学角度来理解《西游记》之主题的。之前说过，从心学角度阐释《西游记》主旨，在明代晚期的时候是很流行的。另外，"李评本"的评点也比较善于发掘小说里文学性的、戏谑性的内容，也有一定的导读功能。

简本系统里，主要是朱鼎臣本和杨致和本，删本系统里，则主要有杨闽斋本、唐僧本和闽斋堂本。如果不是从事学术研究，进行比较分析，普通读者没有必要去看这些本子——它们的可读性并不强。

以上版本里，都没有"陈光蕊赴任逢灾"这一回文字，只是在朱鼎臣本里，有一段简要的叙述，是关于唐僧出身的，但跟这一回的文字也不一样。

那么，这一回是从哪来的呢？这是清代的本子。

清代流行的《西游记》版本，主要是一些删本，比如《西游证道书》《西游原旨》《西游真诠》一类。这些本子删减了一部分原文，补入了大量的评点。这些评点，都是关于金丹大道的，因为批评者都是道教徒。

其中，时间最早的是《西游证道书》，这是康熙年间汪象旭、黄周星"炮制"出来的一个本子。据汪象旭、黄周星说，他们发现了一个"大略堂古本"，有这第九回文字，后来的本子基本保留了这一回文字。

从故事的完整性看，补入这一回文字，当然是很有必要的。因为小说第九十九回，总结了唐僧所经历的灾难，前四难就是：金蝉遭贬、出胎几杀、满月抛江、寻亲报冤。说的是唐僧被贬到人间，差一点被刘洪杀害，母亲把他抛在江里，他长大后寻找到母亲和祖母，又联络外公，铲除了刘洪，最后一家团圆——可以说是一部完整的"唐僧小传"，但前面没有对应情节，这就出现了叙述上的缺失，显得不太合理。补上了这个第九回，就合理多了。

那为什么明刊本里没有呢？最大的可能呢，是原著有对应的情节，但"世德堂本"或者它的母本把这些情节给删掉了。所以，明代的刊本里，就没有这一回文字。

但是，补入的这一回文字，还是有问题的。

首先，这里仍缺少"金蝉遭贬"的情节，金蝉子究竟因何被佛祖贬下界，还是没有对应的情节，仍然存在缺失的环节。其次，一些情节也有"瑕疵"。比如，这一回说把唐僧从水里救起来的是法明长老，后面却说是迁安和尚。再比如，这一回说陈光蕊是贞观十三年（639）中状元，之后到殷太师府上做上门女婿，与殷小姐生下孩子。但后面又说，玄奘受命主持水陆大会，也在贞观十三年。这样一来，问题就大了：且不说孩子是否陈光蕊亲生，就算是，陈光蕊几岁就生孩子了？中状元的时候，已经有这么大一个儿子了？这到底是爷俩儿，还是哥俩儿？这样一个大BUG，作者怎么会没有注意到呢？

清代的评点者加入这一回，但应该也不是原著文字。当然，尽管不是原著的文字，它也是有一定价值的。所以今天各大出版社，一般都以"世德堂本"为底本,把这一回当作"附录",插在第八回与第九回之间。

028　爸爸去哪儿了?

仍旧看补入的这一回:陈光蕊中状元,被宰相殷开山看中,做了上门女婿,与殷小姐成婚。陈光蕊要去江州做太守,带上母亲和妻子去赴任。半路,母亲染病,一家人就在万花店刘小二的客栈里暂时住下。陈光蕊买来一条金色的鲤鱼,打算给母亲做鱼汤。这鲤鱼一个劲眨眼——我们知道,鱼没有眼睑,怎么会眨眼呢!陈光蕊很诧异,就把这条鲤鱼放了。母亲的病一直不好,万般无奈,陈光蕊就把母亲留在万花店,与殷小姐继续赶路。夫妻俩来到洪江口,坐上刘洪的船。刘洪见殷小姐貌美,就杀害了陈光蕊,把他的尸首抛到江里。殷小姐本来是要殉情自杀的,但她当时已经怀孕,顾念腹中的孩子,只好委曲求全,跟了刘洪。刘洪假冒陈光蕊,到江州做太守。后来,殷小姐产下一子。刘洪要杀这孩子。眼看孩子是留不住了,殷小姐只好写下一封血书,说明自己的冤仇,把孩子放在一块木板上,送到江里,祈祷苍天保佑。这孩子顺水漂到金山寺脚下,被法明和尚救下。法明给这孩子取了小名,叫作江流儿。等到江流儿长大,知道了自己的身世,就去万花店找祖母。当时,他祖母的眼睛已经哭瞎了,江流儿给祖母舔眼睛,祖母居然复明了。江流儿又来到江州找母亲,殷小姐教他回京去找殷开山,领兵来除掉刘洪。后来,母子终得团圆。这时候,陈光蕊也复活了,原来他当年放走的金色鲤鱼,是一位龙王,龙王救下陈光蕊,最后送他还阳,一家团圆。

就是这么一个狗血的传奇故事。

之前说过,这段情节呈现了唐僧早期经历的几场灾难。更重要的是,这给主人公加上了一个富有传奇色彩的出身经历。中国人讲究的是"艰难困苦,玉汝于成",不平凡的人,一定有一个不平凡的出身。这个出身,往往要经历一些苦难——"天将降大任于斯人也"嘛!这在民间故事里是很常见的,比如大舜的故事、包公的故事,都有这样的出身。唐僧既然是金蝉子转世,更是内定的取经项目负责人,当然也得有一个这样的出身,不经历磨难,怎么担当大任呢?

论起来,这个故事,起源是很早的,从本事上来看,唐传奇里已经有这个故事的一些基本要素了。等到宋代,故事就基本成型了。周密的《齐东野语》里有一个吴季谦的故事,跟这个故事已经很像。南戏《陈光蕊江流和尚》讲的就是这个故事了。这部戏文,很早就散佚了,只有一些残曲保留下来。[①]这里提到"陈光蕊",又点明了"江流和尚",但是跟唐僧有没有关系,还不好说。

其实,这个故事本来就是以陈光蕊为主人公的。可以说,这是一个"爸爸去哪儿"的故事。超级稳定的人物是"爸爸",至于儿子是谁,就看具体的叙述需要了。

比如江淮地区,民间讲述该故事,就是为当地的"三元信仰"服务的。

三元,就是三元大帝,也叫三官大帝。上元是天官,中元是地

[①] 参见钱南扬《宋元戏文辑佚》,北京:中华书局2009年版,第192—200页。

官，下元是水官。

三元信仰，本来是上古时候中国人的一种自然崇拜，就是对天、地、水的祭祀。对自然力量的祭祀，为的是保证生产、生活能顺利展开。后来，道教吸收了这种信仰，构建起三官大帝的形象。三国的时候，三官信仰就流行起来了。比如《三国志》的裴松之注，就提到张鲁利用三官信仰行道，后来，小说《三国演义》第五十九回还提到了这一段事迹。说张鲁给人看病，就叫人检讨自己的罪过，然后把姓名、罪过写下来，写成三封书，向三官祈祷。一封在山顶上焚烧，这就是给天官的；一封埋在地里，这就是给地官的；一封沉到水底，这就是给水官的。

到了唐代，三官信仰基本成熟了。按道教徒主张：天官赐福，地官赦罪，水官解厄。正月十五是上元日，即天官诞辰。七月十五是中元日，即地官诞辰。十月十五是下元日，即水官诞辰。

宋元以来，三官信仰与民间日常生活结合得越来越紧密，管辖范围也越来越大，不管求官、求财、求婚、求子，还是趋吉避凶，消灾解难，都祭拜三官大帝。

陈光蕊的故事，在民间流传的过程中，就跟"三元信仰"结合起来。说的还是陈光蕊被害，但这次他到龙宫，不是在停尸间里"躺平"，而是与三位龙女婚配，生下三个儿子，就是后来的三官大帝。你看，这就是在解释三官的来历嘛！

有的版本里，还要照顾到"西游"故事，就这样处理：陈光蕊与龙女婚配后，还惦记着殷小姐，非要回人间找前妻。到了人间，他又碰上刘洪，再次遇害。后来，是三官把他救活的。你看，三官也是陈光蕊的儿子，唐僧也是陈光蕊的儿子。本来是两个独立的故事，却用了一个"公共爸爸",这样一来,民间信仰也照顾到了,"西游"故事也照顾到了。虽然 BUG 很多,但好歹两个故事是结合在一起了,两头都不得罪。

总之,这本来是以陈光蕊为主人公的故事,主要是个"爸爸去哪儿"的故事,具体的儿子是谁,就看到底是解释哪一位"主咖"的来历了 —— 铁打的爸爸,流水的儿子。反正,陈爸爸总是可以"满血复活"的,可以开很多条副线,每条副线都带上一个儿子,这是民间故事里的一个"陈爸爸的宇宙"。

第九回
袁守诚妙算无私曲　老龙王拙计犯天条

029　渔樵为啥扯闲篇？

现在来说原著的第九回，其回目是"袁守诚妙算无私曲，老龙王拙计犯天条"。

之前说过，从第九回到第十二回，讲的是唐僧取经的起因。古语云："夫风生于地，起于青蘋之末"，就是说狂风、大风，都是从轻风、小风发展起来的。它本来可能就是在青蘋之上，轻轻地打着旋的一股微风。第九回，就是这个"青蘋之末"。

先把整段情节的叙述逻辑，倒着捋一下：唐僧为什么要去取经？因为观音化身在水陆大会上，指点他去西天求取大乘佛经。水陆大会是怎么来的？因为唐太宗从地府回来，要兴建水陆大会，超度亡魂。唐太宗为什么会到地府里去？因为他答应救泾河龙王一条命，不叫魏徵杀他，结果食言了。魏徵为什么要杀泾河龙王？因为龙王犯了天条。龙王为什么会犯天条？因为他没按天庭的旨意降雨，改动了降雨时间和降雨量。他为什么要改降雨时间和降雨量？为了跟袁守诚赌气嘛！

你看，取经这么大一个项目，起因其实就是斗气儿。

顺着这条线，再往前捋一点：龙王为什么要跟袁守诚赌气？因为袁守诚泄露天机，告诉渔翁张稍，每天到泾河哪里下网、哪里抛钩，便可满载而归。龙王如何知道此事？是巡水夜叉来报告的。巡水夜叉怎么知道的？是张稍跟李定扯闲篇，被夜叉给偷听到了。

你看，说到底是张稍做人不够低调，他要是不跟李定扯闲篇，就没后来的罗乱了。

捋到这里，从情节上看，就没法再往前捋了。但问题也就来了：好端端地，张稍为啥要跟李定扯闲篇呢？有的朋友可能会脱口来一句："纯属闲的！"

别说，还真是闲的，但闲的有道理，有根据。

书中张稍和李定的谈话，占去了很大的篇幅。而且，他俩不是在讨论打鱼这件事，而是诗词唱和，描述隐居于山水之间的快乐。

按书中交代，他俩不是普通的渔夫、樵夫，而是"不登科的进士，能识字的山人"，说明他们是隐士，就是不想给朝廷卖命，不愿走仕途经济之路，情愿在山水之间，享受自由生活的读书人。就像张稍对李定所说的，"水秀山青，逍遥自在"。

本来，这就可以做一个完美的结尾了，但李定非要"杠"一下，说"你那水秀，不如我的山青"，意思是说渔夫的逍遥，比不上樵夫的逍遥。张稍就不干了，赶紧用一首《蝶恋花》词，描述渔夫生活的自在快乐。李定不甘示弱，也作了一首《蝶恋花》词，描述樵夫生活的自在快乐。

接下来，哥俩就"飙"上了——你说水秀好，我偏说山青好。用了两首《鹧鸪天》、两首《天仙子》、两首《西江月》、两首《临江仙》，总计十首词。这还不算完，哥俩又各作了一首七言律诗。觉得还未尽兴，干脆联上诗了。知道的，这是在泾河岸边；不知道的，还以为这是在大观园里，是海棠诗社呢！

最后，哥俩才把话引到正题上来，说出袁守诚泄露天机之事。

当代的影视改编作品，大都不表现这一段，因为它不够吸引人。一些人阅读原著，也会跳过这一段，因为它跟情节主干没多大关系。

但问题就是这个没关系，没关系不代表没意义。这个意义，主要是两点。

其一，大家读小说的时候，如果发觉出现了一些跟情节主干没关系的文字，可以留心一下——这一般就是小说家忘记自己是在讲故事，文人精神从深层次浮到浅层次上来，显得直白了。

这段渔樵对答，其实就是一种文人精神的寄托。古代的知识分子，总有一种归隐山林的情结，正如陶渊明《归园田居里》说，"羁鸟恋旧林，池鱼思故渊"，笼中的鸟儿总惦记着曾经那片可以自由飞翔的林子，池塘里的鱼儿总想着那潭可以自由遨游的深水。失意落拓的时候，这么想；高官厚禄的时候，也有这种念头——这样才显得自己有更高的精神追求嘛！回归田园，回到自然而然的精神状态，这是一种理想，更是一种浪漫的愿景，尽管不是谁都能像陶渊明那样，大声喊出"归去来兮"，真正放弃仕途经济的诱惑，过起"开荒南野际，守拙归园田"的生活，但这种心理，多多少少，总是有的。

比如《红楼梦》第十七回"大观园试才题对额"，贾政带人游览刚刚建好的大观园。众人来到稻香村，看到一片人工穿凿出来的乡野田园景观，贾政居然也能触景生情，说出一句话："未免勾引起我归农之意。"归农，就是回乡务农，也就是"复得返自然"的意思。

这就是矫情了。荣国府是靠武功起家的贵族，贾政从小锦衣玉食，锄头镐把，都没动过，估计连麦苗和韭菜苗都分不清，他归的哪门子农呢？！这不是矫情，是什么？但笔者认为，贾政也不是故意要矫情一下，他可能是自然而然说出来的——就像巴甫洛夫的那条狗一样，是一种条件反射。这是一种古代知识分子的一般教养，是一种表达的习惯。

我们没有必要嘲笑贾政。今天的人，不也这样吗？本来是城里长大的，年纪轻轻，或者正当壮年，偏偏要说，"等我老了，就去农村，盖几间小房，种种地，过一过田园生活"。这种便宜话，没人当真的——且不说你怎么搞到宅基地，你会不会种菜，真到了七老八十的时候，你还想着田园生活？你想的是，从你家到距离最近的三甲医院，开车需要多少分钟！别叫我们替你害臊了！

其二，咱们说过，《西游记》是世代累积型成书，在百回本《西游记》之前，勾栏瓦肆里的说话艺人，就喜欢讲述"西游"故事。说话，是一种宋元时期的艺术形式，类似今天的说评书。说话艺人讲故事，不能上来就讲正文——勾栏瓦肆是开放性的，听众们是陆陆续续进来的，你一开始就讲正文，后面来的听众没听到开头，搞不明白状况，可能就离开了。你就没办法收他们钱了。当时的说话艺人，是讲到一半儿，再下场收钱的。所以，说话艺人就得先暖场，用各种"闲话"来铺垫。一方面，把已经入场的听众稳住；另一方面，等待没进场的听众。这些闲话，很多就是诗词。这些诗词，能体现出说话艺人的文学修养，起码能展现他们的记忆力。所以，说话艺人很看重这个，听众们也习惯了。这些"闲话"，也被百回本《西游记》保留下来，又做了进一步的发挥。

可见，虽然是扯闲篇，不是没有意义的。读《西游记》，我们得处处留心。

030　泾河龙王无辜吗？

之前说过，龙王犯天条，因为跟袁守诚赌气。这可真应了那句话：冲动是魔鬼。

在《西游记》的作者笔下，龙王之所以犯错误，根源就在于冲动——这件事，本来是可以避免的，即便发生了，也不至于弄到如此田地，泾河龙王最后被送上"剐龙台"，都是冲动惹的祸。而冲动的人，大都有一个毛病——耳根子软，容易被带到沟里，龙王就是被下属带到沟里的。

袁守诚卜卦之事，龙王原本不知道，是巡水夜叉向他汇报的。按说，巡水夜叉汇报这件事，也是职责所在——发现了问题，不上报，当真出了事，他自己兜不住，但巡水夜叉说的话有毛病。在把具体情况说明之后，夜叉自己发挥了一下，总结说："若依此等算准，却不将水族尽情打了？何以壮观水府，何以跃浪翻波，辅助大王威力？"

这话，前半句没毛病，合理推测，说的是可预见的结果；后半句，就跑偏了。申论，申论，申而论之，你不能胡乱引申，不能把话题"往沟里带"。把水族打尽，是影响泾河水域生态的大事，是集体的事，怎么最后落到领导个人利益上了？一触及个人利益，泾河龙王这个炮仗，就被点着了——冲动的人，都跟炮仗似的，一点就着，点着了就爆。你看，龙王一听这话，想都不想，就要去杀袁守诚。

幸亏龙宫里还有明白人，把他给拦下了。不然，都不用赌气了，直接送上"剐龙台"了。

接下来，龙王私改下雨的时辰和雨量，也是被别人带沟里了。天庭下了降雨的旨意，龙王一看，时辰、雨量跟袁守诚说的一点不差，就泄了气。换作别人，这事也就拉倒了。本来嘛！打这个赌，押的宝不大，即便输了，龙王不过赔五十两金子。之前说过，龙宫里富藏珍宝，这里虽然不是东海龙宫，但拿出来五十两金子，还不是"毛毛雨"？龙王这个炮仗，本来都要熄火了，结果鲥军师出了一个馊主意，把下雨的时间往后挪一个时辰，再把雨量减少三寸八点，这炮仗就又给点着了——就倒霉在这些个"狗头军师"上了！你以为神不知鬼不觉的，人家天庭是要稽查的，时辰、雨量对不上数，错了一点，就要被罚。

之前说过，龙王降雨，是一个执行的差事，没有自主权。比如第八十七回，凤仙郡连年大旱，悟空就把东海龙王找来。龙王倒是来了，却不给下雨。人家说得明白：自己只是"上天遣用之辈"，"未奉上天御旨"，"岂敢擅自来此行雨"，"烦大圣到天宫奏准，请一道降雨的圣旨"，"我却好照旨意数目下雨"。说白了，我就是个基层办事人员，没接到上级通知，不敢乱作为。跑这一趟，是给大圣爷爷您面子。毕竟，您是大咖，我们小办事员得罪不起，您要是有能耐，您找上级给下一个通知，我立马给您办！

你看，人家东海龙王就比泾河龙王拎得清，自己什么身份，能做到什么份上，话要怎么说——给你搪塞回去，又不得罪人，搞得明明白白，不愧是主管一方海域的大龙王。

有的朋友可能要说，虽然泾河龙王没有东海龙王这样的智慧，虽然他好冲动，虽然他乱作为，毕竟也没造成多严重的后果，就是迟了一个时辰，少下了雨，又不是多下，也没有造成城市内涝，为啥要定死罪呢？龙王好无辜啊！

照这些朋友的说法，泾河龙王似乎是无辜的，但我们如果看深层次的原因，可能就不会觉得他无辜了。这主要是两方面。

一方面，这里有讽刺笔墨。不是讽刺泾河龙王，是讽刺天庭，赏罚不公。这一点，《西游记》里是反复写到的，这反映的是明代中晚期的社会现象——朝廷昏昧。你看，悟空大闹天宫，老大的罪过，最后也只是判了无期徒刑。小白龙火烧殿上明珠，却被定了忤逆罪，直接送上"剐龙台"。沙和尚打碎玻璃盏，这就是个工作失误，充其量是调离岗位的处理，结果天庭打了他八百板子，又把他贬到下界，还叫飞剑每七天来穿他胸胁上百下。真不知道他们的标准是什么。作者面对现实生活里的种种不公，他也想不明白，他们的标准是什么，于是就写到小说里了。

另一方面，龙王没有自主权，只能干执行，有丁点差错，就要受罚。这其实反映了大众的一种心理，一种渴望控制自然力量的集体期待。我们渴望征服自然，战胜自然，把握自然规律，进而能够控制自然。尽管到今天还没实现，但这种集体期待是一直有的。尤其是与农业生产密切相关的降雨问题，我们希望能够掌握它，控制它；什么时候下，下多少，什么时候停，我们希望可以按自己的愿望来。直到今天，我们也做不到，但这就是文学幻想产生的原因。幻想是什么？就是来自现实中没有实现的愿望。每一个幻想，都是一个尚未实现的愿望。如果以后科技更发达了，我们做到了这一点，也就不需要通过文学想象来满足我们的这一点期待了。龙王爷们，也就不用遭这么大的罪，受这么大的苦了。但是直到今天，我们还做不到，所以，泾河龙王不无辜。

其实，《西游记》的作者已经够厚道了，没有刻意放大龙王的罪过。在一些戏曲和说唱本子里，讲这段故事的时候，说天庭的降雨旨意，本来要龙王在城外下雨，结果龙王把雨下到城里，又多下了雨，造成城市内涝，后果很严重。这就更不值得同情了。试想，现在你在下班回家的路上，赶上特大暴雨，你的车子淤在高架桥下面了，打不着火了，你干脆都出不来了。我现在给你讲泾河龙王的故事，你还会觉得他无辜吗？

第十回
二将军宫门镇鬼 唐太宗地府还魂

031 门神里有哪些大咖？

第十回的回目是"二将军宫门镇鬼，唐太宗地府还魂"。

联系上一回，这段情节说的是：龙王按照袁守诚的指引，到皇宫找唐太宗求救，唐太宗答应救龙王一命，不叫魏徵杀他。但魏徵没来上朝，他在家斋戒沐浴，养足了精神，准备斩杀龙王。徐世勣给唐太宗出主意，把魏徵宣进宫里，以下棋为由，不让他出宫，龙王也就死不了。没想到，棋下到一半，魏徵睡着了，唐太宗体谅他，没把他给叫醒。其实，魏徵是在梦里把龙王斩了。龙王认为唐太宗违背承诺，到地府去告状，要跟唐太宗当面对质。冥王只好把唐太宗请到地府。唐太宗到了地府，判官崔珏查看生死簿，原来太宗阳寿已尽。崔珏受了魏徵的好处，私改生死簿，添了两笔，把"一十三年"改成"三十三年"，冥王就把唐太宗放回去了。

这里，有一处细节值得注意：龙王死后，其鬼魂每晚到寝宫里来骚扰太宗。太宗惊惧惶恐，睡不好觉。秦叔宝和尉迟敬德就在寝宫门外站岗，守卫太宗。太宗心疼两位将军，让人画了他们的图像，贴在门上——这就是门神的来历。

今天，不少人家的门上也是贴门神的，老辈人尤其讲究这一习俗。后来，城市里渐渐不流行了——入户门大都比较小，又是单扇的。所以，房门上只贴福字。这两年"国潮风"流行起来，许多文化周边产品，设计感很强，很受青年人喜欢，贴门神便又逐渐流行起来。

大家可以做个小的田野调查，看一看这些贴在门上的门神，可以发现：门神不只有秦琼和尉迟恭。这两位是唐代人物，可是唐代以前，中国的门神信仰就已经很成熟了。

说起来，门神信仰是很古老的，它源于上古时代人们的鬼神信仰。之前说过，佛教传入中国之前，本土没有系统的"地狱"观念，但鬼神信仰是有的。对于鬼，古人既崇敬，又害怕。特别是恶鬼，古人希望能够镇压、驱离他们，不让他们捣乱，不让他们接触自己，门神的作用就在这里。这其实是一种原始巫术。

最早的门神，是神荼和郁垒。这是一个上古神话，说沧海之中，有一座度朔山，山上有一棵大桃木。大到什么程度呢？说这桃树的枝干屈曲盘折，覆盖三千里。树上站着一只大公鸡——金鸡，每天日出时分，第一缕阳光照到它身上，金鸡就会叫起来。金鸡一叫，全天下的鸡就都跟着叫起来。也就是说，天大亮了。在古人的想象里，鬼只能在夜间活动——白天阳气足，鬼不敢行动，就都回到鬼门里。这棵桃木的东北口就是鬼门，鬼都从这里过。鬼门上有两个神人把守，他们是兄弟，一个叫神荼，一个叫郁垒。哥俩负责查阅百鬼——就跟过安检一样，看到在人间作恶、害人的鬼，就拿苇草编的绳索捆了，送去喂老虎。所以，古人认为，鬼怕六样符号：桃木、神荼、郁垒、金鸡、老虎、苇草编的绳子。

受度朔山神话的影响，人们就在门口立上桃木、桃人，后来又在桃木板上画神荼、郁垒的形象，以及金鸡和老虎的形象，挂在门上，这都是为了镇鬼和驱鬼。这个桃木板，就是桃符，所谓"千门万户曈曈日，总把新桃换旧符"，这就是在正月初一，换上新的桃符，后来的春联，也是从桃符演化出来的。

到了唐代，随着秦琼和尉迟恭形象在民间的崇高化、神圣化，这两位历史人物，也成为门神。相关传说，基本就是《西游记》所继承的版本。

秦琼，字叔宝。尉迟恭，字敬德。他们都是"凌烟阁二十四功臣"。最初，他们的形象应该主要是用在宫廷里的，后来流传到民间，普通百姓也在门上贴两位将军的画像，或者写上"秦军"和"胡帅"的字样。秦军，就是秦琼；胡帅，就是尉迟敬德。为什么叫"胡帅"呢？因为民间习惯称尉迟恭为"胡敬德"。为什么是胡敬德呢？有两种说法，一是说尉迟恭为胡人，一是说尉迟恭长得黑，"胡"又有"黑"的意思。

后来，门神的形象越来越多，赵公明、哼哈二将、赵云、马超、孟良、焦赞等，也会作为门神，出现在人家的门户上。这经常是受了小说、戏曲、说唱文学的影响，话本里、舞台上，哪些武将人物的"出镜率"高，百姓熟悉他们的故事，喜欢他们的形象，就把他们贴在门上。为什么主要是武将呢？武将显得威严嘛！全副武装，虎目圆睁，立在门口，看着就让人心生畏惧。活人都害怕，鬼就更怕了。你看，古人的逻辑其实挺简单的，就是画一对叫人感到畏惧的人物，贴在门上。所以，今天一些青年朋友，贴擎天柱和威震天在门上，也是可以理解的。起码，他们应该比海绵宝宝和派大星，看起来更吓唬人吧!

032 唐太宗去地府做什么?

唐太宗游地府的故事,流传是很久的,传播也很广。小说、戏曲、说唱文学里,经常可以见到。那么,唐太宗为什么要到地府去?《西游记》里说是泾河龙王告了唐太宗的状,要跟他当面对质。但在早期故事里,到地府去告状的不是泾河龙王,而是唐太宗的兄弟——李建成和李元吉——他们告太宗在"玄武门之变"中杀害亲生兄弟。

目前所见最早记述该故事的,是唐代张鷟的《朝野佥载》。这部书,今天看来,应该算作一部笔记小说。为何叫《朝野佥载》?就是记载宫廷和民间的各种奇闻逸事,"佥"就是众多、全面的意思。

该书第六卷记载了一则宫廷逸闻:太史令李淳风觐见唐太宗,他一看太宗的面相,就哭起来,不说话。太宗问他为什么哭。李淳风说:"陛下,您今晚就驾崩了。"太宗倒是表现得很潇洒,说"人生有命",没什么好悲伤的。当晚,太宗就睡死过去。他见到一个人。这人告诉他,自己是活人,但是受命做冥府的判官。太宗跟这人进入冥府,面见冥王。原来,冥王召太宗前来,就是问他"玄武门之变"的情况,问完就送太宗还阳了。次日早上,太宗醒过来,下令找到这个引导他进冥府的人,给他升官。

这个故事,不是张鷟创作的,他只是把口耳相传的故事记录下来——用今天的话说,他不是八卦的生产者,他只是八卦的搬运工。这应该是当时在宫里"疯传"的一则八卦。唐太宗本人肯定是很反感这个八卦的。倒不是说他假死,关键是涉及"玄武门之变",这可以说是他光辉生涯中的一个"污点"了。

玄武门之变,是发生在唐初武德九年(626)的一场宫廷政变,李世民率领尉迟恭、秦琼、程咬金等人,在玄武门设下埋伏,射杀太子李建成。齐王李元吉一同遇害。事后,李渊被迫立李世民为太子。两个月后,李渊退位,李世民登基。

由于李世民开创了"贞观之治",是理想型的封建君主,今人看待"玄武门之变"这一历史事件,便习惯站在李世民的立场上去考虑问题——以李世民为中心的功臣群体,功高盖主,受到打压、排挤,为求自保,发动政变,最终上位。这是统治集团的权力斗争,历朝历代都有,不算新鲜;李世民做皇帝,也很有成就。所以,今人对"玄武门之变",也不持批判态度。但李世民杀害同胞兄弟,胁迫父亲,这有悖封建伦理纲常,即便李世民的历史功绩不小,这个"污点"却是抹不掉的。

李世民本人应该很在意这件事,不然不会有《朝野佥载》记录的这则八卦。我们当然可以说,这是关于李世民"假死"的一个传闻,但也可以说这是李世民的一个梦。我们的梦是怎么来的?它的内在动力,经常是我们潜意识,以及一些消极情绪带来的压力,之所以会梦到冥王把自己召到地狱里去,询问"玄武门之变"的情形,说明在李世民心底,这件事总归是理亏的,是很难"翻篇儿"的。

虽然李世民忌讳这件事,但八卦总是跑得很飞快,不仅在宫里疯传,又流入民间。等到在民间传播,故事就越来越走样儿了。

敦煌卷子里有一篇《唐太宗入冥记》,这是晚唐五代时期的一篇白话小说，是民间创作并传播的故事。

这篇小说是一个残本，但从片段文字里，还能看出故事的基本规模，也可以发现很多重要细节。在这篇小说里，唐太宗的形象不是一个崇高的帝王，他是被传讯到地狱里的，冥王要审理"玄武门之变"这桩案子，面对冥王的审问，唐太宗嘴上硬，心里其实很害怕。这里又加了一个关键细节，就是太宗串通判官，搞幕后交易。判官私改生死簿，为太宗添寿（后来《西游记》里的情节就是从这里来的）。显然，这是一个来自民间底层的故事。在丑化封建帝王这件事上，底层百姓是没有思想负担的 —— 皇帝老子离他们远着呢！他们喜欢传皇帝的八卦，不仅如此，还要添枝加叶，甚至添油加醋，写出皇帝的色厉内荏，一点不像正史里写得那么崇高。

到了《西游记》里，作者当然没有丑化唐太宗，又因为要衔接魏徵斩龙王的情节，把到地府里告状的角色，换成泾河龙王。但小说里还是点到了"玄武门之变"的。

书里有一处细节：李世民带着魏徵的信，来到地府，见到崔珏，跟着崔珏去冥王殿，半路撞见父亲李渊，和兄弟李建成、李元吉。建成、元吉扯住李世民，跟他索命。崔珏就叫来一个青面獠牙的鬼差，把建成、元吉赶跑了。你看，在"玄武门之变"这件事上，李世民总归是理亏的，只要他去地府，免不了要被父亲和兄弟纠缠。

当然，这里还有一点讽刺笔墨，崔珏之所以派人赶跑建成、元吉，因为他受了魏徵的好处。要是没有魏徵的好处，崔珏还会管这件"闲事"吗？就在一旁看着你们父子兄弟"扯头花"呗！更没有后来私改生死簿的事了。可见，这冥府里也是讲人情的。

第十一回
还受生唐王遵善果　度孤魂萧瑀正空门

033　刘全去地府做什么？

第十一回的回目是"还受生唐王遵善果，度孤魂萧瑀正空门"，但情节主干，没有在回目里直接体现出来。这一回的故事，主要是刘全进瓜。

这个故事说的是，唐太宗离开冥府的时候，答应给冥府送来一些瓜果，作为答谢。冥王说，地府里有冬瓜和西瓜，就是没有南瓜。还阳之后，太宗叫人贴出皇榜，招人到阴司去送南瓜。这是个冒险的差事，到阴间"送快递"，有可能肉包子打狗——有去无回，得抱着必死的心，才可以揽这档子活。有个叫刘全的财主，揭了皇榜。

这就奇怪了：他是个财主，在人间享受富贵不好吗？为什么自愿赴死呢？原来，刘全的妻子叫李翠莲，李翠莲信佛，曾在家门口，把头上金钗布施给和尚。刘全说她不守妇道，骂了两句。李翠莲气性大，一时想不开，上吊死了，撇下一儿一女，每天哭哭啼啼的。刘全很懊悔，也不想活了，就自愿去阴间送瓜。刘全到了阴间，冥王很高兴，说唐太宗守信用。为了报答刘全，冥王派人送刘全和李翠莲回人间。结果，李翠莲死去多日，尸体已经腐烂，不能用了。

冥王就出了一个主意，说唐太宗的妹妹李玉英，正好阳寿尽了，就叫李翠莲借李玉英的尸体还魂。这边，李玉英正逛御花园，突然一头栽倒，死过去了。等到醒来，已经换成李翠莲的灵魂。唐太宗问清楚前因后果，重赏了这对夫妻，让他们回家享福去了。

就是这样一个狗血的故事。今天看，故事里的漏洞很多，可以说到处是BUG，影视剧改编《西游记》的时候，一般也不呈现这一段。一方面，它跟主干情节没关系。另一方面，这里面有不少封建迷信内容，不适合在当代传播。

但是在古时候，这个故事在民间是很流行的，成熟得也很早。

元代有一部杂剧，就叫《刘泉进瓜》，同音不同字，但应该是一个人物，讲的应该是同一个故事。说明在宋元时期，这个故事已经成熟，民众也很喜欢这个故事。

这个故事为什么吸引人呢？主要有两点。

其一，活人到神奇世界去送东西，这是古代民间故事里的常见情节。很早就有，大众很熟悉。比如六朝志怪小说《列异传》里，有一篇《蔡支妻》。说山东临淄有一个小吏，名叫蔡支。他奉命给太守送信，中途迷路，转悠到泰山脚下，看到一座大官邸，误以为太守的衙门，就把信送进去。原来，这里是泰山府君的官邸。泰山府君请蔡支给天帝送一封信。蔡支把信送到，天帝设宴招待他。酒席之间，天帝跟蔡支聊家常，问他家里有什么人，蔡支说原来有妻子，三年前过世了。天帝派人送蔡支妻子的灵魂还阳。蔡支回家，打开坟墓，发现妻子还活着。

可以看到，这个故事，已经很像后来的刘全进瓜故事——也是送信，而且也是到阴间里去（之前说过，在佛教的"地狱"观念普及之前，阴间的主管是泰山府君），也是死去的妻子复活了。

这里，反映出人们的渴望，就是渴望穿越现实世界与奇幻世界，通过为神明效力，获得回报，特别是实现我们在真实生活中永远实现不了的愿望。这当然是"白日梦"，但"白日梦"背后的渴望，是可以理解的。

其二，民间讲述这个故事，是要借刘全视角，游览地府，看到地狱里的各种景观，比如拔舌地狱、刀山地狱、油锅地狱，等等。叫人们见识地狱里的各种残酷刑罚，让人们心生畏惧，活着的时候，就不敢做坏事。这也是劝善惩恶的意思。

你看，既有传奇色彩，还能帮助实现教化目的，所以俗文学里，比如小说、戏曲、说唱里，讲述这个故事的作品很多。

《西游记》的作者，应该是考虑到民众对这个故事的熟悉，所以写了这段情节，但它毕竟跟主干故事没有直接关系，之前作者也已经借唐太宗视角，呈现了地狱里的各处景观，没有必要再来一遍。所以，写得比较简单。

简单归简单，但作者毕竟是一位杰出的小说家，该有的细节，他都照顾到了。比如写李翠莲借尸还魂，作者写她睁开眼，周围的环境很陌生，眼前的皇帝，也完全不认识，开口就是一句："你是谁人？敢来扯我？"见到刘全之后，她就一把扯住，说："你往那里去，就不等我一等！我跌了一跤，被那些没道理的人围住我嚷，这是怎的说！"这就很符合情境，也很符合人物的身份。毕竟，她是一个小地主婆，不是大家闺秀，更不是侯门千金，说话还是有一些俗气的，但她也不是小门小户的女子，不是那种蝎蝎螫螫、扭扭捏捏的派头，见了陌生人，不惊慌，还敢开口骂。同时，她是一个封建时代的妇女,最为敏感的,就是男女大防的事情,所以见陌生男人扶自己的头,反应激烈。

你看,该照顾的都照顾到了,很生动,也很真实。不像今天一些影视剧,故事当然一样狗血,人物也不够真实。无论是口气,还是说出来的内容,都不符合特定的情形,也不符合特定的人物身份。小姐是丫鬟的派头,丫鬟有小姐的气质;书生看着像流氓,流氓反倒更像书生;当家奶奶,话里话外都是老妈子的事,老妈子倒要拿出当家奶奶的款儿来。这种狗血的影视剧看得太多,脑子真是要坏掉的。

第十二回
玄奘秉诚建大会　观音显像化金蝉

034　唐三藏就是玄奘吗？

第十二回的回目是"玄奘秉诚建大会，观音显像化金蝉"。

这一回情节说的是：唐太宗要履行承诺，兴建水陆大会，超度天下亡魂。水陆大会需要一位高僧做坛主，魏徵等人就推选玄奘坐这个位置。大会当天，观音菩萨带了徒弟惠岸，化身成疥癞和尚，来"砸场子"。祂说玄奘讲的是小乘佛法，不知道大乘佛法；小乘佛法不能超度亡者升天，大乘佛法才有这个功效。唐太宗问大乘佛法去哪里寻，菩萨告诉他：在大西天天竺国大雷音寺我佛如来处。随后，菩萨飞上高台，现出救苦救难的法相，轰动了满城的人。唐太宗要派人去大雷音寺取经，玄奘自告奋勇，太宗就认他为御弟，又赐给他一个"三藏"的雅号。所以，后来的情节里，无论神仙，还是妖魔，都习惯叫玄奘为唐御弟，或者唐三藏。

加上回目里的"金蝉"字样，这里出现了与玄奘有关的三个名号：唐三藏、唐御弟、金蝉子。先说"唐三藏"。

由于大众很熟悉《西游记》，即便没读过小说，一般对故事都是很熟悉的。所以，一提到"唐三藏"，大家会条件反射地想到玄奘。

但"三藏"不是玄奘的专称,唐代也不止一位三藏法师。

什么叫"三藏"呢?"藏"指典籍,"三藏"指三大类佛教典籍,分别是修多罗藏、毗奈耶藏、阿毗达磨藏,这是梵语的音译,意译是经、律、论。

经是佛陀的说教。佛陀说了一句话,对于佛教徒来说,这是不能篡改的,是教条,所以叫经。经,就是常的意思,不变的意思。儒家经典,讲"六经",按照今文经的顺序,就是诗、书、礼、乐、易、春秋。六经的"经",也是常的意思,不变的意思。比如,《诗经》本来就叫"诗",也叫"诗三百",后来成为官方教材,所以叫《诗经》。律是佛陀制定的教团规则,论是对佛教经典进行阐发论述的文献。佛教徒不能篡改经典,但是可以解释、阐发经典。所以,论藏的体量也是很大的。经、律、论三"藏"合在一起,指的是一切佛教典籍。

"三藏"作为一个称号,安在某位僧侣头上,指的是这位僧人通晓经典 —— 我们姑且可以把它理解成一个荣誉称号。

历史上的"三藏"有很多。比如,之前提到过东晋十六国时期著名的译经家 —— 鸠摩罗什,就号称"三藏"。唐代的三藏法师也很多,玄奘之外,像义净、金刚智、善无畏和不空等高僧,都号称"三藏",而这些高僧,多多少少都在"唐三藏"这个形象的形成过程中发挥了作用。

我们知道,《西游记》讲的是神魔故事。神魔故事最主要的情节是什么?或者说,它最吸引人的情节是什么?当然是神魔斗法。这类情节里,既有神与魔之间激烈的矛盾冲突,又有各种咒语、法术、法宝,可谓层出不穷,叫人眼花缭乱。作为这类故事的主人公,唐三藏就不能只是一位高僧,还得是一位神僧,他得有一些神力和本事在身上。

有朋友可能会说:唐三藏有悟空这帮徒弟,他为什么要有法术?当然,有了悟空,唐三藏就不需要懂法术了,但《西游记》是世代累积型成书,书里的故事是逐渐演化形成的。一开始,故事里没有猴王,唐三藏如果不懂点法术,他怎么平平安安地到达大雷音寺,取到经文,又平平安安地回来呢?全靠运气吗?这运气简直爆棚啦!所以,在早期故事里,唐三藏要懂一点法术。比如元代有一套《唐僧取经图册》,里面的唐三藏就是一位懂法术的僧人。

然而,历史真实中的玄奘,恰恰不是一位神僧。他是一位高僧,一位果敢、坚毅、执着的求法僧人,一位心思纯粹的佛教徒,更是唯识宗的教主。他在中国古代文化史上的地位是十分重要的,但在民间想象里,他不是一位神僧。

本来,人们对他的事迹是充满好奇的。你想,一个人,怎么能克服那么多艰难险阻,顺利到达五天竺,又顺利回来呢?尤其在当时人们的想象里,西域充满了各种危险的环境,不仅有各种毒虫猛兽,还有大大小小的妖魔鬼怪。玄奘没点本事在身上,说得通吗?但玄奘归国之后,主要是在几处经场,潜心翻译佛经,他跟太宗、高宗、武曌等统治者,以及王公贵族来往密切,与大众的距离却是很远的。同时,他开创的唯识宗,对修习者的知识储备和思辨能力要求都很高,在知识阶层里一度很流行,在大众层面并不流行——对大众来说,唯识宗的知识与思维的"门槛",实在太高了。

我们知道,想象总是要有所附丽的。通俗地说,天马行空的想象,不是凭空产生的,总要有一星半点的根据,而玄奘恰恰没有给大众提供这些根据。所以，直到晚唐五代时期，玄奘也没有被塑造成一位神僧，更没有神魔斗法的传说。晚唐的笔记小说《独异志》记载了一些玄奘的传说，里面都不涉及神魔斗法的内容。

倒是金刚智、善无畏、不空三位高僧，他们是"开元三大士"，是密宗的代表人物。我们知道，佛教的密宗就是讲究咒语、法宝、法术的，大众也很喜欢密宗仪式的神秘性和热闹劲。在密宗僧人的传说里，又有大量神魔斗法的内容，特别是不空三藏，唐代的笔记小说里记载了关于他的很多故事。他可以念诵咒语，召唤神明，可以驱使龙神，呼风唤雨，可以收服妖魔，还给他们摩顶受戒。在与道教徒斗法争胜的过程中，他还经常占上风。你看，他倒是更像早期故事里，"神僧"唐三藏的最佳人选。

所以说，"唐三藏"这个形象，也是一个"箭垛式的人物"，是集合很多高僧、神僧的事迹在一个人身上。《西游记》里的唐三藏，当然是玄奘，书中交代得很明白。但这个唐三藏身上，还有其他"三藏"法师的影子。

035 吃唐僧肉能长生不老吗？

上一讲说了"唐三藏"，这一讲来说"金蝉子"，这也是出现在回目里的名号。

我们都知道，唐僧在西天路上最大的困扰，就是许多魔头要吃他。然而，到西天求法取经的和尚有很多，魔头们为什么偏偏要吃唐僧呢？

因为一个谣言。据说，吃了唐僧肉，可以长生不老。但这位"食材",只是一个白白胖胖的和尚,他既不是蟠桃,又不是人参果,跟长生不老的神奇功效,有什么关系呢?这就要联系到"金蝉子"的名号了。

书里反复说唐僧是"金蝉子"转世。具体是如何转世的,书里没有详细说。原来可能写到了,应该在第九回。但之前说过,今天看到的明刊本里,没有唐僧出身的故事。清代的通行本里,倒是补上了唐僧出身的故事,但也没有"金蝉子"转世的情节。虽然没有写唐僧具体是怎么转世的,但书里经常点到他"金蝉子"这个名号,回目里有,正文里也有,许多神魔人物也都知道他的出身,佛祖菩萨知道,妖魔鬼怪也知道。可以说,在《西游记》里,这是一个公开的秘密。

既然是"金蝉",这就跟长生有关系了。因为"金蝉"本身就有长生的寓意。

蝉,我们都是见过的。许多朋友,可能小的时候在野外捕过蝉,仔细观察过它。中学生物课上,也学习过关于蝉的知识。这种昆虫的生长很有特点,要经历虫卵、幼虫、成虫的不同阶段。就是课本上说的"不完全变态"发育。

这个发育过程很漫长。虫卵孵化后落到土里,长成幼虫。幼虫要蛰伏四五年的时间,然后在夏天破土而出,爬上树,蜕变为成虫。

今天有更科学的生物学知识来解释这个现象,古时候还做不到。在古人看来,这个过程很奇妙。你看,它要分成不同的阶段,有不同的形态,尤其最后"羽化"的阶段,在古人看来是很神秘的。所以,在他们的想象里,蝉是一种神奇的生物,它象征着生生不息、循环

121

不止。这样一来，蝉又成为一种具有象征性的符号，它表达了古人对于长生的渴望。

早在新石器时代的红山文化、良渚文化里，蝉就有这种寓意了。在这些文化的遗址里就发现了大量的玉蝉。后来商周时期的青铜器上，也可以看到大量蝉形纹样。陪葬品中有一种玉琀（它是放在墓主人嘴里的），许多玉琀就是做成蝉形的。

为什么要做成蝉形呢？古人对于死亡的理解，与今天不一样，他们认为人死之后，只是去了另一个世界，而蝉有循环不止、生生不息的寓意，用蝉来做玉琀，可以帮助死者顺利进入另一个世界，实现生命的永恒。

等到神仙之术流行起来，蝉的象征性就更强了，神仙家讲羽化飞升，所谓"羽化"，不就是与蝉蜕很像的吗？道教内丹修炼，就更看重"金蝉"的象征性了，"金蝉脱壳"不是一个普通的自然现象，也不是一个简单的成语，它实际上是内丹修炼的一个层次——练到这个层次，意味着功行火候到了，就可以尸解了，就是脱离躯壳了，也就成仙了。

所以说，唐僧的困扰，归根到底，就来自这个名号。说白了，妖魔们是把他当金丹来看待了，把他当蟠桃和人参果来对待了。

当然，妖魔们要吃唐僧，没有太高的追求——他们只想长生不老，并不想飞升成天仙。做天仙，地位当然很崇高，但地位高了，条条框框也就多了，这不能做，那不能做，不像下界自在逍遥，大碗喝酒，大块吃肉，还可以享受无限春色。同时，做了天仙，就要应付上天的各种差事，虽然不至于996，但也是要"打卡"、要"坐班"的，哪像人间这么无拘无束的呢！书里许多妖魔，不就是从天上偷偷跑下来的吗？不只是《西游记》，在许多仙侠题材小说里，凡人修仙，修到地仙，就不再"积极要求进步"了，找一个洞天福地，逍遥自在，比飞升天界，应付各种差事，要好得多。凡人修仙尚且如此，妖魔们想做天仙的就更少了，他们的欲望更强，要享受的东西更多，吃唐僧肉，只是想长长久久地享受。

还有一个问题：吃唐僧肉可以长生不老，就是个谣言。为什么说是谣言呢？因为谁也没验证过。从头到尾，没有一个妖魔成功地把唐僧肉吃到肚子里去，没验证过的事情，还当真事去传播，这不就是"信谣传谣"嘛！

所谓"别看广告，看疗效"。自从吃了唐僧肉，我这头也不晕了，腰也不疼了，一口气活个五百年，不费劲！这就是广告。你听一听也就得了，不能当真。当真，你就输了。别忘了，普通的保养品，即便不享受七天无理由退货，当零食吃，好歹吃不死人。吃唐僧肉，虽然也吃不死人，但你前脚儿签收快递，后脚儿齐天大圣就追过来了。那猴子的棒重，擦着些儿就死，磕着些儿就亡。这可是要命的！

036　唐僧到底是谁的御弟？

这一讲说"唐御弟"这个称号。

这个称号，是取经团队最看重的。唐僧师徒一路西行，甭管到了哪个国家，打出来的主要就是这个称号。我们知道，孙悟空是一个特要面子的人，他自称齐天大圣，但到了外交场合，他对外"官宣"的称号就是：大唐上国驾前御弟三藏法师之徒弟。几乎是逢人就说——听得我们耳朵都起茧子了。说明这个称号是很能撑面子

123

的，所以取经团队很看重。

魔怪也是这样称呼唐僧的。像第三十二回，金角大王要银角大王去巡山，银角问："今日巡山怎的？"金角说："你不知，近闻得东土唐朝差个御弟唐僧往西方拜佛。"再比如，第五十五回，蝎子精掳走唐僧，要跟他配夫妻，也说："小的们，挽出唐御弟来。"你看，不分男魔女魔，都这样叫。说明这个称号流传得很广。

那么，这个"御弟"是从哪里来的呢？书中交代，是唐太宗赐的。唐僧自告奋勇，愿去西天取经，保大唐江山稳固。太宗很高兴，说："法师果能尽此忠贤，不怕程途遥远，跋涉山川，朕情愿与你拜为兄弟。"这个称号就落实了。

然而，这是"小说家言"，历史上的玄奘西行求法，不是"公派出国"。

据《大慈恩寺三藏法师传》记载，玄奘原本打算与其他求法僧一道西行。他们向唐太宗上表，结果被驳回了。其他人就此打了退堂鼓，只有玄奘意志坚定，决意往西天去。明的不行，就来暗的。如其在《还至于阗国进表》里所说"冒越宪章，私往天竺"。[1] 通俗地说，就是"偷渡出境"。所以，"沙桥饯别"的桥段，都是后人附会出来的，原本没有唐太宗撮土入酒的事件，更没有说"宁恋本乡一捻土，莫爱他乡万两金"一类肉麻话，唐太宗当然也没有把唐僧认作御弟。

那么，"御弟"这个称号是从哪里来的呢？

这与高昌国王麴文泰有关。历史上，玄奘到天竺去，要经过

---

[1] 蔡铁鹰：《西游记资料汇编》，北京：中华书局2010年版，第12页。

八百里流沙，也就是莫贺延碛，就是今天说的噶顺戈壁。这个八百里流沙，是流沙河的原型（详见后文），他冒着生命危险穿过流沙，到达伊吾（今新疆哈密）。正巧，高昌国使臣当时也在伊吾，这天正要返回，赶上玄奘来临。使臣回到高昌，向麴文泰汇报。麴文泰赶紧派人把玄奘请来。玄奘原打算直接取道西突厥的可汗浮图城，但看见麴文泰如此殷勤，不好回绝，便来到高昌。

高昌这个地方，在北方丝路上，居于特殊位置。这里地处天山南北孔道，是重要的交通枢纽。又有大片广平的沃野，适合戍兵屯田。汉元帝时，就在此修筑壁垒，安置兵民，形成高昌壁。东汉的时候，改名高昌垒，隶属凉州敦煌郡。东汉末年，中原战乱，大量的汉族移民来到这里，推动当地发展。这里也逐渐成为吐鲁番盆地的一个重要的经济中心。从南北朝时期，一直到被大唐派兵伐灭，高昌先后有四个汉人政权——阚氏高昌、张氏高昌、马氏高昌、麴氏高昌。

早在北凉时期，高昌的佛教信仰就很盛，麴氏高昌政权更是格外推崇佛教的，上到王公贵族，下到平民百姓，大都信佛，喜欢供养僧人，支持寺院经济。

麴文泰是麴氏高昌的第九代国王，他把高昌的佛教信仰发展到极盛的局面。

他"截胡"玄奘，是想把玄奘挽留下来做国师。玄奘当然不答应——他的目标明确，意志也很坚定，就是要西行求法，解答困惑。麴文泰一看，软的不行，那就来硬的！你留也得留，不留也得留，更威胁玄奘，要把他送回大唐。玄奘回答："只可骨被王留，识神未必留也。"[1] 用通俗的话说，就是"你留得住我的身，留不住我的心！"于是玄奘绝食三天，到第四天，已经奄奄一息了。麹文泰见玄奘如此坚决，只好自己软下来，向玄奘道歉，答应放他离开。为了表达心意，麹文泰为玄奘西行准备了大量物资，做了三十套法服。又赠给他黄金一百两，银钱三万，绫罗五百匹（按照往返二十年的开销用度来准备的），还有马三十匹，扈从二十五人——这就有点公派出国的架势了。不只如此，麹文泰又送信给西域诸国，称玄奘是自己的弟弟，请诸王给予照拂。尤其是送礼给统叶护可汗，因为突厥是不信佛的，可能不会善待玄奘。麹文泰就在信里请求可汗，像疼爱自己一样，疼爱这个弟弟。这样一来，玄奘后面的路才走得比较顺利。

特别值得注意的是，一般传记中提到玄奘西行，都是以"贞观三年秋"为起点的。实际上，玄奘应该是贞观元年离开长安的。[2] 所谓"贞观三年秋"，有学者认为，这是他从高昌国启程的时间。从此时开始，从此处开始，玄奘的西游，倒是可以算得上公派出国了，但他不是唐王御弟，而是高昌王御弟。本来，玄奘归国时，戒日王是打算送他走海路返回的，但玄奘为了报答麹文泰的情谊，选择陆路返回。可见这段友情是很深的。

---

[1] 慧立、彦悰：《大慈恩寺三藏法师传》，北京：中华书局1983年版，第20页。

[2] 参见杨廷福：《玄奘年谱》，上海：上海古籍出版社2011年版。

第十三回
陷虎穴金星解厄　双叉岭伯钦留僧

037　野怪如何起名号？

从第十三回开始，唐僧的西天冒险就正式开始了。

这里，作者要解决一个关键问题，就是怎么写唐僧跟悟空相遇之前的情节。如果写唐僧离开长安，一路风平浪静，溜溜达达，来到五行山下，收了悟空，这就太敷衍了，也太无趣了。况且，唐僧在收悟空以前，如果不经历点磨难，收悟空就没有必要了。所以，得让唐僧吃点苦头，知道旅途上充满了危险，不是他一介肉身凡胎，靠着美好期待和坚强意志就能顺利通过的。但这个苦头也不能太大，当真遇到大妖魔，直接把唐僧囫囵吞了，这个故事也就可以"画上句号"了。

于是，作者蘸了蘸笔，随便勾勒几下，就活画出三个野生妖怪：寅将军、熊山君、特处士。这三个妖怪，修为不高，本领不大，但用来吓唬一下唐僧，已经足够了。

寅将军，就是虎精。我们知道，十二生肖是与十二地支相对的，虎对应的就是寅，所以人们习惯用"寅"来代指虎。比如虎年、虎月、虎日，我们常说寅年、寅月、寅日，至于"将军"，是他自封的美号。

妖怪们倒是很喜欢自称"将军"的。唐传奇里有一篇《郭代公》,讲的是唐代名臣郭元振(封代国公),青年时候行侠仗义,从一头野猪精手里,救下一个少女,小说里的野猪精就自称为"乌将军"。可见,胖胖大大的动物,成精之后,很喜欢叫自己"将军"。是不是因为这些胖胖大大的妖精,都有个将军肚呢?这当然是开玩笑了。

说回《西游记》,书里描写这位寅将军的模样,用了一段韵语,最后一句是:"东海黄公惧,南山白额王",这就是用当时比较常见的典故,明确交代他老虎的本相。

东海黄公,是汉代传说:东海地区有一位黄公,懂法术,能腾云驾雾,擅长打虎。后来年纪大了,加上爱喝酒,法术失灵,最后被老虎吃掉了。这个故事在当时很流行,汉唐时候有一种戏曲形式,叫角抵戏(这是一种歌舞戏),搬演的就是这个故事。

南山白额,是周处除三害的故事。这个故事,大家更熟悉一些。说西晋名将周处,年轻的时候横行乡里,危害一方。当时南山有白额猛虎,长桥下有蛟龙,都是祸害。当地人就把老虎、蛟龙和周处并称为"三害"。周处除掉老虎、蛟龙,最后改过自新。这样,三害就都除掉了。

对当时的人来说,这两个典故都不算生僻。所以,作者没有刻意掉书袋,卖弄学问。

熊山君,已经明确点出是"熊"了。为什么要明确点出来呢?因为他自称"山君",这容易让读者误会。毕竟,人们更习惯称老虎为"山君"。如果不说明这是一头熊,读者可能误会他也是一头老虎。两只老虎,怎么行呢?一山不容二虎,除非一公和一母嘛!这当然也是玩笑话。

那么，熊精为啥自称"山君"呢，因为"山君"还有另外一个意思，就是山神。这头狗熊的脸皮也是真厚，胆子也不小，敢自封为山神。

《西游记》描写这头熊精，也用了一段韵语，其中也有典故，就是"向来符吉梦"。什么叫"符吉梦"？就是应验梦里吉祥的征兆。什么征兆呢？就是生男孩。像《诗经·小雅·斯干》所言："吉梦维何，维熊维罴"，又说"维熊维罴，男子之祥"。①翻译过来就是：做了什么样的吉祥的梦？原来是梦见了熊和罴，这是生男孩的吉祥。这里的"罴"是熊的一种。当然，这里没有重男轻女的意思，《斯干》里，也提到生女儿的吉祥，就是"维虺维蛇"，即梦到小蛇和大蛇，这也是一种吉祥。

最后是特处士。特，指公牛，《千字文》里有"驴骡犊特"，人们很熟悉。处士，指的是隐居者。你看，老牛的气质就是不一样，不给自己封官，也不给自己封神，愿意做一个山林之间的隐士。只不过，这位隐士也是要吃人的。说到底，还是一种讽刺。

总之，将军、山君、处士，是这三只野怪的自我美化。他们没什么大本事。你看寅将军抓人，只能挖个陷阱，等人自投罗网。他手下也就五六十号人。这个规模，也太惨淡了。西天路上的大妖魔，手下都是成百上千号人马，像狮驼岭一类大山寨，有四万七八千人马。寅将军这点人手，在人家那里，连零头也算不上。大妖魔们又都善于变化，精通法术，要抓人来吃，多是点化城郭、庙宇，起码

---

① 周振甫：《诗经译注》，北京：中华书局2010年版，第266页。

也是一座宅院，诱惑人前来。寅将军只能挖个陷阱，技术含量也太低了。人家小微公司，都是以技术创新取胜的。像寅将军这样，单位规模不大，技术还很落后，在市场上就没啥竞争力。

然而，这足以恐吓唐僧了。你看他被妖怪捉住的时候，已经战战兢兢了，等到见了寅将军的凶恶模样，早就吓得魂飞魄散、骨软筋麻了。最后眼看着妖怪活吃了他的两个随从，基本上就吓死过去了。书里明确说："这才是初出长安第一场苦难。"对于肉身凡胎，又没有悟空、八戒、沙僧等徒弟保护的唐僧来说，这几只"打酱油"的野怪，他们造成的苦难，已经不小了。

那么，问题就来了。既然唐僧已经吓瘫了，又没有徒弟来营救。唐僧怎么逃出这个妖洞呢？不必担心，爱帮忙的神仙总是有的。特别是太白金星这个可爱的小老头儿，他肯定是坐不住的。

038　太白金星为什么忙？

马伯庸有一本小说——《太白金星有点烦》。这本书很有趣，即便不看内容，只看这个书名，就很有趣。这里借其书名，换一个字，是"太白金星有点忙"。

在《西游记》里，太白金星确实是很忙。之前说过，在小说所塑造的佛教人物里，观音菩萨是最忙的。之所以忙，是因为观音喜欢揽事。道教人物里，其实也有一位爱揽事的，就是太白金星。

在之前"大闹天宫"的段落里，天庭两次招安悟空，都是太白金星张罗的，现在到了"西天取经"的段落里，太白金星也不肯闲着，动不动就跑下界来，给悟空等人报信，透露点小道消息。此刻，唐僧还没有收悟空等人,又被困在魔窟里,眼看性命不保,太白金星就按捺不住,亲自过来搭救。

这段情节里,作者是留了一些悬念的。他没有直接说出太白金星,只说唐僧被捆在妖洞里,昏昏沉沉的,忽然看到一个老头,拄着拐杖走来,用手轻轻一拂,绳索就断开了。这老头又朝唐僧脸上吹一口气,唐僧就清醒过来了。老头帮唐僧找到行李马匹,又告诉他这里是什么地界,三个妖魔都是什么动物 —— 你看,他的嘴也挺碎,最后引着唐僧走上大路。唐僧正要拜谢这老头,老头化作一阵清风,骑着一只白鹤,飞走了。只留下一张简帖,上面有四句诗:"吾乃西天太白星,特来搭救汝生灵。前行自有神徒助,莫为艰难抱怨经。"这就明白地告诉唐僧,自己是太白金星。又告诉他,前面有一个徒弟等着他,叫他继续加油。我们就说嘛,太白金星做好事,从来都是要留名的。不留名,还是这个小老头儿吗?

你看,在唐僧刚踏上西天之路的时候,太白金星就出场了,这就跟之前"大闹天宫"的段落照映上了,之后他又反复出场。可以说,在《西游记》里,太白金星是仅次于观音菩萨的一位热心肠,作者是花了不少笔墨去塑造他的。

当然,太白金星的形象演化,也有一个过程,他本来不是一个小老头儿。

太白金星,本来是天上的一颗星,就是金星。由于这颗星十分耀眼,很早就被人们注意到。但在上古之际,人们把它当成两颗星:早上出现在东方天空的,叫启明星;晚上出现在西方天空的,叫长庚星。比如《诗经·小雅·大东》就说:东有启明,西有长庚。这实际上都是金星,只是出现的位置不一样。《西游记》里说太白金星名叫李长庚，用的就是"长庚星"的名字。

阴阳五行理论流行起来之后，五大行星与五行相对应，金星就对应西方，而西方象征着杀伐。所以，当时太白金星是与战争有关的一颗星。在当时人们富有想象力的理解里，它如果按照正常的轨道运行，天下就太平；它如果在不该出现的时候出现，可能意味着天下将有大的战事。像《史记·天官书》就说，金星如果"当出不出，当入不入，是谓失舍，不有破军，必有国君之篡"①，也就是说：这颗星的隐与显，没有按照既定轨道和一般规律来，天下就会发生战争，甚至有亡国的风险。

在封建时代的权力争夺战中，一些人也经常利用太白金星的隐与显，为自己发动战争和政变提供借口。当然，也有一些思想比较进步的人，把因果逻辑调换了一下，他们认为：星辰的运作，是客观的，规律性的，真正在变的是人。如果金星"当出不出，当入不入"，说明封建统治者的德行和执政措施出了问题，人总要从自己身上找原因，不能让自然界里的客观事物来"背锅"。

到了魏晋南北朝时期，金星逐渐人格化，成为道教系统里的一位神明，但主要是以女性形象出现的，她头戴鸡冠，手弹琵琶。莫高窟原来藏有一幅名为《炽盛光佛并五星图》的唐代绢画（现藏大英博物馆），绢画上的金星形象，就是这样的。

宋代的时候，太白金星逐渐从女神转化为男神。唐代的小说里，其实偶尔也有说太白金星化身成男子的，但当时这种说法还不流行。现在，正好反过来，虽然也有说太白金星是女神的，但更多人把他

---

① 司马迁：《史记》，北京：中华书局1959年版，第1322页。

想象成男神。

这个时候，太白金星掌管的内容也多起来，不仅仍然管理战争事务，还负责管理民间金银、钢铁、玉石的开采与加工，又管理牛马等牲畜，以及管理霜雪等气象问题。你看，工业的问题他要抓，手工业的问题他也要抓，畜牧业的问题他也要抓，气象局的事，他还要插上一杠子。这恰恰说明，金星已经从原来的杀伐之神，逐渐蜕变成一位贴近大众日常生活的亲民之神。

到了民间故事里，金星就变成一个小老头儿了。他不再是主战派，反倒是主和派，凡事以和为贵，尽量和稀泥。能吵吵的，尽量别动手；能私了的，尽量别吵吵。这应该反映的是古代民间百姓的集体期待：期待长久和平，期待享受和谐安定的生活。所以，他们要把杀伐之星从神坛上拉下来：不让你去掺和天下的战事，不让你去干扰国家的兴衰 —— 你就每天在这些家长里短、鸡毛蒜皮的"破事儿"上操心，也就行了。试想，如果杀伐之神不务正业，天下自然就太平了嘛！

所以，在明清小说里，特别是在《西游记》里，太白金星总是有点忙的。但他是忙着通风报信，忙着给玉帝传话，忙着在各路神佛之间和稀泥。总之，没有忙自己的主业，而这也正是民众所期待的。人们生怕他想起自己的主业，所以不叫他闲下来。你看，当时民间百姓的想法就是这么可爱的，所以他们塑造的这个小老头儿，也是很可爱的。

第十四回

心猿归正　六贼无踪

039　观音菩萨有啥小算盘?

这一回的回目是"心猿归正,六贼无踪"。所谓"心猿归正",从讲故事的角度看,指孙悟空加入取经团队,成为唐僧的大徒弟。从寓意上来看,指修行者回归正途,开始修心。之前说过,"西天取经"的过程,就是"求放心"的过程。而从佛教和道教的角度看,修炼需要剪除"六贼"。

何谓"六贼"?就是眼、耳、鼻、舌、身、意。所以,这一回里出现的六个蟊贼,是有象征意义的。瞧他们的名字——眼看喜、耳听怒、鼻嗅爱、舌尝思、意见欲、身本忧,这哪里是人名?这六个蟊贼,其实象征着六贼,他们也对应着人的六欲。眼对应见欲,指贪爱美色;耳对应听欲,指贪爱美声;鼻对应香欲,指贪爱香味;舌对应味欲,指贪爱美味;身对应触欲,指贪爱舒适;意对应意欲,指意识活动中的各种贪念。悟空既然已经开始修心,就要剪除这六欲,所以他必须毫不留情地把六个蟊贼打死。

这是从故事寓意来说的,但从讲故事的角度看,悟空不分青红皂白,打死六个蟊贼,在唐僧看来,这是犯了杀戒——出家人怎么能没有慈悲心呢？不过阅读原文就会发现，令唐僧担心的，还不是这一点，他是怕受连累，瞧他说的话："早还是山野中无人查考；若到城市，倘有人一时冲撞了你，你也行凶，执着棍子，乱打伤人，我可做得白客，怎能脱身？"这里所谓"白客"，指清白无辜的人。唐僧的意思是：你在这荒郊野外打死了人，还好说，反正没有监控，咱俩赶紧逃离现场，落得一身干净。如果到了城里，到处都是人，就算没有人的地方，那还有N个摄像头盯着，你把人打死了，我也跑不了，你这不是连累我吗？！你看，唐僧考虑的其实是自己，所以许多人读《西游记》，很讨厌唐僧，甚至恨唐僧，他确实没有得道高僧的样子，也没有正经导师的样子。

　　悟空受不了这委屈，就跑掉了，丢下唐僧一个人，前不着村后不着店的。观音来收拾烂摊子，教给唐僧紧箍咒，要他骗悟空戴上嵌金花帽，那花帽里藏着金箍儿。这一头，悟空回花果山，先到东海龙宫，跟龙王叙旧，龙王用"圯桥进履"的故事来劝导悟空。悟空听了这个故事，回过味儿来，转回找唐僧。唐僧骗悟空戴上花帽，念起紧箍咒，悟空疼得受不了，只好老老实实地陪唐僧一路去西天。从此，紧箍咒就成了唐僧辖制悟空的杀手锏。

　　这杀手锏，是如来佛祖预先安排好的，回看第八回里，佛祖派观音菩萨去东土寻找取经人，嘱咐菩萨沿途勘察道路，顺带帮取经人收几个护法弟子。佛祖怕这些徒弟不服管，就赐给菩萨三个箍儿，这三个箍儿虽然看着一模一样，也都叫"紧箍儿"，但功能不同。有三篇咒语，分别是：金箍咒、紧箍咒、禁箍咒。遇到那些不肯归顺、不听使唤的徒弟，把这箍儿套上去，念动咒语，再顽劣的徒弟，也得屁滚尿流地归顺。也就是说，按照如来佛祖本来打算，悟空、八戒、沙和尚,正好每人用一个,白龙马虽然也是徒弟,但坐骑不用紧箍儿,套上龙头就可以了——没听说给车戴箍儿的,抓紧时间上保险,才是最重要的。

然而,观音菩萨有自己的盘算——这三个箍儿可是佛家至宝,要不是为了唐僧,如来佛祖也不会拿出来。所谓"见面分一半",观音菩萨既然主动揽下这个差事,当然得捞一点油水儿。只不过,菩萨不是要"分一半",而是打算全部"昧"下来。所以,祂去长安的一路上,一个箍儿也没有用。其实,本来也用不上,悟空、悟净、小白龙,都是自愿加入取经队伍的。菩萨根本不用费多少口舌,就把他们收伏了。

有朋友可能要质疑,悟空是个"逆反派",是那么好说服的吗?别忘了,当时悟空已经被压在五行山下五百年,但凡有一个减刑机会,他都会抓住。试看原文,悟空一听说是观音菩萨到来,就大喊"救苦救难大慈大悲南无观世音菩萨",请菩萨救他一救。皈依的心,是很急切的。这个减刑机会,五百年才能遇上一次,你说他能不急切吗?

倒是在八戒身上费点事,他当时在福陵山过着逍遥自在的小日子,不想被套上龙头,过996的生活,对取经这件事,不是很感兴趣,但观音菩萨舌灿莲花,一通忽悠,就把八戒给忽悠瘸了,等到八戒回过味儿来,整天嚷嚷着散伙分行李,要回高老庄当上门女婿,那也就是图一个嘴上痛快。因为有悟空在,那猴子的棒重,打上几下,即便不死,也是重伤。可以说,悟空手里的棒子,就是八戒头上的紧箍儿。

所以,这一路上,观音菩萨一个箍儿也没拿出来,三件法宝,都被菩萨截留了。到了第十四回里，悟空实在不服管教，菩萨只好割爱，拿出一个。剩下两个呢？一个用在黑熊精身上，一个用在红孩儿身上。这俩本领高强的大魔头，一个给菩萨做了守山大圣，一个跟菩萨做了善财童子——原来，都用在自己学生身上了。这哪是雁过拔毛？这是雁过薅毛，薅得那家伙跟葛优似的！谁看不出来啊？这哪是"见面分一半"？这是"见面分三分之二"！

俗语言："无利不起早"，《西游记》里观音菩萨好揽事，因为有利可图，菩萨有自己的小算盘。这就是小说所塑造的文学形象，他们有烟火气，他们世故，他们算计，所以我们觉得这些人物格外的真实、生动。因为，他们更像我们自己。

040　龙王也读史书？

上一讲说过，这一回写的是悟空被套上紧箍儿。这段情节，不是百回本《西游记》原创的，之前的作品里已经有了。但比较起来，《西游记》写得更好一些。

之前的作品，比如元末明初杨景贤的《西游记杂剧》里，就有这段情节。这部杂剧的第十出为"收孙演咒"。说孙行者被压在花果山下，唐僧来到这里，揭掉了山上的压帖，放出孙行者。孙行者虽然拜唐僧为师，却不是真心皈依，心里还有很歹毒的盘算，他想着："好个胖和尚！到前面吃得我一顿饱，依旧回花果山，那里来寻我！"[①] 原来，他打算吃唐僧，这还是一只地地道道的妖猴。所以，

---

① 胡胜、赵毓龙：《西游戏曲集》，北京：人民文学出版社2018年版，第77页。

观音菩萨赶紧上场，赐给唐僧一个铁箍儿，又教给他一篇咒语。不过，观音菩萨说得也挺狠，意思是：孙行者要是不服管教，就念咒语，叫他疼得受不了，趁机一刀宰了这妖猴。唐僧试着背诵了一遍，孙行者就疼得晕倒了，只好老老实实跟着唐僧去西天取经。

你看，在原来的故事里，孙行者虽然蹲了大狱，但野性不改，妖气十足，出狱之后的第一个念头，还是吃人。观音菩萨的江湖气也比较重，下手狠辣。

到了百回本《西游记》里，人物塑造改变了。

孙悟空身上的妖气淡去了，至于观音菩萨，没有江湖气了，下手不狠，却更有趣了。

菩萨不是直接把紧箍儿和咒语交给唐僧的，而是玩了个小把戏，变化成一位老婆婆，说自己有个儿子，也是做和尚的，可惜只撞了三天钟，就呜呼哀哉了，剩下一件棉布道袍，一顶嵌金花帽，就送给唐僧。又教他一篇咒语，等悟空回来，诓他戴上帽子，念动咒语，悟空就不敢撒野了。说完，菩萨就飞走了。半路上，菩萨还遇到了返回来的悟空。结果，菩萨压根儿没提这茬儿，只是简单安抚几句，生怕悟空看出破绽来。

再看唐僧。都说唐长老是个老实人。其实，瞎话也是张口就来的。悟空好奇心重，翻包袱的时候，发现道袍和花帽——光彩艳艳的，十分好看，就询问来历。唐僧说，是他小时候穿过的，那帽子戴上，不用教，就会念经，那道袍穿上，不用学，就会行礼。你看，这套嗑儿不是菩萨教的。说好的"出家人不打诳语"呢？唐僧这诳语，可是张口就来啊！看来，唐长老坑人，也是不用人教的，天生就会的。

这段情节里，还有一个人物，表现很抢眼，就是东海龙王。悟空之所以回心转意，主要就是东海龙王会开导人。

书中交代：悟空回花果山之前，先到东海龙宫里，探望老邻居，顺便讨一杯茶水吃，润润嗓子。龙王听说悟空皈依佛门，连忙贺喜，真心替悟空高兴。听到悟空不服唐僧管教，就没说别的，先叫人把茶水给端上来。

你看，龙王爷是会劝人的。劝人，劝人，重要的不是"劝"，是"人"。要看面对的是什么人，悟空这样的爆炭脾气，不能顶着来。否则，好事也劝成坏事了。得顺着毛捋他——人家本来也是受教的，你把毛给捋顺了，人家自己能够觉悟。这时候，你再给他讲道理，效果就好了。

然而，道理不能硬讲，讲些空洞教条，换谁也不爱听。得把道理化到故事里，中国人讲道理就很有优势。五千年文明，历史悠久，什么典故没有？可以用来寓含道理的故事，可谓俯拾即是。

其中许多典故，可以作为图画的主题，既直观，又有教化意义。所以，过去许多人家的屋室里，都悬挂这类主题图画。比如《红楼梦》第五回，贾宝玉来到宁国府上房的内间，抬头就看到一幅画，是《燃藜图》。这是一个传说故事，说东汉的刘向整理国家藏书，工作到很晚。当时的照明条件比较差，刘向在微弱的灯火下，仍然聚精会神地校书。这时候，太阴之精下降，点燃藜杖，给刘向照明。这个故事，是劝人用功的意思。所以，贾宝玉一看这幅画，就犯头疼，嚷嚷着要出去。

东海龙宫里，也挂着一幅画，主题是"圯桥三进履"。这个故事更早一些，讲的是张良的故事。按《史记·留侯世家》记载，张良刺杀秦始皇失败，流亡下邳，在圯桥碰到一个老头。这老头来到张良身边，故意把鞋掉在桥下。老头要张良到桥下替他取鞋。张良当年血气方刚，哪里受得了这窝囊气，本想揍老头一顿，但看他年纪太大，捡个鞋也不算事儿，就照办了。没想到，老头又让张良给他穿鞋。张良心想，反正鞋也捡上来了，索性给他穿上。老头很满意，说了一句"孺子可教"。两人约好五天以后，天亮时来这里相会。五天后，张良天一亮就出发，到了圯桥，老头已经等在那里，他批评了张良，约好五天后再来。五天后，张良鸡一叫就出发，到了圯桥，还是老头先到，老头又批评张良一顿，约好再过五天见面。五天后，张良没到半夜就出发。等了一会，老人来了，满意地说，"年轻人就应该这样"，拿出一本书给张良，就是《太公兵法》。原来，这老头是黄石公。张良凭着《太公兵法》，神机妙算，运筹帷幄，辅佐刘邦建立汉王朝，名垂千古。

这个故事，主题就是"孺子可教"，年轻人要虚心受教，受得了委屈，经得起考验。

不过，阅读《西游记》原文会发现：东海龙王其实把这故事给讲错了。龙王说黄石公三次把鞋丢到桥下，让张良去捡，这个剧情就太狗血了，这其实是一些戏曲、说唱里的艺术处理，不是正史原文。龙王应该没看过《史记》。

虽然龙王把"圯桥进履"的故事讲错了，但悟空还是醒悟过来，回去找唐僧。说明他跟张良一样，也是一个虚心受教的人，跟之前的猴王形象，是完全不同的。

第十五回

蛇盘山诸神暗佑　鹰愁涧意马收缰

041　为什么先收白龙马？

第十五回的回目是"蛇盘山诸神暗佑，鹰愁涧意马收缰"。从讲故事的角度来说，这一回讲的是收伏小白龙。

读过《西游记》原著的朋友都知道，从第十四回到第二十二回，是唐僧收伏四个徒弟的情节。四个徒弟加入取经团队的顺序是：孙悟空、小白龙、猪八戒、沙和尚。

这个顺序正好与第八回"观音奉旨上长安"形成对应。在第八回里，观音菩萨奉命去长安寻找取经人，沿途勘察道路，预先帮唐僧收伏了四个徒弟，先后是沙和尚、猪八戒、小白龙、孙悟空。观音菩萨是从西往东走的，现在唐僧从东往西走，顺序正好调过来。

照这个顺序看，小白龙才是唐僧的二徒弟 —— 同门师兄弟排次序，不按年龄大小，跟能力高低也没关系，只是看入门时间的早晚。然而，小白龙化身成白马，给唐僧当坐骑，平时不言不语，也不参与战斗，甚至会成为拖累 —— 多数情况下，都是悟空战斗，猪八戒辅助战斗，沙和尚负责看管行李马匹。你看，白马和行李是一个级别的，是被照看的对象，很容易被忽略。平时，唐僧向别人介绍自己的徒弟，也说悟空是他的大徒弟，八戒是二徒弟，沙僧是三徒弟，从来不提小白龙，好像他当真就是一头牲口。

但是，第一百回的回目是"径回东土，五圣成真"，也就是说，取经团队加起来一共五人，号为"五圣"，小白龙是算在其中的，他也是唐僧的徒弟。而且，从入门早晚看，小白龙是紧随在悟空之后的，他应该算是二徒弟。

那么，小白龙的排序为何如此靠前呢？如果只是收一匹坐骑，犯得着这么着急吗？收了悟空之后，紧接着就收小白龙，这是何必呢？如果收了沙和尚之后，再把原来的白马换成龙马，故事这样讲，不是也挺方便的吗？

其实，在更早期的故事里，小白龙的排序甚至在悟空之前。比如《西游记杂剧》里，就是小白龙最早加入取经队伍的，然后才是孙悟空。

大家是否注意到了，悟空和白龙马加入取经团队的时间，虽然有早有晚，但他们的关系总是前后脚的。换句话说，他们得是紧挨着加入取经队伍的。

为什么要如此处理呢？这跟白马的象征意义是有关系的。

正所谓"心猿意马"，这个成语，本来是佛教的一种譬喻。之前说过，佛经里经常用躁动不安的猿猴来比喻人心。其实，奔腾的马也可以用来形容人心。心猿意马，就是说人的心是多变的，没有定数的。这个比喻，很早就被中国人理解和接受了。之前提到许浑的《题杜居士》里有一联，上半句是"机尽心猿伏"，后半句就是"神闲意马行"。可以看到，心猿和意马，总是联系在一起的。这个比喻，落实到《西游记》里，对应着两个主要形象，心猿就是悟空，意马就是白龙马。

这不是我们分析出来的，小说原著已经明确告诉大家了。这一回的回目，就是"意马收缰"。之前是"心猿归正"，现在是"意马收缰"，先收伏了悟空，再收伏白马，躁动不安的心，就沉静下来了，可以集中精神了。第十九回，收伏了八戒之后，书中也有一句诗："意马胸头休放荡，心猿乖劣莫教嚎"，也是再一次提醒我们，要锁住心猿，拴住意马，如果连这一点都做不到，接下来也无法进入更高段位的修行。所以，不管谁先谁后，"心猿"和"意马"总是放在第一梯队里的，他们是必须最先加入取经团队的。而百回本《西游记》是以孙悟空为第一主人公的，所以先收悟空，再收白龙马。

这种理念，很可能是从全真教来的。全真教讲究"三教混融"，许多佛教比喻，都被全真教的道士们吸收和改造了。在全真教的文献里，经常可以看到"心猿意马"这个比喻。比如，王重阳的《凤马令》里就有这样的句子："意马擒来莫容纵"，又说"猢狲相调弄"，就是把马和猴放在一起说的，用的就是心猿意马这个比喻。

之前分析"弼马温"的含义，也交代过，"弼马温"是谐音，即避免马生瘟疫。但"弼马"也有其他含义。"弼"就是辅弼的意思，也有矫正过失的意思。放在这里说，就是心猿可以辅弼意马，可以帮助调顺意马。如陈洪先生所说，马瘟就是马的毛病，弼马温就是纠正马的毛病，就是调顺意马的意思。[①] 也就是说心猿和意马相配合，它们都是指人的心。这么讲也是有根据的，小说第七回里有一首诗："猿猴道体配人心，心即猿猴意思深。大圣齐天非假论，官封

[①] 参见陈洪：《"弼马温"再考辨》，《文学遗产》2014年第5期。

弱马是知音。马猿合作心和意,紧缚牢拴莫外寻。"也就是说:书中的人物大都具有象征意义,悟空就是心猿,白马就是意马,它们是知音的关系,是合作的关系,要进行修炼,就得把这心猿和意马给拴住。第十四回和十五回,书写的就是这个意思。

042 龙马原来就是白皮的吗?

以前,网络上流行一个段子:骑白马的不一定是王子,也可能是唐僧!这里,不妨换个说法:唐僧骑的不一定是白马,也可能是红马!

这不是开玩笑,从故事的演化看,这是事实。

小说里的白龙马,其实也是有历史原型的,就是玄奘法师骑着穿过莫贺延碛,最终抵达伊吾的那匹马。只不过,想象很丰满,现实很骨感。文学想象里,唐僧骑的马,又年轻,又健壮;历史真实里,玄奘骑的马,又老又瘦,病病恹恹的。关键,毛色也对不上——那不是一匹白色的马,而是赤色的马。

根据《大慈恩寺三藏法师传》记载,当年玄奘法师出玉门关,往伊吾去。临行前,有一个胡人老头,送来一匹马——这匹马是赤色的,又老又瘦。老头对玄奘说:您现在骑的这匹马,年纪太小,不能长途跋涉;我这匹马,已经往返伊吾十五次了,对您有帮助。玄奘看这匹马,皮包骨头的,不愿意接受——这好理解,玄奘和我们一样,不会相马,只知道看马的外表。其实,人不可以貌相,马也不可以貌相,许多看上去膘肥体壮的马,并不是千里马的材料;反倒是这种皮包骨头的选手,适合长途跋涉。

玄奘本来要拒绝这个老头的好意了，突然想起来，当年将要离开长安的时候，有个占卜师给他卜了一卦，说他骑着一匹赤色的马，又老又瘦的，马鞍子前面镶了一块铁。玄奘再一瞧面前这匹老马，毛色、身形、年龄，全都对上了，最关键的是，这匹马的鞍子上，正好镶着一块铁。玄奘觉得，这是命中注定的事，就欣然接受了。

之后，这匹又老又瘦的赤色马，确实立了大功。玄奘过玉门关的时候，遇到阻碍，只好改道野马泉，走入莫贺延碛，也就是八百里流沙。玄奘没有走戈壁滩的经验，走着走着，就迷路了，关键是水也没有了，连着五天，一滴水都没喝到，眼看就要死在大漠戈壁里。突然间，这匹赤色马不听玄奘控制，自己跑起来。玄奘勒不住缰绳，只好由着它跑。最后，他们来到一片水草丰茂的地方，玄奘喝上了水，马也吃上了草。玄奘这才捡回一条命，最后也平安到达伊吾。

今天看，我们当然知道，这是"老马识途"的道理。同样的路线，走过十五次，老马不用人驾驭，自己也会走。但玄奘是佛教徒，他对事物的理解，跟世俗人不一样，对许多事情的分析与解释，都带着幻想成分。在他看来，这件事情是很神奇的。

有了这个历史本事，在后来故事流传的过程中，这匹马的形象，就越来越神奇。

如何显示出这匹马的神奇呢？最简单的方式，就是说它并非凡马，而是一匹龙马，也就是说，它原来是一条龙 —— 龙变化而成的马，当然不是凡品了！

本来，在古人的想象里，龙与马这两种动物，是可以相互转化的，尤其是"马化龙"的故事，讲述一匹马生出犄角、鬣须、鳞片，腾空而起，变成一条龙，这样的故事，在中国古代小说、戏曲、说唱里，比比皆是。

那么，变成一条什么龙呢？具体在这个故事里，应该变成火龙。它是一匹赤色马，这是现成的由头。之前说过，五行与五色是对应的关系。五色之中的赤色，对应的就是五行之中的火。经过这种转化，一匹赤色的凡马，就变成一条火龙。这种操作，还是很普遍的。还记得《三国志演义》第三回是如何形容赤兔马吗？说它是"火龙飞下九天来"，既然赤兔马是火龙变的，玄奘骑的这匹马，当然也可以是火龙变的。

在相当长的一段时间里，传说中唐僧骑的都是火龙马。比如，元代王振鹏所绘《唐僧取经图册》，其中就有一幅，是"遇观音得火龙马"，描绘的就是观音菩萨送给玄奘一匹赤色的火龙马。明代中期的许多宝卷里，也都说唐僧骑着"火龙驹"。

那么，火龙驹怎么就变成白龙马了呢？这跟"白马驮经"的文化意象有关系。白马驮经是佛教传入中土的著名典故，后来变成了一种文化意象。所以，涉及取经事业，就很容易让人联想到白马。慢慢地，火龙驹就演变成了白龙马。

当然，这里还有一个过渡——名义上还是火龙驹，样子却已经是白马了。比如《西游记杂剧》第九出，演述观音菩萨派木叉给唐僧送马，这匹马是南海火龙三太子变的。有趣的是，它虽然是一条火龙，没有变成赤色的马，而是一匹毛色纯白的马，剧中描写它，说"浑则是一片玉玲珑"①，可以想象一下：一匹通体雪白的马，奔跑

---

① 胡胜、赵毓龙：《西游戏曲集》，北京：人民文学出版社2018年版，第67页。

起来，仿佛一片云，浑身散发着鲜洁的光芒。这就是一个很有标志性的作品，标志着白龙马形象，已经确立下来了。

到了百回本《西游记》里，不再是南海火龙太子，而是西海龙王的儿子，且是一条小白龙了。这样一来，白龙变白马，看上去就顺理成章了。为了对应这个"白"色的符号，作者还特意说他是西海龙王的儿子。为何是西海的龙？因为五色对应五行，又对应五方，白色对应着金，对应着西方。既然是小白龙，就得是西海来的。

不过，作者还是保留了一点"火龙"的影子。按书中交代，小白龙因为放火烧了龙宫里的夜明珠，被判了忤逆大罪。好端端地，小白龙为何要纵火呢？书里没有明说，但从故事演化的历史来看，这是合理的——小白龙原来是一条火龙嘛！打个喷嚏，也能喷出火来。父子间发生争执，儿子的小暴脾气上来了，收不住，放火烧东西，也是好理解的。

043　还有一套安保团队？

回看这一回的回目，前半句是"蛇盘山诸神暗佑"，这里的诸神都有谁呢？除了蛇盘山的当坊山神、土地，还有六丁六甲、五方揭谛、四值功曹、一十八位护教伽蓝。他们是唐僧的另一套安保团队，是观音菩萨安排的。

今天，一提到唐僧的安保团队，大家首先想到的是悟空、八戒、沙僧，硬要加一个，可以把小白龙算在里面——极特殊情况下，小白龙也是可以卖一把力气的（比如第三十回，悟空被唐僧贬走了，八戒被黄袍怪打跑了，沙僧被黄袍怪活捉了，没一个在唐僧身边，害得唐僧蒙冤受屈。小白龙只好挣脱缰绳，变成一个宫女，单挑黄袍怪）。所以说，这四个徒弟都是唐僧的安保团队。

然而，这是明面上的安保团队，还有一个背后的安保团队。就是上文说的六丁六甲、五方揭谛、四值功曹、一十八位护教伽蓝。

六丁六甲，是道教的神明。这是十二位神明。

一提到"十二"，不少朋友可能会条件反射地想到"十二生肖"。的确，六丁六甲是跟十二生肖有关系的。十二生肖是与天干、地支相对应的。天干就是甲、乙、丙、丁、戊、己、庚、辛、壬、癸，地支就是子、丑、寅、卯、辰、巳、午、未、申、酉、戌、亥。天干与地支配合起来，是一个表示次序的符号系统，古人纪年、纪月、纪日、纪时，都是用天干、地支来表示的。再结合阴阳理论，天干中属性为阳的符号，与地支中属性为阳的符号，可以配合在一起。同理，天干里属性为阴的符号，与地支中属性为阴的符号配合在一起。天干之中，甲属阳，丁属阴。甲与六个阳支配合起来，就是甲子、甲寅、甲辰、甲午、甲申、甲戌，对应的神明，是十二生肖中的鼠、虎、龙、马、猴、狗；丁与六个阴支配合起来，就是丁丑、丁卯、丁巳、丁未、丁酉、丁亥，对应的是十二生肖中的牛、兔、蛇、羊、鸡、猪。在六丁六甲的形象塑造中，生肖符号总是或多或少存在的——有了动物符号，十二位神明才更容易被人识别和辨认。

五方揭谛，则是一个杂糅出来的概念。

揭谛，本来是佛教术语，它是梵语的音译，意译是到、去、度的意思，但它总是用在咒语里的，比如《般若波罗蜜多心经》所谓"揭谛，揭谛，波罗揭谛，波罗僧揭谛，菩提萨婆诃"，就是咒语。咒语是不能被意译的。如果意译了，就失效了。比如《哈利·波特》

里面有很多咒语，就算国语配音，也不应该把咒语翻译出来。比如，我们只能说"Wingardium-Leviosa"，羽毛才能飘起来，如果说"悬浮咒"，羽毛是不会飞起来的。同样的道理，佛经中的咒语，也不能意译。所以，人们就总是听到"揭谛"这个词。

这些咒语念得久了，民间又慢慢流行起来一种揭谛信仰，揭谛就从咒语真言，变成被供奉的神明，在唐五代的石窟壁画里，就已经可以看到被供奉的揭谛神像了。

到了明清时期，民间进一步将揭谛神人格化，又和本土的一些知识、观念结合起来，造出各种各样的揭谛神，比如《西游记》里的五方揭谛，说的其实就是东、南、西、北、中五个方位的揭谛。

按书中交代，五方揭谛之中，金头揭谛最辛苦。其他四方揭谛，包括六丁六甲、四值功曹和护教伽蓝，都是轮流值班的，只有金头揭谛是全天候在岗的。为什么金头揭谛时刻不离唐僧左右呢？网上流行各种说法，越说越玄乎，实在是把简单的问题给复杂化了。这里，没有弯弯绕绕。试问：这部小说叫什么？《西游记》嘛！既然是向西的旅行，当然主要是西方揭谛来负责安保！西方五行属金，自然对应金头揭谛了。别忘了，取经团队正式成立后，就进入西牛贺洲了——都到了金头揭谛的值日片区了，他不负责，谁负责呢？

四值功曹，是道教神明，道教徒认为，每个道观都有值年、值月、值日、值时的神将。所以叫"四值"。

至于护教伽蓝，则是佛教神明。伽蓝，本来也是梵语音译，就是寺庙的意思。后来从专有名词，变成人格神。佛教徒认为，每座寺院都有伽蓝神保护。包括美音、梵音、天鼓、巧妙、叹美、广妙等十八位神明。还记得京剧《白蛇传》里"水斗"一折吗？跟白蛇、青蛇开打的就是伽蓝神。为什么是伽蓝神登场呢？蛇精放水来淹寺庙，伤害寺庙里的僧人，那守护寺庙和僧人，不正是伽蓝神的本职工作吗？

总之，这是一个既包含佛教元素，也包含道教元素，同时又有民间信仰元素的一个安保班子。换句话说，为了保障取经工作顺利完成，各个系统都派出人马了。

这个安保团队是非常重要的，虽然他们平时不现身，多是在幕后，但出力很多，唐僧平时被妖魔捉住，悟空一时间不能取胜，到处"摇人儿"，寻求帮助，唐僧在魔窟里，不被侵害，是谁保障的呢？就是当天当时值班的六丁六甲、五方揭谛、四值功曹和十八位护教伽蓝嘛！没了他们，唐僧肉早就"回锅"了！

第十六回
观音院僧谋宝贝　黑风山怪窃袈裟

044　金池长老应该得到同情吗？

第十六回的回目是"观音院僧谋宝贝，黑风山怪窃袈裟"，这段讲述的是唐僧在观音禅院丢失锦襕袈裟的故事。

之前说过，从第十四回到第二十二回，主要是唐僧收伏四个徒弟的情节，但讲故事得讲究一个章法，故事要有起伏，有顿挫，不能一股脑儿地讲下去。如果收完悟空和白龙马，紧接着讲收八戒，又讲收沙僧，就显得太笨拙了。《西游记》的作者是很会讲故事的，他绝不可能这样做。在收八戒之前，要有一个降妖伏魔的故事，收沙僧之前，还要有一个降妖伏魔的故事。这样一来，故事就有起伏了，有顿挫了，也会更吸引人。

同时，收完一个徒弟，缀上一个降妖伏魔故事，也可以看成是对这个徒弟的一次考验，从这一回到第十七回的故事，就是对悟空的考验。

这一回情节说的是：唐僧和悟空来到观音禅院。院中住持，名叫金池长老。金池长老活了二百七十岁，一辈子追求物质享受，又有"收集癖"，喜欢收集华美袈裟，已经攒了七八百件。他把这些袈袈拿出来炫耀。悟空气不过,把唐僧的锦襕袈裟拿出来比试,金池长老一看到这件袈裟,就"爱得不要不要"的。他听了徒弟的建议,要放火烧死唐僧和悟空,结果害人不成反害己,把自己给烧死了。黑风山里有只黑熊精,是金池长老的朋友。黑熊精看到观音禅院起火,赶来救火,瞥见锦襕袈裟,也起了贪念,就趁火打劫,把袈裟偷走了 —— 就是这么一段"黑吃黑"的故事。

在这段故事里,最大的"倒霉蛋"就是金池长老。他的死,源于他身上最大的毛病,就是"贪"。他贪图物质享受,活了将近三个世纪,还没活明白,物质层面的东西,不是越看越淡,而是越看越重,最后到了丧心病狂的地步。

正所谓"君子有三戒"。少年时,血气未定,戒之在色,就是说少年人身心还没有发育成熟,不要迷恋色欲;壮年时,血气方刚,戒之在斗,就是说壮年人,荷尔蒙爆棚,不要争强好胜;老年时,血气既衰,戒之在得。这里的"得",是贪得的意思。孔夫子早就告诉我们:人年纪大了,就不要整天盘算得到这个、得到那个了,名誉、地位、财富,都要看得轻一点,凡事想开了,放下了,这样才能长寿。尤其是物质上的东西,不要再贪求了。比如《淮南子·诠言训》也说:"凡人之性,少则猖狂,壮则暴强,老则好利。"[1] 这话与《论语》上的话,意思差不多,但"老则好利"是强调老年人更贪图物质上的利益。

金池长老就是这样的人。头上戴的毗卢帽,要嵌上猫眼石;身上穿的僧衣,要镶上翡翠毛;脚上穿的僧鞋,也是攒珠八宝的 ——

---

[1] 刘文典:《淮南鸿烈集解》,北京:中华书局2018年版,第570页。

比《甄嬛传》里莞贵人脚上穿的蜀锦玉鞋,还要贵重! 平时喝茶也特别讲究,用的是羊脂玉的茶盘、白铜的茶壶、珐琅彩镶金的茶盅,就连我们这些在家人看着,都觉得太奢靡了,何况他还是一个出家人,本来就是要戒断这些物质享受的。

当然,如果只是贪图物质享受,罪过也还小。关键在于,金池长老的贪,从贪图发展到贪婪。人,一旦变得贪婪,就异化了,就被物质反噬了。也就是说,人成为物质的奴隶,成为物质的工具。更进一步说,主客体关系颠倒了,物质不是为了满足人而存在的,人反倒是为了满足物质积累的欲望而存在的。这种物质积累的欲望,是一个永远填不满的无底洞,它驱使着人一刻不停地去寻找,去占有,去攫取,去掠夺,最终把人变成一台"收割机"。试问:收割机有感情吗? 收割机有道德吗? 收割机会思考吗? 人一旦变成收割机,变成欲望的工具,也就谈不上道德了,谈不上人性了,各种违背伦理、泯灭人性的事,都会做出来。

金池长老不就是这样的吗? 为了一件袈裟,他就起杀心,没有一丝犹豫。大徒弟广智出主意,拿刀枪砍杀唐僧和悟空,金池长老连说:"好! 好! 好! 此计绝妙!"二徒弟广谋出主意,说不动刀枪,火烧禅堂,更能掩人耳目,金池长老连说:"强! 强! 强! 此计更妙! 更妙!"你看,这老家伙有人性吗? 没有啊! 这就是头老牲口啊! 他就是戴着金丝八宝攒珠的龙头,披着镂金百蝶穿花的坐垫儿,不也还是一头牲口吗?!

有朋友会说,这话太重了,但大家别忘记:金池长老可不是只贪图这一件袈裟的。他在这里当了二百五六十年的和尚,攒了足有七八百件袈裟。这七八百件袈裟,怎么来的? 以物易物换来的?

提前交物业费送的？超市里抽奖得的？不可能嘛！就算保守估计，里面有一半是用见不得人的手段获得的，这三四百件袈裟背后，得有多少条人命？

金池长老会为了锦襕袈裟，谋财害命，但在锦襕袈裟之前，哪一件袈裟，不是金池长老看在眼里、长在心上的？你知道有多少个不眠之夜，这头老畜生抚摸着一件新袈裟，嘴上念叨着"我的宝贝袈裟"，心里却盘算着如何害死袈裟的主人？如果你就是其中一件袈裟的主人，还会觉得笔者的话重吗？

被欲望异化的人，他们是可怜的，是可悲的，但值得同情吗？

045 唐僧有哪些法宝？

说一说这一回的主题物——锦襕袈裟。这是唐僧的一件重要法宝。之前讲过，锦襕袈裟是引起一系列冲突的核心，正是对这件宝贝袈裟的贪念，让金池长老害人不成反害己，也同样是因为贪念，黑熊精趁火打劫，偷走了袈裟，造成他和取经团队的矛盾冲突——没有锦襕袈裟，也就没有这一连串的故事。

然而，这是从具体情节来说的，如果回到一般性的故事层面，我们可以总结出一个历史更悠久的、形态更稳定的模式——所有该类型的故事里，都有类似一段情节，就是主人公踏上一段旅程，而他拥有一件或几件法宝，旅程上的阻挠者们，想方设法掠夺这些法宝。大家回想一下，小时候听的许多故事里，是不是都有这样一段情节？

那么，唐僧拥有哪些被阻挠者们觊觎的法宝呢？

大家最先想到的，可能是套在孙悟空头上的金箍儿。的确，紧箍咒是唐僧用来辖制悟空的杀手锏，猴子只要不听话，老和尚就念紧箍咒。

然而，这只金箍儿，不是唐僧拥有的。它是如来佛祖赐给观音菩萨的，直接用在悟空身上的。唐僧从来就没拥有过金箍儿，充其量是个"过路财神"——金箍儿，只是经他转了一道手而已。况且，也没有哪个妖怪，打这只金箍儿的主意，阻挠者们从来没想过掠夺这只金箍儿，他们惦记的，还是主人公自己拥有的法宝，锦襕袈裟就是这样一件法宝。

当然，唐僧不止这一件法宝，还有两样：一是九环锡杖，一是紫金钵盂。

九环锡杖和锦襕袈裟是配套的法宝。回看第八回，如来佛祖派观音菩萨去东土寻找取经人，拿出来一件锦襕袈裟，一根九环锡杖，让菩萨交给取经人。佛祖明说，两件法宝，要给取经人使用，"穿我的袈裟，免堕轮回；持我的锡杖，不遭毒害"。换句话说：入我门来，穿我们霍格沃茨的校服，戴我们霍格沃茨的校徽，我看谁敢把你怎么着！

既然佛祖明说这是给取经人的，菩萨再爱贪小便宜，也不敢昧下来。菩萨来到长安，变成癞头和尚，沿街叫卖这两件法宝，又把它们的功效吹了一遍，特别是这件袈裟，菩萨把它的材质、做工，描述得很细致——什么材料做的，上边镶嵌了什么宝贝，穿上有什么奇妙的功效，都说得很具体，跟电视购物节目里那些打了鸡血的购物专家似的，唐太宗还在旁边帮腔儿，仿佛特别邀请的厂方代表"李总"。

当然，唐太宗不仅替唐僧买下两件法宝，他自己也送给唐僧一件宝贝——紫金钵盂——给他路上化斋用。

有朋友可能要说：这几样东西，虽然是宝贝，却算不上法宝，因为它们没起到什么实际的作用，尤其在降妖除魔的过程里，完全看不到它们的功效。

的确，百回本《西游记》里，锡杖、袈裟、钵盂，没起到什么作用，这是因为有悟空存在。悟空集合了所有法宝的功效：地图导航，魔法攻击，物理防御，心灵净化……悟空一个就顶一百个；有了这只超级猴子，唐僧就可以不入沉沦，就可以不受毒害，有了这样"以一当百"的好学生，还用那些劳什子起作用吗？带在身边，都嫌它们多余！

但在早期故事里，这些法宝还是不同程度地起作用的。比如晚唐五代的俗讲底本《大唐三藏取经诗话》里，唐僧师徒来到北方毗沙门大梵天王宫，天王赐给唐僧三样法宝：一个是隐形帽，一个是金镮锡杖，一个是钵盂——这就是后来几件法宝的原型。

只不过，有两件法宝变化了。一是隐形帽，它后来分化成两个东西：锦襕袈裟和嵌金花帽。嵌金花帽在第十四回出现过，唐僧骗悟空戴上嵌金花帽，才把金箍儿套在悟空头上的。一是金镮锡杖，它也分化成两个东西：九环锡杖和金箍棒。在《大唐三藏取经诗话》里，金镮锡杖主要就是猴行者用的，猴行者拿着这根锡杖，逢山开路，遇水架桥，驱赶虎狼，制伏妖魔。可以说，没了金镮锡杖，猴行者也玩不转。到了百回本《西游记》里，金镮锡杖就分化成两样法宝：九环锡杖，拿在唐僧手里，不起什么作用；金箍棒，拿在孙悟空手里，作用很大，直接继承了金镮锡杖的威力。

可以看到，唐僧的法宝，也是有原型的，不是凭空产生的。

不过，如果再往远一点追溯，这些法宝又不专属于这个故事了。在类型化的神奇故事里，主人公要踏上一段旅程，总要带上几样法宝。人类学家普罗普在《神奇故事的历史根源》里进行了总结：在许多民族的神奇故事里，当主人公踏上一段旅程的时候，经常要带上三样东西：手杖、粮食、靴子。当然，这不是普通的手杖、粮食和靴子。手杖，可能是铁制的大棒槌；粮食，可能是石头做的大饼；靴子，也可能是铁的。[1] 为什么会这样？这其实是一种原始信仰；这些故事所反映的，其实是原始社会里的各种仪式，主要是根纳普所说的"通过仪式"（Rites of Passage），比如授礼仪式，又比如丧葬仪式。在原始人的想象里，只有带上这些，主人公才能顺利到达那片神奇的世界，完成任务，或者顺利返回，或者抵达最终目的地。那片神奇的世界是什么呢？其实就是死亡的黑暗世界。

后来，原始信仰逐渐淡去，但这些故事保留下来，沉淀在神话、传说和各种各样的民间故事里，主人公上路时带上的"装备"，也没有发生根本变化，手杖、粮食、靴子，就是手上拿的、嘴里吃的、身上穿的。靴子，经常会衍化为帽子或斗篷，比如小红帽的故事。而这些帽子和斗篷，又经常具有隐性的作用。还记得《哈利·波特》里"三件圣物"之一的隐形衣吗？主人公要进入那片神奇的世界，总要具有隐形的功能，因为神奇世界的看守者们，不管是老巫婆，

---

[1] 弗拉基米尔·雅可夫列维奇·普罗普：《神奇故事的历史根源》，贾放译，北京：北京联合出版公司2022年版，第51至55页。

还是三个头的怪兽，又或者蛇妖，以及别的东西，他们是异常敏感的，很容易发现主人公——毕竟，主人公不属于这个世界，所以必须隐形，但即使隐形了，他们也能闻到你的味道，回想一下《千与千寻》，就可以明白这一点了。

比较各类故事，可以发现："西游"故事，本质上是一个神奇故事，可以说它是"唐长老的奇幻漂流"，也可以说它是"唐长老与死亡圣器"，又或者"唐长老的神隐"，毕竟，它们本质上都来源于同一个更古老的故事。

第十七回
孙行者大闹黑风山　观世音收伏熊罴怪

046　黑熊精有多可爱？

第十七回的回目是"孙行者大闹黑风山，观世音收伏熊罴怪"。

这回情节说的是：孙悟空来到黑风山，找黑熊怪讨要锦襕袈裟。正赶上黑熊怪与另外两个妖怪"侃大山"，说第二天是他的生日，要借这件袈裟，办一个"佛衣会"。这俩妖怪，一个是苍狼精，一个是白花蛇精。悟空一棒子打下去，吓跑了黑熊怪和苍狼精，打死了白花蛇精。悟空打上黑风洞，跟黑熊怪一直打到中午。黑熊怪饿了，就不打了，悟空只好回到观音禅院。等悟空再去黑风山，路上遇到黑熊怪座下小妖，正要去给金池长老送请柬。悟空打死小妖，拿了请柬，假变成金池长老，去骗黑熊怪，结果被拆穿了。俩人又打起来，一直打到晚上，黑熊怪又饿了，又不打了。悟空只好又回到观音禅院。第二天一早，悟空转去南海请观音菩萨。菩萨与悟空来到黑风山，碰到苍狼精给黑熊怪送两丸丹药，悟空打死苍狼精，他吃了一丸丹药，自己又变成一丸丹药，要菩萨变成狼精的模样，带着丹药，再去骗黑熊怪。黑熊怪把悟空吃到肚里，疼得满地打滚，菩萨给黑熊怪套上禁箍儿，念起咒语，黑熊怪疼得受不了，只好皈依佛门，菩萨收他做守山大神。

这里是简单概括，说得粗略，大家阅读原文，会获得更多乐趣。作者驾驭奇幻故事的能力很强，写得很有章法，很有层次。这一段情节，其实可以称作"三探黑风山"。这种重复三次的情节，在古代小说中很常见，比如"三顾茅庐"，又比如"三打祝家庄"。

重复，本身能体现情节的委曲波折，但不应是机械的重复；同样的情节，简单地重复三次，这是没人要看的。"三探黑风山"，就写得不呆板。首先，得写出重复，这样才能让读者把握到情节里比较稳定的东西。然后，在这些稳定的成分里，写出变化。比如三次探山，悟空都打死了妖怪，但妖怪的级别不一样，悟空的收获也不一样；三次探山，悟空也都是抱着游戏的态度，但玩法不一样，有直接开打的，有他自己变化的，又有胁迫菩萨变妖怪的。我们能够看到悟空的本事，也能够看到悟空的童心。

不过，最令读者喜欢的，还是黑熊怪这一人物。这头黑熊，也是笔者个人在百回本《西游记》的所有妖魔里，最喜欢的一个。他很讨人喜欢——有的妖魔，实在很讨厌，比如百眼魔君，你就很难喜欢他；黑熊怪这只"憨憨"，你怎么看，都很难讨厌他。

他是一头黑熊，看起来就是一副憨憨傻傻的样子，好比《红楼梦》里袭人说的，"像我们这粗粗笨笨的倒好"，黑熊怪就是粗粗笨笨的选手，有点呆气。你看，他本事很大，跟悟空一对一，能僵持大半天，手不麻，脚不软，气不虚，《西游记》里的民间野生妖魔，能做到这一点的，也没有几个。而他每次和悟空休战，都是因为肚子饿了，也就是说：咱们打归打，我可不怕你，但你不能耽误我吃饭！这个吃货，实在很可爱的。

当然，黑熊怪还有更可爱的地方——他实际上是个"模范生"。为什么这么说？主要有三点原因。

其一，黑熊怪是民间野生的妖怪，没有靠山，全凭自食其力，也挣下好大一份家业，这说明他很上进；同时，他除了有一点贪心，并不惦记唐僧肉。他的修炼，走的是正路子，也就是内丹修炼，这又说明他十分专业。试想，金池长老，一个凡人，为什么能活到二百七十岁？就是他平时跟黑熊怪学了一些内丹修炼的方法，可见黑熊平时修炼的，是道家炼养的正经路子。你看，又上进，又专业，这不是模范生吗？所以，菩萨一来到黑风山，看到黑风洞的气象，与其他妖洞相比，大不一样，已经带着几分仙气，就又开始打小算盘，计划将黑熊怪收到自己门下。

其二，是从故事演化来说的——黑熊怪身上，其实有孙悟空原型的影子。他把孙悟空原型中一些情节元素给"扛"过来了。比如"佛衣会"，在早期故事里，举办这一主题Party的其实是孙悟空。比如《西游记杂剧》里，孙行者在花果山做大王的时候，就偷了西王母的一套仙衣，要做一个"仙衣会"。这就是"佛衣会"的原型。

到了百回本《西游记》里，孙悟空虽然也做过妖仙，但他是道心开发的，这种事情就不适合再做了，但这个情节，又是很有趣的，所以转嫁到黑熊怪身上了。可以说，黑熊怪是把悟空的一部分妖仙成分，给"扛"下来了。

其三，是从讲故事的角度来说的。都说《西游记》有趣，而这个趣味，很大程度上是它的幽默与滑稽。要实现幽默与滑稽的艺术效果，就得有小丑一类角色来插科打诨。

大家不要小看丑角，梨园行有一句话，"无丑不成戏"，丑角就像盐,甭管什么风味的戏码——不管是川菜、鲁菜、粤菜、闽菜,还是淮扬菜、杭帮菜、湘菜、徽菜,风味虽然各有不同,但都缺不了盐。菜里缺了盐,就没味道了;故事里缺了丑角,也没味道了。

那么,《西游记》里最大的丑角是谁呢? 当然是猪八戒。但这个时候,猪八戒还没有出场,唐僧算是老生(当然,在有的戏里,也是小生应工的),孙悟空则是武生,不管你是要听唱腔,还是要看开打,现在的人员配备,已经可以满足了。但说到插科打诨,就差一些意思了。所以,就得有黑熊怪,他就是丑。在八戒出场以前,他就承担着八戒的功能。这故事才好玩儿。

你看,黑熊怪看上去憨憨傻傻的,但人家很上进,很专业,还给悟空分担了一部分妖仙的 KPI,又在猪八戒出场之前,承担搞笑的任务,这也太敬业了。这样一个上进、专业、敬业的模范生,怎么能不叫人喜欢呢?

047 孙悟空的"坏习惯"是跟谁学的?

上一讲说过,黑熊怪的武力值很高,可以与悟空打平手。悟空最终战胜他,是耍了一个小花招儿,钻到了黑熊怪肚子里,黑熊怪疼得受不了,才求饶皈依。

在《西游记》里,孙悟空制伏妖魔,经常用这一手。他在妖魔的肚子里,扯着肠子打秋千、翻跟头、竖蜻蜓、拳打脚踢,玩各种花活,妖魔们虽然皮糙肉厚,但五脏还是软的,受不了这种折腾,最后都要乖乖求饶。比如,黄眉童子、铁扇公主、狮子精、地涌夫人,好多妖魔都吃过这个苦头。

悟空之所以喜欢这样做，有两个原因。其一，是好玩。之前说过，悟空在跟妖魔对战的时候，始终抱着一颗童心，他是把战斗当作游戏来看的。他是斗战胜佛，但他不是一个"战争贩子"，他是一个爱玩爱闹的小孩。战斗的艰难困苦，他都不怕；他怕的是没意思。一棒子就能打死的，那是路人甲，也不是对手嘛！有什么意思呢？其二，这样做是直击妖魔的软处，正中要害，能够干净利落地结束战斗。比如第八十二回，悟空要变作一个红桃子，叫唐僧骗地涌夫人吃下去，他好在这恶婆娘肚子里搞拆迁，逼她就范。唐僧就问悟空：你怎么老是搞这一套啊？悟空说："须是这般摔手干，大家才得干净。"所谓"摔手"，就是甩开手的意思。也就是说，对付这种难缠的妖魔，就得下这样的狠手。

对悟空来说，这是战斗的心态，是战斗的策略；对妖怪来说，这就是个叫人头疼的"坏习惯"了。悟空好干这事，是出了名的。比如第七十五回，狮子精一口把悟空给吞了，美滋滋地回来。金翅大鹏鸟大惊失色，说道："大哥呵，我就不曾分付你，孙行者不中吃！"可见孙悟空爱钻妖魔的肚子，这个"坏习惯"在江湖上已经流传开了。

那么，悟空的这个"坏习惯"，到底是从哪里来的呢？如果从百回本《西游记》里找答案，是找不到的。硬要找，就容易走进"阴谋论"的陷阱里。还得从故事的演化历史来看这个问题。也就是说，这个"坏习惯"是从孙悟空的早期原型那里继承来的。

我们知道，孙悟空有很多原型，比如神话传说里的刑天、无支祁、蚩尤、夏启，在孙悟空身上，都可以找到他们的影子。之前也说过，《补江总白猿传》里的白猿精，也是悟空的一个重要原型。

在这些原型里,有两个最重要的猴王形象,是孙悟空最主要的原型。其一,是中古以来流传在福建地区的通天大圣、齐天大圣,这些以"大圣"为名的猴王,是"大闹天宫"部分孙悟空的原型。其二,是外国传来的猴王,就是印度神猴哈奴曼,他是"西天取经"部分孙悟空的原型。可以说,"大闹天宫"和"西天取经"里的孙悟空,从原型的角度来看,根本就不是一只猴儿。

总有朋友问,为什么"大闹天宫"和"西天取经"部分的孙悟空,前后形象差别那么明显?之前的悟空那么叛逆,之后的悟空却是那么虔诚。从主题的角度说,这当然是因为悟空是一只"心猿",百回本《西游记》讲的就是悟空从"放心"到"求放心"的过程。而从演化史来看,这个问题就更好解释了:因为压根就不是一只猴嘛!

大闹天宫的孙悟空,以通天大圣、齐天大圣为原型,这些猴王神通广大,搅乱乾坤,惊动各路神佛来降伏他们,孙悟空不仅继承了"齐天大圣"的名号,也继承了他们的DNA。

西天取经的孙悟空,他是虔诚的、礼敬佛法的,这部分DNA,就是从哈奴曼身上来的。

这里,也有一个"名号",可以帮助我们进行DNA追溯。如果说帮助我们追溯到通天大圣、齐天大圣DNA的是"大圣"这一名号,那么帮助我们追溯到哈奴曼DNA的是什么?应该是"行者"——孙悟空又叫"孙行者"嘛!

然而,更早的时候,他名叫"猴行者",就是《大唐三藏取经诗话》里的那个猴王。他对佛法就是很虔诚的,他不是被谁收伏的,而是自愿加入取经队伍。学术界已经达成基本共识,这个"猴行者"的原型就是印度神猴哈奴曼。

古印度有一部著名史诗,叫《罗摩衍那》,讲述的是罗摩王子与他的妻子悉多悲欢离合的故事。这里,有一只神猴,叫哈奴曼,他是罗摩的帮手,帮助罗摩战胜了妖魔。你看,这个故事本身就跟唐僧西天取经有相似的地方。而《罗摩衍那》很早就传入中国,哈奴曼的形象,也深刻影响着猴行者形象。

这个哈奴曼,就喜欢钻到魔王的肚子里去,《大唐三藏取经诗话》里的猴行者,就喜欢钻到妖魔的肚子里,后来《西游记》里的孙悟空也喜欢钻到妖魔的肚子里。你看,这种"坏习惯"是遗传的,是胎里带来的,不是后天习得的。

其实,哈奴曼还有很多特点,也都被孙悟空继承了,比如他能飞行,力大无穷,能举起高山,动不动就放火烧毁魔窟,这些也都影响着孙悟空。

总之,孙悟空身上既有本土猴王的 DNA,也有外国猴王的 DNA,"西游"故事本来就是在中外文化碰撞、交融的过程中演化、传播的,《西游记》是"四大名著"里最能体现中西文化交流会通的一部,大家不要小看它。

第十八回
观音院唐僧脱难　高老庄大圣除魔

048　天蓬元帅是什么咖位？

到这一回，书中的大活宝儿 —— 猪八戒 —— 就正式上线了。

这一回情节说的是：唐僧和悟空离开观音禅院，来到高老庄，听说高员外家闹妖怪，悟空自告奋勇，到高家捉妖。原来，这妖怪就是猪八戒，他受菩萨劝化之后，虽然断了五荤三厌，还是耐不住寂寞，跑到高老庄做上门女婿，娶了高员外的三闺女 —— 高翠兰。起初，八戒变成一个模样还不错的黑汉子，又有力气，干活任劳任怨的，给老高家挣下一份好大的家业，后来就逐渐露出马脚，长嘴大耳，身体胖大，皮肤粗糙，脑后边留着一绺鬃毛，就是一头大野猪。既然显出本相，八戒就不在高家住了。他把高翠兰锁在楼上，不让她见外人，自己回到福陵山，每天云里来、雾里去，飞沙走石，来跟高翠兰相会。悟空就假变高翠兰的模样，在楼上等八戒。等到盘问出八戒的底细，悟空一抹脸，显出本相，八戒一看就害怕，逃回福陵山了。

在这一回里，八戒没有说出自己是天蓬元帅 —— 毕竟，他以为自己面对的是高翠兰。一个人间的小女子，肉眼凡胎，别的事情可以说，这个重大机密不能说。就算说了，高翠兰也未必会信。你想，突然有一天，睡在上铺的兄弟，神秘兮兮地告诉你：你知道吗？我其实是一个超级赛亚人，来拯救你们的，我就告诉你一人，你别告诉别人哈！你能信吗？你还以为他吃错药了呢！又或者，把药扔了，把包装盒吃了吧！

但在第八回，观音菩萨劝化八戒的时候，老猪把自己的出身交代了。他本是掌管天河水兵的天蓬元帅，带酒调戏嫦娥，玉帝打了他二千铜锤，把他贬到下界。八戒投胎的时候走错了路，投到了一头野猪的胎里，变成一头小野猪。八戒咬死母猪和其他猪崽，野蛮生长，做了一只野猪怪。福陵山云栈洞里有一个卵二姐，见八戒身体壮实，招他做了上门女婿。没到一年，卵二姐死了，八戒就守着这份家当，每天靠吃人过日子。后来才跑到高老庄，给人当上门女婿。可见，猪八戒干"倒插门"这件事，是有瘾的。

那么，八戒的前身 —— 天蓬元帅 —— 到底是一个什么咖位？

在道教的神仙谱系里，天蓬元帅的地位是比较高的。

当然，天蓬元帅的形象，也经历了一个演变的过程。

天蓬，本来是一种身神，也叫体神。所谓"身神"，是道教徒幻想中存在于人体结构组织里的神；在道教徒们看来，人体的各个器官组织里，都有神灵。人在修炼的时候，存思凝想，把四肢百骸中对应的神灵锻炼（在我们看来，近乎冥想）出来。火候低的，可以治病强身，延年益寿；火候高的，就可以飞升成仙了。天蓬，就是这样一种身神。

为什么叫"天蓬"呢？在道教徒看来，人体内的身神，与自然世界里的神，是对应的关系。这是一种"天人一体"的观念。"天蓬"

本来是星宿名，是北斗九星的第一个，对应在人体内，就是泥丸宫（人脑）里的天蓬大将。

最早记载这位神明的，是六朝时期的道书《上清大洞真经》，这是道教上清派的一部经典。《上清大洞真经》里就说，泥丸宫里有一位天蓬大将，修炼的人，通过存思凝想，可以将其锻炼出来——他是一位面容英俊的神灵，双手合抱在胸前，头上戴着金冠，身上披着金甲。这位天蓬大将，是北帝的护法。

这里的北帝，指的是酆都北阴大帝。在道教徒的观念里，他是酆都地狱的主宰。既然是北阴大帝的护法，天蓬大将当然也有镇压恶鬼的能力。当时就流行一种"天蓬咒"，据说念诵这种咒语，就能够驱鬼，病人会被治愈，死人能够复活，掌握了这个咒语，相当于掌握了长生不死的"密码"。起初，这是在上清派道教徒内部流传的，是一种"行业机密"，后来流传到民间，男女老少都可以用。在唐宋的时候，天蓬信仰就已经很流行了。

到了明代，天蓬信仰仍旧流行。之前说过，《西游记》成书的时候，道教神霄派的势力很大，而神霄派的神明体系，吸收了很多上清派的创造，也有北极四圣，他们掌管四府，负责调兵遣将，扫荡妖魔。其中，排在第一位的就是天蓬元帅。同时，神霄派吸收了大量雷神信仰，特别看重雷法。而施行雷法的时候，必须请出天蓬元帅。按《道法会元》所说，没有天蓬元帅，就不能驱使雷神；单独施行雷法的时候，如果没有天蓬元帅，雷法也不会起效。

所以说，《西游记》第七回，如果是天蓬元帅下文给雷府，调遣雷神来阻击孙悟空，效果就会更好。但当时值班的是王灵官，他是佑圣真君的手下，所以佑圣真君顺手下一道文给雷府，调遣雷公来——反正都是神霄派尊崇的神明，也能调得动。但是，天蓬元帅不在，即便三十六雷公到齐了，威力也不大，奈何不了悟空。等到佛祖把悟空压在五行山下，天蓬元帅才跟天猷元帅一起亮相，挽留佛祖。你看，开打的时候，是北极四圣里排名第四的佑圣真君在组织阻击战，排名第三的翊圣真君去西天请佛祖；等到太平无事，排名第一的天蓬元帅和排名第二的天猷元帅才出来，做些"官样文章"。天庭调兵遣将，也是一笔糊涂账。这里，也是有一些作者的讽刺笔墨在里面的。

只不过，一直到明代，天蓬元帅的形象都是很英武的，虽然驱鬼降妖的时候，有一种四头八臂、口眼喷火的变相，看上去很狰狞恐怖，但跟猪的形象没有关系。那《西游记》里的猪八戒，他的原型到底是谁呢？还要追溯一下他的 DNA。

049　猪八戒的本土 DNA 来自哪里？

上一讲说到，明代流行的天蓬元帅的形象，要么是英武的，要么是狰狞的，都跟猪的形象没有关系。那猪八戒的原型，究竟是谁呢？应该说，其来源是复杂的。有来自本土的 DNA 成分，也有来自域外的 DNA 成分。

先来看中国本土的。

上古神话传说里，已经可以看到猪怪的形象。比如后羿射日的神话里，后羿射落九个太阳，又杀死了猰貐、凿齿、九婴、大风、封豨、修蛇等祸害。这里的封豨，就是一种巨大的野猪。它本来可能就是一种野猪，但上古的时候，生产力水平有限，人们的自然知识也很有限，体形硕大的野猪，生性凶猛，破坏力强，直接威胁着先民的生命和财产安全，先民害怕它们，又很难驯服它们，对应的神话传说里，这些野猪就逐渐被夸张了、浪漫化了，变成了一种体形更大、性格更凶残、破坏力更大的生物。当然，封豨也可能是以大野猪为图腾的原始部落（图腾动物，在原始社会是普遍存在的），后羿射杀封豨，以及其他的上古巨兽，可能象征着他的部落战胜了以这些巨兽为图腾的原始部落，实现了部族融合。

《山海经》里又有一种叫"屏蓬"的生物，它又叫"并封"，是一种双头猪怪。其实，这本来不是猪怪。按闻一多先生的解释，这里的"蓬"和"封"，都是用来记音的，它的本字应该是"逢"，"并"和"逢"都是相合、相聚的意思，也就是在一起的意思，这指的是一种动物的雌性和雄性合在一起，可以是猪，也可以是鸟，又或者是蛇。后来在神话传说里，就变成一种两个头的生物，两个头的鸟，两个头的蛇，两个头的猪 —— 就算两个头的旱獭 —— 都可以叫屏蓬。只不过，人们更熟悉的，是两个头的猪。

同时，《山海经》里还有不少猪脑袋、人身子的神，这就跟猪八戒的形象更接近了。当然，不存在猪脑袋、人身子的生物。这种形象，从人类学的角度讲，其实是原始时期人们对边缘部族的矮化、妖魔化。

这在许多国家和民族的早期叙事里，都是可以看到的。泰勒就在《原始文化》里举了很多例子，比如当时人们形容安达曼群岛的土著人，就说他们长着"狗头"。难道这些部落的人，真长着狗一样的脑袋吗？当然不可能！这是一种矮化的表述，指的是这些土著人跟文明人长得不一样——不只是生理上的不一样,也是开化程度不一样。这是叙述者的文化优越感和浪漫想象综合作用的结果。比如说一个地方的人"没有头",其实指他们没有国王,说一个地方的人只有"一只眼睛",或者"一条腿",实际上是说他们是"半边人"。什么叫"半边人",不是身体有残缺,而是不开化。① 特别是对于文明相对落后的部族,在描述他们的时候,把人的形象和动物的形象嫁接在一起,就是很常见的。

今天的人当然不会(也不应该)这么干。顶多是被某个蠢头蠢脑的人气得发昏,骂上一句:"你长着猪脑子吗?"这话已经够恶毒了,但原始社会的人,不仅说其他落后部族的人长着"猪脑子",还要想象他们长着"猪脑袋"。《山海经》里许多兽头人身的形象,主要就是基于这种原始思维而来的。

到了六朝时期,奇奇怪怪的传说故事更多了,各种猪精也就出现了。比如《搜神记》里记载的"猪臂金铃"故事,说一个书生遇到一个美丽的少女,后者其实是一头母猪精。

到了唐代,形象更立体、更丰满的猪精形象出现了,就是传奇小说《郭代公》里的乌将军。说郭元振(郭元振是唐代名臣,两次拜相,参与了肃清太平公主集团的行动,封为代国公,所以人称郭代公)没发迹的时候,遇到一件奇事:有一头野猪精,自称乌将军,他逼迫百姓轮流献出自家女儿,给他做老婆。已经祸害不少的女子。这一年,被郭元振撞上。郭元振假装自己是婚礼的傧相,招待乌将军吃鹿肉干,趁乌将军伸手抓鹿肉干的时候,砍掉了他一只手——

---

① 参见傅修延:《中国叙事学》,北京:北京大学出版社2015年版,第50页。

也就是一只猪蹄。乌将军忍痛逃走。后来，郭元振又动员百姓，一起找到乌将军的老巢，最终除掉了这头害人的猪精。

这个故事跟《西游记》里猪八戒的事迹是有些相似的，都是猪妖霸占少女，被一位有胆气的英雄坏了"好事"。从形象塑造上讲，乌将军和猪八戒看起来也很像：其一，都是好色之徒；其二，都有一点呆气，容易受骗上当，别人一说，他就信；其三，都是贪吃之辈，都是一听说有吃食，大脑就立马"短路"的货色。可以说，乌将军就是猪八戒的一个重要的本土原型。

050　猪八戒的进口DNA来自哪里？

上一讲说过，猪八戒的复杂原型里，有中国本土的DNA，也有外国传来的DNA，本土的DNA远可追溯至上古神话传说，近可与唐人小说中的主要形象，建立起直接联系。至于进口的DNA，则主要是与摩利支天有关系的。

摩利支天，最初叫摩利支，这是梵语的音译，也可以翻译成摩里支、摩梨支，意译是威光、阳焰，这应该是来自一种原始思维，就是古印度人的太阳崇拜。

最初，摩利支是古印度教的光明女神，后来被佛教吸纳，成为天部菩萨，所以叫"摩利支天"。大家知道，佛教中的菩萨是不论性别的，但菩萨一般都是男相，而摩利支天一般都是作女相的，其塑像、图像，一般都呈现为天女形。不空三藏翻译的《摩利支天经》里就生动描绘过祂的形象。之前说过，不空三藏是佛教密宗的大师，佛教密宗跟"西游"故事的关系很密切，在密教崇拜的神明中，摩利支天又占据很重要的位置。原来从一开始，摩利支天与"西游"故事的距离就很近。按《摩利支天经》所说，摩利支天是一位超凡无敌的菩萨，祂有大神通，几乎无所不能；祂又擅长隐身，不仅肉眼凡胎的人们看不到祂，连日神与月神也没办法照见祂；又没有人能够损害祂，这就使得摩利支天始终处于无比安全的、绝对胜利的位置上。

然而，法力再大、本领再强，与猪八戒有什么关系呢？况且，摩利支天还是一副娴丽典雅的天女形象，大家很难将其与"猪"形象联想到一起。

其实，根本不用联想，这种关系是摆在明面上的。比如摩利支天的铜造像，主要有三种造型：一是三头六臂（这种法相，左侧的那一只头，一般都是猪头）；二是骑在猪上；三是坐在车里，拉车的畜力就是猪。

这些形象，宋代就已经形成了。而元明时期，密宗很流行，此时又是"西游"故事逐渐定型的时期。这样一来，摩利支天的形象，就很容易和猪八戒的形象联系起来了。

比如《西游记杂剧》里，猪八戒上场，就自称"摩利支天部下御车将军"，何谓"御车将军"？这像沙和尚担任的"卷帘大将"一样，只是一种好听的说法，其实就是个伺候人的差事——御车将军，就是驾驶员，也就是给摩利支天拉车的猪！

那么，这头猪又是如何与天蓬元帅联系起来的？这还是与摩利支天的形象有关系。

摩利支天形象传入中国后，又被道教吸收，蜕变成一个重要的形象——斗姆。

斗姆，又叫"紫光天母"，也叫"大圆满月光王"。原来，也保留着"光崇拜"的原始信仰。传说故事里，又经常说斗姆出生在天竺国，这也说明了斗姆与摩利支天的因缘关系。同时，斗姆也有一种三头六臂的形象（道教女神，以三头六臂形象传世的非常少），也可以进一步突出其与摩利支天的密切关系。

当然，斗姆形象到底是不是从摩利支天形象演化而来的，目前学术界还存在争议。一部分学者认为，斗姆信仰是中国本土原发的，后来与摩利支天信仰合流。不管如何，可以肯定的是：在《西游记》逐渐定型的时代，斗姆形象和摩利支天形象就已经融合了，她当时的全称就是"梵气法主斗姆紫光天后摩利支天大圣"。

既然形象融合了，给摩利支天拉车的猪，就跟天蓬元帅联系起来了。按"斗姆"名称里的"斗"，就是"北斗"，这就与"天蓬"有关系了。给摩利支天拉车的有七头猪，北斗星正是由七颗星组成的。这七头猪，正好对应了北斗七星，天蓬，就是其中一位。

总之，猪八戒的形象来源是很复杂的，佛教的，道教的，神话的，传说的，中国的，外国的，涉及很多。

我们今天强调文化自信。文化自信，不是"迷之自信"，不是文化自负、文化自大，我们不是要证明：不管什么东西，都是从我们这里传播出去的。这样做，本身就是在掏空"文化自信"的丰富内涵——今天的我们也没有这种执念。我们所讲的是：从古到今，华夏民族是如何以开放包容的姿态，以富有创造性的智慧，去吸收与整合各种文化（比如外来的文化与本土的文化，多民族之间的文化），不同性质的文化，又是怎样融合在一起，迎合我们的期待，慰藉我们的情感，表达我们的理想。这才是我们讲的文化自信。

　　这些文化自信的表现，当然有很高大上的内容，但也有很多微小的、灵动的、接地气的内容。比如孙悟空和猪八戒形象的复杂的DNA，其实就是这种很灵动的内容。

第十九回
云栈洞悟空收八戒　　浮屠山玄奘受心经

051　猪八戒为什么又叫木母？

这是收八戒故事的收束部分。这段情节说的是：悟空追赶八戒，来到福陵山云栈洞。八戒说他也是听了观音菩萨劝化，皈依佛门，在这里等候取经人，悟空就领八戒去见唐僧。唐僧把八戒收为二徒弟。师徒们离开高老庄，走了一个来月，来到浮屠山，见到乌巢禅师。乌巢禅师把《般若波罗蜜多心经》传授给唐僧。从此，唐僧时不时就背诵这篇经文。

先抛开《心经》不谈，专门说一下八戒这个形象。

到了这一回，八戒就正式加入取经队伍，成为取经"五圣"的一员。

之前说过了，取经队伍的成员，都是具有象征意义的。悟空是心猿，龙马是意马，修行的人要锁定心猿、拴牢意马，所以收伏悟空之后，紧接着就收伏龙马。如今收伏八戒，也是有象征意义的。

原著里，悟空领着八戒去见唐僧，作者插入了一首诗：金性刚强能克木，心猿降得木龙归。金从木顺皆为一，木恋金仁总发挥。

一主一宾无间隔，三交三合有玄微。性情并喜贞元聚，同证西方话不违。

这里的"金"就是悟空，"木"就是八戒。原著里，不管是回目里，还是正文里，总能看到两个概念——金公与木母——比如，第八十六回，回目是"木母助威征怪物，金公施法灭妖邪"。这里的"木母"就是猪八戒，"金公"就是孙悟空。

金公与木母，到底是什么呢？

这主要是道教修炼的知识，是一种丹道知识，金公就是铅，木母就是汞。它们既是这两种金属本身，也有比喻、象征的意义。道教讲铅汞调和，就是金公和木母的调和。

从外丹修炼的角度看，铅和汞是烧炼金丹的重要成分，也是最核心的成分。当然，烧炼外丹，也分很多流派，比如丹砂论、铅汞论、硫汞论，但铅汞论是流行时间最长的。外丹派的道士们认为铅是"五金之主"，汞是"灵而最神"，二者配合，就可以烧成金丹。

铅的发现，比汞要早。炼金的道士们发现：铅的性质柔软，熔点也相对低，比较容易形成液态的铅。今天的我们当然知道，这其实就是一种物理变化。如果再与其他物质结合，形成新物质，就是化学变化。但当时人们的物理、化学知识是有限的。在他们看来，这一系列现象很奇妙，铅这种物质很宝贵，如果以铅为主要物质来烧丹，功效也就最大。所以，铅被看作"五金之主"。

汞的物理特点当然更奇妙，但当时人们主要利用的是汞的化合物，就是硫化汞，也就是丹砂。加热的过程中，硫会分解出来，这也是一种奇妙现象。

同时，道士们利用的铅和汞，更多时候是以氧化物形式存在的，也就是四氧化三铅和氧化汞，这两种氧化物是泛红色的。古人觉得，这跟血液很像，而联想到血液，就很容易联想到生命，这看起来就更奇妙了。所以，道教的炼金术士们用各种比喻来形容它们。比如大家经常在小说里听到一种仙丹，叫"龙虎大还丹"，这里的"虎"就是铅，"龙"就是汞。它其实就是一种铅汞化合物。

从内丹修炼的角度看，铅和汞就是象征性的了。铅就是元气，汞就是元神，元气与元神相配合，就能结成内丹。当然，二者之间得有个主次，外丹修炼以铅为主，以汞为次，内丹修炼也主要以铅（元气）为主，以汞（元神）为次。正所谓"一主一宾无间隔"，主就是悟空，他是金公，也就是铅（元气）；宾就是八戒，他就是木母，也就是汞（元神）。所以，八戒一定要在悟空之后加入取经队伍，主次不能颠倒。

小说后来写到各种磨难，悟空一时不能取胜，八戒又总拖后腿，兄弟俩配合得不好。这也是有象征意义的，就是炼丹的过程中，铅与汞不能配合，元气与元神无法结成内丹。

当然，之前说过，《西游记》作者所掌握的各种知识，都是比较有限的，他对道家丹道知识的掌握，也就是当时的一般水平。正经问他一些深奥的东西，专业的东西，他也答不上来——毕竟，他不是道教徒，他只是用一些当时流行的知识来讲故事、写小说。我们也不能要求小说里的内容，跟丹道派的知识一一对应，做到严丝合缝。当真严丝合缝了，这部小说也就没有看头了。我们去看《周易参同契》一类的道书好不好？然而，今天总有人在这方面下死功夫，他们继承了清代一部分道士的衣钵，非把小说里的人物、情节和丹道理论一一对应上。这样做，其实挺无聊的。

052　我们为什么喜欢猪八戒？

上一讲说到，八戒的形象是具有象征意义的——他是外丹修炼知识里的汞，是内丹修炼知识里的元神。离开了八戒，悟空自己是没办法起作用的。

不过，普通读者之所以喜欢猪八戒，不是因为他的象征意义，而是《西游记》的作者把八戒形象，塑造得很立体、很丰满，写出了他的滑稽，特别是刻画了他的各种丑态，给我们带来了无穷的欢乐。所以，我们特别喜欢八戒，喜欢他身上的喜剧味道。

的确，八戒是一个喜剧性的角色。可以说，他是全书的"搞笑担当"。

他是取经小队的"开心果"，也是我们的"开心果"。试想，缺少了八戒，西行路上该是多么沉闷、无聊；缺少了八戒，我们读《西游记》，也会觉得沉闷、无聊。因为，缺少了八戒，故事就少了很多"热闹"。

与"三国"故事、"水浒"故事、"红楼"故事、"聊斋"故事不一样，"西游"故事最大的特点，就是热闹；从古到今的大众读者，喜欢这个故事，主要也是因为它"热闹"。比如宋元时期流行的《西游记平话》，许多人都买来看。就是因为这本书热闹，可以解闷。

而"西游"故事，说到底是神魔故事。神魔故事的"热闹"，又主要在两方面：

一是打斗场面的"热闹"。这里包含大量暴力元素，可以满足我们的原始冲动。这又不是血淋淋的场面，而是加入了大量幻想成分，各种法术，各种法宝，层出不穷。情节又是一波三折的。我们的目光，被光怪陆离的事物吸引；我们的心，随着情节起伏。同时，这类故事又可以帮助我们实现情感宣泄，我们不由自主地为主人公担心或高兴，赞叹正面人物的智慧与勇气，批评反派人物的狡猾与歹毒。所以，有的人看"西游"故事，就喜欢看赌斗变化的场面，觉得很过瘾。

一些舞台化、影视化作品，也专门呈现这类场面。比如《红楼梦》第十九回，写贾宝玉到宁国府去看戏，演的都是些神魔斗法的热闹戏，一会儿神仙，一会儿鬼怪，又喊又叫，锣鼓喧天，整条街都能听到。其中就有《孙行者大闹天宫》。

二是插科打诨的"热闹"，就是通过人物的言语和行动制造出来的幽默、滑稽。猪八戒说一句话，做一个动作，我们总觉得好笑，加上他与其他人物的互动，糗态百出，一个包袱接着一个包袱，我们就觉得很好玩儿。王昆仑评价《红楼梦》里的王熙凤，有一句名言："恨凤姐，骂凤姐，不见凤姐想凤姐"，这句话也可以套在八戒身上，"恨八戒，骂八戒，不见八戒想八戒"。有时候，八戒确实挺可气，特别是他撺掇唐僧念紧箍咒的时候，叫人恨得牙根痒痒，但没了八戒，所有的人都会想念他。

总之，一个是打斗的热闹，一个是滑稽的热闹，两个热闹都做好了，故事就会特别吸引人。百回本《西游记》在这方面，就是一部典范性的作品，甚至可以说是在同类作品里"独孤求败"的存在。

比如《封神演义》也是神魔小说的代表作，这也是一个大 IP，后世改编的作品很多，但原著在"热闹"场面的呈现上，就做得比较差。

书中写神魔打斗的情节，也涉及很多人物（阐教的、截教的，正派的、反派的，本领强的、本领低的），但模式很简单，就是互相骂阵，把能说的狠话都说尽了，甚至车轱辘话说了好几遍，再拿出看家的法宝，往空中一"祭"，厉害的法宝当空一照，对方的法宝就失灵了，主人也就被打败了。这实在是很低级的 —— 就是个"比大小"的游戏。

书中写幽默、写滑稽，功夫也不到。充其量，用土行孙这样的人物，搞笑一下，根本不能让我们开怀大笑。

说回到《西游记》，猪八戒这个形象，就是一个很成功的喜剧性人物。

他是一个英雄 —— 这是肯定的。虽然战斗力有限，分跟谁比，跟斗战胜佛比，八戒当然是逊色不少，但他好歹是天蓬元帅下凡，原来是天河水军都督，战斗力也是在线的。虽然平时有些厌战、畏战的心理，但当真要八戒冲出来，特别是跟悟空打配合，八戒也是很有些英雄主义气质的。

不过，跟悟空不一样，八戒是喜剧性英雄。悟空是正统英雄，代表着一种集体期待的理想化，精神上的理想化，能力上的理想化，他是"主心骨儿"。这种英雄，就是叫人放心和安心的，正统英雄一亮相，一发威，大家伙就可以放心了 —— 战斗就要胜利了，故事就要结束了，邪恶又一次被正义打败了，咱们可以收拾收拾回家了，做饭奶孩子了。

但故事里不能只有正统英雄，还得有喜剧英雄，这样才能亦庄亦谐，有张有弛，故事的结构才能平衡，阴阳才能协调。所以，故事里总要有这类角色,比如"三国"故事里必须有张飞,"水浒"故事里必须有李逵,"岳家将"故事里必须有牛皋,"隋唐英雄"故事里必须有程咬金。他们不是主心骨,但他们是必不可缺的角色,像菜里不能没有盐。没了盐,菜吃起来怎么会有味道呢?所以,"西游"故事里必须有八戒。八戒不上线,我们就该收拾收拾回家了,做饭奶孩子了。

053 我们为什么同情猪八戒?

上一讲说到猪八戒是一个喜剧英雄。我们之所以喜欢猪八戒,主要就在于他身上的喜剧色彩。我们看到八戒的各种丑态——看他贪吃好色,看他爱占小便宜,看他被人戏弄,看他撒谎被揭穿,就会觉得很可笑。但笑着笑着,就笑不出来了,我们会突然感觉到:猪八戒身上,其实是有一种悲剧色彩的,他是一个值得我们理解和同情的角色。《西游记》的作者在塑造猪八戒这个形象的时候,写出了一种"笑中带泪"的感觉。

所谓"笑中带泪",这话如今已经"烂大街"了。近两年,喜剧类综艺节目很流行——不管传统媒体,还是新媒体,都花心思打造这类节目,铆足了劲,逗观众发笑。不过,这些节目大都标榜自己是"有追求"的,要给观众提供一种有"高级"感的喜剧。

什么样的喜剧是有"高级"感的?据他们说,是一种"笑中带泪"的喜剧,就是让观众能流出眼泪的喜剧。当然,这话也不是他们说的,是别林斯基说的,是形容讽刺艺术大师果戈理的。原话是果戈理的艺术,大都是"以愚蠢开始,接着是愚蠢,最后以眼泪收场"。换句话说,"开始可笑,后来悲伤"①。这话后来就被总结成一个重要的概念——"含泪的笑"。

然而,大家要注意:含泪的笑,是指喜剧的表象下面埋伏着悲剧的内核。是让观众在笑中自然而然地流出眼泪,在诙谐中不知不觉地走向沉郁。这需要观众的自觉。什么自觉?就是观众在笑声中突然发现了这个世界的真相——发现了自己的丑陋;这绝不是演员还没有让我们见识到真正愚蠢的东西,就逼着我们哭。

更进一步说,你得让我们自己笑够了,我们嘲笑人物的愚蠢,开怀大笑,笑得鼻涕泡都冒出来了。接下来,我们突然发现:自己其实和人物一样愚蠢,原来我们嘲笑的是自己,然后我们才会因为理解和同情自己,默默地流泪。

现在的许多喜剧节目,根本就没让我们笑够,快结束的时候,突然就起音乐了,开始煽情了。用什么来煽情呢?无非是亲情、爱情、友情,又或者是家国情怀、民族情怀——这些本身就很容易令我们感动的内容,音乐的渲染能力又特别强,我们就会忍不住流出眼泪。但这不是悲剧性,而是胡乱煽情。我们根本不是在喜剧的表象之下看到了悲剧的东西,而是被情怀和音乐带跑了。这怎么能叫"含泪的笑"呢?

但许多喜剧节目不管这一套。人家的逻辑是:你说!你笑没笑吧!你最后哭没哭吧!你笑了,你哭了,笑中带泪了!这就高级了!你瞧,我们提供的是一种高级的艺术!

---

① (俄)别林斯基:《别林斯基选集》第一卷,满涛译,上海:上海文艺出版社1963年版,第183页。

这一点儿都不高级——你那是给我们挠痒痒，用手抠我们的脚心！我们还没尽兴，你突然改足疗手法了，各种反射区，下死手地摁，把我们摁得跟杀猪一样叫，你还在那儿问："大哥，高级不？加个钟不？"我就很想回一句：师傅，手下留情，我这不是笑出猪叫——我真是疼得跟杀猪一样叫！面对这样的作品，我也很想问一问编剧，是否看过果戈理的《钦差大臣》。这部剧里有那些煽情的东西吗？压根儿没有！它就是从愚蠢开始的，接着是愚蠢，最后，我们会在心里流出眼泪。

《西游记》塑造猪八戒这个形象，就是真正的"笑中带泪"。

作者从来没有在表面上渲染悲剧性内容——他从不煽情，也没有号召我们去理解和同情这头大黑猪！他没有给猪八戒留一丁点余地。你看他写八戒，笔墨一点都不含蓄。我们看他笔下的猪八戒，就是愚蠢，纯粹的愚蠢，我们嘲笑这种愚蠢，笑得前仰后合。

然而，这些愚蠢，不也表现在我们自己身上吗？以前有人从弗洛伊德心理学的角度去分析《西游记》，认为悟空代表"超我"，唐僧代表"自我"，八戒代表"本我"。时过境迁，这种说法早已不流行了，但八戒是"本我"的象征，这一点我们仍是承认的。

八戒是贪吃好色，但食色，不是人的本能欲望吗？"饮食男女，人之大欲存焉"①，这不是《礼记》上的话吗？只不过，八戒的形象把"人之大欲"放大了、夸张了，使其显得畸形了；八戒是爱占小便宜，但在现实生活中，有几个人不爱占小便宜，又有多少人从来没有占过小便宜？老实讲，我自己就占过小便宜，我应该检讨，应该

---

① 王文锦：《礼记译解》，北京：中华书局2001年版，第299页。

做深刻的自我批评，我有什么资格嘲笑八戒？八戒是爱撒谎，可有几个人敢说自己从没撒过谎？我们是不是还窃喜，自己的谎言至今没有被拆穿呢？

所以，我们看到的八戒的愚蠢，其实就是我们自己的愚蠢。

然而，这还不是最深层的悲剧。从八戒身上，我们看到了人生的荒诞。

在取经小队里，八戒的意志力是最差的，这当然与他自己的性格有关，但归根到底，还是他通过完成取经大业来自我救赎的愿望，不像其他人那样强烈。他本来在福陵山云栈洞过着自由自在的生活，后来入赘高老庄，又过上小农经济的甜蜜生活。可惜，好景不长，被观音菩萨"忽悠"进了取经小队。

菩萨是怎样"忽悠"八戒的？所谓"汝若肯归依正果，自有养身之处"。这个养身之处又是什么呢？原来就是正果净坛使者。第一百回，八戒看师父、师兄都成了佛，自己只得了一个菩萨道，心不甘，情不愿，佛祖又哄他，说这净坛使者是个"有受用的品级"，天底下做佛教法事，剩下的供品、供果，都教八戒打扫干净。

原来，这就是所谓"净坛"。净坛，净坛，敢情就是干这差事的！八戒一路跋涉，挑担子，出苦力，受委屈，落埋怨，放弃笑傲山林的自由，抛却"老婆孩子热炕头"的日子，到头来只换得一张"长期饭票"，还是"泔水桶"级别的；原来八戒从头到尾都是被"哄"入伙的，何止取经是计划好的，连他这个"泔水桶"都是计划好的！好一个计划内的、有编制的"泔水桶"。

看到八戒的表现和遭遇，我们能不笑吗？当然要笑，但笑着笑着，我们不会在心底生出悲悯吗？不是悲悯八戒，是悲悯我们自己，起码是理解与同情我们自己。所谓"脸歪别怪镜子",我们自己脸歪,别嘲笑镜子里那个人;然而,我们脸歪,是自己的错吗?我们喝下魔法药水,祈祷一觉醒来,变成一位英俊的王子。我们哪里知道:不是每个王子都长得像阿兰德龙;很多王子,长得像钟楼怪人加西莫多!

054 背《心经》有用吗?

第十九回的后半部分是"浮屠山玄奘受心经",即乌巢禅师把《般若波罗蜜多心经》传授给唐僧的情节。

不少朋友阅读《西游记》,会忽略这段情节;大部分影视改编作品,也会直接删去这一段,因为它没有多少戏剧冲突。然而,这段情节,是非常重要的。特别是《般若波罗蜜多心经》,它的地位很重要,这是《西游记》里唯一被全文抄录的佛经。

这里要插一句:这篇佛经,小说里常简称作《多心经》,这是不够严谨的。这篇经文可以简称《心经》,不能带上"多"字。因为"多"字要与前面的文字连起来理解 —— 般若波罗蜜多 —— 是一句完整的咒语。

之前说过,咒语是不能意译的,只可以音译,因为咒语的逻辑是语音的魔力。般若波罗蜜多,就是音译。其中,波罗蜜多,意译是"彼岸",但在这句咒语里,不能被直白地翻译出来,当然也不能被拆开 —— 咒语被拆开,也会失去效力的。比如《哈利·波特》里有一句咒语,意思是"雕像,行行起",就是在最后一场战役的准备阶段,麦格教授特别激动地说出的那一句: Piertotum

Locomotor。这是不能拆开的——只说 Piertotum，石头雕像是不会活起来的。同样的道理，般若波罗蜜多，也不能拆开来。

那么，这篇《心经》为什么如此重要？因为通行本的《心经》，也就是《西游记》里抄录的这篇心经，正是玄奘本人翻译的。正因如此，他本人特别看重这篇经文，在流传的过程中，就产生了许多关于《心经》的奇幻想象。

据《大慈恩寺三藏法师传》记载，玄奘穿越莫贺延碛的时候，遇到许多恐怖幻象，各种恶鬼、魔怪，围绕在他身边，他背诵《心经》，才驱散了恶鬼和魔怪。换作今天，我们当然知道，所谓的恶鬼和魔怪，应该是海市蜃楼，或者玄奘在濒死状态下，产生的幻觉；玄奘最后走出莫贺延碛，归功于胡翁赠送的老马（白龙马的原型），加上玄奘本人的意志力。但玄奘是佛教徒，他相信恶鬼和魔怪是被《心经》给驱散的。

既然《心经》如此神奇，它的来历，当然也很神奇。仍是《大慈恩寺三藏法师传》所记载的事件，说玄奘遇到一个病人——身上长满了疮，衣服破破烂烂。玄奘帮助了他，病人为了报答玄奘，教给他一篇《心经》。这样一个外貌奇异的病人（癞头疮脑，衣服褴褛，在古代的神奇故事里，经常是奇人、异人、神人的形貌），难免教人产生很多联想。到了晚唐笔记小说《独异志》里，这个病人的形象就更神奇了。说玄奘来到罽宾国，遇到毒虫猛兽，不得前进，只好坐在旅店里发愁。这时，突然来了一个老和尚——也是长了一身疮。玄奘觉得这老和尚不一般，就向他求救。老和尚传授给他一篇《心经》。一念这篇经文，逢山开路，遇水搭桥，虎豹藏形，妖魔退散。你瞧，在这个故事里，《心经》的威力更大了，传授心经的人也更神奇了。而在民间传说里,这位传授心经的老和尚,其实就是观音菩萨。菩萨幻化成老和尚,来帮助玄奘,传授《心经》,也就是一个可以保证玄奘顺利抵达目的地的法宝。

因为《心经》特别重要,越传越奇,越传越重要,甚至一度成为取经的目的。比如,晚唐五代俗讲底本《大唐三藏取经诗话》里,唐三藏去天竺取的经文,就是这篇《心经》。

只不过,随着猴王的本领越来越大,这篇《心经》也就没什么意义了。逢山开路,遇水搭桥,虎豹藏形,妖魔退散……做到这些,有猴哥一个人就行,不需要再背诵《心经》。所以,在百回本《西游记》里,《心经》既不是法宝,也不是取经的目的,但它毕竟是玄奘本人翻译的,所以作者把它全文抄录下来。

这里,又加了一些讽刺的笔墨。乌巢禅师传授玄奘《心经》的时候,是很讲究销售策略的。可以说,乌巢禅师是一位深刻理解客户需求的推销高手。对唐僧来说,灵山在何处、西天之远近,其实都不是问题。就像悟空说的,"佛在灵山莫远求,灵山只在汝心头","只要你见性志诚,念念回首处,即是灵山"。也就是说,灵山的远近,不是用脚丈量的,而是用心丈量的,对于任何一个行脚僧来说,这都不是问题。但唐僧不是普通的行脚僧,他是"金蝉子",是妖魔眼中"行走的食材",要想最终抵达灵山,仅凭意志和耐力是不够的,还要有护身法宝,尤其是一种携带方便、操作简单的产品。而对于行脚僧来说,恐怕没有比口诀咒语更简单方便的护身法宝了——各种奇幻故事里,主人公经常要学会一句口诀,它其实具有咒语的功能。所以,即便乌巢禅师的推销话术,看上去像是在"尬聊",实则直中要害。果然,唐僧得了《心经》后,十分看重,经常念诵。

　　当然,《心经》的实际功效并不理想,转到下一回,乌巢禅师就被"打脸"了。书中交代,悟空与八戒去追赶虎先锋,虎先锋使出"金蝉脱壳"之计,转回来抓唐僧。当时,唐僧正在路边背诵《心经》,被虎先锋一把掳走了。说好的虎豹藏形、妖魔退散呢? 没有七天无理由退货的保障,现在回去找厂家说理也来不及了,唐长老只有哭的份儿! 你瞧,作者的讽刺笔墨,是随处可见的。连一个小细节,他都不放过。

第二十回
黄风岭唐僧有难　半山中八戒争先

055　神魔小说就不写日常生活吗？

这段情节说的是：唐僧师徒来到黄风岭，遇到黄风怪座下的虎先锋。虎先锋用"金蝉脱壳"之计，骗过悟空与八戒，把唐僧给劫走了。悟空和八戒一直追到黄风洞，讨要师父。虎先锋自告奋勇，率领五十名小妖出洞应战，结果被八戒反杀了。

这段故事是下一回的铺垫。这里，黄风怪虽然出场了，还没有发威。我们看到的，是虎先锋的成功与失败。

只不过，在塑造虎先锋之前，还有一段日常生活的描写。这部分内容，许多读者都会忽略，影视改编作品也大都不表现这一段，觉得它不够刺激。其实，这段情节是很重要的——它占到本回将近一半的篇幅，说明作者花了不少心思。

这部分内容说的是：唐僧带领悟空、八戒离开浮屠山，来到黄风岭附近。天色已晚，唐僧等人便到一户人家去借宿。这家人信佛，热情招待他们，米饭管饱。八戒放开食量，把这家人的口粮吃得净光。第二天，师徒继续赶路。

如此概述，当然咂摸不出意思，阅读原著，才能品出滋味——

作者写出了西天路上师徒们的日常，很生动，也很幽默。

尤其师徒间的对话，幽默诙谐。之前说过，"开心果"猪八戒上线之后，西天取经的路上就热闹。但这个热闹，不是八戒一个人搞怪、耍宝，还需要其他人与之互动，特别是悟空跟他互动。悟空的话本来就不少——也是只碎嘴猴，如今有了八戒做对手，悟空的话就更多、更密了。特别是怼八戒，一逮到机会，就要怼一下。

书中交代，唐僧看到天晚了，路边正好有一户人家，就提议住一宿，明日再走。八戒一听这话，就赶紧附和："说得是。我老猪也有些饿了，且到人家化些斋吃，有力气，好挑行李。"

平心而论，说这话有毛病吗？没毛病！八戒是当真饿了——他饭量太大，跟随师父过行脚僧的苦日子，平日里总是饥一顿饱一顿，偶尔糊弄一顿半饱，就谢天谢地。况且，担子还挑在他肩上，脏活、苦活、累活都是他来干，能量消耗大。所以，他总是处于饥肠辘辘的状态。人是铁，饭是钢，一顿不吃饿得慌。既然饿了，不许人喊吗？

结果，悟空一听这话，立马给八戒扣帽子，骂他是"恋家鬼"，唐僧耳根子又软，一听这话，马上说："悟能，你若是在家心重呵，不是个出家的了，你还回去罢！"吓得八戒赶紧跪下，跟师父解释，自己绝对没有这个意思——起码现在没有这个意思，是猴哥栽赃他。唐僧这才放他起来。

一些朋友受影视剧影响，总觉得唐僧耳根子软，是只听八戒的甜言蜜语，受委屈的总是悟空。其实，在原著里，唐僧的耳根子是真的软，没主见，谁说都信。八戒也有受委屈的时候，猴哥总调理他。他之所以时不时撺掇唐僧念紧箍咒，又时不时地给唐僧上点小话儿，给悟空穿个小鞋儿，其实是反击，也是在斗争中成长——只许你霸凌我，就不许我反击一下吗？

再看唐僧领着悟空、八戒吃斋饭。作者写得既滑稽，又有层次。斋饭端上来，唐僧要先念起斋经。还没开始念，八戒已经吞下一碗饭。请注意，不是"吃"下一碗饭，是"吞"下一碗饭。八戒吃饭，向来不是一口一口往嘴里送的，更不是细嚼慢咽的，而是整碗米饭扣到嘴里，顺着食道，一气滑下去的，仿佛往泔水桶里倒剩饭。唐僧那边经还没念完，八戒这边又是三碗饭吞下去。悟空看不上，骂他是饿死鬼投胎。再看八戒，这时候绝对不回嘴——解释啥？争辩啥？多耽误吃饭！人家头也不抬，一口气又吞了十多碗。

眼看十多碗下肚，主人以为吃得差不多了，该收拾碗筷了，上前客气客气，说道："仓卒无肴，不敢苦劝，请再进一箸。"意思就是说：突然之间准备的，没什么可吃的，也不好意思劝您多吃，要不要再来一碗？言外之意——这是要撤桌了。我们平时送客，也会说一些客气话，比如"要不留下来吃个晚饭"，这其实是在下"逐客令"了。

这是人情世故的听力题。也就是四级听力，一点不难。八戒难道不懂人情世故？他当然懂，但他更饿！一听这话就急眼了，回了一句："老儿滴答甚么，谁和你发课，说甚么五爻六爻；有饭只管添将来就是。"滴答，就是啰唆；发课，指的是算卦，所以引出"五爻"。之前讲过，爻是构成卦象的基本符号。

这是一个谐音梗，主人说"无肴"，指的是没有荤菜，不成敬意。猪八戒故意听成"五爻"。意思是说：你甭跟我扯这些没用的，我要吃饭！上饭！

这就是"秀才遇见兵"了，你跟人家拽文，人家根本就不买账。没办法，主人把一家子的口粮都贡献出来了，八戒尽情吃一顿，也就弄个半饱。

你瞧，就是这样一段生活日常，《西游记》的作者也写得很生动，很幽默。这些笔墨在其他神魔小说里是看不到的。一般的小说家，精神头都放在写神魔斗法上，《西游记》的作者却要在这上面花心思。

这些生活日常，是小说的"闲笔"。所谓"闲笔"，指的是对推动故事发展没有多大帮助的文字。如果是为了讲故事而讲故事，这些"闲笔"，就显得多余，许多作家不关注；但如果是为了有趣而讲故事，"闲笔"就显得很重要——许多趣味，就是从"闲笔"中流露出来的。《封神演义》的作者就是把精神头都放在写神魔斗法上，全书几乎没有"闲笔"，趣味性也就比《西游记》差了好几个档次。

056 虎先锋"虎"在何处？

前两年，有一部国产动画片《中国奇谭》，引起了大家关注，特别是第一集《小妖怪的夏天》，很受青年观众喜欢，许多青年职场人把自己代入了浪浪山故事。

有的朋友看这集动画，会把浪浪山跟狮驼岭对应起来。其实，这有点抬举浪浪山了。浪浪山的武装势力，规模是很小的，架构也比较简单。狮驼岭上有三个大魔头，手下的妖精有四万七八千人——人家是正经的"大厂"，光烧火做饭的就有一千多号。

笔者以为，浪浪山倒很像黄风岭。黄风岭的规模就不大，不到一千人，勉强比得上狮驼岭一个炊事班的级别。书中交代，黄风怪手下，除了大小头目，还有五七百名小妖。黄风怪更适合唱《沙家浜》：想当初老子的队伍才开张，拢共才有十几个头目，五七百条枪。应该说，黄风怪，也就是个胡司令的级别。况且，这不是《小妖怪的夏天》吗？唐僧师徒来到黄风岭，也正好是夏天。

不过，《小妖怪的夏天》，聚焦的是单位底层的小妖。这一讲要说的，是一个中层干部——虎先锋。

这种中层干部形象，其实是很难塑造的。他不是大魔头，不能着力刻画，一着力刻画就抢戏了，但他又不是底层小妖，普通读者很难把自己代入人物，这种形象也就不太受普通读者待见。只有在适当的时候，用适当的笔墨，才能把这类形象塑造好。《西游记》的第二十回，就是适当的时候、适当的笔墨。

为什么说是适当的时候？这一回是接在收伏八戒之后的。之前讲过，悟空与八戒象征着道教丹道派所说的铅（元气）汞（元神）调和。调和得好，才能炼成金丹。所以，这一回里就要让大家看到铅（元气）汞（元神）调和的过程与结果。

要表现配合得好，就得写师兄弟合力打败妖魔。但不能是大魔头，如果是大魔头，金丹就太容易炼成了！所谓九转金丹，不是一蹴而就的，要反复提炼，反复锻造。如果一上来就合力制伏大魔头，后面的故事就不用讲了——沙和尚还没上线，就可以直接下线了。

那么，合力打死一个小妖呢？这简直是开玩笑！杀鸡焉用牛刀！一个小妖，战斗值都不过百，还不够悟空塞牙缝的，用得着师兄弟配合吗？

这时候，就冒出一个中层干部。有本事，但不大；有脑子，但不多；一棒打不死，得费点周折，但最后还是能除掉的，花的力气也不算多。所以，就是悟空赶着虎先锋跑，正好撞上八戒，被八戒一钉钯打死，这样才能看出师兄弟的配合，也让八戒立下第一功。

什么是适当的笔墨？就是要描写虎先锋的形象，得写出他的不同侧面，这样才能让我们看到他的成功与失败，看到神魔斗法的委曲波折。

虎先锋得有点脑子在身上。他读过兵法，知道用"金蝉脱壳"之计。用这个计策，又是结合其自身特点的。虎先锋有一个本事，能扒下自己的虎皮。路边正好有一个卧虎石。块头极大，仿佛一头老虎蹲卧在那里。虎先锋就把虎皮盖在石头上，冒充自己，真身逃跑了。

这里要插一句，经常有家长问笔者：小孩子适不适合读《西游记》？个人建议，如果是阅读原著，小孩子应该在家长陪同和指导下阅读。《西游记》绝不是儿童读物，书里有许多暴力内容，画面血腥，视觉效果恐怖。比如这一回写虎先锋扒下虎皮，就是刻画的笔墨。写他抡起左手，抠住自己的胸膛，往下一抓，"哗啦"一声，就把整张皮给剥下来了，血淋淋地站在那里——看上去跟"进击的巨人"似的。后面还有八句诗，形容他此时模样。这明显不适合儿童阅读。

再说回来。虎先锋用的"金蝉脱壳"之计，确实成功了，但他的头脑也就这么一点，成功也只是片刻之间。接下来，就是彻头彻尾的失败。

之所以失败，倒不是因为他脑子不够用，而是鲁莽——他居然敢正面挑战悟空。但归根到底，这也不是鲁莽的问题，而是眼皮子太浅，没见过世面。

东北话里有一个形容词——虎。说一个人"虎"，就是形容这个人鲁莽，冒傻气，什么事情都敢做。有的人说，这是一种性格，是一种天生的气质。其实，大部分人"虎"，还是因为眼皮子浅，没见过大世面。没碰到硬茬儿，没见识过真正厉害的家伙，不知道外边的世界，有多么复杂和危险。这样的人，被恶狠狠地收拾过几次，就"虎"不起来了；绝大多数的"虎"人，都是可以被社会教育好的。

虎先锋，就是这种"虎"。他连悟空是谁都不知道，试想狮驼岭上的魔王，本事大，法宝多，还有强硬后台，也要想个复杂的计策，对付悟空。一个屁大点的虎先锋，就敢领着五十个"低血低气"的小妖精，去正面挑战悟空，还放出大话，说"买一个又饶一个"，连悟空一起抓来吃了，真是不怕风大闪了舌头。结果可想而知，跟悟空斗上三五回合，就骨软筋麻。这一回，他算是知道厉害了，但为时已晚——许多"虎"人都是没机会接受再教育的。

这样"虎了吧唧"的中层干部，其实是最坑人的，不仅坑自己，也坑别人。对上，坑大领导，经常把大领导装麻袋里（黄风怪就埋怨虎先锋招惹悟空）；对下，坑手下人，一窝子人全跟着做炮灰。

所以，浪浪山是不好长待的，落个脚还行，不能耗上一辈子。它规模太小了，你的顶头上司眼界不宽，见的世面不够，这样的地方待久了，你的格局也打不开，虎先锋就是你的天花板了！去浪浪山外面看看吧！起码去狮驼岭看看，就算是进炊事班，格局也是不一样的。

第二十一回
护法设庄留大圣　须弥灵吉定风魔

057　黄风怪的杀手锏为什么是风？

这段情节说的是：悟空与黄风怪对战，足有三十回合，悟空使出分身法，黄风怪招架不住，就使出杀手锏——三昧神风。悟空被风吹坏了眼睛，与八戒到一个庄户人家投宿。这家人给悟空的眼睛涂了"三花九子膏"，悟空睡了一觉，眼睛就好了。原来，这处庄院是六丁六甲、五方揭谛、四值功曹、护教伽蓝点化的。悟空再去黄风洞打听消息，得知黄风怪惧怕灵吉菩萨，只是不知道灵吉菩萨所在的小须弥山位于何处。李长庚就变化成一个老翁，给悟空指路。悟空请来灵吉菩萨，菩萨放出飞龙宝杖，黄风怪立即现出原形。原来，他是当年在灵山偷油吃的黄毛老鼠。

这一回的关键词，无疑是"风"——这里是黄风岭上黄风洞，黄风怪的杀手锏是"三昧神风"，作者特地用一段韵语形容这股神风的厉害，说神风一起，天上地下，一片混乱，震动了斗牛宫，刮倒了森罗殿……最后总结道："乾坤险不乍崩开，万里江山都是颤！"仿佛到了世界末日。

悟空也说这风着实厉害。论起来，悟空也是使风的高手。比如

第三回，悟空到傲来国偷兵器，也吹起一阵狂风。作者也用了一段韵语，也是夸张的手法，但那股妖风跟这一回的三昧神风比起来，是小巫见大巫。说明，作者的艺术夸张，是讲究层次的，是重视比较的。

那么，这一回为什么要在"风"上做文章呢？清代的道士们喜欢从金丹大道的角度去理解，比如《西游证道书》说这一回之所以用"风"，是因为刚刚收伏八戒，八戒是木母，木母就是汞，按铅汞调和的理论，汞对应东方青木。现在，正是八戒出风头的时候，也就是说木气很旺，以致五行中的其他要素，不能有效克制它。

而在八卦之中，巽卦五行即属木。之前讲过，巽代表着风。所以，木气一旺，风也就起来了。按这样讲，悟空吃这场大苦头，反倒是八戒害的了。

这样讲，不能说没有道理。从原文来看，这几回里的八戒，确实表现得很欢实的。作者给予他足够的笔墨，又让他打死虎先锋，刚一入伙，就立了大功。这个时候，悟空对八戒的态度，也还比较客气，虽然也时不时怼他一下，但还是拉拢他，一口一个"兄弟"叫着，不像后来，动不动就骂他"呆子"；八戒做出一些成绩，悟空就赶紧表扬一下，鼓励一下，仿佛给小朋友发小红花；就算批评，也是笑着说，不像后来，动不动就恐吓，要八戒伸过孤拐来，挨上几棒子。你别说，这时候的八戒真是够欢实的，欢实得没边了，但他一欢实，就麻烦了——木气就旺了，木气一旺，巽位就动了，风也就跟着起来了。

为什么是黄风呢？东方青木，巽位上刮起来的，应该是青风才对。道教徒又给出了一种解释：黄色对应土。所以，这里的黄风，又有土气。但它不是"真土",是"假土"。按《西游原旨》所说,此时沙僧还没有加入取经队伍,沙僧是黄婆,是脾土,他是"真土"。这个时候,"真土"还没有出来,所以有"假土",只有克服了"假土",才能出现"真土"。

你瞧,都是这一类话术。听起来,好像挺有道理,但这都是就着《西游记》现有的情节来解释。哪些内容对应得上,就说;哪些内容对应不上,就不说。但《西游记》归根到底是一部小说,是一部文学作品。作者不是道教徒,他既不炼丹,也不修仙,他对丹道知识的掌握,也只是一些皮毛,他也没打算用这些皮毛知识去设计情节、塑造人物、构造场景。他主要是图好玩,把各种素材,真真假假,虚虚实实,攒凑起来,整合起来,构造出一个委曲波折的神魔斗法故事。写作的时候,作者应该没考虑这么多"虚与委蛇"的逻辑。有过创作经验的人都知道,要是考虑这么多,就写不出真正有趣的东西了。

058 黄风怪到底长什么样?

说一个好玩的话题 —— 黄风怪到底长什么样?

因为黄风怪是妖怪,在大家的刻板印象里,妖怪应该长得很丑陋,看上去很狰狞。尤其他的原形是一只老鼠,看上去还可能叫人犯恶心。

影视剧里也大多是这样呈现的。比如86版电视剧《西游记》里,黄风怪就是一张老鼠脸,令人反胃。

当然,叫人恶心反胃,导演的目的就达到了。这个艺术处理是成功的。

一方面，这是符合人物形象的，黄风怪是黄毛老鼠成精，正常的老鼠，看着都叫人一阵阵发怵，何况是变异的大老鼠，肯定是叫人打心底厌恶的。这又不是舒克和贝塔，也不是精灵鼠小弟，更不是米奇，谁会觉得一只老鼠可爱呢？

另一方面，这也符合《西游记》塑造妖魔形象的一般规律，《西游记》在塑造妖魔形象的时候，一般都讲究"人性 — 物性 — 妖性"的三位统一。妖性，就是说他们都有超能力，有法术或者法宝，特别是一种"杀手锏"，比如青牛精的金钢琢、赛太岁的紫金铃、红孩儿的三昧真火、蝎子精的倒马毒刺。物性，就是说他们在生理特征上，还多多少少保持着原形动物的特征，比如狮子精大开口，白象精鼻子长，灵感大王身上有鱼鳞。但神性和物性，最后都要统一到人性上来，就是说他们都有人的情感、人的心理，按人的逻辑来说话、办事。

先不扯太远，这里只看物性，就是动物的生理特征。按上述规律，黄风怪应该长着尖嘴巴，留着细胡须，小头小脑，贼眉鼠眼。

然而，阅读原著会发现：《西游记》里的黄风怪是一个特例，他身上没有保留老鼠的特点。原著是这样描写他的，说他头戴金盔，身披金甲，脚蹬鹿皮战靴；金盔上飘着长长的翎子，胸前是护心镜，腰间勒着盘龙绦子，战衣是锦绣丝织柳叶边的，外面还罩着一件鹅黄色的斗篷。这样一身打扮，看上去很潇洒。

至于黄风怪到底长什么样？作者居然一个字都没写！他是什么眉毛，什么眼睛？鼻梁高不高，嘴唇厚不厚？是不是也有一个阿兰德龙一样的下巴？我们不知道，只能去想象。

当然，作者还给我们提供了一个参考。他形容黄风怪的时候，最后加了一句"不亚当年显圣郎"。也就是说，不输给灌口显圣真君。显圣真君是谁？就是二郎神。好家伙！黄风怪的相貌，竟然可以和《西游记》神仙集团的第一帅哥PK一下，这个玩笑可是开大了！

那么，作者为什么要一反常规，隐去黄风怪的动物本相呢。可能有两个原因。

其一，是从讲故事的需要来看的，这可能是为了制造悬念。直到悟空找到灵吉菩萨，后者说出黄风怪的来历，我们一直不知道它原来是一只在灵山偷油的老鼠；作者不说他具体长什么样，我们就会产生好奇，直到谜底揭晓——花美男原来是耗子成精，会觉得很可笑。

同时，这也可能是为了更好地写悟空和黄风怪"骂阵"的对话。黄风怪见到悟空，说了一句藐视对手的话："可怜！可怜！我只道是怎么样扳翻不倒的好汉，原来是这般一个骷髅的病鬼！"这是嘲笑悟空身材瘦小，与想象中"高大上"的形象，差得太远。但说这话的前提，是黄风怪自己得长得高大英武。如果按原形来写，耗子精还不如猴精呢！猴哥虽然长得小，总比耗子大不少。黑熊精、青牛精、狮子精、白象精，这些大块头可以嘲笑悟空，一只耗子精，长得像小吊坠儿似的，有资格嘲笑悟空吗？

其二，可能跟故事的演化历史有关。我们知道，"西游"故事的演化过程是复杂的，其中有一个故事变成多个故事的情况，也有多个故事聚合成一个的情况。按照民间故事叙述的一般逻辑，如果发现故事里出现了一些"各色"之处，或者说解释不通的地方，十有八九是在多个故事拼凑、融合的过程中，出现了漏洞。黄风怪的形象塑造，违背《西游记》的一般逻辑，就可能是一种漏洞。

从故事的演化历史看，黄风怪的故事，其产生的时间是很早的，在宋元时期的《西游记平话》里，已经有这个故事了。《西游记平话》的原本，今天已经看不到了，但古代朝鲜汉语教科书《朴通事谚解》里，引述了《平话》里的内容，列出了一些主要的魔怪。其中，就有黄风怪，但没法断定他就是一只老鼠精。

可能，他本来就不是一只老鼠精，只是一个会使风的魔头。后来，为了给他落实一个原型，才说他是老鼠精。这个原型是后来落实的，不像其他妖魔——原型一开始就定好了，所以前面的形象描写，没有显示出老鼠的模样来，显得很各色。

为什么原型是老鼠呢？可能跟《西游记》里另一位老鼠精——地涌夫人——有关系。有一处细节值得注意，在《西游记平话》的妖魔顺序里，地涌夫人紧随在黄风怪之后。这种前后联结的故事，本来就容易相互影响，形成交叠，甚至模糊在一起。地涌夫人也是灵山的耗子，因为偷吃香花宝珠，如来叫李天王捉拿她，李天王放了她一条生路。这个情节，不是跟黄风怪的出身，看起来很像吗？可能就是在民间传说的过程中，大家发现黄风怪没有动物原型，又受了地涌夫人故事的启发，就说黄风怪是耗子成精。后来，地涌夫人故事的位置越来越靠后，两个耗子精的故事，就不显得重复了；黄风怪的耗子原型，也就固定下来了。

《西游记》的作者可能注意到这俩耗子精有点儿像，就特地强调，黄风怪是一只"黄毛貂鼠"，但仍然说他是一只灵山脚下的得道的老鼠。看来，黄风怪身上，总有一些地涌夫人的影子。别忘了，地涌夫人的模样，也是很美的。除了她擅长打洞，我们根本看不出她是一只耗子。可见，耗子精变化成人形，不管男女，都是很美的。贾宝玉开林妹妹玩笑，不也说林黛玉是小耗子精变的吗？所以，我们见到帅哥靓妹，先别急着流哈喇子，他（她）们可能是灵山脚下的小耗子成精。这当然是玩笑话，但《西游记》里的黄风怪长相英俊，这是可以确定的。

059 是老虎，还是老鼠？

继续说黄风怪的形象。这一讲，把他和虎先锋联系起来分析。

这两个人物，在书中是上下级关系，一个是山大王，一个是先锋官，人事关系明确。从本相来看，一个是老鼠，一个是老虎，一个小，一个大，一个外表俊美，一个外表凶恶，差别也是很大的。为什么要把他俩放在一起来比较呢？因为，他俩本来应该是一个形象。正所谓"老虎，老鼠，傻傻分不清楚"，用在这里倒是挺合适的。

为什么这样讲？杨景贤的《西游记杂剧》为我们提供了线索。

从《西游记》的成书历史来看，这部杂剧是十分重要的，它是我们今天能够看到的，在百回本《西游记》之前最完整、最成熟、最通俗地讲述"西游"故事的文本。剧中，"大闹天宫"的故事、"西天取经"的故事、"唐僧出身"的故事都有了；取经小队正式成立了，猴哥、老猪、白龙马、沙和尚的配备也都齐全了；还有女儿国、火焰山的故事，也都是比较成熟的。可以说，这部杂剧生动地反映了在元末明初之际，"西游"故事群已经发展到怎样的规模。

在这部剧里，就有黄风山。

上一讲说过，宋元时候的《西游记平话》里就有黄风怪，但只存有名目，黄风怪的原形是什么，他有什么事迹，我们都不知道。到了《西游记杂剧》里，我们可以看到这个故事演化成了什么样子。

剧中交代，唐僧收了沙和尚之后，来到黄风山——请注意，在这部杂剧里，是先收伏沙和尚，后收伏猪八戒的，在沙和尚和猪八戒之间，有这个黄风山。

山上有个三绝洞（这里山高、洞深、路险，所以叫三绝），洞里住着一个银额将军。

一提到银额将军，有的朋友可能就想到了——这八成是一只老虎精。

银额，指的就是老虎。之前讲第十三回，唐僧离开长安，遇到的第一场磨难，就是掉在寅将军的陷阱里。那也是一头老虎，也自称将军。这两个形象，应该是有联系的。只不过寅将军的戏份不重，出场没多久，就领盒饭了。有几句台词，充其量就是个特约演员。杂剧里的银额将军是个客串演员，本事不小，祸害也不小。

他有呼风唤雨的本事，尤其擅长使风。老虎为什么会使风？正所谓"虎行生风，龙行有雨"，古代小说里，老虎出现的时候，总是伴随着一股腥风、狂风。《水浒传》里是如何写武松打虎的？说武松连喝了十五碗酒，跟跟跄跄地上了景阳冈，看到一块大青石，正要躺在石头上睡一觉，忽然一阵狂风来。叙事者生怕读者没反应过来，赶紧解释一番：原来但凡世上云生从龙，风生从虎——这是老虎来了。其实，叙事者多虑了，这种把戏，我们见多了。但凡狂风一起，十有八九，是要跳出一头吊睛白额大老虎的。如果写狂风过处，草窠里跳出一只兔子来，作者绝对是在跟我们开玩笑！

《西游记》也遵循了这一艺术传统，虎先锋出来前，也有一阵风。悟空还会抓过风尾来闻一闻，闻到些腥气，说明老虎来了。这都是套路。

你瞧，《西游记》里的虎先锋，其实是从杂剧里的这个银额将军演化而来的，只不过原来是将军，现在是先锋；原来是威风凛凛的山大王，如今变成给老鼠精卖命的小角色，使风的手段，也让给老鼠精了。

另外，杂剧里的银额将军，之所以被悟空打死，不是他要吃唐僧，而是他抢夺了刘太公的女儿。悟空他们来刘太公家借宿，知道了此事，悟空打抱不平，把银额将军给打死了。

这个情节为什么不同时转移到老鼠精身上呢？没法转移！《西游记》的黄风岭之前，刚收伏了八戒，八戒就是霸占高太公的女儿。这回再写一遍，就重复了。

那么，后来猪八戒抢占高太公女儿，是不是受了银额将军事迹的影响呢？不能完全排除这种可能，毕竟从历史演化来看，黄风怪的故事和猪八戒的故事，在顺序位置上，一直是很近的。但猪八戒有浑家，还与沙和尚形象的演变历史有关系，之后还要细说。

总之，《西游记》里黄风岭上的老虎精和老鼠精，本来是一个形象，都是黄风山三绝洞里的银额将军。后来分化成两个人物，本领转移了，事件也调整了。

现在再看这段情节，以及相关人物，是不是都对上了？《西游记》里，为什么唐僧师徒要先到黄风岭附近，到王老头家借宿？因为杂剧里就是先到刘太公家借宿。只不过，黄风怪不抢占他家女儿，所以作者只写八戒吃饭时候的丑相,制造滑稽。为什么老鼠精会用风？因为这个本事,原来是银额将军的,他是老虎精,虎行生风,当然擅长使风。道教徒们有自己的理解（之前讲过,他们非说这一回是木气太旺,所以巽位发动,所以成风,虽然能够自圆其说,说到底还是过度阐释）,他们不了解"西游"故事的演化历史,把简单的问题给想复杂了。

只可惜了虎先锋,本来是威风凛凛的大王,现在成了"眼低手也低"的先锋官,还是惨死在八戒手下的。杂剧里的银额将军,好歹是死在猴哥手下的,因为杂剧演到黄风山这一段的时候,老猪还没有上线呢！

第二十二回
八戒大战流沙河　木叉奉法收悟净

060　流沙河是一条河吗？

到这一回，取经团队的最后一位成员——沙和尚——就正式上线了。

这段情节说的是：唐僧带领悟空、八戒来到流沙河，遇到水怪模样的沙和尚。悟空不擅长水战，叫八戒去引诱沙和尚出水面，悟空好在半空里下手。连续几次，都捉不住他，沙和尚也学乖了：凭悟空怎么叫阵，就是不露头。悟空只好去请菩萨，菩萨派惠岸来，把沙和尚引到唐僧门下，又帮助他们渡过了流沙河。

这一回里，八戒又得到了表现的机会。作为原来的天河水军司令，八戒擅长水战，起码他在水里的表现，要比悟空好得多——悟空下水的时候，要么念避水诀，要么变成鱼鳖虾蟹一类水生物，才能活动，这样就无法与妖魔打斗了，分身术等杀手锏，也没办法使出来。

如此处理，是比较合适的，也符合中国人的哲学逻辑。我们是讲辩证法的，今天讲辩证唯物主义，古人讲的是朴素的辩证法。没有绝对完美的东西，完美里总是有残缺的。悟空是超级英雄，是一个理想化的战神形象，但他在能力上是有限的，是有短板的。虽然八戒战斗力一般，但他也有可以充分发挥优势的场景。这就很有一点朴素辩证法的味道。

这一回写的水战，也基本确立了《西游记》写水战的模式。后面的水战，比如黑水河的水战、通天河的水战，基本是以八戒为主，以悟空为辅，八戒负责引诱妖魔出水面，悟空在空中下手，但悟空猴急，下手早，妖魔就学乖了，甘做缩头乌龟。可以说，后来几次水战都是流沙河水战的翻版。

不过，与黑水河、通天河比起来，流沙河这条河，看起来是很古怪的。

书中交代，唐僧与悟空、八戒来到流沙河，看到河岸边有一通石碑，上面有四句诗：八百流沙界，三千弱水深，鹅毛飘不起，芦花定底沉。

这条河，连鹅毛都漂不起来，芦花如此轻小，落到这河里，居然也能沉底。这是违反浮力定律的！这不科学！这还是条河吗？

首先要说明：从小说的空间环境设计来看，流沙河当然是条河。书里明确地说，这是一条河，大水狂澜，浑波浪涌，也明确说沙和尚被贬下界，做了水怪。

然而，从故事的演化历史来看，流沙河其实不是一条河，沙和尚也不是水怪。

回头再读一遍石碑上的话，第一句是：八百流沙界。

这个八百里流沙，其实说的是莫贺延碛（噶顺戈壁）。古时候，这里被看成中原与西域的分界，过了八百里流沙，就算真正进入西域地界了。这里是一望无际的大漠戈壁，自然条件恶劣，要冒着巨大风险，经历艰难考验，才能穿越过去。但人类没有长翅膀，不能飞越过去。古时候，往来中原和西域的人，不管是军事目的、文化目的，还是经济目的，总是要穿过八百里流沙的。

历史真实中，玄奘出关，就是穿越了八百里流沙，才到达伊吾的。之前说过，他差一点死在这里，在极度饥渴和疲劳的状态下，产生了种种幻觉，看到妖魔鬼怪围绕着他。玄奘成功穿越流沙后，应该还是心有余悸的，在这位佛教徒的想象里，这里就带上了一些奇幻的色彩，甚至被妖魔化了。在后来的传说故事里，奇幻色彩越来越多，流沙也有了生命，变成了人格神——深沙神。

在晚唐五代的俗讲底本《大唐三藏取经诗话》里，就可以看到深沙神了。现在看到的本子，讲深沙神的这一回是残缺的，前面的情节看不到。根据剩下的情节猜测，应该是深沙神阻挠唐僧师徒前进，被唐僧师徒制伏。深沙神最终皈依佛法，化身成金桥，帮助唐僧师徒穿过流沙。最后，深沙神还留下四句诗："一堕深沙五百春，浑家眷属受灾殃。金桥手托从师过，乞荐幽神化却身。"[①]

可以看到，深沙神也是从天上被贬下来的，但这里说他有浑家眷属，与《西游记》里那个"光杆司令"是不一样的，倒是跟猪八戒很像。

总之，晚唐五代的时候，就有深沙神这个形象了，他是沙和尚的原型。莫贺延碛，也就是八百里流沙，是流沙河的原型。只不过，到了百回本《西游记》里，大漠戈壁变成了大水狂澜，深沙神变成水怪。

---

① 李时人、蔡镜浩：《大唐三藏取经诗话校注》，北京：中华书局1997年版，第14页。

但是，作者还是给出了很多线索，暗示这条大河的原型。除了石碑上的话，我们来看作者是怎么描写流沙河的。第八回，观音奉如来法旨，到长安寻找取经人，沿途勘察道路。祂来到流沙河，看到这里：东边连着沙漠，西边跟多个西北少数民族政权接壤，南边通到乌弋山离国（乌戈山离，在今天的阿富汗附近），北边接着鞑靼，就是北方的少数民族政权。你瞧，这个圈出来的地理空间，大致就是莫贺延碛的范围！

书里说这条河：水流一似地翻身，浪滚却如山耸背。这当然是用夸张的手法来形容水浪翻滚的样子，但"地翻身"和"山耸背"这两个短语，又可以令人想到其他画面——像大地在翻滚，像耸起的山脊——我们闭上眼睛想象一下，这说的是水吗？这不就是沙丘嘛！

前两年，有一部改编《西游记》的电影，叫《孙悟空三打白骨精》，里面讲唐僧师徒遇到沙和尚的空间环境，就不是在河边，而是在一片沙地，沙和尚还可以在沙地里钻进钻出，好像土行孙。笔者认为，编剧应该是做了一些功课的。起码，编剧知道沙和尚的原型之一是深沙神，流沙河的原型是莫贺延碛。如果编剧们改编《西游记》的时候，都能做一些功课，对于《西游记》的当代传播来说，真是功德无量了。

061　到底是谁带酒思凡？

还是说沙和尚形象，这回把他与猪八戒联系起来看。

上一讲说过，沙和尚的原型是深沙神，该形象在晚唐五代的时候就已出现。所以，从故事的演化历史看，沙和尚加入取经故事，其实是比猪八戒早的——后者是在元代才加入取经故事的，之前的取经故事里看不到"老猪"的身影。

不过，老猪太招人喜欢，他身上的"戏"太多。游戏笔墨，还是在老猪身上下手，比较容易，艺术效果也更好。所以，虽然加入取经故事的时间晚，但老猪后来者居上，最后取代沙和尚，成了二师兄。

不仅位置调换了，原来沙和尚身上的一些事迹，也移到猪八戒身上。

中国古代叙事，经常使用"移花接木"的手法，就是把一个人的事迹，安到另一个人身上。比如《三国演义》里，就有很多移花接木的手法，像大家熟悉的"鞭打督邮"，小说讲是张飞做的，但《三国志》记载得清楚，这是刘备的事迹。刘皇叔可不可以鞭打督邮？当然可以。但老百姓不答应：刘皇叔是忠厚长者，是"仁君"的理想型，怎么能随便动手打人呢？张三哥是一个爆炭脾气，他做这种莽撞事正合适，"鞭打督邮"的情节，就转嫁到他身上了。这样一来，两个形象都显得很立体，也符合大众的心理期待。再比如"关云长温酒斩华雄"，按历史实际，华雄是被孙坚杀死的，小说是为了给关羽设计一个精彩的亮相，突出其"战神"气质，斩杀华雄的事迹，就转移到关老爷身上了。

《西游记》里也是这样的。上一讲说过，《大唐三藏取经诗话》里的深沙神是从上天被贬下来的，他不是"光杆司令"，有浑家眷属，到了百回本《西游记》里，沙和尚却成了光棍一条，没有老婆孩子。他的浑家眷属到哪里去了？转移到八戒身上了。小说里说八戒先招赘在福陵山云栈洞的卵二姐家，后来又招赘在高老庄高员外家，这些情节应该都是受了深沙神故事的影响。

唐僧的徒弟里，总得有一个"恋家鬼"。悟空肯定不恋家，他没有老婆孩子，沙和尚也不合适恋家，他上头有两个师兄，他要说恋家的话，都不用悟空吱声，八戒就能把他骂得狗血淋头。况且，他排行老末，他说这种动摇军心的话，对团队影响不大，这样一来，戏剧性就不强了。八戒是二徒弟，说话有分量，唐僧还容易被他挑唆，他一说恋家的话，悟空就要扯出棒子来打他，沙和尚在旁边和稀泥。这样一来，戏剧性就强了，也更有意思。

其实，不只浑家眷属，八戒带酒思凡的事迹，也可能是从沙和尚身上移过来的。

比如《西游记杂剧》里，沙和尚就是更早上场的，在猪八戒之前。

这个形象很有特点，他生动地体现着形象变化的过渡阶段，既有深沙神的影子，又变成了水怪。他是被贬下界的，但受罚的原因，跟八戒很像。

他出场的时候，自报家门："恒河沙上不通船，独霸篙师八万年。血人为饮肝人食，不怕神明不怕天。"① 说得很可怕。

恒河沙，原是佛教比喻；恒河沙数，指数量多得像恒河里的沙子，无法计量。这里多少用了这个比喻的含义。但说"恒河沙上不通船"，这就古怪了。恒河上怎么不能行船？关键还在"沙"字上，这里还保留着深沙神的原型，不能行船，因为这不是恒河里的沙子，

---

① 胡胜、赵毓龙：《西游戏曲集》，北京：人民文学出版社2018年版，第78页。

倒更像是莫贺延碛的沙子。

所以，才有后面一句"独霸篙师八万年"。篙师，就是撑船的师傅，也就是摆渡人，他在这条河上摆渡，以过河的人为食。但前面又说"沙上不行船"，我们就能看明白了，并非河上只有他摆渡，而是这沙海之上根本就不能行船，他就是这片沙海的化身。

这也就接上后面的"血人为饮肝人食"，就是说要喝人血，要吃人肝。我们可以把它理解成一种借代修辞，不是光喝人血、吃人肝，沙和尚是要吃人，囫囵个吃，连血带骨头，心肝脾肺肾，一个不落！为什么要吃人？因为流沙就是要吞没人的！

不过，杂剧里的沙和尚也已经是水怪了。他明说自己是水怪，又说自己是这条河里的河神，这就与后来百回本《西游记》里的形象近似了。

另外，从服饰上看，杂剧里的沙和尚，脖子上就戴着九个骷髅。他说这九个骷髅，是唐僧前九世，都是来到这里，被他吃掉了。

这就是一个形象过渡的标志。在之前的《大唐三藏取经诗话》里，唐僧的前两辈子都来到八百里流沙，被深沙神吃掉，第三次来，才收伏了深沙神。到这里，唐僧更惨，来了九次都被吃掉了。到了百回本《西游记》里，沙和尚不是盯着唐僧吃，而是路过的取经僧，他都要吃。吃的和尚，数不清了，他们的骷髅，都沉到河底，只有九个骷髅能浮在水面上，沙和尚觉得有意思，就串起来，戴在脖子上了。

最重要的是，杂剧里的沙和尚，说他被贬下界，是因为"带酒思凡"，是喝醉了酒，动了凡心，被贬到流沙河的。这个事迹，后来给八戒安上了。毕竟，百回本《西游记》里的沙和尚，是唐僧的徒弟之中，取经意志最坚定的一个，他通过完成取经事业来实现自我救赎的愿望是最强烈的。这样一个人物，说他是因为带酒思凡，调戏仙娥，才被贬到人间的，人设就立不住了，推给八戒，就无所谓了。反正"死猪不怕开水烫"，老猪身上"好色"的标签是摘不下来了，他也不在乎多这一个。

第二十三回
三藏不忘本　四圣试禅心

062　是闭卷考试，还是开卷考试？

直到上一回，取经小队正式成立，师徒"五圣"终于凑齐了。而渡过流沙河，也正式进入西域境界——之前说过，古人认为八百里流沙是中土与西域的分界；渡过流沙河，就正式进入西牛贺洲了。从这一回开始，唐僧师徒遇到的妖魔，都是在西牛贺洲的。

这倒是很讽刺的，佛祖说南赡部洲"贪淫乐祸，多杀多争"，他所在的西牛贺洲则是一片净土，这里的人"不贪不杀，养气潜灵"，但唐僧师徒遇到的妖魔，基本是在西牛贺洲地界内的。之前，只遇到了两个妖魔，一是黑熊精，一是黄风怪——黄风怪，还是在灵山上偷油的老鼠，流窜到中土。可见，西牛贺洲才是真正的妖魔培训基地，佛祖的手电筒，照得见别人，照不见自己。

不过，进入西牛贺洲后，唐僧师徒并未立即遇到妖魔，而是经历了一场测验。就是本回回目说的：四圣试禅心。

虽然皈依了佛门，加入了取经事业，但四个徒弟的禅心稳不稳，意志是否坚定，还说不好。唐僧作为项目负责人，能不能把稳舵，也还不能百分之百确定。这都需要测验一下。于是，黎山老母，化身莫贾氏,联合观音、文殊、普贤三位菩萨,幻化成母女四人,又点化了一座庄院,等待唐僧师徒到来,看他们是否经得住财色的诱惑。

请注意这是两重考验:一是财,一是色。

对于世俗人来说,诱惑力最大的,危害性最大的,就是财与色。

我们常说,酒、色、财、气。这是为了音节和谐,排名不分先后。单论危害程度,财与色是最要命的。如说散本《金瓶梅》所说:"只这酒色财气四件中,惟有'财色'二者更为利害。"①张竹坡批点又进一步强调:"此书单重财色。"②可以说,财与色就是《金瓶梅》集中暴露、集中批判的东西。

为什么单重财色?因为二者是人的主要欲望。财,是社会性的人之欲望;色,是自然性的人之欲望。它们生动地反映着人的普遍欲望,对它们无休无止的渴望,特别是对它们不择手段的追求,会导致人的异化。

二者又经常纠葛在一起。俗话说:男人有钱就变坏,女人变坏就有钱。这话本身有很大问题——它是绝对化、污名化的,带着深深的恶意,应当批判。然而,它的逻辑生动地反映出人们对"财"与"色"暧昧关系的认识。

世情小说也经常通过生动的案例来反映这种暧昧关系。《金瓶梅》里,西门庆就是依仗他"泼天的富贵",霸占妇女,无休止地、贪婪地占有美色。像王六儿这样的淫妇人,也是靠自己的美色,满

---

① 兰陵笑笑生著,张竹坡批评:《张竹坡批评金瓶梅》,济南:齐鲁书社2014年版,第8页。

② 同上,第1页。

足西门庆的变态性需求，换取各种物质回报。

比较起来，财又比色更要命。正如张竹坡说："甚矣！色可以动人，尤未如财之通行无阻，人人皆爱也。"① 就是说，财的杀伤力、覆盖面更大；贪财者，比好色者更多。今天一些人说"颜值就是生产力"。暂且不讨论这话有多大问题，即便说颜值就是生产力，但它也不是硬通货——财才是硬通货。

更重要的是，色是一种自然性的欲望。我们终归是社会性的人，我们经常用"社会性的自己"来约束、掩藏"自然性的自己"，用社会性来约束、掩藏自然性。然而，财本身就是一种社会性的欲望，我们就很难约束、掩藏它。

所以，黎山老母先用财打动唐僧师徒，说自己家产万贯，良田千顷，牛马成群，有十多年穿不完的绫罗，一辈子使不完的金银。再用色引诱他们，说自己四十五岁，三个女儿，最大的二十岁，最小的十六岁，都有姿色。这两个诱惑，又是联系在一起的。说母女四人要坐产招夫，把唐僧师徒四人都招为上门女婿。这样一来，财也占了，色也占了，鱼与熊掌可以兼得了，真是天下第一桩美事儿！

而这话，主要是说给八戒听的。因为这些诱惑，对于唐僧、悟空、沙僧来说，根本算不上考验，却足以动摇八戒。可以说，这场考试是专门为八戒而设的，试题也是为老猪量身定制的。

你瞧，黎山老母介绍家产，说得很详细，说有水田三百多顷，

---

① 兰陵笑笑生著，张竹坡批评：《张竹坡批评金瓶梅》，济南：齐鲁书社2014年版，第27页。

旱田三百多顷，山场果木三百多顷，又说黄水牛有一千多头，庄堡草场有六七十处。

为什么要说得如此详细？也是说给八戒听的。因为唐僧、悟空、沙僧三人，对这些具体的财富价值没有概念。为什么没有概念？因为他们缺乏相应的经验，很难快速计算出这些产业的价值，也就很难被吸引。

有一首儿童歌曲，其中一句："我在马路边捡到一分钱，把它交给警察叔叔手里边。"这首歌是鼓励拾金不昧的，但为什么是一分钱，怎么不能是十块钱？如果是十块钱，不是更能显示出主人公的精神品质吗？

话不是这样讲的，对于一个小孩子来说，与十块钱比起来，一分钱的诱惑力，反而是更大的。因为小孩子能够直接联系自己的日常生活经验，快速地换算出货币的价值——我们对货币价值的日常认知，总是与购买力"捆绑"在一起的。在那个年代，一分钱能买一个水果糖。你瞧，这就需要主人公挣扎一下：一分钱，倒不是什么大钱，不上交，就能讨一点口头福儿；上交了，水果糖就吃不到了。主人公正是克服了这个诱惑，主动上交一分钱，才显得品格高尚，这又很真实，是一个小孩子在日常中可能面临的"选择困境"。十块钱？反正笔者小的时候是没有见过的，那时候的一般家庭，成年人的月工资，也就几十块钱。十块钱可是大票，怎么会让小孩子看到呢？小孩子能有什么概念！

同样的道理，唐僧、悟空、沙僧，对莫贾氏描述的产业没概念，就是因为没经验，而八戒有庄户生活——高太公家的产业，就是八戒挣下来的，他当然可以快速换算这些产业的价值，也就很容易上钩。

只不过，这场考试是开卷考试。别忘了，书中交代，黎山老母幻化的妇人，自称娘家姓贾，夫家姓莫。

为什么姓贾？这是古代小说里惯用的谐音手法，这与《红楼梦》的"假语村言"是一样的。为什么姓莫？莫就是"不要"的意思，三个女儿，叫真真、爱爱、怜怜，听起来是多么好听。加上姓氏，味道一下子就变了——莫真、莫爱、莫怜。人家明白告诉你了，这一切都是假的，是虚妄的，是不真实的，是镜花水月，是梦幻泡影；财富、美色，都不要贪爱。

这不是开卷考试吗？结果，八戒还是答了个一塌糊涂，真是可笑又可悲。

063　孙悟空到底好不好色？

上一讲说到，所谓"四圣试禅心"，主要是在试验八戒的"禅心"。在这一回里，八戒贪财好色的本性，充分暴露，他的各种丑态，也被作者生动地刻画出来。最后，他也受到了惩罚，被吊在树上，受了一夜的罪。

这也是对八戒最大限度的惩罚了。菩萨们的板子，是高高举起、轻轻放下的，祂们不可能把八戒开除出取经队伍。取经"五圣"的人员架构，刚刚搭好，团队中的每个成员，都是不可或缺的元素，失去了任何一个，都会带来危机。所以，菩萨们只是教训一下八戒，叫他出一出丑，收一收心。况且，真把八戒开除了，读者也不答应。没了八戒，西天路上要失去多少欢乐，唐僧师徒的日常，该是多么沉闷无趣！

只不过，八戒虽然遭了罪，教训没吸取多少。在之后的情节里，他还是贪财好色，特别是看到美貌女子，就像雪狮子向火，当时就软了半边儿。这个比喻是很生动的。试想，用冰雪雕成的一只玲珑雪白的小狮子，靠向火源，眨眼之间的工夫，一半就化成水，整个狮子也瘫软下来，鼻子眼睛都歪了，看不清楚了。那些好色之徒，见了美色，可不都是这副瘫软的德行！

当然，这个比喻不是《西游记》原创的，《水浒传》里就能看到了。书中写王庆见了蔡京的孙媳妇娇秀，就说他好像雪狮子向火，霎时间酥了半边。说明这个比喻，明代前期就已经出现了。只不过，明代晚期，这个比喻在小说里特别流行，尤其世情小说里，刻画好色之徒的时候，经常用这个比喻。

不过，说八戒是好色之徒，今人在谴责、讽刺之外，还应该抱有一些同情心。因为从故事演化的角度看，八戒不是取经团队里唯一好色的。之前说过，沙和尚的原型，就有"带酒思凡"的事迹。比较起来，悟空的原型，更是地地道道的好色之徒。

在百回本《西游记》里，孙悟空肯定是不好色的。这一回里，悟空明确说了："我从小儿不晓得干那般事。"作为天产石猴，悟空就没长"好色"的神经。

然而，从小不晓得干那般事，不代表前身不晓得干那般事。

之前说过，孙悟空的本土原型之一，是唐传奇《补江总白猿传》里的白猿精。这只白猿精就是好色之徒，他劫掠了一批美貌妇女，供自己享乐。后来，他盗走欧阳纥的妻子。欧阳纥历尽艰难，找到白猿精的洞府，杀死白猿精，救回妻子。这时候，欧阳纥的妻子已经怀上身孕，后来生下一个男孩，长得像猴子，就是大名鼎鼎的欧阳询。

这个故事，应该是欧阳询的政敌，为了诋毁欧阳询而写的"小作文"。历史真实中，欧阳询的长相，确实有几分像猴子，这在《隋唐嘉话》一类的笔记小说里，是可以看到的。长孙无忌就公然在宴会上，嘲笑欧阳询长得像只猴子。欧阳询回了一句嘴，也讽刺长孙无忌的相貌，唐太宗就不高兴了，因为长孙无忌是国舅爷，大家怕得罪长孙皇后。

这个故事在当时很流行，但白猿精劫掠妇女的情节，又是从更早的民间传说里来的。汉代就有类似传说。如《焦氏易林》所说："南山大玃，盗我媚妾。"① 玃，是一种大猴子。在人们的想象里，它就喜欢劫掠美女。到了魏晋南北朝的时候，这类传说就更多了，比如《博物志》和《搜神记》里，就记载了不少蜀中地区发生的猿猴劫掠妇女的故事。

《补江总白猿传》问世后，白猿精的形象产生了很大影响，许多故事里的妖猴，都带着白猿精的影子。早期故事里的孙悟空，就有白猿精的影子。

比如《西游记杂剧》里，孙行者就是好色之徒，他劫掠金鼎国公主，充作压寨夫人，这与《西游记》里的奎木狼、赛太岁就很像。不只如此，他的整个气质，也是一副流氓相，嘴上不干净，动不动就标榜自己的性能力，知道的是孙猴子，不知道的还以为是西门大官人呢！

---

① 刘黎明：《焦氏易林校注》，成都：巴蜀书社2011年版，第37页。

到了百回本《西游记》里，作者把猴子身上的流氓习气净化掉了。悟空虽然仍是一只妖猴，当初在花果山称王称祖的时候，也干过吃人的勾当，但他没劫掠过妇女；他还是个话多的猴子，嘴里的"屁嗑儿"很多，但绝对不"涉黄"。

这是作者的艺术处理，也是大众的期待。之前说过，悟空是正统英雄。正统英雄是理想化的人物，这类形象身上，寄托着大众的期待，能力上的期待，道德上的期待。他们在能力上是超人一样的存在，道德上也得是理想化的标杆。

这不是《西游记》一家的艺术处理，所有的古代小说都是这样的。试想，我们能接受关老爷好色吗？绝对不能！能接受常山赵子龙好色吗？也不能。我们能想象鲁智深、武松好色吗？当然不能。同样地，我们也无法接受孙悟空好色。

正统英雄可以有"小毛病"，比如刚愎自用、逞强好胜、意气用事，这些我们都可以理解和接受。这是他们超人能力的"副产品"。有了这些"小毛病"，我们反倒觉得他们的形象更加丰满，也更加真实。但好色是"大毛病"，是正统英雄的大忌。正统英雄如果好色，我们的世界观就崩塌了。

在后来的故事里，随着大众越来越肯定人性，推重人情，我们逐渐接受了正统英雄表现出真情，喜欢看"百炼钢化作绕指柔"的情节。即便孙悟空这种奇幻故事的英雄，我们也接受他动真情，理解他动真情。

好比《大话西游》里的至尊宝，他可以爱上白晶晶，也可以爱上紫霞仙子。这是男女真情，不是皮肤滥淫。正因为理解与接受这一点，我们才更同情至尊宝，欣赏至尊宝。他重新戴上金箍的一刹那，不是戒断了性，而是斩断了情，为更大的事业，做出了巨大的牺牲。所以，电影的最后一组场景，那对在城门楼上的情侣，看着齐天大圣的背影，说出一句："你看那个人，好像一条狗"，我们是绝对笑不出来的，因为我们看到了齐天大圣放弃爱情的整个过程——痛苦挣扎的过程。

但好色是另一回事，这是皮肤滥淫，绝对不行，《西游记》里的孙悟空不行，连《大话西游》的至尊宝也不行。直到今天，我们也不接受这一点。那么，原型里的好色元素，转嫁给谁比较好呢？当然是猪八戒了。还是那句话，"虱子多了不怕痒"，老猪已经承担了很多好色的 KPI，不差猴哥的这一笔账了。

064　谁挑着担，谁牵着马？

说一说几个徒弟的分工。

悟空的工作职责，不用多讲。他是取经护法的主力，主要负责与妖魔赌斗，如果一时不能取胜，一般都是由他去请外援。毕竟，他速度快，驾起筋斗云，"点头径过三千里，扭腰八百有馀程"，来回只需翻两个跟头，用不了多大工夫。换作八戒、沙僧，驾云的姿势倒是相对好看的，也更符合仙家腾云驾雾的模样，但飞行速度就慢下来了。

白龙马的工作职责，也不用多说。主要是充当坐骑，只有在极特殊情况下，他才会与妖魔打斗（比如第三十回，与黄袍怪打斗），平时他都不言不语，专心驮着师父，正如动画主题曲唱的："白龙马，蹄朝西，驮着唐三藏，跟着仨徒弟。"

需要讨论一下的，是八戒和悟净的分工。

他们当然也参与打斗，尽管战斗力有限，但聊胜于无。况且，水战的时候，悟空的短板就暴露出来了，没有这哥俩也不行。但在打斗之外，哥俩还要出苦工，负责牵马挑担子。那么，到底谁来牵马，谁来挑担？

受影视剧影响，许多朋友认为：八戒牵马、悟净挑担。86版电视剧《西游记》就是这样呈现的。这部剧的主题曲里有一句："你挑着担，我牵着马。"朋友们听到这句，很容易联想到沙和尚挑担子、猪八戒牵马的画面。

不过，从百回本《西游记》的人物塑造来看，应该是八戒挑担子、沙僧牵马。

这倒不是说在小说里，沙僧从来就不挑担子。有的时候，书里也会写到八戒牵马、沙僧挑担。比如第五十六与第五十七回，悟空打死草寇，被唐僧撵走。这段情节的前后，都是八戒牵马、沙僧挑担。再比如第八十八回，唐僧等人来到玉华府，上殿见玉华王，书中也交代是八戒牵马，沙僧挑担。

然而，这有可能是作者的笔误，或者疏忽大意，没照顾到细节。从人物塑造看，作者的设计是八戒挑担、沙僧牵马。

其他不论，仅看第二十三回，说唐僧师徒来到莫家庄附近，唐僧问悟空：天色已晚，却往何处安歇？悟空趁机开导他：师父说话差了。出家人风餐露宿，卧月眠霜，随处是家。怎么问起"那里安歇"的话来？这其实是在和唐僧参禅悟道。八戒听了这话，老大不愿意，就抱怨悟空"站着说话不腰疼"，不管别人死活。自从过了流沙河，翻山越岭，担子都在他老猪一人肩上，快要累死了，好歹找个人家歇一歇。你瞧，即便在流沙河收了悟净，担子也一直在八戒肩上。

接下来，八戒仔细地描述了这副担子：四片藤篾，八条绳，毡包还裹了三四层，又有防雨的大斗篷。如果不是整天挑着担子，八戒怎么会观察得这样细致？最后，八戒又总结了一句："似这般许多行李，难为老猪一个，逐日家担着走，偏你跟师父做徒弟，拿我做长工。"话说得很明白，每天都是老猪挑着担子——猪宝宝委屈得很！

悟空接过八戒的话：你这些抱怨，犯不着跟我说，"老孙只管师父好歹，你与沙僧，专管行李、马匹。但若怠慢了些儿，孤拐上先是一顿粗棍！"你瞧，照大师兄的分派，也是八戒挑担子，沙僧牵马。

有朋友可能要说了，这里就不能是一种互文修辞吗？仿佛"秦时明月汉时关"，不是专门的分工。单看这一句话，当然可以理解成互文修辞，但在后面的故事里，悟空明确说过两个师弟的分工。比如第九十七回，悟空戏弄一伙强盗，指着沙和尚说，"那个黑脸的，是我半路上收的一个后生，只会养马"，又指着猪八戒说，"那个长嘴的，是我雇的长工，只会挑担"。你瞧，大师兄都这样讲了，哥俩敢不老老实实地照办吗？别忘了，这猴子脾气坏，怠慢了一点，他就要扯出棒子来打的。

最后，受职正果的时候，如来佛祖的话，也可以进一步明确两人的分工。第一百回，佛祖就说，八戒是"挑担有功"，正果净坛使者，沙僧是"牵马有功"，正果金身罗汉。佛祖是金口玉言，这分工更不能紊乱了。

至于书里为什么还会有沙僧挑担子的情节，除了特殊的情节需要之外，应该大多是作者的疏忽。之前说过，在早期故事里，沙僧是在八戒之前加入取经队伍的，原来的担子应该在他肩上。八戒加入后，这个任务就移交给八戒了。但《西游记》的体量比较大，在整合前代故事的时候，作者很难将每一处细节都照顾到，就会出现一些沙僧挑担子的描写。

当然，这一讲辨明八戒、沙僧的分工，并不是批评后来的影视剧。笔者认为，影视剧的处理是合理的。毕竟，影视作品是镜头语言，要讲究画面构图。既要考虑到人物的主次，还要考虑到画面的比例。八戒是徒弟里的二号人物，总是站在前面，担子如果压在他肩上，就会遮挡后面的图像。这样一来，龙马、沙僧就看不清楚了。行动起来，也会有很多麻烦。现在悟空走在最前面，或是飞在半空里，八戒牵着马，走在第二的位置，唐长老骑在马上，沙僧挑着担子，跟在最后。无论是从侧面看过去，还是从正面看过去，画面都很舒服。

毕竟，影视剧是另外一种媒介，改编《西游记》，不能刻板地遵循原著。遵循原著，是要遵循原著的精神，不是在这些形式层面的东西上，斤斤计较。

第二十四回
万寿山大仙留故友　五庄观行者窃人参

065　悟空为什么喜欢托大？

从第二十四到第二十六回，讲的是孙悟空大闹五庄观的故事。作者用三回的篇幅写这段故事，说明他很看重这段故事。而"万寿山大仙留故友，五庄观行者窃人参"，说的是故事的起因。

这段情节说的是：万寿山上有个五庄观，观主是镇元大仙。他是地仙之祖，资格老，本领高，又霸占着一个仙家异宝——人参果。这果子又叫草还丹，是天地开辟之时就孕育而成的灵根。九千年才结一次果，每次只结三十个果。凡人吃上一个，就能活四万七千年。这一天，镇元大仙带着四十六个徒弟，到弥罗宫听元始天尊的讲座，留下两个小道童看家。一个叫清风，一个叫明月。镇元大仙嘱咐两个人，唐僧要来，他是金蝉子转世，当年盂兰盆会上，有过一面之缘，不要怠慢了，摘两个人参果，给唐僧品尝。唐僧来到观里，清风、明月摘了两个人参果给他。唐僧肉眼凡胎，把仙果认成婴儿，吓得不敢吃，清风、明月就把果子吃掉了。八戒听说人参果的事，犯了馋瘾，撺掇悟空去偷，悟空先打下一个果子，落在土里就不见了。他又打了三个，和八戒、沙僧分着吃了。清风、明月查点果子，发现少了四个果子，认定是唐僧师徒四人吃了，要找他们算账。

你瞧，整个故事的起因，就是误会。唐僧误会清风、明月的好心，清风、明月又误会唐僧师徒，两下里对不上茬儿，就闹出无限风波。

在讲故事的时候，制造误会，是一种很方便的方法。在更早期的故事里，人们讲故事不太看重误会。因为当时的故事，比如神话、传说，充满各种奇幻元素，都是我们的经验和知识之外的，各种超自然的现象、超现实的事件，就算平铺直叙地讲下来，也会让我们感到很好奇。后来，人们的口味变化了，更喜欢看现实世界的故事，即便奇幻故事，也被看作现实世界的倒影。超自然的现象、超现实的事件，对人们的吸引力下降了。讲故事的人，就要想办法增加故事的传奇色彩，特别是情节上的委曲波折。这时候，制造误会就成了一种方便的手法。《西游记》里就有很多的误会。

只不过，误会有大有小，化解误会有快有慢，其间起作用的，还是具体的人。比如这一回里，本来就是个小误会，之所以不断升级，还是在于悟空的毛病。

请注意，不是八戒的毛病，是悟空的毛病。

许多朋友一想到这段，习惯批评八戒，他贪吃，撺掇悟空偷人参果；他如果不撺掇悟空去偷，也就没有后来的罗乱了。

但问题在于：为什么八戒一撺掇，悟空就去落实？八戒平时还撺掇分行李呢！悟空怎么不跟着喊散伙，反倒要打八戒？这回为什么八戒一说就听，比圣旨还快些？说到底，是悟空身上的一个坏毛病——托大。

托大，就是大意。之所以大意，一般都因为倨傲自尊。

悟空倨傲自尊，是明面上的气质，大家都能看到。追问原因，主要是两个：一来，是悟空确实有本事，神通变化，特别是抡起金箍棒，上天入地，如入无人之境；二来，是悟空自己觉得，他在江湖上历练的时间长，资格老，见识广，所以动不动说自己五百年前大闹天宫之时如何如何，这就是在卖弄老资格。但凡遇到事，他也就喜欢装老资格 —— 老资格的人就喜欢托大嘛！

你瞧他一到五庄观，就愣充大辈儿。镇元大仙是地仙之祖，别名与世同君。说白了，他是与天地齐寿的，自打开天辟地的时候就出道了。三清、四帝都是他的同辈，至于九曜、元辰，那都是他的晚辈了。所以，五庄观的正殿，只拜"天地"二字，不供三清、四帝。这都算客气了，用清风、明月的话说，上头的"天"字，还受得起香火；下边的"地"字，就是为了凑字数，协调音节，看上去好看，听上去好听，其实还受不得镇元大仙的香火 —— 他是地仙之祖，拜地也是拜同辈儿。

悟空一见这套装潢，就说清风、明月在撒谎。其实，是他自己眼界有限，连镇元大仙都不知道。之前说过，黄风岭上的虎先锋不认识悟空，到底是眼皮子浅，悟空这里不认识镇元大仙，也是眼皮子浅。"五十步笑百步"罢了！套一句《红楼梦》里贾政训斥宝玉的话，"无知的业障！你能知道几个古人，能记得几首熟诗，也敢在老先生前卖弄！"这里也该训斥一句："无知的猴子！你能知道几个神仙，能记得几家洞府，也敢在地仙之祖面前卖弄！"

都不用说镇元大仙了，就眼前这两个小道童，连跟着师父上天听讲座的资格都没有 —— 因为年纪太小 —— 但年纪小，也比悟空的辈大。清风和明月，一个活了一千二百岁，一个一千三百二十岁。

悟空才多大年纪，就算加上五百年的铁窗生涯，踏上取经之路的时候，满打满算，还不到一千岁。连这两个小豆包都比不上，他有什么资格充大辈儿呢！

但悟空偏偏要充大辈儿。充大辈儿，就有危险，容易大意，遇到什么事，不放在心上。之后的一连串情节里，之所以闯下大祸，带来大麻烦，就是这个托大的毛病给闹的。

066 悟空托大的另一原因是什么？

上一讲说到，悟空喜欢充大辈儿，这又导致他凡事托大，不放在心上。如果是全然不在意，倒也没什么影响，关键悟空凡事在意，这就会惹麻烦。

他"有眼不识金镶玉"，不知道镇元大仙这位江湖大佬，也就罢了。一听说镇元大仙应邀去弥罗宫听元始天尊的讲座，就急眼了，骂道："那弥罗宫有谁是太乙天仙？！"这不是失心疯了吗——那镇元大仙，你不晓得；元始天尊，你还不晓得吗？天尊是三清之首，地位崇高。悟空说这大话，就是过嘴瘾。好在，这话没被元始天尊听到；就算听到，大佬也不会与小豆包一般见识。唐僧怕悟空闯祸，赶紧把话拦过去，这事也就算了。

到这里，悟空喜欢托大的毛病，已经充分暴露出来了，从人物塑造的角度看，也就足够了。但作者还要借这个毛病来推动故事，这就是叙事高手了。

你瞧，八戒撺掇悟空去偷人参果，悟空就听八戒的话，不是因为他也嘴馋，说到底还是因为他托大。

这段对话，写得很有层次。八戒先卖了一个关子，问悟空：这观里有一件宝贝，你认不认得？换作一般人，说话办事，都留几分余地，十有八九要说：未必认识，倒是见识过一些仙家宝贝，你且说来听听，我也长长见识。结果，悟空开口就是：想俺老孙五百年前，寻仙访道的时候，天涯海角，哪里没去过，什么宝贝没见过！这就是把话说满了。八戒一说出人参果，悟空就被打脸了——这宝贝，他只听说过，真没见过。

于是，八戒撺掇他去偷，他就答应了。不是因为嘴馋，也不是因为好奇，是因为托大被打脸，现在要挽回面子。你瞧他说的话，"这个容易。老孙去，手到擒来"。这里也不骂八戒嘴馋了，也顾不上考虑后果了，只是急于卖弄本事，挽回面子。八戒嘱咐他，要用金击子打果子，他满口答应："我晓得，我晓得。"一副满不在乎的样子。这边，面子还没挽回来，托大的毛病又犯了。

其实，他晓得个屁！他只听说过人参果的名字，不知道这果子真正稀奇的地方——五行相畏，所谓"遇金而落，遇木而枯，遇水而化，遇火而焦，遇土而入"。打下来，不用丝织品接住，落在土里，就寻不见了。所以，悟空弄丢了一个果子，以致对不上数，清风、明月才怀疑唐僧也偷吃了一个，说唐僧是假道学，人前装好人，背后偷果子。唐僧怎么可能认账呢？这样一来，矛盾就升级了。

你再看悟空偷了果子，只把金击子朝屋里一丢，清风、明月发现金击子落在地上，也认定遭了贼。还是悟空托大——连现场都不恢复一下！

后来连番逃跑，都被镇元大仙捉住，也是托大，小看了大仙的本事；遍游十洲三岛，也找不到医活果树的仙方，还是托大，把问

231

题想简单了——他以为，人参果再奇妙，十洲三岛上有那么多神仙，还找不出一个方子？殊不知，三岛之上，神仙虽多，也拿混沌初始就生成的灵根没办法，听了这事，只能眨眼、吐舌头。最后若不是观音菩萨出面收拾烂摊子，唐僧取经的故事，到这里就可以直接 Ending 了。

所以说，这一回主要讽刺的，不是八戒，而是悟空。悟空是正统英雄，是一个理想化的形象。但他身上有很多毛病，最突出的一个，就是凡事托大。在贪财好色这件事上，猪八戒是记吃不记打的；在托大这件事上，孙悟空也是记吃不记打的。后面许多情节，矛盾的产生和升级，还是悟空托大惹的祸。

可见，《西游记》的作者，是真正以玩世不恭的态度来讲述故事的，以戏谑的笔墨来塑造人物的，不管喜剧英雄，还是正统英雄，作者都充分暴露他们的性格缺陷，并利用这种性格缺陷来制造戏剧冲突，生发故事。

但这里，我们还要追问一句：悟空到底为什么喜欢托大？就是因为他本领强，又自以为资格老、辈分大吗？有没有更深层次的原因呢？

其实是有的。不要忘了，悟空是挑战型英雄。他的一个主要的行动动力，就是挑战制度规则的愿望。在《西游记》构造的神话时空里，制度规则维持着一种秩序。什么秩序？就是按得道之早晚、修行之长短来划分的等级秩序。

当初闹天宫的时候，佛祖就明确告诉悟空：玉皇大帝之所以坐上灵霄殿的位子，不是因为能力大，而是资格太老，得道早，修行长——他曾历过一千七百五十劫，每劫该十二万九千六百年。也就是说，在恐龙的时代，玉帝就开始修行了。悟空怎么跟人家比？他受箓齐天大圣，混了一个太乙散仙的编制，也是侥幸。说到底，还是因为天庭的怀柔政策，又有太白金星这位爱揽事的小老头儿，一力促成好事，才走了"终南捷径"，被破格提拔。真按规章制度来办，真凭着熬资历，一步一步地熬上来，恐怕悟空连给玉帝养马的份儿都没有。别忘了，清风、明月比悟空的资历还老，连去弥罗宫听讲座的资格都没有。

即便如此，悟空还不满足，他还要挑战规则，因为现行的规则还是对他不利。这种强烈的愿望，到了"西天取经"的路上，到了"收放心"的单元里，就不能表现为跟天庭"当面锣、对面鼓"地闹了，转变成悟空凡事托大，不把江湖大佬放在眼里。因为这些大佬，之所以能成为大佬，是制度规则保障的，他们是制度规则的既得利益者。悟空甚至没把制度规则放在眼里，又怎么会把大佬们放在眼里呢？

第二十五回

镇元仙赶捉取经僧　孙行者大闹五庄观

067　镇元大仙在江湖上是什么地位？

这一回，还是围绕人参果引发的冲突矛盾，矛盾又进一步激化。说清风、明月与悟空等人对骂，骂战升级，惹恼悟空，悟空就使了个分身术，跑到后园，把人参果树连根推倒。清风、明月把唐僧师徒锁起来，悟空使了解锁法，带着唐僧等人，连夜逃出五庄观。镇元大仙回来，追上悟空，使出"袖里乾坤"的本事，把唐僧师徒捉回去。悟空又想办法，带着唐僧等人逃走，最后还是被镇元大仙捉回来。悟空斗不过大仙，但大仙也拿这只伶俐的猴子没有办法。两人约好，若是悟空能找到医活果树的办法，就化干戈为玉帛。

你瞧，镇元大仙不愧是江湖大佬，不仅有本事，也有涵养。悟空下死手，连根推倒人参果树——这是断了五庄观的仙根。按书中交代，镇元大仙之所以与天地同寿，就是垄断了人参果这个天地初始就生成的灵根。蓬莱三老也说得清楚，一般的神仙，若想长生久视，"还要养精、炼气、存神，调和龙虎，捉坎填离，不知费多少工夫"。镇元大仙，只要吃上一个人参果，就可以活四万七千年。连带徒子徒孙们，都跟着沾光。

可以说，悟空这是把五庄观所有道士的仙路给截断了，真是下死手，绝户手段。但镇元大仙不是"以牙还牙"的角色，他绝不下死手，凡事留有余地。拿唐僧要挟悟空，也就是嘴上说一说，没有落实——仿佛许多家长吓唬熊孩子，板子高高举起，轻轻放下；他也有结交江湖后辈的意思，所以跟悟空约定，只要医活果树就行。真是大佬做派。

只不过，镇元大仙这位大佬，在道教神谱中是找不到的，他与灵吉菩萨一样，是作者杜撰出来的人物。我们没办法在某个教派的神谱中找到对应形象。

虽然是杜撰，但镇元大仙的命名，还是有一定道理的。这主要是按照道教内丹修炼的逻辑来的。

先看镇元子的道观——五庄观。什么叫"五庄"呢？这很难解释。有学者认为，这里说的"五庄"，应该是"五脏"，肉字旁脱落了，就变成了"五庄"。① 在道书里，"五脏"和"五庄"就经常混用。在民间，这种混淆就更多了。

为什么是"五脏观"呢？道教内丹修炼里有一个概念，叫"五气朝元"，就是说五脏的精气，汇聚到脑海，达到这个境界，就是修成金仙了。全真教的内丹炼养学说，就特别强调五气朝元。之前说过了，《西游记》的成书，受全真教影响很大。这个"五脏"，很有可能是从全真教的理念里来的。

他的名号是镇元大仙，又叫镇元子。这里的"元"应该是元关、元丹的意思，就是下丹田。道教徒认为，能够镇压下丹田，就是精

---

① 参见李天飞校注：《西游记》，北京：中华书局2014年版，第336页。

气能够永远驻留在下丹田，人就能保持健康的形体，更能长生不死，成为地仙。他是地仙之祖，所以叫镇元大仙。

笔者认为，这种说法是合理的。

那么，什么是地仙呢？

之前说过，道教徒将仙人分为五类：天仙、神仙、地仙、人仙、鬼仙。

当然，这也是一个逐渐形成的分类。

在六朝时候的外丹派道士看来，神仙分成三类：天仙、地仙、尸解仙。这里的天仙和尸解仙，出现的时间更早。天仙就是通过修炼，举霞飞升，活着的时候，就飞升天界了；尸解仙就是人死之后，精神脱离躯壳，成仙得道。地仙是这个时候新出现的概念，指的是人修成仙道，不飞升天界，选择隐居在名山洞府里——这其实说明，在六朝人的认知里，仙人也可以保有世俗的欲望。

到了唐代，内丹派流行起来，道士们将仙人分成五类：

最下是鬼仙，名义上是仙，其实是鬼，只不过不入轮回；往上是人仙，他们由于种种原因，没能参悟大道，只学得一些法术，身体上发生一些局部变化，不容易生病，活得比一般人久一些，但做不到长生不老；再往上就是地仙，地仙就是人的精、气、神发生了彻底的变化，能够长生不死，但仍然生活在人间，保持着世俗的欲望；如果地仙在凡间待腻了，继续修行，做到三花聚顶、五气朝元，就会脱去凡胎，进入仙境，这就是真正的神仙了；如果神仙离开仙境，重返人间行道，功行圆满——修为的火候到了，积累的功德也够了——就可以得到上天的"官方认证"，成为天仙。

可以看到，镇元子只是修成了地仙，也就是汉钟离说的"天地之半，神仙之才"。他不是通过勤修苦练，达到这个修为的，只是因为出道时间早，垄断了人参果这棵灵根，靠食补就能长生，比福星、禄星、寿星一班神仙，成道更容易；镇元子也没有更高追求，他不想离开人世，隐居到十洲三岛，也不想得到上天的认证，接受职衔，过996的生活。他每天逍遥自在，不招惹别人，别人也不敢招惹他，还得拉拢他。如来佛祖办盂兰盆会，要请他；元始天尊做讲座，也得请他；十洲三岛上的神仙，听到这位地仙之祖，话里话外，总带着一份羡慕；连观音菩萨也要让他三分。

可见，《西游记》里的等级，也不完全是按"五仙"说来的。起码，等级归等级，人情归人情。江湖地位，说到底还是依据人情来判断的。凭借垄断人参果这一稀缺资源，三教之中，谁又敢不尊重镇元大仙呢？

068　人参果与蟠桃是什么关系？

上一讲说到，镇元大仙是地仙之祖，与十洲三岛上的神仙比起来，他得道长生要容易得多——神仙们还要每天养精、炼气，费许多功夫，镇元大仙（连带他的徒子徒孙们）只要闻一闻人参果，就多活三百六十岁，吃一个人参果，就多活四万七千年。

所以，人参果又有一个名字，叫"万寿草还丹"——万寿，是果品的产地；草还丹，是果品的功效——神仙们一提到它，都带着一种羡慕的心理，一听说悟空绝了这条灵根，又替悟空着急，又觉得惋惜。

镇元大仙也是凭借对这棵灵根的垄断，确立了自己的江湖地位。

237

神话世界，映射的是现实世界。在现实世界里，江湖地位的确立，靠的是什么？当然是靠人品，也靠能力，但要想确立一门一派，独步武林，大旗不倒，靠的还是对某种宝贵资源的垄断。放在今天说，是知识产权，是核心技术，在古代则是政治、经济、文化资源（也包括学术资源）的垄断。

这些反映在文学作品里，就变成了浪漫化的情节。武林中人，打得头破血流，杀得六亲不认，为的是什么？捍卫江湖道义，维持江湖正义？那是唬人的口号，说出来好听，互相麻醉，大话说多了，连自己都信了。归根到底，是争夺资源。要么抢夺武林秘籍，或者神兵利器，这就是知识产权，是核心技术；要么争夺传说中的宝藏，这就是要占有经济资源，有了经济资源，政治资源也就跟着来了——经济基础决定上层建筑嘛！

到了出世武侠类小说里，想象就更浪漫了。各种飞剑、法宝，都是剑侠们开发、抢夺的对象。不只如此，还有天然的资源，洞天福地，神花异草，奇药珍果，谁先发现了，先给垄断了，江湖地位就确立了，师门上上下下，就可以独步武林了。

比如《蜀山剑侠传》里，红花姥姥的江湖地位，靠什么确立的？不就是垄断了福仙潭的资源吗？福仙潭底长着乌风草，这是珍贵的灵药，能解毒，还能使肌肉组织修复、再生，谁把这个资源垄断了，就相当于续上了一万条命。再比如天痴上人霸占桐椰岛。这岛的岛心沼泽下面，有一条磁脉，连着北极真磁的磁气。天痴上人就把沼泽的污泥凝固了，堆成一座小山峰，把磁气引到峰顶，形成了一个小号的"真磁极峰"。剑侠们的飞剑、法宝，大都是金属制品，都会被吸过去，搞不好，连人都要吸上去。有了这个小磁峰，天痴上人就可以独步天下了。你瞧，说到底都是对特殊资源的开发和占有。

镇元大仙就是开发和占有了人参果。他出世早，抢先发现了人参果，精心栽培，本门道士就可以长长久久地在人间享受地仙的快乐了。

那么，人参果长什么样呢？

书中也描写了。第一次是从唐僧的视角去看的。果子已经盛在盘里，还用丝帕垫着，唐僧就说这果子是"三朝未满的孩童"。闭上眼睛想一想，那小模样，小鼻子、小嘴巴，闭着眼儿，小手小脚乱动，换作我们，也是下不去口的！第二次是从悟空的视角去看的。刻画得更生动。果子结在树上，树冠很大，郁郁葱葱，层层叠叠的叶子间，偶尔露出一个果子，像一个小孩，尾椎骨上有个把儿，连在树枝上，手脚乱动，点头晃脑的，一阵风吹过，好像还能听到"嘤嘤"的声音。你说它可爱，当然没错。但一想到把这果子捧在手里，一口一口吃起来，用猪八戒的话说，吃得"啯啅啯啅"的，这就有点可怕了。今天，就算是把蛋糕做成小婴儿的模样，我们也是下不去口的，何况人参果还是活的。

这个像小婴儿一样的人参果，其实不是作者原创的，前期故事里就有。只不过，不是人参果，而是蟠桃。《大唐三藏取经诗话》里就有了。

《诗话》第十一节是"入王母池"。说唐僧师徒来到瑶池，唐僧问猴行者之前是否到过此地。猴行者说自己八百岁的时候，到过瑶池，偷了十个王母蟠桃，王母把他左肋上打了八百铁棒，右肋上打了三千铁棒，又把他发配在花果山，到今天已经过去两万七千年了。

你瞧，在早期的故事里，猴王不是生长在花果山的，而是被发配到那里，所以《西游记杂剧》也说悟空是被压在花果山下的。

　　先不扯太远，还是说回来。唐僧听了，又见桃树长在石壁上，就夸猴行者本领强，手段高，撺掇他去偷三五个桃子来吃。猴行者怕挨打，不肯去。唐僧看到有三个桃子熟透了，掉下树来，落在瑶池里，就叫猴行者去捡。猴行者用金镮锡杖敲了三下石壁，就见一个小孩儿从水里冒出来，猴行者问他多大了，回答"三千岁了"，猴行者嫌他小；猴行者又敲了五下石壁，又冒出一个小孩儿，他有五千岁大，猴行者还嫌小；猴行者又多敲了几下，冒出一个七千岁的小孩儿。猴行者就把他拿在手里，给唐僧吃。唐僧一看，就吓跑了。猴行者把这小孩儿转了几下，他便化作一个乳枣。猴行者把枣儿吞下去。回唐朝的时候，路过西川，猴行者把枣儿吐出来，就变成了当地盛产的人参。

　　你瞧，这里说得很清楚：蟠桃与人参果，原型是一个奇果。到了《西游记》里，分成两个奇果，作者以它们为主题物，生成了两个大段落，一个在"大闹天宫"的段落，一个在"西天取经"的段落，它们都引发了一连串风波，刻画了主人公，又牵连了各色人物，作者叙事的手段，确实是很高的。

第二十六回
孙悟空三岛求方　观世音甘泉活树

069　为什么悟空不直接找观音帮忙？

这一回情节说的是：悟空去海上三岛寻找医活人参果树的仙方。他先来到蓬莱岛，见了福禄寿三星，把事情原委说了一遍。三星没有医树的办法，却愿意到五庄观走一趟，替悟空说情，帮他多争取一些时间，也不教唐僧念动紧箍咒。悟空又来到方丈岛，见了东华帝君，帝君也没有办法。悟空就转到瀛洲岛，见瀛洲九老，九老还是没有好办法。悟空只好再转到别处。这样转来转去，转到了普陀山，悟空就请求菩萨帮忙，最终医活果树。镇元大仙摘了十个果子，举办人参果会。菩萨、大仙、三老，连着唐僧师徒四人，每人一个果子，五庄观里的道士们，又分吃了一个，都享了口福。最后，镇元子又与悟空结拜为兄弟，悟空的辈分又提高了一大截。

这里，表现的还是人情世故。

之前说过，悟空之所以闯祸，是因为托大。他三岛求方，也是因为托大。自认当年做太乙散仙的时候，遍游天下，结交了多少朋友，遇到难处，哪个朋友不能伸一把援手？他把问题想简单了，十洲三岛上的神仙，虽然没有墙倒众人推，但确实没有金刚钻，不敢揽这个瓷器活。悟空还是托大了，觉得自己人脉广，闯了祸也不在意。然而，有的问题，不是人脉广就能解决的。悟空如果一开始就去找观音菩萨，少跑多少"冤枉路"呢！

当然，跑这么多"冤枉路"，也是讲故事的需要。悟空不跑弯路，作者怎么有机会引入各路神仙形象？小说的趣味性与知识性，又如何体现？

这里，介绍一下几位客串演出的人物。

首先是福禄寿三星。这是大家非常熟悉的三位神仙。

福星，就是天官。之前说过了三官信仰，天官赐福，地官赦罪，水官解厄。这里负责为众生赐福的天官，就是福星。他在大众心目中的形象，一般是戴着宰相帽，穿着大红袍，手里拿着如意，有时候也拿着"天官赐福"的条幅。大家看各种年画、泥塑、糖人，天官基本上都是这样一种形象。也有人说，福星是有历史原型的，是西汉时候的道州刺史杨成，又有人说，应该是唐代的阳成。这俩人的名字，同音不同字，都有造福地方的事迹，受到百姓的崇拜，流传广了，就成为福神了。不能说没有道理，但福神主要还是从三官信仰来的。

禄星的来源比较模糊，一般认为，他的原型是天上的禄星，就是文昌宫的第六颗星，它掌管人间的官位俸禄。后来，这颗星就变成了人格神。也有人说，禄星是送子张仙。相传他原名张远霄，在青城山得道成仙，民间崇拜他，因为他能帮助人绵延子嗣。你瞧，民间在禄星身上寄托了很多理想，又要升官，又要发财，还要有男性后嗣来继承这些政治、经济的福利与资源。

寿星，就是南极仙翁。他的原型，有两个：一是二十八宿中的角、亢二宿。二是南极老人星。这个星,在南半球南纬五十度以南。长江以南的人比较容易观察到它,它在空中的位置比较低,周围又没有比它更亮的星,它就显得特别醒目。秦汉时期,南极老人星就受到崇拜了,特别是皇帝,追求长生,大都很崇拜南极老人星。

再来看东华帝君,他就是东王公。之前讲西王母的时候提到过他,先有西王母,后来为了对应,出现了一位东王公。早期的道教徒认为东王公和西王母是兄妹,后来又认为两人是夫妻。与西王母一样,东王公也是组织部门的领导,手里有人事权。东方的神明,都归他管理。《西游记》写东王公的时候,又带出了东方朔。因为早期的蟠桃故事里,本来就有东方朔的事,西王母会见汉武帝,就是东方朔给搭的线。西王母告诉汉武帝,东方朔是天上下来的谪仙,将来还要返回天界。神仙家思想流行起来之后,传说里的谪仙就越来越多了,但一提到谪仙,大家最先想到的还是东方朔。既然东王公跟西王母有关系,人参果又跟蟠桃有关系,这段情节里带出东方朔,也就不奇怪了。

最后看瀛洲九老。就是《海内十洲记》上记载的九老丈人。九老丈人具体是谁,记载不详,这就是浪漫想象的产物,是海外仙境中老神仙的模糊形象。

你瞧,我们跟着悟空三岛求方的路线,看到了很多客串演出的神仙。有的神仙,之后还会再出场,比如南极仙翁,有的神仙只是一闪而过。他们之所以出现,也是为了迎合大众的知识趣味,大众熟悉这些神仙,希望在神魔小说里看到这些神仙。如果他们不在故事里露个脸儿,大家总觉得,故事里缺了些必要的东西。

但最后的趣味,还是落在人情世故上的。

为什么要有这一回？这是必要的一步。之前是"四圣试禅心"，道教神明与佛教神明联起手来，测试唐僧师徒，表现的是各路神明对取经团队的不放心；这一回，虽然是悟空托大闯祸，但十洲三岛的神仙没有落井下石，愿意替悟空谋划，替他说情，最后还有观音菩萨来给他们兜底，这就是叫取经团队放心——甭管得罪了哪位江湖大佬，甭管捅了什么娄子，报出取经团队这块"金字招牌"，绝对好使！

你瞧观音到了五庄观，就把话撂下了："唐僧乃我之弟子，孙悟空冲撞了先生，理当赔偿宝树。"说白了，熊孩子闯了祸，有负责任的监护人来兜底。唐僧师徒可以放心，诸天神佛也可以放心——出不了大事。能出什么大事？金圣叹说过："《西游记》每到弄不来时，便是南海观音救了。"观音菩萨好揽事，但祂也真能平事。这倒是提醒了今天的个别家长，自己不是菩萨，连泥菩萨也算不上，不能兜底、平事，就别放纵自家的熊孩子出来作妖啦！

070 悟空说话为啥那么絮叨？

说一个细节：悟空三岛求方的时候，说话絮絮叨叨的，尤其对福禄寿三星讲说事情原委的时候，几乎是将之前的故事，完整复述了一遍。说清风、明月怎样用人参果招待唐僧的，唐僧怎样不敢吃；自己如何偷了三个果子，跟八戒和沙僧分着吃了；师兄弟如何与清风、明月吵闹起来；自己怎样推倒了人参果树，怎样带着师父和兄弟们连番逃跑，又怎样被镇元大仙捉回来；大仙如何用刑，自己怎样想法逃脱；最后两人怎样做下的约定。

这里还是概括说的，已经觉得很絮叨了，原文说得更细，给人的感觉更絮叨。

当然，有朋友要替悟空辩解一番：悟空是要说得仔细一些的，读者自然知道之前发生了什么，福禄寿三星又不知道，东华帝君与瀛洲九老也不知道，当然要跟他们讲明白！

的确，在现实生活中，我们当然要这样做。同样一件事，一遍一遍跟人讲，我们倒不是祥林嫂，只是对方不知道来龙去脉，我们只好一遍一遍讲，觉得腻烦了，也得讲。

然而，《西游记》是小说，是文学作品。文学作品不是现实生活的复刻，不能把生活中真实发生的每一件事情、每一个程序、每一处细节，原封不动地复刻到文学作品里。文学艺术作品是对生活内容的整合、融会、提炼、升华，而不是复刻；如果文学艺术作品是对生活内容的复刻，我们还消费文学艺术作品干什么？我们观看电影，是为了看生活里真实的琐碎内容吗？如果是这样的话，我们还需要花钱进电影院吗？我们就蹲在马路边上，整天整宿地看就好了——那才是真实的生活呢！

又有朋友可能要说：文学研究者总强调文学要追求真实，这样做的目的，不就是为了真实吗？的确，文学讲究真实，但讲究的是艺术真实，不是生活真实本身。尤其小说，它是对生活内容的叙述，不是对生活内容的还原，艺术真实是叙述的结果。

当然，毕竟小说是写给期待读者看的，不是写给故事里的人物看的。读者知道前情，作者确实没必要把情节完整复述一遍，用几句概括的话，交代过去就行。比如："孙悟空就把这整件事的来龙去脉，给三星说了一遍。"简单一句话，干净利索。要么，可以模仿说话人的口气:"这悟空,就如此如此,这般这般,给三星说了一遍。"这样看起来更好。

既然有这些好办法,《西游记》的作者为什么不用呢?他是才华不够,还是在有意凑字数?都不是。归根到底,还是因为《西游记》是世代累积型的成书。

之前说过,《西游记》是世代累积型成书,不是百回本作者原创的。在这部小说问世以前的很长一段时间里,故事就已经通过各种渠道、各种媒介,以各种各样的方式传播了。最重要的形式,就是戏曲艺术和说唱艺术。

这两种艺术形式,都是舞台艺术。在古时候,它们又是在开放性的空间里表演的舞台艺术,观众陆陆续续进来——很多人,可能是故事讲(演)到一半才进来的;之前的情节,他并不知道。不给他们交代清楚,就留不住这部分听(观)众。

所以,戏曲舞台上,人物出场,总要重复地自报家门,告诉观众自己是谁。否则,后面的观众就搞不清人物关系了。

与戏曲艺术比较起来,说唱艺术还要再絮叨一点。因为戏曲艺术有视觉感官来帮助,说唱艺术是要完全依赖听觉感官的。听觉感官有其局限性,它接受与处理信息的能力,特别是带动大脑思维的能力,总要差一些。所以依赖听觉感官的叙述活动,要把故事讲得尽可能简单(故事线索清楚,人物关系明确),重复的内容也会比较多,生怕听众们忘了,生怕他们搞不明白状况。

当这些口头的、舞台的艺术经验,转向案头,沉淀到一部写定的文本里,写定者当然会对许多"啰唆"的内容进行删减、整合,但难免有所遗漏。而百回本《西游记》是一部过渡性的作品,是从世代累积向案头原创过渡的作品。他是文人写定的，但不是文人原创的，里面很多内容，也包括讲述故事的方式，都保留了之前的艺术经验；它的案头色彩，比《三国演义》和《水浒传》要好，但比《金瓶梅》要差很多，跟《红楼梦》和《儒林外史》更是比不了。我们不能苛责它。

其实，作者已经注意到详略问题了。你瞧，悟空对三星讲述前情，比较絮叨，对东华帝君和瀛洲九老讲述，就简略多了。在这一回里，作者是注意到了详略得当的，只不过还保留着以前说话艺术的习惯，所以出现了开头的重复。

这一点，不用批评作者。毕竟，每个作者是处在特定的历史时期的，他的作品，无论思想，还是艺术，都有自己的历史地位。作为晚明时期才出现的世代累积型的文学经典，《西游记》的叙事品位（这里说的，主要是讲故事的技巧）比《三国演义》与《水浒传》好一些，这是正常的。因为它们之间隔了将近一百五十年，叙事技巧的发展，是必然的。但与文人案头原创的《金瓶梅》比，《西游记》就逊色了。何况还有清代的两部巅峰之作——《红楼梦》和《儒林外史》，这是放在18世纪的整个世界文坛里，都无可企及的作品，《西游记》又怎么能与它们比呢？

第二十七回

尸魔三戏唐三藏　圣僧恨逐美猴王

071　是白虎精，还是白骨精？

这一回，讲的就是"三打白骨精"的故事。

这段情节，大家比较熟悉，不必重复。倒是"三打白骨精"这一名目，值得说一说。这里有两个关键词，一是"三打"，一是"白骨精"，都耐人寻味。

先说"白骨精"。

若是严格遵循原著，这个人物其实不叫"白骨精"。书里没有这一称呼，这也不符合当时人们的一般认识。

如果这个人物叫"白骨精"，则她是一个妖精，但不是什么奇异形象，都叫妖精的。

进一步追究的话，"妖"与"精"本来也不是一个概念。

妖，是怪异、变异的意思，也就是与正常情况不一样。古人认为，外部环境的变化会影响某个具体的对象，影响的量，积累到一定程度，对象的内部会发生质变，对象的外部形态也会发生变化，与一般的情况、正常的情况不一样，显得怪异。所以，最早和"妖"联系在一起的是"怪"。妖怪这个概念，上古的时候就有了。

妖怪，不是对某个怪异生物的称呼；怪异的现象，也可以叫妖怪。比如人生出动物，动物生出人，五条腿的牛，长犄角的马，公鸡变母鸡，马驹变狐狸，都是妖怪。大家熟悉的《上邪》，说"冬雷震震、夏雨雪"，这固然是为了发誓，为了表现爱情的矢志不渝，但冬天打雷、夏天飘雪，也是反常的、怪异的现象，也可以叫妖怪。

什么是精？物老成精。甭管什么，动物、植物，以及无生命的事物，时间久了就可能成精。所以，民间传说里，有许多动物、植物修炼成精的故事。没有生命的事物，也是可以成精的。锅、碗、瓢、盆、净桶、笊篱、炉钩子、粪叉子……过个五七百年，说不定就能成精。

这当然是古人的浪漫想象，其中却含着许多有趣的幻想成分，对当时的文学艺术产生了深远影响。这一点，我们也必须承认。

总之，"妖"和"精"最初是两个概念。到了近古，这两个概念才逐渐合流，形成一个双音节词。主要指修炼到一定水平的动物或者植物。你瞧，归根到底，还是"精"这个概念在起作用。妖怪和妖精，人们也不再仔细区分。这倒无所谓，反正我们是把他（她）们当作想象中的形象来看待的。

但白骨精，确实不是妖精。书里交代：她是一具僵尸。今天习惯叫她"白骨精"是约定俗成，不需要纠正。但作者构造这些形象的时候，还是注意区分的。在他看来，有动物或植物原型的，可以叫"精"或"怪"，比如黑熊精，又叫黑熊怪；犀牛精，又叫犀牛怪。不用细区分。但这具捣乱的僵尸，作者不叫她"怪"，也不叫她"精"，而是叫她"尸魔"，或者称呼大号——白骨夫人。

但话又说回来，如果从该形象的演化历史来看，她倒是可以称作"精"的，因为她本来是有动物原型的 —— 她是一只白虎精。

《西游记》里透露了一个重要信息：白骨夫人住在白虎岭。她为什么住在白虎岭？因为早期故事里，她就是一头白虎精。

在《大唐三藏取经诗话》里，就可以看到这一形象了。说唐僧师徒来到一座山岭，岭上云愁雾惨，猴行者告诉唐僧：这里有一只白虎精。不一会，从云雾中走出一个美丽女子，她穿了一身白，手里拿着一朵白牡丹花，看上去很迷人。猴行者看出来，这就是白虎精。白虎精一看自己被识破了，就现出原形来。不止这一头白虎，满山岭上都是白虎。猴行者高举起金镮锡杖。这锡杖变成了一个夜叉，头顶天，脚踏地，嘴里喷出火焰来。猴行者要白虎精低头受伏，白虎精不肯。猴行者往她肚子里一指，白虎的肚子里就变出一只猕猴来。猴行者再次命令白虎精受伏，白虎精仍不肯，她肚子里就又变出一只猕猴来。猴行者警告白虎精："你肚中无千无万个老猕猴，今日吐至来日，今日吐至后月，今年吐至来年，今生吐至来生，也不尽！"① 白虎精毕竟不是吃干饭的，没被这番狠话吓倒。猴行者要速战速决，就钻到她肚子里，变成一块石头。这石头越变越大，最终把白虎精的肚皮给胀破了。

之前说过，猴行者的原型之一是印度神猴哈奴曼，哈奴曼就喜欢钻到魔王肚子里，这里的猴行者，继承了哈奴曼的 DNA，故事也很生动。而白虎精变成美女，与后来《西游记》里白骨精变化的情节，也有相似的地方。

所以，不少学者认为，这里的白虎精，就是后来白骨精的原型。

---

① 李时人、蔡镜浩:《大唐三藏取经诗话校注》，北京：中华书局1997年版，第18页。

那么,"白虎"怎么就变成"白骨"了呢?因为《大唐三藏取经诗话》里,在遇到白虎精之前,唐僧师徒就看到了一具白骨,长达四十余里,猴行者告诉唐僧,这是"明皇太子换骨之处"。① 这两个故事是连着的,"白虎"和"白骨"的发音又接近,后来传播,白虎夫人就变成白骨夫人了。这个说法,是合理的。

当然,白骨精的原型,肯定不止这一个。比如元代王振鹏的《唐僧取经图册》里,有一幅"玉肌夫人",画面主题是一位皮肤洁白如雪的妇女,可能也是白骨夫人的原型。起码画中的人物也很白,也有"夫人"的名头。至于民间传说里,僵尸故事也不是《西游记》之后才有的,白骨精的最直接原型,可能另有其人,只是目前还没有发现而已。

总结起来,《西游记》里的白骨夫人,其实是一具僵尸,她的原型在《大唐三藏取经诗话》里就出现了,是白虎精。在故事流传的过程中,"白虎"变成了"白骨",虎精变成了僵尸,只是在户籍地里,还保留着"白虎岭"字样,帮助我们寻找该形象演化传播过程的蛛丝马迹。《西游记》里,这类蛛丝马迹其实有很多,以后还会讲到。

072 一棒子打死,感到过瘾吗?

上一讲说了"白骨精",这一讲来说"三打"。

打,这个动作本身,没什么特别要说的。不管白骨夫人变化成

---

① 李时人、蔡镜浩:《大唐三藏取经诗话校注》,北京:中华书局1997年版,第10页。

少妇，还是老太婆，又或者老公公，悟空火眼金睛，一看便知真假，抡起金箍棒，照头就打。对待妖魔，百回本《西游记》里的孙悟空是不会手下留情的。他手里的金箍棒又重，足有一万三千五百斤，擦着就死，磕着就亡，轻轻刮一下，都是要命的，更别说这种"当头一闷棍"的打法了，甭管几千年的道行，也是要被打死的。

只不过，白骨夫人是一只尸魔，会"尸解法"。所以，前两次，眼看着悟空的棍子砸下来，白骨夫人就用"尸解法"逃走了，留下的只是一副躯壳。最后一次，是悟空发急了，叫出白虎岭的当坊山神与土地，要他们都在半空里围追堵截，不教白骨夫人的元神脱逃，这才一棒子打死她。

这个"尸解法"，以后细说。这一讲，主要讨论一个问题：悟空为什么不能一次就打死白骨夫人。

笔者认为，主要有三个原因。

其一，讲故事的需要。这是秃子头上的虱子——明摆着的。讲故事的时候，需要必要的重复。这些重复，是有意义的，是为了构造戏剧冲突，激化矛盾。这样一来，也能更好地带动我们的情绪。许多朋友，之所以对这一段故事印象深刻，就是因为白骨夫人不是被悟空一棒子打死的。

你瞧，每次打杀白骨夫人，悟空与唐僧的矛盾都加深一层。悟空是嫉恶如仇的性子，对待妖魔，他总是想要赶尽杀绝的，但唐僧肉眼凡胎，不分善恶，不辨是非，更重要的是，他恼恨悟空不服管教。在他看来，悟空接连打死三人，不是嫉恶如仇、除恶务尽，而是野性难驯、劣性不改的表现。所以，悟空每打杀一次白骨夫人，唐僧对悟空的恼恨就增加一层。最后，终于气急败坏，将悟空贬走。

在这个过程里，我们会自觉地站在主人公的立场上去感知环境、思考问题。我们会与悟空一起，承受来自唐僧的压力，与悟空一起产生心理的变化，一起委屈、愤懑、失望，甚至把自己的生活经历和人生感悟，代入故事，与人物产生更强烈的共鸣。这样一来，我们在看故事的时候，就会获得更加具体而生动的体验。如果悟空第一次就打死了白骨夫人，唐僧因此把悟空贬走，讲故事的任务倒是完成了，但我们总觉得差点火候，因为情绪还没有被彻底带起来——悟空倒是过瘾了，但我们觉得不过瘾。

别忘了，我们之所以喜欢读小说，是小说给我们带来了特殊的体验，通过看故事，我们表达思想、宣泄情感。特别是宣泄情感，这是一个累积的过程，得有一个时间线上的延展和叠加，量的累积，到了一个极点，情感就会一泻如注，我们也会获得极大的满足。如果悟空第一次就打杀白骨夫人，唐僧把他贬走。我们当然也会替悟空抱委屈，但替他洒一把眼泪的读者，就要少很多了；我们也会觉得唐僧很荒唐，生他的气，但不至于恨他——唐僧倒是对悟空气急败坏了，可我们还没有对唐僧气急败坏呢！这可不行，我们不答应！我们要看到唐僧一而再，再而三地误会悟空，冤枉悟空，打击悟空。只有这样，我们才有足够的理由去抱怨唐僧、批评唐僧，甚至恼恨唐僧。也只有这样，我们才会觉得更爽。

其二，重复本身就是中国文学的一种美学传统。这是远古时代的人们从自己的生产、生活实践中总结出来的一种古老的、朴素的"美的形式"。古人观察自己，观察周遭，会发现很多重复的形式，比如每一天的日升月落，每一年的四季轮转，每一代人的生老病死，人们在观察过程中思考，就会自觉地把握到规律，又在规律的稳定性中，发现细微变化，这是古代一种朴素的辩证法的发现，也是一种美学发现。这种美学发现，进入文学艺术领域，就是我们看到的各种各样的重复形式。

比如《诗经》，这是我国第一部诗歌总集。《诗经》的结构，就是复沓的，它是一种有变化的重复。我们能够看到重复的章节，甚至重复的句子、重复的短语，在重复之中，又有变化。《芣苢》就是很典型的："采采芣苢，薄言采之。采采芣苢，薄言有之。采采芣苢，薄言掇之。采采芣苢，薄言捋之。采采芣苢，薄言袺之。采采芣苢，薄言襭之。"① 你瞧，它的结构是很稳定的，是一种高度的重复，这种重复提供了一种很直观的形式美，听起来，又有一种音乐的美感。每一句，只换一个字，在重复中有变化，有所递进，整个劳动的过程，也交代清楚了。

有朋友可能要说：你说的这种重复，主要是出现在诗歌里的。诗歌是抒情文学，小说是叙事文学，叙事文学也讲究这种重复吗？

怎么不讲呢？大家都听相声。相声里，有一个基本的技巧，就是"三翻四抖"。这不就是有变化的重复吗，包袱儿不就是从这里抖出来的吗？说白刀子进去红刀子出来，这是扎心脏上了——够准的！说白刀子进去绿刀子出来，这是扎苦胆上了——够狠的！说白刀子进去黄刀子出来，这是扎屎包上了——够臭的！说白刀子进去白刀子出来——为啥呀？没扎着——嘻！这不是废话吗！你瞧，这不就是一种有变化的重复吗？

其三，这段重复又与故事的演化历史和传播形式有关系。《西

---

① 周振甫：《诗经译注》，北京：中华书局2010年版，第11页。

游记》是世代累积成书的，在百回本小说诞生之前，故事流传了很长时间，主要就是靠口头传播的。其实，不只"西游"故事，所有的故事，早期都是靠口头传播的。口头传播故事，就会出现大量的重复。重复是最简单的（也是操作性最强的）增加内容的方式。

比如东北。都说东北人擅长搞笑，讲故事的能力强。为什么？与这里的自然环境有关系！东北的农闲时间很长，寒冬腊月，都在家里"猫冬"，古时候的娱乐活动很有限，靠什么打发时间呢？唠嗑呗！唠嗑，十有八九，就是在讲故事，有身边的家长里短，也有各种幻想的、迷信的故事——鬼儿呀，神儿呀，一只绣花鞋啊，蓝色骷髅啊，绿色尸体啊，不管是现实的，还是幻想的、迷信的，都需要足够长的内容。老太太今天给你编一个"黄毛猴子大战蓝色骷髅"，肯定要把故事往长里"抻"。否则，一袋烟的工夫就讲完了，剩下的漫漫长夜，大家王八瞅绿豆——干对眼吗？

为什么要编一个"黄毛猴子大战蓝色骷髅"的故事？换汤不换药，不就是"孙悟空大战白骨精"吗？欺负你没读过《西游记》呗！人家《西游记》就"抻"得足够长，有变化的重复，是现成的，照着往下"扒"就行了。

073　为什么要三打白骨夫人？

上一讲说到，"三打白骨精"是一种叙事的需要，就是构造一种情节上的重复，但重复可以是两次，也可以是四次、五次——就算重复一百次，也没人管——为什么一般都是重复三次呢？

讲故事的时候，重复三次，在中国古代小说里是很普遍的。比如《三国演义》有"三让徐州""三勘吉平""三顾茅庐""三气周瑜"，《水浒传》有"三入死囚牢""三打祝家庄""三败高太尉"，《封神演义》有"三谒碧游宫"，《红楼梦》有"三宣牙牌令"，《七侠五义》有"三试颜查散"，到了《西游记》这里，就有"三打白骨精"，后面还有"三调芭蕉扇"。数都数不过来。笔者这还只是举出大家比较熟悉的小说，只是说了回目里出现的情况。杜贵晨先生称这类情节为"三复情节"①，如果整体统计古代小说里的"三复情节"，工程量还是很大的。

不只古代，直到今天，我们在整理民间故事，或者原创故事的时候，也喜欢把情节重复三次。笔者小时候看过一部动画片，叫《魔方大厦》，其中有一集，就是"三探樱桃塔"。你瞧，情节一般都重复三次；要重复，但不超过三次。

为什么要这样做呢？

这与古人对"三"这个数的理解有关系。我们知道，数的概念，是古人在生产、生活实践中发现、总结出来的。数的概念，逐渐发展成一种数的方法，甚至成为数的观念、数的思想，古人又用它们来进一步发现世界、理解世界，总结自然界和人类社会里各种纷繁复杂的现象，把握事物发展的规律。反过来，更好地指导我们的生产、生活实践。

特别是从1到9这九个自然数。古人是特别看重的，认为它们构建起了一个基本的秩序。它们本身组成了一个连续的、完整的单

---

① 参见杜贵晨：《古代数字"三"的观念与小说的"三复"情节》，《文学遗产》1997年第1期。

数集合，又可以代表着无穷，在有限中，孕育着无限。我们今天看它们，都觉得很奇妙 —— 数学不就是一种很神奇、很美丽的科学吗！古人看它们，就更觉得奇妙了。

这九个数里，每一个数，古人都对它们有深刻的理解，赋予了它们各种各样的意义，但对于"三"这个数，古人格外偏爱，赋予了它更多的意义。

大家知道一个成语：事不过三。

这里的"事"，追本溯源的话，应该是"卜筮"的"筮"。

这里，要插一句，"卜"和"筮"是两种占卜方法。卜，就是龟卜，是灼烧龟甲一类的东西，看裂开的纹路形态，判断吉凶；筮，就是用蓍草来占卜，应该是给蓍草分堆，计算每次分堆的结果，是奇数，还是偶数，看它们的排列组合关系，来判断吉凶。

按照《礼记》规定，择吉的时候，卜和筮是不能同时使用的（卜筮不相袭）。同时，不管使用哪种方法，都不能超过三次（卜筮不过三）。这是规矩，有了规矩，才会让人觉得有权威性，也会觉得占卜结果是灵验的 —— 要是占卜一百次，就没完了。

这种规矩，再上升一个高度，就是"礼"。筮不过三，是礼的要求；超过三次，就违礼了；那不到三次呢？也是违礼的。就像王肃说的："礼以三为成。"[①]

这里的"成"，可以理解为完成、完备的意思。做三次，行礼才完成，礼仪才完备。没到三次，或者超过三次，都是违反礼仪规定

[①] 《十三经注疏》整理委员会：《礼记正义》，北京：北京大学出版社2000年版，第108页。

的。在古时候,如果违礼了,问题就严重了。所以,人们都遵循这种礼的要求,在日常生活中,也以"三"作为指导各种行动的规矩,"卜筮"之"筮",就逐渐变成"事情"之"事"了。

这是从礼的角度来说的,上升到哲学观念。人们也很看重"三"。

比如《老子》所说:"道生一,一生二,二生三,三生万物。"① 这不是在数数,而是道家对于世界的一种哲学观照。道家哲学主张世界万物,其本源在于"道"。"道"的外在表现形式是"一"。所谓"道生一",这里的"生"不是产生、生成的意思,而是表现、呈现的意思。"一生二"和"二生三"的"生",则是生成的意思,指"道"可以运化形成矛盾对立的双方,比如阴阳、天地、上下、男女,这就是"一生二";矛盾双方又融合形成一种新的物体,它既不是"一",也不是"二",就把它叫作"三",这就是"二生三"。"三生万物"里的"生",又回到表现、呈现的意思。说的是这个新物态,表现为天下的万物。

你瞧,这是一种古老的、朴素的哲学观念。它对中国人的影响非常深刻。

这里的"三"虽然不能被简单地理解为数字"三",但"三生万物"的观念,古人是普遍接受的,又进而产生了一种有限与无穷之间的辩证关系的理解。天底下的万事万物,归根结底来自"道",但这个"道",对于大众来说,实在太难把握了,连哲学家们也很难说清楚的——"道可道,非常道"嘛! 这个"三"就比较容易理解了。万事万物是从这个"三"里来的,是它的表现。故事,也是万事万

---

① 辛战军:《老子译注》,北京:中华书局2008年版,第171页。

物之一，它也应该是从这个"三"里来的。讲故事的时候，我们不可能没完没了地重复，就算重复十次、一百次、一千次、一万次，总有一个终结，这也不代表无穷。为什么要费这个事呢？"三"本身就可以代表无穷了。重复三次，已经足够代表故事变化的无限可能性了。

你瞧，不管是哲学的理解，还是礼制的理解，都讲究"三"。所以，无论是形而上的悟空，还是形而下的悟空，都得"三打白骨精"。只可惜，唐长老不懂这个道理，悟空也没有拿这些话来怼他。这当然是开玩笑，但玩笑的背后，还是有深层意思的。

074　尸解原来是成仙途径？

之前说过，行走江湖，想要立于不败之地，最重要的是垄断资源。但资源垄断，不是那么容易做到的。若是人人都能垄断资源，也就没有"垄断"这一说了。能够垄断资源的，是江湖上极小一部分人，剩下的大部分人怎么办呢？退而求其次，可以掌握独门技艺，就是看家的功夫。你会，别人不会，正所谓"一招鲜，吃遍天"！

在《西游记》里，不少妖魔就是凭"一招鲜"行走江湖的。比如黄风怪的三昧神风、红孩儿的三昧真火、蝎子精的倒马毒刺、蜈蚣精的百丈金光，悟空之所以斗不过他们，主要因为他们练就的看家本事。

白骨夫人也有一个看家本事——尸解法。悟空前两番棒打白骨夫人，之所以打不死，就是因为她会尸解法，提前逃脱了。

白骨夫人擅长尸解法，当然是按照这个人物形象来具体设计的——她是一个潜灵作怪的僵尸嘛！但尸解法的历史是很悠久的，这是神仙方术思想流行起来之后就有的。

从早期的神仙家，到后来的道教徒，都讲究尸解法，这不是妖术，而是一种成仙途径。

不管神仙家，还是道教徒，无论用什么方法，服食外丹也好，修炼内丹也罢，包括各种五花八门的方术、法术，最终目的是什么？是长生不死，是得道成仙。

那么，成仙的最高级状态是什么呢？是肉体直接飞升，就是葛洪的《抱朴子》里说的天仙，这是上品之仙。次一级的是地仙，就像镇元大仙那样，不去仙境，留在人间，但长生不死，这是中品之仙。

然而，不管天仙，还是地仙，幻想的成分都太重了——人，怎么可能不死？再有名气的方士，再有影响力的道士，最后都是要死的，都是要进入时间范畴中的。更不用说古代那些追求长生的人，吃各种奇奇怪怪的东西，尤其大量服食重金属化合物，经常是还没活到当时的平均死亡年龄，就呜呼哀哉了。

这才是事实，是幻想与现实之间的矛盾。这种矛盾，又给神仙家和道教徒们推销自己的观念和主张，造成了困境——说得天花乱坠，最后也没见谁修成天仙或地仙，都是传说。传说当然很有诱惑力，但人们总要面对事实。

为了摆脱这一困境，神仙家和道教徒们就发明了一种新的成仙方式，就是尸解仙，《抱朴子》把这种成仙方式，归在下品之仙。虽然比不上天仙、地仙，好歹也是成仙了。

什么叫尸解仙？就是人先死，然后脱化成仙。

这个逻辑就很讨巧。既然死亡的事实是不可避免的，他们就重新解释这个事实——人们看到的死亡,其实不是死亡,它只是成仙的一个过程。死亡,只是表面现象,真正的肉身和灵魂,已经脱化而去了。

我们今天当然不会相信这种"扯淡"的说法,但当时很多追求长生的人,是相信这种说法的。因为他们看到了死亡的现象,又不愿意放弃成仙的幻想。"尸解"的说法,给他们提供了一种看起来"很合理"的解释,迎合了他们的期待,就深信不疑。人嘛,总是愿意相信那些自己能够理解的、符合他们期待的说法。对于相当一部人来说,一种说法,只要超出了他们的知识结构,不符合他们的期待,他们就不愿意相信。反过来,再扯淡的说法,只要贴合他们的知识结构,尤其是迎合了他们的期待,他们就深信不疑。

伴随这种新的幻想,许多罗曼蒂克的传说故事也就产生与传播开来了。

在这些故事里,尸解主要有两种形态:一种是打开棺材,没有尸体,只留下了衣服、鞋子,或者某件器物,比如拐杖、宝剑。另一种是打开棺材,什么都没有,后来又在别的地方看到了死者,他还活着——活得还很滋润。

故事的模式是这两种,可以套在不同的人身上,传说就可以不断复制,神话人物、历史人物,都可以往上套。比如,《列仙传》记载,黄帝就是尸解成仙。他自己选择哪一天死亡,与群臣百姓告别。他死后葬在桥山。一天,桥山崩塌,露出黄帝的灵柩。人们发现灵柩里没有尸体,只有剑和鞋。再比如钩弋夫人,也是尸解成仙。她死在武帝朝,但尸体没有变冷,还散发着幽香。后来汉昭帝改葬她,棺椁里只发现了鞋子,尸体不见了。

再到后来，尸解理论，逐渐完善，尸解的方法也越来越多，比如水解、火解、药解、兵解，等等。大家看玄幻小说比较多，对兵解更熟悉一些，也更感兴趣一些。

早期的兵解，其实是人们给被杀害的方士或道教徒，想象了一个罗曼蒂克的结局。比如晋代的郭璞，活着的时候，人们就传说他精通道术。后来，他被王敦杀害，人们就说他不是真的死了，而是尸解成仙了。

流传到后来，就成了一种情节上的套路：凡人修仙，都追求天仙，退而求其次，修成地仙，也可以满足。但功行火候不到，或者客观条件不允许，许多修仙者，怕坏了道行，永世沉沦，就选择先兵解（就是被杀死），然后再转世修行。当然，死在不同的人手里，死在不同兵器之下，兵解的效果，有很大的差异。所以故事里的许多修仙者，眼看大限将至，就满世界找高人给自己兵解。这也导致一种"碰瓷"现象——高手正在较量，都是累世修行的剑仙，用的都是上乘飞剑，不是金光的，就是紫光的，最次也是白光的。你突然飞进现场，硬挨上一下子，周围的观众还一片赞叹："哇！他被紫郅剑兵解啦！好幸福哟！"

你瞧，就是这种浪漫的想象，它把道教的观念和佛教的观念，杂糅在一起了，满足了大众的庸俗趣味，既有长生不老的内容，又有轮回转世的内容，还有狗血的世俗期待，修行也有"碰瓷"的。

论起来，白骨夫人也算是"兵解"，死在金箍棒下，比死在紫郅剑下，幸运十万倍也不止吧！只可惜，她不是走正路的修行者，想着走旁门左道，最后只落得形神俱灭。

第二十八回
花果山群妖聚义　黑松林三藏逢魔

075　怎样表现主人公的"黑化"？

从这一回，一直到第三十一回，讲的是降伏黄袍怪的故事。

打此一回起，唐僧遇到的民间野生妖魔，越来越少，遇到有来头、有背景的妖魔，越来越多。不管是私自逃到凡间的，还是被佛祖、菩萨专门派来的，这些魔头手段更高，本领更强，经常有法宝护身，又仗着背后的"保护伞"，都是很嚣张的。悟空跟他们斗争，困难就更大，过程也更曲折。落实到文学笔墨上，就是作者经常要用四回的篇幅，才能把一个故事讲完。黄袍怪的故事，就是《西游记》里第一个占了四回篇幅的降妖伏魔故事。

当然，这个故事用了四回篇幅，还是有一些特殊性的。

黄袍怪的本领虽然不小——可以跟悟空打平手，但他没有杀手锏，更没有护身法宝，悟空耍一点手段，就可以制伏他，过程并不艰难。那么，如何"抻"成四回篇幅的呢？

就在于第二十八回。它是一个过渡性段落，上面接着悟空被贬的情节，下面接着唐僧遇难的情节；它自己又是一个对应、对称结构，要分出两组镜头，"花开两朵，各表一枝"，分别表现以悟空与唐僧为主要人物的场景序列。

有的朋友，可能会说：把这一回拆开，分别归到上一回和下一回，不就行了吗？"花果山群妖聚义"，当作第二十七回的尾巴，"黑松林三藏逢魔"，当作第二十九回的帽子，这样不就能省下一回吗！的确，是省下一回，但文字没有减少，还造成了文字比例失调，上一回的尾巴特别大，下一回的帽子特别大，这不是得不偿失吗？

更关键的是，这一回本身是有象征意义的。

我们已经知道，悟空是心猿，他象征着人心。悟空保护唐僧西天取经，是"修心"的过程，也就是"收放心"的过程，如今悟空被唐僧贬走，就是"心"再一次被放逐，人身和人心分离了，这就要出现危机。

不管从哪一个角度来理解《西游记》，佛教的禅门心法也好，道教的金丹妙诀也好，儒家的明心见性也好，都强调身心合一，身与心一旦分开，就没法修行了。不只如此，身心分离，邪魔就会入侵。这一回讲的就是这个道理。

作者用两组镜头，分别表现心和身分离之后的状态。悟空是心，唐僧是身，二者分离之后，都会退行到原初的状态。悟空退行到"妖仙"的阶段，从"收放心"的状态，退化到"放心"的状态，从"孙行者"的气质，退化到"齐天大圣"的气质，魔性被唤醒。这一回的回目，上半句是"花果山群妖聚义"，点明了"妖"字，就是点明了这个退化的状态。用时下流行的说法，就是主人公"黑化"了。

而放逐了人心的人身，就很容易遭受侵害，甚至会主动走到危险之中。这一回，唐僧不就是自投罗网，闯进黄袍怪洞府里的吗？

读到这一段，很容易让人联想到第十三回的情节。当时，唐僧还没有收悟空做徒弟，不是也稀里糊涂地走进寅将军的陷阱吗？黄袍怪是点化了一座宝塔，引诱唐僧；寅将军没有大的本事，只是挖了个土坑，但不管是假寺庙，还是真土坑，都是陷阱，唐僧都是主动走进陷阱的，就是"自投罗网"。你瞧，放逐了人心的人身，就像没了"导航"的车子，稀里糊涂地往死胡同里钻。

更进一步说，作者写第二十八回，是与前文照映的。前半句"花果山群妖聚义"，照应的是"大闹天宫"的段落，主要是第三回到第五回，就是悟空做齐天大圣，魔性爆棚、气焰嚣张的时候。后半句"黑松林三藏逢魔"，照应的是第十三回，就是唐僧原初蒙昧的、缺乏保护的状态。可见，第二十八回是很重要的，它不仅是一个过渡性的段落，还勾连着前面的情节，必须独立存在，不能被拆开。

作者写这一回，很用心，也花费了一番苦心。

写唐僧逢魔，倒不用费多少心力，唐长老没坐性，喜欢瞎溜达，又肉眼凡胎，走进妖魔的陷阱，是顺理成章的事情。关键是怎么表现悟空退化到"妖仙"的状态。或者说，怎么表现悟空的"黑化"。

我们知道，悟空是《西游记》的"男一号"，他又是一个正统英雄、理想化英雄，身上寄托着我们的期待。这样的人物，写正面的东西，很容易；写反面的东西，就有点麻烦。这涉及一个"为尊者讳"的问题。

当然，这里的"尊者"，在小说里，不一定就是绝对正面的人物，而是承载了更多来自读者的情感投射的人物。读者肯定他（她），理解他（她），起码同情他（她），不忍心看到他（她）身上太多负面的东西被暴露出来。但有的时候，我们必须暴露他（她）身上负面的东西，这可能跟情节发展有关系，甚至跟小说的主题有关系，不写不行,但写得太多、太露骨,也不行,这就很费脑筋。

比如《红楼梦》里的秦可卿,她是"金陵十二钗"正册人物里,第一个退场的。她为什么要这样早地死去呢?其一,是给王熙凤展现理家才干提供机会。"协理宁国府"一段,充分展现了王熙凤的聪明、干练,当然也暴露了她的跋扈、狠辣、刻毒。其二,是给林黛玉腾地方。为什么这么说?因为秦可卿是宝玉的性启蒙者,性启蒙者当然是很重要的,但性启蒙者不退场,主人公就无法从对性爱的追求,上升到对爱情的追求。所以,秦可卿必须退场。

按作者的本意,还要借着秦可卿的死,充分暴露宁国府的荒淫龌龊(请回想一下秦可卿的判词)。这一回,本来应该叫"秦可卿淫丧天香楼",但秦可卿是一个被理解、同情、哀悯的对象,所以听了脂砚斋的建议,改成"秦可卿死封龙禁尉",关于秦可卿的死因,作者写得虚虚实实,表面上看是病死的,实际上是奸情败露,自尽而死。

《西游记》的作者写悟空,当然不用这么费劲,但悟空的"魔"性,不好呈现。他并不贪婪,既不好色,也不贪吃,对物质享受,几乎没有什么追求。如何暴露"魔"性呢?只有暴露他凶残、暴虐的一面。所以,这一回写悟空大开杀戒,一口气杀了上千人马。这上千人马,仿佛横店影视城里的群众演员,他们乌乌泱泱地来,乌乌泱泱地去,没几个镜头,就领盒饭了。作者甚至没有直接描写他们的惨相,而是用一首药名诗,写他们被害的场面。这种药名诗,就是谐音梗。比如"石打乌头粉碎,沙飞海马俱伤",乌头与海马,都是药名,用来代指人头与马匹。再比如"附子难归故里,槟榔怎得还乡",附子与槟榔,也是药名,用来代指外出的儿子与丈夫。

这是作者在玩文字游戏（虽然不够高明，但当时很流行），却也不纯粹是为了好玩，还能为尊者讳。如果直接描写群众演员的惨相，悟空身上的"魔"性就暴露太多了。毕竟，主人公的"黑化"只是短暂的，"魔"性暴露得太多，后面的故事里就不好往回圆了。

076　黄袍怪是什么来头？

这一段故事的反派人物——黄袍怪——武功高强（能跟悟空打平手），又会使用各种法术，点化寺院，幻化人形，还懂障眼法。关键，他有一颗已经炼成的元丹。这样的妖魔，肯定不是民间野生的，应该是从上界跑下来的。至于是哪一位神祇下界，作者一直不交代，直到故事最后，我们才知道：黄袍怪原来就是奎木狼。

奎木狼，又是一个什么形象呢？

他是"二十八星禽"之一。何谓"星禽"？这是星宿与动物对应的概念。

这里的禽，不能理解成鸟类。禽，本义是鸟兽的总称，既有飞禽，也有走兽。比如"五禽戏"，包含五种动物：虎、鹿、熊、猿、鸟。这里只有一种飞禽。五禽指的是飞禽走兽里的五种动物。

那么，二十八星禽都是那些星宿所对应的动物呢，他们分别是：角木蛟、亢金龙、氐土貉、房日兔、心月狐、尾火虎、箕水豹、斗木獬、牛金牛、女土蝠、虚日鼠、危月燕、室火猪、壁水貐、奎木狼、娄金狗、胃土雉、昴日鸡、毕月乌、觜火猴、参水猿、井木犴、鬼金羊、柳土獐、星日马、张月鹿、翼火蛇、轸水蚓。

对于普通读者，这里绝大多数名字，听起来很陌生——对危月燕可能熟悉一些,《甄嬛传》里有一段情节,甄嬛准备回宫的时候,皇后捣鬼,指使钦天监上报"危月燕冲月"的天象,阻挠甄嬛入宫。

其实,看着复杂的事物,如果把握住规律,就很好理解了。二十八星禽的命名,就是一个简单的逻辑:星宿 — 七曜 — 动物。

仍以危月燕为例。这里的"危",就是二十八星宿里的危宿,它是北方第五位星宿。这里的"月",就是"七曜"中的月亮。"燕"就是对应的动物。

那么,这二十八星禽是如何对应起来的呢?

这其实是古代中西文化交流融合的产物。[1]

二十八星宿,是从印度传过来的。这是古印度人结合天文知识占卜命运的一种方法,就是根据一个人出生那天当值的星宿,来预测他的吉凶命运。

这种占卜命运的方法,汉代就已经传入中国。在此之前,中国本土的天文家也观测这些星宿。这种占卜方法传入后,很容易被我们理解和接受。到了唐代,佛教的密宗很流行,密宗就特别推崇这种占卜命运的方法,它又与七曜逐渐融合。

这一融合,既是中西天文知识交流的结果,也有一个特别的契机。28和7正好是倍数的关系,4又正好对应东、西、南、北方,这就可以一一对应、平衡分布了。到了宋代,二十八宿和七曜结合的知识,在民间就很普及了,不仅用来占卜,也应用在日常活动中,人们纪日子、纪时辰的时候,也喜欢用二十八宿加七曜的方式。

---

[1] 参见赵江红:《从宿占到禽占:文化交流视野下的星禽术研究》,《文史》2021年第2辑。

那么，这二十八宿又是怎样与二十八种动物对应起来的呢？有的人认为，这与十二生肖有关系。十二生肖的知识，本来就跟天文知识相结合，也用在纪日子、纪时辰的日常生活实践里。这个知识，跟二十八宿相结合，是合理的。

不过，二十八星禽里，有一多半不是十二生肖里的动物。比如上文说的危月燕，还有这一回的主人公奎木狼，十二生肖里没有燕子与狼，这些动物的来历，怎么解释呢？

这其实是中国本土的一种动物学知识——三十六禽。十二生肖，本来也与三十六禽有密切的关系。

三十六禽又是怎么来的？古人发现，动物的活动与时辰有关系，在不同的时辰里，不同的动物，表现出不同的活跃度。之所以活跃，是因为它们能够更敏感地感受到自然环境的微妙变化，能够顺应阴阳五行的规律。比如子时（晚上11点钟到后半夜1点钟），燕子、老鼠、蝙蝠的活跃度是最高的。这三种动物，就被归为子时三禽。再比如戌时（晚上7点钟到9点钟），狗、狼、豺这三种动物的活跃度最高，它们就被归为戌时三禽。

当然，不是说这个时辰，只有这三种动物最活跃。它们也是选拔出来的，作为代表，三个就够了。之前说过，"礼以三为成"，有三个代表性动物就可以了。以此类推，每个时辰都有三种代表性动物。然后，再从三种代表性动物里，选拔出大众比较熟悉的、比较乐于接受的，成为这个时辰最具代表性的动物。

可以这样说，三十六禽是"海选"出来的代表，都是"明星训练营"的成员，十二生肖是从训练营PK出来的，最后就"组团"出道。它们之所以能够PK出来，主要在于大众熟悉它们，乐于接受它们。

比如戌年生的人，属相为狗。这就容易接受。说这人属豺狼，就不好听！狗才是人类的好朋友，"朋友来了有好酒，若是那豺狼来了，迎接它的有猎枪"，谁愿意属豺狼，挨枪子儿呢？

然后，算上十二生肖，再从被PK掉的其他动物里，选16个出来，对应二十八宿，算是给它们第二次"组团"出道的机会。子时三禽里的燕子和蝙蝠，虽然未能成为十二生肖，但都入选二十八星禽。戌时里的狼，虽然没进入十二生肖，好歹混进二十八星禽。至于豺，实在是不受人待见，最后只好"退圈"了。

值得注意的是，在古人的想象里，二十八星禽，有各自的气质性格。奎木狼，人们就认为他"惨毒"，就是残酷狠毒。《西游记》也确实写出了这一点，你瞧黄袍怪在宝象国里，抓起人来，直接咬掉脑袋，咔哧咔哧地嚼起来，确实惨毒。不过，作者又发挥想象，写出了黄袍怪的另一面，就是他对人间男女爱情的向往。

第二十九回

脱难江流来国土　承恩八戒转山林

077　黄袍怪一生何求？

这一回说的是：八戒与沙僧找上门来，向黄袍怪讨要唐僧。黄袍怪本领高强，八戒与沙僧联手，外加六丁六甲、五方揭谛、四值功曹、一十八位护教伽蓝助阵，也占不了上风。这边厢正打得热闹，另一头，黄袍怪的老婆 —— 百花羞 —— 把唐僧放走了，又托唐僧给她的父母送一封信。原来，她是宝象国的公主，十三年前的中秋节，被黄袍怪抢到这里。唐僧师徒来到宝象国，交付书信。国王请唐僧救回自己的女儿，八戒逞能，一口答应下来。沙僧不放心，也跟了来。两兄弟再战黄袍怪，结果惨败。八戒临阵脱逃，沙和尚还被活捉了。

在这一回里，作者耐着性子，慢慢地铺展故事，在魔域与人间的空间转换里，一个又一个人物上场，随即带出更多丰富内容 —— 现实的、想象的，前世的、今生的，拥有的、失去的，被铭记的、被遗忘的，在场的、不在场的 —— 神魔故事里的各种要素，人世间的种种情愫，也慢慢呈现出来。

同时，黄袍怪的形象也得到了更细致的刻画，更完整的呈现。

上一讲说过，在古人的想象里，奎木狼的性格是"惨毒"的，他应该是《西游记》里最凶残的一个妖魔，起码是"前三甲"。但作者偏偏赋予该人物一份人间情爱——这个长相狰狞、性格暴虐的妖怪，却是一个懂得情爱的人，一个付出情爱的人，也是一个收获了情爱的人。

我们知道，《西游记》里抢夺宫廷女眷的妖魔，不止黄袍怪一个。赛太岁也抢夺了朱紫国的金圣宫娘娘。

单从故事的演化历史看，黄袍怪和赛太岁身上，都带有孙悟空原型的影子——孙悟空的原型，就有抢夺金鼎国公主的"前科"。但这又不是孙悟空原型的"专利"。民间故事里，妖魔抢夺公主的故事，被一遍又一遍地重复着，在不同的文化圈、不同的地理空间，广泛地传播着。这里，有更深层次的文化心理，就是先民们占有、保护婚育资源的强烈愿望，以及婚育资源经常被侵害、掠夺的焦虑。

但多数人听故事，只看表面的情节，看具体的人物。

比较起来，同样是付出型的选手，黄袍怪要比赛太岁幸福得多——他付出了爱，也在一定程度上收获了爱。要知道，他是《西游记》里唯一有完整家庭的降世妖魔。他有妻子，还有两个儿子。这说明黄袍怪获得了来自百花羞的"爱的回报"。当然，不是说生儿育女，就是爱的回报（这种认识，实在太封建了）。而是说百花羞接受了眼下的处境，接受了人妖恋爱的事实，接受了这个"畸恋"的小家庭。这与金圣宫娘娘是不一样的。自始至终，金圣宫娘娘都没有接受过赛太岁，没有跟这个魔头组建起一个真正的家庭，更别说生儿育女了，赛太岁连碰也碰不了她一下。

那么，百花羞为什么会接受黄袍怪呢？读过原著的朋友会说：

这是因为他们有宿世的情缘。百花羞原本是天宫披香殿里伺候香火的侍女，看上了奎木狼，要与他私通。奎木狼怕玷污了天界胜境，不敢与侍女做太出格的事。这侍女就先投胎到宝象国，做了公主。奎木狼再逃到下界，跟她成就一对人间夫妻。

然而，朋友们别忘了，百花羞本来只是一个伺候香火的小侍女，灵性有限，经过投胎转世，前尘往事，早忘得一干二净。她之所以接受黄袍怪，归根到底，还是黄袍怪的付出。他对这个妻子，百般呵护，把她当"宝"一样捧着，赔上十二万分的小心。虽然有时候，惨毒的本性作怪，脾气上来，有家暴倾向，但总体上看，黄袍怪是个温存的丈夫。

你瞧，他也捉拿唐僧，但不是非吃唐僧不可，他更在意百花羞的心情，尊重百花羞的选择。百花羞私自把唐僧放了，虽然可惜，但这能教百花羞安心，黄袍怪眼睛都没眨一下，就把唐僧放了——一个唐和尚有什么打紧，最要紧的，还是哄老婆开心。在封建时代，能碰上这样一个"铁汉柔情"的丈夫，恐怕绝大多数女子是要动心的。就算那心肠是铁打的、铜铸的，估计也被磨弄软了。

只不过，作者能给黄袍怪的，也只有这么多了。他可以让黄袍怪享受一份人间情爱，却不会让他收获真正的爱情。《西游记》里，压根儿没有爱情内容。从神魔小说里找爱情，就像去澡堂子买拖鞋，简直是胡闹。

以前，有朋友问笔者，《西游记》里有没有爱情，笔者给予否定答复，朋友就拿黄袍怪的例子来说事。笔者只好这样回答："那只能说明你对爱情的理解不够深刻。起码，对爱情的期望值不高。"黄袍怪与百花羞做了短暂的人间夫妻，收获的也就是男女欢爱，这当然也是美好的、甜美的、温馨的，但绝不是爱情，更不是"情不知所起，一往而深"的真爱。

所以，每次读到这一段，笔者总会不自觉地想起那首歌——《一生何求》。

追究起来，奎木狼的一生所求，到底是什么？他后来被贬到兜率宫，给老君烧火。坐在八卦炉边摇扇子的时候，奎木狼会不会复盘他这一番经历呢？就像那歌里唱的"我得到没有，没法解释得失错漏"。奎木狼放弃了所拥有的一切，换来的，也就是和百花羞十三年的欢爱，而不是一场刻骨铭心的爱情。哪里来的爱情呢？当初披香殿的那位小侍女，也只是看上了奎木狼，不是爱上了奎木狼。她想要的是私通，是打破禁忌的欢爱，并不是爱情；对比之下，奎木狼想要的又是什么？是欢爱，还是爱情？回想十三年的夫妻生活，日常细节的点点滴滴，幸福感浮上来，奎木狼可能会嘴角一扬，笑出来吧！但这就是奎木狼想要的吗？如果是的话，那真是值了！好歹尝到"禁果"了。如果不是呢？就像歌里唱的那样："没料到我所失的，竟已是我的所有"，他放弃了拥有的一切，功行、仙位，都丢掉了，却没有收获爱情，他还会笑出来吗？这时候大概要加一个场景——一个道童，扯着老君的衣角道："师父，师父，你看那厮，好没出息，他在炉边哭哩！"

078 《西游记》的作者究竟是谁？

说一个重要的问题：百回本《西游记》的作者，究竟是谁？

有的朋友可能会奇怪，为何在讲读黄袍怪的段落里，插入这一话题？原因很简单：这一回的回目，后半句是"承恩八戒转山林"，其中出现"承恩"二字。而今天许多人认为，百回本《西游记》的作者是吴承恩，作者居然把自己的名字，大大方方地写在回目里，还跟喜剧性人物猪八戒联系在一起，这是一个反常的操作，有必要分析一下。

首先，笔者将自己的基本认识抛出来：尽管从现有资料看，吴承恩是《西游记》写定者的最合适人选，但吴承恩之于今日所见百回本的著作权，仍不是板上钉钉的。

这可能挑战了一部分朋友的文学常识。没关系，常识就是很容易被挑战的，因为常识不一定就是真相，当然也不一定就是事实。常识，只是在特定的历史条件下、特定的地理空间内、特定的文化圈子里，绝大多数人认定的真相、认定的事实。

同样是文学常识，如果我们把"时间坐标"往回推一下——不用太远，推至晚清时期即可——随便找一个人，问他《西游记》的作者是谁，他可能不假思索地回答：丘处机！这就是当时的人所掌握的文学常识。

那么，长春真人丘处机为什么会和《西游记》扯上关系？主要有两个原因。

其一，是《西游记》确实跟全真教有密切的关系。"西游"故事的演化和传播，受到全真教很大影响。之前说过，在我们今天看到的百回本《西游记》之前，可能存在一部"全真本"《西游记》，后来的小说可能保留了"全真本"《西游记》的一部分内容。起码，书中"三教混融"的理念与俯拾即是的丹道术语，与全真教有密切的关系。而丘处机是全真教的代表人物，普通读者也知道他，说他是《西游记》的作者，可以抬高这部小说的身价。晚明的时候，就已经有人提出这种说法了，但影响还有限。

到了清代康熙年间，汪象旭与黄周星炮制《西游证道书》的时候，加了一篇序言，署名是虞集。虞集的名头很大，他是元代著名诗人，是"元诗四大家"之一。这篇序言，肯定是假的，不是虞集写的。但他名头太大，读者喜欢相信大V账号，尽管是假账号。评点《西游记》的道士们就更喜欢这一说法了，各种评点本都鼓吹丘处机是作者，说得越多，喊的声音越大，人们也就越相信。

其二，是确实有一部《西游记》与丘处机有关系，就是《长春真人西游记》。这部书不是丘处机所作，而是他的徒弟李志常撰写的，内容是记录丘处机率领弟子到大雪山觐见元太祖的事迹，所以叫"西游记"，其性质是一部游记。这部书当时保存在"道藏"里，一般人看不到，但大家总听到"长春真人西游记"这个说法，以讹传讹，就以为丘处机写了《西游记》。

其实，清代就已经有学者质疑这种说法了，比如纪晓岚、钱大昕都明确指出，小说《西游记》是一部明代的书，不可能是元代人丘处机写的，但他们没有考证真正的作者是谁。

那么，吴承恩是怎么跟《西游记》扯上关系的呢？因为清代有个学者，叫吴玉搢。他在编写《山阳志遗》的时候，发现《天启淮安府志》里，记录了一条信息：有个名不见经传的小文人，叫吴承恩，他名下有一部《西游记》。这就捡到了"宝"，解决了学术界的一个大问题。后来，不少学者都支持这种说法。但这还是学术圈内部的事，对大众的影响并不大。直到胡适和鲁迅，才把这件事给坐实。加上现代以来的出版社，习惯署名吴承恩，从小学到高校的文学教育，也把这个说法作为文学常识，普通读者就抛弃了丘处机，转而投向吴承恩的怀抱。

但关键问题是：吴承恩写的那部《西游记》，到今天我们也没有看到。今天看到的百回本《西游记》，最早刊本是万历二十年（1592）的金陵世德堂刊本，没有作者的署名，当时的人也不知道作者是谁。而著名学者黄虞稷编的《千顷堂书目》，把吴承恩的《西游记》归在史部地理类。也就是说，吴承恩写的这部《西游记》，应该也是部地理书，与《长春真人西游记》是一个性质的文本。当时，这种叫《西游记》的地理书，其实有很多——西游，西游，就是向西的旅行，作为游记的名字，实在是很普通的。

只不过，《长春真人西游记》，我们还能够看到，知道他不是丘处机撰写的，也不是一部小说，与百回本《西游记》没有关系；吴承恩写的《西游记》我们还没看到，没有办法给出明确的判断。

今天不少人认定百回本《西游记》的作者是吴承恩，给出很多证据，但大家会发现：这些论证都是在"预设结论"，就是先认定吴承恩是《西游记》的作者，再找各种有利的材料去论证——证明吴承恩有条件、有能力、有动机撰写《西游记》这样一部小说——看上去逻辑严谨，但缺乏足够的说服力。如果有一天，吴承恩写的《西游记》被发现了，它原来不是一部小说，那就很尴尬了。

当然，笔者这里不是要彻底否定吴承恩的著作权。说实在话，笔者也觉得吴承恩写《西游记》的可能性很大。目前来看，他也是《西游记》作者的最佳人选。但可能性大，以及最佳人选，都不等于真相，不等于事实。

况且，早就有学者指出：如果吴承恩是小说《西游记》的作者，他怎么会把自己的名字直接写在回目里,还是跟丑角猪八戒连在一起呢?①

就算吴承恩并不忌讳与猪八戒"联名"——依他的性情,或许还觉得这样做很有趣,但暴露自己的名字在小说里,在当时是一件很危险的事,一点也不有趣。

079 《西游记》的作者为什么不署名?

上一讲说到,吴承恩不一定是百回本《西游记》的作者。质疑吴承恩著作权的学者,曾提到第二十九回的回目,认为作者把名字直接暴露在回目里,又与丑角猪八戒联名,是一种反常操作,更是一种危险操作。

为什么说是反常操作呢?

因为在古代,小说的作者,特别是通俗小说的作者,大都是不署真名的,一般都是用笔名,比如"某某散人""某某生""某某客"。今天,一些网络作家,还用笔名——各种花里胡哨的笔名——但这只是一种习惯,或者说一种时髦。古代的小说家用笔名,当然也是一种习惯,却不是为了追求时髦,而是使用真名,太危险了。一旦被人发现,自己写了一部通俗小说,就可能受到质疑、批评,甚至遭遇谩骂、诋毁,因为在当时的文化环境里,小说的地位特别低,从事小说创作,是一件丢人现眼的事,甚至是伤风败俗的事。

---

① 参见陈大康:《〈西游记〉非吴承恩作别解》,《复旦学报》(社会科学版)2018年第4期。

为什么会这样？因为古人理解的"小说"，与我们今天理解的"小说"不是一回事。

今天所说的"小说"，是一种文学体裁。更具体地说，是一种虚构的叙事散文。它是叙事性的，以散体语言为主，它本质上是虚构性的，不是纪实性的。

古今中外，不管哪一部文学作品，《儒林外史》也好，《骆驼祥子》也罢，《红与黑》也好，《安娜·卡列尼娜》也罢，只要我们认为它是一部文学意义上的小说，就要符合虚构叙事散文这一定义。

但古代中国人理解的小说，主要不是一种文学作品，而是一种边缘化的文化产品。

不少朋友应该听说过"九流十家"的说法。这个说法，是从哪里来的呢？是班固的《汉书·艺文志》。这部书的"诸子略"里，把当时流行的学问分成了十家：儒家、道家、阴阳家、法家、名家、墨家、纵横家、杂家、农家、小说家。其中，前九家是主流的，也就是入流的，第十家是边缘的，也就是不入流的——你瞧，"不入流"这种说法，当时就有了。

在介绍小说家的时候，班固引用了孔子的话："虽小道，必有可观者焉，致远恐泥，是以君子弗为也。"[①] 什么意思？通俗理解，就是说："小说"这个东西，不登大雅之堂，是不入流的，它固然有一些可取的地方，但人们不能在这种不入流的东西上花太多心思，否则会陷在里面，耽误正经事，君子不能做这件事。

这话很可能是孔子的学生子夏说的，但班固把它安在至圣先师

[①] 陈国庆：《汉书艺文志注释汇编》，北京：中华书局1983年版，第163页。

名下了，性质就变了。至圣先师说的话，对当时的读书人来说，就是"金科玉律"了。孔子说君子不能写小说，这就是给小说判了"死刑"，谁又敢公然挑战孔子的话呢？

当然，写小说的诱惑力太大了，很多读书人都经不住诱惑，心痒痒，手更痒痒，非要写小说，但不敢署名，不敢叫别人知道。特别是通俗化的小说，更不敢署名了。

有的朋友可能要说了：就署一个名，能咋？这里举一个例子，看一看"能咋"。

明代有一部小说，叫《剪灯余话》，这是一部文言小说，但通俗性很强，影响很大。他的作者是李昌祺。这不是一位小文人，而是一位高官，做过广西右布政使（从二品）。这个社会地位够高的了吧？但他死后，不能入乡贤祠，因为乡里人不答应。为什么不答应？就因为他写过《剪灯余话》这部小说——这样的人，人生有污点，怎么能入乡贤祠？！

你瞧，连一位从二品的高官，都会因为编写过小说，毁掉一世清名，死后还被人非议，那些中下层文人，创作了小说，又怎么敢署名呢？

也许有朋友要说：《三国演义》的作者罗贯中为什么署名了？

的确，这部书是有署名的，嘉靖壬午（1522）刊本（这也是目前所见《三国演义》的最早刊本）上已经交代得清楚："晋平阳侯陈寿史传，后学罗本贯中编次。"罗贯中大大方方地署名了，名与字都写上了，生怕大家不知道。

为什么？因为罗贯中根本不认为这是一部小说！这本书全名叫《三国志通俗演义》，它是依附正史写成的，是用通俗的逻辑和语言来敷演史传中的义理,所以叫演义。

我们今天习惯把《三国演义》看作小说,这没问题,但罗贯中是不会承认这一点的,他认为:"演义"是不同于"小说"的另外一种叙事体裁。小说的社会地位,怎么能与演义相提并论?"演义"这个概念,是从经学里来的,后来进入史学,最后进入文学。① 尽管这本书叫通俗演义,与经学、史学里的演义,还差得远,但跟小说比起来,是高出很多的。如果你能够时空穿越,回去采访一下罗贯中,问他:"罗贯中先生,您好,请您谈一下写作《三国志通俗演义》这部小说的时候,有怎样的心路历程呢?"罗贯中可能是要摔话筒的,八成还要骂一句:"你才写小说呢!你们全家写小说!"

这当然是玩笑话。但古人说的"小说"和今人说的"小说",不是一回事。"小说"在古代中国的文化地位很低,是边缘文化产品,特别是通俗小说,又是边缘里的边缘。所以通俗小说的作者,大都不敢署名,这也给我们留下了很多谜团。《西游记》的作者,以玩世不恭的态度讲述神魔故事,用幻想世界来影射现实,书中不少内容,都有影射当朝的嫌疑,他当然更不敢署名了。如果像今天一样,写通俗小说是一件值得骄傲的事情,可以扬名立万(又可能赚得盆满钵满),不必遮遮掩掩,百回本《西游记》的作者到底是不是吴承恩,也就不用打笔墨官司了。

---

① 参见谭帆:《中国小说史研究之检讨》,上海:上海古籍出版社2020年版,第124至128页。

第三十回
邪魔侵正法　意马忆心猿

080　没了主力球员，取经小队算几流队伍？

　　这一回情节写得委曲波折，说黄袍怪抓了沙僧，又拉百花羞当面对质。百花羞抵死不承认，沙僧是一个仗义的英雄，替百花羞遮掩过去。黄袍怪变成一个俊俏的少年，到宝象国去认亲，又诬陷唐僧是一头老虎精。国王被他的花言巧语迷惑，真把唐僧当成老虎精。黄袍怪使出障眼法，唐僧就变成一只老虎。国王在银安殿设宴，招待黄袍怪，又派了十八名宫女来陪酒。黄袍怪醉酒，现出本相，魔性大发，把一个宫女给生吃了。白龙马听说唐僧遭难，又没人来救护，只好挣脱缰绳，变回龙形，去宫里打探消息，看到黄袍怪在银安殿吃人。小白龙变成一个宫女，给黄袍怪斟酒。黄袍怪让小白龙跳舞助兴，小白龙要来黄袍怪的佩刀，跳起花刀舞，趁妖怪不注意，一刀劈下来。黄袍怪躲过这一刀，抓起一个铁制的蜡烛架子（这种架子叫满堂红，有八九十斤重）来打小白龙。俩人斗了八九回合，小白龙体力不支，把刀抛出去，做最后一击。不料，黄袍怪会"接刀法"，他一手接过刀，又把满堂红丢过来，砸中小白龙的腿。小白龙钻进御水河，才捡回一条命，狼狈地回到馆驿。等到八戒回来，小白龙要他去花果山请悟空。八戒来到花果山，悟空故意耽搁时间，领着八戒满山逛，最后又下了逐客令。回来的路上，八戒一边走一边骂，被悟空派来盯梢的小猴子听到了，小猴子回报悟空，悟空就叫猴子猴孙们把八戒给逮回来。

这段情节，之所以写得委曲波折，一方面是作者的叙事手段确实高，另一方面也有主题方面的意义——就是要让读者看到：没了悟空，取经团队会狼狈成什么样。

其一，是团队的战斗力严重滑坡。这与打球是一样的。打球，当然讲究团队协作，哪一个位置都不能缺人，大家要配合得好，但也确实需要明星球员冲出来。许多团队，有明星球员，就是一流球队；没有明星球员，就一下子变成二流（甚至三流）球队了。八戒和沙僧第一次与黄袍怪对战，能打平手，因为有六丁六甲、五方揭谛、四值功曹、一十八位护教伽蓝在暗中帮忙。等到第二次交手，这些安保人员都在宝象国护持着唐僧，八戒与沙僧的真实水平就暴露出来了，打了八九回合，八戒就挺不住了。

作为"板凳队员"，小白龙虽然也能在其他队员被罚下场的时候，上来顶一会。他也有一些比赛策略，会动脑子，不是一味蛮干。但他的战斗力也没有多高，与喝醉了酒又没有趁手兵器的黄袍怪对打，也只能比画八九回合，还差点送了命。

你瞧，离开了悟空，取经团队别说"冲出亚洲，走向世界"了，恐怕连省级二队的水平都够不上。

其二，是没法组织战术了。有朋友可能要说：我就不信邪！没了鸡蛋，还做不成槽子糕了？咱们打战术！然而，许多球队的战术，都是围绕明星球员来组织的。没了鸡蛋，这套战术就失灵了。

在《西游记》里，取经团队降妖除魔有两套战术：一套是陆战的战术，一套是水战的战术。陆战战术，是以悟空为主，八戒为辅，沙僧负责后勤保障，加后援支持。水战战术是八戒打头阵，沙僧策应，但最后还要看悟空在空中落下"一锤定音"的棒子。尽管悟空总是猴急，这套战术经常失效，但整套战术的关键还是悟空，这一点是毋庸置疑的。如今，离开了悟空，又是陆战，常规战术就组织不起来了。

当然，还有第三套方案——请外援。满天神佛菩萨，外援有的是。但这不是你说请就能请来的，关键还要看谁来请。别忘了，《西游记》的神魔世界，说到底也是江湖，江湖讲的是人情世故，人家来帮忙，看的还是明星球员的面子，是跟明星球员有交情。八戒、沙僧在江湖上，能跟几位大佬论上交情？八戒找上人家的门，可能连面都见不着，人家回一句：咱俩呀！是吃冰棍儿拉冰棍儿，啥意思——没话（化）！

其三，是团队的主心骨没了，人心涣散。战斗力下滑，不是致命问题，最要命的是团队人心涣散。这样一来，比赛就没法打了。

之前说过，菩萨不用给八戒戴金箍，因为悟空就是八戒的金箍——同样是金属器，棒子比箍子的威慑力还大。如今，悟空不在了，金箍没有了，约束消失了，八戒的"负能量"就爆棚了。从一开始，他就拖后腿。唐僧要他去化斋，他钻到草窠里睡大觉，故意耽搁，害得沙僧撇下唐僧来找他，才导致唐僧走进黄袍怪的陷阱；第二次对战黄袍怪，本来能力上就勉强，八戒不咬牙坚持，反而借口出恭，逃离战场，丢下沙僧一人，一点儿战友情、兄弟情都不讲；等到回来，见了小白龙的狼狈相，八戒的第一反应就是散伙分行李。

师父是好是歹,也不管了;沙僧是死是活,也顾不上了。看到小白龙浑身水淋淋的,后腿还有盘子大的一块淤青,八戒连句安慰、鼓励的话都没有,只是撺掇小白龙回西海做太子去,他好顺理成章地回高老庄,美滋滋地做上门女婿去。小白龙苦劝他去花果山请悟空,八戒百般推托,最后又撇下一句话:我这一去,要是把师兄请来了,我就跟他一起回来了;他要是不肯来,你也就不用等我,我就直接回高老庄了。这叫什么态度? 太不负责了!

你瞧,离开悟空,取经队伍就人心涣散了,正如原著所说:"意马心猿都失散,金公木母尽凋零。"之前说过了,意马和心猿要合作,要彼此调顺,才好修行;金公和木母要配合,要有主有次,相辅相成,金丹才能炼成。如今,心猿被放逐了,作为"五金之主"的金公挥发了,人也就没法修行了,金丹也炼不成了。

所以说,离开悟空,取经团队就是个二三流球队。悟空没走的时候,大家还不觉得;悟空一走,唐僧、八戒和沙僧,剩下的就只有哭了!

081　媳妇娶进房,老虎扔过墙?

上一讲提到,黄袍怪用花言巧语来迷惑宝象国王。国王问他:你那碗子山离这里有三百里远,我女儿怎么会跑到那里,跟你结成夫妻? 黄袍怪就编了一个故事:十三年前,他到山里打猎,遇到一头老虎,正驮着一个少女往山下走。他一箭射倒老虎,把少女救回家。起初只当是民间女子,相处久了,就结成夫妻,现在知道真相,就赶紧来认亲。本来,他是要杀死那头老虎的,但公主求情,饶它一命——毕竟这老虎也算是他们的媒人了。书中还插入一首诗："托天托地成夫妇，无媒无证配婚姻。前世赤绳曾系足，今将老虎做媒人。"就是说两个人偶然间邂逅，没有父母之命、媒妁之言，就结成了夫妻，这当然可以看成是一场宿世情缘，但也多亏了老虎牵线搭桥。

这话，我们今天听了，肯定要笑出来的。您这是上坟烧报纸——糊弄鬼呢！但当时的人可能会相信，因为民间故事里，类似的情节有很多，我们习惯把它们叫作"虎媒"故事，就是故事里总有一段老虎做媒人的情节。

当然，不是只有老虎才能做媒人。这类故事，从大类上讲，可以叫"动物媒"故事，就是动物给人做媒。但这类故事里，最著名的是"虎媒"故事。

这种故事，按照民俗学家们的分类，主要有两种：一种叫虎为媒，一种叫虎送亲。①

虎送亲故事，一般是这样的情节：有一个男人，他有妻子（或未婚妻），但由于各种原因，这男人长年不在家（或者没把未婚妻娶进门）。女方家长就逼女儿改嫁。成亲当天，正好男人回家（或来迎娶未婚妻）。这时候，有一只老虎冒出来，把他的妻子（或未婚妻）给送来了。请注意：这类故事里，男方和女方是认识的，要么已经是夫妻，要么有婚约，但眼看女方要被别人抢走，老虎来"抢亲"，帮助相爱的人在一起。这类故事，民间口头讲述的有很多，经过文人写定的作品也有很多。比如唐代的文言小说集《广异记》里有一

---

① 参见祁连休：《中国古代民间故事类型研究》，石家庄：河北教育出版社2007年版。

篇《勤自励》，讲的就是这个故事。明代冯梦龙的《醒世恒言》里有一篇《大树坡义虎送亲》，也是改编自这个故事的。

虎为媒故事，一般是这样的情节：有一个男人，他有一个未婚妻，但一直没娶过门。这天，他正要去迎娶未婚妻，看到一只老虎驮着一个少女，原来这少女就是他的未婚妻。还有另外一种情节，就是一个男人，他一直没老婆。某天，一头老虎驮来一个少女送给他，俩人就结成夫妻。这类故事里，没有逼女子改嫁的情节，男方和女方也可能不认识，全凭老虎做媒人，所以叫"虎为媒"。比如唐代文言小说《集异记》里有一篇《裴越客》，讲述的就是这个故事。明代凌濛初的《拍案惊奇》里有一篇《感神媒张德容遇虎　凑吉日裴越客乘龙》，就是改编自这个故事的。

可以看到，不管是虎送亲，还是虎为媒，这种故事在唐代就已经很成熟了，到了明代的时候，就更为流行了。

比较起来，《西游记》里黄袍怪编的故事，更接近"虎为媒"这一故事类型。

照黄袍怪的说法，他与百花羞本来不认识，是偶然间遇到的，老虎驮了一个少女来，他救下少女，与她结成夫妻。这就是标准的"虎为媒"故事，所谓"今将老虎做媒人"，已经把故事类型说清楚了。看来，黄袍怪倒是有一些民俗学和民间文学造诣的。

这当然是玩笑话。但《西游记》里的这个故事是有原型的，这是我们要知道的。

那么，问题来了：这类故事，为什么如此流行呢？

我们知道，一种故事，特别是口耳相传的故事，其之所以流行，绝不仅仅因为有趣，富有奇幻性，情节上吸引人，更因为它反映了深刻的历史文化背景,透露着久远的历史文化信息。这些故事,应该是从远古走来的,无论怎样变化,都带着远古时代的基因。

具体到"虎媒"故事里,最突出的一点,就是它反映了远古时代的"抢婚"习俗。

我们知道,绝大部分可以追溯远古记忆的民族,都有过一个"抢夺婚"的历史阶段。就是一个部落的男子,到另一个部落去抢夺妇女,结成婚姻。

"婚姻"一词,本身就变相地保留着"抢婚"的文化痕迹。"婚"是一个后起字,它的本字应该是"黄昏"的"昏"。为什么是黄昏?因为抢婚基本是在晚上进行的——大白天,怎么抢?今天许多地方结婚,婚宴还是安排在晚上的。他们可能不知道抢婚的古老文化背景,但这一文化记忆保留下来了。虎媒故事的一个关键情节,不就是老虎把少女抢来吗!

那么,为什么是老虎来抢婚呢?这应该与原始社会的图腾崇拜有关系。之前说过,原始部族经常以某种动物作为图腾,这种图腾动物是他们的始祖。而许多部落,都是以老虎作为图腾的。在远古时代,老虎很常见,他们凶猛、狡猾,代表着力量、智慧,甚至被视作强大的自然力量的化身。原始时代的人就愿意把老虎想象成自己的祖先,他们是老虎的"光荣的后裔",有力量,有智慧,又可以得到自然力量的庇护。老虎抢婚,其实就是在解释对应部落的祖先是怎样完成婚配仪式,进而生育后代的。

另外,这类故事,还反映出因缘天定的观念,有情人能够结成眷属,是上天的安排,月下老人,早就把红线给他(她)们系好了,老虎是给他(她)们做了"神助攻"。所谓"前世赤绳曾系足",说的就是这一层意思。

不管怎么说，虎媒故事的历史是很久远的，反映的是远古时代的文化记忆。它不仅作为独立的故事，在口头与纸面传播，也影响着其他故事，《西游记》的第三十回，就是受了它的影响。黄袍怪编出这一故事，当然不是因为他有民俗学和民间文学的专业知识——碗子山波月洞里不可能有《中国古代民间故事类型》一类专业书籍——他之所以能把这个故事编得这么圆满，因为这个故事在明代已经相当成熟了。

只不过，他不仅是奎木狼，还是个白眼狼，既然说唐僧是虎精，又是他的媒人，怎么能迫害他呢？这可真应了那句话：媳妇娶进房，媒人扔过墙。不对，是老虎扔过墙！

082　为什么叫唐僧蒙冤受屈？

上一讲说道，黄袍怪编的故事，其实是套用了当时民间流行的"虎媒"故事，他把自己打扮成一个"英雄救美"的少年，把唐僧说成一头抢夺少女的老虎精。这就是反咬一口，贼喊捉贼。

为了证明这一点，黄袍怪用了一个障眼法。这个障眼法，名字叫"黑眼定身法"。李天飞从《万法归宗》里找到了这种法术。[①] 这是一种邪门法术，说是用泥捏一个小人儿，念诵咒语，就能让被施咒者像掉在井里一样，不能移动。

可以看到，这是一种魇胜的法术，就是使人迷失心智，从而镇

---

① 参见李天飞校注：《西游记》，北京：中华书局2014年版，第411页。

服人、控制人。这与《红楼梦》第二十五回马道婆魇镇宝玉和凤姐的法术，其实是一样的。不管是剪个纸人，还是捏个泥人，从交感巫术的角度说，都是基于相似律的原理，纸人和泥人，就相当于当事人，咒语作用在纸人和泥人身上，就相当于作用在当事人身上。

这些法术，是迷信性质的，但当时的一些江湖术士，招摇撞骗的和尚、道士，还有能够进入女子闺房的尼姑、道姑、卦姑、师婆——她们属于我们常说的"三姑六婆"——经常是靠这类邪门法术来骗财骗色的。

《西游记》的作者应该不知道这具体是一种什么法术，他大概也只是听过个名字，就用在故事里了，又把它理解成了一种变形术。

你瞧，他设计的法术，需要喷一口水，念诵咒语。这就是一般变形术常用的伎俩。比如张果老倒骑驴，传说这头驴子是纸做的，需要骑乘的时候，从怀里拿出来，喷上一口水，叫一声"变！"，它就能变成一头真驴子。

今天的一些民间戏法，也要装模作样地喷一口水，叫一声"变"，接下来才是"见证奇迹"的时刻。当然，为了保持舞台卫生，多数时候改成吹一口气，但吹气与喷水，道理上是一样的。

只可怜了唐长老，中了这种邪法，变成一只老虎。

这应该是唐僧在西天路上所受的最大委屈了。他受过很多磨难，遭遇过很多危险，也被人误会过，但没受过这样大的委屈：一位天朝来的圣僧，唐王驾前的御弟，居然被人说成老虎精，他无力辩驳，身边也没人替他解释、分辩。更重要的是，他中了邪法，变成了人们眼中的老虎，这就成了"铁的事实"。

这比《甄嬛传》里熹贵妃所受的委屈大多了。熹贵妃还可以辩驳，身边还有人给她打掩护，为她解释，替她分辩，最后发现那碗水有问题——水里加了明矾。黄袍怪当然也用了一碗水，但唐僧没办法说："这水有问题！这水有问题！"就算这水真有问题，他现在也喊不出来了。

当然，中国古代的故事里，人变成老虎的情节是很多的。

最早的人变虎故事，应该是与原始的图腾崇拜有关的。之前说过，原始人认为图腾动物是自己的祖先，这个部落的人死后也会变成老虎，或者灵魂转移到老虎身上。后来，在一些民间传说里，就说某个地方的人崇拜老虎，这个地方的人，老了之后，会变成老虎。

再后来，阴阳五行观念流行起来，又有因果报应的思想，这些思想观念也与人变虎的故事结合在一起。人之所以变成老虎，有各种各样具体的解释。中古以后，这类故事的伦理色彩越来越强，许多主人公变成老虎，是因为做了坏事，受到了惩罚。

人们乐于讲述这些故事，也是为了表达伦理批判。比如说一个儿媳妇，不孝敬婆婆。一天，来了一个老太婆，给她一件花衣服。这儿媳妇穿上花衣服，就变成了老虎。我们今天当然不会相信这是真事。当时的人，也未必就百分之百相信，但他们还愿意传播这些故事，是因为这些故事表达了他们对于世界的理解，对于生活的理解，这些故事背后的道理，符合他们的道德观、价值观，他们又通过传播这些故事，强化这种认同感。

唐僧变成老虎，就是受到了惩罚。他必须遭到这次惩罚，必须受这个委屈，读者才有可能原谅他。他冤枉了悟空，现在他也被别人冤枉。最后，悟空解救唐僧的时候，先把唐僧奚落一顿："师父

291

呵,你是个好和尚,怎么弄出这般个恶模样来也?你怪我行凶作恶,赶我回去,你要一心向善,怎么一旦弄出个这等嘴脸?"说到底,悟空是尊敬唐僧的,是爱护唐僧的,他被贬回花果山,心却在唐僧这边,所谓"身回水帘洞,心逐取经僧"。那么,他为什么还要奚落唐僧呢?这话其实是替读者说的,作者借人物的声口,替读者奚落唐僧、讽刺唐僧。只有这样,我们才会觉得解气,才会原谅唐僧。

第三十一回

猪八戒义释猴王　孙行者智降妖怪

083　是"义激"美猴王，还是"义释"美猴王？

这段情节说的是：八戒看哄不来悟空，就用激将法，说黄袍怪听了悟空的名号，不仅不害怕，反倒更嚣张起来，说要剥了猴哥的皮，抽他的筋，啃他的骨头，吃他的心。悟空一听这话，气得抓耳挠腮，暴跳如雷，就随八戒回来降伏黄袍怪。悟空要八戒与沙僧，把黄袍怪的两个儿子带到宝象国去，摔死在台阶上，引黄袍怪回碗子山来。这一头，悟空变成百花羞的模样，等候黄袍怪。黄袍怪回来，悟空变的百花羞，装模作样，说自己因为儿子死了，心疼得厉害。黄袍怪吐出元丹，给假老婆治病。悟空把元丹弹了一下，把脸一抹，显出本相。黄袍怪斗不过悟空，躲了起来。悟空料定这妖魔有来头，就到天庭，请玉帝查看各宫各殿，有哪一路神明不在岗。四大天师回奏：奎木狼擅离职守，逃到下界，已经有十三天了。其他二十七星禽就把奎木狼召唤回来，玉帝罚他给太上老君烧火。悟空回到宝象国，解了咒语，唐僧还原本相，师徒团聚。

这一回，是黄袍怪故事的收束。回目里的两句话，正好概括了这一段故事的两部分。先说前一部分：猪八戒义释猴王。

这回目本身就很有说道。因为不同的版本，用的字不一样。我们所习惯的说法，未必就是正确的说法，无论"义激"，还是"义释"，可能都是误会。①

今天，我们一般都说："猪八戒义激猴王"，这里的"激"，就是激将法。大家已经习惯了这一说法，认为它是对的。

为什么我们习惯说"义激"猴王呢？之前说过，《西游记》有明代的本子，也有清代的本子。不同的版本，文字上是有差异的。清代通行的本子，这一回的回目就叫"义激"。现代以来，大部分人看的本子，其实都是清代的通行本——别说普通读者了，就是胡适、鲁迅两位先生，他们是现代"西游学"的奠基人，他们研究《西游记》，其实也是以清代的通行本子为依据的。

后来，我们发现更多明刊本，问题就暴露出来了。因为明代的本子里，这一回的回目应该叫"义释"猴王，比如之前提过的"世德堂本"和"李评本"，都是"义释"。

也就是说，这一回的回目本来应该叫"义释"，到了清代，才改成"义激"。今天的出版社发行者，大都尊重明代的本子，这一回就叫"义释"。

但"义释"是说不通的，尤其不符合这一段情节内容。

什么叫"义释"？按照中国古代小说的习惯用法，这里的"义"就是义气，"释"则是释放的意思。"义释"二字出现在回目里，出现在情节里，指一个人（姑且称作甲）认为另一个人（姑且称作乙）

---

① 参见李小龙：《"义激猴王"的校勘、义理与小说史语境》，《文学遗产》2020年第5期。

有义气，把他释放了。或者说，甲讲义气，把乙给释放了。比如《残唐五代史演义传》第三十一回，李存孝放了高思继，就接了一句诗："英雄自古惜英雄，义释高郎此日中。"① 可以说，这就是"李存孝义释高思继"。更著名的是《三国演义》第六十三回，就是"诸葛亮痛哭庞统，张翼德义释严颜"；《水浒传》第二十二回，是"阎婆大闹郓城县，朱仝义释宋公明"，《金瓶梅》第八十四回，是"吴月娘大闹碧霞宫，宋公明义释清风寨"，都是这个用法。

如果是这个意思，就与情节对不上了，猪八戒释放了悟空？这是从哪里说起呢！

当然，"释"还有另一种含义，就是"解释"的意思，"义释"也可以理解成：甲把大道理讲给乙听，让他明白。这种用法，小说里也有，比如《春秋列国志》《大宋中兴演义》里都有类似的情节，但不如第一种解释更流行。

况且，就算这样理解"义释"，也与情节对不上。猪八戒给悟空讲道理？也是扯淡！他先是哄悟空，后来用激将法，都不是在讲道理。倒是白龙马给八戒讲了一番大道理，如此说来，第三十回的"意马忆心猿"，倒是可以说成"白龙马义释八戒"了。

清代的人，应该是发现了这里不对劲，所以改成"义激"，比"义释"强一点。

其实，如果大家看书仔细，特别是阅读原典文献，就会发现，"义激"也是错误的，这个词本来应该是"义识"。翻译过来，就是说甲认识到乙是有义气的。比如李评本，总目里用的就是"义识"，

---

① 罗贯中：《残唐五代史演义传》，北京：宝文堂书店1983年版，第124页。

第三十一回的插图有标题,也叫"义识"。这就符合情节了。

你瞧,虽然悟空故意耽误时间,为难八戒,但他其实一开始就打算回去找唐僧的,他只是报复一下八戒,给他一点教训,他的心从来都没有回到花果山,而是一直跟着唐僧。小说里有一处细节,悟空和八戒路过东洋大海,悟空要下去洗个澡。八戒纳闷:这都火烧眉毛了,师兄还有心情泡澡?悟空说:自己回花果山做山大王,身上有些妖精气了。唐僧是个爱干净的人,怕惹师父嫌弃,所以要净一净身子。八戒才知道悟空的真心诚意,小说里用了一句话:"八戒于此始识得行者是片真心,更无他意。"这不就是"义识"吗?

不仅八戒重新认识了悟空,我们也重新认识了悟空。"西天取经"单元的猴王,绝对不是"大闹天宫"单元的猴王。虽然这一回,为了写身心分离、铅汞失和,表现唐僧和悟空的退化状态,写到悟空退化为妖仙。但是,悟空不再是原来的"齐天大圣",他不可能真正退化,妖气是表面上的,能够洗刷掉的,他骨子里是孙行者,继承的是神猴哈奴曼的DNA,他礼敬佛法,对师父虔诚。

可以说,从"义识"到"义释",再到"义激",这是版本的细微差异给我们提供的复杂信息。朋友们不做学术研究,没必要在这上面较真儿。只要知道,三个字都不算错,但"义识"更符合情节,也就可以了。

084 悟空的语言艺术如何?

这一回后半部分说的"孙行者智降妖怪",关键词在于"智",这与上半句的"义"形成对偶。古代小说的回目,经常是这样设计的。比如《三国演义》第五十三回，是"诸葛亮智算华容，关云长义释曹操"，再如《大唐秦王词话》第二十七回，是"茂功智说秦叔宝，世民义释程咬金"，都是这种用法，《西游记》也是按这个套路来的。

这里的"智"，从情节看有两层意思：其一，是悟空用变形术，假变百花羞，哄骗黄袍怪。不然，悟空降伏黄袍怪，还要费点周折。毕竟，黄袍怪的本事大，武力值很高，需要设计对付。况且，悟空的变形术，是几可乱真的。之前，悟空也变过高小姐，骗了八戒。可以看到，悟空变女人，是很像的，看不出破绽——起码从正面看不出来。如果他自己不显出本相，妖怪当真以为他是自己的老婆。其二，悟空也是一个学习型英雄、成长型英雄，他在斗争中不断地积累经验。黄袍怪逃跑后，悟空用火眼金睛四下查看，居然没搜索到，可见妖怪的本领不小。他又想到——黄袍怪说见过自己，就认定这是从天上下来的神明，便直接去找玉帝要人。这就是悟空有"智"谋的一面。

然而，读这一回，笔者最感兴趣的，不是悟空的智慧，而是他的语言艺术。可以说，悟空是《西游记》里的第一位语言大师。

中国古代小说里，有许多语言大师。小说是塑造人物的文学，塑造人物，就要写人物的言语，写他（她）们说话。有的人物，很擅长表达，要么引经据典，舌灿莲花，要么能够结合特定的环境，针对特定的人物，说不同的话，发挥不同的艺术作用。这都是很讲究语言艺术的人物。古代小说里，这样的语言大师有很多。比如《金瓶梅》里的潘金莲，就是语言艺术大师。《红楼梦》里的王熙凤，更是"大师中的大师"。黛玉、宝钗都是会说话的人，但与凤姐比较起来,还是要差一些的。

《西游记》里也有能说会道的。猪八戒就挺能说的,但跟悟空比起来,也差一些。

能说,不代表会说。话多、话密,不一定是语言大师。语言大师,要结合语境,针对不同的对象,见人说人话,见鬼说鬼话,达到不同的目的。悟空就是这样的选手。

悟空的话,本来也是很多的。像第二十回,悟空与王老头斗嘴,老头嫌他话多,说他是个卖弄口舌的和尚。悟空就说:"我这些时,只因跟我师父走路辛苦,还懒说话哩!"阿弥陀佛,懒得说话,还说这么多;要是不犯懒,真能说一车子的话,活活聒噪死人了!

然而,悟空话虽多,却不聒噪。他是"看人下菜碟"的,见什么人说什么话,与《红楼梦》里的王熙凤是很像的。

他规劝百花羞,讲的就是大道理。他质问百花羞:人生天地间,什么罪过是最大的?封建时代,人们特别强调孝道,不孝是大罪。百花羞懂这个道理,她引用《孝经》上的话,"五刑之属三千,而罪莫大于不孝"。这里的五刑,指墨刑、劓刑、剕刑、宫刑、大辟。墨刑就是在脸上刺字,劓刑就是割掉鼻子,剕刑就是割掉脚,宫刑就是去势(司马迁接受的就是宫刑),大辟就是杀头。这五刑,适用于三千种罪名,里边最大的罪,就是不孝。

百花羞这样回答,正中悟空下怀,悟空就赶紧叱责她:你就是个不孝之人!你还有父母在高堂,怎么就在这里跟妖怪过小日子?为了加强效果,悟空还引了《诗经》的话:"父兮生我,母兮鞠我。哀哀父母,生我劬劳。"强调父母养育子女之不易。

古人对这首诗,是很熟悉的;我们今天,很多人也熟悉这首诗,可能从小就被要求背诵过，为了表现对父母的爱。逢年过节，还要在亲戚朋友面前表演一下，算是一个才艺。即便小时候没背过。起码，"生我劬劳"这个成语，很多人是知道的。悟空用这话来打动百花羞，效果就很好，说得百花羞面红耳赤，半天说不出话，最后答应彻底降伏黄袍怪，随悟空回宝象国。你瞧，悟空是很会给人做思想工作的。

等到百花羞嘲笑悟空，说他不如黄袍怪看着雄壮威武，悟空的回答，用的就全是"屁嗑儿"了。百花羞说悟空是个皮包骨头的小瘦子（长得像螃蟹一样），怀疑他没有通天彻地的大本事，悟空就说："你原来没眼色，认不得人。俗语云：'尿泡虽大无斤两，秤铊虽小压千斤。'他们相貌，空大无用：走路抗风，穿衣费布，种火心空，顶门腰软，吃食无功。咱老孙小自小，筋节。"

这话说的，就叫人发笑。说黄袍怪虽然体格大，跟猪尿泡一样，看着大，没分量。自己虽然小，是秤砣，能压千斤。秤砣小，压千斤。这话很多人听过，春晚小品《过河》就用过这句话。只不过，许多朋友不知道前半句，"尿泡虽大无斤两"，这句话太粗俗了，一般人是说不出口的，更不适合出现在春晚舞台上。但悟空说这些，还不过瘾，接下来又连珠炮地攻击黄袍怪这种大块头，说这类人走路抗风，做衣服费布，浪费粮食。自己虽然看着小，很结实。筋节，就是结实。

这里还有两个形容词："种火心空"和"顶门腰软"。说的是两种木头。

种火，就是拨火棍。生炉子的时候，要用一个拨火的木棍，扒拉柴火，增加柴火和空气的接触面积，让火烧得更旺。拨火棍都是实心的，不能是空心的。空心的棍子，很容易燃烧起来，木柴还没扒拉完，拨火棍先烧没了。

顶门，就是用来插门的门闩。这种木头也得是坚实的，尤其中间部分——就是腰——不能是软的。否则，一推就断了，也起不到防盗作用了。

你瞧，悟空的语言，是多么丰富，多么生动。经书上的教条，他懂；市井生活里的"屁嗑儿"，他也懂。用在不同的场合，解决不同的问题。

那么，悟空的这些"学问"，都是从哪里来的？别忘了，当年悟空求仙访道，先在南赡部洲混了八九年，走街串巷，什么"屁嗑儿"没听过？后来在西牛贺洲的斜月三星洞，跟随须菩提祖师修道。之前说过，须菩提祖师是一个"三教混融"的形象，他的知识很杂。悟空跟随这样一位杂家师父，耳濡目染，知识也是杂的。别说，要当语言大师，知识必须杂。悟空是《西游记》第一语言大师，也是《西游记》第一杂家。

第三十二回
平顶山功曹传信　莲花洞木母逢灾

085　金角、银角是插队进来的？

从这一回，一直到第三十五回，讲的是金角、银角大王的故事。这也是作者用四回篇幅才讲完的一个大故事。这段故事是很有名的，后来许多作品改编《西游记》，都喜欢在这个故事上做文章，影视剧有，动画有，漫画也有。朋友们也很喜欢这段故事。其中的桥段，今天甚至成了网络梗，"我叫你一声，你敢答应吗？"大家都知道，这话是从《西游记》的金角、银角故事里来的。

不过，这段故事可能不是原来就有的。或者说，不是原作者写的，而是后人补入的。侯会先生早就指出这一点了。[①] 侯先生的根据，主要是两点：其一，这一回的故事，与后面青牛精的故事有矛盾。《西游记》里，从兜率宫跑出来的妖怪有两拨，一拨是金角、银角，一拨是青牛怪。青牛怪是私逃下界，金角、银角却是被派到人间出公差来的。观音菩萨看中了这两个小道童——大概是见二人格外伶俐，要用他们考验唐僧师徒，向太上老君借了三次，老君才

[①]　参见侯会：《试论〈西游记〉"莲花洞"故事之晚起》，《明清小说研究》2009年第1期。

答应。然而，到了第五十二回，悟空因为青牛怪，又找到太上老君的门上。老君居然感觉很意外，说道："西天路阻，与我何干？"这忘性也太大了！根据这一点，学者们就认为金角、银角故事是后来补进去的。补写者又没照顾到后文，忘记修改太上老君的话，以致出了纰漏。

其二，这一回的许多情节与其他故事很像。比如功曹报信的情节，就与第七十四回太白金星报信的情节很像，连说的话都很像，有抄袭的嫌疑。再如下一回银角大王变化道人，要悟空背他走，也与后来红孩儿的情节很像。很可能，这一回的情节就是从其他故事里"东拼西凑"，这抄抄，那抄抄，最后攒出来的一段。

其实，《西游记》的故事里，这种前后矛盾、前后重复的地方是很多的，不止这一个故事。原因很简单，这是一部世代累积型成书的作品，我们现在看到的故事，有早有晚，是逐渐聚合到一起的。从最早的写定本，到今日所见最早刊本（金陵世德堂刊本），中间应该也隔了很长的时间。

不是说文本一旦写定了，文字就不会发生变化了，在传抄的过程中、翻刻的过程中，抄写的人、编刻的人、校订的人，还会不断地进行二次加工，甚至更多地加工。可能原本里有的文字，最后被删掉了——比如唐僧出身的故事，原本可能是有的，却被删掉了，所以金陵世德堂刊本里看不到。既然可以"删"，当然也可"加"。书里的许多段落，可能都不是原本的，而是后来塞进去、补进去的，比如第六十四回"木仙庵"的故事，就是后补进去的。

当然，说金角、银角大王的故事与红孩儿、狮驼岭的故事有重复，本身不能确定它就是后出的。但红孩儿故事、狮驼岭故事是"西游"故事的"老资格",在宋元时代的《西游记平话》里就有了,而当时还没有金角、银角大王故事,后出的故事抄袭早期的故事,这个逻辑应该是清楚的。

更重要的是,金角、银角大王的故事,破坏了原书作者的构思,也能够说明这段文字是后来插入的。① 第三十一回开篇,有一首定场诗,其中有一句:"兄和弟会成三契,妖与魔色应五行"。"成三契"与"应五行"是对仗关系。三契,就是三合,指精合于气、气合于神、神合于道,这指的是悟空和八戒的配合。"应五行",指妖魔的颜色对应着五行。

确实,从进入西牛贺洲以后算起,唐僧师徒遇到的妖魔,如果不看金角、银角的话,按顺序是白骨精、黄袍怪、青狮精、红孩儿、黑水河的鼍龙怪。

正好是五个颜色:白、黄、青、赤、黑,对应金、土、木、火、水。也就是说,按照作者的原意,这些妖怪出现,是五行运作的结果。现在,突然在黄袍怪后面,插入一个金角、银角的故事。这个顺序就被打乱了。

补入这段故事的人,要么没注意到原作者的意思,要么就是注意到了,假装没看见 —— 他太欣赏自己写的这一段文字了。当然,这一回故事确实也很精彩。

所以说,金角、银角很可能是插队进来的,他们有"特权",所以排序很靠前。

普通的读者,不用在这方面较真儿,欣赏这篇文字就行了。至

---

① 参见李天飞校注:《西游记》,北京:中华书局2014年版,第420页。

于它是不是原作,已经无所谓了。毕竟,我们连原作者到底是谁,现在也不能下百分之百的定论。不能因为它不是原作者写的,就预设其艺术品位不高。如果戴着"有色眼镜"去看古代小说,许多小说,特别是世代累积型成书的作品,我们都没法看了。

086 面对八戒,我们的优越感从何而来?

先把第三十二回的情节概括一下:唐僧师徒来到平顶山。日值功曹变化成一个樵夫,来给他们报信,说平顶山上的妖魔本事大、法宝多,要悟空小心。悟空哄八戒去巡山,他料定八戒要犯懒,应付差事,就变成一只蟭蟟虫,一路跟随八戒。果然,八戒不好好巡山,又编了一套谎话,回来糊弄唐僧,被悟空给戳破。八戒再去巡山,正好撞见银角大王,被抓进了莲花洞。

上一讲说过,金角、银角的故事应该是后来补入的,不是原书作者的构思,但这段故事写得很有趣,艺术水平不低,虽然许多笔墨,与其他故事有些相似之处,但补写者不是照搬照抄,而是进行了整合融会,看上去就不是一个拼凑出来的故事。

更重要的是,补写者继承并发扬了原书作者的游戏精神,把神魔斗法写得妙趣横生,他的兴趣也在游戏上。大家看这一段故事,神魔打斗的内容变少了,法宝、法术增多了,又不是简单地比试法宝、比试法术,而是你骗我,我骗你,你耍我,我耍你,悟空和妖魔的较量不在武功和体力上,而在策略上。

具体到这一回,神魔斗法尚未开始,补写者便集中表现猪八戒的滑稽。

这一回的回目为"平顶山功曹传信，莲花洞木母逢灾"。但朋友们阅读原著会发现：回目概括的两个情节，都不是这一回的重点。功曹传信的情节，只占到这回文字的30％，八戒被抓进莲花洞的情节，更是少得可怜，只有10％。那么剩下60％的篇幅用来写什么了呢？写八戒巡山。

我们看这一回，也是对八戒巡山的情节感兴趣。许多朋友分析猪八戒的形象，也爱拿这一段情节举例子。的确，这一段写得很典型，也很有趣。

之前，八戒撺掇唐僧念"紧箍咒"，害得悟空被贬。悟空虽然初心不改，最终归队，也没有记恨八戒，但猴哥毕竟不是一个宽宏大量的角色，一逮到机会，他就是要"恶搞"一下老猪的。同时，他也长了个心眼，先让八戒去试试水，看妖魔究竟法力如何。如果八戒能够独自战胜妖魔，这份功劳就让给他；如果八戒被抓，他再去营救，也能显出自己的本事。你瞧，悟空也有自己的小算盘。

于是，悟空硬挤出几滴眼泪，哄骗唐僧，说这平顶山上的妖魔确实厉害。八戒一看悟空居然哭了，当时就说："沙和尚，歇下担子，拿出行李来，我两个分了罢！"他劝沙和尚回流沙河做妖怪，自己回高老庄做上门女婿。至于白马，就地发卖；卖的钱，买口棺材，给唐僧发丧。把唐僧气得，直骂猪八戒是个"夯货"。这时候，白龙马是不方便开口说话；要是能开口说话，肯定也要骂上一句："我是西海龙王三太子，你说卖就卖？！你这不是二手车交易，你这是买卖人口！"

自从大战黄袍怪开始，八戒就把"分家"的话，挂在嘴上了。悟空知道这一点，他就是要八戒说这个话，这话惹恼了唐僧，他就不会护着八戒了，悟空就可以给八戒设套了。

他给八戒两个选项：一个是照看师父，一个是巡山。他故意把照看师父这件事，说得很辛苦、很琐碎，唐僧吃喝拉撒，八戒都得跟着，跟照顾失能老人的保姆一样。又把评价指标拉得很高，惩罚力度说得很大，唐僧脸黄一点、瘦一点，都是八戒的不是，悟空就要扯出金箍棒来打。比起来，巡山就容易得多，打听清楚有多少妖怪，是个什么山，有个什么洞，就是个踩点儿的活。八戒一听，就去巡山。

悟空又料定八戒偷懒，一路跟着他。八戒果然"不负众望"，一路上骂骂咧咧，最后看到一片红草坡，他就钻进去睡大觉。悟空怎么会放过他？就变成一只啄木鸟，照着猪嘴，就是一下，把血都给啄出来了。八戒居然还不起身，抱着嘴，继续睡，悟空又在他耳根上啄了一口，八戒才骂骂咧咧地起来。

眼看时间到了，八戒就开始编应付唐僧的话，"我只说是石头山。他问甚么洞，也只说是石头洞。他问甚么门，却说是钉钉的铁叶门。他问里边有多远，只说入内有三层——十分再搜寻，问门上钉子有多少，只说老猪心忙记不真"。自说自话，自导自演，活像捏着零分的卷子，准备回家见爹妈的熊孩子。看到这样的八戒，我们当然觉得可气、可笑，但看看他的那个呆气、傻气，那股自作聪明的劲儿，又觉得很可爱。

更重要的是，这段故事是用"上帝视角"来写的。所谓"上帝视角"，就是一个全知全能的视角。故事里发生的一切，每个角落里的细节，这个视角都是知道的。我们是通过这个视角来看故事的，悟空是怎么想的，八戒是怎么想的，蠛蟟虫和啄木鸟，其实都是悟空变化的，八戒编的谎话，我们也跟悟空一起知道。只有八戒是蒙在鼓里的。

这样一来,我们成了悟空的"同伙",更成为故事讲述者的"同伙",我们在掌握了全部信息的情况下,看人物表演,看他自以为是,看他自作聪明,看他自鸣得意,最后再看他被拆穿,被扒得体无完肤。

这就是传统的构造喜剧场景的方式,就是让观众"围观"人物。这不是一种水平方向上的围观,而是俯视的角度,仿佛奥林匹亚山的众神,俯视着特洛伊战场上的英雄。当我们进入这个"围观"场景后,感觉自己在参与一场集体恶作剧,一种原始的快感,就会被激发出来。更重要的,在这种俯视的"围观"场景里,我们会觉得自己在能力、智力上都远远高出人物,从而获得一种优越感。这种优越感,也会让我们产生快感。

087 谣言从哪里来?

说一说第三十二回后半部分的内容。

在这一回的最后,金角大王、银角大王正式登场了。金角大王要银角大王去巡山,银角问为什么,金角说唐僧师徒眼看要到了,叫银角把他们抓来。银角说:"我们要吃人,那里不捞几个?这和尚到得那里,让他去罢!"金角说他当年出天界,听人传说,唐僧是金蝉子转世,十世修行的好人。吃了他的肉,可以长生不老。银角一听,就来了精神,说:"若是吃了他肉就可以延寿长生,我们打甚么坐,立甚么功,炼甚么龙与虎,配甚么雌与雄?只该吃他去了。等我去拿他来。"金角叫他先别急,若是不分好歹,不管什么和尚都抓了来，不当人子的。自己记得唐僧师徒的模样，把他们的相貌画了图像，要银角照着图像抓人。

这里，透露了两个重要信息：

其一，金角、银角是从天上来的。补写者没有刻意隐瞒其来历，给了一些暗示。金角说他"出天界"的时候，就证明他们是从天庭下来的。

其二，在他们出天界的时候，"吃唐僧肉能长生"，这个谣言已经传开了。回想第二十七回，白骨夫人见了唐僧，有一句话："造化！造化！几年家人都讲东土的唐和尚取大乘，他本是金蝉子化身，十世修行的原体。有人吃他一块肉，长寿长生。"说明唐僧等人来到白虎岭的时候，谣言已经传了好几年。起码，在唐僧师徒到五庄观之前，这谣言就已经传了一段时间——从五庄观走到白虎岭，中间只隔了五六天。

白骨夫人说这消息传了好几年，但黑熊怪和黄风怪，都没提过这话。黑熊怪压根儿就不惦记唐僧肉。黄风怪虽然要吃唐僧，也没提长生不老的事。这个消息，可能是在"四圣试禅心"故事的前后传出来的。说明在取经团队正式搭建好之后不久，这个消息就被放出来了。各路菩萨、神仙，不仅亲自下场，来试验唐僧师徒，还放出消息，教唆各路妖魔对取经团队进行围追堵截，给唐僧师徒增加更多磨难。

一些朋友读到第二十七回的时候，可能就好奇：这谣言是从哪里来的？如今读到第三十二回，就搞清楚了：这话是从天上来的。"后台大佬"怕妖魔们缺乏捉拿唐僧的动力——毕竟，悟空威名在外，为了吃一个普通的唐和尚，冒着生命（起码是毁掉道行）危险，招惹悟空,这桩买卖不划算。说唐僧肉有神奇功效,这个诱惑力就太大了。

你瞧银角大王,一听说吃唐僧肉能长生,就很激动。因为他们兄弟平时延年益寿,靠的是锻炼龙虎,调和雌雄,就是修炼元神与元气,结成内丹。这本来是道家内丹修炼的正经路数。《西游记》里的许多妖魔,都是走这个路子的。但这一过程很艰辛,需要耗费大量的精神,熬过漫长的时间。如今,突然听说一个捷径,不用再费功夫,就可以长生不老,十个妖魔里,有九个是抵挡不住诱惑的。

其实,又何止妖魔呢?神仙们不也有这种心理吗?十洲三岛上的神仙为什么羡慕镇元大仙?就是因为他不用锻炼龙虎、调和雌雄,光吃人参果,就能长生不老。一提到人参果,每天耗神费力去调和铅汞的神仙们,就直流哈喇子。神仙们当然不敢走捷径,但他们也有走捷径的心理,所以能抓住这个心理,编出诱人的谎言——唐僧就是人参果,大家快去抢,数量有限,先到先得!

更重要的是,金角大王说自己记得唐僧长什么样。请注意,说的是"记得",而不是"知道"。"知道"长什么样,可以是打听来的;"记得"长什么样,就可能是别人嘱咐过的,或者是他自己见过唐僧。结合前后情节,金角没见过唐僧。如此看来,应该是别人嘱咐的。谁嘱咐的,十有八九,是太上老君与观音菩萨。

第三十五回,太上老君来搭救两个宝贝徒弟,说这一切都是观音菩萨安排的。他又假撇清,说菩萨跟他借了三次,他才答应。这话,我们是不相信的。读过原著的朋友都知道,书里的太上老君是很乐意巴结人的,尤其巴结江湖大佬,作为天庭的精神领袖,他的地位是崇高的，但他偏偏喜欢放低身段，去巴结人。玉帝要举办丹元大会，他就卖力气炼丹，加班加点，费工费料。之前说过，九转金丹，是经过九次提炼的元丹。太上老君能炼出五壶，花了多少心血，可想而知；二郎神苦战悟空的时候，观音菩萨要用玉净瓶去偷袭悟空。太上老君又赶紧"卖好儿"，说菩萨的瓶儿是瓷的，砸中了还好，万一砸不中，摔得粉碎，就太可惜了。菩萨问他有何法宝，他连声说"有！有！有！"赶紧把金钢琢掏出来。就这个气质，哪里像天庭的精神领袖？

所以，菩萨三次借人之说，是不好相信的。十有八九，是一说就借了。别忘了，《西游记》里的观音菩萨是很容易生气的，驳了菩萨的面子，菩萨很生气，后果很严重。

现在来看，金角说"记得"，可能就是太上老君千叮咛万嘱咐的。咱们不妨也像小说家一样，还原一下场景：

老君摸着金炉童子的背，嘱咐道："徒儿呵！此一去，万分小心，那猴子不是个好相与的。唐僧的相貌在这里了，你可要记下了！指名抓他，不要牵连无辜，伤生害物，毁了你弟兄们的道行。菩萨交代的事，你们一定办好。事办得漂亮，我好在菩萨面前说话。说不定，送你们去做交换生哩！去吧，去吧！若到那万分危难之时，切莫惊慌，我自来搭救。"

这当然是杜撰出来的话，但还是符合《西游记》塑造人物的逻辑的。今天一些改编《西游记》的作品，只看重故事内容，尤其素材的奇幻性，不好好揣摩人物，没有表现出《西游记》的人情世故。

所以，怎么看都不如原著有味道。

088　毗卢帽是五佛冠吗？

这一回里，金角大王画了唐僧师徒四人的图像，叫银角大王照着图像去抓。银角大王就领了二十名小妖，出去巡山。书里说，这图像叫"影神图"。

何为"影神图"？这本来指的是传形写真的画像，是一种逼真的肖像画，可以简称"影神"。比如第四十九回，观音菩萨答应悟空，留下"鱼篮观音"的法相，书中交代："内中有善图画者，传下影神。"再比如第七十九回，比丘国百姓感激唐僧师徒，"传下影神，立起牌位，顶礼焚香供养"，对着四人的画像礼拜。

但古时候的人大都认为：人的影子，或者画成的图像，能够摄去当事人的魂魄。这其实也是一种原始的巫术思维在作怪，但它对我们的影响是很深远的。比如后来出现的镜子，再后来出现的相片，人们都觉得能摄去人的魂魄。特别是照相技术，这种西方传来的技术，在相当长的时间里，不被中国的大众所接受，就是因为人们觉得被照了相，魂儿就丢了。妖魔化、污名化照相技术的流言蜚语，当时是很常见的。

猪八戒也有这种观念。所以他一看见影神图，就说："怪道这些时没精神哩！原来是他把我的影神传将来也。"就是说自己被银角画了肖像，魂儿也被勾走了。

按道理，这种影神图，以当时的绘画技法而言，应该是比较接近当事人本来面目的，也就是说，应该是画得很像的。银角大王手里的影神图，到底像不像，书里没有交代。但可以确定的是，影神图抓住了唐僧师徒的特点。

那么，唐僧师徒形象上的突出特点，有哪些呢？

先说唐僧。受影视剧影响，普通读者一想到唐僧，就会想到他头戴五佛冠，身披锦襕袈裟，手拿九环锡杖，骑在白马上，丰神俊秀，英姿勃发。其实，这是不符合原著的。

试想，唐僧是一个行脚僧，平时跋山涉水，卧月眠霜的，穿这样一套华美行头，还怎么穿密林、过草地、翻山岭、跨江河呢？一方面是太重了，不方便赶路，另一方面是容易弄脏礼服。

请注意，这是一套礼服，只有礼仪性场合，唐僧才会穿上。比如到了一个城邦、一个国家，唐僧需要入朝面见城主、国王，倒换通关文牒，才会穿上。或者，有神佛菩萨降临，唐僧为了表示恭敬，才会穿上。这也是礼仪的场合。比如第六十一回，李天王、哪吒、四大金刚奉如来法旨降伏牛魔王，来见唐僧。书中交代，唐僧赶紧换了装束，戴了毗卢帽，披了袈裟，恭恭敬敬迎接几位佛教世界的大咖。平时，他可不这样穿。毗卢帽、锦襕袈裟，都是收在包袱里的，九环锡杖是绑在扁担上的，都是老猪担着。也就是说，这些"配重"都压在老猪身上，所以老猪总是抱怨担子重。

这里，要说明一下，即便是穿礼服，《西游记》里的唐僧也不戴五佛冠。读过原著的朋友应该知道，作为礼服的配置，与锦襕袈裟搭配在一起的，是金顶毗卢帽。

有朋友认为，毗卢帽和五佛冠是一回事，其实是错误的。

毗卢，全称是毗卢遮那，也可以翻译成毗卢舍那，这是梵语音译，意译是佛光遍照。毗卢遮那佛，意译为大日如来，为法报化三身佛中的法身佛,是密教最高的尊奉对象。

毗卢帽则是一种汉传佛教的僧帽,相传最早是禅宗黄檗宗的僧人戴的,后来慢慢普及开来,在汉传佛教重要的科仪上,高僧都会顶戴毗卢帽。

论起来,这其实也可以溯源至密宗。在举行灌顶、护摩等密宗仪式的时候,担任主持的僧人要升起佛幔,显出本尊佛的样子,但僧人没有头发,需要戴上高高隆起的发髻,后来到了汉传佛教里,高高隆起的发髻就逐渐被戴毗卢帽取代了。

五佛冠也是从密宗来的。这是连在一起的五方佛的冠片,两边有六字真言的飘带。放焰口的仪式里,僧人要先戴上毗卢帽,外面围上五佛冠。外行人看过去,只看到中间竖起的顶子和外面围着的五张佛片,就认为这是一个帽子。戏曲表演为了节省成本,同时也为了佩戴方便,经常把这两种僧帽,做成一个僧帽。后来的影视剧,延续了这一传统。这样处理,当然有它的好处 —— 演员更容易佩戴,道具组也更容易保存和打理,但给佛教徒看,就会觉得不伦不类。好在,普通的读者和观众不计较这些。

不过,这都是视觉化艺术的处理,是受了古代放焰口仪式的形象。但小说原著里,单从文字上看,唐僧在礼仪性场合,是只戴毗卢帽的,不戴五佛冠。

有趣的是,在第十二回,唐僧主持水陆大会,戴了金顶毗卢帽,披上锦襕袈裟,大家一看他这身打扮,都说是地藏王菩萨来了。如果是这样,唐僧应该是戴着五佛冠的,因为放焰口仪式的时候,高僧戴五佛冠、披袈裟的形象,就是与地藏王菩萨有关系的。这样看来的话,作者似乎也认为毗卢帽和五佛冠是一回事。他应该也是受

313

了戏曲舞台形象的影响，既然作者都没弄明白，普通读者也就不用再较真儿了。

那么，平时的唐僧是什么装扮呢？

徒步的时候，唐僧会拿着九环锡杖，当拄杖用。毕竟，唐僧是凡人，跋山涉水，有个拄杖在手里，方便一些。但不戴毗卢帽，也不穿袈裟。

一般就是戴个斗笠。这就很实用，遮风、挡雨、防晒。比如第二十八回，唐僧来到黑松林，一个人坐不住，就摘了斗笠，把九环锡杖插在地上，四处溜达。再比如第四十七回，师徒四人来到陈家庄，要去借宿，唐僧就摘了斗笠，拿着九环锡杖，往陈员外的家门口去。第二十回，说唐僧戴着个藤缠篾织斗篷，这其实也是斗笠。

唐僧身上也不披锦襕袈裟，而是穿一件缁衣，外边再罩一件褊衫。这是一种开脊接领的僧服，斜披在左肩上，不是袈裟，但类似袈裟。

你瞧，唐僧平时的装扮，看上去普普通通的，就是个行脚僧的模样，这才是原著中唐僧的标准照。即便唐僧长相出众，气质卓荦，平时戴着大斗笠，也显不出来。这样的形象，当时走在路上，是没什么回头率的。唐僧之所以引人注意，其实在于他身上散发出来的神圣光芒。比如第八十回，悟空从远处看唐僧，见他头顶一片祥云叆叇。也就是说，唐僧是自带背景特效的。但观众是肉眼凡胎，又不是猴哥，看不到这些特效，怎么办呢？就让唐僧把礼服穿起来吧！头戴金顶毗卢帽，身披锦襕袈裟，手拿九环锡杖。这样一副打扮，走在路上，回头率一定是相当高的。

089　猴王到底美不美？

说完了唐僧的标准照，再说仨徒弟的标准照。

先看大师兄。悟空到底是一副什么形象呢？受影视剧影响，朋友们都觉得悟空是一只潇洒的猴子，形象好，身段好。比如86版电视剧《西游记》，再比如动画片《大闹天宫》，里面的孙悟空都是这样的形象。后来，悟空的形象又进一步迎合青年观众的审美期待，虽然还保留着猴子的形象，但拟人化程度更高，形象也更帅气。比如动画片《大圣归来》里的悟空，看着就很有一些"偶像派"的架势。

应当承认：作为艺术形象，特别是影视化作品里的形象，这些悟空都是很成功的，但他们与原著里的悟空，距离是很远的。原著里的悟空绝对不是"偶像派"，连起码的"相貌周正"都算不上。他的确是一只潇洒的猴子，但潇洒的是气质，不是外貌。

他自称美猴王。我们知道，一般来说，一个人吆喝什么，正说明他缺什么。没钱的硬说自己有钱，没文化的愣装有文化，胆小的偏要充大胆，小肚鸡肠的经常对外宣称自己慷慨大方。同样的道理，悟空自称美猴王，其实他一点都不美。

有的朋友可能要说了：子非鱼，焉知鱼之乐！确实，我们不是猴子，不懂猴子的审美。但《西游记》毕竟是写给人看的，不是写给猴子看的。况且，就算是写给猴子看的，悟空也不能算是一只漂亮的猴子。别忘了，他是一只妖猴，五官是妖魔化的、狰狞化的，又保留着猴子的生理特征，看上去就是既恐怖又猥琐的。

书中反复强调他的丑怪相貌，总结起来，首先是毛脸雷公嘴——雷公嘴，就是说嘴巴是尖的。其他零部件，也拿不出手，塌鼻子，缩腮帮，额头和颧骨很高，两只耳朵支棱着。身高还不满四尺，皮包骨头，痨病鬼一样，走起路来，一拐一拐的。这些其实都是猴子的典型生物体态。在此基础上，他的面相又是夸张的、畸形的、狰狞的。一双眼睛是红的，生着獠牙，直伸到嘴外边，声音尖厉恐怖，举止凶恶。这样一副形象，大概猴子看了都要怕，更别说人了。

比如第十六回，唐僧领着悟空来到观音禅院，知客僧一看悟空的样子，吓了一跳，就问唐僧："那牵马的是个什么东西？"你瞧，叫悟空"东西"，甚至没认出他是只猴子，直接当成怪物来看了。唐僧回说是自己的徒弟。知客僧就纳闷，说："这般一个丑头怪脑的，好招他做徒弟？"唐僧回答："丑自丑，甚是有用。"你瞧，不管是外人，还是自己人，都认为悟空是很丑的。

凡人嫌悟空丑，也就算了。连妖怪见了悟空，也觉得害怕。比如第六十回，悟空来摩云洞找牛魔王，遇到玉面公主。书中交代，玉面公主一看悟空这副模样，也觉得他长得太丑陋了，吓了一大跳。这玉面公主本身就是妖精，他父亲是万岁狐王，想她从小到大，也该见过不少妖精。所谓"观千剑而后识器，操千曲而后晓声"，玉面狐狸见了多少妖精，居然也会认为悟空丑陋，感到害怕，看来悟空真是丑到一定水平，狰狞到一定水平了。

有朋友可能要说：玉面公主是女妖，喜欢漂亮的小哥哥，平日见的男妖，应该也是"大个漂亮白"的，看了悟空，当然会吓一跳。况且，她是个小老婆，这小老婆，一般都是很"绿茶"气质，就算没吓一跳，装也要装一下嘛！

这样说的话，笔者就再举一个男妖的例子。第七十一回，赛太岁一见到悟空，也骂他三分像猴、七分像鬼。想那赛太岁，是金毛狮子狲，妖魔化之后，也是很丑陋狰狞的（按书中交代，活像焦面鬼），他都嫌弃悟空。这回咱们别替悟空找借口了！套一句《邹忌讽齐王纳谏》里的话，悟空应该给自己加一段凄凄惨惨的独白："吾师之丑我者，说实话也！女妖之丑我者，嫌弃我也！男妖之丑我者，瞧不起我也！"

的确，男妖怪骂悟空丑，不单单因为他丑陋，而是认为他猥琐。丑陋与猥琐，毕竟是两回事。要论丑陋，男妖怪们实在没有资格嘲笑、嫌弃悟空。大家都是夸张化、畸形化、狰狞化的——老鸹落在猪身上，黑也别说黑。但大部分的魔怪，是大型动物变的，比如狮子、老虎、黑熊、犀牛、青牛、白牛，他们身形巨大，体格健壮，这就是他们嘲笑、嫌弃悟空的心理优势。

与他们相比，悟空太矮小了！他身高不到四尺。按明代的标准，一尺大约31厘米，不到四尺，就是不到一米二。放在今天，悟空连购买儿童票的标准都不到！说句不好听的，踩着高跟鞋，都能走到桌子底下去！你说，妖怪们能瞧得起悟空吗？

身材矮小也就算了，体态健美点也行，但悟空还是一只地地道道的猴子，长着一双罗圈腿，走路一拐一拐的。第三十五回有一处细节：悟空用紫金葫芦收了银角大王，把葫芦别在腰里，往莲花洞去。书中交代，悟空是罗圈腿，拐呀拐的，一路走来，把那葫芦摇得"潺潺索索"响，就是哗啦哗啦响。以前小品里有一句经典台词："拐了啊！拐了啊！"人家悟空不用你带节奏，他本来走路就是拐呀拐的。还有一句广告词："喝前摇一摇。"到悟空这里，更用不着了——喝前摇一摇啊？人家都摇了一路了！

你说，悟空这只美猴王，到底美不美？当然不美！若论尊重原著，笔者觉得电影《西游伏魔篇》里那只矮小、猥琐、丑陋的猴子，最接近悟空的形象。无论86版《西游记》里的悟空，还是动画片《大闹天宫》里的悟空，都是受了戏曲艺术的影响，讲究扮相，讲究身段，看着不丑陋，反倒显出逼人的英气。

当然，还是那句话：笔者认为这些艺术处理都是成功的。指出原著中悟空的相貌，不是为了说明后来的艺术处理是错误的。不同的艺术形式，有自己的表现成规，有自己的期待受众，要考虑受众的感受，迎合大众的期待。

同时，笔者也没有矮化悟空的意思。原著里的悟空形貌丑陋，这是事实。但笔者仍然认为他是美的，是一位地地道道的"美猴王"，他美在精神气质。在通俗小说里，若论挑战精神，论大无畏精神，论乐观主义的精神，以及百折不挠的战斗气质。悟空说自己是第二，恐怕没人敢说第一了。这样一位英雄，当然是美的！

090 两个黑壮汉子，怎么区分？

再来对比着说一说八戒与沙僧的标准照。

这两个人物的形象，差异当然是很大的。但既然要做比较，就要发现相同的地方。在相同点的基础之上，发现不同点，这才是比较的意义。如果两个事物，本身一点共同之处都没有，还把它们放在一起比较，有什么意义呢？

论两个形象的相同点，主要有两个：一是个子大，二是皮肤黑。

身形高大，这是大家很容易联想到的，尤其与身高不到一米二的悟空比起来，这个"最萌身高差"，还是很有喜剧效果的。我们知道，制造喜剧效果的一个最简单的方法，就是强调反差。反差效果一出来，喜剧效果也就跟着出来了。比如高女人和矮丈夫、大头儿子和小头爸爸、胖头陀和瘦头陀、汤姆和杰瑞……外形上的反差，可以直接提供喜剧效果。《西游记》也利用了这一点，制造三个徒弟的喜剧效果。虽然都是相貌丑陋、可怕的妖怪，但哥仨站在一起，让人又感到害怕，又憋不住笑。

说到皮肤黑，这一点，许多朋友很容易忽略。特别是受影视剧的影响，许多朋友不认为八戒与沙和尚长得黑。

先说八戒。在许多影视作品里，八戒都是一头大白猪，仿佛从食品加工厂逃出来的一头肉猪。实际上，百回本《西游记》是把他设计成一头黑猪的。

书中明确写到了八戒的黑。比如第七十六回，八戒被妖怪扔在水池里，挣扎着，一个劲喘粗气。作者从悟空的视角来看他，焦点落在八戒的鼻子上，说他的鼻子看起来像一个落了子儿的大黑莲蓬。这个比喻是很形象的，大家可能买过新鲜的莲蓬。有兴趣的朋友可以尝试做一个猪八戒的鼻子——把莲子抠出来，别把莲蓬扔掉，让它慢慢氧化，以至发黑。猪八戒的鼻子，就是这个样子。

再比如第六十七回，八戒要拱开稀柿衕的污秽，变成一头巨大的猪，书里用一句诗来描写它的形象，说"黑面环睛如日月，圆头大耳似芭蕉"。

这都很明确地说了，八戒是一头黑猪。

有的朋友可能要问：既然猪八戒是黑猪，为什么明清时期的《西游记》插图（比如世德堂本、李评本的插图），要把八戒画成一头白猪？

的确，在这些插图里，猪八戒是白的，但这主要是因为插图雕版的技术需要，也是为了取得更好的艺术效果。这些插图是黑白的，靠线条来表现人物形象。猪八戒如果是黑的，读者就不容易看清他的表情与动作了。

这个道理是很简单的。试想：米老鼠是黑老鼠，还是白老鼠？当然是一只黑老鼠，但他的脸为什么是白色的，还要戴一副白手套？就是要让我们看清楚米老鼠的五官，以及手部的动作。毕竟，作为一只高度拟人化的老鼠，米老鼠的表情和手部动作，才是艺术表现的重点。

如果是其他艺术形式，就可以表现猪八戒的黑了。

比如戏曲舞台上，猪八戒就是画黑脸的。

有的朋友可能又要问了：舞台上的八戒为什么可以画黑脸？观众能看清吗？别忘了，中国的传统戏曲是一种虚拟性、写意化的艺术，许多角色是勾脸的，就是画脸谱。大家去看一下猪八戒的脸谱，底色是黑的，又用了白色的油彩，把鼻窝、眼窝、嘴窝勾出来了。这样一来，不仅不会看不清，反而显得更突出。加上演员的表演（比如龇牙咧嘴的表情），脸部肌肉运动起来，这些线条也随着动起来，表情就会更夸张，艺术效果也更强。

而影视剧不是一种虚拟性、写意化的艺术，剧中的猪八戒不能画脸谱了，要化装，戴上仿真头套，如果还让八戒做一头黑猪，表情就容易显得呆板。这与演员的演技没关系，演员卖出十二万分的力气，把表情夸张到极致，外头看起来，也像刚打完肉毒杆菌似的——只有一张"死脸"。肉色的头套，还勉强能看出一些表情；换作黑色的头套，就彻底面瘫了。所以，大部分的影视剧，都不把八戒设计成一头黑猪。

再来说沙和尚。沙和尚的黑，书中也是反复强调的，说他是晦气色的脸、黑脸、蓝靛色的脸，虽然色号有差异，但大体可以归到黑脸里去。

特别是为了区别八戒与沙和尚，作者一般都强调，八戒的形象是"长嘴大耳"，沙和尚的形象是"黑脸"。比如第二十八回，八戒与沙僧到波月洞找黄袍怪讨要师父，小妖跑进来报告，说道："洞门外有一个长嘴大耳的和尚，与一个晦气色的和尚，来叫门了！"再比如这一回，银角大王拿了影神图，照图抓人，说道："这黑长的是沙和尚，这长嘴大耳的是猪八戒。"你瞧，影神图上画得也很明白，抓住了人物最突出的特征。

另外，有朋友好奇，沙和尚到底有没有头发。按原书的设计来看，沙和尚在流沙河做水怪的时候，是有头发的，发量很多，还是火焰红的颜色，看着是很"杀马特"的。接受了唐僧的剃度后，这些头发都剃掉了。所以，沙和尚是光头。大家看一下世德堂本、李评本的插图就会发现，里边的沙和尚都是光头。

后来的一些图像里，沙和尚留了头发，要么是一圈卷发，要么像《西厢记》里的惠明或者《野猪林》里的鲁智深一样，留着长长的水发，头发是黑色的。但脑瓜顶都是秃的，就是所谓的"地中海"发型。这种形象，不是原著的设计，而是受了戏曲艺术的影响。比如86版电视剧《西游记》里的沙和尚，就是这样一副形象，"中央飞

321

机场，一圈铁丝网"，脑瓜顶锃明瓦亮，是一百瓶米诺地尔酊都挽救不了。

到这里，笔者将唐僧师徒四人的标准照介绍了一遍。讲说这些内容，并不是批评后来的影视改编作品"违背"原著，未按照原著的形象设计来。还是那句话，尊重原著，是尊重原著的精神，不是这些形式层面的东西。每种艺术形式都有自己的艺术传统和表现成规，行脚僧整天穿礼服，丑猴子变美猴子，黑猪变白猪，光头和尚种头发，都是艺术处理的需要，观众也接受了，没什么问题。

第三十三回
外道迷真性　元神助本心

091　是得便宜，还是失便宜？

这一回的回目是"外道迷真性，元神助本心"。

从讲故事的角度看，所谓"外道迷真性"，就是银角大王哄骗、迷惑唐僧；所谓"元神助本心"，指的是八戒与悟空配合。之前说过，按照道教内丹修炼的逻辑，悟空是元气，八戒是元神，而悟空又叫心猿，是心的象征。所以，这里说"元神助本心"，指的是八戒帮助悟空。只不过，这话是接着上一回情节说的，指八戒答应给悟空当帮手，齐心协力，打败妖魔，护送唐僧过平顶山。这是第三十二回的内容。这一回里，八戒已经被抓进莲花洞，没有帮上悟空的忙，整个故事是围绕悟空骗取紫金红葫芦和羊脂玉净瓶展开的。

这回情节说的是：银角大王抓了八戒，又领人去抓唐僧。银角见悟空本领高强，特别是金箍棒的威力大，不敢与悟空硬碰硬，就变化成一个受伤的老道士，博取唐僧的同情心。唐僧要沙僧背银角，银角偏要悟空来背。悟空乐呵呵地答应了——原来，他已经看破银角的诡计。悟空让唐僧与沙僧先走，眼看他们走远了，他就要把银角给摔死。银角预先察觉，就把须弥山搬来，压在悟空肩上，悟空不以为意，继续赶路；银角又把峨眉山搬来，悟空还是健步如飞的。最后，银角把泰山搬来——泰山压顶，悟空就承受不住，被三座山压在下边。银角赶上唐僧，连着沙僧、白龙马，都抓进了莲花洞。金角大王派精细鬼、伶俐虫，拿着紫金红葫芦和羊脂玉净瓶去收悟空。悟空以彼之道，还施彼身，也变成一个老道士，又用毫毛变了一个大红葫芦。他告诉精细鬼、伶俐虫，这是个能装天的葫芦，两个小妖就拿紫金葫芦和玉净瓶跟悟空换，还以为占了一个大便宜。

这一回里，我们看到了银角大王的本事。论起来，平顶山不是一个大山场，金角、银角手里的人马，也不算多。书中交代，莲花洞里拢共四五百人，还没有黄风岭的人马多。但两个魔头修炼的是正宗道家法术，本领高强，能够驱使山神，无论什么名山大岳，说搬来就搬来了。那些山神、土地也要听他们的号令，在莲花洞轮流值班，听候调遣。

正因为这样，悟空也感慨，他当年做齐天大圣，把一座花果山场经营得"鲜花着锦、烈火烹油"的，手下人马，鼎盛的时候有四万七八千人。这样大的名头，这样大的买卖，悟空也不敢随便使唤山神、土地这些阴神。所以，悟空不由得慨叹了一句："既生老孙，怎么又生此辈。"这明显是在用周公瑾的典故，有一种"既生瑜，何生亮"的悲慨在里边。

不只如此，金角、银角手里的法宝也很多。第三十二回功曹传信，说金角、银角手里有五件宝贝。到这一回，已经出现了三件。银角捉拿沙僧的时候，亮出了七星剑。如今要收拾悟空，紫金葫芦和玉净瓶就同时登场了。

只不过，这一回里给读者留下最深刻印象的，不是金角、银角，也不是他们的法宝，而是两个小妖——精细鬼和伶俐虫。在之前的情节里，也出现过妖魔手底下的小妖，但都没有名字，也没有得到刻画。比如黑熊怪手下的小妖，负责送请柬给金池长老，撞上悟空，就被一棒子打死了，连一句台词也没有。精细鬼和伶俐虫，则是《西游记》里第一对有名字的小妖，作者对他们的刻画，也是很生动的。

这是两个喜剧性的小角色，是卖乖耍宝的小丑。这种角色，经常是成对儿出现的。比如京剧《四郎探母》里的大国舅和二国舅，《红鬃烈马》里的马达和江海，都是这类形象。这类形象，单看其中一个，都是很单薄的，并不吸引人，成对儿出现，就显得立体生动，也很饱满；他们一出现，整个场面也就滑稽、热闹起来了。

论起精细鬼、伶俐虫这两个名字，也是有来历的。大家知道钟馗捉鬼的故事。按民间传说，钟馗手底下有四鬼卒，就是给他跑前跑后的小鬼。四鬼卒都有名字：老大叫大头鬼，老二叫大胆鬼，老三叫精细鬼，老四叫伶俐鬼。

《西游记》里这两个小妖的名字，应该是从钟馗传说里借来的，为了区别，一个叫"鬼儿"，一个叫"虫儿"。同时，作者用了简单的反讽手法，强化艺术效果。

这种手法，就是名实不符。比如一个人叫"张大明白"，其实什么都不懂；叫"李大善人"，其实为富不仁；叫"王大拿"，其实一点权威都没有，什么事也摆不平。这种人物的名与实之间的反差，本身也是一种构造喜剧效果的方式。

精细鬼和伶俐虫，就是这种名不符实的选手。他们名义上精细、

伶俐 —— 可能，在莲花洞里，与其他小妖比起来，他们更机灵一点，脑子转得更快一点，所以得了这两个雅号。实际上，他们骨子里笨笨的、呆呆的。这样的人，脑子转得快，反而是一件很危险的事。

比较起来，伶俐虫的脑子，转得要更快一点。俩人一看悟空的大葫芦能装天，就起了贪心，想得到这个宝贝。但悟空自称是蓬莱岛上的神仙，又有这只装天的葫芦在手里，明抢肯定是不行的。伶俐鬼就提出来，拿自己的宝贝跟悟空换。精细鬼担心，悟空舍不得这只装天的葫芦，伶俐鬼又提出来，拿两件宝贝来换。精细鬼这边还在盘算，悟空赶紧追问：确实要换吗？伶俐虫就拍板了：只要能装天，就换！谁不换，谁是你儿子！后来假葫芦失灵，也是伶俐虫先反应过来，说这十有八九是孙悟空用假货来骗他们。

你瞧，虽然是成对儿出现的小妖，作者还是写出了差异。精细鬼算计得要深一点，伶俐虫反应要快一点。但他们都"好傻好天真"，只盘算表面上的得失，不考虑本质上的利害大小。试想，一只能装天的大葫芦，看起来"超级无敌"，其实大而无当，没有实战用途，还很累赘。

试想，真把天给装了，一片漆黑，对面不见人，连自己在哪里都不知道，这有什么用途呢？好比两个人打架，一个人突然把灯给关了，整个屋子黑下来，谁也瞧不见谁，好像在演《三岔口》。这人还在那高兴呢："哈哈！你看，我能把灯给关了！我厉害吧！"这不就是个傻子变的吗！

中国古代小说里，经常可以看到一句话 —— 得便宜处失便宜，明代晚期的小说里尤其常见。这其实就是市民的一种生活经验。许多事情，表面上占了便宜，其实吃了大亏。精细鬼和伶俐虫就是"得便宜处失便宜"的典型。

092 《西游记》是童话吗？

这一回的核心情节，是悟空用毫毛变的装天大葫芦，从精细鬼、伶俐虫那里换来——更准确地说是骗来紫金红葫芦和羊脂玉净瓶。其实，不止这一回，整个"莲花洞"故事，如果要找一个关键词，就是"骗"。悟空在莲花洞里、洞外，忙得不亦乐乎——来来回回地骗宝贝。下一回的回目，下半句就是"大圣腾挪骗宝贝"，明明白白地把关键词给点出来了。

而再往深里说，这又不只是"骗"宝贝的事，而是神魔世界的尔虞我诈，你骗我，我骗他，不管是神仙，还是妖魔，不管是正面人物，还是反面人物，都是谎话连篇的，骗人的方式也是五花八门的。知道的是《西游记》，不知道的还以为是《骗术大全》呢！

单看这一段故事，起先是日值功曹，假变成樵夫，来骗悟空。接着，悟空假装为难，骗八戒去巡山。八戒巡山的时候又犯懒，偷偷睡觉，最后编了一套荒唐可笑的说辞，打算回来骗唐僧。等到八戒第二次巡山，撞见银角大王，看他指名抓唐朝取经的和尚，就骗他说自己是过路的和尚。银角大王不敢与悟空硬碰硬，就假变成老道士，骗取唐僧的同情心。悟空又骗唐僧，说自己乐意背着银角大王，实际上是要趁人不备，把这妖怪摔死。到了这一回，悟空又设下一个大圈套，要精细鬼、伶俐虫拿真宝贝来换假宝贝。之后，悟空又各种变化，辗转腾挪，骗取宝贝。到了最后，大家才知道：敢情金角、银角是被派来的，在这里考验唐僧师徒——这是佛教的神明和道教的神明，联手制造的又一场骗局。之前在莫家庄"四圣试禅心"的情节，刚刚过去不久，唐僧师徒真是"刚脱狼穴，又入虎口"。才走出一个骗局没多久，又踩进一个骗局。

看来，《西游记》里欺骗的情节，实在是太多了。

以前有种说法："老不看三国，少不看水浒。"这个说法，又有另一个版本："老不看三国，少不看西游。"

为什么"老不看三国"呢？大家觉得，《三国演义》讲战争兴废，书里包含各种阴谋计谋，尔虞我诈，钩心斗角，你算计我，我算计你。老年人在人世上算计了一辈子，也被算计一辈子，老了，老了，该享一享清福了，应该清静无为，修身养性，就像曹操《龟虽寿》里说的那样，"养怡之福，可得永年"，少合计尔虞我诈的事，能长命百岁，所以少读《三国》比较好。

为什么"少不看水浒"呢？这是封建卫道士们的主张。在他们看来，《水浒传》是"强盗指南"。小说的内容是"以武犯禁"，就是用暴力手段对抗、挑战朝廷律法。即便不谈"以武犯禁"的内容，书中也充斥着暴力血腥元素，年轻人血气方刚的，荷尔蒙爆棚，正愁没地方发泄，看了书里的内容，就容易模仿，整天打打杀杀，野蛮暴力。比如笔者小时候，许多家长是禁止孩子看《古惑仔》这部电影的，怕青少年学坏，以街头混混为榜样。古代的封建家长，在这方面看得更严、更死。以前，通俗小说都被封建卫道士说成"诲淫诲盗"的作品。这里的诲，是教导、说明的意思。"诲淫"的代表作就是《金瓶梅》；"诲盗"的代表作就是《水浒传》了。这些作品，在封建家长看来，都是"洪水猛兽"一样的东西。

为什么"少不看西游"呢？有两种说法：其一，《西游记》是一部神魔小说，书中充满各种超现实内容，天马行空的想象，离奇夸张的虚构，小孩子看这些，容易耽于幻想，不利于成长，这是从现代人的角度说的；其二，过去许多人认为《西游记》是一部道书，甚至说是一部"神仙书"，看着离奇，实际上是教人如何调和铅汞、捉坎填离，怎么修炼外丹，或者怎么结成内丹，最后成仙得道。小孩子哪里懂这些，一门心思，只关注书里边奇幻有趣的情节，这就是把一部"神仙书"给糟蹋了。

不过，论起尔虞我诈，通俗小说里总是有的，何止《三国演义》呢？《水浒传》里没有吗？《金瓶梅》里没有吗？都有的。既然现实题材的作品里可以有，幻想题材的作品里也可以有。再进一步说，不是可以有，而是应该有。

拿《西游记》来说。今天，学术界习惯称它为"神魔小说"。这是鲁迅先生提出来的一个概念。普通读者对这个概念理解不深刻，更喜欢称它神话小说、神怪小说、童话小说。

这些概念，都可以流通，而笔者格外关注的是童话小说。

个人以为，《西游记》是可以称作一部"童话"的。但一些朋友对"童话"的理解，可能太狭隘了。童话，童话，不是讲给儿童的故事。

要知道，最开始的时候，童话是讲给成人听的，是给成年人消遣娱乐的故事，里边有很多儿童不宜的内容。这些"很黄很暴力"的故事，本来就是成年人在疲惫的工作之余，彼此讲述取乐的，当然得按着成年人的趣味来。比如白雪公主的故事、灰姑娘的故事、长发公主的故事……都是经过多次过滤的故事，起初不是我们今天看到的样子——最原始的版本,可能叫人大跌眼镜。后来,童话主要是讲给小孩子听的,甚至成为写定的读物,供小孩子来阅读,但这也不能理解成陪伴小孩子入眠的"睡前读物"。

今天的童话,可以看成是对儿童的一种提前教育,一场进入成人世界之前的演习。正如儿童心理学家布鲁诺·贝特尔海姆所说:在指导儿童学习如何驾驭现实,以及弄清怎么样在成人统治的世界里生存等方面,童话是最好的工具。[1]

今天,我们当然可以把《西游记》看成一部童话,也应该把它看成一部童话。但指望这部小说能够给小孩子带来多少乐趣,家长们还是别费心了。这部小说能够给当代儿童提供的乐趣,远比不上《熊出没》,或者《喜羊羊与灰太狼》。但小孩子依然应该读《西游记》——当然,之前说过,在家长陪同下阅读——因为,在光怪陆离的故事里,隐藏的其实是成人世界的真实现象,或者说,就是关于成人世界的真相。这些故事是要让孩子们知道:在现实的世界里,在成人统治的世界里,就是存在尔虞我诈、钩心斗角的,一旦孩子们走出温室,就要接受成人世界的"污浊空气"对他们的氧化作用。

网上流行一句话:"少年不懂《西游记》,读懂已非少年人。"其实,人们在少年时阅读《西游记》,是在进行一场演习,没有了类似的演习,即便少年长大了,也是读不懂的。不是说读不懂《西游记》,而是读不懂成人世界。这可就麻烦了。

---

[1] 参见玛丽亚·塔塔尔:《嘘!格林童话,门后的秘密》,吕宇珺译,南京:南京大学出版社2022年版,第21页。

第三十四回
魔头巧算困心猿　大圣腾那骗宝贝

093　两拨小妖有什么区别？

这一回讲的是金角、银角和悟空来来回回斗法，中间又出现了一只九尾狐狸精。

这段情节说的是：精细鬼、伶俐虫丢了紫金红葫芦和羊脂玉净瓶，金角、银角没有责罚他们，改派巴山虎、倚海龙去压龙山压龙洞请狐狸干娘，名义上是请干娘吃唐僧肉，实际是要押在干娘手里的幌金绳。悟空变作一个小妖，追上巴山虎、倚海龙，与他们一道走。快到压龙洞的时候，悟空打死了这两个小妖。他自己变成倚海龙，用毫毛变成一个假巴山虎。狐狸干娘跟着他们去莲花洞。半路上，悟空打死了抬轿子的小妖，又把狐狸干娘打死。他自己变成干娘，又变了四个假小妖，来到莲花洞。八戒走漏了消息，悟空就现出本相，逃出莲花洞。银角大王跟悟空对打，不分胜负。悟空求胜心切，就抛出幌金绳，不料银角会念《松绳咒》，反把悟空给捆了。悟空割断幌金绳，又逃出来。银角拿紫金葫芦收悟空，悟空刚答应了一声，就被收进去。悟空趁银角打开葫芦查看情况，变成一只蟭蟟虫，飞了出来。他又变成倚海龙，趁两个妖怪推杯换盏的时候，变了假葫芦，把真葫芦又给骗回来了。

这段情节，委曲波折，来来回回，说得雅驯一点，是"腾那"，说得直白一点，其实就是"折腾"。悟空也不嫌折腾，变化来，变化去，身上的毫毛拔了收，收了拔，又变人又变物，能变成小妖，也能变假幌金绳，变假葫芦，还能变成大烧饼。他自己一会儿变这个小妖，一会儿变那个小妖，一会儿变自己的假身，一会儿变苍蝇，变蟭蟟虫，还反串了一回九尾狐狸。可以说，在这一回里，悟空把七十二般变化，发挥到极致；指物变化的本领，也发挥到极致。

所以，书中特别用两句诗来总结：七十二变神通大，指物腾那手段高。

为了配合悟空的"腾那"与"折腾"，作者又运转笔墨，勾勒点染，推出了第二拨有名号的小妖——巴山虎和倚海龙。

这两个小妖的名号，也是具有讽刺意义的。巴山虎，就是爬山的猛虎。这里的巴，应该解释成爬。倚海龙就是倚仗深海力量的蛟龙。这都是很"硬"的名号，却用在两个不起眼的小妖身上，也是名不副实，是一种反讽。

只不过，与精细鬼、伶俐虫比起来，巴山虎、倚海龙的地位要差一些。精细鬼和伶俐虫是金角、银角大王的亲信。所以，两个魔头敢把看家宝贝交给他们，又把使用的诀窍教给他们——这是核心机密，不是谁都有资格知道的。特别是伶俐虫，很受银角大王宠爱。书里特别交代，两个小妖弄丢了宝贝，伶俐虫打算逃跑，精细鬼就说：二大王平时就疼你，我把责任推到你身上，说不定能保命。结果，俩小妖回去求饶。两个妖魔没把他们怎么样，打也不曾打，罚也不曾罚，只骂了句"废物"，不再给他们派差事，也就算了。可见，两个魔头确实偏疼这两个小妖。

巴山虎和倚海龙就不是受宠的货色了。他们只是妖魔的长随伴当，就是平时跟着主人出门的仆人。在现实生活里，这样的仆人，形象应该是相对体面的——不然拿不出手，但也只是干外差的。一般是负责牵马的，挑食盒的，提灯笼的，捧拜帖匣子的……都是体力活，虽然不累，却算不上高级。比如《金瓶梅》第五十回，玳安在门房里叫了一个小伴当，一起去王六儿家接西门庆，趁着西门庆还没起床，玳安领着琴童到蝴蝶巷的暗娼窝子去鬼混，吩咐小伴当替他们看着。你瞧，精细鬼、伶俐虫是玳安一样的亲信小厮，巴山虎、倚海龙充其量就是小伴当，像紫金红葫芦、羊脂玉净瓶这样的宝贝，他们应该是摸都摸不着的。

平时应付主人，他们也都是谨小慎微的。你看，银角吩咐他们："却要小心！"他们一起答应"小心"！银角又吩咐他们："却要仔细！"他们又一起答应"仔细"！同进同退，生怕说错了一个字，行错了一步路。这与精细鬼、伶俐虫的各有气质、各有口气、各有心态，就形成了鲜明的对比。前两个小妖，更活泛一些，这两个小妖，更死板一些。

作者这样处理，是成功的。他如果把巴山虎、倚海龙刻画得特别生动，就容易抢了精细鬼和伶俐虫的风头。不只如此，四个立体、丰满的小妖，组合在一起，就会抢金角、银角大王的风头，抢九尾狐狸的风头，甚至抢了悟空的风头。那样的话，这回的回目就不能叫"魔头巧算困心猿，大圣腾挪骗宝贝"，应该叫"你方唱罢我登场，城头变幻小妖旗"了！

塑造人物的时候，是要讲究对比的。用"板凳队员"来衬托"主

333

力队员"。主力队员被罚下场的时候，板凳队员才有机会上场。我们本来也没有对板凳队员抱太大期望，他们能把这段空缺填补上就可以了。悟空腾挪骗宝贝，需要小妖来配合，但主力队员被罚下场了，就需要板凳队员来顶上。在现实生活中，板凳队员超常发挥，疯狂揽分，当然叫人惊喜；但在文学世界里，板凳队员超常发挥，就很麻烦，也很危险。

094　是情义当先，还是利益当先？

说了巴山虎、倚海龙这两个小妖，再看压龙山压龙洞的九尾狐狸精。

这只老狐狸的出现，让我们更清楚地看到了《西游记》妖魔世界的社会关系网。

不管是天上来的，还是地下野生的，妖魔们一旦进入江湖，成为江湖中人，就得遵循江湖的游戏规则，而江湖世界的规则，说复杂也复杂，说简单也简单。

说它复杂，因为江湖毕竟是由一个又一个具体的人所构成的，人本身就是复杂的。许多事情，抽象成一般规律，就好解释；具体到每一个人，就解释不通了。但仔细想一想，又解释得通了。好比这段故事，按说金角、银角大王是被派来试炼唐僧师徒的，这应该是一场有计划、有组织的行动，但看上去就像一场"过家家"的游戏——整个莲花洞的妖魔，不管是金角、银角，还是座下的小妖，看上去也就是幼儿园大班的智商与能力水平。装模作样，简单幼稚，组织混乱，漏洞百出，一手好牌，打得稀烂，被悟空耍得团团转。

这不合常理，却又解释得通，金角、银角本来是兜率宫的看炉小道童，心地单纯，缺乏历练，脑子里没有太多弯弯绕绕。什么主子，什么奴才，他们培养的小妖，当然也都是"好傻好天真"的样子。同时，金角、银角是被派来试炼唐僧的，就是走个过场，所以看上去凶恶，实际不走心，抓唐僧、斗悟空，都跟闹着玩似的。

说它简单，因为江湖规则的本质，无非是人情势利——当然要凭本事吃饭，但也得结交人、围拢人。所谓"行走江湖，义字当先"，为何鼓吹"义"字当先？这当然是对个人的道德要求。传统的道德要求有很多——比如忠、孝、恭、仁、廉、直——为什么把"义"放在首位？因为江湖中人，义气相交，标榜"义"还是为了结交人、围拢人。

然而，在《西游记》的妖魔世界里，道德要求是表面的，骨子里还是利益权衡。

金角和银角虽然单纯，却不傻。他们来到凡间，知道单靠自己，做不大，也撑不久。需要跟下界野生的妖精们结成关系网络，彼此扶持，相互照应。江湖朋友之间，当然也可以扶持、照应，但总不如结个干亲戚，关系更近一层，所以认了九尾狐狸做干娘。九尾狐狸的本事到底有多大，书中没有交代，但她有兄弟（狐阿七大王），手下有武装势力，她又住在压龙山压龙洞，给人的感觉：这是一个在当地盘踞、经营多年的地头蛇家族。金角、银角来到这里，不认这位干娘，自己也吃不开。

他们也知道，认干亲不是光凭嘴甜就可以的，得有切实的利益交换。所以，从兜率宫带出来的五样法宝，就得让出一个，送给干娘作为当头。

让出哪一件好呢？七星剑是攻击性武器，有炼魔的功能，肯定不能让；紫金红葫芦与羊脂玉净瓶是收魔的法宝，是核心技术，也不能让；芭蕉扇更是老君法宝的总枢纽，连金钢琢都怕它，更是万万不能让的。思来想去，权衡一番，幌金绳就没有大用处——说它能捆住仙人，但"捆住"没什么用，关键得"锁死"才行。悟空把金箍棒变了钢锉，三锉两锉，就把幌金绳变的圈子给锉断了，也太不经用了！况且，幌金绳有"紧绳咒"，有"松绳咒"，把这件法宝让给九尾狐狸，不必担心，就算九尾狐狸用这绳子来捆自己，也没有危险。

你瞧，金角、银角并不傻，不管是认干娘，还是让出幌金绳，都是他们经过利益权衡而做出的选择。

他们认老狐狸做干娘，当然也没有尽孝道的意思，利益交换完成，小实惠让出了，大实惠拿到了，谁要跟你动真情？剩下的只是些"面子"功夫，把形式层面的东西给做足了，也就可以了。你瞧金角、银角迎接九尾狐狸的场面，书中写道："大小群妖，都来跪接。古乐箫韶，一派响喨；博山炉里，霭霭香烟。"多么隆重！那老狐狸到了正厅，南面坐下，两个儿子双膝跪倒，朝上叩头，一口一个"母亲"叫着，多么恭敬，何等亲热！但回看之前的情节，金角、银角一开始没打算请"母亲"来分一杯羹的。直到失去了两件法宝，孙悟空还没拿住，两个魔头要用幌金绳，才想起这位"母亲"。

这哪里有什么情义，说到底还是利益。在一派"呦呦鹿鸣，食野之苹，我有嘉宾，鼓瑟吹笙"的形式伪装之下，干娘和干儿子们彼此糊弄罢了！此时的九尾狐狸是悟空假变的；但如果九尾狐狸没死，真来参加宴会，她应该也是心知肚明的：好一对乖儿子！老娘不把幌金绳攥在手里，也没有机会分一杯"和尚羹"。但她是一只老狐狸，看破不说破，如此温馨的场面，为什么要说破？在现实生活里，我们都不会轻易揭掉那些"脉脉温情"的伪装，何况是妖魔世界里的老狐狸呢？

《西游记》的作者是发现了江湖世界的这个本质的，也把它生动地呈现在作品里。我们读《西游记》，也可以把它与现实生活对看。之前有人说过，读了《儒林外史》，再看现实生活中的知识分子圈子，到处是《儒林外史》里的人物；如果我们把《西游记》和现实生活对看，说不定也能发现许多装傻卖乖的干儿子和看破不说破的老狐狸。

095　九尾狐是如何"黑化"的？

一提到九尾狐，大家最容易想到的，就是《封神演义》里的九尾狐，她是轩辕坟里的千年狐狸，受女娲娘娘指派，假充苏妲己，与九头雉鸡精、玉石琵琶精一起，迷惑纣王，扰乱朝纲，颠覆殷商王朝。这本来也是顺应天命的事。只不过，她玩得太大，残害忠良，荼毒百姓，罪大恶极，最后落得身首异处。

今天，我们对历史的认知比古人开明得多，进步得多，起码知道：不该把战争兴废、王朝更替这样的事，都怪罪在一个女人头上，"红颜祸水"的刻板印象是要不得的。

但在古时候，"红颜祸水"论是大行其道的，人们谴责昏聩无能的君王，但总要给他们找一个借口，说是某个妖艳的女人惑乱宫闱，把一个好端端的王朝给葬送了。

这是庙堂的事，是国家政治层面的事，在民间的日常生活里，人们也喜欢用狐狸精来形容美貌、妖冶的女人，尤其把某个女人比作九尾狐狸，就是说她的狐媚劲太重，蛊惑力太强，破坏力太大。比如《金瓶梅》里，吴月娘看潘金莲能说会道的，又挑拨离间，把西门庆搞得五迷三道，家里也被搞得鸡飞狗跳，就经常当着众人骂道："如今这屋里乱世为王，九尾狐狸精出世！"① 这就是把潘金莲当成九尾狐狸看了。

可见，九尾狐狸的形象，是个典型的反面形象。所以，《西游记》里也说金角、银角拜的干娘是一条九尾狐狸。

然而，九尾狐狸的形象，历史是很古老的。最开始，这不是个反面形象。

九尾狐，这当然是一种想象中的动物。狐狸只有一条尾巴，即便有畸形，也不可能存在九条尾巴的狐狸。有学者认为，这里的"九"是虚数，指的是尾巴多；② 又有学者认为，这里的"九"应该理解成"大"，③ 九尾狐应该是一种尾巴特别大的狐狸；还有学者认为，所谓的九尾，其实是尾巴上分了九个叉。④ 这些解释，都有合理的成分。但在大众的想象里，既然称为九尾狐，就应该是一只长了九条尾巴的狐狸。

---

① 兰陵笑笑生著，张竹坡批评：《张竹坡批评金瓶梅》，济南：齐鲁书社2014年版，第319页。
② 参见傅军龙：《九尾白狐与中国古代的祥瑞观》，《北方论丛》1997年第2期。
③ 参见蔡堂根：《九尾狐新解》，《浙江大学学报》（人文社会科学版）2004年第1期。
④ 参见曹新洲主编：《南阳汉画之神话传说》，北京：中国档案出版社2007年版，第180页。

今天看，九尾狐的形象，肯定是从现实中来的，它是一种狐狸，或者像狐狸的生物，尾巴很有特点，但当时的人们还不能更清楚地认识它，更科学地将它归类，加上喜欢想象，为它附加上各种各样的神话传说、民间故事，最后就把它变成了一种想象中的神奇动物。

请注意，最开始的时候，九尾狐只是一种神奇动物，不是妖精。从先秦到魏晋南北朝时期，九尾狐都是一种瑞兽。

最著名的是青丘山的九尾狐，这在《逸周书》《山海经》等文献里都是有记载的。它是一种瑞兽。发现了九尾狐，是吉祥的征兆，就是祥瑞。在人们的想象里，如果君主把天下治理得好，没有战争杀伐，百姓安居乐业，就会出现九尾狐这样的祥瑞。

这其实就是古人的一种政治观念，即"德至鸟兽"，如《白虎通》所讲，如果君主的德行广大，惠及天下苍生，不仅人们受到他的感化，连飞禽走兽也受到感化，凤凰、鸾鸟、麒麟、白虎、白鹿、九尾狐一类瑞兽，就会纷纷出现。这其实表达了古时候人们对于理想型君主的期待，对于理想型社会的期待。

汉代的画像石里，就经常可以看到九尾狐，它们身形健美，浑身散发着灵性，又可以与西王母这样的神话形象组合起来，带有一种神圣感。

到魏晋南北朝的时候，九尾狐仍然是一种重要的祥瑞。这个时候，战乱频发，封建王朝的寿命都很短，但祥瑞反而多起来，当时史书中关于祥瑞的记载很多——隔三岔五，就有一个地方发现了祥瑞，报送朝廷。

回看这些献祥瑞的事件，都是作秀。越是天下不太平、政局不稳定的时候，封建王朝越喜欢搞这一套。地方官借此捞取政治资本，没有祥瑞，也硬造出一个祥瑞来。指着野鸡叫凤凰；抓一头有角的食草动物，就叫麒麟；但凡看到一只白毛兔子，就愣充玉兔。皇帝们自我陶醉，就算知道这是唬人的鬼把戏，也由着底下人胡搞。统治阶层，又把这些政治宣传，当成麻痹百姓的手段：这么多祥瑞，三天一小瑞，五天一大瑞，你还抱怨这世道不好？

这当然是很可笑的，但在这些文献里，我们也可以发现更多关于九尾狐的记载。这些文献记载能够证明，直到魏晋南北朝的时候，九尾狐还是一种瑞兽。

然而，也正是在这一时期，狐狸这种动物，在人们心目中的形象开始变坏了。民间传说里，狐狸可以幻化成人形，他们魅惑人、祸害人。比如《搜神记》里的"阿紫"，就是最早被明确记录下来的狐狸精的形象，她就是一个害人的妖精。

到了唐代，官方虽然还把九尾狐当作一种祥瑞，但已经不是特别重视了。整个社会上又流行起一种天狐信仰，这与道教的流行有密切的关系。天狐，指的是通道术的狐神。他们达到了一定的修为，善变化，通阴阳。不少天狐传说里的主人公，就是九尾狐。这当然也是正面形象，是神圣形象，被人们崇拜，但它从一种神奇动物，变成了一种有神格的动物——神狐变成了狐神——这就给后来人们给它"泼脏水"提供了机会。

试想，"神格"降一级是什么？自然是"人格"。一旦社会上不再流行天狐信仰，一旦善变化、通阴阳的狐神不再受到人们崇拜，他们就容易被想象成日常生活的威胁。人们忌惮这些狐神，又不敢得罪这些狐神，就在传说故事里，为它们编各种各样的故事。当然，还有好的故事（狐神帮助主人公，帮助他们达成愿望），但坏的故事更多（狐神祸害主人公，阻挠他们达成愿望，甚至将其引入歧途）。

宋元时代，作为反面人物的狐狸精，就越来越多了。到了明清时期，小说、戏曲、说唱本子里，这类负面的狐狸精形象就更多了。《西游记》里的狐狸精就不少，这一回里就出现了老九尾狐，与她的兄弟狐阿七大王，后来又有万岁狐王，还有玉面公主。但他们基本还是盘踞地方的黑社会组织，书中没有讲述他们祸害人的事迹。《西游记》里最能祸害人的狐狸精，还是比丘国的妖后，但比丘国的灾难，归根到底是国王的贪婪欲念造成的，既然我们反对"红颜祸水"的论调，也就不能把整盆脏水都泼在她身上。

096 孙悟空也有"哈姆雷特时间"？

所谓"哈姆雷特时间"，是笔者自己提出来的概念，这其实是一种开玩笑的说法。

我们知道，哈姆雷特是一个"延宕的王子"，而我们是如何发现他"延宕"的？主要就是通过他在舞台上一大段接一大段的独白，他把自己的内心世界翻出来给我们看，让我们看到他的犹豫不决，看到他内心的矛盾与挣扎，如果看不到这些内心活动，我们也没办法理解他为什么会采取延宕的行动。

其实，不只哈姆雷特，西方的文学艺术作品里，"延宕的王子"有很多，西方的文学艺术作品也特别喜欢揭示人物的心理活动。有的时候，这些心理活动很长，长到情节不再往前推进了，故事好像静止了（也就是叙述停顿，叙述话语仍在继续，叙述时间很长，但故事时间约等于零），缺乏耐心的读者，根本看不下去，这就是进入"哈姆雷特时间"了。

比如，笔者小时候读司汤达的《红与黑》，不了解故事的文化背景，只想看故事，但这个故事实在太简单了，厚厚的一本书，基本是主人公于连的心理活动，翻了一页，是心理活动，连翻好几页，还是心理活动，越看越没有耐心，这就是受不了"哈姆雷特时间"。

当然，《红与黑》是外国文学巨著，当时没耐心看，是笔者个人的问题。

但长大之后想一想：为什么会对"哈姆雷特时间"缺乏耐心呢？

原因应该是多方面的，其中之一可能是因为笔者性子急。但更重要的是，笔者当时阅读的西方文学作品比较少，对一大段接一大段的心理描写还不适应，而我们中国古代的小说，没有形成这种抒写大段心理描写的传统，笔者缺乏这方面的教养，也就没有忍受"哈姆雷特时间"的耐心。

当然，没有形成传统是事实，但中国古代小说里也不是一点心理描写都没有的。

比如这一回里，就有一段孙悟空的心理描写。说悟空变成倚海龙的模样，去请九尾狐狸精，正在二门外候着，突然哭起来。这就奇怪了，悟空是个刀砍斧剁都不眨一下眼的大英雄，这个时候，他又是在斗法较量中占上风的——他骗到了妖魔的宝贝，又打死了好几个小妖，便宜都叫他占了，好端端地，他为什么哭呢？为了让读者搞明白情况，作者就把悟空的心理活动写出来了——原来，他是觉得委屈。他想着自己变成小妖，见了大王的干娘，肯定不能"直直的站着说话"，得跪拜磕头。我是个顶天立地的好汉，这一辈子只拜过三个人：西天拜佛祖，南海拜观音，两界山认了唐僧做师父，拜了他四拜。再没拜过别人，现如今，为了搭救唐僧，居然要拜这只老妖精——苦哇！只为师父受困，叫我受辱于人。这样一来，我们就能明白悟空为什么哭了，也理解他为什么哭了。的确，对于悟空来说，让他受这样的奇耻大辱，简直比把他绑上斩妖台，还叫他痛苦。

然而，除了这些说明的地方，中国古代小说确实很少大段的心理描写，那种考验读者耐心的"哈姆雷特时间"，更是绝对看不到的。你当然可以说我们不擅长心理描写，但这主要是由我们自己的文学艺术传统决定的。

我们这里讨论的小说，主要是白话小说。白话小说的前身是宋元时期的说话艺术，说话艺术就不擅长心理描写。

按理说，说话人讲故事，是一种舞台表演，他在表演的过程中，揣摩人物，模仿人物的声口，把人物的心理活动翻出来给听众看，不是正合适吗？

的确，很合适，但你难道不觉得，上文描述的这种表演更接近戏曲吗？中国古典戏曲是一种"诗剧"，一段又一段的唱词，就相当于一篇又一篇诗，它们主要是抒情性的。戏曲舞台上的人物，经常一大段接一大段的抒情，我们又不缺这种表现方式，如果要体验人物表达内心活动，我们看戏好不好，为什么来听书？

听书就是要听故事的，我们要听曲折离奇的故事，听环环相扣的故事，我们关心的是故事的发展走向，"谁要看你在这抒发心理，你可别磨蹭了，赶紧给我们讲故事，后面到底怎么样了？那人死没死啊？那谁和那谁到底在没在一起啊？你快说，你倒是快说啊！"

这就是听众们的心理。说话人当然得听衣食父母的，谁敢在心理描写上耽搁工夫呢？

等到说话的故事转移到了小说里——相对纯粹的案头的文学——可以更从容了，不用被听众撵着走了，但我们古代的小说家仍然对大段心理描写缺乏兴趣，因为我们古代的艺术传统，讲究的是写意。我们的小说家更习惯用人物的言语和动作去表现其内心，这可以让读者产生更多联想。

试想《红楼梦》第三十四回，宝玉挨打之后，薛宝钗托着一丸药，来到怡红院。你说这个时候，宝姐姐有没有内心活动？当然有！但这需要明明白白地说出来吗？不需要！说出来就不高级了！一个"托"字，就可以让读者猜上半天。肯定宝钗的人，否定宝钗的人，会有不同的猜想，这就会产生无数种可能。作者明明白白地告诉我们了，就只有一种可能了。这种可能，或许是最合理的，但我们的阅读体验就下降了。

过去，不少人这样讲：西方的文学艺术擅长心理描写，中国古代的文学艺术不擅长心理描写，比较起来，我们的叙事水平要差很多。这话，是不讲道理的，这是以西方的艺术传统为标准，来要求中国的艺术传统，就是"以西律中"。我们固然承认，中国古代的小说不擅长心理描写，但这是有历史原因的，我们有自己的艺术传统与审美趣味。况且，在必要的时候，我们也会写人物的内心活动，比如《西游记》这一回，但我们不会让人物沉浸在"哈姆雷特时间"里，无法自拔。因为这不是《西游记》的趣味，也不是《西游记》读者的期待。

第三十五回
外道施威欺正性　心猿获宝伏邪魔

097　老子是如何变成老君的？

这一回是平顶山故事的结局：悟空偷回真正的紫金红葫芦，又找金角、银角来赌斗。银角大王用假葫芦应战，被悟空收到真葫芦里去。金角大王为兄弟报仇，率领阖洞的妖魔，与悟空对战，结果惨败。悟空进了莲花洞，解救了唐僧等人。金角大王逃到压龙洞，集结了洞里的女妖，又联合狐阿七大王，再与悟空他们对战，仍是惨败，狐阿七大王死在八戒的钉钯之下，金角大王也被悟空收进羊脂玉净瓶。如今，五件法宝都被悟空得到了。悟空带着唐僧等人上路，太上老君赶来搭救金角、银角，讨回五件法宝。原来两个魔头是给老君看炉子的童子，被观音菩萨借来，在平顶山做魔头，考验唐僧师徒。五件法宝——紫金葫芦是用来装金丹的，羊脂玉净瓶是用来盛水的，七星剑是用来炼魔的，芭蕉扇是用来扇炉火的，幌金绳则是老君勒袍子的带子（相当于裤腰带）。老君说，这五件宝贝是金角、银角偷来的，不大可信：既然两个童子是被派来的，法宝应该也是师父为其配备齐全的，老君这里是假撇清，怕悟空跟他耍无赖。

既然说到太上老君,就专门讲一讲这个人物。

之前提到,道教神谱里地位最高的是"三清",即玉清元始天尊、上清灵宝天尊、太清道德天尊。太清道德天尊,就是我们平时说的太上老君。

这位神明,跟历史人物老子有密切关系。

提起老子,大家还是比较熟悉的,这是先秦时期的著名哲学家,是道家学派的代表人物。大家都听过"老庄哲学"这个概念。这里的"庄"就是庄子,"老"就是老子。他们是先秦时期最具代表性的道家哲学家。

这里要插一句:道家与道教不一样。道家是一种思想流派,道教是一种宗教,虽然两者之前存在千丝万缕的联系,但绝对不是一回事。

其实,老子不只是道家的代表人物,也是当时礼学方面的一位权威。儒家文献经常提到一件事——"孔子问礼于老子"。比如《礼记》就记载曾子请教孔子:天子与诸侯出兵时,需不需迁出庙主同行?柩车如果上路了,遇到了日食,该怎么办?《孔子家语》记载季康子问孔子:什么是五帝?对于这些问题,孔子给出了答案,但他总要强调一下,"吾闻诸老聃曰",翻译过来就是:我听老聃这样讲过。老聃,就是老子。可见孔子回答弟子的问题,也要找老子来给自己说的话"背书",说明老子是当时的一位著名的礼学权威,见识多,说话有分量。

当然,关于"孔子问礼于老子"这件事,许多人是持怀疑态度的。《礼记》上的话,其他儒家经典都没有记载——这就缺乏佐证。至于《孔子家语》,应该是一部伪书。其中记录的内容,是不能完全当历史资料来看的。

今天再看"孔子问礼于老子",这可能是一个美丽的传说,但传说流行,说明儒家学者很看重老子在礼学方面的造诣,老子的这种历史形象,是可以确定的。故事可能是假的,但历史形象应该是真的 —— 许多被叙述出来的历史事件,都未必可靠,但当时及后来的人普遍相信这些事件的真实性,说明当事人的"公共形象"如此,这也是一种历史真实。后来汉代的许多文献里都把这件事,当历史事件来记述,汉代的画像石里,也经常可以看到"孔子见老子"的场景。在他们看来,老子是一位学者,是一个历史人物。

而在道家文献里,老子的形象,就开始神异化了。庄子提到老子,说他是一位得道的真人、至人。这里说的真人、至人,当然还不是神仙,但已经是一种"超人"的存在,这就为后来老子形象的神奇化、神异化、神仙化留下了伏笔。

况且,从战国中后期开始,老子的自然无为之道与黄帝的治世之道,就融会整合了,称为黄老学。汉初的时候,统治者以黄老学治国,老子就自然受到推崇。这个时候,神仙方术思想又特别流行。老子修道,又与养生结合起来,如《史记》说老子活了六百多岁,就是因为修道而长寿,这就已经开始神异化了。

东汉末年,道教徒大搞造神运动,开始神化老子形象,说老子是道的化身。他们用神仙家的思想来解释《道德经》。经文讲"道生一,一生二,二生三,三生万物",要按道家哲学的解释,"一"是"道"的外在表现形式。内在的是道,表现为一。道教徒就在这个理念的基础上发挥,将"道"的外在表现形式具象化为一位人格神 —— 太上老君。比如张鲁的《老子想尔注》就说:"一者,道也。……散形为气,聚形为太上老君。"①你瞧,这时候,老子已经变成太上老君了,他是初始时期道教徒们眼中的教主。

魏晋南北朝的时候,道教徒进一步神化老子。这个时候,佛教也很流行。道教徒就吸收了佛教的一些观念,比如轮回转世的观念。老子转世的传说,逐渐多了起来,不少人都被说成是老子转世。当时一些民间起义队伍的领袖,就利用这一传说来包装自己,说自己是老子转世,一部分蒙昧的百姓就被"忽悠瘸"了。

同时,道教和佛教又有竞争关系,为了在竞争中占据优势,道教徒又开始鼓吹"老子化胡"的传说,说老子出关,过八百里流沙,最后抵达西域,化身成释迦牟尼佛。你看,这就是想从"根儿"上压倒佛教徒——你们不是推崇释迦牟尼佛吗?其实,释迦牟尼佛是太上老君化身而成的,是到西域去劝化人的。佛教徒们当然不答应,他们极力反对、驳斥、批评这种说法,但"老子化胡"的传说一直是很流行的。

到了唐代,皇帝把老子说成是自己的始祖,推崇道教。各地都建有老君庙,太上老君的信仰就更流行了,他的形象也更神圣了,上到统治者,下到黎民百姓,都崇拜太上老君。民间关于老君庇护李唐王朝、劝化众生的故事,也就多起来了。

宋元以后,随着市民社会的兴起,老君的形象开始世俗化,民间故事里的老君,带上了越来越多的烟火气。

---

① 饶宗颐:《老子想尔注校证》,上海:上海古籍出版社1991年版,第12页。

098　老君与女娲有什么关系？

还是说太上老君这个形象。

作为神圣的教主，老君形象散发着一种氤氲暧昧的宗教"烟火气"，在香烟缭绕的宗教场所里，在鼓乐声声的背景音乐里，太上老君的形象是神圣的、崇高的。

不过，从宋代开始，整个社会的文化环境开始转型了；市民阶层出现了，市民队伍不断壮大，他们在社会文化生活中扮演的角色越来越突出。市民是文化产品的重要消费者与主要传播者，也深刻地影响着文化产品的生产。文化产品要想做到影响大、传播快，就得考虑市民的需要，满足他们的心理期待，各种文化形象，也就逐渐贴近市民，迎合市民，佛教和道教里的人物也要与市民拉近距离，符合市民的想象，靠近市民的文化趣味。这个时候，太上老君的形象就有了另一种"烟火气"——世俗气、市井气。

太上老君形象，走进大众生活，一个重要的方式就是图像。

这些图像，有道教徒炮制的，也有出自世俗文人之手的。它们可以悬挂在道观里，也可以悬挂在世俗空间里，成为日常文化生活的装饰。

这些图像，主要有两种：一种是进一步神化老君，将老君与各种神话传说、历史故事联系起来。这当然是为了让老君显得更神圣、更全能，但这些神话传说、历史故事，很多人都知道，在当时是一种通俗的知识。这些故事里出现了老君，人们也会觉得老君的形象更贴近自己的文化经验。其中，最典型的就是《老子八十一化图》。

这种图像，是由八十一幅图画构成的，它是用图画的形式来讲故事，讲述老子是如何化身成道的，他又是如何转世，以不同的形象出现在重要的神话与传说故事里，从而参与和影响历史进程，他又是如何在道教发展的重要历史事件里出现的。

这种图像流行起来，主要与全真教有关系。有学者认为，《老子八十一化图》的出现，丘处机是重要的幕后推手，他的弟子李志常是主谋，史志经和令狐璋等道教徒，是最后的执行者。[①] 全真教的道士们炮制《老子八十一化图》，是为了抬高道教的地位，也是为了扩大全真教在民间的影响。他们受"老子化胡"传说的影响，进一步想象，让老君在更多的故事里出现，并且扮演重要角色，大众通过图像的"再造"叙述，重新理解相关神话传说与历史故事，也就更崇拜老子。比如第十五化，说老君化身成郁华子（伏羲氏的老师），他教会伏羲画八卦，又发明了文字，制定了历法。第十六化，老君化身为大成子（神农氏的老师），教会人们种植。第十七化，老君化身成广寿子（祝融的老师），教会人们开采和冶炼金属。你瞧，在人类文明进程的每一个重要阶段，几乎都可以看到老君的身影，他是一个全知全能的神，被塑造成中华文明发展的"教父"。

其实，这种把老君与上古神话传说联系起来的想象，早已有之。比如南朝时候的《三天内解经》里就说，伏羲和女娲都是老子化身成的。你瞧，这都不只人类文明演进了，在人类的始祖神话里，就已经可以看到老子了。这种想象的影响很久，也很大。《西游记》里这一回说紫金葫芦的来历，就说当初开天辟地的时候，太上老君化

[①] 参见胡春涛：《老子八十一化图研究》，博士学位论文，西安美术学院2011年。

身成女娲，炼石补天，补到昆仑山脚下，发现一条仙藤，找到了这只紫金葫芦。反正中国的神话传说、历史故事很多，只要有需要，故事里的人物，无论男女，都可以是老君化身而成的。

另一种图像，是世俗文人画的。这些图像上的太上老君，一般都是仙风道骨、慈眉善目的形象。这些图像，基本是出现在世俗空间里的。直到今天，我们去亲朋好友家做客，经常能够看到观音菩萨的形象，有图画，有泥塑，有木雕。出现了观音的形象，不一定就与佛教信仰有关系，可能是一种装饰。比如在笔筒上画的，茶壶上刻的，玉石摆件上雕的，拥有这些器物的人，不一定有佛教信仰，这只是一种日常文化生活的装饰。老君的形象也是这样，这些世俗图像也使得老君跟大众的距离更近。

当然，更能拉近距离的是通俗小说。比如《封神演义》里的太上老君，虽然还是正面形象，地位也很崇高，却已经没有那么神秘了。《西游记》的作者又用讽刺笔墨塑造他，写他爱打小算盘，爱假撇清，爱巴结玉帝、观音，这就不再是高高在上的神了，而是有着各种小毛病的人。一些作品，甚至恶搞太上老君，比如《后西游记》里写小行者被妖怪的圈子给套住了，小行者尽力往上一跳，结果钻到太上老君的裤子里，被老君一顿臭骂。有的作品又打破偶像，颠覆人们的认知，比如清初有一部话本小说集，叫《豆棚闲话》，书中有十二个故事，基本取材于人们耳熟能详的历史故事与通俗故事，却刻意"翻案"，故事里的人物与大家过去理解的不一样，甚至有一种"颠覆三观"的感觉。第十二个故事里，作者就借人物之口，说老子是一个"贪生的小人"。[①] 这就把受崇拜的道教教主，一把拉下

[①] 艾衲居士：《豆棚闲话》，北京：人民文学出版社1984年版，第132页。

神坛了。

比较起来,《西游记》的作者虽然也是玩世不恭的,也写出了老君身上的"烟火气",但没有"恶搞"老君的形象,也没有诋毁太上老君,他的笔锋,还是有所收敛的。

099　观音菩萨是男是女?

这一回最后,悟空知道金角、银角是给太上老君看炉子的道童,被观音菩萨借来考验唐僧师徒,气得骂了一句:"该他一世无夫!"

这是一句恶毒的诅咒。当然,也不能怪悟空——这一回,他来来回回,辗转腾挪,费了多少心力!最后发现是观音菩萨布的一个局,他又是小孩子心性,说出这样恶毒的话,也是情有可原的。只不过,这句诅咒其实一点用都没有,还犯了一个常识性错误,因为观音菩萨并不是女人。

在汉传佛教的系统里,大众心目中的观音菩萨,总是一副女相。特别是水月观音、送子观音、鱼篮观音等形象,观音菩萨都是女身。所以,大家认为观音菩萨是一个女人,但这是观音菩萨形象传入中国之后本土化、世俗化的结果。

其实,在佛教的形象系统里,菩萨是没有性别的。不仅是观音菩萨,所有的菩萨都是不讲性别的,而祂们的形象,一般都是男相。

比如,观音菩萨最早传入中国的时候,是莲花手菩萨。这是观音在印度原来的形象,祂的气质刚猛威严,手里拿着一朵莲花,身上穿着印度王子的装束,留着小胡子,头上戴着宝冠,宝冠顶上有一尊小佛。这尊佛,就是阿弥陀佛。

之前说过，传说阿弥陀佛前身有一千个儿子，大儿子叫不昫，二儿子叫尼摩。他们后来都修成菩萨道，成为阿弥陀佛的胁侍菩萨，不昫就是观世音菩萨，尼摩就是大势至菩萨。所以，观音菩萨原来的形象，就是王子的装束，宝冠上面有阿弥陀佛的形象。

为什么印度的菩萨不是女相呢？这与古印度妇女的社会地位有关系。在当时的印度人看来，生为女身是恶业的结果。作为女性，无论哪一种姓 —— 印度讲究种姓，不同的种姓，社会地位是不一样的 —— 都不能获得解脱，除非转世为男子，才能进行修行，获得解脱。所以菩萨都是男相的，即便是化身，也很少有女相的。

到了魏晋南北朝时期，观音的形象开始汉化，身上的穿戴，更接近华夏风貌 —— 不再是斜披的衣服，而是用宽大的披巾苫盖肩膀，身体部位裸露出来得比较少。气质上，观音菩萨和善了许多，嘴角微微上扬，给人的感觉，是容易亲近的。身形上，也不再是原来那种比较魁梧健美的体格，而是清瘦修长的，脖子变长了，肩膀变窄了，虽然还留着小胡子，但已经是一种中性化的身形与面容了。如果去掉小胡子，是很难明确看出性别的。

到了隋唐的时候，观音菩萨的形象，虽然还是男身，又发生了一些显著的变化。

其一，小胡子大都被去掉了，这一明显的男性特征去掉了，就更不容易区分性别了。

其二，观音的面容变得丰腴起来，身形也逐渐丰满，表情更慈祥和蔼，一般都是微闭着眼睛，俯视芸芸众生，救苦救难的气质就更突出了。我们总说"菩萨低眉"，就是这样的一种形象。而这种低眉的温柔形象，也是偏于女性化的。

其三，是姿态上的女性化。这个时候的观音菩萨，无论是站立的，还是坐着的，身体一般都有一些倾斜，显出一种女性的曲线美。

其四，是服饰上的女性，当时社会上流行的妇女服饰，比如香罗披、石榴裙，经常出现在观音菩萨的塑像或画像上。

你瞧，虽然唐代人并不认为观音菩萨是女人，但观音的长相、身形、姿态、打扮，都更接近女性了。

为什么会出现这种转变呢？一般认为，这与武则天推崇佛教有关系。其实，武则天推崇佛教，更多的是政治上的考虑。之前说过，李唐王室为了抬高身价，以老子为始祖，推崇道教。道教徒的地位，长期是高于佛教徒的。武则天这位女性政治家，要为自己执政、称帝制造舆论，也要利用宗教。与其继续尊崇道教，不如抬高佛教，借佛教来压制、打击道教。其实，这不是两个宗教之间竞争的事，说到底还是信奉者、倡导者的事——所有的事情，归根到底还是落实到人群上的。武则天是要团结一批新势力，打击旧势力。为了造势，她就自称是弥勒转世，弥勒是未来佛。这就很适合用来帮助武则天制造舆论，为她建立周朝，提供理论根据。而按照净土宗的说法，观音菩萨是西方极乐世界的继承者，这与弥勒的形象（娑婆世界的继承者）比较接近。所以，人们大都认为，观音菩萨女相化是跟武则天有关系的。

但我们也应该看到，观音菩萨的女相化，说到底还是大众集体传播的结果。封建统治者刻意制造舆论，大众不一定买账。民众集体之所以接受了观音菩萨的女相，还是因为祂救苦救难、普度众生的形象，传播日久，深入人心。当时的民众拜观音菩萨，感觉受到了"慈爱的庇护"，而这种"慈爱的庇护"，经常被理解成一种女性的——甚至说是母性的——宽容与温柔。所以，大众乐于接受观音菩萨的女相。

到了宋代，观音的形象在民间传播得越来越广。而宋代，又是理学兴起的时代，男女内外之别，越来越严格。女性被困于内闱世界，参与社会公共生活的机会更少了。为了扩大影响，方便女性信徒供奉、崇拜，观音就彻底女相化了。试想，在一个缠了小脚，平时"大门不出二门不迈"的闺阁小姐的卧房里，悬挂一幅男相的观音画像，这是不太合适的。即便是中性的形象，也不太合适。所以，观音菩萨形象的女性气质就越来越明显了。

同时，随着观音信仰的进一步本土化，祂与许多中国本土的女神形象，产生了交流、融合，比如西王母形象、九子母形象，等等。祂的传说故事里，有了越来越多女性的色彩，祂的神奇功能里，也带有越来越多女性色彩——比如，送子观音。

这样一来，明清时期的通俗小说、戏曲、说唱里，民间传说故事里，观音菩萨就变成"女人"了，世俗民众也习惯把观音菩萨当作"女人"看了。

第三十六回
心猿正处诸缘伏　劈破傍门见月明

100　唐长老的诗兴是如何来的？

　　这一回情节说的是：唐僧师徒来到一座寺院，叫宝林寺。一开始，唐僧先进去，请求借宿一晚。但寺里的僧官老爷是个势利鬼，见唐僧是个行脚僧，就不乐意招待他。等到悟空进到寺里，稍微显一显本事，寺里的僧人就吓得屁滚尿流，恭恭敬敬地迎接唐僧。

　　等到一切安顿好，唐僧要撒泡尿。他走出禅房，一抬头，见一轮明月当空，顿时勾起思乡之情，就写了一首古诗。就着他这首诗，悟空、沙僧、八戒也都作了诗。

　　悟空是借着月亮阴晴圆缺的规律，讲修炼内丹的道理。悟空对唐僧说，看了月亮，就思念家乡，思念亲人，这是世俗中人的反应。

　　的确，月亮这一意象，经常是与思念（思乡、思人）的情愫，紧密联系在一起的。

　　在中国人浪漫、诗意的文学想象里，一直讲究"人月相得，心月互通"，我们与月亮形成了情感的联结，在月亮这个意象里，寄托了更多情感。月亮当空照，又联结着天下所有的人，所谓"人生代代无穷已，江月年年望相似"，又所谓"隔千里兮共明月"，不同的时代，不同的地方，我们共享一轮圆月。凝望着她，向她倾诉，我们就能在静谧的月光里，发现彼此，找到彼此，这又让我们在遥远的时空距离之中，也能形成情感上的联结。

这种情感上的联结，就很适合用来表达思念。试想，在冷清孤寂的夜晚，我们望着天上的月亮，想到远方的亲人、朋友，他们可能也在望着这一轮月亮，就会情不自禁地向月亮述说自己的心事，希望这温柔而亲切的月亮，能把自己的心事，转达给远方的亲朋。比如张九龄说的"海上生明月，天涯共此时"，李白说的"举头望明月，低头思故乡"，杜甫说的"今夜鄜州月，闺中只独看"，白居易说的"共看明月应泪垂，一夜乡心五处同"，王建说的"今夜月明人尽望，不知秋思落谁家"，王安石说的"春风又绿江南岸，明月何时照我还"，苏轼说的"但愿人长久，千里共婵娟"，虽然具体的意境、情境、心境不同，却都是借着月亮这个意象，来表达思念的。

这是一种传统，杰出的诗人看到月亮，勾起思乡之情，写出千古名篇。唐僧虽然不是杰出的诗人，也写不出高水平的诗，但对月抒怀的创作冲动总是有的。所以，看到月亮，唐僧把尿都憋回去了，赶紧写了一首古风，还要悟空他们来欣赏自己的作品。

悟空是个直肠子，直言不讳，说唐僧这首诗，境界不高。

说境界不高，不是从文学艺术的角度来说的——悟空也没有多高的诗词造诣，他的意思是说，唐僧写的这首诗，与世俗中人没有区别，不像一个修炼之人写的：世俗中人，看到月亮就想家；修炼之人，看到月亮，应该想到修炼内丹的道理。

在道教徒们看来，月亮阴晴圆缺的变化，是有象征性的，它象征着元气和元神配合的周期过程。月初的时候，就是所谓的朔日，看不到月亮。换作今天，我们当然知道，这是因为月亮运行到了地球和太阳之间，几乎与太阳一起运行，所以从地球上看不到月亮。但道教徒们认为，这是因为元神被完全遮蔽了。

随着时间推移，月亮的发光面越来越大，道教徒们认为这是元神在元气的滋养下，逐渐显现出来了，这就是一个"以命取性"的过程。道教徒讲性命双修，命就是元气，性就是元神。用元气滋养元神，就是"以命取性"；等到满月之后，月亮的发光面又逐渐变小，道教徒说这是元神逐渐隐去，也就是"以性安命"。在这种此消彼长的过程里，元气与元神相互配合，就能结成内丹了。

悟空说，修炼之人，看到了月亮，要自觉地认识到这个道理才行。接着，悟空自己又作了一首诗，"前弦之后后弦前，药味平平气象全。采得归来炉里炼，志心功果即西天"，就是在进一步阐述这个道理。当然，这首诗，不是悟空原创的，也不是百回本《西游记》的作者原创的，这是从北宋人张伯端的《悟真篇》里抄来的。① 这首诗要说明的是：在月亮阴晴圆缺的过程里，上弦月和下弦月的时刻是最佳的修炼时间。因为这两个时刻，阴阳均衡，更容易结成内丹。

沙僧马上接了一句：师兄说得对！我再补充一点。他也作了一首诗，诗里说："水火相搀各有缘，全凭土母配如然。"这里的土木，就是脾土，就是沙僧。老沙的意思是：师兄别把我给忘了，我也是有功能的！

---

① 参见李天飞校注：《西游记》，北京：中华书局2014年版，第493页。

你瞧，这本来是一个从文学创作转向学术讨论的时刻，可以看成取经团队的"沙龙"时间。结果，八戒也作了一首诗，说到"吃饭嫌我肚子大，拿碗又说有粘涎"，抱怨师父与师兄平时嫌弃他，说他食量太大，吃相又不斯文。这就把沙龙给搅黄了。唐僧一看八戒说话粗鲁，就赶紧宣布散会：咱们都洗洗睡吧！

其实，喜剧包袱也就在这了，作者是要讲一些金丹大道的内容，但归根到底还是要用游戏笔墨来讲故事。本来，这一回的画风就有一些转变，如果由着唐僧、悟空、沙僧这样严肃地交流下去，整个故事的调性就变了。所以，必须由老猪来收场，他是净坛使者，也是一位"煞风景大师"。必须由他来煞风景，因为这段"沙龙"时间，不是我们所期待的《西游记》的风景。我们期待的风景，是热闹的情节，是搞笑的场景，是充满奇思妙想的神魔斗法，谁要看师徒四人在这里讨论严肃的学术问题！八戒就是不来搅局，我们也要说一句：唐长老，您撒完尿没有？赶紧洗洗睡吧！乌鸡国的鬼皇帝已经等得不耐烦了！

101 到底谁是导师，谁是学生？

上一讲说到，师徒四人搞了一个小型文化沙龙，从文学谈到学术，唐僧望月感怀，抒发思乡之情，悟空又借这个由头，阐述了道教内丹修炼的原理，就是用月亮的阴晴圆缺来象征元气和元神配合作用的道理。

这导致整个故事的画风变了，变得更有文人的趣味了；但这也使得故事的调性变了，变得不热闹了。好在，作者还没忘记自己是在讲述神魔故事，一个诙谐有趣的故事，所以最后要八戒出场，把沙龙搅黄了，整个故事也回到了我们喜欢的调性上来。

其实，作者没有忘记"本职工作"，他之所以敢写这样一段，因为第三十六回的主要画风还是诙谐的、滑稽的，也是讽刺的。这一回将近90%的篇幅，是在写唐僧师徒如何住进宝林寺的，寺里的僧人们是如何从对唐僧冷言冷语，到对唐僧毕恭毕敬的，这还是一段游戏的笔墨，也是一段讽刺的笔墨。

作者也写得很有层次。

作者先写师徒四人在路上的一段对话。这段对话就很有意思，说他们来到一座大山，唐僧见这里山势险峻，就叫徒弟们小心警惕，怕是有妖怪出没。悟空就直接怼了一下，叫唐僧不要胡思乱想，只管定性存神，自然平安无事。唐僧也赶紧找补一下，说从离开长安，已经过去了四五个年头，怎么还没走到灵山？

这里插一句，请大家注意：作者在这里特别交代了一下时间。我们知道，百回本《西游记》里，取经总共用去十四年，这里说过去了四五个年头，就是说西天取经的故事，差不多要到三分之一了。正因为到了三分之一，才有这一回的"劈破旁门见月明"。配合月亮的阴晴圆缺来修炼，最佳时间就是上弦月和下弦月，这时候阴阳配比是均衡的。现在故事发展到三分之一左右，差不多就是上弦月的时间，这个时候最方便修炼，正可"劈破傍门见月明"，所以唐僧师徒才搞了一个小型文化沙龙。

回到这段对话上。悟空一听唐僧说抱怨的话，又怼了一句，说唐僧太着急了——这才哪到哪，眼下还没出大门，咱们还在堂屋里转悠，要到灵山，还早着哩！八戒说，天底下哪有这样大的房门，这样大的堂屋，悟空就说八戒格局太小了，出家人，应该以天地为穹庐，青天就是屋瓦，日月就是窗棂，三山五岳就是梁柱。

这里用了刘伶的典故。刘伶是竹林七贤之一，他是一个任情放诞的人，平时在家里，习惯裸体，享受"零度的快乐"。人家嘲笑他，他反过来嘲笑别人，说自己以天地为房屋，以房屋为衣裤——你到我家里来了，就是跑到我裤裆里来了！

悟空说的话，与刘伶仿佛，也表现出了一种大格局。不过，这是又把唐僧怼了一回。

请记住，这是第二回了。

等到他们走到山里，唐僧骑在马上，战战兢兢，就说了一首诗。这也是一首药名诗，就是用中草药的谐音来表意，比如"茴香何日拜朝廷"，这里的茴香，就是谐音回到家乡。这就是说恋家话了。

请大家注意，在百回本《西游记》里，不是只有八戒总说恋家话的，唐僧也爱说恋家话。这话要是出自八戒之口，悟空肯定是要扯出棒子来打的，但现在是唐僧说的，学生总不能体罚导师，悟空就又怼了他一句，叫唐僧不必挂念，少要心焦。只管放心前进，必定有"功到自然成"的时候。

这就是连怼三回了。

等到他们来到宝林寺，悟空问这里是什么寺，其实还是要借机帮唐僧参悟，结果唐僧没领会意思，加上之前被怼了三次，脾气就上来了，骂道："泼猢狲！说话无知！我才面西催马，被那太阳影射，奈何门虽有字，又被尘垢朦胧，所以未曾看见。"这是在解释自己因何没认出匾额上的字，也是在回应悟空之前的"教训"，尤其注意"说话无知"四字，这就是摆出导师的架势，硬按学生的头。

悟空一见唐僧没悟性,就赶紧掉转话头,问谁进寺里去借宿。唐僧一看机会来了,就要打压一下悟空,说你们几个都长得太丑了!还是我去吧!

结果,他一进去,就碰了一鼻子灰。人家宝林寺的僧官,一看他是个行脚僧,捞不到什么油水,还要往里搭钱搭物,就没好气儿,要他去廊下蹲着。唐僧只好眼泪吧嗒地回来,又不好意思明说,不敢承认自己没本事。最后,还是悟空到寺里,显一显本事,才叫寺里的僧人屁滚尿流地出来迎接唐僧。

读到这里,我们是忍不住要笑出来的,笑宝林寺的和尚势利眼,笑他们欺软怕硬,笑他们前倨后恭。但笑着笑着,我们可能也要笑不出来的。之前说过,脸歪别怪镜子,我们嘲笑故事里的人物,总要看看自己身上有没有这些毛病。其实,宝林寺僧人的毛病,在我们身上也是有的,只会多,不会少。我们可以说作者在这里是要讽刺和尚们的贪婪、虚伪,嘴上说宣扬佛教,实际上还是当买卖来做的,但宝林寺其实影射的是世俗的社会。作者要写的,还是现实生活里的人势利眼,欺软怕硬。

这里,我们还会有另外一层思考,就是西天取经的路上,到底谁是导师,谁是学生?不止这一回,许多情节都是这样的,唐僧说抱怨的话、沮丧的话、颓唐的话,悟空就要来开导他、安抚他,借各种各样的由头来引导他开悟。只不过,悟空是急性子,有时候话说得比较硬,不懂得拐弯,听上去像是在怼唐僧,但这说到底,还是在教导唐僧。

你瞧,这个师徒关系,其实颠倒过来了,徒弟是教导者,师父是被教导者。

这当然也是符合小说的主旨的：悟空是"心猿"，西天取经是"收放心"的过程。悟空的成长，在于其自觉，即人心的自觉；唐僧的成长，在于其被心猿教导，即人身受人心的引导。换一个角度看，也是一样的。悟空是"超我"，唐僧是"自我"，用"超我"的精神来引导"自我"，这也是现代心理学所提倡的。

不管怎么说，唐僧与悟空，名义上是师徒，实质上的关系，其实是反过来的，不是唐僧教导悟空，而是悟空引导唐僧。只不过，作者用各种诙谐的笔墨来写这种倒置的关系，看上去更像是师徒之间"互怼"的日常，我们当然也乐于看到这种日常。

第三十七回
鬼王夜谒唐三藏　悟空神化引婴儿

102　鬼魂诉冤有什么套路？

这一回情节，紧接上一回：唐僧回到禅房，看了一会经文，就伏在书案上睡着了。这时候，有一个鬼魂，来到唐僧梦里，自称乌鸡国王。五年前，国中大旱，来了一个道士，他能呼风唤雨，解救了乌鸡国的危难。国王就与这道士结拜为兄弟。过了两年，国王随这道士游御花园，道士把国王推进八角琉璃井，自己变成国王的样子，霸占了国王的江山。如今已经过去三年。乌鸡国王跑到唐僧梦里来，是要请悟空出手，降妖除魔，为他申冤报仇。唐僧醒来，将梦境告诉悟空等人，大家看到乌鸡国王留下的白玉圭，相信这事是真的。悟空一听说有降妖伏魔的买卖，就来了兴致。他定下一个计策：明天，他想办法把乌鸡国太子引到宝林寺，他自己再变成一个叫"立帝货"的小人儿，把事情的来龙去脉讲给太子听，太子如果还不信，就把国王留下的白玉圭拿给他看。第二天，太子出城打猎，悟空变成一只兔子，假装中箭，把太子引到宝林寺。只听唐僧和悟空讲，太子当然不相信 —— 你想，突然有一天，别人告诉你，你亲爹是个冒名顶替的，你也不会相信！唐僧拿出白玉圭，有了证物，太子就有几分相信了，悟空又劝他，回去问一问王后，看能不能对上碴儿。太子就一个人回城，到后宫找王后去了。

这一回里，主要有两个主要的场景序列：一是国王入梦诉冤，二是悟空劝说太子。先说第一个。

这段情节，对于一部分朋友来说，可能是童年阴影——写得有一些恐怖，影视剧改编这段情节的时候，也充分发挥媒介优势，利用视觉、听觉特效，把环境渲染得越发阴森。为什么要这么做呢？因为这段情节里的主要角色，身份比较特殊——他是鬼。

大家翻看原著，就会发现，《西游记》里刻画的鬼，其实是很少的。书里写了各种幻想中的人物，比如佛陀、菩萨、罗汉、神、仙、魔、妖、怪，大都是立体丰满的，鬼却写得很少，特别是出彩的鬼，就更少了。第三十七回的鬼魂，是书中唯一得到详细刻画的鬼魂。既然鬼魂出场了，在人们的刻板印象里，氛围就得是阴森的。

所以，作者就调动了一些传统的文学手段，来渲染这种阴森的环境。

首先，风一定是要有的。会写鬼的作家，一定要擅长写风。而与鬼魂相关的风，不能是妖魔掀起的狂风、暴风。妖魔出场的时候，一般都是飞沙走石的，烟气腾腾，毒雾弥漫；鬼魂出场的时候，刮起的是一股阴风，带着低沉的声音，忽高忽低，风势不大，时缓时急，不会搅动乾坤，却也会撼动门窗，吹倒东西。

特别是吹倒东西，这是一个必要的操作。试想，没有玻璃器皿被吹倒摔碎的声音，我们怎么会被吓得"一激灵"呢？所以《西游记》里特别写到，说这股阴风一来，"佛殿花瓶吹堕地，琉璃摇落慧灯昏",花瓶也摔碎了,琉璃盏也跌破了——你瞧,作者是很会写鬼魂带起的阴风的。

同时,烛火也要来配合。会写鬼的作家,一定要懂得在光线上做文章。现代生活中,光源有很多,要写鬼,许多光源都可以利用起来,比如客厅里突然亮起的电视机屏幕,电梯里的灯光,走廊里的灯光,停车场的灯光,等等。只要善于调度这些光源,鬼魂还未亮相,已经把人吓得半死了。古人能够利用的光源就很有限了,主要就是烛火。那一点烛火,应该是忽明忽暗的,这样才能与忽高忽低的风声搭上。

等到鬼魂出场了,也是有套路的,就是鬼魂的形象,一般都是他死时的形象。

这可以形成一种暗示,帮助读者猜测人物的死因。比如电视剧《漫长的季节》里,王阳第一次出现于画面的时候,浑身上下是水淋淋的,这就很容易让人意识到,眼前的不是现实中的王阳,而是想象中作为鬼魂的王阳,同时联想到:他是溺水而死的。乌鸡国王也是溺水而亡的——他是被推到井里的。86版电视剧《西游记》改编这一段的时候,进行了艺术处理,乌鸡国王不是一副落汤鸡的样子,这应该是考虑到电视剧《西游记》的受众群体,年龄跨度比较大,又主要是未成年人,当真把阴森氛围拉满了,观众们可能接受不了。但小说原文写得很清楚,乌鸡国王站在门口,浑身上下,水淋淋的。

其实,这些还不是最大的套路,最大的套路是让鬼魂到人的梦里诉冤。这在中国古代文学作品里,是很常见的,特别是断案故事。

请注意,这里说的是断案故事,不是探案故事。这是两种故事类型。

我们中国古代的小说，早期是没有探案故事的，主要是断案故事。探案故事的趣味，在于发现真相的过程；断案故事的趣味，在于推翻冤假错案的结果。这完全是两种讲述故事的路数。中国古代的小说家，并不擅长写探案推理的故事，晚清近代的时候，西方的侦探小说传入中国，我们才慢慢学会讲述这类故事。之前，主要是写清官为蒙冤受屈的人翻案，要的是真相大白、拨乱反正，这表达的是大众对于司法公正的期待。那么，翻案的官员，是如何知道死者是蒙冤受屈的？经常是死者的鬼魂自己跑来告诉他的，但鬼魂是很难直接与生人沟通的，所以要到梦里去。

梦，本来是一种正常的生理与心理现象，我们今天能够给出科学的解释。古人还无法正确认识梦，在他们看来，梦境是另外一个世界，不灭的灵魂——"灵魂不灭"的观念，就与先民对梦的认识有关[1]——可以在这个世界自由出入，继续与阳世的人沟通。

这样一来，情节的套路就形成了。翻案的官员在翻看卷宗，这时候鬼魂来了，风会被写到，烛火也会被写到。然后，翻案的官员就容易犯困，不知不觉，沉沉睡过去，鬼魂就进入他的梦境，把自己的冤屈诉说一遍。这在"包公戏"里，就是比较常见的。

唐僧虽然不是包公，不翻看卷宗，但他翻看佛经，也有风，也有烛火，最后唐僧也要睡过去。你瞧，这不是一样的套路嘛！

至于翻案的结果，清官经常要借助侠士的力量（包公身边有展昭），唐僧既然在一定程度上扮演了"清官"的角色，也要依赖《西

---

[1] 参见陈荣富：《宗教礼仪与古代艺术》，南昌：江西高校出版社1994年版，第5页。

367

游记》中最大的侠士——悟空。一个负责脑力劳动，一个负责体力劳动，这样的人物搭配，才有看头。说到底，也是一种套路。

其实，写套路是没问题的，因为可调度的文学元素，拢共也就那些，可能的排列组合方式，前人已经实践得差不多了。套路都是总结出来的，是筛选出来的，不可能完全避开，也没有必要刻意地反套路。关键是在写套路的时候，不呆板，不机械，不敷衍，这才是考验作家水平的。《西游记》里的套路化情节，其实是很多的，但这些套路不让我们觉得腻烦，就是因为作者讲故事的水平是很高的。

103 乌鸡国也有一个哈姆雷特？

前文讨论过一个话题：孙悟空的"哈姆雷特时间"。这是一种修辞，是在打比方，讨论的是中国古代小说的心理描写问题，其实，孙悟空与哈姆雷特没有半毛钱关系。

然而，《西游记》里确实有一个可以与哈姆雷特比较的人物，就是乌鸡国的王子。

这位王子，在书中没有留下姓名字号——毕竟，连他的父王和母后，在书里也没有留下名字。为什么要留下姓名字号呢？完全没必要！

这一家人，其实还保持着朴素的童话故事的样子：从前，有一个遥远的国家，那里有一位国王，一位王后，一位王子。故事不是都这么讲的吗？至于他们叫什么，谁关心呢？我们听童话故事的时候，有几个人关心过人物叫什么？没有。听童话故事的时候，我们会自觉地更关注故事，关注人物的行动。

人物的行动就是情节，这才是最重要的，也是我们最关心的。比如，有一个叫"白雪"的公主，吃了一个毒苹果，晕死过去了。又有一个叫"白糖"的公主，吃了一口烂香蕉，噎死了。这两个故事，其实是一个故事嘛！这与人物姓什么、叫什么，有关系吗？没有嘛！公主还可以叫"黄莲"，叫"绿萍"，叫"黑麦"，叫"红茶"，管她叫什么，都没有关系，最重要的是看她做了什么。人物之间的本质区别，其实不是他们是谁，而是他们做了什么。那些在听故事的时候，过分关注人物叫什么的朋友，其实是不会听故事的。

正因为关注人物做了什么，我们才说乌鸡国的王子与哈姆雷特是可以比较一下的——倒不是因为他们都是王子，而是他们有相似的处境与行动。

先来看两位王子的处境。

首先，乌鸡国王子与哈姆雷特都是储君，都是王位的合法继承人，而他们的继承之路都被截断了，因为老国王被害死了，王位被篡夺了。

其次，篡位者都是老国王的兄弟。老哈姆雷特是被自己的亲兄弟克劳狄斯杀害的，乌鸡国王是被自己的结拜兄弟狮子精杀害的，一个是有血缘关系的，一个是没有血缘关系的，但都是兄弟，本来都是可以信任与依靠的人，本来好得"穿一条裤子"，但正是这个最值得信赖的人在背后捅刀子。

再次，篡位者不仅抢夺了江山，也抢夺了老国王的后宫资源。克劳狄斯抢占了嫂子，逼王后乔特鲁德（哈姆雷特的母亲）嫁给自己，狮子精也霸占了乌鸡国的后宫。

最后，老国王都是通过鬼魂来揭露真相。老哈姆雷特的鬼魂把真相告诉了儿子，乌鸡国王的鬼魂找到唐僧，请他和悟空帮忙，把真相转告给自己的儿子。

其实，还有个细节是有相似之处的，就是两个故事里，老国王都是在御花园被害的。克劳狄斯趁老哈姆雷特在御花园睡觉，把水银一样的毒液灌到国王的耳朵里，狮子精和乌鸡国王到御花园赏花，乘机把国王推到琉璃井里。你可以说，两个故事里，老国王都是长眠在御花园里了。

再来看两位王子的行动。他们都经历了一个怀疑的过程，在确定了真相后，都要为自己的父亲复仇。所以，《哈姆雷特》又叫《王子复仇记》，而乌鸡国的这段故事，也是一个复仇的故事。当然，乌鸡国的王子不像哈姆雷特那么挣扎，他没有经历一个"心灵内耗"的过程，他只是一开始不相信真相，确定真相之后，他是没有什么犹豫的。

需要说明的是，以上相似点，大都不是笔者发现的。侯会先生早就写过文章，讨论两个故事的相似性[①]，后来一些搞比较文学的学者，也关注过两个故事的相似性。毕竟，这些相似点是明摆着的，两部作品又很著名，很容易发现内容上的相似性。

然而，在讨论两部作品因缘关系的时候，我们的态度还是要谨慎一点。

首先得明确一点，这里没有直接因袭、借鉴的关系。我们今天看到的最早的百回本《西游记》，是金陵世德堂本，这是万历二十年

[①] 参见侯会：《从"乌鸡国"的增插看〈西游记〉早期刊本的演变》，《文学遗产》1996年第4期。

（1592）刊行的，百回本《西游记》的写定，还要比这个时间早，可能在正德到隆庆年间，就已经有一个定型的百回本了。莎士比亚的《哈姆雷特》则是1601年问世的。所以，《西游记》没有抄袭《哈姆雷特》。《西游记》的作者是不可能看过《哈姆雷特》的。

当然，写定本归写定本，故事归故事，这是两回事。王子复仇记的故事，也是很早就在欧洲流传的，在莎士比亚之前，就已经有写定的本子了。这个故事，随着来华传教士和商人进入中国，逐渐被中国民众接受，间接地影响到"西游"故事，这也是有可能的。

总之，在没有直接证据的情况下，推测是可以的，但不能坐实，我们更相信这是一个中国本土原创的故事。毕竟，王子复仇的故事，不是欧洲才有的，中国本土的民间故事里，并不缺少这样的故事。篡夺王位，兄弟相残，霸占兄嫂，鬼魂显灵，这些情节也不是欧洲的故事里才有的。在我们本土的叙事传统和文化环境里，完全可以诞生一个王子复仇故事，这是不需要向西方人取经的。

第三十八回

婴儿问母知邪正　金木参玄见假真

104　八角井里有什么秘密？

这一回情节说的是：乌鸡国太子回到宫中，找到王后，得知国王的性情确实与三年前大不相同。王后又说，昨晚乌鸡国王也给她托了梦，说了冤情。太子返回宝林寺，请悟空帮忙除妖。悟空要太子先回到宫里，以免打草惊蛇。太子有些犯难——他是出来打猎的，现在折腾了一天，真相倒是搞清楚了，却把打猎的事耽误了，连一只兔子都没打着，回去一样是要挨训的。悟空就驱使山神、土地，搞了些猎物，叫太子风风光光回宫。到了夜里，悟空哄骗八戒，说到乌鸡国的御花园挖宝贝，结果把乌鸡国王的尸首给驮了回来。八戒一点便宜没捞着，还出了苦力，就报复悟空，故意为难他，要他把已经死去三年的国王给医活。

可以看到，整段乌鸡国的故事，虽然篇幅也比较长——同样用了四回篇幅，但讲故事的路数不一样了，准备阶段用时比较长，从第三十六回，一直到第三十八回，眼看下一回就是这个故事的大结局了，悟空还没与狮子精打照面。

作者有足够的耐性，慢条斯理地讲述，我们当然也不着急，跟

着作者的脚步走 —— 跟着他走，总能发现奇妙有趣的内容。

在这一回里，作者的兴趣，基本放在八戒下井捞人的情节上了。这段情节，写得很有趣，也很有想象力。作者巧妙地利用了中国古代文学里一种常见的物象 —— 水井。

对于今天一些从小就生活在城市里的朋友来说，水井是比较少见的，但在城市以外的许多地方，水井还是日常生产、生活里必不可少的，是最主要的水源。在古代，水井的地位就更重要了，许多古老的人口聚居区，最早都是以某一口井为中心，才逐渐形成的。

由于和人们的日常生活息息相关，人们讲故事的时候，就习惯带上井，照顾到井，甚至专门以井为主题来讲故事。这些故事，有温馨的、浪漫的，也有刺激的、骇人的。同样一口井，既可以给人带来幸福，也可以给人带来灾难；既可以用来造福人，也可以用来谋害人。

尤其在世情故事、公案故事里，坠井身亡的情节是很多的。这种情节，本来也是有一定现实根据的。在现实生活里，确实存在着不少失足坠井的意外事件。当然，也有不少伪装成意外的凶杀事件。人们对这些事件感到惋惜，甚至感到害怕，加之丰富想象，"脑补"出各种细节，水井就经常与凶案联系在一起。要么是凶手把被害人推到井里，伪装成意外，要么是凶手把被害人的尸体推到井里，掩藏起来。

宋元时代罗烨编写的《醉翁谈录》里，收录了许多当时市面上流行的故事，在公案这一大类中，就有一个故事叫《八角井》。这个故事的话本没有保存下来，具体讲什么，我们已经不知道了。单看这个名目，可能是一个与水井有关的凶案。与它归在一类的，还有

《大朝国寺》和《圣手二郎》，这些都是比较经典的公案故事。

不过，这个《八角井》可能本来也与神魔故事有关系。《三遂平妖传》里就有"八角井卜吉遇圣姑姑"的情节，可能就是根据这个故事改编而成的。

《西游记》里的这口井也叫八角井，有可能受到了这类公案故事、神魔故事的影响。

论起来，"八角井"这个名目，本身倒不是很特殊的。八角井，就是八边形的井，之所以修成八边形，是通达八方的意思。皇宫大内有八角井，民间也有八角井，并不少见。

前面加上"琉璃"二字，也没有多少稀奇。琉璃井，就是用琉璃瓦砌成光滑井壁，修造工艺当然要比土井高出很多，但也不代表是皇家专用的。古代许多地方都有琉璃井，之所以用琉璃瓦砌成井壁，一般是因为这井里的水品质好，需要保护。又或者，这口井与某个传说人物扯上了关系，需要特别修葺，作为纪念。

所以说，《西游记》的作者并不是创造了一个新的名目，而是发挥想象，构造了一个位于井底的奇幻世界，一个由井连通的小型龙宫。

当然，把井当作现实世界与幻想世界的联结点，不是《西游记》原创的。在人们丰富的想象里，井口经常连接着另外一个世界，可以是阴间，也可以是洞天福地，还可以是妖魔的洞府。总之，是凡人无法轻易抵达的地方，只有进入井口，通过一段狭长的"隧道"，才能进入另一个时空。

这与马里奥兄弟钻下水管道，其实是一个道理。上文讲到《三遂平妖传》里卜吉遇圣姑姑的故事，就是这样的。说这卜吉来到井底,"外面打一摸时,却没有水;把脚来踏时,是实落地",[1]卜吉摸索着往前走,约莫走了一二里路,遇到两扇洞门,推开洞门一看,就是另一番世界了。你瞧,后来许多故事,都是按这个套路来写的。《西游记》的作者也是按这个套路来的,但作者发挥想象,把八角井和一个莫名其妙的小型龙宫联系起来。

说井底下有龙宫,这的确是一种创造,却又很符合神话世界的逻辑。之前说过,龙是麟虫之长,也就是水族的首领。有水的地方,只要有一定的深度,就可以有龙生存。江河湖海里可以有龙,井底下当然也可以有龙。况且,作者特地交代了,井龙王的法力有限,他的水晶宫里也没什么宝贝,这就能够令人信服。直到今天,人们一提到井龙王,首先想到的就是《西游记》,可见作者的艺术创造是成功的。

105 乌鸡国怎么也有个正阳门?

直到这一回,悟空还没和青狮精打照面;唐僧师徒也还没有进宫,没有与妖魔发生正面冲突。不过,在这一回里,跟随小太子的脚步,跟随悟空和八戒的脚步,我们两次来到乌鸡国的王宫,可以看一看这座西域王国的王宫,到底是什么样的。

只不过,结果是叫人失望的——这座王宫看上去没有任何异域情调,作者对王宫环境的描写,是比较粗糙的,看上去也不真实。

按理说,这个西域国度的环境,应该与中华国度有很大差别。

---

[1] 罗贯中:《三遂平妖传》,北京:北京大学出版社1983年版,第46页。

整座王宫的空间格局，建筑风格，各宫各殿的功能和名称，应该与我们所熟悉的传统中华宫殿不一样。

换作今天，《西游记》的影视改编者们，肯定是要在这上面大做文章的——虽然做出来的东西可能不伦不类；钱没少花，看上去却很廉价，像从"淘宝"上批发来的原材料；观众不买账，搞艺术批评的人也不买账，搞历史文化研究的人更不买账，但改编思路是对的，总要突出西天路上各个人间国度的异域情调。

只可惜，小说的作者没能做到这一点。一方面，是作者的兴趣不在于此——他的主要精力都用在构造热闹场面上了。另一方面，是作者的经验有限，眼界有限，知识有限，无法相对逼真地还原或再现西域王国的环境。

有的朋友可能要说：《西游记》的作者不是富有想象力吗？想象力如此丰富的人，怎么可能写不出来西域王国的环境呢？

的确，《西游记》的作者是富有想象力的。这从他设计各种法术、法宝，塑造各式神魔人物，构造各种斗法场景，都是可以看到的，丝毫不用怀疑。然而，有些内容，不是单靠想象力就可以写出来的，要有相应的经验，要有知识的储备，要有一定的见识。

我们总说想象要有所附丽，天马行空的想象，总要有现实的根据，否则思维的飞马是跑不起来的，更是飞不起来的。更何况，写西域国度的王宫，现实的内容要更多一些，要更符合历史真实，这才符合我们的期待。没有足够的地理知识、历史知识，没有直接或间接的经验，肯定是写不出来的。

百回本《西游记》的作者，在这方面显然是欠缺的。他没有多少相关的地理知识、历史知识，也没有足够的经验。这位作者，应该就是一个穷困潦倒的小文人，没见过大世面，也没去过太远的地方。他坐在简陋逼仄的书斋里，抓着稀疏斑白的头发，咬着快要磨秃了的毛笔，调动全身的艺术细胞，当然可以想象出各种光怪陆离的法宝，设计出各种令人目不暇接的法术，却写不出西域王宫的一扇窗、一扇门。

所以，他笔下的西域国度，看上去总像中华国度的翻版。

比如写小太子回宫，按悟空嘱咐，不走正阳门，而是从后宰门进去。这里的正阳门与后宰门就是中华名目——明代的时候，北京与南京的内城，都以南门为正门，名为正阳门，北门是后门，名为后宰门。作者是把现实生活的经验，直接套在奇幻故事上了。

不过，作者的经验也只有这些了。他是一介平民，宫城最外围的正阳门与后宰门，就是他能够触及的皇宫生活的全部了，至于宫廷里到底是什么样子的，作者也不知道。

所以，他写太子从后宰门进宫，也不写他穿过哪座宫，也不写他转过哪座殿，直接写太子来到锦香亭，看到王后娘娘坐在亭子上，正倚着栏杆抹眼泪。

这个锦香亭，笔者以为，可能是从戏曲里借来的名目。宋元戏文里有一部《孟月梅写恨锦香亭》（《南词叙录》著录），简名就叫《锦香亭》。元代王仲文有编撰过同名杂剧（《录鬼簿》著录）。散曲里也可见"锦香亭"的名目。比如查德卿的《仙吕·一半儿·春梦》："梨花云绕锦香亭，蝴蝶春融软玉屏，花外鸟啼三四声。"[①] 作者可能是比较熟悉这个名目，觉得它与后宫的环境比较搭，就搬用到了乌

---

① 隋树森编：《全元散曲》，北京：中华书局2018年版，第1313页。

鸡国的故事里。

有趣的是，不仅人间王宫的后宫里有锦香亭，连妖魔王宫的后宫里也有锦香亭。第七十七回，狮子精抱着唐僧不肯撒手，怕被悟空偷偷救走。金翅大鹏鸟就说：他这皇宫里有一座锦香亭，亭子里有个大铁柜，干脆就把唐僧锁在柜子里。

看来，在设计宫廷环境方面，作者的想象力确实是比较有限的，好不容易有了一个好听一点的名目，恨不能多用几次。不过，这倒也构造出一种滑稽 —— 好端端的一个亭子，不用来玩花、赏景，中间不放八仙桌，不摆玉屏风，却放了一个笨重的大铁柜，实在不知道做什么用。可见，妖魔们的生活情趣总是不高的，那种"春有百花秋有月，夏有凉风冬有雪"的诗意生活，他们是消受不了的。

第三十九回
一粒金丹天上得　三年故主世间生

106　文殊菩萨是什么来头？

这段情节说的是：悟空从太上老君处讨来一粒"九转还魂丹"，救活了乌鸡国王。国王假扮成挑担子的行童道人，跟随唐僧等人进城。悟空在朝堂上拆穿了假国王，与青狮精斗起来。青狮精功夫不济，与悟空斗了几回合，就招架不住。他耍个花招，变成唐僧的样子，叫悟空无法下手。八戒出主意，要两个唐僧同时念诵"紧箍咒"，哪一个不会念，哪一个就是假的。悟空忍着头疼，终于辨别出假唐僧。本来，悟空要当头一棍，打杀青狮精。正巧文殊菩萨赶来，救下青狮精。原来，这青毛狮子是文殊菩萨的坐骑。当年，菩萨化身来乌鸡国度化国王。国王肉眼凡胎，不识神圣，把菩萨给捆了，送到御水河里，泡了三天三夜。为了惩罚国王，佛祖就派青狮精前来，把国王推到井里，受三年的罪。这三年里，假国王其实没做什么祸国殃民的事，反倒把乌鸡国治理得风调雨顺、国泰民安，至于后宫嫔妃，假国王也没祸害，因为他本来是一头骟过的狮子。

既然这一回里妖魔的主人公是文殊菩萨，我们就专门说一说这位菩萨。

文殊，是文殊师利的简称，这是梵语的音译，也可以翻译成曼殊室利，意译是妙德，也可以翻译成妙吉祥。

传说文殊菩萨出身于舍卫国多罗聚落的婆罗门族姓，父亲叫梵德。文殊菩萨是从祂母亲的右胁下生出来的，降生的时候，光明满室，天降甘露，地涌七宝，庭生莲花，还有各种各样吉祥瑞兆。更神奇的是，这位菩萨浑身是紫金色的，一出娘胎就会说话。祂与释迦牟尼佛是同时代的人，在释迦牟尼佛座下修道，在释迦说法的四十九年里，凡是大乘法会，都可以看到文殊菩萨的身影。

在佛教信仰中，文殊菩萨的地位是崇高的，祂居于众菩萨之首，在大乘佛教信仰里，地位仅次于佛陀。佛教徒们认为，祂是一位具有卓越智慧的菩萨，人们相信：虔诚礼拜文殊菩萨，就可以被赐予知识、智慧，也能够获得超凡的记忆力与口才。

佛经中彰显文殊菩萨智慧的故事有很多，大家比较熟悉的，可能就是《维摩诘经》里的故事了。维摩诘，是一位大乘佛教的居士，也是著名的在家菩萨。祂本来是毗舍离城的一位大财主，但潜心修行，有大智慧，深受佛祖敬重。大家熟悉这位菩萨，可能是通过唐代著名诗人王维。王维，字摩诘。我们知道，古人的名与字之间，总是有关联的，王维的名和字连起来读，就是这位菩萨的名号。

按《维摩诘经》里说的，当时维摩诘称病在家，惊动了释迦牟尼佛，佛祖打算派一个代表团去慰问一番。代表团得有一个领队，由谁来当这个领队呢？佛祖打算派舍利弗去，舍利弗是佛祖十大弟子之一，也是以智慧闻名于世的。但舍利弗不敢担任领队，说自己被维摩诘呵斥过。佛祖又问弥勒等大菩萨，祂也说自己被维摩诘为难过，不方便当领队。最后，还是由"诸佛导师"文殊菩萨出马，与维摩诘一番问答，才没有丢了灵山的面子。

《西游记》里说文殊菩萨来度化乌鸡国国王，故意为难国王几句，这其实就是在考验国王的智慧。放在今天说，这其实是一场压力面试。而压力面试的主考官，居然是有"诸佛导师"之称的文殊菩萨，这本身就是一件很体面的事。只可惜，国王肉眼凡胎，不识好歹，不仅不受菩萨教诲，反而恼羞成怒，把菩萨给捆了，送到御水河里去，难怪佛祖要生气，派青毛狮子来惩罚国王。

在汉传佛教中，文殊菩萨的应化道场在五台山。这一点，《西游记》里也交代了。这一回结尾，文殊菩萨说明了事情原委，就骑上青毛狮子，回五台山去了。

何谓"应化道场"？这是佛教术语，指佛祖或菩萨现身教化大众的场所。本来，按《华严经·诸菩萨住处品》的说法，文殊菩萨居住在清凉山，在后来演化传播的过程中，这个清凉山就与五台山结合起来了。

唐代的时候，五台山的文殊信仰就很流行，从上层统治者，到下层百姓，大都信奉、崇敬文殊菩萨。唐高宗就曾经专门派人到五台山礼拜文殊，修葺庙宇、造像，再把沿途看到的各种神异景象，回报给朝廷。武则天更是一位善于利用佛教为自己造势的皇帝，她登基后不久，就派人翻译《华严经》。长安二年（702），武则天又专门派人到五台山礼拜文殊，还雕了一尊玉文殊像，供奉在五台山清凉寺。唐代宗的时候，更是下诏在天下各处寺院内修建文殊院，通过中央王朝的直接干预，将文殊信仰系统性地推向全国。

此后，历朝历代的统治者，大都非常重视五台山的文殊道场，比如宋太宗、清圣祖、清高宗，都曾亲自到五台山礼拜文殊菩萨。

不少朋友喜欢读纳兰性德的词，而纳兰词里不少表达思乡之情的作品，就是纳兰性德在康熙二十二年（1683）扈驾到五台山时写的。再如明太祖等统治者，虽然没有亲自到过五台山，也都有敕赐的匾额或御制诗文，以表示对文殊道场的重视。这当然主要是一种政治目的，但也可以证明中古以来文殊信仰的流行。

在民间，普通民众也很熟悉这位菩萨。宋代的时候，文殊菩萨的形象甚至已经融入民众的日常生活了。《醉翁谈录》记载，当时过重阳节，人们会捏文殊菩萨骑狮子的泥人，放在糖糕上，后来觉得这样做对菩萨不敬，就只捏小狮子，用以代指文殊菩萨。可以看到，在图像符号的结构里，狮子与文殊菩萨已经可以直接画等号了。那么，文殊菩萨的狮子，又是怎么来的呢？下一讲再说。

107　文殊的狮子为什么是青毛的？

这一讲专门说文殊菩萨的坐骑——青毛狮子。

按《西游记》所说，这是一头青毛狮猁。在狮子精显出本相之后，作者用一段韵语描写它的形象，最后一句说道："镜里观真像，原是文殊一个狮猁王。"然而，现实中并没有狮猁这种动物，这是一种想象出来的猫科动物，原型就是狮子。或者说，《西游记》里说的这个狮猁，其实就是狮子。因为"狮猁"这个名字，只出现了一次，其余文字都说"狮子"。

那么，为何冒出"狮猁"这个概念呢？这应该与文殊菩萨形象的俗化有关系。大家应该注意到了，《西游记》里的"狮猁"二字，是与"文殊"二字关联起来的。之前说过，文殊是这位菩萨的简称，全称就是文殊师利，或者曼殊室利。"师利"其实是梵语，只不过普通民众更熟悉简称，听到"师利"这个词，就根据谐音，把它误认为菩萨的坐骑了。

问题又来了：文殊菩萨为何以狮子为坐骑呢？一方面是狮子象征着智慧与威猛，另一方面也是在佛教绘画、造像的构图设计逻辑里，骑狮子的文殊菩萨，与骑白象的普贤菩萨，正好可以构成对称、对应的关系，形成具有对称美感的人物画面。

其实，文殊菩萨有很多常见的形象，比如五字文殊，这种形象其实是特别常见的，不管是在大乘佛教，还是在密教里，都能看到，这种形象是文殊菩萨结跏趺坐（结跏趺坐，就是盘腿端坐着，左脚放在右腿上，右脚放在左腿上）。右手高举吐火的宝剑，左手在胸前握持着一部般若经书。宝剑象征斩断愚痴，消除障蔽，般若经书象征无上智慧。白文殊的形象也很常见，这种形象有站姿的，也有坐姿的，文殊菩萨的颜色是白色的，左手拿着夜莲花，右手结印。此外，还有千手千钵文殊等形象。①

不过，中国普通民众最熟悉的，还是骑狮子的文殊形象。

这种形象的起源是很早的，东晋时期佛陀跋陀罗翻译的《华严经》里，就已经描述过文殊菩萨的狮子座。到了南北朝时期，文殊菩萨直接骑在狮子上的形象就已经出现了。隋唐时期，随着五台山文殊信仰的流行，特别是推广到全国，文殊菩萨骑狮子的形象，也逐渐深入人心，日常生活里也经常看到文殊菩萨骑狮子的形象。

比如，妇女的头饰上就可以看到。我们知道，明代的妇女将盘

---

① 参见孙晓岗：《文殊菩萨图像学研究》，兰州：甘肃人民美术出版社2007年版。

好发髻之后，还要在发髻上戴一个发网子——鬏髻。

鬏髻，低级的是用头发丝编的，高级的是用银丝编的，再高级的还有金丝编的。金丝编的鬏髻，一般家庭的妇女是戴不起的，比如《金瓶梅》里的吴月娘，是西门庆的正妻，暴发户的老婆，也没有一顶金丝鬏髻，倒是李瓶儿，因为给梁中书当过侍妾，又给花太监做过侄媳妇，手里有的是宝贝，还藏着一顶金丝鬏髻。

鬏髻空戴着，光秃秃的，很不好看，要插上各种首饰，比如顶簪、分心、钿根、掩鬓，等等。其中一种首饰，叫"满冠"，是戴在鬏髻后面的。满冠占的空间比较大，可以雕刻、镶嵌更复杂、精美的花样，文殊菩萨骑狮子，就是一种满冠上比较常见的花样。①

既然以狮子为坐骑，民间就要解释这狮子的来历。于是就有了文殊菩萨降伏狮子精的传说，后来又有文人写定的剧本。明代的朱有燉就有《文殊菩萨降狮子》的杂剧。这部剧写赌窟山里有一头青毛狮子，如来佛祖派哪吒去收服它，哪吒第一次搞错了，抓了一头金毛狮子回来，第二次总算找对了狮子，但青狮精本领高强，口吐烈焰，满山里烧起大火，哪吒败阵而归。佛祖没办法，只好请文殊菩萨去降伏狮子，文殊菩萨用照妖镜照定狮子，狮子就伏在地上不敢动弹，乖乖给菩萨当坐骑。可以看到，《西游记》里文殊菩萨用照妖镜照定狮子的情节，就是从之前的传说里来的。降伏狮子的故事，本来与"西游"故事没关系，是文殊菩萨的故事、哪吒三太子的故事，后来才嫁接到"西游"故事上的。同样一头青毛狮子，中间对战的神明可以根据民间信仰的具体需要，自由替换。可以是哪吒，

---

① 参见扬之水：《物色：金瓶梅读"物"记》，北京：中华书局2018年版，第60页。

也可以是悟空，换成二郎神，也没问题，最后用文殊菩萨兜住。故事怎么讲，都是成立的，这就是民间叙事的一种套路罢了。

也许有朋友要问：为什么是青毛狮子呢？之前说过，五色对应五行，青色对应东方，而在人们的想象里，文殊菩萨是居住在东方的。同时，东方是上首方位，地位更尊贵；在菩萨队伍里，文殊菩萨又是上首菩萨。在大乘佛教信仰里，文殊菩萨的地位是仅次于佛陀的，也应该立于东方，就是佛陀的左侧。之前说过，释迦牟尼佛是极乐世界教主，以文殊与普贤为胁侍菩萨。大家去寺院随喜的时候，可以观察一下大雄宝殿里的造像，文殊菩萨是在佛祖左侧的，普贤菩萨是在佛祖右侧的。文殊的坐骑是青狮，青色正好对应东方，在左侧；普贤的坐骑是白象，白色正好对应西方，在右侧。这样的布局，就很典型地体现着汉传佛教的空间理念，也是深入人心的。

只不过，《西游记》的作者爱看玩笑，不仅没有写出文殊菩萨的智慧，还写祂出糗，又写佛祖与菩萨爱生气（就是"嗔"，这本来应该是佛教戒断的），又喜欢报复人，还要变本加厉地报复，因为菩萨泡了三天水，就要乌鸡国王泡三年水，还不直接出手，指派一头坐骑来捣乱，看上去更像江湖大佬放出流氓打手，替自己解气，崇高的人物再一次被拉下神坛，被作者抹上讽刺的油彩。而我们也跟着乐了一场，没有任何思想包袱，反正整个故事就是荒诞无稽的。别忘了，这里是乌鸡国，为什么是乌鸡国？我们可以将其谐音为无稽国，这里是一个荒诞无稽的国度，这是一个荒诞无稽的故事，没必要较真儿。

第四十回
婴儿戏化禅心乱　猿马刀归木母空

108　悟空与红孩儿，谁的个头高？

从第四十回，一直到第四十二回，讲的是"火云洞"故事，即收服红孩儿的故事。

单看这三回故事，可能算不上大故事——之前的"宝象国"故事、"平顶山"故事、"乌鸡国"故事，都是四回的篇幅，这个故事只有三回篇幅，本身的体量确实不大。不过，"火云洞"故事与"火焰山"故事是前后关联、照映的关系，我们可以把它们统称为"牛魔王家族"故事。论起来，牛魔王家族是《西游记》里"买卖"做得最大、关系网铺得最广、世情味道最足的一个妖魔家族，有关的故事占了全书六回篇幅。如此看，"火云洞"故事只是整个故事的前半场了。

而第四十回，可以看作前半场的序幕。这段情节说的是：唐僧师徒来到钻头号山，号山里有一个凶狠的魔头，他是牛魔王与铁扇公主的儿子，大号圣婴大王，小名红孩儿。这红孩儿也是专等着吃唐僧肉的魔头，他看悟空本领强，警惕性高，知道不能硬抢，只可智取，就变化成一个地主家的"傻儿子"，说自家遭了土匪，父亲被土匪杀害，母亲被土匪掳走，土匪把他丢在这荒山野岭，叫他自生自灭。红孩儿请唐僧带上他，到前面庄上，投靠亲戚。唐僧听了这一套话术，又动了恻隐之心，答应带上他。唐僧要红孩儿骑马，红孩儿说自己的手脚都被吊麻了，腰胯也疼，骑不得马；唐僧要八戒背着红孩儿，红孩儿说八戒鬃毛硬，扎得慌；唐僧又要沙僧背着红孩儿，红孩儿说沙僧长得狰狞，像那帮土匪一样，看着就害怕；唐僧便要悟空背着红孩儿。悟空驮着红孩儿，故意放慢脚步，眼看唐僧等人走远了，就要把红孩儿摔死在山涧里，不料红孩儿事先察觉，用尸解法逃脱，顺道刮起一阵狂风，把唐僧给摄走了。悟空叫出山神、土地，问明红孩儿的来历，发现还与他沾亲带故，以为靠着自己这张老脸，不动刀兵，就能把唐僧给救回来。

　　细心的朋友可能已经发现了：这段情节的许多细节，与前面悟空背银角大王的情节，是有一些相似的。当然，逻辑可能要倒过来：今天不少学者认为，金角、银角大王的故事不是原本里的故事，是后来补进去的；尤其悟空背银角大王的情节，很可能借鉴、参考了悟空背红孩儿的情节。

　　这可真是难为悟空了，动不动就要背人，且不说这样一个盖世英雄，要压着火气，弯腰低头，驮一个妖魔走上半天，单说猴子背人，这个画面本身就是很难堪，很狼狈的。

　　朋友们对影视剧的印象更深一些，并不觉得悟空背人是件难堪狼狈的事，因为影视剧里的悟空是成人演的，动画片里的悟空，身体比例也习惯性地被放大了，但按照小说原著的形象设计，悟空只不过是狰狞化的猴子，身形并不大，瘦得跟骷髅似的，又特别矮小——身不满四尺，换算一下，还不到一米二。

这样一副小身板，怎么背着人走呢？用东北话说，这不是"小马拉大车"吗？

背起成年人，肯定是很费劲的。这里说的费劲，不是背不动，悟空有担山的本事，担起须弥、峨眉两座高山，也是健步如飞的，背个一二百斤的成人，就跟没有配重一样。这里说的是背起来难堪，模样狼狈。

背大块头成年人，肯定是极为难堪，极为狼狈的。当时形容一个人身材伟岸，一般都说身长七尺，膀阔三停。比如《金瓶梅》形容武松，就说他身长七尺，膀阔三停。三停，指的是上停、中停、下停，这是将人从头到脚分成了三部分。三停，指的是身体的全长。膀阔三停就是说肩围等同于身高，这是一种夸张的说法，形容一个人肩宽背厚。当时的小说描写英雄好汉，一般都是这种说法。这样的大块头，悟空要是背起来，远远看上去，可能像一个行走着的蘑菇。银角大王变化的道人，肯定不是这般魁梧——一个年迈的道士，应该是一个清虚的小老头，但饶是这样，背起来也是很狼狈的，只不过是蘑菇头小一点罢了。

换作未成年人呢？画面就好看了吗？红孩儿变化的财主儿子，说自己有七岁大，估计也是比悟空要高出一些的。因为古人习惯说五尺童子，也就是说，小孩子的平均身高是五尺。比如《淮南子》讲国君顺应民意而发布政令的道理，打了一个比方：让大力士从后面去牵牛尾巴，即便尾巴断了，牛也不会跟随你，因为这种做法违背牛的天性，如果用桑条穿了牛鼻子，即便是五尺童子（就是五尺高的小孩子），也可以牵着牛周游四海，这是因为顺应了牛的天性。《论衡》里又说，让五尺童子与孟贲这样的猛士较量，五尺童子肯定是打不赢的。可以说,这种说法是相对固定的。

当然,有朋友会说:这都是上古时期的说法,上古的一尺,与近古的一尺,长度是不一样的。的确如此。但明清时期的人们,依然习惯用"五尺童子"的说法,比如《大唐秦王词话》第五十二回说苏定方之母严守闺闱,"持身节操,应门无五尺之童"①。《歧路灯》第九十回有这样的话:"一部《孝经》,你都著成通俗浅听的话头,虽五尺童子,但认的字,就念得出来,念一句可以省一句。"②《后红楼梦》第三回里也说:"这曹雪芹素知贾府的规矩森严,但凡五尺之童,不奉传唤,不入中门。"③可见明清时的人也说小孩子身高五尺。

如此看来,在读者的想象里,红孩儿变的七岁娃娃,应该也是五尺高,虽然不是堂堂七尺高的汉子,比"三寸丁"孙悟空还是高出不少的。悟空背着红孩儿,看上去像是小班孩子背大班孩子,也是很狼狈的。

而这正是《西游记》的幽默处、滑稽处,这是一种漫画的笔法。小说用夸张的文字来描写、叙述,我们在脑海里形成画面,觉得自然而然,也很容易get到笑点。有的时候,这种漫画笔法,其实很难通过真人表演来完成,因为真人有现实体质的限制,即便使用特效,也会感觉怪怪的。反倒是动画,可以将这种漫画笔法,自然而然地呈现出来,因为动画有自己的艺术传统和表现逻辑,有自己关于"艺术真实"的逻辑标准,大家可以想一想动画《猫和老鼠》,杰瑞和汤姆的身形比例,比孙悟空和武松之间的差距还要大,但出现

---

① 诸圣邻:《大唐秦王词话》,沈阳:辽宁古籍出版社1996年版,第372页。
② 李绿园:《歧路灯》,郑州:中州古籍出版社1998年版,第664至665页。
③ 逍遥子:《后红楼梦》,太原:北岳文艺出版社1989年版,第425页。

了杰瑞背着汤姆走的画面，我们不会觉得奇怪或不适，反而觉得极好笑，又非常合理。所以，笔者其实非常期待一部新的全本动画《西游记》，与影视剧比起来，动画应该能够更好地还原《西游记》的游戏精神。

109　红孩儿的亲妈是谁？

这一回里，山神和土地告知真相：红孩儿是牛魔王的儿子，罗刹女养的。今天一些影视剧改编《西游记》的时候，为了强调红孩儿是牛魔王的儿子，会给红孩儿加上一对犄角，表示他是一头小牛犊子。其实，完全没有必要。红孩儿的身上，一点牛的基因特点都没有，因为从故事的演化历史看，牛魔王的故事、铁扇公主的故事、红孩儿的故事，本来不是一个故事。换句话说，他们本来没有血缘关系。套一句京剧《红灯记》里的台词：爹，不是你的亲爹；妈，也不是你的亲妈。咱们本来不是一家人！

那么，红孩儿是谁的孩子呢？是鬼子母的。

原著有一处细节：第四十二回，悟空去南海向观音菩萨求助，书里有一句话："时有鬼子母诸天来潮音洞外报道：'菩萨得知，孙悟空特来参见。'"整部书里，鬼子母只出现了这一次。本来，鬼子母也不是观音菩萨的随侍神祇，为什么会出现在这里呢？因为，她本来就跟红孩儿有关系。

鬼子母，梵语音译是诃利帝，也可以翻译成可利陀，或者哥利底，意译是欢喜母，或者暴恶母、爱子母等。她本是古印度神话传说里的一个凶神，传说她喜欢吃小孩子。

为什么会有这样的一位凶神呢？这其实是人们用一种浪漫的方式表达与缓解自己的恐慌和焦虑。什么恐慌和焦虑呢？就是在生产力水平很低，尤其医疗卫生水平很低的时候，婴儿的死亡率特别高。许多孩子，还在襁褓中，就死掉了；或者，还没长成，就夭折了。这给父母们带来极大的痛苦，也会形成社会集体的焦虑和恐慌。当时的人们没有办法科学地解释这种现象，就认为社群周围，有这样一个狠毒贪婪的恶神在徘徊着，一直盯着小孩子，想尽一切办法吃掉他们，时刻威胁着社群人口的壮大与发展。

佛教兴起后，收编各种外道神，鬼子母也被纳入佛教神祇的系统，成为护法神，是佛教护法诸天之一。既然成了护法神，鬼子母的形象也逐渐从恶神转向善神。原来是吃小孩子的凶神，后来变成保护妇女与儿童的善神。

这也是好理解的，善与恶，就像扑克牌的两面。是善神，还是恶神，只看内心的取向罢了。一心向善，就会散发出神性的光芒；一心向恶，浑身就会被毒云黑雾围裹着。

最早在西晋时候翻译的《佛说鬼子母经》里，就已经可以看到形态成熟的讲述鬼子母皈依佛法的故事了。故事说的是：释迦牟尼在大兜国说法布道。国中有一个鬼子母，她自己养育了上千个儿子，却喜欢偷别人家的小孩子来吃——你瞧，这里还保留着古老神话传说的内容。父母们找不到作恶的元凶，只能在路边痛哭。阿难知道了这件事，就向佛祖请教。佛祖告诉阿难，这是鬼子母作的恶。佛祖派阿难把鬼子母的儿子偷来，藏在精舍里。鬼子母发现儿子丢了，到处都找不到，急得发疯。有人给鬼子母出主意，说佛祖是有大智慧的，教她向佛祖求助。鬼子母找到佛祖，佛祖告诉她，这是为了让她也尝一尝失去儿子的痛苦。鬼子母最终良心发现，皈依了佛教。

北魏时候，吉迦夜、昙曜翻译的《杂宝藏经·鬼子母失子缘》里也讲述了这个故事，又有了两个重大的变化。

其一，是鬼子母最小的儿子脱颖而出。这个小儿子，音译叫嫔伽罗，意译叫爱奴，也叫爱儿。在这个故事里，佛祖没把鬼子母所有的儿子都偷来，只偷了嫔伽罗。正所谓"打蛇打七寸"，要惩治、教导鬼子母，扼住要害就可以了。嫔伽罗就是这个要害，他也就是后来红孩儿的原型。

其二，是出现了一个更富有戏剧性的情节，就是"揭钵"情节。这个情节说的是：鬼子母找佛祖要人，佛祖把嫔伽罗扣在钵盂里。佛祖说，只要鬼子母能揭开钵盂，就放嫔伽罗回去。鬼子母把自己的儿子们都叫来，齐心协力，试图揭开钵盂，但佛祖法力太大了，钵盂最终也揭不开。鬼子母知道了佛祖的厉害，就虔心皈依佛法了。

这个故事，宋元的时候是很有名的，有专门表演这个故事的戏曲作品，比如南戏《鬼子揭钵》（未见著录，钱南扬《宋元戏文辑佚》收录两支佚曲），又有吴昌龄杂剧《鬼子母揭钵记》（《录鬼簿》著录）。画家们也很喜欢这个题材。① 这本身是一个佛教题材的故事，有文人意趣，又很受大众欢迎。故事里涉及的主题人物很多，有佛祖，有鬼子母，有嫔伽罗，还有各种各样的鬼子或鬼兵，要画得主

---

① 参见夏广兴：《密教传持与宋元社会》，上海：上海古籍出版社2023年版，第261至266页。

次分明，刻画出主题人物的神情，还要把众多的鬼子、鬼兵画得同而不同，这是很见艺术功力的。

后来，鬼子母揭钵的故事，就与"西游"故事联系起来了。《西游记杂剧》里就有这个故事。这部剧的第十二出叫"鬼母皈依"，讲爱奴儿幻化诱骗唐僧，观音菩萨救出唐僧，又用钵盂罩住爱奴儿。鬼子母率领鬼兵来解救儿子，却揭不开钵盂，最后只好皈依佛门。

你瞧，就是《鬼子母失子缘》里的故事。只是把释迦牟尼佛，换成了观音菩萨。故事里又出现了新的情节，说唐僧叫悟空背着爱奴儿走，悟空趁唐僧走远了，就把爱奴儿摔到山涧里。这段情节也被后来的百回本《西游记》继承了。

更重要的是，在这部《西游记杂剧》里，爱奴儿的另一个名字，就是红孩儿（或者火孩儿）。[1] 从嫔伽罗到爱奴儿，再到红（火）孩儿，这个人物形象的演化轨迹是很清楚的。红孩儿是鬼子母的孩子，这是有充分的证据来支持的。

只不过，后来的百回本《西游记》在整合前代故事的时候，并没有吸收鬼子母揭钵的故事，只是把红孩儿幻化诱骗唐僧的情节保留下来了。孩子不能没妈，就把红孩儿寄养在铁扇公主名下了。这样一来，"火云洞"故事与"火焰山"故事也串联起来了，牛魔王家族也成为《西游记》里势力最大的家族。应该说，作者的这种艺术处理是很成功的。

---

[1] 参见胡胜、赵毓龙：《西游戏曲集》，北京：人民文学出版社2018年版，第81至83页。

110　鬼子母也会黯然销魂掌？

看过金庸武侠《神雕侠侣》的朋友，应该还有印象，杨过后期"自主研发"的最厉害的武功，就是黯然销魂掌。我们知道，金庸武侠小说的一个主要的艺术魅力，就是武侠故事与传统文化的有机结合。书里的许多武功招式、神兵利器，名字都是从传统文化典籍里化生出来的。比如降龙十八掌出自《周易》，北冥神功出自《庄子》，凌波微步出自《洛神赋》，等等。这就是化用典故。黯然销魂掌，也是有典故的。这个掌法，出自南朝文学家江淹的代表作——《别赋》。《别赋》的第一句就是："黯然销魂者，唯别而已矣！"[1]

这里的黯然，就是心神沮丧的样子；销魂，指悲伤到了极点，仿佛魂魄脱离了躯体。江淹开宗明义地揭示了离别给人带来的痛苦——这世间让人心神沮丧、精神涣散的事情，莫过于分别啊！正因为如此，经历了与小龙女痛苦离别的杨过，才能开发出黯然销魂掌。

从"西游"故事的演化历史来看，许多人物应该也是有黯然销魂的体验的。他们曾经与故事聚合，成为"西游"故事里的重要人物，但在后来演化的过程中，特别是百回本《西游记》的写定者整合、改编前期故事的时候，被剔除、删省了，与"西游"故事分开了。最典型的就是鬼子母。

论起来，鬼子母的黯然销魂，可能比其他人物还要更深重一些，

---

[1]　萧统编，李善注：《文选》第2册，上海：上海古籍出版社1986年版，第750页。

因为她经历过两次离别的打击。也就是说,她曾经两次被吸纳进"西游"故事,又两次被移除故事,这两次打击可是不小的。就像江淹《别赋》里说的,"使人意夺神骇,心折骨惊"[1],这种痛苦,鬼子母应该是比其他人物体会得更深刻的。

那么,鬼子母与"西游"故事的两次结合,都发生在什么时候呢?第一次,是在晚唐五代的时候。另一次,是在宋元的时候。

上一讲说过,鬼子母的传说,应该在晋代的时候,就已经跟随佛经传入中国了,《佛说鬼子母经》里的故事,已经相当成熟了。南北朝的时候,鬼子母信仰就开始流行了,人们把她当作妇女儿童的保护神来供奉。比如,刘敬叔的《异苑》里就记载了一个故事,晋代庐江的杜氏就信奉鬼子母,《太平广记》里也记载了一个故事,晋代有个人叫张应,他的妻子生病了,家里做法事给他妻子祛病消灾,法事上供奉的神明里,就有鬼子母。可以看到,中国人所熟悉的鬼子母,是经过佛教吸纳、改造后的鬼子母,她不是一位吃小孩子的凶神,而是一位保护妇女和儿童的善神。这在当时寺院的壁画上,也可以反映出来。段成式《酉阳杂俎》记载,当时光明寺、招福寺等寺院里都有鬼子母的壁画,这些鬼子母都是雍容典雅、慈眉善目的天女形象。

这样一位天女模样的鬼子母,在晚唐五代的时候,就被"西游"故事吸纳了。俗讲底本《大唐三藏取经诗话》就有"入鬼子母国处",说唐僧师徒来到一个地方,这里很荒凉,"人烟寂寂,旅店稀稀"[2],

---

[1] 萧统编、李善注:《文选》第2册,上海:上海古籍出版社1986年版,第756页。
[2] 李时人、蔡镜浩:《大唐三藏取经诗话校注》,北京:中华书局1997年版,第24页。

不知道这里是什么国度，什么城邦，走在官道上，老半天也看不到一个人——仿佛《生化危机》里的场景。等到唐僧师徒见到人，跟他们打听道路，这些人也不跟他们说话，这就更瘆人了。后来，唐僧师徒进入都城，看到满城里没有成年人，都是三岁左右的小孩。笔者小的时候，看过一部法国的动画片，叫《婴儿城》，是上海美术电影制片厂译制的，在这部动画片里，城里的居民，不管是市长大人，还是警探先生，又或者是超市老板，都是小婴儿。在《取经诗话》的这个都城里，居民虽然不是小婴儿，也都是三岁多大的孩子，还是撒尿和泥的年龄段。最后，都城的主人出面了，就是鬼子母。她设宴招待唐僧师徒，又告诉他们，这里是鬼子母国。唐僧师徒才恍然大悟，原来这一路上，他们见到的都是鬼儿子。最后，鬼子母送唐僧师徒出城，还送给他们一大堆礼物。

这个故事，就是符合当时大众对于鬼子母形象的理解的。只不过，这里没有什么神魔斗法的内容，也没有戏剧冲突，作为一个通俗的文学故事，并不是很吸引人的。后来，就逐渐退出"西游"故事了。但鬼子母形象，还是很受大众欢迎的，所以又有了与故事的第二次结合的情形。

宋元时代，观音信仰在民间进一步流行，特别是随着汉传佛教里观音的女相化，观音信仰里融合了妇女儿童守护神的功能，还有生育神的功能。这就把鬼子母的工作给"揽"过去了。鬼子母信仰再流行，肯定也是不能与观音信仰相比的。于是，鬼子母就又逐渐退化成早期的样子，就是被佛教收编的"邪魔外道"。她本来不信奉佛法，但斗不过佛祖，被佛祖教训了一顿，最后皈依佛门。这就是上一讲说的鬼子母揭钵故事。

这个故事就有比较强的戏剧冲突了。人物的情感心理，以及行动的逻辑，大众也是很容易理解的——你瞧，这里有母亲对儿子的世俗情感，即便像鬼子母这样顽劣凶恶的神明，也疼爱儿子，也是护犊子的，为了救出儿子，敢于不惜一切，挑战佛祖。这里又宣扬了佛祖的慈悲，符合当时人们对于佛教的理解。更重要的是，这里有斗法的情节，又有很强的戏剧冲突。大众就很喜欢这个故事。杨景贤编《西游记杂剧》的时候，就吸收了这个故事。鬼子母的儿子嫔伽罗，就成了红孩儿的原型。

　　只不过，百回本《西游记》的作者又有自己的取舍，与铁扇公主的故事比起来，鬼子母揭钵的故事，要差一些。于是，揭钵故事被再次移出故事系统，红孩儿则留在故事里，寄养在铁扇公主膝下。当然，作者还给鬼子母留了一个画面，上一讲说过，就是第四十二回里那个转瞬即逝的镜头。作者没有说破鬼子母与红孩儿的关系，只看百回本《西游记》，读者也不会知道他们原来是母子关系，只有熟悉"西游"故事的演化历史，才知道作者在这里特地为鬼子母安排一个镜头，是有深意存焉的。大概，鬼子母看到观音收服了红孩儿之后，总是要黯然神伤一番的，她大概会想起江淹的《别赋》：呜呼呀！真是"知离梦之踯躅，意别魂之飞扬"！① 转到潮音洞后身，或许还会念诵口诀，所谓"莫道黯然销魂，何处柳暗花明"，再随手打出一掌，很可能是"黯然销魂"第十二式——饮恨吞声！

---

① 萧统编，李善注：《文选》第2册，上海：上海古籍出版社1986年版，第751页。

第四十一回
心猿遭火败　木母被魔擒

111　三昧神火为什么浇不灭？

这一回情节说的是：悟空跟红孩儿攀交情——他曾经与牛魔王结拜为兄弟，红孩儿既然是牛魔王的儿子，论起来也是悟空的侄子。但红孩儿根本不理这碴儿，俩人就斗起来。单论武艺的话，红孩儿虽然能与悟空僵持上二十回合，但八戒在旁边看得明白——红孩儿只有招架之力，没办法进攻；悟空虽然一时不能取胜，但棍法严整，得胜只是时间问题，八戒就想趁机捞一笔功劳，下场助战。红孩儿被逼得急了，使出三昧神火的杀手锏，八戒一见势头不好，就先溜了，悟空也败下阵来。沙僧出主意：水能克火，请来一波大水，就能灭了红孩儿的神火。悟空便去找东海龙王敖广帮忙。敖广联络了其他三海的龙王，一起来助战。只是红孩儿的三昧神火，用水是浇不灭的，不仅浇不灭，反倒像火上浇油，越烧越旺。悟空被红孩儿放出的烟火烧着了身子，炮燥难耐，一头扎到山涧里。这一个猛子扎下去，就坏了事：冷水一激，火气散不出去，反倒弄成一个火气攻心，搞得魂飞魄散，只剩下一口气。沙僧以为悟空被烧死了，痛哭流涕。还是八戒有见识，说悟空既然有七十二般变化，就应该有七十二条性命,他用按摩禅法,把悟空救回来。悟空想去南海请菩萨来,但刚刚捡回一条命,体力跟不上,八戒自告奋勇去请菩萨。红孩儿料到这一手,就假变成观音,半道拦住八戒,把他骗进火云洞,活捉了。

这一回,算是整部《西游记》里,悟空吃的最大苦头了,几乎是丢了一条命,如果没有八戒的心肺复苏技能,这条命当真就交待在枯松涧了。我们知道,悟空是大罗金仙,但天仙是活人飞升,仙是老而不死,不代表不会死;悟空是金刚不坏之身,有七十二般变化,却不是不死之身。道家认为人要守定三魂,按住七魄,如此才能保定元胎,护住性命,从而实现能长生不老的目的。书里说孙悟空三魂出舍,又说他魂飞魄散,这就是没了命。

按理说,悟空虽然怕火来烧,但他可以念避火诀,在火里也能来去自由。怎么会被红孩儿的火烧得如此狼狈呢?因为红孩儿用的火,不是自然界里的火。自然界的火是外在的,三昧神火是内在的。说到底,这不是红孩儿在用火,红孩儿的三昧神火,是一种象征,象征着修行者不能定心,导致体内的邪火萌发,正如《西游原旨》所说:"心乱则气动,气动则火发。"[1] 也就是说,红孩儿,及其三昧神火,都象征着心火,是一股体内的邪火。这体内生出的邪火,怎么能用自然界的水来浇灭呢?

况且,这股邪火是因悟空而起的,最后自然也要落在悟空身上。悟空是心猿,这心上的邪火,本来也是因为心猿不定(心乱)而来的。书里又特地强调,红孩儿的三昧神火,是在火焰山修行了三百

---

[1] 刘一明:《西游原旨》,上海:上海古籍出版社1994年版,第1130页。

年，才锻炼出来的。我们知道，火焰山的形成，正与悟空有关。后面的情节交代了火焰山的来历，当年悟空大闹天宫，踢倒八卦炉，有几块带火的炉砖落到人间，形成这片火焰山。你瞧，这都说得很明白了：红孩儿的三昧神火是从火焰山炼成的，而火焰山的火，原来是心猿不能定性的时候造成的。

从道教的角度来说，三昧神火也是顶厉害的。因为火不仅仅是五行中的一种，更是五行的主导元素。书里交代，红孩儿用火，要布置车阵，车子一共是五辆，不是随便摆放的，而是按照金、木、水、火、土的方位来布置的，这就是《西游原旨》所说的"火性一发，五行听命，为火所用"①，也就是说，金、木、水、土四元素，要服从火的调度，即小说原文所说的"生生化化皆因火"。更进一步说，五行生化，都是以火为主导的，一旦有了火，其余四种元素的特性就会发生根本变化。道教徒结合朴素的物理、化学经验，对火（及其与其他物质的关系）形成了比较系统的认识：木的特性是专注、凝聚，遇火就散成灰；金的特性是坚固、刚硬，遇火会变成液态，成为柔软的物质；土的特性是柔软，遇火能凝固成陶瓷、瓦片一类的硬物；水的特性是寒冷，遇火就会变得温热。所以，道教徒将四元素称为"臣"，将火称作"君"，就是强调火在物质变化里发挥的主导作用。

其实，这个道理很好理解，我们今天做物理实验和化学实验，最常用的手段，还是加热，加热可以使物质形态发生变化，甚至可以改变物质的本质，使它变成另一种物质。我们今天可以从更科学

---

① 刘一明：《西游原旨》，上海：上海古籍出版社1994年版，第1157页。

的立场出发，认识火在物理变化与化学变化中的作用。古人没有现代的物理和化学知识，他们是从五行生化的角度来认识火的。但不管是我们，还是古人，都把握住了火的重要作用。红孩儿的三昧神火，是五行生化的产物，当然也不是一般的火。

你瞧，一方面，这是心火，是内在的邪火，另一方面，这是五行生化的主导元素，不管从哪个角度看，三昧神火都不是普通的火，龙王们的雨水，可以扑灭外在的火，却不能扑灭内在的火，可以扑灭凡间的野火，却不能扑灭作为五行之"君"的火元素，反倒是火上浇油一般，越帮越忙。《西游记》也是在通过这个情节，表达一种观念：要扑灭心内的邪火，还是要从内在找原因，解决问题，不能依赖外部，仅仅从外部疗救，反而会弄巧成拙。

112 红孩儿为什么长得像哪吒？

说完红孩儿的看家本事，再讲一讲他的长相。

按照百回本《西游记》塑造人物的习惯，妖魔正式亮相的时候，作者一般都会用一段韵语来描写妖魔的相貌，这一回，悟空上门要人，红孩儿出来与悟空答话，作者就用了一段韵语，描写红孩儿长什么样："面如傅粉三分白，唇若涂朱一表才。鬓挽青云欺靛染，眉分新月似刀裁。战裙巧绣盘龙凤，形比哪吒更富胎。"

面如傅粉，就是说面色白皙，像涂了粉一样。傅，就是涂的意思。成语"傅粉何郎"用的就是这个意思。《世说新语》等书记载，曹魏时期的玄学家何晏，是个美男子，皮肤很白，白得超出一般人。魏明帝怀疑何晏平时擦了粉，就想出一个"损招"，大热天里，请何晏吃热汤饼（汤饼，类似今天吃的面条）。照曹叡的意思，夏天里吃热汤饼，肯定是要满头大汗的，何晏要是擦了粉，被汗水一浸，便是一副"泥沙俱下"的狼狈相，到时候可以好好嘲笑他一番了，但何晏是天生皮肤白皙，吃了热汤饼，出了一头汗，看上去反而更白了，真是"白里透红，与众不同"，曹叡才知道何晏是真的白。这里形容红孩儿的相貌，也说傅粉，就是说这孩子皮肤白皙，像瓷娃娃一样。

唇若涂朱就更容易理解了——嘴唇像涂了胭脂一样。白面朱唇，看上去就更可爱了。鬒挽青云，指头上梳着髽鬏，青云就是头发；欹靛染，指头发显得格外黑。眉分新月，指眉毛弯弯，像月初的弦月一样；又说似刀裁，指眉毛齐整，没有杂眉。

总之，这是一副健康的、可爱的儿童的模样。作者又特地把红孩儿的相貌与哪吒的相貌比较了一下，说红孩儿比哪吒看起来更富态。而之所以可以放在一起比较，因为哪吒也是一副健康的、可爱的儿童的模样。

说红孩儿和哪吒长得很像，不是说他们有什么血缘关系，朋友们不要在这方面有太多联想。不过，从形象演化史来看，红孩儿和哪吒这两个形象，的确很像：他们都是从国外传来的形象，也都经历了从长相狰狞到长相可爱的变化。

我们已经知道，红孩儿原本是鬼子母的儿子，而鬼子母本来是古印度神话传说里的一位瘟神，被佛教收编后，成为护法神，属于药叉神系统。

药叉，是梵语的音译，它的另一种译法，大家更熟悉一些，就是夜叉。这是佛教所说的一种恶鬼。红孩儿既然是恶鬼的孩子，当然要遗传恶鬼的基因,保持恶鬼的相貌,即便是最受宠的小儿子,长得应该也是很狰狞的。

不过,外来的艺术形象,传入中国之后,要经历本土化的改造,形象气质要符合中国大众的期待。特别是"西游"故事,受众很广,有精英文人,也有普通市民,男女老少都很喜欢。既然大家都喜欢,故事里的人物形象,也得让大多数人乐于接受。

鬼子母的形象,就经历从恶相到善相的转变。她从吃小孩子的瘟神,变成妇女儿童的保护神,相貌气质也变得富贵雍容、和蔼可亲。她的小儿子——嫔伽罗——在演变为红孩儿的过程中,也逐渐变成中国人更乐意接受的一种"奶娃子"形象。

这主要是在宋元时期发生的。之前说过,宋代开始,"鬼子母揭钵"故事在世俗社会就流传起来了。各种文艺形式里,经常可以看到表现这个主题的作品。绘画作品就有很多,壁画、版画、卷轴,存世的大概有三十种。①

元代画家朱玉就画过《鬼子母揭钵图》,这是一幅白描的纸本(藏浙江省博物馆)。画面的中心是被罩在钵盂里的嫔伽罗,钵盂是琉璃材质的,通体透明,这样能够让我们更清晰地看到人物。画面的左侧是鬼子母和她率领的鬼兵,画面的右侧是佛陀与各位弟子。画面里的鬼兵们(也就是嫔伽罗的兄弟),还是恶鬼的形象,模样是狰狞的,但鬼子母已经是一位中国化的女神形象了,她是一副天女的形貌和装束,罩在钵盂里的嫔伽罗更是一个懵懂可爱的娃娃。钵盂外头的鬼子母,神色忧愁焦虑,钵盂里头的嫔伽罗,伸着双手,

---

① 参见夏广兴:《密教传持与宋元社会》,上海:上海古籍出版社2023年版,第263页。

眼巴巴地望着母亲，看起来"怪可怜见儿"的。

这样的画面，显然更符合中国民众的审美习惯和艺术期待。尽管这个故事还是在宣扬佛法，表现佛陀对外道神的感化，但人们关注的是画面的中心：一个失去了孩子的母亲，一个渴望回到母亲怀抱的孩子。这能够勾起人们最原始、最朴素的情感，让人产生同情，甚至站在鬼子母与嫔伽罗的立场上去理解整个故事。

与这种接受故事的心理相配合，人物形象就要显得容易让人亲近，恶鬼的形象就要完全舍弃，鬼子母的形象还保有着神性，天女的装扮，盛大的仪仗，但看她的神情、动作，其实更接近现实生活中一位可怜的母亲。嫔伽罗的形象，更是一点神性也没有了，就是一个无助的小孩子。这样一来，中国的民众就更容易理解、接受这个故事了。

其实，哪吒的形象，包括他的父亲，原来的相貌都是很狰狞的。哪吒不但长得狰狞，气质也是很凶恶的。只不过，在本土化的过程中，变成了一个可爱的奶娃子。这一点，我们以后会专门讲到。

第四十二回
大圣殷勤拜南海　观音慈善缚红孩

113　菩萨也有嗔心？

　　这回情节说的是：悟空偷听到红孩儿派六健将去请牛魔王，就假变成牛魔王的模样，在半路上等着。六健将肉眼凡胎，不分真假，把悟空请回火云洞。一开始，红孩儿也没看出这个亲爹是冒牌货。后来，红孩儿发现牛魔王说话与平时不一样，口口声声，只说悟空神通广大，不好招惹，分明是长他人志气，灭自家威风，又说今天自己吃斋，吃唐僧肉的事，得缓一缓。红孩儿就纳闷——自己的老爹，做了几百年的妖魔，杀人如麻，嗜血成性，怎么突然吃起斋了？红孩儿盘问六健将，知道这个牛魔王是从半路请来的，这才回过味。他问假牛魔王自己的生日是哪一天——这一天，真牛魔王是整天挂在嘴边的，假牛魔王却答不上来。红孩儿就变了脸，动起刀兵。悟空逃出火云洞，又到南海请观音菩萨。菩萨听说红孩儿胆敢假变自己的模样，就动了火气，跟随悟空来到钻头号山，用从李天王那里借来的天罡刀，困住了红孩儿，又用佛祖赐的金箍儿，收服了红孩儿，要这熊孩子一步一拜，随自己回南海，做善财童子。

这一回里，形象刻画最为生动的，其实是观音菩萨。

尽管金圣叹批评《西游记》的叙事套路化，"帮助者"的功能，经常是由观音菩萨来承担的，所谓"每到弄不来时，便是南海观音救了"，重复率太高。其实，仔细阅读原著就会发现，在百回本《西游记》作者笔下，观音菩萨每次出场帮忙，情节都是不一样的，菩萨的气质、情态，也是不一样的。

尤其妖魔跟菩萨自己有关系，或者菩萨打算跟妖魔扯上关系的时候，作者刻画人物的笔墨就更细腻，菩萨的气质、情态也就更加动人了。

比如，之前在黑风山黑风洞收服黑熊精，因为事情起头在观音禅院——这是菩萨的留云下院，在自己的场子里，出这种龌龊事，面子上挂不住，所以菩萨耐着性子，由着猴子出各种"馊主意"，甚至同意假变成妖精的模样；再比如，之后在通天河收服鲤鱼精，与自己的干系更大——鲤鱼精就是从南海逃出来，菩萨理亏，又怕悟空胡搅蛮缠，所以都没有喝骂悟空，也顾不上梳妆打扮，就陪悟空去通天河，甚至同意留下"鱼篮观音"的法相。

这一回收服红孩儿，观音菩萨的情态又不一样了。

主要是什么情态呢？就是火气大。用悟空的话说，就是"这菩萨火性不退"。火性，就是火性子，指一个人脾气暴躁。

对于出家人来说，火性是大忌，是犯戒。佛教讲"三毒"，又叫三垢，也叫三火，指的人自私自利、自我中心的心理状态。具体地说，三毒是贪、嗔、痴。贪，就是贪求；嗔，指的是动怒、发火；痴指的是被虚妄的东西迷惑，不能分辨是非，做出正确的判断。

《西游记》的作者是以玩世不恭的态度来塑造神佛形象的，塑造人物，经常使用反讽的笔法。特别是在塑造观音形象的时候，作者经常或多或少地暴露这个形象身上的三毒，也就是贪、嗔、痴的表现。与大众信仰里俨然崇高的观音不同，小说里的观音更接近世俗人物的气质，贪、嗔、痴三毒，都没能去净。这一回里，主要表现的就是嗔。

你瞧，悟空刚一到潮音洞，菩萨就已经带着气了。悟空把自己的遭遇说了一遍，菩萨甩出一句话："既他是三昧火，神通广大，怎么去请龙王，不来请我？"这就是挑理了。言外之意：你怎么先想到龙王，不想到我？龙王是什么咖位，我是什么咖位？龙王有那两把刷子吗？找他们有什么用？与之前悟空为救活人参果树，三岛求方的时候一样，菩萨对于自己不是悟空"救火队长"名单上的头号人物，是特别在意的。

等到悟空说出红孩儿假变菩萨，观音就动了真气——这也是书里菩萨发的最大一场火，气得摔东西，把手里的宝珠净瓶掼到海里了。

掼，就是扔的意思。但文学作品是讲究炼字的，就是锻炼字词，琢磨用哪一个字，才是最合适的、最精准的。赋诗填词，讲究炼字；写小说，其实也讲究炼字。

这里，如果把"掼"换成"扔"或"丢"，味道就全变了。比如《水浒传》第二十六回写武松提了潘金莲的人头，去狮子桥酒楼找西门庆报仇。一见西门庆，书中写道："武松左手提了人头，右手拔出尖刀，挑开帘子，钻将入来，把那妇人头望西门庆脸上掼将来。"金圣叹就说这一个"掼"字，可谓"绝妙"。[①] 既写出令人惊骇的氛围，

---

① 陈曦钟等辑校：《水浒传会评本》，北京：北京大学出版社1981年版，第506页。

也写出动作之快。

其实,这里的"掼",还写出了动作的力道,这不是一般的丢、一般的扔,而是用了大力气,是猛地一丢,用尽力气地一扔。更重要的是,它是带着人物情态的,能够通过精准的动作刻画,让读者感知到武松对西门庆的愤怒与憎恨。

再比如《儒林外史》第三回写范进中举。喜报到家时,范进正抱着母鸡,在集上卖。邻居找到他,说他中举了,范进只当是哄他,装听不见,邻居发了急,"劈手把鸡夺了,掼在地下"①,这就写出了邻居着急的情态。又比如第二十三回写牛玉圃得罪了盐商万雪斋,万雪斋把牛玉圃支到王汉策家,王汉策用一两银子,就想打发了他,牛玉圃气得"把银子掼在椅子上"②,通过这一个"掼"字,也能看出牛玉圃恼羞成怒的可笑模样。这些"掼"字都用得很好,既形象又生动。

《西游记》写菩萨丢净瓶,也用了一个"掼"字,也是炼字的结果,这可以让我们看到菩萨是动了真气。倒不是说神佛就不可以动真气,俗话说:"佛也有火。"但发火动怒,还得分什么事,只因红孩儿侵犯了自己的肖像权,菩萨就发如此大的火,生如此大的气,就不太像一个佛教大咖应该有的气度了。这里还是讽刺笔墨。

当然,把净瓶掼到海里,菩萨还有别的意思,要在悟空面前卖弄一下本事。这一点,我们放在下一讲再说。

---

① 吴敬梓:《儒林外史》,北京:人民文学出版社1962年版,第40页。
② 同上,第281页。

114　观音菩萨也讲排场？

上一讲提到,菩萨把宝珠净瓶掼在海里,是祂动了真气,但菩萨也是想借机卖弄一下自己的手段,顺便 PUA 一下悟空。

书里写到,悟空看菩萨把净瓶掼在海里,吓得毛骨悚然。毛骨悚然,指的是毛发都竖起来,后脊背发凉,形容一个人被吓到了,就可以用这个词。这个词,一般是不会与悟空联系在一起的。它经常是用在唐僧身上的,唐长老是肉身凡胎,又胆小怕事,一副脓包相,见了妖魔鬼怪,就是毛骨悚然的。悟空是超级英雄,怎么会在危险面前毛骨悚然呢?

当然,《西游记》里也会写到悟空毛骨悚然,但只有两次,都是有特定情境的。第一次是在第二回,这是悟空求仙学道的阶段,须菩提祖师教给悟空长生不老的口诀,告诉他:这是非常之道,是挑战造化规则的做法,会受到造化规则的惩罚,就是三灾。五百年后,有雷灾来打你;再五百年后,有火灾来烧你;又过五百年后,有风灾来吹你。躲得过去,才能与天地齐寿;躲不过去,就要灰飞烟灭。悟空一听这话,就吓得毛骨悚然,请须菩提祖师再发慈悲,把躲避三灾的方法教给自己,祖师这才传授了七十二般变化。之前说过,悟空学七十二般变化,主要就是为了躲避三灾。

第二次,就是这一回。悟空还从来没见过菩萨发这样大的火 —— 菩萨过去也骂他,但没有气到摔东西,所以毛骨悚然。他也不敢像平时那样嬉皮笑脸了,赶紧侍立在下面,老老实实,毕恭毕敬的。

不一会，一只大龟驮着净瓶，浮出海面，菩萨就叫悟空把净瓶拿上来。悟空原本没当一回事——想那如意金箍棒，重一万三千五百斤，悟空舞弄起来，跟耍花枪似的，一个小小的净瓶，能有几斤几两？结果，还是大意了。抬了半天，如蚍蜉撼树一般，别想动摇那瓶子一分一毫。菩萨就趁机教训悟空：这瓶子转过三江五湖、八河四渎，在溪潭渊洞之间，"共借了一海水在里面"——用今天的话说，整个太平洋都装在瓶子里了——你一只小毛猴子，哪里有架海的斤量！言外之意，你那点本事，就是小儿科！悟空一听，赶紧合掌礼拜。菩萨说完，走上前去，轻轻一提，就把净瓶拿起来，托在手上。这就是要让悟空看看，菩萨不是说嘴，一海的水，说拎起来，就拎起来，这才是广大法力。

接着，菩萨随悟空去火云洞，要越过南海。菩萨说："悟空，过海！"悟空赶紧躬身回答道："请菩萨先行。"悟空的意思，是要表示恭敬，经过刚才一番教训，此时的悟空不由得对菩萨生出十二万分的尊敬。菩萨则坚持悟空先过海。

为什么？这是礼数！悟空在菩萨面前，就是一个马前卒，当然要在前面引路。没听说让领导坐副驾驶位置，一个小秘书坐在后排的。悟空不是不知道礼数，正是因为知道礼数，不敢冒犯菩萨，所以才不敢先行。因为，过海就要飞行。换作别人，脚下生云，也就先飞过去了，但悟空飞起来，要翻跟斗，太难看了，怕菩萨怪罪。

倒不是说翻筋斗云的姿势难看，而是这样一翻腾，猴屁股就露出来了，在菩萨面前露屁股，这不是大不敬吗！这个情节，再一次提示我们：小说里悟空的装扮，与戏曲舞台上或影视剧里是不一样的，原著里的悟空，是不穿裤子的——虎皮裙下面，都是挂空挡的!这也正是悟空形象滑稽可笑的一个方面。

菩萨一听悟空的解释,才反应过来,就命龙女取来一瓣莲花,放在海面上,要悟空站上去。悟空担心莲瓣擎不住自己,落在水里,弄湿衣服。菩萨就喝道:"你且上去看!"这就像今天一些家长训斥孩子:"完蛋玩意!叫你上,你就上,那么多废话!"你瞧,菩萨的火是说来就来的,没有什么耐心。

悟空又说,这莲瓣固然可以当船用,但没有船桨,如何行动呢?菩萨只吹了一口气,就把莲瓣吹过了南海。这是又叫悟空见识了一回大神通。悟空也明白这个理,所以登岸之后说了一句:"这菩萨卖弄神通,把老孙这等呼来喝去。"

对,就是要呼来喝去,把简单的问题复杂化,这样才能看出菩萨的本事。其实,菩萨也不仅仅是针对悟空的,这是菩萨的气场和排面。

你再看菩萨来到号山,把山神、土地都拘出来,要他们把方圆三百里打扫干净,不能见一个活物,这是在做什么?就是给祂清场,菩萨收妖,就得有这种大排场。名义上,菩萨是怕伤生害物,因为祂要把那一海的水,都灌进这三百里内,要把这一片山地,灌成一片汪洋大海。然而,后面的情节里,菩萨收伏红孩儿,根本没用上这一海的水。说到底,这就是一个排场,没有什么实际用途,只是一种形式,但形式本身就是具有意义的。

今天许多明星出席活动,一票保安,前呼后拥、咋咋呼呼,一具肉身,恨不能组织了四值功曹、五方揭谛、六丁六甲、一十八位护教伽蓝来护驾。其实,能有什么危险呢?这些保安,看上去又是残兵游勇的派头,能有什么实际作用呢?

当然，他们本来没有保驾护航的实际作用，但这群保安本身还是有作用的。他们具有符号意义，是大牌明星亮相的仪仗，仿佛旧时知县下乡用的全副仪仗，铜锣、红伞、掌扇、皂旗、桀棍、肃静牌，一样不少，齐齐整整，巍巍赫赫，热热闹闹。只可惜，这全副仪仗围拢之下的，到底是官老爷，还是和我们一样的庶民，到底是菩萨，还是猴，我们也不知道，我们也不敢问。

115　善财童子是谁的弟子？

这一讲，说红孩儿皈依佛门后的名号——善财童子。

其实，逻辑应该是倒过来的：善财童子的形象在先，红孩儿的形象在后。善财童子另有来源，本来与红孩儿没关系，与红孩儿的原型——嫔伽罗——也没有关系。只不过，《西游记》的作者在整合前代故事的时候，把两个形象捏合在一起了。既然观音身边最著名（或者说普通民众最熟悉）的童子是善财童子，书里又说观音收伏了红孩儿，把这两个形象捏合在一起，也就是顺理成章的事情。只不过，这是小说情节，不是佛教知识，当作故事来看就可以了，不能当作知识来传播。

那么，善财童子是怎样一个形象呢？

先来说祂的名号——善财童子。为什么叫"善财"呢？据《华严经》记载，善财童子出生的时候，家里涌现出各种珍宝，所以翻译这个人物的梵语名字的时候，人们就习惯意译成善财。为什么叫"童子"呢？这不是一个世俗社会的说法，而是佛教的称呼。

在中国本土的世俗社会里，"童子"有多种含义。未成年人，就叫作"童子"。比如《论语·先进》里，曾点有一句名言，说他的理想是："莫春者，春服既成，冠者五六人，童子六七人，浴乎沂，风乎舞雩，咏而归。"①就是说：在暮春季节，穿好了春日的衣服，与五六个成年人、六七个小孩子，在沂水边洗野澡，在舞雩台上吹一吹风，唱着歌往回走。这里的童子，就是未成年人的意思。

再有一个意思，就是童生。童生，就是儒童，明清的时候，修习举业，又没有考取秀才的人，就是童生，也称作童子。比如《聊斋志异》里有一篇故事《促织》，主人公成名就是童生。蒲松龄就说他"操童子业，久不售"②。就是说他一直考不中秀才，只是个童生。这个童生，就与年纪没关系了，甭管多大，没考中秀才，都叫童生。比如《儒林外史》里的周进与范进，一个六十多岁，一个五十多岁，头发都考白了，还是童生，跟着一帮小孩子，一同参加考试，被人歧视、嘲弄，这也成为他们人生里最大的痛。

当然，还有另外一个意思，就是保持童子之身的人。武侠小说里，习惯说一个人要想练成登峰造极的武功，有一个前提，就是保持童子之身。电影《倚天屠龙记之魔教教主》里有一个桥段，张无忌问张三丰，为什么能保持这样好的体力，练成这样高的武功，张三丰说自己一直保持童子之身，还嘱咐无忌，千万不要破身。

不过，善财童子的"童子"，是佛教的说法。根据《释氏要览》的说法，佛教习惯把七岁到十五岁的修行的少年儿童，称作童子。

更重要的是，善财童子得菩萨道，这里的童子，指的是菩萨，

---

① 杨伯峻：《论语译注》，北京：中华书局2009年版，第118页。
② 蒲松龄著，张友鹤辑校：《聊斋志异会校会注会评本》，上海：上海古籍出版社2011年版，第484页。

是后补佛，这不是我们本土世俗社会里的含义，起码不是单纯从年龄上来论的，不能等同于"小孩子"。

其实，早期的壁画里，善财童子也确实不是小孩子。比如印度尼西亚的爪哇岛上有一处佛教圣迹——婆罗浮屠。这座塔的建造时间，相当于中国中唐的时候。塔上有善财童子的浮雕，这里的善财童子是一个青年男子，体型健美。①中国晚唐五代时期的壁画和雕塑里，善财童子也大都是青年男子的形象。比如，莫高窟第9窟和第12窟里，善财童子都是青年男子的样子。②影视剧如果按照善财童子传入中国初期的形象来塑造形象，就不能找儿童演员来扮演，得找一个小青年，比如电影《封神》质子团里的那些青年演员，可能更贴边。

不过，到了宋代，善财童子就变成可爱的小孩子了。这与佛教的世俗化，以及市民大众对"童子"这个概念的理解有关系。要想让某种信仰被市民接受，就要迎合市民的知识结构和审美期待。普通市民不了解佛教典籍里"童子"的含义，一提到"童子"，大家会条件反射地想到"小孩子"这个含义；要让善财童子走入世俗社会，被大众接受，只能把祂从青年改造成儿童。

到了元代，善财童子的儿童形象，就固定下来了，基本是一个富态的小孩儿，头上梳着两个髽鬏，双掌合十，光着脚，身上披着墨绿色的飘带。

---

① 参见王英：《山西现存善财童子五十三参壁画调查与研究》，硕士学位论文，山西师范大学2020年。

② 参见王英、侯慧明：《善财童子五十三参壁画演变及对中国文化的影响》，《法音》2019年第12期。

到了明代，善财童子一般是剃了圆光头，留着三撮头发，梳成三个鬏鬆，双手双脚都戴着金镯子，披着墨绿色的飘带，穿一个红肚兜，套一条白裤子，光着脚。这也是后来民众心目中印象最深的形象了。影视作品在改编《西游记》时，一般都遵循这个形象。

那么，善财童子有什么事迹呢？主要就是《华严经》里记载的五十三参，讲的是善财求法问道的故事：文殊菩萨来到善财的家乡，讲经说法，善财参与了法会，立志修行。文殊菩萨就指引他，一路南行，先后参访了包括菩萨、比丘、比丘尼、优婆塞等在内的五十三位善知识。善知识，是梵语的意译，指的是正直，有德行，能教导人修习正道的人。最后，善财进入弥勒楼阁，证入法界。

这个故事是很著名的，但世俗民众对它不是很感兴趣——这里没有什么戏剧冲突，也没有神魔斗法的情节。所以，要把善财童子引入"西游"故事系统，就得将形象与一个神魔斗法故事结合起来，善财与红孩儿结合，就是比较方便的了。

在一些细节处，也进行了巧妙的融合，比如解释善财童子手腕、脚腕都戴着金镯子，就说是菩萨用来收伏善财的金箍儿变的。佛祖当初赐给菩萨三个箍儿，紧箍儿用在悟空身上，禁箍儿用在黑熊怪身上，这里又把金箍儿用在红孩儿身上。之所以用金箍儿，就是为了对应金镯子。善财五十三参，本来是参访五十三位善知识，这里又改成菩萨为了解气，叫红孩儿一步一拜，一直拜到南海去。从讲故事的角度看，这是一种"化腐朽为神奇"的处理，将乏味无趣的传说变得生动，又富于谐趣。

朋友们可能注意到了，在这个故事里，指导善财童子修行的，是文殊菩萨。可以说，善财童子是文殊菩萨的弟子。五台山是文殊菩萨道场，在五台山故事的形象系统里，善财童子就是一个重要的符号。只不过，善财童子很早就被拉进观音信仰的符号系统了，晚唐五代的时候，善财与龙女胁侍观音的形象，就已经比较稳定了。毕竟，观音信仰的影响更大，世俗民众更熟悉。特别是宋代以来，观音形象以女相为主，许多女神的功能，特别是生育、求子的功能，都被观音信仰覆盖或置换了。加上善财童子的形象又固化成小孩子，就更适合站在观音身边了。到了明清时期，"童子拜观音"的图像流传很广，① 富态的善财童子向观音菩萨礼拜的形象，深入人心，这才有了百回本《西游记》里的情节。

  所以，今天人们一提到善财童子的导师，经常首先想到观音菩萨，这不能怪百回本《西游记》的影响太大，因为这种说法，在百回本《西游记》之前就流行起来了，作者也是被影响的。毕竟，正如鲁迅先生说的，作者"尤未学佛"，他可能并不知道善财童子是文殊菩萨的弟子。

---

① 参见李金娟：《明清时期流行"童子拜观音"之图像渊源探析》，《美术教育研究》2014年第23期。

第四十三回

黑河妖孽擒僧去　西洋龙子捉鼍回

116　黑水河到底有多"黑"？

这是一个小故事，用一回篇幅就讲完了，说的是：唐僧师徒离开钻头号山，走了一个多月，被一条河拦住。这条河也很奇怪，水色浑黑。师徒们正商量如何过河，赶巧，从上游来了一只小船，船上有一个撑船的艄公。这船太小，一次只能坐俩人。八戒耍小聪明，把行李马匹都留给沙僧，先陪着唐僧坐船渡河。不料，船到河心，掀起一阵狂风，连人带船，都沉到水里。原来，这艄公是黑水河里的鼍龙怪变的。这鼍龙怪，本是泾河龙王的儿子，西海龙王的外甥。泾河龙王被魏徵斩首之后，鼍龙怪无依无靠，西海龙王就送他到黑水河安身。鼍龙怪倚仗舅舅的势力，霸占了黑水河河神的府邸。黑水河神四处申诉，都被西海龙王给压下去了，只好忍气吞声。鼍龙怪抓了唐僧，写信给舅舅，请他来吃唐僧肉。悟空打死送信的小妖，拿着书信找西海龙王算账。西海龙王就派太子摩昂讨伐鼍龙怪，最后鼍龙怪被活捉，唐僧与八戒得救，黑水河神也找回了府邸。河神报答唐僧师徒，用阻水法，在河的下游开出一条大路，送唐僧师徒过河。

这段情节本身并不吸引人，戏剧冲突不强，趣味性也不太强；篇幅短小，又是一种套路化的叙述——同样是水战，与前面流沙河水战和后面通天河水战，都不能相比。所以影视作品改编《西游记》的时候，经常跳过这一段。比如86版电视剧《西游记》，就没有改编这一段，后来的续集里才收了这段故事。

　　然而，清代的道教徒们是很重视这段故事的，认为它有深刻寓意。之前是收伏红孩儿的故事，强调的是火性的害处，后边接着黑水河，就是强调水性的害处。在道教徒看来，水性的危害，又超过火性的危害。火性暴烈，来得快，去得也快；水性缓和，来得慢，但去得也慢，不容易消解。火性是向上的，只有一头，容易压制，水性是向下的，就有很多头绪，所谓"无限情欲，无非水性"①，这就更复杂了，也更可怕了。

　　这里特别强调是"黑"水，就是为了突出水性。我们知道，五色与五行对应，黑色对应的正是水。而这条河的黑，是浑黑，又象征愚昧、蒙昧。如《西游原旨》所说：黑水，即"昏愚流荡"的水，②修道的人如果不能死心塌地修行，就会被黑水阻挡，难以精进。

　　你瞧，即便是没有多大意思的情节，道教徒们也能说出许多道理，这就是典型的"强制阐释"。毕竟，他们是把《西游记》当"神仙书"来看的。

　　不过，即便是当作文学作品看，黑水河的"黑"也是有意义的。它不是象征，而是现实的反映，反映的是晚明社会的污浊黑暗。

---

① 刘一明：《西游原旨》，上海：上海古籍出版社1994年版，第1212页。
② 同上，第1214页。

鼍龙怪本来没有大本事。论武艺，他与沙和尚僵持三十回合，也不分胜负，这个战斗力在《西游记》构造的神魔世界里，显然属于下游选手。他能够霸占黑水河神的府邸，固然因为河神的战斗力更垃圾，但归根到底，还是倚仗舅舅的势力。

西海龙王是一方的大龙神。这里是西牛贺洲，江河湖泊，皆在其管辖范围内，从水域系统来说，西海龙王在这里是一手遮天的。当初妹子远嫁南赡部洲，是为了与泾河水域的龙族联姻，跨区域合作，延伸触手，但妹夫一家遭难，西海龙王无力救护，只好格外照顾这个小外甥。所谓"娘亲舅大"，舅舅总是格外照拂外甥的。况且，鼍龙怪是他妹子第九子，也就是最小的儿子。封建家长们总是偏疼最小的孩子，所以格外纵容鼍龙怪。

但老话说得好，"偏疼的果子不挂色"。这种被偏疼着长起来的熊孩子，往往也是坑爹的好苗子。鼍龙怪不就是这样的选手吗？他亲爹死了，没得坑了，但坑舅舅，不也是一个道理吗？即便不坑亲长，也容易成为家里的祸害，最后闹得沸反盈天，搞得一家子亲骨肉，像乌眼鸡一样，恨不能你吃了我，我吃了你。这种事，若是在寻常人家，最多也只是狗血的家庭伦理剧，给大家提供一些日常的谈资笑料，但在世族人家，就可能动摇基业。

西海龙王知道这个道理，所以把包括鼍龙怪在内的子侄们，都派在外头了。书里交代得清楚，西海龙王的妹子，有九个儿子，被派在江、淮、河、济各条水域，不仅在水域系统里安插，也安插在其他部门，比如徒劳龙给佛祖司钟，稳兽龙在神宫压房檐，敬仲龙给玉帝擎华表，这当然是利用了"龙生九子"的民间传说，而从人情世故上讲，就是西海龙王把子侄们都派在外头，渗透到各个地方、各个部门。

然而，这又造成更大的问题：子侄们被安插到各个地方、各个部门，成为西海龙王的触手，但他们仗着舅舅的势力，狐假虎威，横行乡里，鱼肉乡民，包揽讼词，关说贿赂，抢田占地，欺男霸女。这种事情，不是《西游记》的浪漫想象，在晚明的社会现实里，是比比皆是的。各种横行乡里的衙内、舍人，都是仗着长辈在朝为官——都不用是阁老辅臣，或是封疆大吏，就是六部属官，或是府州衙门里的官员，也足够震唬人了。百回本《西游记》的作者生活在底层，这些现象都是看在眼里的。

面对这些小衙内、小舍人的霸道行径，底层百姓苦不堪言，就是底层的小公务员，也是经常受了冤屈，无处申告。黑水河神，就是一个典型，他层层上告，一点用都没有。状子递到西海龙王那里，都被压住了。悟空找西海龙王算账的时候，西海龙王还假撇清，说自己毫不知情。到底是不知情，还是纵容，大家看得明白。

所谓不知情，倒是可以这样理解：在西海龙王看来，这种子侄欺压地方的事，根本就不算事！不过是占了地方小神的一座宅子，也能叫事？的确，若是没撞见悟空，没人替河神出头，这还真不叫事。因为，有他老人家压着，本来也出不了事。

西海龙王又说，九个外甥里，只有鼍龙怪是顽劣的，"那八个都是好的"。这话我们也是不大相信的。其余八个外甥，只是还没出事罢了，西海龙王敢说没替他们跑过官职，拉过选票，买过热搜，删过帖子？这还只是外甥，那还有侄子，还有儿子，还有七弯八绕，好几门子的亲戚，都受着他的荫庇。再想想，这还只是西海的事，还有东海、南海、北海，龙王的孙男弟女们，在三江五湖、八河四渎、溪源潭洞的各个系统里，是怎么横行霸道的，作者来不及写，但我们也可以想到了。何止黑水河"黑"，天下水域一般"黑"，所谓"老鸹落在猪身"上，咱们就"黑也别说黑"了。

117　龙生九子，都有谁？

上一讲提到"龙生九子"的说法，这里专门说一说。

这种说法，主要是明代流行起来的，是一种民间知识。它整合了当时流行的关于各种神奇动物的传说故事，把各种人们想象出来的生物，以龙的形象为核心，组织起来，形成一个传说故事的系统。

这些生物，有的本来就与龙有关系，是龙的一种，或者与龙的形象相近；有的则只是鳞虫的一种，因为龙是鳞虫之长，就说成龙的儿子；另外一些，本来与龙没有关系，既不是龙的形象，也不属于鳞虫这一类，但民众很熟悉它，就被"硬塞"进了这个系统里。

这个系统，直到今天，其实仍是开放性的，有不同的版本，版本之间的差异，可能是很大的。九个儿子，到底都是谁，各家有各家的说法，其实没有一个标准答案，更没有官方答案。不同时期、不同地方的人们，只不过是把自己熟悉的知识 —— 自己知道的、乐于看到的神奇动物，往这个系统里塞。我们可以把这里的"九"理解成约数，所谓"龙生九子"，指的就是龙的后代有很多，包含各种各样的神奇动物。

这些神奇动物，形象是千奇百怪的，为了解释这一点，人们就提出一个说法："龙生九子，九子有别"，就是说龙的儿子们，形象差别很大。

而形象上的差异，又会让人产生进一步的联想，就是它们的气质、性格不一样，再进一步理解，是德行不一样。这样一来，想象与现实就直接对应起来了，在现实生活中，我们总能够看到这样的现象：同一个人，子孙后代，有贤与不肖，有杰出的，也有不成器的，甚至龌龊不堪的；同样的DNA，有的后代出落得顾盼神飞，文采精华，见之忘俗，有的却像燎了毛的小冻猫子似的，人物猥琐，举止荒疏。

我们今天当然知道，人的气质、性格，不仅仅是先天的因素，也有后天的因素，后天的因素可能起到更大的作用。但古人更强调先天因素，"龙生九子"的说法，就能够帮助他们更好（也更生动而形象）地解释、说明这一点。

那么，这些神奇动物都有哪些呢？这里拣主要的（也是最常见的）说一说。

第一个是赑屃，也叫霸下，有的人非要将"赑屃"和"霸下"分成两种生物，其实完全没有必要，"赑屃"和"霸下"都是记音的，如之前讲过的"屏蓬"与"并封"，都是同音或者近音字，只是拿来标识发音，不是两种生物。

赑屃有什么性格呢？据《菽园杂记》记载，说它形状像龟，喜欢负重，所以人们用它来驮石碑。我们去一些古迹游玩，经常看到这个形象。今天人们习惯说"王八驮石碑"，这里背负石碑的神奇动物，既不是王八，也不是纯粹的乌龟，而是想象中龙的一个儿子，只不过长得像龟而已。

第二个是狴犴，有人说它长得像狮子，有人说它长得像老虎，总之，形似大型的猫科动物，它的爱好比较特殊——喜欢诉讼，所以古代监狱里经常可以看到它的图像。其实，狴犴本来就是古代监狱的别称。比如《诗经·小雅·小宛》说："哀我填寡，宜岸宜狱。"①翻译过来，就是：哀伤我穷苦，没有钱，应该进牢房。这里的"岸"，就是牢房的意思。人们说狴犴喜欢诉讼，其实是对牢狱的形象化、浪漫化。

第三个是狻猊，它长得也像狮子，生性喜欢静坐。《山堂肆考》说它是铜头铁额，目光如电，叫声如雷，能吃虎豹。这其实就是古人对狮子的想象性描述。这个形象，主要是受到了佛教造像的影响。中国本来不产狮子，但佛教造像中有大量的狮子，许多人物的坐骑都是狮子，比如文殊菩萨的坐骑是青狮，观音菩萨的坐骑是金毛狮子犼，其实也是狮子。古人经常见到这种形象，发现这种形象主要是供人骑坐的，或者蹲坐在佛陀或菩萨身边，就说它生性喜欢蹲坐。这是一个因果倒置的逻辑。

另外，人们又说狻猊蹲坐的时候，喜欢闻烟火的味道。所以，许多香炉、熏笼头上的兽纽，都是狻猊形状的——既然它喜欢闻烟，又喜欢蹲坐，就让它长长久久地坐在香炉、熏笼上，叫它闻个够！这种装饰在香炉、熏笼上的狮子，又有个专名，叫金狻。有人认为狻猊和金狻是两种动物，这倒没有必要较真的，之前说过了，"龙生九子"本来就是开放性的。

第四个是囚牛。传说它喜欢音乐，所以用来装饰胡琴。这个传统，一直延续到今天，琴头上雕刻的龙形的装饰，就是囚牛。不仅

---

① 周振甫：《诗经译注》，北京：中华书局2010年版，第290页。

是汉族的传统乐器，少数民族的传统乐器也经常是这样装饰的，比如彝族的龙头月琴、白族的三弦琴，琴头上都是囚牛。我们说，龙本来是华夏民族共同的图腾。它的儿子，其实也是为多民族文化所共享的。

第五个是睚眦。有一个成语——睚眦必报，说的就是它。传说睚眦生性喜欢杀戮，所以刀剑的吞口上，一般都装饰着睚眦。

第六个是蒲牢，传说它喜欢吼叫，所以就装饰在钟纽上，大家看到铜钟上头的那条形状像龙一样的钟纽，其实就是蒲牢。《西游记》里说西海龙王的妹子，生的第五个儿子叫徒劳龙，给佛祖司钟。这里的徒劳，应该就是蒲牢的谐音。传说蒲牢害怕鲸鱼，一见到鲸鱼就吓得嗷嗷叫。所以，古人经常在撞钟的钟锤上刻鲸鱼，为的是撞钟的时候，声音更响。

第七个是鸱吻。今天，我们习惯写成"鸱"，人们容易把它误认为一种鸟，古人则习惯写成"螭"。螭，本来就是一种没有角的龙。传说鸱吻喜欢吞东西，所以传统建筑的屋脊两端就装饰鸱吻，把屋脊给包裹住。《西游记》里说的西海龙王的第六个外甥叫稳兽龙，在神宫的屋脊上，也是谐音，说的就是鸱吻。

第八个是嘲风。它也是用来装饰古代建筑的。传说它喜欢瞭望，所以装饰在殿角。

第九个是椒图，形状像海螺或河蚌，传说它有"社交恐惧症"，性格内向，总是喜欢闭合着，所以人们把它装饰在门上，就是大门上衔着门环的辅首。其实，这也是一个因果倒置的逻辑。先有大门上的辅首，这本来是一个实用性的装置，就是门铃。为了美观，装饰成动物的形状。它本来就是圆的，又与大门的保卫功能相适应，就说它长得像海螺或河蚌，因为海螺和河蚌一遇到危险，就是闭合的。后来，又把这种动物与"龙生九子"的传说结合在一起了。

说到这里，已经有九个了，今天人们更熟悉的饕餮，还没算在里面。更重要的是，《西游记》里的人物鼍龙怪，还没有交代。下一讲专门说一下鼍龙。

118　鼍龙是什么龙？

论起来，鼍龙并不是"龙生九子"传说的成员。可以说，《西游记》的作者是在"蹭流量"，利用"龙生九子"的传说，增加鼍龙怪故事的趣味性。

况且，鼍龙怪的故事也不是百回本《西游记》的作者原创的。明代以前，这个故事就已经进入"西游"故事系统了。比如，元代王振鹏画过一套《唐僧取经图册》，上册第14幅的题签是《佛影国降瞿波罗龙》，可能就是这个故事的原型。

这个故事，本来是印度本土的一个传说，《大唐西域记》里已经记载了。当时，玄奘在那揭罗曷国访游，国都西南方向二十里，可以抵达一座小石岭，岭上有一座庙宇，庙宇再往西南，有一条峡谷，峡谷东岸的石壁上有一个大洞穴。传说这里曾是瞿波罗龙王的住所。瞿波罗龙王，本来是一个牧牛人，因为给国王奉献乳酪的时候，失了礼数，被国王斥责。牧牛人心怀怨恨，发下毒誓，来生变成一条恶龙，破坏国家，杀害国王，接着就跳崖自尽了。后来，他果然转生为大龙王。释迦牟尼佛知道这件事，就来此感化龙王。龙王皈依了佛教，继续留在这里修行。《大慈恩寺三藏法师传》里，也记载了这个故事。

可以看到，这本来就是一个玄奘听来的当地传说，带回了中国。但随着故事流传，人们逐渐用本土的知识和观念去改造它，又把故事与玄奘直接联系起来。降伏恶龙的人，不再是释迦牟尼佛，而是玄奘本人。一个听故事、传播故事的人，成了故事里的人。所以有了《取经图册》里的这幅画。画面中，瞿波罗龙王躬着身子，低着头，双手合十，态度恭顺，一看就是被收拾得服服帖帖的。玄奘一手拿着拄杖，一手指着龙王，像在教训人的模样。这里的瞿波罗龙王，应该就是鼍龙怪的一个重要的原型。

之前说过，古印度传说故事里的龙王，不是中国本土作为图腾形象的龙；古印度的龙王以鳄鱼一类的爬行动物为原型，而中国本土传说中的鼍，本来就是一种鳄鱼。

鼍，其实就是扬子鳄。从造字法讲，这是一个象形字——鳄鱼的头部、腹部、四肢和尾巴，都表现出来了。大家再去找这个字的甲骨文和金文看一看，画得就更形象了。古代青铜器上，经常可以看到鼍的图案。比如山西石楼桃花庄出土过一种商代晚期的盛酒的器具，叫龙纹觥，上面就有鼍的图案，而龙纹觥的造型本身，看上去也像一只鼍。

这些上古时期的文献可以证明，中国人很早就认识了这种生物。只不过，当时人们的生物学知识相对有限，对这种生物的认识还带着许多幻想成分。

最主要的想象，是认为鼍的皮革，可以做鼓，这是一种神鼓。声音很响，《山海经》里就记载了黄帝战蚩尤的时候，使用了鼍鼓，声震五百里。这当然是神话传说，但上古时期人们捕捉鳄鱼，制作鼍鼓，是真实存在的，不是想象。《诗经·大雅·灵台》里有一句："鼍鼓逢逢"①，意思是把鼍鼓敲得"砰砰"响。这里的鼍鼓，就是真实的。只不过，它不是民间普通的乐器，而是与上古时代的礼乐文化密切结合的，是一种神圣的乐器。

除了做乐器，古人还认为鼍的皮和肉可以入药。这种认识，三国的时候就已经有了。不少医药典籍里都有记载。②

所以，上古的时候，人们会定期捕捉鼍，《礼记·月令》就记载了这种活动，时间是在季夏六月。这个时候，天子就命令渔师下水"伐蛟取鼍"。③

这里的"伐"与"取"，都是打、捕捉的意思。为什么捕蛟的动词是"伐"，捕鼍的动词是"取"呢？取比伐显得更容易，意思是捕鼍要轻松一些，因为当时鼍的数量是很多的。

但数量再多，也经不住人们的滥捕滥杀。同时，伴随着整个环境的变化，汉代以后，黄河流域的鼍，就已经很少见了。东汉的时候，鼍就已经成了稀奇的动物，张衡《西京赋》里就把鼍看作一种奇特生物了。

南方的人们，还是比较熟悉鼍的，像唐代诗人许浑的《闲居孟夏即事》，有一句："鼍鸣江雨来。"④就是根据鼍的叫声，判断雨季即将到来。

这里的鼍鸣，是扬子鳄求偶的声音，扬子鳄的习性是六月交配，

---

① 周振甫：《诗经译注》，北京：中华书局2010年版，第388页。
② 参见李晓春、吴孝兵：《千年鼍文化》，《人与生物圈》2012年第5期。
③ 王文锦：《礼记译解》，北京：中华书局2001年版，第215页。
④ 彭定求等编：《全唐诗》第16册，北京：中华书局1960年版，第6052页。

而六七月份，雨季也就来了。可见当时人们还是很熟悉扬子鳄的，并且把这种生物的习性，与人们的生产生活规律结合起来了。

只不过，对鼍的捕杀依旧持续着。一方面，是在现实生活中，鼍的活动可能会破坏农业生产，因为这种生物喜欢在水塘边的湿地挖洞栖息，这会影响水稻种植。另一方面，鼍是一种水生的爬行动物，南方多水涝灾害，当时的人们对自然的认知有限，经常认为水涝灾害是鼍一类的生物在兴风作浪。所谓"鼍鸣江雨来"，从消极的角度看，就是古人认为暴雨和洪水是被鼍召唤来的。所以，人们仍在驱逐、捕杀鼍。

到今天，扬子鳄已经是一种濒危动物了，被列为国家一级重点保护的野生生物。今天再改编《西游记》，倒是可以换一个包袱了。原著里，八戒见了被降伏的鼍龙怪，说道："泼邪畜！你如今不吃我了？"举起钉钯，就要打死他。悟空赶忙拦住，说："兄弟，且饶他死罪吧。看敖顺贤父子之情。"今天倒可以说："呆子！这孽畜虽然顽劣，却是国家一级重点保护动物，打死他，你我须吃官司，耽误赶路，老和尚不耐烦，又要把那话儿，念上一千遍，老孙就是死了，且放他去者！"

第四十四回
法身元运逢车力　心正妖邪度脊关

119　车迟国在哪里？

第四十四回是"车迟国"故事的开头，而"车迟国"故事，笔者以为，是《西游记》前半部分写得最精彩的故事。

我们知道，在《西游记》的空间设计里，通天河是一条中位线。西天取经之路，正好被通天河分成了前后两部分。经过车迟国，唐僧师徒就来到通天河了，前半程的路途也就算是走完了。

现在，可以回顾一下唐僧师徒已经完成的几处魔障——从正式进入西牛贺洲算起——白虎岭遇白骨夫人，碗子山遇黄袍怪，平顶山遇金角、银角大王，乌鸡国遇狮子精，钻头号山遇红孩儿，黑水河遇鼍龙怪。与以上魔障比起来，车迟国不是最凶险的，唐僧没有被妖魔抓起来，没受绷扒吊拷的苦，也没受到一点惊吓，更没受委屈——之前在宝象国，唐僧被黄袍怪施了"黑眼定身法"，变成一头老虎，受了好大委屈。悟空与妖魔的斗争，既不艰难，也没危险——之前在钻头号山，悟空可算是死过一回的。

然而，这个故事写得特别有趣味。悟空与妖怪的赌斗，没有多少刀兵相见的成分，基本上就是游戏，纯粹的游戏。这种纯粹的游戏，看起来更有趣。

从类型上讲，"西游"故事是典型的神魔故事。神魔故事，就是以神魔斗法为情节主体或焦点的故事。斗法的形式，当然有很多。最主要的形式，就是亮出看家兵器和法宝，真刀真枪地"干"一场。然而，这种打斗场面，是比较考验作家的。只有想象力是不行的，作家还要有足够的武术知识。否则，写出来的东西，就不是那么一回事。

如果是今天的影视剧，或者过去的戏曲，作家可以不用在这上面花太多心思，影视剧有专门的武打设计，戏曲有程式化的舞台动作，场面都是很热闹的，也很吸引眼球。小说只靠作家用文字去表现，进而调动读者的想象，作家写得不是那么一回事，读者是不会买账的。

我们看《西游记》的影视剧，或者舞台上的"西游戏"，都会被打斗场面吸引，大家回想一下86版电视剧《西游记》，片头的插花，几乎一半的镜头，都是打斗场面，说明这些场面是最吸引观众的。

然而，我们看百回本《西游记》原著，打斗场面写得就很一般——作者没有什么武术知识，只是按照说唱艺术的表现传统，用诗赋等韵语去表现打斗场面，讲交战双方的来历，他们所用兵器的来历，他们是什么样的形象，什么样的精神面貌，用空洞的语言去描写交战的过程，几乎看不到动作细节的刻画，看着挺热闹，其实不吸引人。这种用韵语表现的打斗场面，原来是诉诸听觉感官的，听起来挺有趣——比如评书，不管是说三国，还是说隋唐，经常可以看到这种韵语，说书人在场上讲，我们就很喜欢。落实到案头，用眼睛去看，就觉得没什么意思。

反倒是写打赌，写比赛，这样的游戏性质的斗法，更吸引人一些，也更容易用文字去表现。虽然是"暗淡了刀光剑影，远去了鼓角争鸣"，但打赌、比赛的双方，拿出各自的看家本事，神通变化，又明里暗里较劲，就很有意思。在这个故事里，悟空与虎力、鹿力、羊力三个妖精，先后进行了四场比试，悟空爱玩爱闹的斗争气质充分表现出来，也让我们更加喜欢他。

当然，这段故事写得好，也是有原因的——在百回本《西游记》之前，这段故事就已经相当成熟了。

之前说过，宋元时代有一部《西游记平话》。这部平话，在当时很流行。只可惜，这部平话早就失传了，今天看不到原本。但在《朴通事谚解》里可以看到平话的故事梗概，还有一些小故事的主要情节。

为什么在《朴通事谚解》里能看到呢？因为这是一部古代朝鲜的汉语教科书。通事，就是翻译的意思。谚解，就是对谚语、俗语的解释。这书是用来帮助人们学习汉语的。

我们知道，外语教科书不仅要讲明白一种语言的语法，还要讲使用这种语言的国家的文化，特别是流行文化，这样才能更好地使用一种外语——毕竟，语言本来就是用以进行文化交流的工具。《朴通事谚解》就介绍了许多当时中国的流行文化，《西游记平话》就是其中之一。《平话》的故事梗概是什么样的，有哪些精彩段落，《朴通事谚解》都做了介绍，还特别详细介绍了一段故事，就是车迟国斗法的故事。说明这个故事在宋元时代就已经很成熟，也很受市民大众欢迎了。

当然，《平话》里的车迟国故事，与后来百回本《西游记》里的故事比，还是有一些差距的。根据《朴通事谚解》引述的文字，说车迟国有一个伯眼大仙，外号叫烧金子道人。国王受了他的蛊惑，兴道灭佛。孙行者搞乱了伯眼大仙的罗天大醮，伯眼就要跟孙行者斗法较量，赌斗的项目，有打坐，柜中猜物，滚油洗澡，割头再接。最后，孙行者胜利了。

可以看到，《平话》里的人物要少一些，比赛项目也少了，又缺少最重要的一项——求雨。但故事梗概有了，百回本《西游记》的情节就是在这个基础上踵事增华而来的。

那么，为什么车迟国斗法的故事，这么早就成熟了呢？因为这个国度，是有原型的。

蔡铁鹰先生已经指出了，"车迟"应该是"车师"的音转，换句话说，无论"车迟"，还是"车师"，都是对一个外来词的音译。只是译法不同而已，车迟国就是车师国。那么，车师国在哪里呢？这是一个汉代时候的西域国家，后来被高昌国灭掉了，原址在今天新疆吐鲁番附近。①

"西游"故事产生的时候，这个国家早就灭亡了，只是人们在讨论高昌国的时候，会提到这里原来有一个国家，叫车师国。后来，讲述故事的人，就把这个古老的国名捡起来，作为一场妙趣横生的斗法故事的空间环境。

到了今天，普通的读者可能都没听过"车师国"这个名字，只知道百回本《西游记》里有一个车迟国。却不知道，这个车迟国的故事，早在百回本《西游记》之前，就已经很成熟了，在宋元时候

---

① 参见蔡铁鹰：《〈西游记〉的诞生》，北京：中华书局2007年版，第25页。

的影响很大。而车迟的名字，也是从一个古老的西域国家借来的。其实，阅读《西游记》的一个乐趣，也正是顺着历史线索，钩沉各种有趣的文化知识。

120　食肉动物怎么和食草动物玩到一起了？

这一回情节说的是：唐僧师徒来到车迟国城外，听到震天的吆喝声。悟空前去察看，原来是五百个和尚在往坂坡上拉建筑材料，齐声喊"大力王菩萨"，当作劳动号子。后来，从城里走出两个小道士，来监督这些和尚。悟空两头打听才知道：车迟国在二十年前遭了一场大旱，这时来了三个道士，虎力大仙、鹿力大仙、羊力大仙，他们呼风唤雨，解救了车迟国的危机。国王就封他们做了国师，又气恼和尚们求雨不灵验，把国中的寺庙都拆了，追回了和尚们的度牒，又不准他们还俗，把他们赐给道士做奴才。这国中原来有两千多和尚，有一千五百多被折磨死了，只剩下五百名，死又死不成，跑又跑不了。六丁六甲和护教伽蓝叫这些和尚咬牙坚持，等到齐天大圣到来，就能解救他们；太白金星又把齐天大圣的模样说给和尚，叫他们记牢。悟空听到佛家与道家的神明都替自己扬名，又有降妖除魔的买卖做，就来了劲头。他打死监工的小道士，放走了五百名和尚，领唐僧等人进了城。当天夜里，三位大仙正带领徒子徒孙们做禳星仪式，悟空就引着八戒、沙僧来捣鬼，把三清殿上的供品，吃了个干净。

曾经有小读者与笔者分享他的阅读体验，说读到这一段的时候，有个问题想不明白：为什么老虎、鹿和羊能做朋友？老虎是食肉动物，鹿和羊是食草动物。一方是捕食者，一方是被捕食的猎物，他们应该是对立的关系，是敌人，怎么会成为朋友呢？

笔者对他讲：这说明你正在长大，已经推开了成人世界的大门，童话思维正在退去，开始用真实生活的逻辑来理解故事了。同时建议他——既然已经走出童话思维了，可以多看一些寓言故事。因为，寓言的逻辑，就更靠近真实生活的逻辑。虽然寓言的主人公也经常是动物，比如狮子、老虎、狼、狐狸、羊、狗、兔子等。有食肉动物，也有食草动物，但他们主要是某一种社会角色的象征，某一种性格气质的象征，是披着动物外衣的人。

《西游记》的逻辑，还是偏于童话的，食肉动物和食草动物做朋友，按照童话的逻辑，根本就不是个问题。不止这一回，回想一下，唐僧刚出大唐的时候，就落在了寅将军布置的陷阱里。寅将军和熊山君、特处士是朋友。他们一个是老虎，一个是熊，一个是牛，也是可以做朋友的，没什么问题。后面的比丘国，狐狸和白鹿不也勾结在一起吗?! 这一点，年龄再小一点的孩子，就很容易理解了，年龄大一点，接受了来自成人世界的驯化，就不大容易理解了。有些故事，反倒是孩子们更有能力去理解和消化。

当然，这一回里写到老虎和鹿、羊称兄道弟，也是有特殊原因的。虎力、鹿力、羊力三位大仙，也是有象征意义的。

说到他们的象征意义，还要从这一回里的一个特殊的空间环境讲起。

这一回里，作者写道：车迟国城外是一片河滩地，五百名和尚拉着车，从河滩地往坂坡上走，要经过一条夹脊小路，旁边是两座大关。这个空间，给人的感觉怪怪的。车迟国的都城外面，怎么会这样布置呢？因为这里不是在描写真实的城门环境，而是用具象化的空间环境，表现人的身体组织，用故事情节表现一个道教内丹修炼的理论——河车搬运。①

什么叫"河车搬运"呢？这是道教内丹修炼的术语。道教内丹派讲究真气在人体内的流转。这个流转，不是乱冲乱撞，是有规定步骤的：真气从下丹田进入人体的背后，沿着督脉经尾闾，经过夹脊和玉枕，进入头顶，再沿着人体前面的任脉，返回下丹田。这样一个循环的周期，叫作"一周天"。

真气流转的过程中，穿过夹脊的过程是最困难的，它好像是两座大关之间一条狭长的小道，所以把这里比作狭窄的关口，叫作脊关，也叫双关。《西游记》里的空间环境，就是在图解这个脊关的概念。作者写悟空使神通，显神力，把和尚们拉的车子，拽过两关，穿过夹脊，就是写元气最终冲过脊关，得以继续运行。

道教徒又认为，在调度真气经过尾闾、夹脊、玉枕三关的时候，要用不同的力道，分别是牛力、鹿力和羊力。羊力比较轻柔，鹿力比较迅捷，牛力则很大。这三力的概念，也被具象成三位大仙。只不过，本来应该是牛力大仙、鹿力大仙、羊力大仙，这里把牛力，换成了虎力。

你瞧，本来是牛、鹿、羊哥仨，都是食草动物，本来就是能玩到一起去的。

---

① 参见詹妮弗·欧德斯通－莫尔、孙文歌：《〈西游记〉的"车迟国"情节与丹道》，《长江学术》2020年第3期。

第四十五回

三清观大圣留名　车迟国猴王显法

121　为什么《西游记》里的反派大多是道士？

第四十五回是车迟国斗法的第一个环节，主要就是一个比赛项目：求雨。

车迟国王受了三位大仙的蛊惑，一心要灭佛兴道，加上悟空搅乱了大仙们的法会，玷污了三清圣殿，又拿臊尿当圣水，骗大仙们喝下去，几个罪状叠加起来，国王不仅不给唐僧师徒倒换通关文牒，反要杀了他们。正巧，赶上开春一直没下雨，百姓们在皇城外乞求，请国师降雨。国王就出主意，要唐僧与大仙们比试，如果唐僧求得来雨，就放他们过关。

虎力大仙先登坛求雨，他用的倒也是正经路子，风神、云神、雷公、龙王等神明都被他请来了。但悟空的面子大，脾气更大，这些神明不敢违拗他，虎力大仙的方法就不灵了。悟空不仅命令风神、云神、雷神、龙王降了雨，又叫四海龙王亮相，给车迟国王看一看真身。这才显出悟空的大神通。

这段情节写出了悟空的绝对优势，三位大仙与悟空相比，根本不是同一量级的选手。但许多读者，容易从这种人物关系上的绝对优势，上升到宗教势力的绝对优势，进而得出一个结论：《西游记》的主题是肯定佛教、贬低道教的。甚至再上一个层次：说《西游记》是一部宣扬佛教的小说。

这就跑偏了。《西游记》是一部通俗小说，一部充满世俗趣味的文学作品，它不是宣扬某一种宗教的工具，它既不崇佛，也不崇道，并不偏向某一种宗教。作者的理念是"三教混融"，正如这段故事最后，孙悟空对国王说了一句话："向后来，再不可胡为乱信。望你把三教归一，也敬僧，也敬道，也养育人才。我保你江山永固。"这就是当时一种普遍观念，就是儒、释、道三教混融。当然，它们不是完全平等的，居于核心的是儒家思想，所谓"三教混融"，是儒家思想对佛、道二教的统摄。毕竟，在传统文人士大夫看来，佛、道二教是异端思想，可以接受儒家的统摄，但不能偏向于某一方，否则就是"胡为乱信"了。

但是，总有一些读者拿着故事表面的"证据"来说事：《西游记》就是崇佛抑道的！你看，书里的道士都是坏人！车迟国的道士就是顶坏的，前边乌鸡国，后面比丘国，都是道士祸国殃民。作者批判道士，丑化道士，难道不是崇佛抑道吗？

这种逻辑，是在偷换概念。《西游记》批判道士，丑化道士，这不假。但这与崇佛抑道不是一回事，作者对一部分道教徒持批判态度，不代表他就贬低道教，更不能证明他就肯定和宣扬佛教。

那么，《西游记》里为什么有这么多反面形象的道士呢？这与当时的社会背景有关。

我们知道，"西游"故事成型于明代中晚期，写定的本子也出现在明代中晚期，一个关键节点，就是明代的嘉靖朝。而嘉靖皇帝——明世宗朱厚熜，正是历史上最著名的道君皇帝之一，他对道教的信奉超出了一般皇帝的水平，直追宋徽宗。《西游记》里写到的被道士蛊惑的皇帝，基本上就是在影射嘉靖皇帝。

论起来，嘉靖皇帝笃信道教，也是有政治目的的。我们知道，朱厚熜是明武宗朱厚照的弟弟。因为朱厚照没有子嗣，他死后，朱厚熜便由藩王继承大统。这种藩王入主的皇帝，坐在龙椅上，本来就有一点儿"不正气"，来自后宫与前朝的政治压力，也格外大。为了稳固江山，坐稳龙椅，朱厚熜就极力鼓吹道教，因为当时以张太后为首的勋戚势力，大都是信奉佛教的。说白了，这不是宗教信仰上的冲突，这是政治上的较劲。与之前说过的武则天推崇佛教，打压道教，本质上是一个道理。

不过，许多封建统治者只是利用宗教，朱厚熜则发展到宗教狂热的地步。登基不久，朱厚熜就在后宫大张旗鼓地做法事，一直到他死去，宫廷里的道教法事，几乎没有断过。《西游记》里写三位大仙带着徒子徒孙做法会，一片灯烛莹煌，所谓"咒水发檄，烛焰飘摇冲上界；查罡布斗，香烟馥郁透清霄"，这是嘉靖朝后宫的常态。

朱厚熜迷信道教，最主要的期待，就是追求长生。他真心相信：自己不仅是一个奉天承运的皇帝，也会成为一个千秋万代的皇帝，长生不死的皇帝。

同时，迷信道教，也成为朱厚熜的精神寄托。因为是藩王入主，朱厚熜登基之后，朝廷上发生了"大礼议"之争，矛盾的焦点就是如何界定朱厚熜与伯父明孝宗的名分关系。

从本质上讲，"大礼议"之争是封建君主与文官集团的角力，但朱厚熜因此和文官集团结下梁子，朱厚熜不愿意再和文官集团直接沟通，长期不上朝，躲在后宫炼丹修道，他在位近半个世纪，却有二十多年不见朝臣。

不止如此，朱厚熜对道教的迷信，发展至极端，几乎所有问题，都要通过道教的斋醮祀神来解决。比如，当时边关频繁被骚扰，朱厚熜就紧锣密鼓做法会，他相信神兵天将，也相信自己这样一位道君皇帝的威灵能够庇佑军队，无往不利，百战不殆，简直荒唐可笑。

在这样的背景下，文官集团士气低迷，军队的战斗力也上不去。不仅如此，朝廷上又流行阿谀谄媚的风气。皇帝既然好道，好道就要做法会，做法会就要写青词——青词，又叫绿表，是斋醮仪式上烧献给上天的表文——许多文官就迎合皇帝，在青词上花大力气，当时许多文官能够平步青云，就是因为青词写得好。同样地，既然皇帝相信神兵天降就可以消除边患，边关将领也经常瞒报、谎报，打了败仗，也说打了胜仗，在"捷报"里还要强调一下，是因为皇帝的斋醮仪式，才取得了这样的胜利。《西游记》里形容西天路上的国家，朝堂之上，大都是"文也不贤，武也不良，国君也不是有道"，影射的就是这种环境。

至于靠卖弄法术、进献丹药而平步青云的道士，就更多了。之前说过的陶仲文，就是最典型的一个，其他级别的道士，数都数不过来。这些道士受了皇帝崇信，又有封赏，又做高官，在朝廷里兴风作浪，在民间更是嚣张跋扈，招摇撞骗，搜刮盘剥，谋财害命，劣迹斑斑，百姓苦不堪言。《西游记》的作者是不是吴承恩，尽管还有争议，但应该是一位底层文人，道教徒的种种劣迹，作者应该是看在眼里的。

所以,《西游记》里的反派,大都是道士,这是作者对社会现实的批判。至于崇佛或崇道,根本谈不上。作者主张"三教混融",具体到佛、道二教,作者没有虔诚的信仰,他是玩世不恭的,尽管批判、丑化道士,但对待佛教人物的态度,也是不恭敬的,佛祖菩萨,都是可以调侃一下的。你说,这怎么是一部崇佛抑道的小说呢?

122 唐僧到底会不会求雨?

还是说求雨的问题。

这一回里,暗里是悟空与虎力大仙在较量,但明面上是唐僧和虎力大仙在比试。悟空要唐僧上法台的时候,唐僧明确说,自己不会求雨。悟空告诉他,只管念经就行。所以,这是师徒二人唱的双簧。唐僧只管做样子,什么也不用操心,其他的事情,都由悟空来张罗。

不过,从故事演化历史来看,唐僧的原型是会求雨的。

之前说过,唐僧的原型主要是玄奘。玄奘肯定是不会求雨的。他是一位高僧,却不是一位神僧。他活着的时候,直到死去之后很久,民间都没有把他想象成一位神僧。尽管有不少神奇的传说故事,附会在他身上,却没有呼风唤雨、降妖除魔的情节。

但之前也说过了,《西游记》里的唐僧,是一个"箭垛式的人物"。他的原型有玄奘,也有其他高僧。这些高僧里,就有能够呼风唤雨、降妖除魔的,比如密宗大师不空三藏。

不空三藏，应该是唐僧最主要的原型。① 他是密宗大师，关于他的传说里，有许多呼风唤雨、驱使鬼神、降妖除魔的情节。求雨的故事也有。

比如段成式的《酉阳杂俎》里记载了一个故事。玄宗曾经下诏，叫不空和术士罗公远较量法术，比试的项目就是求雨。

罗公远是唐代著名术士，很受玄宗皇帝崇信，经常出入宫禁，他善于迎合圣意，又能适时规劝皇帝。据说，罗公远特别擅长隐身术，驱使鬼神、祛祟禳灾的本领也很强，求雨也是他的强项。不过，跟不空比起来，就逊色一些了。

玄宗要二人同时求雨。雨是降下来了，到底算谁的呢？不空说自己求雨的时候，"焚白檀香龙"。② 玄宗派人取了雨水来闻，果然有白檀的香气，证明这雨是不空求来的。

你瞧，这一个小故事，已经具有后来百回本《西游记》故事的许多元素了。

首先，是佛教人物与道教人物的斗法较量。

这种斗法较量，在封建帝王的宫廷里，是很常见的。一方面，封建帝王未必真的信奉他们，看重的不是他们的"道"，而是他们的"术"。这种"术"，其实有很多表演的成分。封建统治者命令僧、道斗法较量，在彰显皇权的同时，也应该有消遣娱乐的成分在里面。另一方面，僧、道的代表人物也擅长迎合封建统治者的心思，抖擞精神，卖弄本事。这不仅涉及个人利益，也涉及自己所代表的教派

---

① 参见杜治伟：《试论〈大唐三藏取经诗话〉本事为不空取经》，《中国古代小说戏剧研究》第14辑。

② 段成式：《酉阳杂俎》，北京：中华书局2018年版，第102至103页。

利益。各教派的徒子徒孙，肯定是要大力宣传这种斗法较量的，反正都是传说，谁胜谁负，关键看是从谁的嘴里传出来。同样一个故事，同样一场比试，佛教徒说自家的宗师获胜了，道教徒说自家的师爷获胜了，反正是没法求证与坐实的事情。民间的百姓，也很喜欢听这些故事。不是出于宗教信仰，就是乐趣。

其次，是以求雨为核心。

与祛祟禳灾比起来，封建统治者更看重祈雨这件事，因为这是与国民经济生产直接联系起来的事情。古代中国是农业国，种植业是国民经济的根本。在当时的生产力水平下，水利设施还不是很先进和完善，灌溉技术也有限，种植业依赖的灌溉用水，主要还是看老天爷的脸色。换作今天，连着三五天不下雨，不算事。在古代，赶上农作物的重要生长期，若是三五天不下雨，这就是大事了。

封建时代的文人，也是关心国计民生的，他们又特别关心种植业，因为这不只是经济的事情，也会影响封建王朝的政局稳定，奏表里经常提到农业事务，封建统治者对此也格外地重视。据《宋史》记载，宋真宗就特别关心农业，如果下雨不及时，宋真宗就面带忧愁。他了解到邢昺比较熟悉农业事务，就派他到民间察访。邢昺奏对皇帝的时候，就总结道：农业生产有四大灾患，其中旱灾又是最要命的，所谓"四事之害，旱暵为甚"。① 可见，封建统治者和文官集团都在这件事上很用心。所以《西游记》里的道士们，也大都由此逢迎君主，卖弄本事。比如"乌鸡国"的故事，青毛狮子变的道士，

---

① 脱脱等：《宋史》，北京：中华书局1977年版，第12800页。

就是因为解决了旱灾，才与乌鸡国王称兄道弟的。这一回到了车迟国，还是因为旱灾，三位大仙呼风唤雨，国王才迷信他们，以致兴道灭佛。

当然，求得来雨是本事，但也得让雨及时停止，否则就会造成洪涝灾害，淫雨霏霏，肯定是不行的。所以，古时候的祈雨仪式，其实包含两个主要的环节：一个是祈雨，一个是祈晴。就像《西游记》里说的："一声令牌响，风来；二声响，云起；三声响，雷闪齐鸣；四声响，雨至；五声响，云散雨收。"这才是一个完整的流程。请得来雨，送不走雨，这也不是大本事。

这种传说，在不空三藏身上也有。也是《酉阳杂俎》记载，说有一次玄宗让不空三藏作法降雨。不空三藏说：得过几天才行，如果这两天作法，会暴雨不止。玄宗不听，转而让金刚三藏求雨，雨倒是求来了，但一直下个不停，造成城市内涝，老百姓遭了殃。最后还是不空作法，才让雨停下来。可见唐僧的这个原型，在民间的想象里，确实有大本事。

最后，是求雨的结果需要验证，得证明雨到底是谁求来的。《西游记》里就涉及这个情节，只不过不空的故事里，罗公远没跟不空胡搅蛮缠——都是体面的人，一次胜负，不必计较。《西游记》里的虎力大仙，则是往死里作，胡搅蛮缠，非说自己祈雨的时候，各路神仙不在家，这雨还是自己请来的。直到悟空把龙王召唤出来，虎力大仙还是不肯甘休，非要进行其他比试，这才导致兄弟们惨死。

总之，《西游记》里的唐僧不会求雨，他的原型却是会求雨的，本事还很大。如果孙悟空的原型没有加入故事，这些本事就会保留在唐僧原型的身上。只可惜，有了悟空，降雨都不用这些复杂的花活，也不用令牌，也不用焚表，只要一根金箍棒，向上指一指，就都解决了，要雨就雨，要晴就晴，督促龙王们出来谢个幕，也是"分分钟的事"。唐僧只要坐在那里，动一动嘴皮子，装一装样子就行了，这倒是比不空三藏更"厉害"了。

第四十六回
外道弄强欺正法　心猿显圣灭诸邪

123　领盒饭的顺序可以颠倒吗？

第四十六回是"车迟国"里的第二场比试——ROUND 2！

这段情节说的是：祈雨失败后，虎力大仙还不肯罢休，拉了鹿力大仙、羊力大仙，要跟唐僧师徒继续比试。分了五个项目：云梯显圣、隔板猜枚、断头再续、剖腹剜肠、油锅洗澡。

云梯显圣，是比试坐禅。坐禅，就是打坐参禅的意思。但这不是普通的坐禅，而是用五十张桌子，叠放成一个高高的禅台，坐禅的人不能用手脚爬上禅台，得驾云飞上禅台。坐上禅台之后，就看谁能熬过谁，谁坐得定，谁坐得久了。

隔板猜枚，就是隔着板子，能够猜出后面有什么东西。

猜枚，是一种游戏，一般都是与行酒令结合在一起的，是一种酒桌上的娱乐活动。大家读古代小说，经常可以看到，说书中人物在酒桌上"猜枚行令"，就是代指他们在喝酒的时候玩各种游戏。论起来，这种猜枚游戏的起源是很古老的，可以追溯到上古时候的藏钩射覆游戏。藏钩，就是把一种特质的环形玉器，藏在一组人手里，要另一组人去猜。这是当时流行在宫廷中的游戏，后来流入民间。

发展到后来的猜枚，玩法就很简单了，就是一个人抓些东西，握在手里，比如瓜子、莲子，或者是棋子，叫别人去猜是单数，还是双数，或者直接猜有多少个，又或者猜颜色。比如，手里抓的棋子，是白的，还是黑的。猜中了就算胜，猜不中就罚一杯。当时的文人已经有些瞧不起这种玩法了，觉得跟划拳一样，舒拳长臂，咋咋呼呼，不太雅观，但市井百姓是很乐意玩的。比如《金瓶梅》里，西门庆与应伯爵等人吃酒耍乐，就玩猜枚的游戏，潘金莲与李娇儿闲来无事，也玩猜枚的游戏，玳安与平安一伙小厮，忙里偷闲，吃些小酒，也玩猜枚的游戏。这种游戏，当然也得有一些察言观色的本事，虚张声势的本事，但主要还是靠运气，就是图一个热闹。

《西游记》里的"隔板猜枚"，就不是凭运气的事了。这是一种"透视眼"的本领，港台片里有一种类型片，讲赌王、赌圣的，里面有各种关于"出老千"的想象。其中一种，就是能看出扑克牌或麻将牌的花色。这当然有很多想象的成分在里面，但现实生活中，也确实有人这样作弊，用特制的麻将牌，用特制的眼镜，能看到对方的底牌。

但是，《西游记》里的"隔板猜枚"是不需要这些外在技术支持的，靠的是透视感应的法术。

这两项比赛，唐僧肯定是不行的。论坐禅，当然是他的看家本事，但腾云驾雾，飞上高台，唐僧玩不了。至于隔板猜枚，更玩不了。只不过，这两项比赛没有危险性，起码都是不要命的。所以，还是唐僧与悟空唱双簧，明里是唐僧参赛，暗中是悟空扶持。

后三项比试，可是动真格了，砍头，剖腹，下油锅，都是要玩命的。所以，悟空亲自出战。正是因为这后三场比试，虎力大仙、鹿力大仙、羊力大仙，一个接一个地领盒饭，悟空让车迟国王看到了这些国师的本来面目，悟空不仅在游戏的过程中除掉了妖精，也再一次证明邪不压正，修炼外家功夫的旁门左道之徒，不可能占胜悟空这样修炼正法之人，也就是性命双修之人。

性命双修，就是既重视修内在，也重视修外在。既修炼内在的道，也修炼外在的道。内在的心性、精神，外在的身体、生命，要统一，要兼顾。这是一种身心的全面修炼，是正路子，由此才能达到至高完美的境界。只修炼外在，特别是在旁门左道上下功夫，就是严重跑偏了。论起来，左道，也就是外道，比旁门跑得更偏。旁门虽然不是走正路修行，迂回曲折之后，说不定也能登堂入室，达到一定修为。至于外道，就纯粹是皮毛了，一直在房子外头打转，找不到门。虎力大仙、鹿力大仙、羊力大仙修炼的其实就是外道，诸如砍头、剖腹、下油锅，就是唬人的法术，说到底，跟旧时在天桥耍把式卖艺的没有区别，与性命双修的正法差得十万八千里。所以，书里也一再点明其性质。所谓"外道弄强欺正法，心猿显圣灭诸邪"，就明确说了，三位大仙是邪魔外道。对付这样的选手，修炼正法的人不用费什么事，一边玩着，一边就把他们收拾了，而且是彻底铲除，所以用了一个"灭"字。这正是作者要表达的意思。

为了配合这一层意思，作者对情节进行了调整。

之前说过，在宋元时代的《西游记平话》里，"车迟国"的故事已经很成熟了。几个比赛项目也有了，但数量和顺序是不一样的。在《平话》里，最先也是坐禅，然后是猜枚，接下来是下油锅，最后是砍头。可以看到，没有剖腹剜肠这一项，下油锅和砍头的顺序也跟后来不一样。

如果是纯粹的游戏,多一个项目,少一个项目,倒是没什么关系;项目顺序不一样,也没什么关系。但百回本《西游记》的作者是要借着这个故事,讲修炼正法的重要性。数量与顺序,就不能颠倒了。

既然虎力、鹿力、羊力,代表着"河车搬运"过程中使用的不同力道,则三位大仙死亡的过程,正是修炼者将真气从上向下运输,最后纳入下丹田的过程。牛力搬运的位置在人体的头部,这里换成了虎力,依旧在头部,所以他的死是因为砍头;鹿力搬运的位置在人体的脊椎,所以他的死是因为剖腹;羊力搬运的位置在最下,所以他死在最后。至于为什么是下油锅。有学者认为,因为羊力对应的是肾脏,油锅是液态的,与肾脏对应的五行之水有某种相似性。[①]笔者以为,这个解释有一些绕远。其实很简单,因为下油锅本来就是之前故事里有的,这个情节又特别有意思,悟空耍宝卖乖,生动有趣,所以就保留了。

总之,三位大仙的死亡顺序是固定的,项目也不能混乱,虎力大仙如果是死在剖腹剜心这一项上,就不符合作者的意图了,因为牛力搬运的位置不在这里。

124 "一口钟"到底是什么?

上一讲提到,第二场比试里,砍头、剖腹、下油锅三个比试项

[①] 参见詹妮弗·欧德斯通—莫尔、孙文歌:《〈西游记〉的"车迟国"情节与丹道》,《长江学术》2020年第3期。

目，分别对应着虎力、鹿力、羊力三位大仙的象征性，顺序是不能颠倒的。什么人参加什么项目，也不应该混乱。至于之前的两个项目，云梯显圣与隔板猜枚，虽然也是早期故事里就有的，但主要还是游戏的成分，炼养的象征性没有那么强，艺术再创作的自由度也就大一些。

比如，原著负责比试云梯显圣的是虎力大仙，隔板猜枚环节，三位大仙都参与了，一人猜了一次，顺序是鹿力、羊力、虎力。一些影视作品在改编这段情节的时候，经常做一些调整，使情节富于变化，每个角色也得到更多表演机会。86版电视剧就是这样安排的，鹿力大仙负责云梯显圣，羊力大仙负责隔板猜枚。

笔者认为，这种处理是合理的。对学者来说，《西游记》是一部世代累积型的小说，学者更关注"西游"故事的历史形态与"终极文本"之间的关系。所以，笔者说"车迟国"故事里有两场比试。求雨是第一场，云梯显圣、隔板猜枚、砍头、剖腹、下油锅加在一起，是第二场。因为求雨和后来的故事，本来就不是一个故事。它们是在故事后来演化传播的过程中，逐渐拼合到一起的。

对于编剧和读者来说，《西游记》是一个独立的艺术整体。求雨与后边五个项目加在一起，正好是六个比赛项目，又正好是大仙人数的倍数，这样就可以均匀分布了。

先来一组：虎力大仙求雨，鹿力大仙云梯显圣，羊力大仙隔板猜枚。再来一组：虎力大仙砍头，鹿力大仙剖腹，羊力大仙下油锅。如此循环一次，看起来很整饬，又有递进——第一组的比试不要命，第二组的比试要命，这又体现出叙述的层次。编剧也是很会讲故事的。

只不过，在改编的时候，一些知识性的错误，是不应该犯的。86版电视剧在改编这段情节的时候，有一处细节，就犯了知识性的错误。

原著里，隔板猜枚的第一环节，王后娘娘在柜子里放了一套宫装：山河社稷袄，乾坤地理裙。有人说，这是一种皇后穿的礼服。是错误的。

历史真实中，明代皇后的礼服是翟衣。这不是一种上袄下裙的装束，而是一种一直可以覆盖到脚的宽大礼服，没有下裳。再延展一点说，翟衣是深青色的，敞口大袖子，直领，大襟，右衽（就是衣服的前襟向右掩，在右边打结）。翟衣的领子、袖子、衣襟都加有红色的边缘，衣服上有彩织的云龙纹样，最主要的是有十二行翟纹，每行十二对，一共一百四十四对。翟，是一种红肚子的锦鸡，五彩的羽毛。所以，这种礼服叫翟衣。

有朋友可能说：既然不是礼服，应该是常服。就是平时穿的衣服。但是，明代的皇后常服，主要是大衫，加霞帔和坠子。有一种袄与裙的组合。上边的袄，有褶子，图案是满铺金绣的五彩团龙，有缘襈袄子，衣领、袖子、衣襟用红色的缘边，上边是金绣的云龙图案。下边的缘襈裙，形制就是马面裙的样子，红色的裙子，白色的裙腰，绿色的边缘，上面是金绣的云龙图案。

可以看到，即便是常服的袄裙，也是龙纹的，要么是团龙，要么是云龙，没有"山河社稷""乾坤地理"的图案。《西游记》里完全是对于皇后服饰的民间想象，夸张，程式化，脱离现实，看起来像舞台上的戏装。

问题的关键还不在这儿，而是与这套袄裙对应的道具，悟空把这套宫装，换成了"破烂流丢一口钟"，编剧应该是没理解这是一种什么东西，就望文生义，把它理解成了一口破旧不堪的铜钟，结果闹了笑话。当年播出的时候，就已经有不少学者指出这个严重问题了。① 剧组接受了批评，进行了补拍。所以，今天的观众看不到这个画面了。

其实，只要仔细读一读原著，即便不知道"一口钟"到底是什么，联系上下文，也知道这肯定不是一口铜钟。

试想，隔板猜枚有三个环节。第一个环节是山河社稷袄、乾坤地理裙，被换成了破烂流丢一口钟；第二个环节是桃子，被悟空啃成了桃核儿。第三个环节是小道士，被悟空改扮成了小沙弥。可以看到，三组事物，都是对应关系，它们是同一属性的，有联系的。既然第一个环节原来的是衣服，被调换之后，应该还是衣服一类的东西，怎么可能是一口铜钟呢？这可差着十万八千里！

原著写得又很清楚，山河社稷袄、乾坤地理裙，是放在一个红漆丹盘里的，换成"一口钟"，还是放在红漆丹盘里的，柜子打开，连着盘一起捧出来。试问，如果是一口铜钟，丹盘如何盛得下，又怎么可能被人捧出来？

所以说，猜也该猜到了，这绝对不是一口铜钟。

那么，这个"一口钟"到底是什么呢？

其实就是斗篷，明代很常见，男的女的都可以穿。没有袖子，不开衩，穿在身上，就像罩着一口钟一样，所以叫这个名字。古代小说写侠客出行，经常提到"一口钟"，比如《林公案》里写红娥出

---

① 参见舒芜：《"一口钟"的笑话并不难避免》，《当代电视》1988年第9期。

城，就是换了夜行衣，腰间挎着宝剑，外面罩着一口钟，翻身上马，飞驰而去。写有钱人冬天出门，也喜欢戴上风帽，外面罩着一口钟，写穷苦人没衣服穿，配不齐上衣下裳，也喜欢罩着一口钟，从头到脚都裹住了。《西游记》里其实也提到了，第三十六回，写唐僧师徒来到宝林寺，和尚们被悟空吓唬住了，都穿了衣服出来迎接唐僧，有的和尚没褊衫穿，就穿了"一口钟"。所以说，编剧如果仔细阅读了原著，通读了原著，也就不会犯这种常识性错误了。

当然，86版电视剧在改编《西游记》的时候，是足够用心的，是足够重视原著的，当时许多人指出"一口钟"的问题，也是希望这部剧能够趋于完美。我们尊重影视改编者艺术创作的自由，但也希望类似的常识性错误越少越好。

第四十七回

圣僧夜阻通天水　金木垂慈救小童

125　通天河在哪里？

到这一回，唐僧师徒就来到了通天河。到了通天河，取经之路就已经走到一半了。

这是作者的一个设计，让读者能够清晰地感知《西游记》的幻想空间，感知到了幻想空间的存在，并且在脑海中形成一个大致的形象，这样一来，故事也就更生动了。

尽管《西游记》的空间是想象出来的，但只要是空间，就要让人去感知。无论是什么主题的文学，总要有一定的空间形象，不管是现实主题的文学，还是幻想主题的文学，都需要在一个空间系统里，在这个空间系统里，各种物象，各种形象，各种人物，就能够被更好地组织起来。

中国人在进行文学阅读的时候，空间思维本来就是很发达的。古代中国是一个"诗的国度"——在几千年的文化史里，诗歌都是大宗文学，是主流文学，古人热爱诗歌，用诗歌抒发感情，表达志向，表现世界。诗歌，本质上就是一种空间的艺术。诗歌里的种种物象，是在空间关系上组织起来的，这些空间里的物象，又组合成意象，进而形成意境。从物象到意象，再到意境，是从空间的符号形象，发展到空间的画面。比如杜甫的《绝句》："两个黄鹂鸣翠柳"，这就是由两个物象组成的一个意象。两个物象，一是两只黄鹂，一是翠柳，它们组成了一个画面：在掩映的翠柳之间唱和的黄鹂。这个画面，融入了抒情主人公的情感，具有相对独立的抒情功能，就成了一个意象。

不管是物象，还是意象，不管是单独拎出来的黄鹂，或者翠柳，还是组合成的画面，我们都能自觉地感知到：它们是存在于特定空间里的。这个空间不仅是有声响的，也是有光亮的，有温度的。接下来，又出现了"一行白鹭上青天"这个完整意象，这又形成了新的空间关系。我们能够感知到：画面从近景，推向了远景。在翠柳掩映间鸣唱的黄鹂，距离我们很近；排空而上的白鹭，距离我们则比较远。诗人不用告诉我们，这是一个空间关系，我们也是知道的，因为诗歌本来就是空间的艺术。

至于小说，它本质上是一种时间的艺术——讲故事就是时间的艺术。但是，时间艺术也不能脱离空间。人物必须存在于特定的空间里，这些空间养成了他们的性格与气质，空间中的环境压力导致他们行动起来，他们也总是在特定的空间里活动的。

所以，小说家总要让读者感知到空间的存在。有的小说家把空间描写得很细，笔触几乎延伸到每一个空间角落。比如大家读巴尔扎克的《欧也妮·葛朗台》。小说开篇，用很长的篇幅去写索漠城的空间环境，让读者清晰地感知到人物存在的空间。这样一来，我们就能够理解葛朗台老爹的吝啬鬼气质是怎么形成的，也能理解欧也妮所面临的环境压力。

中国的小说家也是擅长描写空间的。大家看《红楼梦》，只要读得细，荣国府的空间环境，大观园的空间环境，包括每一个具体的空间环境，比如怡红院的空间环境、潇湘馆的空间环境、秋爽斋的空间环境，都是可以被相对清晰地还原出来的，曹雪芹自己有过"钟鸣鼎食之家"的生活经验，描写这些空间是得心应手的。

至于《西游记》，空间环境就比较模糊了。一方面，因为这是幻想题材的作品，另一方面，因为书里涉及大量外国的地理环境，作者的地理知识是很有限的，就很难清晰地描写这些空间。

这些年，网络上有不少《西游记》的"地图"，把书中涉及的各种空间画出来，落实到纸头上。这样做的初衷是好的——有了地图，读者就可以更清晰地把握《西游记》所构造的奇幻世界了。

然而，这件事是很难做成的。因为作者没有很明确地交代这些空间的位置。这些空间主要是一种秩序上的关系，比如黑风山在前，接下来是福陵山，之后是黄风岭，但它们具体在什么位置，作者没有交代。我们只能大致判断，既然说福陵山在乌斯藏，那么黑风山就在乌斯藏以东，黄风岭就在乌斯藏以西。乌斯藏，是元代时候对西藏的叫法。但西藏的地理范围很大，福陵山具体在什么位置，我们还是不知道。

况且，过了流沙河就进入了西牛贺洲，这就是真正的西域境界了，许多地名都是作者道听途说来的，具体在哪里，他都不知道，这就更没办法坐实了。

而读者感知空间的要求总是有的，有时还很强烈。怎么办？作者就设定了几个相对清晰的地理坐标，用来标识取经路程的阶段。

455

比如两界山，标志着大唐国境内外；流沙河，标志着中华与西域的分界。这里的通天河，就标志着取经路途走了一半。

我们知道，西天取经之路，一共十万八千里，除以二，就是五万四千里。这道简单的算术题，不用我们自己做，作者已经帮我们做完了。在第四十七回里，唐僧去陈澄家借宿。唐僧说自己是东土大唐来的，陈澄就说他是个满口谎话的和尚："东土大唐，到我这里，有五万四千里路。你这等单身，如何来得？"你瞧，这已经清晰地告诉读者了，走到通天河，取经之路就已经走了一半。

至于通天河具体在哪里，不仅我们不清楚，作者自己也是不清楚的。

通天河这个地名，宋元时期的文献里就可以看到了，但具体在哪里，是说不清楚的。到了清代的文献里，才逐渐清晰起来，但也只是一个大概的地理范围 —— 在青海、甘肃、新疆一带。有三种说法，一是在今天新疆和静县的开都河（又叫海都河），一是在今天青海玛多县黄河流域，一是金沙江上游的青海玉树县一带的通天河。① 玉树的通天河，今天仍是很有名的，有人还把它和《西游记》联系起来。

然而，以上三种说法，都是清代人的地理知识，百回本《西游记》的作者是明代人，他不可能掌握清代的地理知识。况且，看过《西游记》的读者，应该能够感觉到，作者的知识水平是有限的，他掌握的知识，天文的、地理的、历史的、哲学的、文学的，也就是

---

① 参见蓝勇《〈西游记〉中的南北丝路历史地域原型研究 —— 兼论中国古代景观附会中的"地域泛化"与文本叙事》，《清华大学学报》（哲学社会科学版）2019年第5期。

一般水平，比普通的小市民多一点，但绝对称不上某一方面的专家，特别是地理知识，绝对够不上专家水准。他大概知道古时候有一条河叫通天河，在西北方向，距离中原地区很遥远，就借过来，作为西天取经之路的中位线。知道这一点就够了，因为《西游记》里的空间环境，是没法从历史主义的角度去较真儿的。

126　灵感大王的菜单上有什么？

上一讲讨论的是通天河的地理位置，没有涉及第四十七回的故事情节，这里先把情节梗概交代一下。

这一回说的是：唐僧师徒路阻通天河，正在发愁，听到远处有锣鼓铙钹之声，知道附近有人家，就先去投宿。这家人姓陈，兄弟两个，哥哥叫陈澄，弟弟叫陈清。兄弟俩正在做法事，给一儿一女做"预修亡斋"，就是给还没死的人预先做法事，超度亡魂。悟空等人觉得好笑——哪有人还没死，就超度亡魂的？原来这里有一位灵感大王，福祸一方，每年保证地方上风调雨顺、五谷丰登。但好处不是白给的，当地人得做出巨大牺牲，就是每年献出一对童男童女，供灵感大王享用。这年正好轮到老陈家，陈澄有一个独生女，叫一秤金，陈清有一个独生子，叫陈关宝，都得献出来，只好做预修亡斋。悟空一听此事，就兴奋——这是买卖又上门了，又可以玩打妖怪的游戏了。他自己变成陈关宝的模样，又硬拉上八戒，要他变成一秤金的模样。兄弟俩被人抬到灵感大王庙，等着大王来享用。

这段情节里，灵感大王还没有登场，作者是在铺垫故事。这段铺垫，前半部分，读起来有似曾相识的感觉，就是唐僧师徒到一个庄户人家投宿，悟空等人相貌丑陋，把主人家吓得半死，唐僧向主人家解释：几个徒弟虽然相貌丑陋，却有本事。主人招待唐僧师徒吃饭，八戒吃饭不雅相，一顿狼吞虎咽，把主人家准备的饭给吃了个干净，也就混个半饱。

回想一下，这是不是与第二十回黄风岭下的情节很像？不仅情节梗概像，连一些细节都很像。比如吃饭的时候，唐僧要先念《启斋经》，才动筷子，结果刚念几句，八戒已经吞了一碗饭下肚了，两回里都有这段情节。

这都是套路化的叙述。只不过，套路归套路，作者毕竟不是一般选手，还是注意到了套路中的变化，写出了层次上的递进。

这段情节，写得比前一段更生动。之前用的动作是"吞"，这里用的是"丢"。这就更加夸张地形容出八戒吃饭时候的模样，抓起一碗饭，张开又长又阔的嘴，往里一扣，一碗饭就进去了，在口腔里都没停一站，顺着食道，直接进胃里了。可以说，八戒吃饭，都是直达的动车组，中间没有经停站。

接下来讲灵感大王要吃童男童女的故事，其实也是一种套路。但这不是《西游记》自身叙事的套路，而是一种故事类型的套路，就是人们轮流向神明献祭的故事。

献祭，本来是一种原始社会的仪式。献祭的最初目的是"娱神"，就是让神明高兴，因而降福于人间，让人们能够顺利地从事农业生产，并收获劳动产品。这些神明，最早都是自然神，他们是自然力量的形象化，反映了先民对于自然力量的敬畏。在落后的生产力条件之下，先民们感知到的主要是来自自然界的压力，风、雷、水、火，任何能够威胁先民生产与生活的自然力量，都令他们恐惧与敬畏，为了缓解这种矛盾，先民们向自然神献祭，通过局部的牺牲，换取集体的福利。活人献祭，就是一种古老的仪式。

这种仪式具有双重性，它既具有合法性，又具有不合法性，要公开进行，又带着一种偷偷摸摸的意思。

为什么要用活人献祭呢？因为用来献祭的牺牲品，应该是神圣的。杀死牺牲，其实是一种罪行，因为牺牲是神圣的，但不杀死牺牲，他（它）就不会变得神圣。这就是一种循环悖论，就是人类学家所说的"两面性"。

献祭，本来是一种暴力的行为，但这种暴力的行为，恰恰是为了缓解甚至消除部族内部的暴力。即便在今天，人类社群内部都是存在竞争关系的。这种竞争关系可能很激烈。当代青年人喜欢说一个词——卷，这个词就生动地反映出当代社会的激烈竞争。但当代社会的激烈竞争，一般是不会诉诸直接暴力的，它以一种隐性的暴力手段存在，比如公开的辩论或私底下的挑灯夜战，又反映在种种残酷的形式上，比如量化的成绩排名、业绩排名，这些暴力都是没有打打杀杀的，闻不到血腥味的。

然而，在生产力落后的上古时代，人们的竞争经常是诉诸直接暴力的，部族之间会发生暴力，部族内部也会发生暴力，都是打打杀杀的，要流血，要死人。为了缓解或消除这些暴力，就需要将暴力转移到第三方身上，就是"替罪羊"。

这些"替罪羊"，如果是人，一般都是社群里的边缘人，他们不属于这个社群，或者被社群主体所排斥。一般用于献祭的是这样几种人：战俘，奴隶，残疾人，儿童，未婚的青少年，还有国王。①

这些用来献祭的人，用人类学家的话说，就是牲物。他们有不同的性别，属于不同的阶级，拥有不同的权利。但他们有一个共同点，这个共同点是他们显示出了与不可被献祭者之间明显的差异。

这个共同点是什么呢？就是他们不属于这个社群，或者被社群的主体所排斥。战俘，奴隶和残疾人符合这一点，大家比较容易理解。有的朋友可能会好奇：国王怎么也会成为边缘人？其实，国王就是边缘人，他不属于社群主体，甚至被社群主体排斥，他的权力很容易被剥夺，在许多原始部族里，当上国王的人，就注定是用来献祭的。

那么，儿童和未婚的青少年呢？今天来看，这都是"祖国的花朵"，是"早上八九点钟的太阳"，是部族的未来和希望，怎么能牺牲他们呢？这就是站在现代人的立场上去看待问题了。对于远古时代的先民而言，不管是儿童，还是未婚的青少年，他们还没有经历一个重要的通过仪式，就是成年的授礼仪式，没有接受过这个仪式的人，并不属于这个部落，当然是可以用来替罪的，或者说是最适合用来替罪的。

你瞧，用童男女献祭，有着悠久的历史，是先民的一种仪式。悟空不是人类学家，如果是人类学家，他听了陈澄的故事，可能就没有那么兴奋了，可能表现得很平淡，因为陈关宝和一秤金，不管

---

① 参见勒内·基拉尔：《祭牲与成神：初民社会的秩序》，北京：生活·读书·新知三联书店2022年版，第18页。

他们有多么可爱，多么招人稀罕，在上古先民的逻辑里，还是这个部族的边缘人。不拿他们来献祭，用谁呢？用一个成年人？这个部族的主要劳动力？那怎么行！他们是不可被献祭者，他们构成了这个社群的主体，绝不会成为"替罪羊"。灵感大王的菜单上可以有战俘，有奴隶，有童男童女，有未婚的少男少女，甚至有国王，但绝不会出现一个猎手，或者一个农夫。灵感大王要吃"替罪羊"，他们可不是。

127　陈家兄弟为什么不能作弊？

还是说陈家兄弟献祭童男童女这件"悲催"事。

上一讲说到，献祭童男童女，从原始仪式的角度来看，因为他们不是完成授礼仪式的成年人，严格意义上讲，还不属于这个社群，自然是理想的"替罪羊"人选。然而，童男童女有很多，为什么非要献亲生的呢？

况且，陈关保和一秤金是陈家兄弟的独苗，是他们的掌上明珠，是老哥俩的命。陈家兄弟都是老来得子，陈澄活到五十岁，还没有子嗣，后来娶了一房妾，才生了一个女儿。陈清也是年纪很大了，正妻也不生养，也娶了妾室，才生了一个儿子。若是把这两个宝贝疙瘩给献祭了，老哥俩就绝后了。

换作穷苦人家，被逼得没法子，也倒好理解。但陈家兄弟不是穷苦人，而是土豪。他们有水田四五十顷，旱田六七十顷，草场有八九十处；水牛、黄牛，加起来有二三百头，驴马等大牲口还有二三十匹，至于鸡、鹅、猪、羊，就数不过来了。一生有吃不了的米粮,穿不完的衣服,是一对地地道道的土财主。既然这样有钱——抛开道德与法律不谈——可以买一双儿女来"顶缸"嘛!放着现成的好条件,怎么不作弊呢?

所以,悟空一听陈家兄弟俩报完家底儿,就说道:"既有这家私,怎么舍得亲生儿女祭赛?拚了五十两银子,可买一个童男;拚了一百两银子,可买一个童女。连绞缠不过二百两之数,可就留下自己儿女后代,却不是好?"

这里的"绞缠",就是平时说的"嚼裹",也就是说把各种开销算在里面,满打满算不过二百两。悟空这笔账算得倒是明白,当时买卖儿童的行价,他很清楚,连男性和女性的不同价位,他都知道,还能计算饲养、交通等项额外费用,最后给出一口价。不知道的,还以为悟空买卖过人口呢!这里倒也不必追问悟空,这到底是道德的沦丧,还是法治的缺失,这其实是一种小说知识学,作者在讲故事的时候,不知不觉地把当时人口买卖的行价,写到作品里了。

先别扯太远,还说回来。悟空出了主意之后,陈家兄弟就说了,这个办法不行——如果这个方法行得通,陈家庄的人早就如此作弊了,谁也不是吃塑料袋长大的,这种小主意还没有?但灵感大王神通广大,各家各户的人口,都查得明明白白,有几个孩子,哪年哪月哪日生的,长得什么模样,灵感大王手里是有一本账的。作弊?甭想!大王只吃亲生的,买来的替罪羊,吃着塞牙,没有回味!

如此处理,当然是为了引出后面的情节,但说到底,还是一种故事类型的套路,就是民间传说里,经常是一方民众轮流祭献牺牲给神明，不能紊乱，不能作弊。

这是为什么呢？

这其实也是为了缓解或者消除族群内部的暴力。制定了一种关于献祭的规则，部族群体都遵循的规则，这样就可以尽可能缓解或消除族群内部的不正当竞争，以及由此导致的各种暴力——显性的暴力或者隐性的暴力。

这个规则，就是轮流祭献，大家都要做出牺牲，顺序是周期性的循环，这就将社群集体置于一个公平的、无差别的秩序之中，各种可以为暴力赋能的元素，比如社会地位、经济势力、人口数量，在这个秩序里都没有办法（起码不能有效地）发挥作用。不管是贫穷，还是富贵，不管家里人多，还是人少，都不能通过暴力的方式逃避或改变规则。

当然，维持这个规则，也是有成本的。人是利己性的动物，不可能自觉地遵守某一种早晚会轮到自己倒霉的规则，但维持这个规则的成本，比血腥的、野蛮的暴力竞争，要低很多了。这又符合集体利益，是一种原始的公平主义，所以社群集体大都会遵守。

比如，人类学家普罗普就提到过，非洲的姆鲁维亚湖人每年都要用一个孩子做祭品，把这孩子活着投到河里，否则，湖水就会干涸。[1] 这孩子是挨家挨户征收的，是轮值献祭。这就与通天河献祭童男童女，本质上是一样的了。

在后来各个民族的传说或民间故事里，都能看到类似的情节。

---

[1] 弗拉基米尔·雅可夫列维奇·普罗普：《神奇故事的历史根源》，贾放译，北京：北京联合出版公司2022年版，第384页。

463

比如，古印度史诗《摩诃婆罗多》里就写到魔王罗刹杀死了国王，统治了整个王城，魔王要求城里每年贡献一车稻米、两头牛、一个活人，魔王就能保证百姓们不受到其他国家或野兽的侵害。给魔王的供奉，是各家轮流完成的。哪家人如果想打破规则，比如逃跑，魔王就会把这一家人都吃掉。你瞧，这就跟《西游记》里的故事更像了。

同时，也可以看到，人们不仅是用一个传说故事来解释轮流献祭规则的来源，也在用传说故事来保证轮流献祭规则的合理性与权威性。

历史的逻辑应该是这样的，先有了一种轮流献祭的仪式，它是原始社会的自然崇拜的产物，人们要解释这种仪式的合理性，于是产生了各种关于魔王的故事，可以是罗刹，也可以是河神，或者蛇妖，又或者具有人格的狮子，他们给先民对于自然力量的崇拜，提供了一种具象化的、可以被感知的对象。随后，为了维持轮流献祭的规则，故事中的魔王变得更加敏感，更加残暴，不管是罗刹，还是河神，又或者是蛇妖和狮王，都有超强的感应能力，对轮流献祭的规则，又有着一种强烈的执念，如果有人打算破坏规则，就会遭到更大的惩罚。你瞧，各种魔王，其实是原始人想象出来的权威，他们以超人的力量创造了规则，并且执着地维护这种规则。

只不过，发展到后来，当人们走出原始的童年时代，这种故事就不再吸引人了，人们更乐于传播的，是关于英雄挑战规则的故事——因为人的本体意识觉醒了，人在自然面前，不再是被动的接受者、执行者或受难者。人可以对自然发起挑战，打破规则。这种敢于挑战规则的英雄——把人们从自然的压力下解救出来的英雄，成为集体的理想寄托。于是，原来的各种魔王变得越来越狰狞，越来越丑陋。更重要的是，他们最终都被英雄打败了。

这些英雄，也有一个有趣的共性——他们经常是外乡人。普罗普早就发现了这一点，在这些神奇故事里，英雄一般是过路的人，他们偶然来到社群，得知被献祭者的不幸，他们帮助社群里的人们挑战魔王，打败魔王，不仅拯救了被献祭的牺牲，也拯救了整个社群。之前讨论猪八戒的本土原型的时候，提到了唐代的传奇小说《乌将军》，这就是一个社群轮流以亲生女儿献祭魔王的故事，最后杀出了郭元振这个"程咬金"，一个外乡人，他想办法解救了少女，又动员大家杀死了乌将军。这已经是文人小说了，却还保留着民间传说的色彩。

为什么英雄得是外乡人呢？这也是为了缓解社群内部的集体焦虑。毕竟，杀死魔王是渎神的行为，这可能遭受更大的集体性的灾难，甚至整个社群的毁灭。如果挑战的力量是来自社群之外的，这就会缓解大家的焦虑——渎神的行为，不是社群内部的人做的，如果有报复性的惩罚，也不应该由社群内部的人来承担。

你瞧，尽管从早期的轮流献祭故事，到后来英雄挑战轮流献祭规则的故事，代表了人的意识的觉醒，代表着人性对神性的胜利，但我们在讲述故事的时候，总喜欢把自己描述成被动者，我们被动地接受了自然力量的压迫，又被动地接受了自然力量被打败。我们是不是很可笑呢？总想着收获胜利的结果，却不愿意付出更多成本，尤其不想自己承担成本。

所以有了陈家庄这样的故事，陈家兄弟不能作弊，因为灵感大王对轮流献祭的规则抱有执念——与传统故事里执拗的魔王一样,然后出现了孙悟空这个外乡人,他主动帮助陈家兄弟,打败灵感大王,破坏了轮流献祭的规则。现在,我们应该知道自己为什么喜欢孙悟空这样的英雄了,我们收获胜利的结果,孙悟空承担挑战的成本。

第四十八回

魔弄寒风飘大雪　僧思拜佛履层冰

128　八戒也擅长冰嬉？

第四十八回的故事情节比较简单：灵感大王被八戒打伤，回到通天河底。有一个斑衣鳜婆给他出主意，连夜下一场大雪，冻住河面，唐僧着急赶路，一定踏冰行走，到时候再使一个神通，教冰面裂开，连人带马都沉到水底了。灵感大王依法行事，果然活捉了唐僧，就与鳜婆结成了义兄妹。

这一回，主要讲了一个道理——欲速则不达。

这个道理，大家都懂，但实践起来，不是那么容易的。当年子夏去莒父做县长，问孔子如何处理政务。孔子嘱咐他说：凡事不要图快。图快，反而不能达到目的。这就是"欲速则不达"的出处。

这既是一种朴素的辩证法，也是经验之谈。在现实生活中，经常发生这种事——你越是着急，越是办不成事；越是求快，越是加速，反而越是达不成愿望。毕竟，我们的愿望是一个又一个具体的结果。这些结果，归根到底，要求的是质量。起码，质量是最主要的考量标准。保证不了质量，其他考量标准都等于零。

比如盖大楼，提前竣工当然很好，可以庆祝一下，但前提是保证质量。我们盖大楼,不是为了盖成一座大楼,摆在那里,而是要住人的,还得住得舒服、安全、长久,如果满足不了这一点,提前竣工是不值得庆祝的,小心刚开完香槟,大楼就"呼啦啦"塌掉了。

普通人都知道这个道理,修行者就更强调这个道理了。《西游记》是一部讲究身心修行的书,甚至在道教徒看来,是一部性命双修的"神仙书",就特别强调这个道理了。

比如刘一明在《西游记原旨》里就说,这一回是在提醒修行的人,不可急躁,要做到刚柔相济,修行要循序渐进,自然而然,不能勉强为之,更不能急于求成,否则表面上进步得越快,实际上退步越大。

能退化到什么地步呢?之前修行的成果,很可能都废掉了。这一回最后,作者用两句诗来收束:"误踏层冰伤本性,大丹脱漏怎周全?"何谓"大丹脱漏"?就是道教徒说的"漏丹",这指的是因为修炼不讲究方法,导致精气走漏(就是外泄),如果"漏丹"的情况出现了,之前的功夫就都白费了。

这有多么可惜!之前说过,来到通天河,西天之路就走了一半。为了配合这个空间上的标记,作者还特地标识了时间:来到通天河,取经的时间也过了一半。我们知道,在百回本《西游记》里,取经花费了十四年。这一回里,唐僧自己说,自打离开长安,已经过去了七八个年头,十四年除以二,正好是七年。

正因为走完了一半,时间过去了一半,所以唐僧越来越着急,恨不能一步就到灵山。看到河水结冰,就着急赶路,忘记修行应该循序渐进的要求。

这一忘，就坏菜了。精气外泄，大丹脱漏。原著中，唐僧沉到河里去，八戒还说了一句玩笑话："师父姓'陈'，名'到底'了。"大丹脱漏了，之前的功夫都白费了，可不是沉到底了嘛！

这个道理，当然是很重要的，但说来说去，并不复杂。怎么能充实起一回的篇幅呢？作者主要做了两件事，一是用更多笔墨来描写八戒，描写他积极的一面，一是用更多文人笔墨来写冰雪景观，加入一些文人的情趣。

先说对猪八戒的描写。

我们知道，唐僧的徒弟里，八戒的水性是最好的。他原本是天河水军元帅。既然是掌管水军的领导，他自己的水性肯定是很好的，要说打水战，悟空与八戒自然是没法比的，连沙和尚也要逊色很多——毕竟，沙和尚本来是卷帘大将，不负责水务，被贬到流沙河，是后来的事情，是个"半路出家"的水怪。

更重要的是，八戒不仅自己水性好，对水的认识也很深刻。他不仅了解水的常态，即便水结成了冰，他也具备相关知识。

只不过，唐僧西天取经，走的是陆路，遇到的河水很少，八戒的这些本事，没有多少展示的机会。如果唐僧取经走的是水路——比如，从泉州出发，走海上丝路，漂洋过海，抵达五天竺。恐怕四个徒弟里，八戒就是顶梁柱了。可惜，英雄苦无用武之地，一身的本事，施展不出来。

这一回，八戒的本事就有了用武之地。你看他们刚来到通天河，八戒就懂得用石头测试河水深浅：扔一块鹅卵石到河里，要是泛起水泡来，说明河水不深；要是咕嘟嘟沉下去，说明河水很深。现在，河水冻住了，不知道冻得结不结实，八戒就说用钉钯使劲凿一下：

要是凿一下就裂开了，说明冻得不牢；要是凿不动，说明冻得结实。这时候，悟空就不"撅"八戒了，因为他确实没有这方面的经验与知识。

最后，唐僧骑马上冰，马蹄子打滑，八戒就叫人找来稻草，把马蹄子裹住，增加马蹄子与冰面的接触面积，增强摩擦力。

这还没完，八戒又叫唐僧把九环锡杖横过来，托在手里。悟空以为八戒是要偷懒，给自己挑的担子，减轻一点分量。这回就轮到八戒"撅"悟空了。原来，这是叫唐僧把九环锡杖当平衡器来用。更重要的是，冰面上可能有凌眼（就是冰窟窿），一旦掉到窟窿里，锡杖能架在窟窿上面，人抓着锡杖，就不会沉下去。我们知道，人如果掉到冰窟窿里，沉下去，就很难从原路爬出窟窿了，有根横木架住，就多了许多活命的机会。悟空却不懂这个道理，可见他确实没有这方面的经验。倒是八戒，掌管天河水军，懂得这个道理。这倒让我们产生了一些有趣的联想：难道天河也会结冰吗？八戒当年掌管天河水军的时候，赶上河水冰封，难道还带领着兵士们操演过冰上阵法？甚至排演过冰嬉，供玉帝消遣？

不管怎么说，这一回里的八戒，算是露足了脸，甚至把悟空都盖过去了。若是总有这样的机会，八戒也就不用受那么多窝囊气了，西天取经要是走水路，该有多好呢？不过，八戒本人应该是不想走水路的吧——他怕担责任，不想揽那么多差事，要是走水路，悟空的本事施展不出来，八戒可就闲不下来了。唐僧如果改了主意，对八戒说道："悟能，这一番全仗你了。既是你这般得力，不如为师买上几张船票，咱们改走水路吧！"八戒听了这话，十有八九要这样说："师父呵，还是陆路好！陆路上就去得，去得！水路不好，不好！俺老猪晕船。对，晕船！猴哥呵，你快领着师父走，俺老猪挑着担子，随后就来！"

129　文人小说家如何给故事"兑水"？

上一讲提到，这一回只为阐述"欲速则不达"的道理，讲明这个道理，并不困难，用不了一回的篇幅。于是，作者把更多的笔墨给了八戒，描写了他的"高光时刻"。然而，这还不足以撑起一回的篇幅，需要再给故事"兑水"。

今天，给故事"兑水"的操作，是很常见的。特别是在电视剧里，本来十几集就能讲完的故事，能"押"到几十集，每一集的故事，拖泥带水，磨磨唧唧，看着叫人着急。这是一种低级的"兑水"方式。《西游记》的作者没有这么低级，他是讲故事的高手，更是一个文人小说家，他有更好的"兑水"方式，就是在小说中加入一些非叙事性的文字。

我们知道，小说是一种特殊的叙事文体，它有一个突出的特点，就是"文备众体"。

何谓"文备众体"？就是能够吸纳、整合许多其他文体，充实到叙事文本里。特别是中国古典小说，从唐代的传奇小说开始，就形成了"文备众体"的艺术传统，发展到明清时期的章回小说，更是把这种艺术特征发展到极致。

比如诗、词、曲、赋，经常出现在小说里。这些文体可以帮助作者更好地塑造人物、描写环境、构造场景，甚至可以表达主题。《红楼梦》第五回里的判词，就暗示了主人公的命运，十二支"红楼梦"曲,更是深刻地揭示了主题。书中随处可见的诗、词、曲、赋,总是与人物、情节、场景、主题紧密结合起来的。可以说,曹雪芹真是把"文备众体"这种古典小说的艺术特征,给"玩明白"了。

《西游记》也是"文备众体"的,书里有很多诗、词、曲、赋,尽管从艺术品位看,与《红楼梦》差得不是一星半点,但这些韵文也是有价值的,它们能够帮助作者调节讲故事的节奏,描写环境,渲染氛围,增加故事的趣味性。之前讲到悟空被贬回花果山,一口气杀死上千号人马,就用了一首药名诗,写猎户们被杀的惨象,减少了血腥的味道,增加了游戏的味道,就是一种比较巧妙的处理。

到了这一回,作者更是"诗兴大发",一会儿就来一首,有原创的,也有抄袭的,拼拼凑凑,插入好多的诗。这些诗,主要是用来描写冰雪画面的。

先是唐僧在夜里被冻醒,对徒弟们形容自己有多冷。这本来是人物的言语,应该是用散语来表现的,而且应该模拟人物的声口,是一种日常化的、口语化的表述。结果,唐僧是用韵语来说的,比如"重衾无暖气,袖手似揣冰。此时败叶垂霜蕊,苍松挂冻铃。……绣被重裯褥,浑身战抖铃"。不知道的,还以为唐僧是一位说唱歌手呢!

接下来,作者兴致不减,又叫唐僧师徒出门看雪,顺便又用一大段诗句,描写大雪纷飞的场景。

你以为这就结束了?早着呢!等到雪晴了,陈澄兄弟打扫了花园,请唐僧师徒到雪洞里赏雪。顺理成章,这里又插入一大段描写雪后景象的诗句。等到唐僧师徒上路,作者的兴致还没有消去,又用了一大段诗句,描写冰封通天河的景象。

整回看下来，倒不像是诗句为讲故事服务了，更像是为了写这几段诗句，特地安排了对应的情节和场景。这可真应了《红楼梦》的那句话，庸俗的小说，不过是作者要写出自己的两首歪诗，故意假拟些人物的名字，穿凿出一些情节来。

《西游记》当然不是一部庸俗的小说，作者（不管他是不是吴承恩）也不是一位庸俗的作者，但在叙事的过程中，不断地插入一些诗、词、曲、赋，是古代小说的一种普遍性的特征，也可以说是一种习惯，作者不能免俗，甚至有一种强烈的写作冲动，不在讲故事的过程里插入一些诗、词、曲、赋，就觉得不对劲，或者说不得劲。

既然要插入诗、词、曲、赋，就免不了用典故，文人说话"掉书袋"的习惯，也就表现出来了。

掉书袋，就是说话好卖弄学问，一个突出的表现，就是用典故。用典故，本来是一种强化语言文字的艺术效果的修辞手段，但用的典故多了，或者太晦涩了，就让人觉得反感。

其实，《西游记》的作者并不是一个喜欢掉书袋的人，他用的典故，在当时看来，都是一种一般性的知识，没有多少晦涩的、不容易理解的内容。他本身不是学问家，没有卖弄学问的意思，也知道这部书不是写给学问家看的，不能找一些拐弯抹角的典故，他所用到的典故都是比较浅显的，也是常见的。然而，今天的读者对这些典故可能不熟悉了，读到这些文字，感觉很陌生，就觉得作者是在掉书袋，在卖弄学问。其实，不是作者有意卖弄学问，而是我们今天一些读者缺乏足够的文史积淀，自己没学问，反倒埋怨作者卖弄学问。

比如，作者写唐僧师徒观看大雪纷飞的场景，有一句："那里得东郭履，袁安卧，孙康映读；更不见子猷舟，王恭氅，苏武餐毡。"

这里一连用了六个典故，提到了六个人物。

东郭履，就是东郭先生的鞋子。这是一个常见典故，出自《史记·滑稽列传》，说有一个东郭先生，穷困潦倒，破衣烂衫，连鞋子都不完好，有鞋帮，没鞋底，露着脚底板，走在大雪里。后来，人们就用"东郭履"指人穷困潦倒。

袁安卧，就是袁安高卧。出自《后汉书》。袁安是东汉时候的人，他没做官的时候，也是很穷困的。赶上下大雪的日子，人们都出去讨东西吃，他不想打扰别人，更不想低三下四地向人乞讨，就在家里"躺平"。后来，人们就用这个典故，形容一个人处在贫困之中，却不改节操。

孙康映读，故事就更简单了。说晋代的孙康很好学，但因为家里穷，没钱买灯油，就借着雪光读书，后来成为大学者。这个典故，就是教人好学向上的。

子猷舟的典故，就是"乘兴而行，兴尽而返"这句话的出处。① 子猷，就是晋代著名书法家王徽之。据《世说新语》记载，一天夜里下雪，王徽之看着雪花飘落，突然想起好朋友戴逵，就要去看望他。当时戴逵住在剡县（就是今天的浙江嵊州）。王徽之坐了一夜船，第二天早上才到，但来到戴逵家门口，不叫门，又扭头回去了。别人问他为何不见戴逵，他回答说：我是一时兴起，要来看他，现在兴头没了，就没有见他的必要了。这个故事，生动地反映了魏晋

---

① 刘义庆著，刘孝标注：《世说新语》，见《汉魏六朝笔记小说大观》，上海：上海古籍出版社1999年版，第953页。

时期士人任性放达的气质，古人是经常引用的。

王恭氅与苏武餐毡，也是很简单的。王恭氅，指晋代的王恭在雪天穿鹤氅出行，人们看到了，称赞他有神仙气质。苏武餐毡，说苏武出使匈奴，被扣留，他渴了就吃雪，饿了就吃毡子，忍辱负重，气节不改。

可以看到，这六个典故，都与雪有关系，又表现出一种文人追求的气节风骨，都是很常用的，不晦涩，更没有拐弯抹角，历史人物的名字都是直接点出来的，一看便知。只不过今天许多读者不熟悉这些历史故事，反倒埋怨作者掉书袋，这个真是冤枉他了。

第四十九回

三藏有灾沉水宅　观音救难现鱼篮

130　观音菩萨改脾气了？

第四十九回的回目是"三藏有灾沉水宅，观音救难现鱼篮"。

回目上是对仗的关系，但"三藏有灾沉水宅"，说的是上一回的内容。这一回主要讲的是观音菩萨被悟空请来降伏鲤鱼精。

起初，悟空也没想惊动菩萨，但这是水战，悟空施展不出手段，还得以八戒为主，悟净为辅，把妖怪引出水面之后，悟空完成"当头一棒"。

战术本身没问题，就是不太好用。况且，灵感大王身边还有一个见识广、诡计多的斑衣鳜婆，她当年在东海片区混江湖的时候，听说过孙悟空的名号，知道这猴子不好惹，就劝灵感大王做"缩头乌龟"，闭门不战。灵感大王倒也能屈能伸，凭八戒等人怎样骂阵，就是不出头应战，这真算得上《西游记》里的司马懿了——能忍不可忍。

这下悟空就急眼了，放出狠话来："我上普陀岩拜问菩萨，看这妖怪是那里出身，姓甚名谁。寻着他的祖居，拿了他的家属，捉了他的四邻，却来此擒怪救师！"这话本来不是针对菩萨说的，悟空也不知道灵感大王的主子到底是谁，他只不过是在斗争中成长了，有经验了，他发现：一般情况下，这种难缠的妖魔，都是有来头的，都是有背景的。

然而，说者无心，听者有意，悟空这话，正说到观音菩萨的痛处了。

之前说过，观音菩萨是《西游记》里的"救火队长"，有什么难缠的魔头，一般都是观音菩萨来帮忙收拾，悟空捅了马蜂窝，也是观音菩萨替他收拾，但菩萨帮助悟空，态度是不一样的。

当初收服悟净的时候，悟空找到菩萨，菩萨都没亲自出马，只派惠岸前来料理。收服黑熊怪，医治人参果树，菩萨都亲自出马了，但先把悟空教训一顿，说他爱惹祸，净给自己找麻烦。等到收服红孩儿，菩萨更是带着火气去的，又搞出好大一个排场。从这些情节可以看出，《西游记》里的观音菩萨喜欢拿身份，端架子，摆排场，对悟空的态度，也总是居高临下的，好像监护人对待熊孩子。

不过，这一回里，画风一下子变了，把悟空都"整不会"了。悟空刚来到落伽山，发现二十四路诸天、守山大神、善财童子、捧珠龙女，已经齐刷刷等在那里，连木叉都出席了这次接站欢迎的活动——这个待遇，悟空从来没享受过。等到悟空提出来见菩萨，二十四路诸天不放他进去，只叫他在紫竹林外等候。

这倒也是合理的，见领导，被晾一会儿，是很正常的。即便领导不忙，也是要晾你一下的，这是一种无声的交流，"晾"这一行为本身，就是在彰显权威，也是在进一步明确双方的话语秩序：你得知道，此时此刻，谁是"说上句"的一方。比如《红楼梦》第六回刘姥姥一进荣国府，进了凤姐的屋儿，凤姐在炕上坐着，明明知道刘姥姥进来了，也不说话，也不抬头，只管用铜筷子拨手炉里的灰，就晾着刘姥姥，这样一晾，关系也就进一步确立了，不对等交流的气场也就更清楚了。

悟空不是刘姥姥，他找菩萨，不是打秋风，但被晾一下，悟空是不恼的，他本来就是尊敬菩萨的，况且又是求人办事，被晾一下，是理所应当的。

但晾的时间太长，悟空就坐不住了，硬闯进紫竹林。这一闯，就看到了平时看不到的画面：菩萨头没梳，脸没洗，既没戴璎珞，也没穿道袍，连披肩都没搭上，只穿一件贴身的小袄，露着胳膊，坐在那里削竹子。

悟空哪见过这个场面？但又不能呆呆地看着——这也忒不礼貌了！只好愣头愣脑地高叫一声："菩萨，弟子孙悟空志心朝礼！"仿佛今天一些学生进办公室，发现班主任私下的狼狈样子，走也不是，留也不是，只好大喊一声："报告！"意思是：我刚进来，啥都没看见，您赶紧收拾收拾，恢复"前台"状态，咱俩都不尴尬。

菩萨倒也不尴尬，只是叫悟空出去候着。悟空正犯尴尬症，巴不得赶紧出来。但心里到底在打鼓："菩萨今日又重置家事哩！"

过一会儿，菩萨拎一只篮子出来，拉起悟空就走，要去搭救唐僧。这又给悟空打了一个措手不及。悟空赶紧跪下，请菩萨装束好了再走。救唐僧固然要紧，但换件衣服的工夫，唐僧还不至于落到灵感大王的肚子里——您起码披一件外套吧！结果，悟空不急，菩萨急。还没等二十四路诸天上前劝阻，菩萨已经腾空而去了，悟空只好撵上去。

来到通天河，菩萨的妆容，把八戒等人也吓一跳，还以为菩萨是被悟空催逼来的。菩萨也不跟他们搭话——人到就开工——抛出鱼篮，念动咒语，收了鲤鱼精。到这时候，菩萨才说出：原来这灵感大王是南海莲花池里的鲤鱼，趁着涨潮，流窜到通天河，祸害一方。

到这里，我们才知道菩萨为何这般着急，敢情祂就是灵感大王的家属，悟空之前放出的狠话，说到了祂的痛处，菩萨尽管是悟空的家长，但也怕这熊孩子攥着自己的把柄，胡搅蛮缠。这时候，身段也拿不得了，架子也端不得了，排场也讲不得了。

最后，悟空请菩萨把这副装扮的法相，留给世人看一看。换作平时，菩萨一定是要把悟空臭骂一顿的，但这次自己理亏，说话气短，讨价还价，也不雅相，只好勉强答应了。

于是，就有了"鱼篮观音"这个法相传世。

一些人解释"鱼篮观音"的法相，都说是从《西游记》里来的。其实，在此之前，"鱼篮观音"的传说已经很流行了。下一讲再说。

131 佛典里有"鱼篮观音"吗？

鱼篮观音，是观音三十三法相之一。三十三法相，也叫三十三化身。佛经原典里，其实没有关于鱼篮观音的记载，大家去寺院随喜的时候，也很难看到相关的图画或造像。

然而在民间，鱼篮观音这一化身，流传是很广的。古代小说、戏曲里经常可以看到，一些僧侣或世俗文人的绘画作品里，也经常可以看到。

那么，这一传说是从什么时候开始的呢？

一般认为，该传说是从唐代开始流行的。李复言的《续玄怪录》记载了一则故事——延州妇人。说当时的延州有一位妇女，二十四五岁，皮肤白皙，容貌秀丽，但心性放荡，不守贞洁。她经常独自在城里游荡，遇到年少的浮浪子弟，就与他们交好，享受欢爱，却不索取回报。没过几年，这妇人死掉了，人们可怜她，凑钱把她给埋葬了。大历年间，有一位西域的胡僧来到此地，经过妇人的坟墓，大为惊叹，赶紧烧香礼拜，一连好几天。人们问他：这里埋的是一个滥交的妇女，放荡至极，大师为何礼敬她？胡僧说：你们不知道，这里埋的其实是锁骨菩萨！菩萨幻化成妇女，与人滥交，是以另一种方式度化人。人们挖开坟墓，发现里面的骸骨，"钩结结如锁状"[①]——原来真是锁骨菩萨！就在这里建了一座塔，作为纪念。

在这个故事里，人们提到菩萨幻化成放荡的妇女，以特殊的方式度化世人，却没有指明这位菩萨就是观音。

那么，为何人们认为这是鱼篮观音传说的早期形态呢？因为故事里的菩萨幻化成一个放荡的妇人。试想，放荡的妇人，装束一般是很轻薄的，情态也不庄重。还记得《西游记》这一回里观音菩萨的装束吗？没有庄重的衣饰，穿得很轻薄，完全不是平时那副华妙庄严的样子。《西游记》里没有提这副打扮的真正来历，但当时许多读者对鱼篮观音的传说，其实是知道的，看到这里，见了菩萨的装束，应该是要会心一笑的。作者有意隐去的东西，读者却很容易就能联想到了。

[①] 李时人编校：《全唐五代小说》第3册，北京：中华书局2014年版，第1451页。

然而,"延州妇人"的故事里,没有鱼篮的相关信息,一点线索也找不到,但鱼篮是一个关键道具 —— 没了鱼篮,怎么能叫"鱼篮观音"呢?所以,只能说"延州妇人"的故事是一个早期的萌芽,连雏形都算不上。

真正具备雏形意义的,是"马郎妇"的故事。这是一个宋代流行起来的故事,叶廷珪编辑的《海录碎事》记载,金沙滩上有一个妇女,叫马郎妇,她与人滥交,但与她交欢过的人,"永绝其淫",[①]就是说再没有淫邪的念头。马郎妇死后,人们埋葬了她。之后,来了一个胡僧,指出这是锁骨菩萨。

那么,这个妇女为什么叫马郎妇?马郎妇,顾名思义,是马郎的老婆。这是人们对传说故事的进一步发挥。比如南宋僧人志磐的《佛祖统纪》里是这样讲的:过去陕西地方民风剽悍,不信佛法,有一个美貌的少妇来到这里,放出消息:谁能在一晚上学会《普门品》,她就嫁给谁。人们贪图少妇的美色,争先恐后地学习《普门品》。到第二天一早,有二十个青年学会了 —— 这就是经过初选,把瞎起哄、凑热闹那一伙人给筛掉了。这少妇又把《般若波罗蜜多心经》传给他们,进行二次选拔 —— 任务量加大了,能完成的选手也就少了。到了第二天,学会的只有十个人。少妇又传给他们《法华经》,要求三天学会 —— 这就是最后的选拔,剩下的就是百里挑一的选手。果然,最后只有一个姓马的青年人学会了,少妇就答应嫁给了他。然而,婚礼当天,少妇不进婚房,独坐在一个小屋里。宾客还没散尽,这少妇就死了,尸体迅速腐烂。马郎空欢喜一场,只好埋

---

① 叶廷珪:《海录碎事》,北京:中华书局2002年版,第688页。

葬了少妇。后来有一个老和尚来，指出这是锁骨菩萨，是普贤菩萨化身成少妇，来这里度化青年子弟。

可以看到，"马郎妇"故事是从"延州妇人"故事演化过来的，故事框架是相同的，只是细节更多了，但这里的少妇是普贤菩萨化身，不是观音菩萨化身。

不过，民间还是更熟悉观音菩萨，世俗中人也更习惯把锁骨菩萨的传说，与观音故事附会在一起。比如北宋著名诗人黄庭坚的《观世音赞六首》里就说："设欲真见观世音，金沙滩头马郎妇。"[1] 说明北宋的时候，人们已经习惯认为马郎妇是观音菩萨化身了。

现在，我们重新梳理一下这个故事的演化逻辑，可以这样说：本来，这是一个锁骨菩萨幻化美艳妇女，以特殊方式度化世俗中人的故事。

按照大乘佛教的逻辑，佛教徒们习惯用圆通无碍的方式去认知世界，理解世界，在这种逻辑里，是非、对错、善恶、美丑、色空等矛盾对立的关系，都是相对而言的，彼此的形态是模糊的，正所谓"此亦一是非，彼亦一是非"。度化人，可以用常规的方式，也可以用非常规的方式。色欲本来是应当被禁绝的，但偏偏可以用色欲去度化人。这样一来，就有了锁骨菩萨的故事。

锁骨菩萨，本来也不是专指观音的，任何一位菩萨，都可以"以色设缘"，用特殊的方式来度化世人，只要是民间叫得上名号的菩萨，都可以安在这个故事的主人公身上，但宋代以后，观音信仰在民间的影响力越来越大，一提到菩萨，人们会条件反射地想到观音，

---

[1] 傅璇琮等编：《全宋诗》第17册，北京：北京大学出版社1991年版，第11697页。

观音化身少妇度人的传说，就越来越流行了。

不过，这里还是没有提到鱼篮。况且，在观音的三十三化身里，鱼篮观音化身和马郎妇观音化身是同时存在的。这应该是两个独立发展的故事，后来被捏合到一起。那么，这个捏合的结果，是什么时候出现的呢？在进入《西游记》之前，鱼篮观音又有哪些传说呢？下一讲再说。

132 "鱼篮观音"到底是谁？

上一讲提到，"鱼篮观音"来自锁骨菩萨的故事，讲的是一个放荡的妇女，以特殊的方式度化世人，死后被大家埋葬，有高僧告诉大家：这是菩萨化身。故事里的妇女，开始的时候，说是延州地方的妇女，后来改成金沙滩上的马郎妇；故事里的菩萨，一开始也不是观音菩萨；故事里也没有出现"鱼篮"这一关键道具。

到了元末明初的时候，故事里的菩萨基本"坐实"为观音了，"鱼篮"也出现了。比如宋濂的《鱼篮观音像赞》里就说：金沙滩上有一个美艳的女子，整天提着篮子卖鱼，许多人贪图她的美色，想娶她。这女子就叫人们去学习佛经，能在规定时间内学会的，才有资格娶她。女子先后发给人们三部经典，《普门品》《金刚经》《法华经》，最后只有一个姓马的青年都学会了。女子答应嫁给他，但婚礼当天，女子一踏进门，就死掉了，尸体迅速腐烂。后来有高僧告诉大家，这是观音菩萨化身，劝化世人修行。

这个故事与宋代流行的"马郎妇"故事是一样的，又有两点重要变化：其一，故事里的菩萨，由普贤菩萨变成观音菩萨；其二，女子手里出现了鱼篮。

这种变化是自然而然发生的:观音替代普贤,说明宋元时期观音在民间的影响更大,人们更习惯将菩萨化身度人的传说,附会在观音身上。至于鱼篮的出现,也好理解。故事里的女子出现在金沙滩,按人们的联想:既然在沙滩上,很可能是一个渔妇——总不能是猎户或者农户家的女人——既然是渔妇,整天提着鱼篮子贩鱼,就很正常了。

到了明清时期,"马郎妇"故事基本就变成鱼篮观音的故事了。

当然,还有另一种说法,认为这里的"鱼篮"是谐音。

之前讲过盂兰盆会。"盂兰"是梵语的音译,意思是"倒悬"。一些人认为:观音手里提的鱼篮,是因为跟梵语音译的"盂兰"发音相同,而演变过来的。这种说法,清代就已经有人提出反驳了。如俞樾所说,这种说法,应该是后起的,是民间的误传。[①] 应该是因为元明时期,鱼篮观音的传说在民间很流行,盂兰盆会(目连救母)的故事在民间也很流行,普通民众虽然乐于传播两个故事,却"知其然,不知其所以然",不知道两个故事有各自的演化历史,不是一回事,因为发音相近,硬将它们捏合在一起的。

今天看,根据故事的演化历史,说"延州妇人"故事发展到"马郎妇"故事,再到"鱼篮观音"故事,这个线索还是比较清晰的,也是比较"靠谱"的。

既然故事定型了,民众又开始给故事加上更多细节,让它更丰满,更完备。比如元代杂剧《观音菩萨鱼篮记》,说洛阳府尹张无尽,

---

① 参见俞正燮:《癸巳类稿》,上海:商务印书馆1957年版,第576页。

本来是佛祖身边的第十三位罗汉，因为一念之差，被贬到人间——你瞧，又是一个被贬下界的故事，不管是道教，还是佛教，隔三岔五，就有一个被下放到人间的神明。他们大多因为犯了小错，有时候只不过是思想出现了松动，就被贬下界，但锻炼一番之后，就能被提拔。

这张无尽虽然是罗汉转世，有菩提正果之因，但被人间富贵迷了心，贪图享乐，不敬佛法——下放到基层，没得到锻炼，还添了一身坏毛病！佛祖只好派观音菩萨，到人间去挽救他，又派文殊菩萨与普贤菩萨去支援观音。

观音菩萨化身成渔妇，提着鱼篮，沿街卖鱼。张无尽看中渔妇，要娶她。渔妇就说：如果你能看经、持斋，我就嫁给你。张无尽假装答应，把渔妇骗进门，并不履行诺言。文殊与普贤来劝说他，也不起作用。渔妇一看张无尽耍赖，就拒绝和他成亲，张无尽便百般折磨渔妇，叫她推磨、扫花园，还要用白练勒死她。最后，弥勒佛派韦陀前来，大显神威，张无尽才幡然醒悟，重新皈依佛法。

你瞧，这就是以鱼篮观音的故事为主线，把当时民众熟悉的佛教人物给串联起来了，显得很热闹。同时，又插入了其他观音传说，比如推磨、扫花园、白练赐死，其实都是"观音成道"故事里的情节，当时的人们也很熟悉的。

然而，直到现在，有了鱼篮了，鱼篮里还没有鱼精。按照民间的想象，既然观音手里提着一个鱼篮，这鱼篮应该具有法宝的作用，应该是能收妖的。

的确，按照民间想象的一般逻辑，神明手里的道具，经常被想象成收妖的法宝。法宝收服的妖孽，又经常与法宝本身的形制有关系——既然是鱼篮，肯定不是收小猫、小狗的，也不能用来装鸟儿！还是收服鱼精比较合适。比如《龙图公案》里就记载一个故事，说扬州的刘秀才去东京汴梁考试，因为缺少路费，耽误了考试，就滞留在京城。为了糊口，在金丞相家里教书。金家小姐长得特别漂亮，刘秀才暗恋她，但身份悬殊，不能成就好事。碧油潭里有一只鲤鱼精，知道了这件事，假变成金小姐，来迷惑刘秀才，俩人跑回扬州。金家的仆人在扬州城看到自家小姐，觉得很蹊跷，报告丞相。丞相请包公来断案，包公就请城隍与龙王去捉拿鲤鱼精，鲤鱼精四处逃窜，最后躲到南海莲花下，观音就用鱼篮收服了她。

这个故事，大家听着是不是有一点耳熟？后来的追鱼传说，就是从这演化来的。只不过人们给故事增加了更多罗曼蒂克的色彩，鲤鱼精也从反面形象，变成正面形象，变成了一个勇敢追求爱、捍卫爱的女子。

明代的传奇剧《观音鱼篮记》讲的也是这个故事，情节更曲折了。有意思的是，故事的最后，观音收服了鱼精，告诉她：我明日奏过玉帝，就封你做个鱼篮观音。我原来是天下一日走三遍，从明天开始，你代替我，一日走一遍。

你瞧，故事越传越有趣，到后来，鱼篮观音居然不是观音自己化身，而是鱼精皈依佛法后的封号，因为她是鱼精，又是被鱼篮收服的，作为观音的替身去巡视天下，所以叫"鱼篮观音"，说到底是个假观音，这与后来地涌夫人变的半截观音，倒是很像了。只不过，这个故事里的鱼篮观音，是正式的封号，是正面的形象；《西游记》里的半截观音，是戏谑的说法，是反面的形象。

现在，我们再回到《西游记》通天河这一段。可以发现，民间许多有趣的东西,都被作者净化掉了,保留了一些隐约的信息,但绝不点破,在作者看来,民间的许多说法,是不够严肃的,甚至是荒唐——毕竟,他是一个文人,不庸俗的文人,尽管追求小说的通俗性和戏谑性,但不是什么玩笑都可以开的,他塑造的观音形象,是带着烟火气的,有脾气,爱耍大牌,爱揽事,还有一点双标,但容易引发庸俗(甚至粗俗)联想的内容,是没有的,这是作者的审美选择,我们要尊重作者的这种审美选择。

第五十回
情乱性从因爱欲　神昏心动遇魔头

133　唐僧为什么走出"舒适圈"？

第五十回的回目是"情乱性从因爱欲，神昏心动遇魔头"。从回目就可以看出来，这段故事讲的道理，是修行者不能动心乱性，心一动，性一乱，邪魔就会入侵。道理很简单，关键是怎样将其敷演成一个妙趣横生的故事。

作者选取了一个小切入点，就是贪爱之心。人都有贪爱之心，与色欲、杀心比起来，贪爱之心，似乎是小毛病，但小毛病可以引发大灾难。从第五十回到五十二回，悟空与青牛怪几番较量，在金𠛼洞内外，来来回回折腾，而这番折腾，与之前在平顶山莲花洞内外的折腾不一样。在平顶山的折腾，悟空主要是玩，麻烦归麻烦，却不辛苦，也不艰难。在金𠛼洞的折腾，就很辛苦，很艰难了，因为悟空斗不过青牛怪——青牛怪有金钢琢在手，能套万事万物，悟空请来各路救兵，皆铩羽而归，直到本家主子出场，才收服了青牛怪。而这一番大麻烦，都是贪小便宜引发的。可以说，这是两件棉袄引发的罗乱。

这段情节说的是：唐僧师徒来到金兜山。悟空出去化缘，临走的时候，在地上画了一个圈子，要唐僧等人待在圈子里，妖魔就不敢来侵犯。悟空去的时间久了，唐僧坐不住，又经不住八戒撺掇，就走出圈子，来到一座大宅院。八戒与沙僧进去察看，发现三件衲锦的棉背心，八戒和沙僧贪小便宜，穿上背心取暖，结果被捆了起来。原来，这宅院是青牛怪点化出来的，正等着唐僧，唐僧倒是带着徒弟送上门来。悟空回来找唐僧，与青牛怪斗了起来。论武功，悟空与青牛怪能打平手，但悟空求胜心切，使出神通，把金箍棒分成千百条，满天飞舞。青牛怪不慌不忙，掏出一个金钢琢，叫一声“着”，把金箍棒收去了。悟空没了金箍棒这一暴力资本，心下着慌，只好翻跟头，逃离战场。

这一回的关键词，就是“圈子”。既是实物的圈子，也是抽象的、象征意义的圈子。

俗话说：“没有规矩，不成方圆。”这里的规，是画圆的工具，有了规才能画出圆。但这话也可以反过来看，画出了方圆，也就是圈定了范围，圆圈也好，方框也罢，都是规定了一个特定的区域，这不只是一个区域的空间，也包括空间里的秩序和规则。

许多人不喜欢被圈定在特定的区域空间里，主要就是不喜欢被秩序和规则束缚住，总想跳出圆圈，但这个世界，本来就是一个又一个圈子组成的，所谓“圈圈圆圆圈圈”，我们所处的世界，不就是这样的嘛！大圈套小圈，圈里还有水，水里还有钉！

跳出一个圈子，不一定就是来到一个无边界、无遮碍的世界，一个可以享受绝对自由的世界。十有八九，是跳进了另一个圈子，或者一个更大的圈子。更多时候，我们发现，其实压根儿没有跳出原来的圈子，因为许多圈子就是勾连在一起的，重叠在一起的。

当然，我们有跳出圈子的冲动，一方面是要享受空间自由，另一方面也是因为：许多圈子不是我们自己画的，是别人给我们画的，这个圈定出来的活动范围，包括活动范围里的各种秩序和规则，是强加到我们身上的，我们是被动接受它们的，这让我们很不舒服。

你瞧，唐僧本来就是个没坐性的和尚，悟空偏偏给他画出一个圈子。悟空画这个圈，本来是好意，是为了保护唐僧，用他的话说："老孙画的这圈，强似那铜墙铁壁。凭他什么虎豹狼虫，妖魔鬼怪，俱莫敢近。但只不许你们走出圈外。只在中间稳坐，保你无虞；但若出了圈儿，定遭毒手。千万，千万！"

这话要是只说前半句，还好。关键有后边的特别叮咛，这就要坏菜。我们知道，故事里总是这样的，权威告诉我们一个禁忌，千叮咛万嘱咐，一定不能打破禁忌，但主人公总是抑制不住打破禁忌的冲动。故事嘛！设定一个禁忌，就是为了打破的！不打破禁忌，矛盾怎么升级呢？就像《蓝胡子》的故事，蓝胡子一再告诉新婚的妻子，这大房子里的任何一扇大门，你都可以打开，但楼下走廊尽头的那间小房子，无论如何，都不能打开。这说得已经够明确了。但女主人公一定是要打开那扇门的。打开房门的那一刹那，她感知到了恐惧，我们也通过血淋淋的画面，感知到了恐惧，不是死亡的恐惧，而是打破禁忌的恐惧。

之前说过，童话本质上是一种教育，打破禁忌的母题，出现在各个民族的童话里，就是在教育一代又一代人，打破禁忌的危险——有些地方就是不能去的，有些东西就是不能摆弄的，有些东西就是不能吃的，有些话就是不能说的……然而，我们被教育好了吗？没有。如果我们能够被童话教育好，我们就不是充满好奇心，又富有冒险精神的人类了，天底下也就没有那么多被"好奇"害死的猫了。猫儿们不是死于求知欲，而是死于打破禁忌的冲动。

唐僧走出圈子，就是这种冲动。悟空越是嘱咐，他越是要走出圈子。走出悟空给他画的安全的圈子，走进魔头设下的危险圈子。

当然，还要带上八戒和沙僧，这也是讲故事的需要。这场罗乱因为贪念。作为一个独立的文学形象，唐僧没有贪念，起码在这些小的物质福利上，没有贪念，即便走进了魔头的埋伏圈，也不会惊动魔头，但八戒和沙僧有贪念，他们象征着修行者无法轻易摆脱的贪念，所以必然惊动魔头，必然引发罗乱。

那么，这就是第五十回要讲的圈子吗？当然不是，不要忘了，这一回最后，作者特地写到，青牛怪从袖子里取出一个"亮灼灼白森森的圈子"，这才是最可怕的圈子，透着一股寒意，叫人脊背发凉。这是天下万事万物都逃不出的圈子。就算跳出三界外，不在五行中，又能怎样呢？跳出了一个自己以为最大的圈子，其实还在圈子里，只不过目力所及，我们还看不到这个圈子的边界在哪里罢了。

134 兕大王到底是什么牛？

说一说这金𠮺山上的魔头，到底是一个什么怪物。

之前说过，上古之际，人们是区分"妖"与"精"这两个概念的。妖是妖，精是精。与妖的意义相同、相近的，是"怪"。发展到后来，妖怪、妖精，这些概念就混用了。按照百回本《西游记》作者的理解，妖怪和妖精是一回事。有动物本相的，可以叫某某怪，也可以叫某某精。比如，这金兜山上的魔头，既可以叫青牛怪，也可以叫青牛精。

但这是我们对他的称呼，魔头不会这样称呼自己的。行走江湖，总得有个足够响亮的名号。比如某某大王、某某将军、某某大仙、某某祖师，叫起来好听，能镇唬住人。金兜山上的这位魔头，就自称大王。再加上他的动物本相——兕——合称兕大王。

但名号一响，问题就来了。本来，叫青牛精，或青牛怪，大家还是比较容易理解的。叫兕大王，一些读者就要在脑子里画个问号了——兕是一种什么动物呢？照逻辑推理，它应该是牛。那么，它是什么牛呢？

目前，一种主流的说法，认为兕是一种犀牛，更具体地说，是母犀牛。像《辞源》里就提到了这种说法。① 这种说法，主要是从唐代流行起来的。比如唐代药学家陈藏器的《本草拾遗》说犀之"雌者是兕"②，就是说母犀牛叫作兕。陈藏器是一位药学家，虽然许多动物的皮毛、骨肉都可以入药，但他毕竟不是动物学家，在动物分类上不是很专业；兕是母犀牛这种说法，肯定不是陈藏器发明的，他应该也是听来的，当时大家都这么说，他也就这样认为了。当然，他也叫不准，所以补了一句："未知的实"，就是说大家都这样传，自己"怎么趸来怎么卖"，没有进行查实。唐代以后，这种说法就越

---

① 参见陆尔奎等编：《辞源》，北京：商务印书馆1988年版，第152页。
② 陈藏器著，尚志钧辑释：《〈本草拾遗〉辑释》，合肥：安徽科学技术出版社2002年版，第399页。

来越流行了，从宋代到清代，不少人都认为公犀牛叫犀，母犀牛叫兕。现在的一些初中语文教科书里也是这么说的：犀，是雄性的犀牛，兕，是雌性的犀牛。一些初中生朋友，是把这个当作知识点来记的。只不过，这个知识点，可能与上古时期人们的知识点差得有点远。

当时，人们是把犀与兕当作两种动物来看的，比如《山海经》描述"嶓冢之山"，说山上"兽多犀、兕、熊、罴"。① 熊与罴，看起来很像，但不是一种动物。同样的道理，犀与兕看起来很像，也不是一种动物。

那么，古人是怎么区分它们的呢？主要是两个方面：一个是看近似的动物，一个是看它们的角。

看近似的动物，这个逻辑是比较好理解的。我们向别人介绍一种陌生的动物，总要找一个近似的、更为常见的动物来打比方，这样就更生动形象，也更好理解。比如，我们向没有见过大熊猫的朋友描述这种动物，一般会说：它长得像狗熊，耳朵，眼窝，躯干是黑色的皮毛，其余地方的皮毛看起来是白色的。这种描述，一点都不科学，因为大熊猫和我们平时说的狗熊（也就是黑熊）并不属于一个亚种。但这样一形容，没见过这种动物的朋友，能够很快地在脑海里生成一个大熊猫的形象 —— 虽然不科学，却很好用。

同样的道理，古人解释犀和兕，也会找更常见的动物来打比方。

那么，借来打比方的是一种动物吗？其实不是的。在古人的眼

---

① 袁珂：《山海经校注》，北京：北京联合出版公司2013年版，第25页。

里，犀更接近豕（也就是猪），兕才更接近牛。比如《尔雅·释兽》就说："兕，似牛。犀，似豕。"① 也就是说，兕看起来像牛一样；犀，看起来像猪一样。你瞧，这是两种身形、体态的动物。

更明显的区别是角。古人说的犀，一般是两只角的。比如《说文解字》释"犀"字，就说犀牛长得像豕，两只角，"一角在鼻，一角在顶"。② 兕则是一只角的，比如郭璞注《山海经》，就明确说兕长得像牛，有"一角"。③

单从角上看，兕与犀，可能指两种犀牛。古时候亚洲常见的犀牛，有一只角的，也有两只角的。一只角的，有印度犀牛，就是常说的大独角犀，还有爪哇犀牛，就是常说的小独角犀，两只角的就是苏门答腊犀。按照生物学家的研究，古代中国生存的野生犀牛，主要就是苏门答腊犀和爪哇犀，可能有印度犀。其中，苏门答腊犀体形最小，古人说犀长得像猪，又是两只角的，可能说的就是苏门答腊犀。

但这不能说明，一只角的兕，就是印度犀或爪哇犀。

因为魏晋南北朝时候的《交州记》里说过，兕的角可以长到三尺多，这已经比印度犀的大角长出一倍了。虽然古人的描述多少存在一些夸张的成分，但也不会差这么多。

所以，今天有人提出疑义，认为兕可能不是一种犀牛，它比较接近犀牛，有一个角，毛皮是青色的，这种动物在汉代以后可能就

---

① 十三经注疏编委会：《尔雅注疏》，北京：北京大学出版社2000年版，第366至367页。
② 许慎著，徐铉校定：《说文解字》，北京：中华书局1963年版，第30页。
③ 袁珂：《山海经校注》，北京：北京联合出版公司2013年版，第241页。

灭绝了。[1] 笔者不是动物学家，在这方面没有深入研究，只是觉得这种怀疑是合理的。起码，不能简单地用性别来区分兕和犀。这是唐代才流行起来的说法，因为当时兕这种动物已经灭绝了，人们已经不认识这种动物了。

《西游记》的作者也不是这样理解的，起码他没有把兕当作母犀牛。如果说兕是母犀牛的话，青牛怪绝不会这样称呼自己了，一只公牛精，偏偏说自己是母犀牛？好比一个身形魁梧的大汉，江湖绰号叫"北街大姐大"，或者"河西姥姥"，这不是很奇怪吗？

在作者看来，青牛怪之所以叫兕大王，只因为两个特点：一，这是一头独角牛；二，他的毛皮是青色的。

《西游记》里也明确写到了这两点，兕大王亮相的时候，作者就特地写了他的相貌："独角参差，双眸幌亮。顶上粗皮突，耳根黑肉光。舌长时搅鼻，口阔版牙黄。毛皮青似靛，筋挛硬如钢。比犀难照水，像牸不耕荒。全无喘月犁地用，倒有欺天振地强。"

这里就明确说了，他长了一只角，毛皮是青色的。

另外，这段话里又提到了三种牛：

比犀难照水，是拿他与一般的犀牛比较。这里用的是生犀照水的典故。古人们认为点燃犀角，能照出幽冥世界。换句话说，借着犀角的火光，可以看到另一个世界。刘敬叔的《异苑》里就记载了一个故事，说晋代名将温峤来到牛渚矶，听到江水下面有鼓乐之声，但江水太深，只闻其声，不见其形，温峤就点燃犀角，向江面照去。不一会，江底各种怪物的形影都被照出来。据说，当天晚上怪物们

---

[1] 参见黄家芳：《"兕"非犀考》，《乐山师范学院学报》2009年第3期。

还给温峤托梦，向他抱怨：咱们幽明殊途，各有各的世界，您闲着没事，拿犀角照我们干吗？你瞧，作者把兕大王与犀牛比较了一番，说他长得像犀牛，却不是犀牛，说明作者也认为这是两种动物。

像牯不耕荒，是拿兕大王与一般的耕牛比较。牯，本来是母牛的意思，也指被阉割之后的公牛，后来泛指牛。这里说到耕荒，说明指的是耕牛。北方多见的是黄牛，南方多见的是水牛，兕大王也不是这两种牛。

全无喘月犁地用，是把水牛又强调了一遍。喘月，用的是吴牛喘月的典故。说南方的水牛怕热，见了月亮，还以为是太阳，以为天热起来，就不断喘气。

可以看到，兕大王应该不是犀牛，也肯定不是黄牛与水牛，无论是短角，还是长角，总之没有两只角，今天一些影视剧里把兕大王塑造成两只角的牛，是没有仔细阅读原著。即便没有细读原著，知道兕大王的出身，也不应该犯这种错误。毕竟，老子当年不是骑着犀牛出函谷关的。

135 老子出函谷关，骑的是犀牛？

上一讲提到，青牛怪叫兕大王，但他不是一头母犀牛。作者之所以叫他兕大王，因为他符合古人描述兕这种动物时习惯突出的两个特征：一是独角，一是青色。

这一讲，我们把兕大王和他的主子联系在一起看，也就是从太上老君形象的演变过程来看，这上述两个特征里，最重要的是后一个：青色。

我们知道，太上老君形象，是以老子为原型的。在从老子到太上老君的演变过程里，作为老君坐骑的牛，很早就出现了，它是老君形象符号系统里，非常稳定的一个形象，但人们并没有说这是一头兕，也没有说太上老君骑的是犀牛，只说太上老君骑的是一头青牛。

其实一开始，这头青牛也不是太上老君的坐骑，而是一头给老子拉车的大牲口，从坐着牛车的老子，到骑着青牛的老君，青牛形象的变化，是伴随太上老君形象演化而发展的。

那么，老子坐着牛车去哪里呢？当然是出函谷关。

老子的传说故事里，最著名的就是"老子化胡"，老子见周王室衰微，就出函谷关，到西域去，在那里化身成佛陀，劝化世俗。这个故事，显然是道教徒为了在与佛教徒的竞争中占据上风，附会出来的，依据的是老子出关的传说。

老子出关，在《史记》中已有记载，说老子活了很久，见周王室衰微，就决意离开。来到函谷关，遇到守关的官员，叫尹喜。尹喜说：您老人家就要归隐了，再不回来了，给我们留下一本书吧！老子就写了《道德经》，留给尹喜。再后来，人们就不知道老子去哪里了。

这当然也是一个传说。这个传说，主要是为了解释《道德经》的来历。这里没有说老子到西域化身成佛陀，也没有提到青牛——老子归隐的时候，可能是徒步离开的。

后来，老子变成了太上老君，这个故事就越来越神奇了。

《列仙传》在记述这个故事的时候，加入一个小细节，说老子当年"乃乘青牛车去入大秦"。①《关中记》说得更具体，说老君坐的是一驾"青牛薄板车"。②

那么，为什么要说老子是坐牛车出关的呢？这与当时的社会风尚有密切的关系。

我们知道，老子形象的神仙化，主要是在魏晋南北朝时期完成的。这个时候，乘坐牛车成为上流社会的时髦。③

要知道，汉代以前的贵族大都是乘坐马车的。牛车一般是平民使用的，是身份低微的标志。然而，汉代初年，经历长期战乱，经济生产需要逐步恢复，统治阶层也就不太讲究车驾的等级了。像《史记·平准书》里说的，当时即便是天子的车驾，也凑不齐毛色几乎一样的四匹马，王侯将相也只能乘坐牛车。等到经济恢复了，统治阶层又青睐马车，但一些落魄的贵族，因为财力有限，还乘坐牛车。落魄贵族，虽然是"落了毛的凤凰"，在平民看来，还是比鸡要强上许多的，他们乘坐牛车，其实还是抬高了牛车的地位。

到了汉末的时候，牛车的地位就真正上来了。三国时期，从天子到士大夫，乘坐牛车是很常见的现象。到了西晋的时候，乘坐牛车就成为常例了。皇帝遇有重大国事的时候，才乘坐"钧驷"——四匹马拉的御驾，平时则大多乘坐牛车。王公大臣也以乘坐牛车为时髦。

还记得石崇与王恺斗富的故事吗？其中有一个片段，不就是两

---

① 王叔岷：《列仙传校笺》，北京：中华书局2007年版，第18页。
② 李昉等：《太平御览》，北京：中华书局1960年版，第3993页。
③ 参见刘磐修：《魏晋南北朝社会上层乘坐牛车风俗述论》，《中国典籍与文化》1998年第4期。

人催着自己的牛车走,看谁的牛车先进洛阳城——这与后来的"飙车",其实是一个道理。还有写王导惧内的故事,说王导是一个出了名的"怕老婆",他不敢公开纳妾,只好把小妾安置在外宅,他老婆知道了这件事,要赶去"抓奸",王导怕小妾受辱,驾起牛车去救护,嫌牛走得太慢,不停用麈尾的柄去打牛。但车辕很长,麈尾的柄很短,王导干着急,也抽不到牛屁股,搞得很狼狈。司徒蔡谟挖苦王导,假说朝廷打算加王导"九锡"(皇帝赐予殊勋者的九种礼器),王导不知道是在嘲弄他,还连连表示谦逊,蔡谟说:别的器具我不知道,只知道其中有"短辕犊车,长柄麈尾"[1]——这样,您下次再驾牛车去救护小妾,就赶得上了!"犊车麈尾"这一成语,就是从这里来的。

这些故事,其实可以作为材料,证明当时乘坐牛车已经成为上流社会的一种风尚。

既然是风尚,当时的人们想象老子出关,当然也是要乘坐牛车的了。

只不过,历史上的老子,最终蜕变成了道教的教主,成为地位崇高的神仙。相应地,乘坐牛车的形象,就不能满足人们期待了,人们干脆说他骑着牛。比如司马贞的《史记索隐》引《列仙传》,就说老子是骑着青牛出关的,这就更符合神话的逻辑了。

在神话传说里,神人经常是以神兽为坐骑的,比如青龙、青鸾、青凤、白鼍、白虎、赤豹,等等,各种想象里的神奇动物,都可以成为神人的坐骑。

---

[1] 房玄龄等:《晋书》第6册,北京:中华书局1974年版,第1752至1753页。

这些神兽，往往象征着权威，代表着力量，看起来很威猛。而老子骑的青牛，则有一种温驯、沉静、含蓄、厚重、和缓的气质，象征着"道德"的特殊质地，这看起来与老子的形象就很"搭调"。

特别是牛的颜色——青，这也是有象征意义的。它象征着东方，也象征着长生。①

我们知道，五色与五方、五行是对应的。青，对应东方，又对应木。

青是东方之色，老子骑青牛，就以最直观的方式说明了：老子是东方神明，老子化胡是一种想象出来的"东学西渐"。

青又是草木之色，而草木代表着生命，青也就是生命之色。如《释名》所说："青，生也。象物生时色也。"②《说文解字》则说："生，进也，象草木生出土上。"③这就说明，青这种颜色，代表着生长，代表着生生不息的衍化、发展。而这也就很容易与"长生"观念联系在一起，所以神仙家们很看重青色，如此一来，太上老君的坐骑，当然也就是青色的了。

只不过，这头坐骑跟着老君太久了，闷坏了，逮到机会，就要到人间来走走，又不是空身溜达，还带着老君的金钢琢，这就给悟空带来了大麻烦，各路人马前来援助，都解决不了问题。但正因为解决不了问题，我们才能看到更多形象出场。

---

① 参见邓国均：《"青牛"与老子形象的神仙化——以老子"出关"故事为考察中心》，《哈尔滨工业大学学报》（社会科学版）2022年第2期。
② 刘熙：《释名》，北京：中华书局2016年版，第62页。
③ 许慎著，徐铉校定：《说文解字》，北京：中华书局1963年版，第127页。

玄奘東誠建大會